I0749243

ՔԱՈՍ

ՇԻՐՎԱՆԶԱԴԵ

Քաոս

ISBN: 978-1-64439-868-5

ԱՌԱՋԻՆ ՄԱՍ

I

Մարկոս աղա Ալիմյանը ծանր հիվանդ էր:

Յոթ օր առաջ նա իր նոր կառուցվող տասնումեկերորդ տան վրա արհեստավորներին պատվերներ տալիս մարմնի մեջ զգաց անսովոր ցուրտ, եկավ տուն, պառկեց անկողին և այլևս չկարողացավ վեր կենալ: Բժիշկները մարդուն ուշադիր քննեցին և միաձայն հաստատեցին թոքերի բորբոքում:

Լուրը նույն ժամին տարածվեց ամբողջ քաղաքում: Ո՛վ չէր ճանաչում կալվածատեր և հանքատեր Մարկոս Ալիմյանին — այդ վաթսունհինգ տարեկան, կլորիկ մարմնով, ուռած թշերով, եռանդուն ու աշխույժ ծերունուն և չէր լսել նրա բազմավաստակ կյանքի խրատական պատմությունը: Ուղիղ հիսուն տարի առաջ, թողնելով իր աննշան ծննդավայրը, եկել, հաստատվել էր այն փոքրիկ, աննշան ծովեզրյա քաղաքը, որին վիճակված էր մոտիկ ապագայում ստանալ համաշխարհային հռչակ իր ստորերկրյա գանձերի շնորհիվ:

Այժմ տասնուիններորդ դարի վերջին քառորդում նրա մասին կազմվել էին կատարյալ առասպելներ: Պատմում էին, որ նրա հոյակապ տան ներքնահարկում կա մի առանձին սենյակ՝ մթին ու սառն ինչպես շիրիմ: Ոչ մի հողեղեն էակ նրա երկաթե դռներով ներս չի մտել: Այնտեղ են դարսված Մարկոս Ալիմյանի ոսկիներով լի տոպրակները: Ասում էին, որ ամեն գիշեր մռայլ ծերունին մեն-մենակ, երկայն թավիշե խալաթը հագին, գիշերային սև թասակը գլխին ձեռին բռնած մի ճրագ, իջնում է վար, բաց է անում երկաթե դռները ժանգոտ բանալիով, համրում է տոպրակները և ավելացնում նոր ոսկիներ: Հավատացնում էին, թե այնտեղ մի պողպատե պահարանի մեջ փայփայելով պահում է այն տրեխները, որոնցով գաղթել էր իր ծննդավայրից տասնուհինգ տարեկան հասակում: Ասում էին նաև այն, որ զատիկ ու ջրօրհնեք տոների նախընթաց գիշերը, մի զույգ մոմ վառելով, աղոթում է պահարանի վրա չոքած և օրհնում է նվիրական տրեխները:

Նրա հոյակապ տները, որ հպարտ ճակատներով կանգնած էին քաղաքի կենտրոնական փողոցներում, մի-մի փուշ էին դարձել քաղաքացիների աչքում, նրա բազմաթիվ հողերից բխող նավթը խեղդում էր և գործարանի ծուխը կուրացնում նրանց աչքերը: Բայց մարդիկ գիտեին ինչպես զովացնել իրենց նախանձավառ սրտերը: Չէ որ Մարկոս Ալիմյանը եղել է ջրկիր, հետո դռնապան, հետո խոհարար, հետո մրգավաճառ, այնուհետև զինեվաճառ և այլն, և այլն... Եվ ոչ մի գործ նա չի վարել ազնվաբար: Գնալով Ռուսիա, նա այնտեղից բերել է կեղծ դրամներ և տզետների վրա սաղացրել: Նա խաբել է, գողացել է, գռփել ու կողոպտել է խեղճերին, նա նույնիսկ թունավորել է իր մի ընկերոջը: Սա ժլատ է, նրա ձեռները դողում են գրպանից դրամ դուրս բերելիս, ապրել չգիտե, դրամն է նրա հավատը, հոգին, աստվածը: Նրա ընդարձակ տունը, ուր ոչ մի օթյակ ծածկված չէ պաստառով, մռայլ բանտ է իր կնոջ ու զավակների համար: Այնտեղ կահ-կարասի չկա, ծառա չկա, խոհարար չկա: Նա իրեն տան համար պաշարեղեն ինքն է տուն բերում իր ձեռքով առավոտները կանուխ, որ ոչ ոք չտեսնե: նա գրպանում ունի երկաթաթելից շինած մի օղակ և միայն այն ձուն է գնում, որ այդ օղակով չի անցնում և շատ անգամ պտտում է ամբողջ շուկան այդ չափի ձվեր գտնելու համար:

Շատ շատերը գիտեին, որ այդ բոլորը մտացածին է, որ Ալիմյանի տանը ծառաներ էլ կան, խոհարար էլ, կահ-կարասի էլ, նույնիսկ փարթամ կահ-կարասի: Գիտեին, որ եթե Մարկոս աղան մի օղակ ունի, այդ այն է, որով անխնա սեղմում է իր պարտապանների կոկորդը: Բայց սև նախանձը կուրացրել էր մարդկանց և հնարում էին ամեն ինչ, որ կարող էր քիչ թե շատ հանգստացնել կյանքի անհաջողություններից ժանգոտված ու թթված սրտերը:

Սանձարձակ ծաղրում էին, զրպարտում, հայհոյում քաղաքի առաջին միլիոնատիրոջ, սակայն միայն հետևից: Իսկ երբ աղան, կլորիկ փորը դուրս ցցած, բադի պես աջ ու ձախ երերվելով, գնում էր փողոցով կամ անցնում էր խանութից խանութ և կամ կլուբ էր մտնում, ամենքն աշխատում էին որսալ նրա հայացքը, որպեսզի բարևեն խոնարհ և արժանանան նրա արհամարհական պատասխանին: Այնինչ Մարկոսը, այդ նախկին ջրկիրը, դռնապանը, ինքը ոչ ոքի բարևին չէր սպասում, բացի մեկից և այդ մեկը երկրի իշխանն էր — նահանգապետը: Քսանուհինգ տարի էր, որ վերադարձնում էր իր ինքնասիրության և պատվի կորուստները, ընդունելով ուրիշներից այն, ինչ որ ինքը քսանուհինգ տարի շարունակ շռայլել էր իրենից մեծերին ու զորավորներին:

Եվ ահա այսօր մեռնում է անվանի քաղաքացին, խելացի մարդը, տոկուն վաճառականը, որ ամբողջ կյանքն անց է կացրել անդուլ գործունեությամբ, քրտինքը ճակատին, խիղճը հանձնած երկաթե սնդուկին և հոգին գրպանը դրած:

Նրա բնակարանը գտնվում էր քաղաքի կենտրոնում: Տունը, հարկավ, սեփական էր: Այդ մի երկհարկանի շինություն էր սրբատաշ քարից, տափած, կպրածածկ տանիքով: Ստորին հարկը բաղկացած էր խանութներից ու գրասենյակներից, վերինն ամբողջովին Ալիմյաններինն էր:

Օգոստոսի չոր և ջերմ օրերից մեկն էր: Արեգակը թեքվել էր դեպի

մուտքը և նրա վերջին ճառագայթները ողողել էին բուսականությունից զուրկ, անհրապույր քաղաքը և նրա առջև տարածված ծովի մակերևույթը: Ծանր ու ճնշող է այդ քաղաքի արտաքին տպավորությունը: Հեռվից դիտողին նա իր տափակ տանիքներով, մերկ փողոցներով, պատկերանում է այնպես, որ կարծես մի սոսկալի հրդեհ լափել է բոլորը, ինչ որ կարող է լափվել կրակից, և թողել է մի վիթխարի կմախք: Շրջակայքն ավազուտ կամ նավթի լճերով ծածկված, այստեղ ոչինչ չի մեղմացնում արեգակի տրոպիկական տապը, նույնիսկ ծովը: Քարե պատերը շիկանում են կիզիչ ճառագայթներից, ավազը խանձվում է, օդը դառնում հեղձուցիչ: Բնակիչները շտապում են լողարանները և օրը մինչև երեկո ծովը լի է մերկ մարմիններով, որոնք մերթ փայլփլում են արեգակի տակ և մերթ սուզվում ջրի մեջ որպես դելփիններ:

Ալիմյանների բնակարանի լուսամուտները դրսի կողմից նայում էին դեպի արևմուտք: Ամառը, սկսած տասներկու ժամից նրանց փեղկերը միշտ ծածկված էին լինում մինչև մութ երեկո: Այսօր նրանք բաց էին, բաց էին նաև ապակե փեղկերը և փողոցի տոթն առատորեն հոսում էր ներս:

Այնտեղ տիրում էին անսովոր շարժում և իրարանցում: Ծառաներն ու գործակատարները շտապ-շտապ դուրս էին գալիս ու ներս մտնում, միմյանց հրամայում, միմյանց վրա բարկանում, զուր աշխատելով չաղմկել: Տան մուտքի առջև րոպե առ րոպե կանգ էին առնում կառքեր և նրանց միջից դուրս էին գալիս Ալիմյանների ազգականները, բարեկամները, ծանոթները կեղծ ու անկեղծ վշտակցության արտահայտությունը դեմքերի վրա:

Ամենքն շտապում էին մահամերձ միլիոնատիրոջ տունը, որ վերջին անգամ տեսնեն նրան և գուցե մի բան իմանան կտակի մասին: Այնինչ մահամերձի ննջարանի դռները փակ էին: Այնտեղ, մահճակալի շուրջը հավաքվել էին մեռնողի ընտանիքի անդամները, մի քանի մերձավորներ, ծխական քահանան և երկու-երեք բժիշկ: Մյուս այցելուները խմբվել էին հյուրասենյակում: Այդտեղ օդն այնքան խեղդուկ էր, որ մարդիկ հազիվ կարողանում էին շունչ քաշել և չնայելով դրան, եկողը չէր ուզում հեռանալ: Թանկագին պարսկական գորգերից բարձրացել էր նոսր փոշի: Լուսամուտների թանձր ասվյա վարագույրների միջով ներս սփռվող արեգակի շողերը ոսկեզօծում էին այդ փոշին, օդի մեջ գոյացնելով թեք սյուներ, որոնք հետզհետե երկայնանում էին և հորիզոնական ձև ստանում: Նրանցից մեկի ծայրը հասավ անկյունում մարմարյա վառարանի վրա դրած բրոնզե ժամացույցին: Փայլեց ձվաձև ապակե ծածկոցը և նրա տակ հրավառվեց գեղեցիկ կնոջ մի արձան վեհ ճակատով, թուրը ձեռին, մի ոտը դրած ամեհի առյուծի կոկորդին, որպես հաղթության աստվածուհի:

Այցելուների համբերությունը քանի գնում սպառվում էր: Սպասում էին մահամերձի մահին, իսկ նա դեռ չէր մեռնում: Ոմանք ստեպ-ստեպ թեքվում էին և փակ դռների բանալիի անցքով նայում դեպի մահամերձի սենյակը կամ ականջ էին դնում՝ ձգնելով մի բան տեսնել կամ լսել: Հետո հեռանում էին, շշնջում միմյանց ականջին և գաղտուկ կատաղի հայացքներ ձգում սրա ու նրա վրա: Բանն այն է, որ յուրաքանչյուրն իր սրտում գաղտնի աղոտ հույս ուներ՝ որևէ կերպ հիշված լինել Մարկոս աղայի կտակում:

Ննջարանի դռները հանդարտիկ բացվեցին, շշնջյունները վայրկենաբար ընդհատվեցին, ինչպես ագռավների կռկռոցը հրացանի ձայնից: Դուրս եկավ մի մարդ մոտ վաթսուն տարեկան, բարձրահասակ, առույգ ու խրոխտ: Նրա մաքուր սափրված երեսը, դեմքի խոշոր գծերը, աչքերի սուր արտահայտությունը, խիտ հոնքերը և մանավանդ թանձր ու ալեխառն ընչացքը, որի ծայրերին միացած էին միրուքից մի-մի մաս և քունքերից քաշ ընկած բակերը — նիկոլայոսյան զինվորականի տպավորություն էին գործում: Նա հագած էր ռուս քաղաքացիական աստիճանավորի հնամաշ ու գունատ մունդիր — ու կրծքի վրա քաշ արած մի կարմրագույն խաչաձև շքանշան:

— Սրաֆիոն Գասպարիչը, — ասացին այս ու այն կողմից և անմիջապես շրջապատեցին ծերունուն, որ դարձավ մի տեսակ թիկնապահներով պաշտպանված զորոզ հրամանատար:

— Փո՛ւչ աշխարհ, փո՛ւչ աշխարհ, — արտասանեց աստիճանավորը, աչքերը շրջապատողների վրայով ուղղելով դեպի դիմացի պատն ու կրծքը շքանշանն ուղղելով, — մարդը հոգին չի կարողանում աստծուն տալ որդուն չտեսած...

Բոլորը միաձայն զարմացած հարցրին: — Մի՞թե մահամերձ աղայի բոլոր զավակները այս խորհրդավոր պահին նրա մահճակալի քով չեն:

— Խոսքս մեծ որդու մասին է, — հառաչեց Սրաֆիոն Գասպարիչը, գլուխը տխրորեն շարժելով:

— Մեծ որդո՞ւն. Սմբատի՞ն, — հարցրին շրջապատողները, ավելի ու ավելի մոտենալով ծերունուն և իրարու հրելով:

— Այո՛, Սմբատին, — պատասխանեց Գասպարիչը, — պիտի գա, րոպե առ րոպե սպասում ենք նրան: Մարդը մի շաբաթ առաջ նրա անունը լսելիս դեմքը թթվեցնում էր, հիմա հոգին չի տալիս չտեսած:

— Հեռագրե՞լ եք:

— Իհարկե: Այսօր սպասում ենք: Գնացքը ո՞ր ժամին է գալիս Մոսկվայից:

— Հինգ ժամից քառասուն րոպե անցած...

— Վեց ժամին հինգ րոպե է մնում, հիմա եկած պիտի լինի, — ասաց ծերունին, նայելով իր ծոցի ժամացույցին և խումբը ճեղքելով, մոտեցավ լուսամուտներից մեկին:

Բոլորը հետևեցին նրան, միշտ իրարու հրելով ու իրարու առաջելով:

— Գալիս է, — գոչեց մեկը, որ ամենից թեթևաշարժը լինելով, ամենից արագ էր մոտեցել լուսամուտին:

Սրաֆիոն Գասպարիչը շտապեց նախասենյակ: Մի քանի րոպե

անցած վերադարձավ՝ հապակով իրենից մի փոքր ցած, առողջադեմ մի երիտասարդ տղամարդու հետ: Բոլորը ճանապարհ տվեցին նորեկին, աջ ու ձախ բաժանվելով երկու շարքերի և շտապելով իրենց դեմքերին տալ ավելի տխուր արտահայտություն: Նորեկը, վերցնելով իր հարդե նեղ եզրերով գլխարկը, բարևեց աջ ու ձախ, քաղաքավարի, բայց շատ սառը և շտապ քայլերով գնաց հիվանդի ննջարանը: Ներկա եղողները նորից մերձեցան իրար՝ միանգամից վախելով իրենց դեմքերի տխուր արտահայտությունը մի տեսակ արհամարհականի:

Մահամերձի մահճակալը դրված էր պատի տակ, լուսամուտի առջև: Մի կողմում կանգնած էր մեռնողի կինն աղջկա հետ, մյուս կողմում՝ որդիները: Ինքը մահամերձը նստած էր անկողնի մեջ, հենված փափուկ բարձերին, ծնկները մետաքսե վերմակով ծածկած, ուսերն ու կուրծքը կիսով չափ մերկ, գլուխն անզոր վար թեքած: Բժիշկը նորից նրա կաշվի տակ մեջքի կողմից սրսկում էր ինչ-որ սթափեցուցիչ հեղուկ: Անհրաժեշտ էր քանի մի րոպե ևս պահպանել նրա կյանքը հյուծված ու քայքայված անոթի մեջ:

Մահամերձն աչքերը բաց արավ, գլուխը դանդաղորեն բարձրացրեց: Նրա դեմքն արդեն ընդունել էր մահանիշ հողագույն ստվերագծեր, բերանի անկյունների բնորոշ ակոսներն այժմ հարթվել էին, կլորիկ երեսը երկայնացել էր, մնում էր ինչ-որ անհանգստության մի թույլ ժպիտ թառամած շրթունքների վրա:

Բժիշկը կամացուկ հաղորդեց նրան որդու ժամանման լուրը: Նույն վայրկյանին եկվորը, մի կողմ ձգելով գլխարկն ու ճամփու պայուսակը, չոքեց ծերունու մահճակալի առջև և գլուխը թեքեց, որ համբուրե մեռնողի չոր, սառած ձեռը:

Կյանքի վերջին շողը լուսավորեց Մարկոս Ալիմյանի հողագույն դեմքը, աչքերը լայն բացվեցին, և մի անցողիկ ուրախություն վայրկենաբար պարզեց հոնեղ ճակատը, որ նրա վաթսունամյա գոյության ընթացքում երբեք չէր արտահայտել զվարթություն: Արյունաքամ շրթունքների միջից արձակելով մի խուլ մրմունջ, թույլ ձեռներով գրկեց որդու գանգրահեր գլուխը և սեղմեց կրծքին, որքան կարող էր ամուր:

Տիկին Ալիմյանն սկսեց հեկեկալ: Նրան հետևեց իր աղջիկը, հետո՝ որդիները: Այժմ ծերունին կարող էր իր հոգին ավանդել, օ՜օ, ոչ հանգիստ, ինչպես կփափագեր, այլ մի անջնջելի վիշտ սրտի մեջ, ութ տարի էր նա չէր տեսել որդուն, անդրանիկ որդուն, որի վրա այնքան հույսեր էր դրել, որին սիրել էր ամենից ավելի և որին պիտի հանձներ իր բոլոր գործերը: Եվ ոչ միայն չէր տեսել, այլև չէր ուզում տեսնել, նույնիսկ լսել անգամ նրա անունը: Ա՜հ, ո՜րքան հուսախաբ արավ նրան այդ սիրված որդին և ո՜րքան տանջանքներ պատճառեց, որպիսի՜ հոգեկան մրմռք, որը թշնամիներից և նախանձամիտներից գաղելու համար հարկավոր էր գերբնական կամքի զորություն: Անիծվի՜ այն օրը, երբ նա թույլ տվեց ի՛ր Սմբատին գնալ ուրիշ երկիր՝ ուսումը շարունակելու, անիծվի նա, որ կորզեց իրենից իր որդուն...

Մահամերձը ցանկանում էր դուրս թափել սրտի մեջ կուտակված դառը մաղձը, ասել բոլորը, բոլորը ինչ որ զգացել էր ութ տարվա ընթացքում: Ասել՝ արտասուքով ողողելով ճամփից շեղված որդու մոլի գլուխը: Բայց ուժերը դավաճանում էին: Բժշկի ջանքերն այլևս անզոր էին կենդանություն ներշնչել սառող մարմնին: Սակայն մի երկարատև, խորը, շատ խորը հայացք, որ գալիս էր գերեզմանի խորքից, ամեն ինչ պարզեց մեղսագործ որդու համար, որ այժմ ոտքի ելած, ճգնում էր զսպել իր արցունքը, որպեսզի ցույց չտա իր հոգու տկարությունը:

— Մենա՞կ ես եկել, — կարողացավ միայն հարցնել մեռնողը:

— Մենակ, — պատասխանեց որդին հակիրճ, հասկանալով թե ինչ իմաստով է տրվում իրեն այդ պարզ հարցը:

Մռայլ ժպիտը ծերունու դեմքի վրա մի ակնթարթ տեղի տվեց հուսահատությանը, մի՞թե նրա տանջանքները լուրջ պատճառ չեն ունեցել, մի՞թե անիրավաբար է անիծել որդուն: Բայց ահա ծերունու պղտոր հայացքն ընկավ որդու ոսկե մատանու վրա, որ նրա ամուսնության նշանն էր, և նրա անզոր գլուխն ընկավ բարձի վրա ու աչքերը փակվեցին:

— Անցածը վերադարձնել չի կարելի, հա՛յր, օրհնի՛, — արտասանեց որդին մի տեսակ խուլ ձայնով, որի մեջ զգացվում էր դառը կսկիծ, և ոչ զղջում:

Ոչ ոք ներկա եղողներից չհասկացավ խոսքի բուն իմաստը և չըմբռնեց, թե ո՛րքան է մորմոքվում այդ պահին այդ առողջակազմ, ինքնավստահ դեմքով որդու վիշտը:

Հայրը ժողովեց վերջին ուժերը և արդեն սառչող շրթունքների միջից արձակեց.

— Անիծվի՛ս, եթե վերջին կամքս չես կատարի՛լ...

Այդ վայրկյանին նա սոսկալի էր, ինչպես ինքը մահը, սոսկալի մեղսագործ որդու համար:

— Տո՛ւր ինձ, — լսվեց դարձյալ ծերունու անդրգերեզմանային ձայնը և նրա սառցային հայացքը զամվեց կնոջ երեսին:

Կինը նրա բարձի տակից դուրս բերեց մի մեծ ծրար, որը կնքված էր կարմիր զմուռսով: Մեռնողն ապակյա աչքերով նշան արավ դեպի Սմբատը, և մայրը ծրարը տվեց որդուն:

— Անիծվի՛ս, եթե չես կատարիլ:

Այս եղավ Մարկոս Ալիմյանի վերջին խոսքը, որ սակայն դուրս թռավ նրա բերանից, շատ պարզ և շատ որոշ: Չքացող կյանքի վերջին զորավոր ցնցումն էր այդ, սպառված աղբյուրի վերջին կաթիլներ, որ մի առանձին թափով են ընկնում ցամաքած ավազանի մեջ: Ծերունու դեմքը, թեթևակի աղավաղվեց մահու ցուրտ սյուքից: Դառն, անհանգիստ ժպիտը, որ միայն մի քանի վայրկյան էր հեռացել, մնաց սառած բերանի անկյուններում: Միլիոնների տերը և ընդհանուր նախանձի առարկան մեռավ, իր հետ տանելով մի ծանր վիշտ, որից ազատվելու համար պատրաստ էր իր հարստության կեսը զոհել: Եվ այդ վիշտը նրա զավակներն էին:

Այրիացած Ոսկեհատն ազատություն տվեց հեկեկանքին, հարձակվելով ամուսնու սառչող դիակի վրա: Նրա հետևեց աղջիկը — տիկին Մարթա Մարութխանյանը: Սրաֆիոն Գասպարիչը, որ Ոսկեհատի եղբայրն էր, բռնեց նրանց թևերից, հետ քաշեց: Հարկավոր է հանգուցյալին թողնել, որ հանգիստ փչե իր վերջին շունչը:

— Խե՜ղճ մարդ, տանջվեցիր որդիներիդ ձեռքում, տանջվեցիր, — կրկնում էր Ոսկեհատը:

Նույնը կրկնում էր և նրա աղջիկը:

Սրաֆիոն Գասպարիչը գրեթե ուժով նրանց տարավ մյուս սենյակը: Այնտեղ նրանք կարող են ազատություն տալ իրենց լեզուներին ու արցունքներին: Հետո նա բոլորին խնդրեց անցնել այնտեղ: Սմբատը դուրս եկավ, թաշկինակն աչքերին սեղմած: Նրա հետևից գնացին մյուսները: Այնտեղ Ոսկեհատն հարձակվեց նորեկ որդու վրա և սկսեց համբուրել խանդավառությամբ: Վիշտը նրա մեջ խառնվել էր ուրախության հետ: Կորցնելով ամուսնուն, որի հետ քառասուն տարի ուրախացել էր ու տխրել, նա գտնում էր որդուն, որին ութ տարի էր կորած էր համարում:

— Շատ տառապեց խեղճ, մարդը, շատ, — կրկնում էր նա հեծկլտանքով, — գիշեր-ցերեկ բերանի խոսքն էր. «որդիս մոռացավ իր պապերի հավատը, որդիս խայտառակեց ինձ»:

Սմբատը, մեջքը պատին հենած, գլուխը թեքած կրծքին, շրթունքները կրծոտում էր անխնա: «Անիծվի՛ս, եթե չկատարես», — հնչում էին նրա ականջին հոր վերջին խոսքերն այնքան ահեղ, որ նա ցնցվում էր ամբողջ մարմնով, աջ ձեռքի մեջ ամուր սեղմելով նվիրական ծրարը:

Բոլոր ներկա եղողների հայացքներն ուղղված էին դեպի այդ ծրարը, իսկ ամենից ավելի մեկինը: Դա հանգուցյալի երկրորդ որդին էր՝ Միքայելը, քսան և ութ տարեկան մի երիտասարդ, նուրբ կազմվածքով, նիհար, գունատ, ածխի պես սև մազերով և նորաձև սրուկ միրուքով: Նրա խոշոր, մուգ ընկուզեգույն աչքերն արտահայտիչ էին, խելացի և միևնույն ժամանակ, կարծես, անտարբեր դեպի ընտանեկան վիշտը: Արդարև նրա համար կորուստն այնքան մեծ չէր, որքան իր եղբոր հանձնված ծրարի բովանդակությունը: Գիտեր, որ այդ ծրարի մեջ ամփոփված է հանգուցյալի կտակը, բայց ի՞նչ կտակ — ահա խորհրդավոր ժամի էականը, ահա այն, որ պիտի որոշե իր ճակատագիրն ու ապագան: Մերթ ընդ մերթ նա այնպիսի անհամբեր և ներվային շարժումներ էր անում, որ կարծես ուզում էր հարձակվել ավագ եղբոր վրա և խլել նրանից ծրարը, որ սպունգի պես ծծում էր նրա ամբողջ ուշադրությունը, նույնիսկ բոլոր զգացումները:

— Չլինի՞ թե ծերունին խենթացավ և ինձ զրկեց ժառանգությունից, — դարձավ նա մոտ քառասուն տարեկան մի տղամարդի, որ քայլ առ քայլ հետևում էր նրան:

Դա հանգուցյալի փեսան էր, Մարթայի ամուսինը, քաղաքում բավական ականավոր գործարանատեր և միևնույն ժամանակ սպեկուլյանտ Իսահակ Մարութխանյանը: Արտաքինն այդ մարդուն պատկերացնում էր վերին աստիճանի անվրդով հոգու տեր, հաշվագետ, սառը, եսամոլ: Հագած էր երկայնափեշ սև ռեդինկոտ, մոխրագույն անդրավարտիք և սև մետաքսե խոշորագույն փողկապ: Միջահասակ էր, կարճ խուզած սև մազերով, փոքրիկ իսպանական ձևի մորուսով, խնամքով սանրած և վեր ցցած բավական թանձր բեղերով: Չնայելով իր տարիքին, նրա այտերը կարմիր էին, ինչպես տասնևմեկ տարեկան պատանու թշեր: Մինչդեռ պարզ ակնոցների տակից նայում էին մի զույգ կանաչ-դեղնավուն աչքեր, որոնց արտահայտությունը ոչ այնքան խելացի էր, որքան նենգամիտ ու հրող: Ուռած և նույնպես կարմիր շրթունքների վրա ծփում էր մի շինծու և անախորժ ժպիտ, որ կարծես ասում էր. «Մի կարծեք, որ ես հիմարի մեկն եմ»: Կանգնած էր նա հանդարտ, անվրդով, գլուխը միշտ բարձր պահած, այնպես որ, կարծես, պարանոցը դրված էր երկաթե սեղմիչի մեջ: Գուցե նրան նեղում էր խիստ մաքուր և խիստ փայլուն օսլայած շապկի բարձր և ամուր օձիքը: Նրա կանաչ դեղնագույն բիբերը ձվաձև շրջանակների մեջ դառնում էին այս ու այն կողմ անազից շինած խաղալիքի աչքերի պես նույն չափ մեքենայաբար, որչափ մեքենայական էին նրա բոլոր ձևերն ու շարժումները:

Պարզ էր, որ աներոջ մահը մազու չափ չէր խլրտում նրա ազգակցական զգացումների նիրհը: Պարզ էր նաև, որ եթե բոլոր ներկա եղողները բոպեաբար և տեղն ու տեղը մահանան, դարձյալ նրա աչքերը չպիտի թրջվի: Իսկ իր կնոջ հեկեկանքներին ու արցունքներին նա նայում էր արհամարհանքով: Այնինչ պճնազարդ Մարթան, թաշկինակն աչքերին սեղմած, շարունակ հեկեկում էր բավական վարպետորեն: Եվ Իսահակն ավելի, քան ուրիշ մեկը նրա որդիական ողբի մեջ զգում էր հոգու անսահման կեղծիք և տեսնում էր, որ կինը թաշկինակի տակից գաղտուկ դիտում է բոլորին, որ իմանա՝ ինչ ազդեցություն է գործում իր ողբը շրջապատողների ու մանավանդ այն եղբոր վրա, որի ձեռքումն էր հոր կտակը: Եվ ոչ ոք չէր լալիս անկեղծորեն, բացի այրիից, իսկ տասնուվեց տարեկան Արշակը, որ ընտանիքի մեջ ամենակրտսերն էր, անտարբեր աչքերով նայում էր մերթ մեկին, մերթ մյուսին, կարծես գիտնալու համար, թե ինչ է կատարվում իր շուրջը: Քիչ անցած սգալի տեսարանն սկսեց նրան ձանձրացնել, և նրա թուխ գույնի և խոշոր գծերով դեմքը, որի վրա նկատվում էր մի տեսակ անժամանակ զարգացում և նույնիսկ չափահաս տղամարդի հավակնություն, անկարող էր թաքցնել այդ ձանձրույթը:

Այրին և՛ լալիս էր, և՛ արտասվախառն ձայնով պատմում հանգուցյալի տանջանքները, նա գլխավորապես դառնում էր իր ավագ որդուն, և նրան հաղորդում բոլորը, ինչ որ անցել էր ութ տարվա ընթացքում: Խեղճ մարդ, նա չկամեցավ հիսուն տարվա արյուն-քրտինքով վաստակածը քամուն տալ, այսինքն՝ ձգել երկրորդ որդու՝ Միքայելի ձեռքը:

— Մի՛ չարանար, — դարձավ այրին երկրորդ որդուն, որ մի կատաղի հայացք էր ձգել նրա վրա, — ես հորդ խոսքերն եմ կրկնում: Նա վախեցավ, որ դու մի տարի չանցած չոր տափի վրա կթողնես ամենքիս և կանչեց Մոսկվայից Սմբատին: Ասաց, «կասես նրան, որ շռայլ եղբորը ճանապարհի բերե, Արշակին լավ մտիկ անե, քեզ էլ մենակ չթողնե: Կասես, որ ինչքան ինձ տանջեց — հերիք է, թո՛ղ գոնե քեզ խնայե, դու էլ խեղճ ես, դու էլ անուն ու պատիվ ունես»:

«Անուն ու պատիվ», կրկնեց իր մտքում Սմբատը, «այդ ես եմ, որ արատավորել եմ այդ անունն ու պատիվը մեր գերդաստանի»...

Այրին կանգ առավ, նոր հեծկլտանքը խեղդեց կոկորդի մեջ դառն խոսքերի հոսանքը: Մի քիչ զսպելով իրեն, նա կրկին դարձավ ավագ որդուն:

— «Ինչո՞ւ գնաց, կյանքը կապեց օտարազգի աղջկա հետ», կրկնում էր խեղճը: Տեսա՞ր, ո՛րդի. ինչպես նայեց ձեռիդ, ինչպես փոխվեց հանկարծ, այդ մատանին տեսնելով մատիդ: Նա գիտեր, որ օրենքով ամուսնացել ես ռուս եկեղեցում, գիտեր, որ երեխաներ ունես, բայց էլի չէր ուզում հավատալ այդ դժբախտությանը: «Չէ, ասում էր, չէ, խելքի կգա, կբաժանվի»: Այժմ, որդի, ահա դու և ահա հորդ կտակը... Արա, ինչ ուզում ես, բայց չլինի թե հորդ անեծքին արժանանաս: Լսեցի՞ր, լսեցի՞ր, «անիծվիս, եթե կամքս չկատարես»: Մեռնող հոր վերջին անեծքը երկնքից է գալիս, հոգին է, որ բերում է: Խեղճ մարդու միակ իղձն էր, որ թողես այնտեղ նրանց և գաս մտնես ծնողներիդ օջախը: Այժմ դու գիտես:

Սմբատը լուռ, անշարժ կանգնած էր միևնույն դիրքում, միշտ ծրարը ձեռքում բռնած, մոր խոսքերը ճնշում էին նրա հոգին և սիրտը մորմոքում: Նրանց մեջ զգում էր իր արած քայլի բոլոր պատասխանատվությունն իր համար և ծանր հետևանքները՝ իր ծնողների համար: Բայց ի՞նչը, մի՞թե նրա դառնությունը պակաս էր եղել, քան ծնողներինը:

— Իսկ եթե չկարողանա՞մ կատարել հանգուցյալի պահանջը, — հարցրեց նա գրեթե անգիտակցաբար և այնքան ցածր ձայնով, որ հազիվ լսվեց:

— Եվ չես կարող կատարել, եթե ազնիվ մարդ ես, — ասաց հանկարծ Միքայելը զգալի չափով գրգռված ձայնով:

Երկու եղբայրները նայեցին միմյանց երեսի: Միքայելի աչքերը վառվել էին մի տարօրինակ չարախնդությամբ, և նա շարունակ կրծոտում էր բարակ, քնքուշ բեղերը:

Մայրն ապշած նայեց նրան: Ի՜նչ, մի՞թե ազնիվ որդին պարտավոր չէ կատարել իր հոր վերջին կամքը:

— Միխա՛կ, — արտասանեց նա սպառնալից հանդիմանությամբ:

— Այո՛, — բորբոքվեց Միքայելը, — դու կտակը գրել տվեցիր մեծ որդուդ անունով, բայց չզգացիր ի՛նչ մեծ պատասխանատվություն և ծանր պարտք ես դնում նրա վրա: Այժմ թո՛ղ նա վարվի ինչպես մի անազնիվ մարդ կամ ընդունե իր հոր անեծքը... նա ուրիշ ելք չունի:

Արտասանելով այս խոսքերը, նա շտապով դուրս գնաց: Նրան հետևեց Իսահակ Մարութխանյանը, մի սուր ու զննիչ հայացք ձգելով Սմբատի երեսին: Նրա քայլվածքն էլ նույնպես հանդարտ էր, ինչպես ձևերը:

— Բաց արա ու կարդա հորդ կամքը, — ասաց այրին որդուն:

— Ո՜չ վաղը կկարդանք, թո՛ղ առայժմ մնա իմ մոտ:

Նա ծրարը դրեց գրպանը և մի ծանր, երկարատև հառաչանք արձակելով անցավ հյուրասենյակ, ուր ոմանք այցելուներից դեռ սպասում էին, հուսալով որևէ բան իմանալ հանգուցյալի կտակի բովանդակության մասին:

II

Երեք երեկո շարունակ հոգեհանգիստ էր կատարվում: Հասարակության բոլոր խավերը գալիս էին իրենց վերջին հարգանքը մատուցանելու հանգուցյալին: Այլևս ոչ ոք չէր բամբասում, ոչ ոք չէր ասում, թե Մարկոս աղան եղել է խաբեբա, կողոպտիչ, ժլատ, բռնակալ իր ընտանիքի համար: Մահն ամենքին հաշտեցրել էր նրա հետ, և ամեն ոք շտապում էր իր վշտակցությունն արտահայտելու ժառանգներին:

Ուշադրության գլխավոր առարկան Սմբատն էր: Բոլորը նրա մասին էին խոսում թե՛ թեր և թե՛ դեմ: Շատերն ասում էին, թե ծերունին դեռ երկար կապրեր, եթե չունենար սրտում Սմբատի ցավը: Օ՜օ, մաշեց խեղճ մարդու հոգին ու մարմինը դավաճան որդու արարքը: Մեղադրանքն արտահայտվում էր շշնջյուններով: Ոչ ոք չէր համարձակվում բարձր խոսել: Յուրաքանչյուրը վախենում էր մի գուցե լուրը հասնի միլիոնների ժառանգին: Բանն այն է որ արդեն ամբողջ քաղաքը գիտեր, թե Ալիմյան առևտրական տան գործերի ղեկը Սմբատի ձեռքն է անցնում:

Կտակը բաց արին հանգուցյալի մահվան երկրորդ օրը, ինչպես ցանկացավ Սմբատը: Դա ավելի հանգուցյալի զգացումների զեղումն էր, քան չոր ու ցամաք գործնական թելադրություն: Ծերունին ասել էր, ծխական քահանա Տեր-Սիմոնն արձանագրել: Նախ հանգուցյալը հանձնարարում էր Սմբատին աշխատել Միքայելին ուղիղ ճանապարհի բերելու, դուրս բերելով նրան այն անբարոյական, շռայլ կենցաղից, որ կլանել էր նրան ամբողջովին: Հետո պատվիրում էր արթուն հսկողություն ունենալ Արշակի վրա, սիրել ու հարգել մորը, ապրել նրա հետ մի հարկի տակ, անբաժան: Այնուհետև նա խնդրում ու աղերսում էր «ուղղել» իր «սխալը»: Գալով գործնականին, հանգուցյալը, բացի մի քանի աննշան նվերներից իր չքավոր ազգականներին ու բարեգործական նպատակով, բոլոր իր շարժական ու անշարժ կայքերը և բանկային թղթերն ու ստանալիքները հանձնում էր Սմբատի իրավասությանը, այրիին նշանակում էր կրտսեր որդու խնամակալ մինչև չափահասություն:

Նշանավոր էր այն պայմանը, որ հանգուցյալը դնում էր Միքայելի ժառանգական իրավունքների վերաբերմամբ: Նշանակում էր նրան ամսական ընդամենը մի հարյուր ռուբլի գրպանի ծախք, բայց իրավունք էր տալիս իր բաժին ժառանգությանը տիրանալու, եթե միայն կամուսնանա և անպատճառ «հայ-լուսավորչական» մի աղջկա հետ: Հակառակ դեպքում ցմահ պիտի բավականանար իր համեստ ամսականով: Իսկ ամուսնանալ կարող էր միայն իր շռայլ կենցաղը փոխելուց հետո:

Ավելի նշանավորը մի ուրիշ կետ էր: Սմբատն իրավունք չուներ իր բաժին ժառանգությունը կտակել ո՛չ իր «օտարազգի» կնոջը և ո՛չ իր զավակներին: Եթե կբաժանվի այժմյան կնոջից, իրավունք ձեռք կբերի ամուսնանալ մի հայ աղջկա հետ, այն ժամանակ նոր կնոջից եղած զավակները կհամարվեն նրա օրինական ժառանգները:

Կտակը ջարդուփշուր արավ շատ իրավացի և ապօրինի հույսեր: Շատերին դառնացրեց և ամենից ավելի Մարութխանյանին: Այս մարդը համոզված էր, որ ժառանգության մի որոշ մասը պիտի ստանա իր կինը: Նա կատաղեց, բայց իր ներսում. կտակը կարդացվելիս նրա դեմքի մկանունքը չշարժվեց, միայն կանաչ-դեղնագույն աչքերի մեջ փայլեց մի անսովոր չարամտություն: Թեքվելով կնոջ ականջին, նա շշնջաց.

— Այդ կտակն ապօրինի է:

Կինը զարմացած նայեց նրա երեսին: Մարդը շարունակեց:

— Հայրդ նրան գրել է տվել հոգեկան հիվանդության մեջ: Դա կտակ չէ, այլ խրատ մի ապուշ քահանայի ձեռքով: Դատարանը չի հաստատիլ նրան: Հեռանանք այս տնից: Այստեղ, բացի Միքայելից, ամենքը մեր թշնամիները կլինեն... շուտով կտեսնես...

Եվ կնոջը չսպասելով, Մարութխանյանը քայլերն ուղղեց դեպի դռները գլուխը բարձր պահած:

Ազգականների կեղծ վշտակցությունը, հարկավ, փոխվեց անկեղծ ատելության, ապա թշնամանքի: Բոլորը զինվեցին Սմբատի դեմ:

Պարզվեց, որ ներքնահարկում պահվող ոսկով լի տոպրակներն անգործ մարդկանց վառ երևակայության ծնունդ են եղել: Ծերունին զուտ դրամ է թողել միայն տոկոսաբեր թղթերի մեջ, այն էլ ընդամենը չորս-հինգ հարյուր հազար ռուբլի: Մնացյալ հարստությունը պարունակվում էր անշարժ կալվածքների, հանքերի, գործարանների և երկու շոգենավի մեջ: Տրեխների գոյությունը տակավին չէր երևում: Լուր տարածվեց, որ հանգուցյալը կտակել է դնել նրանց իր դագաղի մեջ և, հետը թաղել: Դյուրահավատ մարդիկ հոգեհանգստի ժամանակ մոտենում էին աղայի դագաղին, որ տեսնեն նվիրական ոտնամանները: Սակայն այնտեղ ոչինչ չկար, բացի ծերունու մոմի գույն ընդունած դիակից սև ռեդինկոտի մեջ:

Կիրակի օրը վաղ առավոտից Ալիմյանների տանն ասեղ գցելու տեղ չկար: Հանգուցյալի դագաղն իրենց ուսերի վրա դուրս տանել ցանկացողների թիվը այնքան մեծ էր, որ թաղման հանդեսի գլխավոր կարգադրիչ Սրաֆիոն Գասպարիչին անգամ հերթ չհասավ: Նա կատաղեց մարդկային կեղծիքի դեմ և ասում էր բարձրաձայն.

— Անիծվածնե՛ր, քանի մարդը կենդանի էր, բամբասում էիք, զրպարտում, հացը գլխին հարամ անում, հիմա ի՞նչ պատահեց, որ հանկարծ բարեկամացաք... Իշտահներդ կապեցեք. Սմբատը խելքը չի կորցրել...

Պատարագիչն ազատամիտ Տեր-Աշոտն էր, չոր-չոր դեմքով մի երիտասարդ քահանա, որ մի լրագրի աշխատակից էր և մի տեսակ փորձանք մյուս քահանաների գլխին: Թեմական առաջնորդ Եփրեմ եպիսկոպոս Փիրվերդյանը նույն առավոտ էր եկել թեմի կենտրոնից՝ թաղմանը ներկա լինելու համար: Սյուների մեկի առջև, փայտաշեն ամպհովանու տակ կանգնած, մտքում շարադրում էր «ավուրպատշաճի» քարոզ:

Մոմերով շրջապատված և պսակներով ծածկված դագաղի առջև կանգնած էին երեք եղբայրները՝ երեք տարբեր խոհերով և զգացումներով:

Արշակը, սուգի նշան սև լաթը թևին կապած, մոլոր հայացքով նայում էր աջ ու ձախ: Զգում էր մարմնական թուլություն ու քաղց, որովհետև գիշերը լավ չէր քնել և առավոտից էլ բան չէր կերել: Ձանձրալի էին նրա համար պատարագչի չոր ու զիլ ձայնը, ծանր հանդիսավոր շեշտերն ամեն բառի վրա, այդ միապաղաղ «ալելույաները» և «խաղաղություն ամենեցունները», տիրացուների աններդաշնակ ձայները, խունկ ամբոխի շշնջյունները, բուրվառից բարձրացող ծուխը, քշոցների ճնճղոցը, բազմաթիվ մոմերի լույսն ու մուխը: Հոր մահն այժմ նրան ուրախացնում էր, չէ՞ որ նա ազատվեց, վերջապես, մանրակրկիտ ժլատ և խստասիրտ վերահսկողից:

Միքայելի սիրտը ճնշվում էր, ներվերը թուլացել էին, երեսը երկայնացել, աչքերի տակերի խորշերը լայնացել և կապտել: Ամբողջ գիշերը չէր քնել: Այն պահից, երբ իմացավ հոր կտակի բովանդակությունը, դագաղը նրա համար դարձավ ատելի ու զազրելի: Այժմ նրան թվում էր, որ սառն ու քարացած դիակը ծաղրում է իրեն, ծիծաղում չարախինդ ու չարախնդիր՝ որպես մի անծանոթ աշխարհից եկած դևային ուրվական, որ խլել է նրա երջանկությունը: Եվ արդարև, մի՞թե ծայրեծայր անամոթ ծաղր չէ ամբողջ կտակը: Դնել քսան և ութ տարեկան տղամարդին ուրիշի հրամանատարության տակ — մի՞թե կարող է մի հայր ավելի դաժանորեն պատժել իր հարազատ որդուն: Օ՜, անողո՛ք ծերուկ: Իսկ նա միամտաբար կարծում էր, թե այդ մարդու մահով կազատվի, վերջապես, ձանձրալի հսկողությունից, անտանելի կշտամբանքներից: կդառնա ինքնագլուխ, կապրե ինչպես ցանկանում է, կծախսե որքան կամենում է: Կանգնած ավազ եղբոր աջ կողմում թվում էր նրան, թե կանգնած է մի օտար, անկոչ հյուրի հետ, որ հեռու աշխարհից գալով, ուժով մտել է նրա սեփական տունը, տիրացել նրա իրավունքներին, ինչպես մի հրոսակ: Չէ՞ որ այդ մարդն ութ տարի գոյություն ուներ իր հոր կյանքում ոչ ուրիշ բանի համար, եթե ոչ կատաղության ու անեծքների, չէ՞ որ նա առմիշտ աքսորված էր ծնողների տնից, լքված ու թքված որպես գերդաստանի գերագույն արատ... Իսկ ա՜յժմ... նա եկել է ու կանգնել որպես տեր և իշխանավոր...

Այլ էին Սմբատի զգացումները: Մռայլ մտքերի մեջ խորասուզված, գլուխը կրծքին թեքած, կանգնած էր որպես մի տեսակ դատապարտյալ: Որքա՜ն հիշողություններ էին վերականգնել նրա մեջ, որպիսի ծանր մտքեր էին ալեկոծում նրա ուղեղն այն հարազատ միջավայրում, ուր շատ տարիներ էր չէր եղել և որն այսօր կարծես հրում էր նրան որպես մի խորթ, անհարազատ տարր: Շա՞տ տարիներ. ո՛չ, ընդամենը ութ տարի: Բայց թվում էր նրան, որ իր կյանքի այս վերջին քառորդում ապրել էր, խորհել, զգացել ավելի, քան առաջ: Եվ ինչ-որ անխորտակելի պատնեշ այդ ութ տարիները բաժանում էին նրան անցյալից: Եվ ոչինչ նմանություն գոյության այդ երկու շրջանների մեջ, ոչ մի աննշան կապ: Դեռ մի շաբաթ առաջ նա կարծում էր, թե առմիշտ անզատվել էր մերձավորներից և երբե՛ք, երբե՛ք չպիտի վերադառնա ծնողների հարկի տակ: Հայրն անիծել էր նրան և զզվանքով հեռացրել իրենից և ինքն էլ կարծում էր, որ արդեն մոռացել է նրան: Իսկ երբ ստացավ ծերունու մահամերձ լինելու հեռագիրը, մի վայրկյանում ամեն ինչ տակն ու վրա եղավ նրա սրտի մեջ: Երկու տող գիրը վայրկենաբար ալեկոծեց նրա մեջ սառած որդիական զգացումները՝ որպես ուժեղ ձեռքով արձակված մի քար նիրհած լիճը, և նա նորեն իր հոգու խորքում զգաց ջերմություն դեպի անցյալը: Եվ այժմ նա հոր դագաղի առջև լալիս էր և լալիս էր անկեղծ, դառն արցունքներ թափելով սրտի մեջ: Կծու վիշտը մերթ ընդ մերթ ցնցում էր նրան ոտքից մինչև գլուխ: Թվում էր նրան, թե ինքը, միայն և միմիայն ինքն է պատճառը ծերունու մահվան, ինքը՝ իր անուղղելի սխալով: Չէ՞ որ այդ երկաթե առողջության տեր մարդը կարող էր ապրել դեռ շատ տարիներ, չէ՞ որ հոգեկան տանջանքներն էին վաղաժամ քայքայել նրա մարմինը...

Սակայն վշտանալով, ողբալով ու ինքն իրեն դատապարտելով հանդերձ, նա այժմ էլ զգում էր, որ իր և այն ծանոթ միջավայրի այս մերձավոր և ընտանի դեմքերի մեջ բարձրացած պատնեշն անխորտակելի է...

Բեմ բարձրացավ եպիսկոպոսը և սկսեց փքուն խոսքերով դրվատել հանգուցյալի քանի մի բարեգործական նվերները, որ ոչինչ էին նրա հարստության համեմատ:

— Էջմիածնի վանքին հինգ հազար, ճեմարանին հինգ հազար, մեր Մարդասիրական ընկերությանը տասը հազար, ուսումնարանին մի հազար, աղքատանոցին երեք հազար: Թո՛ղ օրհնվի հանգուցյալի անբասիր հիշատակը, թո՛ղ աստված բյուր ի բյուրոց վարձատրե նրա ազնվազարմ ժառանգներին, թո՛ղ հանգուցյալի այս լուսապայծառ և երկնաճանաչ գործը ծառայե օրինակ բոլոր ազգայնոց համար:

Եվ այլն, և այլն, և այլն...

Պատարագն ավարտվեց, հոգեհանգիստը կատարվեց, դիակը դուրս տարան:

Երբ թաղման հանդեսը վերջացավ, արդեն երեք ժամն էր:

Հակառակ նորամուծ սովորության, այրի Ոսկեհատը պահանջել էր, որ հանգուցյալի հիշատակին այնպիսի մի հոգեճաշ տրվի, որի նմանը եղած չլիներ: Սմբատը համաձայնություն էր տվել հակառակ իր հայացքներին, չկամենալով մորը վշտացնել:

Հուղարկավորների մեծ մասը ցրվեց, բայց և այնպես սգավորների ընդարձակ բնակարանը լցվեց: Բոլորը քաղցած էին և անհամբեր սպասում էին ճաշի՝ նույնիսկ պատարագի կեսից սկսած: Սպիտակ մաքուր սփռոցների վրա դարսած առատ ուտելիքները և գինու փայլուն շշերն ամենքի ախորժակն էին գրգռում: Տեր-Սիմոնը — Ալիմյանների քահանան, որ պատվավոր քաղաքացիների հետ անցել էր առանձին սենյակ, առաջարկեց հանգուցյալի հոգու բաժակը: Նրան ձայնակցեցին «ազատամիտ» Տեր-Աշոտը և «պահպանողական» Տեր-Սահակը, և «աստված հոգին լուսավորե» դարձվածքն անցավ սենյակից սենյակ և շատերին տրամադրեց լավ խմելու: Գինու և օղիի բաժակները դատարկվեցին, դանակ-պատառաքաղներն սկսեցին գործել, մետաղի ու ափսեների հնչյունները խափանեցին ընդհանուր լռությունը: Տեսարանն սկզբում հիշեցնում էր Էջմիածնի վանական ճաշարանը՝ իր քարե սեղաններով: Հյուրերն ուտում էին անխոս, աչքի տակով ծուռ-ծուռ իրարու նայելով և իրարուց ամաչելով կամ իրարուց խրախուսվելով: Բայց գինու շշերի առաջին շարքը գլուխները տաքացրեց և թրջված լեզուները բացվեցին, ինչպես թառամ բույսերն անձրևի ցողից:

Սմբատը, որ վաղուց չէր տեսել նման հանդեսներ, անցնում էր սենյակից սենյակ և հետաքրքրությամբ դիտում: Նա ինքը քաղց չէր զգում և զարմանում էր ուտողների ախորժակի վրա: Շատերն սկսեցին գինու ազդեցությամբ կատակներ անել ու ծիծաղել, միմյանց հյուրասիրելով, որպեսզի իրենք ևս առիթ ունենան խմելու: Սմբատի զգացումները վիրավորվում էին: Մի կոշկակար ամեն անգամ բաժակը դատարկելիս, հարևանին արմունկով բոթում էր և աչքով անում՝ դեմուդեմ նստած իր արհեստակցի կողմը, ձեռքը քսելով կրծքին. օխայ, ի՛նչ անուշ է հարստի գինին: Կային այնպիսիները, որ բերանները կերակուրով լեցուն ցինիկ անեկդոտներ էին պատմում և ծիծաղ շարժում: Ոմանք արդեն կարմիր գինով ներկել էին ճերմակ սփռոցները և վրեն աղ սփռել: Նրանք, որոնք կշտացել էին, բռկոցն էին տալի: Մի քանի գործակատարներ զանազան միմոսություններով աշխատում էին միմյանց ծիծաղեցնել: Նրանց զվարճության գլխավոր առարկան «աղվակատ» Մուխանն էր — դեղնագույն, ուռած քթով մի մարդ, որ կերակրի յուրաքանչյուր պատառը կուլ էր տալիս մերթ գինով, մերթ օղիով: Մազերը փոշիոտ, զզզված, ալեխառը միրուքս խճճված շատ գործածված ավելի պես, աչքերի շրջանակները կարմիր, կեղտոտ, հնամաշ անգույն ռեդինկոտը կուչկուչված, նա հիշեցնում էր ասիական բաղնիսի մոխրատան բնակչին: Առավոտից մինչև երկու-երեք ժամը Մուխանը հաշտարար դատարանի առջև սրա ու նրա համար հատը տասը կոպեկով խնդրագիր էր հորինում կամ օրենքներ բացատրում, իսկ այնուհետև օրվա վաստակածը հանձնում էր օղետներին ամենայն բարեխղճությամբ:

Գործակատարները զցում էին նրա վրա հացի գնդիկներ: Նրանց նշանակն էր՝ «աղվակատի» աղյուսագույն պարանոցի խոշորագույն խուլինջը: Ստեպ-ստեպ նրա դողդող ձեռներից հատակի վրա էր ընկնում մերթ դանակը, մերթ պատառաքաղը, անձեռոցիկը կամ մսի կտորները: Եվ երբ ցածր էր թեքվում՝ ընկածը վերցնելու, հացի գնդիկները կարկտի պես էին տեղում նրա պարանոցի վրա:

Մի անգամ, երբ գնդիկներից մեկը դիպավ քթին, բերանը բաց արավ հայհոյելու, մի ձեռ հետևից փակեց նրա բերանը:

— Շատ մի կոնծիր, — շշնջաց նրա ականջին մի կարճահասակ մարդ դեղնագույն մազերով և ապակու պես փայլուն աչքերով, — քեզ հետ գործ ունեմ... երեկոյան ութ ժամին կգաս մեր տուն...

Ասաց փոքրահասակ մարդը և իսկույն չքացավ.

Եղանակը պարզ էր, օրը ջերմ, լուսամուտները բաց: Դեպի մուտքը թեքվող արևգալի շողերը խուրձերով ներս էին թափվել և լուսավորում էին բազմաթիվ գլուխների խայտաբղետ շարքերը: Ամբոխի շունչը, կերակուրների գոլորշին, ծխախոտի ծուխը, փորս, կեղտն ու քրտինքը, միմյանց խառնվելով, սենյակում գոյացրել էին ստորին տեսակի պանդոկային մթնոլորտ, ծանր, անախորժ: Շատերն էին արդեն հարբել, բռկոց էին տալիս պարսիկների պես, ցույց տալով, որ իբր չեն ուզում, և դարձյալ ուտում էին. ով գիտե մեկ էլ երբ պիտի տեսնեն այդպիսի առատ սեղան:

Մարդկանց ագահությունը և զվարթ, ուրախ դեմքերը, ոմանց անամոթ բարձրաձայն ծիծաղներն ակամա զզվանք էին ներշնչում Սմբատին: Վաղուց նա չէր տեսել այդպիսի նողկալի տեսարան: Անցնելով «աղվակատ» Մուխանի մոտով, նկատեց, որ արբշիռը գինին թափել է սպիտակ սփռոցի վրա և աղամանն է փնտրում՝ կարմիր լճակը աղով ծածկելու համար: Նրա աջ ու ձախ կողմերում նստած դերձակները բարձրաձայն քրքջացին, լայն բանալով կերակրով լի բերանները, ինչպես շնաձկներ:

— Ես ձեզ քարշ կտամ զերձալի տակ, շուն շան... կատաղեց Մուխանը:

Սմբատը, զզվանքը զսպելով, շտապեց անցնել «պատվավորների» սենյակը: Այդտեղ էլ ուտում էին ախորժակով, բայց արժանավայել, խմում էին շատ, բայց ոչ շտապով և ոչ աղմկալի, ծիծաղում էին, բայց ցածր ձայնով: Տեր-Աշոտ ազատամիտը ոգևորված խոսում էր ազգի, եկեղեցու նորագույն պահանջների մասին: Նրա ազատամիտ հայացքները կատաղեցնում էին պահպանողական Տեր-Սիմոնին, որ առհասարակ ատելով ատում էր իր երիտասարդ պաշտոնակցին: Շուտով նրանց մեջ սկսվեց մի թեթև վիճաբանություն, որ հետզհետե տաքացավ: Բանն այն է, որ յուրաքանչյուրն աշխատում էր փայլել իր գիտությամբ հարուստ սեղանակիցների ուշադրությունն ու համակրանքը գրավելու համար: Այնինչ՝ հարուստները լսում էին վիճաբանությունն արտաքուստ ուշադիր, իսկ մտքով զբաղված իրենց գործերով և Մարկոս աղայի թողած հարստությամբ: Մեկը նավթահոր էր փորել տալիս և երեկ խողովակը ծովել էր հորի մեջ, մյուսի գործակատարը գողություն էր արել, երրորդը վաղը պիտի բանկից ազատեր իր մուրհակները, մի ուրիշն էլ մտածում էր արդյոք լավ չի լինի, որ ինքն էլ իր հանքում գետնի տակով խողովակ անցկացնելով, հարևանի նավթը գողանա, ինչպես ասում էին ոմանք: Մի խոսքով ոչ մեկը գլուխ չուներ Տեր-Աշոտի լուսավոր գաղափարները լսելու...

Հոգեհացին ներկա էին նաև Միքայելի մտերիմ ընկերներից մի քանիսը: Ամեն ինչ նրանց վրա նորաձև էր, սկսած կոշիկների սուր ծայրերից և տափակ կրունկներից մինչև գլուխների մազերի սանրվածքը և բեղերի սրածայր ցիցը դեպի վեր:

Մեկը նրանցից շշնջալով նկարագրում էր իր հարևանի համար մի նորեկ օպերետային երգչուհու կուրծքն ու ոտները...

— Երեկ հետը ծանոթացա կուլիսների հետևում, խնդրեց, որ այցելեմ... նրա կենացը...

Դա քաղաքում հայտնի զվարճամոլ Գրիգոր Հաբեթյանն էր, որին համառոտ կոչում էին «Գրիշա»: Կարմիր, մսալի երեսով, հաստ շրթունքներով, վառվռուն սև աչքերով մի երիտասարդ էր, որ սիրում էր աղմկալի քեֆեր, կոտրտել, ջարդել, սրա ու նրա վրա շշեր շպրտել, թուղթ խաղալ, շամպայնը խմել շշից, գիշերները փողոցներում թառ ու դուդուկ ածել տալ, ոստիկանների հետ կռվել, հետո նրանց կաշառել: Նրա մի կողմում նստած էր նիհար, դալուկ դեմքով Մելքոն Ավրումյանը, քսան ու վեց տարեկան մի հանքատեր, որի աչքերի մեջ փայլում էին կիրքն ու այն սոսկալի ախտը, որ նրան դարձրել էր կմախք: Մի կողմում նստած էր քնահարբ դեմքով, թմրած աչքերով Մովսես Բաբախանյանը, որի ուղեղն ու զգացումները բացառապես թղթախաղին էին նվիրված:

— Ինձ էլ կծանոթացնես, այնպես չէ՞, — ասաց Մելքոն Ավրումյանը:

— Ընթրիք երկու դյուժին շամպանիայով, — պայման դրեց Գրիշան:

— Գալիս է:

— Որտե՞ղ:

— Շոգենավի վրա:

— Ա՛ֆերիմ, բայց այդ քիչ է:

— Էլ ի՞նչ ես ուզում:

— Օրկեստր...

— Եղավ:

— Ընթրիքից հետո բարկազ, մինչև Նարգին կղզին... Լուսին գիշեր է:

— Համաձայն եմ:

— Այդ ի՞նչ եք քչփչում, — մեջ մտավ քնահարբ Մովսես Բաբախանյանն օրոշկտալով:

Մելքոնը պատմեց պայմանադրությունը:

— Մենամարտություն, — շշնջաց Մովսես Բաբախանյանը և ձեռը տարավ ծոցի գրպանը:

Նա հանեց մի հարյուրանոց թղթադրամ, սեղմեց բռունցքի մեջ:

— Զո՞ւյգ, թե՞ կենտ, — հարցրեց, հազիվ թմրած աչքերի կոպերը բարձրացնելով:

— Կենտ, — պատասխանեց Գրիշան:

Նայեցին թղթադրամի թվահամարին — կենտ էր: Մովսես Բաբախանյանը դրամը տվեց Գրիշային:

Միքայելը նստած էր նրանից հեռու, Իսահակ Մարութխանյանի մոտ: Թվում էր նրան, որ ընկերները ծաղրում են իրեն: Շատ անգամ էր պարծեցել նրանց մոտ, թե հոր մահից հետո պիտի այնքան ծախսե, որքան ոչ ոք դեռ չի ծախսել: Եվ այսօր հանկարծ հայտնվում է, որ նա լիազոր ժառանգ չէ, այլ իր եղբոր ստորադրյալը՝ հետին գործակատարի ամսականով:

— Ի՞նչ անեմ, աստ՛, Իսակ, ի՞նչ անեմ — հարցնում էր նա առեղ-ատեպ Մարութխանյանին:

Դեղին-կանաչագույն աչքերն ակնոցների տակից նայում էին այդ պահին շատ մտախոհ: Պարզ էր, որ Մարութխանյանի գլուխը զբաղված էր շատ արտաքո կարգի լուրջ խնդրով: Հանկարծ նա կամացուկ իր անշարժ գլուխը թեքեց Միքայելի կողմը և շշնջաց.

— Իրիկնադեմին ե՛կ մեր տուն, խոսելիք ունեմ...

— Ուրեմն հույս կա՞, — արտասանեց Միքայելը մի փոքր ուրախանալով:

— Ե՛կ, կխոսենք...

Հոգեճաշն ավարտվեց, տերտերները պահպանիչ ասացին, հյուրերն սկսեցին ցրվել, բացի Միքայելի ընկերներից ու բարեկամներից: Նրանք դեռ չգիտեն Մարկոս աղայի կտակի բովանդակությունը, ուզում էին գիտենալ:

Տան ընդարձակ բակում խռնվել էր խեղճերի ահագին բազմություն: Հանգուցյալի գործակատարներն ու ծառայողները նրանց կերակուր էին բաժանում: Տիրում էր անասելի աղմուկ և իրարանցում: Կեղտոտ, կիսամերկ մուրացկանները միմյանց հրում էին, զարկում, հայհոյում, աշխատելով իրարու առաջել և մոտենալ խոհանոցին:

Պղնձե հսկայական կաթսաների հնչյունները, շերեփների զրնգոցը, ծառայողների գոռում-գոչյունները, քաղցած խուժանի կառաչյունը, իրարու խառնվելով ասիական բազարի տպավորություն էին գործում: Կոպտությունը, կեղտը, կերակուրների գոլորշին, ցնցոտիների հոտը նողկանք էին ներշնչում կուշտ և անտարբեր դիտողին: Մի կույր հայ, փայտով անխնա հարվածում էր աջ ու ձախ իր համար ճանապարհ բանալով դեպի այն կողմ, ուսկից կերակուրների հոտն էր գալիս: Մի պատանի պարսիկ, նրա փեշերից քաշելով, աշխատում էր ինքն առաջ ընկնել: Մի ռուս անդամալույծ սայթաքեց, ընկավ մի ասորի կնոջ վրա և կատաղությունից խածնեց նրա գարշապարը: Մի կարմրերես լեզգի, որի թևերը մինչև արմունկները կտրած էին, հարձակվում էր սրա ու նրա վրա և ատամներով խլում մսի կտորները և գրեթե առանց ծամելու կուլ էր տալիս: Թափառաշրջիկ շների մի ոհմակ խառնվել էր մուրացկաններին և մռմռալով կրծոտում էր գետնի վրա թափված ոսկորներն ու լակում կերակրի կեղտոտ հեղուկը: Մերթ ընդ մերթ գործակատարներն ու ծառաները միահամուռ ուժերով հարձակվում ու հետ էին մղում խուժանը, բայց ոչինչ չէր օգնում որևէ կարգապահություն վերականգնելու:

Վերջապես բոլոր ուտելիքները բաժանվեցին, խոհանոցի դռները փակվեցին, բայց խուժանը դեռ չէր արտաքսվում և այս նշանակում էր, որ տակավին կա մի բան, որին պետք է սպասել: Ահա դեպի տան երկրորդ հարկը տանող սանդուղքի վրա հայտնվեց Սրաֆիոն Գասպարիչի հանդիսավոր կերպարանքը: Նա հրամայեց ծառաներին՝ մեկիկ-մեկիկ մուրացկաններին թույլ տալ իրեն մոտենալու: Ձեռքում բռնած ուներ մի մեծ գույնզգույն թաշկինակ՝ արծաթե դրամներով լի: Այրիացյալ տիկին Ոսկեհատն էր կարգադրել սեփական դրամից հարյուր ռուբլի բաժանել մուրացկաններին՝ հանգուցյալի հիշատակին:

Սրաֆիոն Գասպարիչը թաշկինակը շարժեց, դրամները հնչեցին: Արծաթե ախորժալուր ձայնն էլեկտրական տոկի պես անցավ խուժանի մարմնով, ցնցեց նրան: Քանի մի վայրկյան նա անշարժ էր և ապշած նայում էր վաղեմի ատիճանավորի դյութական թաշկինակին: Բայց ահա նա շարժվեց, դղրդաց և, խուլ աղաղակ բարձրացնելով, դիմեց դեպի թաշկինակը՝ որպես գիշակեր թռչունների երամ: Այլևս ո՛չ ծառաներն ու գործակատարները և ո՛չ փողոցից եկած ոստիկանները չկարողացան զսպել խեղճերի մերկանդամ բանակը:

Ծերունին շրջապատվեց: Հարյուրավոր կեղտոտ, առողջ և գոս, առնական և կանացի ձեռներ միաժամանակ բարձրացան վեր և օդի մեջ կազմվեց մի շարժուն անտառ կաշվից ու ոսկորից: Կային անդամալույծներ, զուրկ երկու ոտներից: Ձեռների վրա սողալով, սրա ու նրա ոտները կրծոտելով, ճգնում էին իրենց համար ճանապարհ բանալ: Կային թոքախտավորներ, որ անզոր էին առաջ շարժվելու, այնքան հյուծվել էին նրանց մարմինները, կային բորոտներ անդամ, որոնցից խուժանը չէր զգուշանում: Պատանիներն արմունկների հարվածով միմյանց քիթ ու ծնոտներն էին ջարդում: Կանայք, ճչալով ու հայհոյելով, իրարու մազերն էին քաշկռտում: Պարսիկներն օրհնում էին հանգուցյալի հիշատակը և աղերսում նրա համար երկնային դրախտ: Քրիստոնյաներն անզուսպ հայհոյում էին «անհավատներին», անխնա ծեծելով նրանց: Խլացուցիչ ժխորի մեջ լսվում էին զանազան լեզուներով ամենակեղտոտ ածականներ, ամենազազրելի հիշոցներ, որ դարերի ընթացքում կազմվել էր ցեխի ու կեղտի ձուլարանում, ուր ապրում են ու շնչում մարդկային մերկությունն ու անոթությունը: Մարդկության ամոթն էր այդ և դաժանությունը, անարգանքը բնության և ծաղրը տիրող կարգ ու կանոններին և ապիկար օրենքներին:

Տեսարանը հետաքրքրել էր հյուրերից շատերին: Պատշգամբի վրա ժողովված, նայում էին դեպի վար և... զվարճանում, տեսնելով ապականության մեջ տրորվող մարդկային հոգին ու մարմինը: Դրանք մեծ մասամբ հարուստների զավակներ էին, որոնք իրենց անվանում էին «ոսկե երիտասարդություն»:

— Զո՞ւյգ, թե՞ կենտ, — ասում էր շարունակ Մովսես Բաբախանյանը մեկին կամ մյուսին և խոշոր թղթադրամները մերթ առնում էր ու մերթ տալիս:

Այստեղ էր նաև ազատամիտ լրագրի թղթակից Արմենակ Մարզպետունին, թուխ դեղնագույն դեմքով, մեծ քթով մի երիտասարդ, հագին երկայն վատ կարված ռեդինկոտ, որի անթիվ ծալերը ցույց էին տալիս, որ նոր է սնդուկից դուրս բերվել: Տեսարանը նրան թելադրում էր մի հոդված, որ պիտի կրեր «Հակադրություն» վերնագիրը: Նայում էր վար — քաղցի ու մերկության սոսկալի պատկեր, ուր մարդիկ շներից չէին տարբերվում: Նայում էր վեր — կշտության ու անհոգության կենդանի մարմնացում: Այնտեղ կիսամերկ մարմիններ, կեղտոտ ու գզգզված մազերով ողորմելի գլուխների մի քստմնելի ճահիճ: Այստեղ վերջին տարազի հագուստներ, ոսկե շղթաներ, թանկարժեք «բրելոկներով», ադամանդյա մատանիներ ու փողկապի քորոցներ: Կարելի է խղճալ ստորինին, գրչով համակրել նրան, սակայն գրավիչը վերինն է: Թղթակիցը մոտեցավ Սմբատին, որ դիտում էր իր սեփական փշրանքներից խլրտող խուժանը, և ասաց.

— Պարոն Սմբատ, ես այսօր նեթ մտադիր եմ թաղման հանդեսը նկարագրել և ուղարկել «Կայծակ» լրագրին, որ, ինչպես գիտեք, ամենից հարգվածն է ու տարածվածը:

— Ինչպես կամենաք, — արտասանեց Սմբատն անտարբեր, նույնիսկ չնայելով թղթակցի երեսին:

— Մեր պարտքն է ասպարեզ հանել հանգուցյալի օրինակելի բարեգործությունը... Քարոզն այստեղ միայն լսեցին... գրվածքը կկարդան աշխարհի բոլոր անկյուններում... Ուստի թույլ տվեք նախքան գրելը մի քանի լրացուցիչ տեղեկություններ իմանալ ձեզանից...

— Մի ուրիշ անգամ, պարոն, այսօր դրա ժամանակը չէ, — ասաց Սմբատը և երեսը դարձնելով հեռացավ:

Թղթակիցը նրա հետևից մի կատաղի հայացք ձգեց և մտքում ասաց, «ա՛յժմ ես գիտեմ ի՛նչ պետք է գրել, հղփացած բուրժուա»:

Մոտեցավ ազատամիտ Տեր-Աշոտը:

— Ցուէսությո՛ւն, Սմբատ Մարկիչ, թույլ տվեք կրկին ու կրկին ասել, որ ձեր հայրն իր անունն անմահացրեց:

— Պարոն Սմբատն իր հանգուցյալ հոր արածների արժեքը մեզնից լավ է գնահատում, — միջամտեց պահպանողական Տեր-Սիմոնը, որ քայլ առ քայլ հետևում էր Սմբատին` տնային քահանայի իրավունքով:

Սմբատը` քաղաքավարի, բայց սառը սեղմեց մեկի ու մյուսի ձեռքը, և, երեսը դարձնելով, հեռացավ:

Բազմաթիվ նախանձոտ հայացքներ ուղեկցում էին նրան ամենուրեք: Այնինչ այդ պահին նա իր սրտի վրա զգում էր մի այնպիսի ծանրություն, որի նմանը երբեք չէր զգացել...

III

Հոր առանձնասենյակում նստած, Սմբատը կարգի էր բերում հանգուցյալի հաշիվները:

Սեղանի վրա փռված էին անթիվ թղթեր — պայմանագրեր, հաշվեթղթեր, մուրհակներ: Ծանոթանալով հանգուցյալի գործերին, մտքում որոշում էր այն ընթացքը, որ պիտի բռներ իր համար միանգամայն նոր և անծանոթ առևտրական ասպարեզում: Սակայն չէր կարողանում իր ուշքը հարատև կենտրոնացնել միայն այս խնդրի վրա: Կար մի ուրիշ բան, որ բռնությամբ կաշկանդում էր նրա միտքը: Մերթ նրա առնական դեմքով սահում էր դառն ժպիտը, մերթ մռայլ ճակատը պայծառանում էր:

Սեղանի վրա թանաքամանին հենած էր մի մեծ լուսանկար: Ահա նրանք, այն թանկագին էակները, որ տարիներ շարունակ անջատել էին նրան մայրենի միջավայրից և ծանրացրել հոր անեծքը նրա հոգու վրա: Սոսկալի դիլեմա. նա ատում էր իր կնոջը և սիրում զավակներին: Տասնուհինգ օր էր ընդամենը բաժանվել իր սրտի ամենանուրբ ու ամենազգայուն թելերից, հոգու ամենաթրթռուն շողերից և այժմ որքա՛ն կարոտ, դառնություն ու վիշտ: Այո՛, նա միշտ սիրել է իր զավակներին, բայց երբեք այդչափ, երբեք: Եվ ահա նրան ուզում են ստիպել բաժանվել նրանցից, բաժանվել հավիտյան` հանուն ինչ-որ տխմար օրենքների, ինչ-որ վայրենի նախապաշարումների: Ի՛նչ, մի՞թե հնարավոր է դուրս գցել սիրտը կրծքի տակից, անջատել հոգին մարմնից և... ապրել:

Ո՛չ, ոչ. նա չի սիրում իր կնոջը և վաղուց է եկել այն եզրակացության, որ երբեք չի սիրել նրան և ոչ էլ սիրվել նրանից: Դա մի սխալ էր, մի անզգուշություն, որ նա գործեց առանց ինքն իրեն հաշիվ տալու, առանց իր զգացումների խորքը վերլուծման ենթարկելու, ինչպես արել և անում են շատ շատերն իրենց երիտասարդ հասակում:

Իսկ երբ զգաց, որ մոլորվել է, արդեն ուշ էր, շատ ուշ: Ի՛նչ, նա որպես ազնիվ մարդ չպիտի կապվեր օրինական կապով այն ազնիվ ծնողների մաքուր և անապական աղջկա հետ, որին զրկել էր կուսությունից, հրապուրելով նրան և նրանից հրապուրվելով: Վերջապես, նա պիտի փողո՞ց նետեր այս փոքրիկ անմեղին, որի ծննդյան պատճառն էր, իր հարազատ զավակին: Եվ ինչո՞ւ, ո՞ր բարոյական իրավունքով: Ո՛չ, ո՛չ, որքան ևս դառը լիներ մոլորությունը, այնքան քաղցր էր նրա հետևանքը: Եվ ահա նա ամուսնացավ, նրա ծնողների սև նախապաշարումներն ու անմիտ ավանդությունը զոհելով ազնվության զգացմանը և բարոյական մարդու տարրական պարտականությանը: Ի՞նչ փույթ, որ նա վռնդվեց ծնողների հարկից և արժանացավ հոր անեծքին:

Այսօր նա վերադարձել է այդ հարկի տակ, մնում է անեծքը: Պե՞տք է կրել այդ անեծքը, թե՞ սիրտը կրծքի տակից դեն շպրտելով, ազատվել այդ անեծքից: Հետո՞. մի՞թե ավելի մեծ, ավելի դաժան մի անեծք չպիտի ծանրանա նրա հոգու վրա — անմեղների հավիտենական անեծքը: Ո՛չ, ո՛չ, նա կարող է ատել նրան, որին մի ժամանակ կարծում էր թե սիրում է և վաղուց արդեն ատում է, բայց ի՞նչպես բաժանվե հարազատ զավակներից, քանի որ ամեհի գազանն անգամ դեն չի շպրտում իր զավակներին: Ավելի դյուրին չի՞ լինի, արդյոք, կրել մի համառ ու խավարամիտ հոր անեծքը, կրոնակիցների ծաղրն ու արհամարհանքը, քան դառնալ անազնիվ մարդ, անսիրտ ծնող և կրել հոգու վրա սև արատ և խղճի վրա կապարյա ծանրություն:

Սմբատը նորեն ու նորեն վերցրեց նկիրական լուսանկարը և հպեց իր շրթունքներին: Նա չէր նկատում, որ այդ պահին մեկը հանդարտիկ մոտենում է իրեն անլսելի քայլերով:

Այրին մի վայրկյան կանգ առավ որդու հետևը, զգացվեց նրա հայրական սիրով ու գլուխը տխրորեն շարժեց: Բայց դա անցողիկ մի վայրկյան էր, մի թույլ շող, որ անցավ խավարի միջով և շուտով տեղի տվեց ավելի զորավոր ուժի: Եվ այրիի արյունաքամ շրթունքները դողացին ու նրա կրծքից դուրս թռավ մի ծանր հառաչանք:

— Քո զավակնե՞րն են, — հարցրեց նա, ձեռը դնելով որդու ուսի վրա:

Սմբատը ցնցվեց, գլուխը բարձրացրեց և նայեց մորը, որ հագած էր ոտքից մինչև գլուխ սգավորի զգեստ:

— Ասա՛, քո զավակնե՞րն են, — կրկնեց այրին:

— Այո՛, մա՛յր, իմ հարազատ զավակներն են, — պատասխանեց Սմբատը, լուսանկարը դնելով իր տեղը:

— Ո՛չ, հարազատ չեն, ո՛րդի, ո՛չ:

— Մա՛յր... արտասանեց Սմբատը հանդիմանորեն:

— Այո՛, այո՛, քեզանից են, բայց քոնը չեն:

— Մայր այդպես մի խոսիր, դու էլ ծնող ես, դու էլ ունիս զավակներ, դու էլ սիրել ես նրանց:

— Այո՛, սիրել եմ և սիրում եմ, բայց լսիր, ո՛րդի...

Այրին հանդարտ նստեց որդու դեմուդեմ, ձեռները դրեց կրծքի վրա և խորին կարեկցությամբ լի հայացքն ուղղեց նրա երեսին: Այդ հայացքը թեթևակի շփոթեցրեց Սմբատին, բարկության հետ մի տեսակ անցողիկ ատելություն զգաց նա դեպի իր ծնողը: Թվաց նրան, որ գտնվում է ոչ սիրող մոր, այլ մի անողոք դատավորի առջև:

— Որդի, — սկսեց այրին, ծանր հառաչելով, — բավական է, ինչքան խայտառակեցիր քեզ, ծնողներիդ ու ամբողջ մեր գերդաստանը: Դու խելոք տղա ես, մանկությունից եղել ես մտածող ու աչքաբաց: Հայրդ գիտեր այդ և դրա համար քեզ հանձնեց իր գործերը: Չե՞ս մտածում, որ արարմունքդ դեմ է մեր հայրերի ու պապերի ավանդություններին և մեր եկեղեցու սուրբ օրենքներին: Տասնուհինգ օր առաջ հայրդ նստած էր ահա այդտեղ, քո նստած բազկաթոռի վրա: Խեղճ մարդ, երբեք այնպես մտահոգ ու տխուր չէր եղել: «Ոսկեհա՛տ, ասաց նա, երազ եմ տեսել, շուտով մեռնելու եմ, ի՞նչ անեմ Սմբատի վերաբերմամբ, չեմ ուզում մեռնել անհաշտ»: Նա սկսեց լաց լինել, հեկեկալ երեխայի պես, հետո ձեռքը դնելով ուսիս վրա, երդվեցրեց ինձ ծնողներիս գերեզմանով, մեր զավակների ու եղբորս սիրով, որ ոտներդ ընկնելով, աղաչեմ, պաղատեմ քեզ խելքի գալ: Նա իր կտակի մեջ քիչ է գրել, բայց շատ է ասել: Գիշեր-ցերեկ նրա ուշքն ու միտքը դու էիր միայն, դու, ո՛րդի:

Եվ այրին, մետաքսե սև թաշկինակով սրբեց արտասուքը:

— Մայր, — արտասանեց Սմբատը, զսպելով և իր բարկությունը, և իր ատելությունը, — ուրեմն դու ուզում ես, որ հարազատ զավակներիս փողո՞ց ձգեմ, ինչպես մի անպետք լաթ:

— Քա՛վ լիցի, որդի, ինչո՞ւ ես փողոց ձգում: Հայրդ փափագում էր, որ միայն անունդ խլես նրանցից և այդ օտարազգի կնոջից: Թող ապրեն, ինչպես ուզում են: Գոհություն երկնավորին, հանգուցյալն այնքան հարստություն է թողել, որ դու կարող ես նրանց ապահովել մինչև մահ: Թող ունեն քո ժառանգության մի բաժինը: Տերը նրանց հետ...

— Մայր, ես հասկացա քեզ, բավական է, այլևս ո՛չ մի խոսք այդ մասին, — ընդհատեց որդին տրտմությամբ:

Նա ոտքի ելավ և ձեռները դնելով անդրավարտիքի գրպանները, մոտեցավ լուսամուտին: «Ո՛չ մի խոսք». բայց ի՞նչպես չխոսե մի մայր, որ որդու սիրուց տանջվել է ութ տարի շարունակ և որի վրա մի տանջված հայր սուրբ պարտականություն է դրել մոլորյալ որդուն ուղիղ ճանապարհի բերելու: Ի՞նչպես չխոսե մի մայր, քանի որ նրա սիրեցյալ զավակի վրա կարող է ծանրանալ հայրական անեծքը: Եվ Ոսկեհատը շարունակեց: Նկարագրեց իր տառապանքները, ամուսնու տանջանքները, ազգական — բարեկամների դառը կշտամբանքները, ծանոթների պարզ ու խուլ ատելություններն ու արհամարհանքները, ազգի և եկեղեցու անեծքները...

Սմբատը լսում էր լուռ, հուզված, անդադար անցուդարձ անելով: Երբ մայրն ավարտեց իր աեելիքը, նա ձեռն ամուր զարկեց ճակատին և մազերը ճանկելով, արձակեց մի դառն ու երկարատև հառաչանք: Ապա ասաց.

— Մայր, ասացիր ինչ որ ուզում էիր ասել: Այժմ թո՛ղ ինձ հանգիստ, թո՛ղ որ մենակ մտածեմ իմ անելիքի մասին:

— Բայց այսօր, չէ՞, այսօր կվճռես անելիքդ, — համառեց այրին:

Ներս մտավ Սրաֆիոն Գասպարիչը և սկսեց քրոջը հանգստացնել: Դեռ ժամանակը չէ այդ ծանր խնդիրը վճռելու, Թող սուգի օրերն անցնեն, հետո ինքը կխոսե Սմբատի հետ, կբացատրե բոլոր հանգամանքները և կհամոզե, որ չի կարող հոր վերջին ցանկությունը չկատարել: Իսկ այսօր պետք է ընդունել թեմական առաջնորդին, որ ցանկություն է հայտնել «ազավորին անձամբ մխիթարելու»:

— Մարդ է ուղարկել խնդրելու, որ տանն սպասես, — դարձավ նա քեռորդուն:

Արդարև, մի ժամ անցած, սպասավորը հայտնեց, թե եպիսկոպոսն արդեն իջնում է կառքից:

Նորին սրբազանության մուտքը հանդիսավոր էր: Գալիս էր ինչ-որ մի երիտասարդ վարդապետի, քաղաքի բոլոր քահանաների և երկու երեսփոխների ուղեկցությամբ, կարծես ցույց տալու համար իր դիրքի բարձրությունը: Երկու հակառակորդները — կարմրերես, ամրակազմ, սև ու փայլուն միրուքով Տեր-Սիմոնը և նիհար դեմքով, վտիտ մարմնով, ակնոցավոր Տեր-Աշոտը, սրբազանի թևերի տակ մտած, օգնում էին նրան բարձրանալու զորգերով ծածկված սանդուղքը:

Ճիշտ հիսունհինգ տարեկան էր սրբազանը, միջահասակ, գեր, պարարտ, կլորիկ, ինչպես լավ կերակրված մի խոզ: Նրա մասլի ու լայն երեսը ձգել էր վար մինչև կուրծքը մոխրագույն միրուքը, որ թևատարած բազեի էր նմանվում: Փայլուն մետաքսե վեղարի ետևից երևում էին մի զույգ խիստ շարժուն աչքեր, ուռած ու կարմիր կոպերով, որոնց մի մասը ծածկված էր խիտ ու երկայն հոնքերով: Հաստլիկ և ծայրը մի քանի կոշտ մազերով զարդարված քթի աջ ու ձախ կողմերում երևում էին երկու լերդագույն ուռուցքներ, որ իբրև թշեր էին: Դա նրա երեսի միակ մասն էր առատաբույս միրուքից ազատ: Պարանոցից կախված էր մի ծանրակշիռ ոսկե շղթա, որի վրա հանգիստ բազմած էր մի մեծ ականակուռ խաչ:

Մինչ նա ծանր ու բարակ բարձրանում էր, երկայն արծաթակոթ գավազանի ծայրը զարկելով սանդուղքի աստիճաններին, աչքերը մերթ դեպի աջ, մերթ դեպի ձախ պտտելով, զննում էին հարուստ տան մուտքը:

Սմբատը սանդուղքի ծայրում թեքվեց համբուրելու սրբազանի աջը,

որ ծածկված էր մազերով և զծավորված կապույտ-կարմրագույն երակներով, որոնցից կարծես արյունը պատրաստ էր դուրս ցայտել մի թեթև հպումից:

Սրբազանը հառաչեց շունչ առնելու համար՝ մտքում անիծելով իր հաստ փորը: Բայց թող շրջապատողները կարծեն, որ այդ հառաչանքը խորին վշտակցության արտահայտություն էր դեպի սգավոր երիտասարդությունը:

Հանդիսավոր թափորը, որի սկիզբը սրբազանն էր, իսկ վերջը մի Տաճկաստանի զաղթական քահանա զորտագույն կարճ փերաջեով, դիմեց դեպի հյուրասենյակ՝ Սմբատի և Սրաֆիոն Գասպարիչի ուղեկցությամբ: Այստեղ նորին սրբազանությանն սպասում էին այրի Ռսկեհատը, Մարթան և քանի մի ազգական ծեր կանայք: Բոլորն էլ համբուրեցին սրբազանի աջը և ստացան նրա օրհնությունները:

Տեր-Սիմոնն ու Տեր-Աշոտը սրբազանին բազմեցրին թավշե բազկաթոռի վրա, ուր նա թաղվեց մինչև վեղարի ծայրը, ինչպես մի ձուլածո ռումբ բամբակի մեջ:

— Նորին վեհափառություն Ամենայն Հայոց Հայրապետը,— սկսեց եպիսկոպոսը հանդիսավոր շեշտով, — հաճել է օրհնության կոնդակ հղել առ ձերդ ազնվություն, ազնվազարմ Սմբատ Ալիմյան: Եկա, որ ձեզ մատուցանեմ սուրբ զիրս այս և իմ կողմից համրաբար կրկին ու կրկին շնորհակալություն մատուցանեմ հանգուցյալի բարի հիշատակին և ձեզ ևս օրհնեմ հանուն ձեր երջանկահիշատակ ծնողի եկեղեցաշեն և ազգօգուտ նվիրատվության:

Եվ ծոցից դուրս բերելով մի մեծ ծրար, բարձրացրեց վեր և ավելացրեց.

— Կարդացե՜ք, տե՜ր հայրեր...

Միաժամանակ Տեր-Սիմոնն ու Տեր-Աշոտը հարձակվեցին ծրարը խլելու: Տեր-Աշոտն իր հակառակորդից ավելի թեթևաշարժ ու ճարպիկ էր, ուստի նա կարողացավ խլել ծրարը:

— Տեր-Սիմոն, դու կարդա, քո ձայնը բամբ է, — հրամայեց սրբազանը:

Տեր-Աշոտը շրթունքները կրծոտելով, ծրարը հանձնեց իր հակառակորդին:

Տեր-Սիմոնը կարդաց: Այրին սկսեց լաց լինել, նրան հետևեցին մյուս պառավները, թեև ոչ մի բառ չէին հասկանում կոնդակից:

— Այս օրհնյալ տունն արժանի է հայրապետական օրհնության,— ասաց սրբազանն ընթերցումն վերջացնելուց հետո, կոնդակն իր ձեռքով Սմբատին հանձնելով: Մի՜ լաք, քույրե՜ր, այլ ցնծացեք, քանզի այսօրվանից երկնավոր թագավորի աջը պիտի լինի այս զերդաստանի վրա: Թող ամենաբարձրյալ աստված հանգուցյալի հոգին դասեսցե ի շարս սրբոց և մարզարեից:

Այս ասելիս, սրբազանը ջերմեռանդորեն բարձրացրեց աչքերը դեպի

վեր: Կես ճանապարհին նրա հայացքը կանգ առավ առաստաղին կախված ահագին բրոնզե և ոսկեզօծ ջահի վրա: «Մարդ գիտենա ի՛նչ արժե այդ», ասաց նա իր մտքում:

Այնուհետև սկսեց խոսել Էջմիածնի մասին, խորհուրդ տվեց այրի Ոսկեհատին առաջիկա մեռոնօրհնությանն այցելել Մայր Աթոռը: Ասաց, թե ինքն էլ այնտեղ է լինելու թեմի ժողովրդի համար աղոթելու և նորին Վեհափառությանը մատուցելու նրա հավատարմության հավաստիքը առաքելական մայր եկեղեցուն:

— Մեղք ունիմ, սրբազա՛ն, մեծ մեղք, մեր սուրբ կրոնի դեմ, չեմ կարող պարզերես Էջմիածին գնալ, — ասաց այրին, մի նշանակալի հայացք ձգելով իր շուրջը:

Սրբազանը ծանոթ էր Ալիմյանների ընտանեկան պատմությանը, ուստի, հասկանալով այրիի միտքը, դարձավ իր հետ եկած հոգևորականներին.

— Տեր հայրեր, և դու հա՛յր սուրբ, անցեք մյուս սենյակ:

Հրամանն իսկույն կատարվեց և ներկա մնացին, բացի սրբազանից ու Ոսկեհատից, Սմբատն ու Սրաֆիոն Գասպարիչը:

Այրին խոսեց: Այո՛, մեծ է Ալիմյան գերդաստանի վրա ընկած արատը, մինչև որ չջնջվի այդ արատը, ոչ ոք այդ գերդաստանի անդամներից չունե իրավունք իրան «հայ քրիստոնյա» համարելու: Սմբատը նախազգացել էր, որ մայրն այդ խնդրի մասին պիտի խոսե սրբազանի հետ, ուստի կանխավ վճռել էր լինել սառնարյուն և չվշտացնել ծնողին որևէ կոշտ ընդդիմադրությամբ:

Այրին համառոտ պատմեց այն, ինչ որ արդեն գիտեր սրբազանը, պատմեց հուզված և մերթ ընդ մերթ սև թաշկինակը հպելով աչքերին:

— Իմ որդին մեղավոր չէ, ո՛չ, ո՛չ, — կրկնեց նա, ավարտելով իր ասելիքը, — նա երեխա է եղել, նրան խելքից հանել են և փորձանքի մեջ գցել...

Միամիտ կին. նա դեռ հավատացած էր, թե որդու սխալը կարելի է ուղղել ամենայն դյուրությամբ, բավական է, որ ինքը կամենա ուղղել: Նա կարծում էր, որ այն պսակն է միայն սուրբ, անխախտելի, որ կապված է երկու ազգակիցների ու կրոնակիցների միջև, և այն զավակներն են միայն օրինական և սիրելի, որ ծնվում են այդ միությունից:

Սրբազանը նեղն ընկավ: Նրանից պահանջվում էր համոզել Սմբատին, որ իր ուխտը դրժե, թողնե կնոջը, ձգե զավակներին: Ի՞նչպես համոզել այդ չափահաս, համալսարանն ավարտած տղամարդին այդ անելու, ի՞նչ խոսքերով ու հորդորներով ազդել նրա վրա: Սրբազանի առանց այդ ևս ծանր շնչառությունն ավելի արագացավ: Նա մինչև անգամ քրտնեց իր գիրուկ ուսերի վրա ծանր և անսովոր բեռան տակ: Այնուամենայնիվ նա կարողացավ խոսել: Եվ խոսեց նախ մայրենի եկեղեցու պատմական և քաղաքական նշանակության մասին, նկարագրեց նրա կրած տառապանքները, ապա ապացուցեց կրոն սիրելու և նրան հավատարիմ մնալու անհրաժեշտությունն «ազգի պահպանության» համար. բայց երբ հասավ խնդրի էական կողմին, հայացքն ուղղեց բրոնզե ջահին ու լռեց:

Այրին ծանր ու տխուր հառաչեց, զգալով, որ խնդիրն ավելի բարդ է, քան կարծում էր ինքը: Եվ նա դարձյալ դիմեց իր սովորական զենքի օգնությանը՝ թախանձանքներին ու աղերսներին:

— Ազատվի՛ր հորդ անեծքից, որդի՛ ազատվի՛ր և մեզ էլ ազատիր, — կրկնեց նա հարյուր անգամ կրկնածը:

Փորձը ծանր էր Սմբատի համար, անախորժ և եթե շարունակվեր պիտի դառնար զազրելի: Նա կրծոտում էր իր շրթունքները, որ մի կերպ խեղդի իր մեջ կատաղությունը, որպեսզի մի որևէ ավելորդ բառով չվիրավորե իր մորը եպիսկոպոսի ներկայությամբ:

— Սրբազան, — խոսեց նա վերջապես, — բարի եղեք համոզել մորս, թե հրեշ է այն մարդը, որ իր հարազատ զավակներին կձգե փողոց: Ես սիրել եմ հորս, սիրում եմ մորս, բայց ի՞նչպես զոհեմ այդ սիրույն մի ուրիշ, ավելի զորավոր սեր — հայրականը: Սրբազան, ամեն մի մարդ ինքն է պատասխանատու թե՛ այս, թե՛ մյուս աշխարհում իր անհատական կյանքի համար: Եթե իմ արածը ոճիր է իմ ազգի, կրոնի և գերդաստանի դեմ, ես և միայն ես պիտի կրեմ նրա պատիժը: Գալով իմ հոր անեծքին. ես կաշխատեմ նրանից ազատվել ուրիշ ճանապարհով, ես կաշխատեմ լինել օրինավոր մարդ, ազնիվ, անարատ իմ գերդաստանի և ուրիշների համար, բայց ձգել իմ զավակները՝ երբե՛ք, երբե՛ք, երբե՛ք...

— Որ այդպես է, զավակներդ վերցրո՛ւ, իսկ նրանց մորը արձակիր...

— Մո՛րը, — գոչեց Սմբատը, այլևս չկարողանալով զսպել իրեն, — ի՞նչ կանեի՛ր, մա՛յր, եթե քեզանից խլեին քո զավակներին: Ո՛չ, սրբազա՛ն, զուր է ձեր միջամտությունը, ես չեմ կարող մորս պահանջը կատարել:

Այդ ասելով, նա ոտքի կանգնեց ցույց տալու համար, որ այլևս ավելորդ է համարում այդ մասին խոսելը:

Սրբազանն ուրախ էր, որ խնդիրը շատ էլ չի բարդանում և կարող է այժմ թեթևացնել իր շնչառությունը: Աջող վայրկյան որսալով, ոտքի կանգնեց, պահպանիչ ասաց, հասկացնելով մյուս սենյակում սպասողներին, թե նուրբ տեսակցությունը վերջացել է:

Սրբազանն ստացավ «աջահամբույրը» և հեռացավ նույն հանդիսավորությամբ, որով եկել էր:

Այրին լալիս էր, Սրաֆիոն Գասպարիչը մխիթարում էր նրան:

Քառորդ ժամ անցած, Սմբատը դարձյալ հոր սենյակումն էր: Նա դառնացած էր, բայց միևնույն ժամանակ զգում էր մի տեսակ հոգեկան թեթևություն: Առաջին փոթորիկը, որին հոր թաղումից հետո սպասում էր ամեն րոպե, անցավ պակաս զորավոր, քան կարծում էր: Նա կարողացավ դիմադրել մորը: Վաղը նա կականարկե, թե ցանկանում է կնոջն ու երեխաներին բերել Մոսկվայից: Այրին, իհարկե, կզայրանա, կաղերսե, լաց կլինի, բայց փույթ չէ, այդ սկիզբն է, հետո կամա ակամա կընտելանա իր հարսին ընդունելու մտքի հետ: Իսկ հետո՞, վերջացա՞վ դրանով խնդիրը: Օ՛, ո՛չ, այդ չէ էականը, կընտելանա՞ արդյոք ինքը՝ Սմբատն իր կացությանը, նույնիսկ եթե կարողանա մոռացության տալ հոր անեծքը:

Նա այլևս չկարողացավ պարապել, սկսեց թղթերը ժողովել:

Ներս մտավ սպասավորը և հայտնեց, թե «ուստա Բարսեղը» ուզում է աղային տեսնել:

— Ո՞վ է ուստա Բարսեղը:

— Մեր վարձողներից մեկը:

— Թող գա:

Այցելուն այն դեղին մազերով մարդն էր, որ հոգեհացի ժամանակ մոտեցավ «աղվակատ» Մուխանին և խնդրեց այն երեկո գնալ իր տուն: Նա կանգնեց դռների մոտ, ձեռները դրեց կրծքի վրա և խոնարհ գլուխ տվեց, թեքվելով մինչև հատակը: Հետո աջ ու ձախ նայելով, գողտնի մոտեցավ և ժպտուն դեմքի վրա խաղացնելով մի շողոքորթ ժպիտ, ձեռը պարզեց տանտիրոջը: Առաջին հայացքից իսկ այդ մարդու կերպարանքն ու ձևերը վատ տպավորություն գործեցին Սմբատի վրա:

— Ի՞նչ եք կամենում, — շտապեց նա հարցնել:

— Հրամանոցդ առողջությունը, Սմբա՛տ-բեգ, — լսվեց մի խուլ ձայն:

— Գո՞րծ ունիք:

— Մի պզտիկ հաշիվ ունենք, Սմբատ-բեգ...

— Նստեցե՛ք...

Հյուրը գլուխ տվեց, բայց չնստեց:

— Հրամանքդ, ինչպես տեսնում եմ, ինձ մոռացել ես, — ասաց նա իր ապակյա աչքերը հառելով տանտիրոջ երեսին. — իհարկե, աղա ջան, քա՛նի տարի է... բայց մենք, ցավդ առնեմ, հրամանոցդ շատ լավ ենք հիշում: Այսչափ երեխա էիք, ա՛յ, — շարունակեց մարդը, ձեռով ցույց տալով մի արշին բարձրություն հատակից, — պզտիկ, պզտիկ: Հետո մի քիչ մեծացար, գնացիր Մոսկվա ու գնացիր, աստված պահի, այժմ տղամարդ ես, այն էլ ի՛նչ տղամարդ... Լա՞վ ես, աղա ջան...

— Շնորհակալ եմ: Դուք ասացիք ինչ-որ հաշիվ ունիք. ի՞նչ հաշիվ է:

Ուստա Բարսեղը, կարծես, հարցը չլսեց և շարունակեց նույն անվրդով եղանակով.

— Գալիս էիր մոտս, պզտիկ-պզտիկ զանգուլակներ էիր ուզում կատվի վզին կապելու համար: Այ, հենց սենյակի տակն է մեր խանութը, ցավդ առնեմ, ոտքով որ խփես — ծառայիդ գլխին կդիպչե...

— Հիշում եմ, հիշում եմ, — ընդհատեց Սմբատն անհամբեր, — ուստա Բարսեղն եք, արծաթագործ... Ասացե՛ք ի՞նչ հաշիվ ունիք, ուստա Բարսեղ:

— Մի օր եկաք, թե «ինձ համար ձուկ բռնելու չանգալ շինե, ուստա Բարսեղ»: «Աչքիս վրա, ասացի, ցավդ առնեմ»: Նստեցի ու մի օր տանջվելով, մի լավ արծաթե չանգալ շինեցի, բաշխեցի... Ուրախացար, ցավդ առնի ուստա Բարսեղը...

— Ուստա Բարսեղ, հաշիվ էիք ասում:

— Մյուս օրը չանգալը բերիր, թե «ուստա Բարսեղ, ասում են, արծաթը դալբ է»: Չեմ իմանում, որ մոլթանին էր ասել, որ ուստա Բարսեղը դալբ արծաթը խալիսի տեղ է ծախում... Միտդ է...

— Ի՞նչ հաշիվ ունիք ուստա Բարսեղ, — գոչեց Սմբատը, ձայնը բավական բարձրացնելով բարկությունից:

— Հաշի՞վը, — կրկնեց հյուրը, իբր թե անփույթ. — հա, մոռացա, գլուխս խոսքով խառնվեց: Հաշիվը, Սմբատ-բեգ, Միքայել Մարկիչի անունով... Պզտիկ հաշիվ է, շատ պզտիկ, ցավդ առնեմ... Բայց դե Միքայել Մարկիչը ջահելություն է անում... Երեք օր է աղաչում, պաղատում ենք, չի հատուցանում...

— Չի հատուցանում: Ուրեմն փո՞ղ է պարտական ձեզ...

— Հայա՛, ցավդ առնե ուստա Բարսեղը, պարտական է, որ չտա էլ, իհարկե ոչինչ չենք ասիլ, ջանին դուրբան, բայց դե պարտական է մուրհակով...

— Մուրհակո՞վ...

— Թամի՛զ... до востребования...

— Գումա՞րը:

— Հրամանոցդ համար դատարկ բան, մի ձեռք հագուստի փող. մի գիշերվա ծախք... Բայց դե մեզ պես քյասիբ-քյուսուրի համար խազնա, թագավորություն, Հարուն Ալ Ռաշիդի բոստանը, հա՛, հա՛, հա ...

Նրա ծիծաղը ինչեց այնքան չոր ու անախորժ, որ Սմբատը զզվանքի պես մի բան զգաց: Սակայն նա արդեն հետաքրքրվել էր այցելուի ասածներով:

— Հապա ցույց տվեք տեսնեմ Միքայելի մուրհակը, — ասաց նա, ձեռը պարզելով այցելուին:

Ուստա Բարսեղը, աջ ու ձախ նայելով, ձեռը տարավ ծոցը, դուրս բերեց այնտեղից մի հնամաշ թղթապանակ: Ինչ-որ թղթերի միջից զգուշությամբ դուրս բերեց մի մուրհակ: Բաց արավ և ծայրից ամուր բռնելով, պահեց Սմբատի աչքերի առջև:

— Այո՛, այդ Միքայելի ստորագրությունն է, — ասաց Սմբատը, — բայց մի՛ վախենաք, չեմ խլիլ ձեր ձեռքից, գումարն եմ ուզում գիտենալ:

Սմբատն ապշեց, մուրհակը յոթ հազար ռուբլի էր: Մի գումար, որ կասկածելի էր, թե համապատասխանե արծաթագործի կարողությանը:

— Ուստա Բարսեղ, դուք այժմ էլ ձեր արհե՞ստն եք գործածում:

— Հա՛յա, ցավդ առնեմ, զարգյար էինք, զարգյար էլ մնացինք. չխկումըխկ ենք անում, օղլուշաղ պահում, հինգ երեխա ունենք... բայց երեք տարի է մի պզտիկ պահարան ենք դրել, մեջը մի քանի արծաթեղեն ու ոսկեղեն շարել, մենք մեզ խաբում ենք. իբրև թե մենք էլ առևտուր ենք անում:

— Երևի, Միքայելը ձեզնից ոսկեղե՞ն է վերցրել...

— Չէ՛, ազիզ արևդ վկա, նաղդ փող ենք տվել կանաչկարմրանոցներ: Ազիզ արևդ վկա, երեխաների բերանից ենք խլել ու տվել:

— Ուստա Բարսեղ, — արտասանեց Սմբատը, մի սուր հայացք ձգելով մարդու երեսին, — դուք ուղիղ յոթ հազա՞ր եք տվել Միքայելին, թե՞ պակաս:

Ուստա Բարսեղը մի քիչ շփոթվեց, բայց միայն մի վայրկյան: Շուտով ուշքը ժողովեց և ժպտալով պատասխանեց.

— Ցավդ առնեմ, իհարկե, մի քիչ պակաս ենք տվել, բայց դե գումարը յոթ հազար արծաթե դրամ է:

— Ես ձեզ խնդրում եմ ասել, զուտ դրամ ո՞րքան եք տվել: Չէ՞ որ մուրհակի մեջ տոկոս էլ կա:

— Տոկո՛ս, իհարկե, առանց տոկոսի բան կլինի՞, բայց Միքայել Մարկիչի պարտքը դրուստ յոթ հազար ռուբլի է:

— Ե՞րբ է մուրհակի ժամանակը լրանում:

— Ժամանա՞կը... հա՛, ժամանակը այսօր տասնուվեց օր է հանգուցյալ Մարկոս աղան «դովլս տրեբովանի է» եղել, աստված նրա հոգին լուսավորե: Ազիզ արևդ վկա, օր ու գիշեր աղոթք ենք արել նրա կյանքի համար, բայց ի՞նչ արած, մահը մերն է, մենք մահինը. աստված այդպես կամեցավ:

— Ի՞նչ եք ուզում ասել, ուստա Բարսեղ, ես ձեզ չեմ հասկանում:

— Արևի լույսի պես պարզ է: Աղա Միքայելը խոստացել է պարտքը վճարել հոր մահից հետո, ձեռաց մի քանի օր անցած:

Սմբատը ցնցվեց, հասկացավ եղբոր վատթար արարքը, որդին հոր մահն աճուրդի էր դուրս բերել: Անտարակույս այս Բարսեղը մի արյունարբու վաշխառու է, որ, օգտվելով շվայտ երիտասարդի նեղ դրությունից, մեկին հարյուրով պարտք է տվել ծերունու մահից հետո ստանալու պայմանով: Ո՞րն է ավելի զարշելի, տվո՞ղը, թե՞ վերցնողը:

— Շատ բարի, — ասաց նա, — այսօր սպասեցեք, եղբորս հետ կխոսեմ, հետո կգաք...

— Չէ՛, չէ՛, ցավդ առնի ուստա Բարսեղը, Միքայել Մարկիչը չպիտի գիտենա, որ հրամանոցդ մոտն ենք եկել, ամա՛ն, ամա՛ն, նա գիժ է, մեզ կսպանի, հինգ երեխաների տեր ենք...

— Հեռացե՛ք: Վաղը եկեք, կստանաք ձեր փողերը:

— Հա՛, ցավդ առնեմ, էգուց վերջացնենք: Հինգ երեխա ունենք, պառավ մայր, քույրեր, եղբայրներ, քրոջ աղջիկներ, եղբոր տղերք, մին այսրու: Դատաստանից զահլեներս է գնում, հաշտությունը լավ բան է, ինքը Քրիստոսն է ասել: Աստված լուսավորի Մարկոս աղայի հոգին, երևելի մարդ էր, մեզ շատ էր սիրում, ամեն օր գալիս էր խանութս: Մենք էլ ձեր հրամանոց ծառաներն ենք, ձեր շվաքումն ենք ապրում: Ներողությո՛ւն, գլուխդ ցավացրինք, ծառայությո՛ւն, մի նեղանար, առանց ասելուդ էլ գնում ենք... էգուց կգանք, ծառայություն...

Եվ ուստա Բարսեղը երեսը դեպի Սմբատը, հետ ու հետ քայլելով, մեջքից թեքված, դուրս գնաց:

Նույն օրը երեկոյան Սմբատի ու Միքայելի մեջ տեղի ունեցավ առաջին ընդհարումը: Միքայելն առանց քաշվելու խոստովանեց, որ Բարսեղից վերցրել է ընդամենը մի հազար ռուբլի, փոխարենը տվել յոթ հազար ռուբլու մուրհակ: Ի՞նչ աներ, փողի կարիք է ունեցել: Նա արել է այն, ինչ որ շատ շատերն են անում ժլատ հայրերի զավակներից: Նա չէր կարող պաս ու ծոմ պահել, լինելով միլիոնատիրոջ զավակ այն ժամանակ, երբ նրա ընկերները ծախսում էին հազարներով ու տասնյակ հազարներով: Այսօր նա վերջապես իրավունք ունի ազատ ու ինքնագլուխ ապրելու, և ահա մի բռնակալի տեղ մյուսն է ասպարեզ եկել: Ո՜չ, այդ անտանելի է և վիրավորական: Հայրը թողել է մի ապօրինի կտակ, նա, իհարկե, լուռ չի մնալ, կանե, ինչ որ հարկավոր է, իսկ առայժմ թո՛ղ Սմբատը, առանց բացատրության սպասելու վճարե ուստա Բարսեղին, այլապես գործը կերթա դատարան...

Սմբատն սկսեց բացատրել եղբորը, թե ինքը երբեք չի մտածել նրա բռնակալը դառնալու, թե նրանք հավասար եղբայրներ են և պարտավոր են միմյանց վրա ազդել բարի խորհուրդներով: Միքայելի այժմյան կենցաղն արժանի է խորին պարսավանքի. այդ կյանք չէ, որ նա վարում է, այլ հոգեկան սնանկություն, բարոյական անկում, մարմնի քայքայում: Թո՛ղ նայե Միքայելը հայելուն: Այդպես շարունակել չի կարելի, այդ վիրավորանք է գերդաստանի պատվին:

— Վերջապես, մենք չունենք բարոյական իրավունք հանգուցյալի դառը քրտինքով ձեռք բերած հարստությունը ծովը թափելու մեր հաճույքի համար:

— Դառը քրտինքո՜վ, — կրկնեց Միքայելը կծու հեգնությամբ. — դու համոզվա՞ծ ես, որ մեր հայրն իր միլիոններն արդար ճանապարհով է վաստակել:

— Մի՞թե դու համոզված չես, — գոչեց Սմբատը զարմացած՛:

— Ե՞ս: Ես համոզված եմ, բայց դու — ո՛չ:

— Ի՞նչ ես ուզում ասել:

— Այն, որ դու մտքումդ մեր հորը համարում ես հարստահարիչ և չես խղճահարվում գալ տիրանալ նրա հարստությանը:

— Միքայե՛լ:

— Զո՛ւր ես վիրավորվում: Կամենաս ցույց կտամ Մոսկվայից գրած նամակն երդ այն օրից, երբ հանգուցյալը քեզ զրկեց թոշակից: Դու գրում էիր, թե մեր ժամանակներում արդար աշխատանքով երբեք չի կարելի հարստանալ: Դու մեղադրում էիր մեր հորը աշխատավորներին հարստահարելու, ագահության և ժլատության մեջ, իսկ ես պատասխանում էի, թե Մարկոս Ալիմյանի հարստությունն ուրիշների քրտինքի արդյունքը չէ, այլ բախտի բերմունք, բնության մի պագև, վիճակախաղ... Ես պաշտպանում էի, դու՝ հարվածում էիր, ասա՛, այժմ ո՞վ է մեզանից ավելի արժանավոր ժառանգ, ե՞ս՝ իմ շռայլ ու զեխ անսպառակ կյանքով, թե՞ դու՝ քո տնտեսական աշխարհայացքով և գրքերից քաղած փիլիսոփայությամբ:

— Չգիտեմ, գուցե ավելի դու, քան ես...

— Այո՛: Ես: Թո՛ղ, ուրեմն, որ ես օգտվեմ նրա հարստությունով, հեռացի՛ր գործերից, հանձնելով ինձ հարստահարությամբ և կեղեքումով դիզված հարստությունը: Դու ուսում ունիս, ես թերուս եմ, դու խելոք ես, ես հիմար, դրամը հիմարին է հարկավոր, խելոքն ինքը կարող է վաստակել: Ահա պարծենում ես քո պարկեշտությամբ ու ժուժկալությամբ, բայց մոռանում ես քո և իմ պայմանները կյանքի: Տասներկու տարեկան էիր, երբ հեռացար վատ շրջաններից, գնացիր Մոսկվա: Այնտեղ դու ապրել ես ընտիր ընտանիքներում, կրթվել ես լավագույն ուսուցիչների ձեռքի տակ, համալսարան ես մտել և ավարտել: Իսկ ինձ պահել են այստեղ, այս ապականված քաղաքում և քո պատճառով զրկվելով բարձր ուսումից, ընկել եմ վատ միջավայր...

— Իմ պատճառո՞վ, — ընդհատեց Սմբատը:

— Այո՛, մի՞թե չգիտեիր: Այն օրը, երբ մեր հայրն իմացավ, որ դու միացել ես մի օտարուհու հետ, երդվեց մյուս որդիներին ոչ միայն Ռուսաստան չուղարկել, այլև իր աչքից չհեռացնել: Ահա ինչո՛ւ ես զրկվեցի այն առաքինությունից, որով այսօր պարծենում ես: Այո՛, այո՛ դու խելոք ես, դու ունիս բարձրագույն ուսում, դա քեզ կարող ես ապահովել քո արդար աշխատանքով, իսկ ես չեմ կարող, որովհետև տգետ եմ, հիմար և աշխատանքի անընդունակ: Ինձ, և ոչ թե քեզ է վայել շռայլել ուրիշների քրտինքով վաստակած հարստությունը:

— Բայց ես պարտավոր եմ անել այն, ինչ որ կտակել է մեր հայրը:

Միքայելը բարձրաձայն ծիծաղեց:

— Պարտավո՛ր եմ անել այն, ինչ որ կտակել է մեր հայրը, — կրկնեց նա, ձեռները իրարու զարկելով և գլուխն աջ ու ձախ երերելով, — ա՛յ ա՛յ ա՛յ. ի՛նչ գովելի հնազանդություն, ի՛նչ զմայլելի առաքինություն: Պարտավո՛ր ես, ուրեմն կատարի՛ր նախ և առաջ հորդ կտակի գլխավոր կետը, բաժանվի՛ր կնոջիցդ ու երեխաներիցդ...

— Այդ քո գործը չէ:

— Թո՛ղ այդպես լինի, եթե կամենաս, ես այլևս չեմ խոսիլ այդ մասին, բայց միայն մի պայմանով, որ դու էլ ինձ չձանձրացնես քո հորդորներով ու խրատներով, որոնք ոչ մի արժեք չունեն ինձ համար:

— Բայց ես պարտավոր եմ ձանձրացնել, որովհետև այդ ոչ միայն մեր հոր, այլև մեր մոր կամքն է:

— Ինչո՞ւ: Որովհետև ես շռայլատան եմ, իսկ դու օրինավոր մարդ, ես անբարոյական եմ, դու բարոյական, չէ՞: Նեղություն կրիր, բարոյական մարդ, գնա հենց այս րոպեիս, գնա մայրիկի սենյակը տես խեղճ կինն ո՛ւմ պատճառով է արտասուք թափում — ի՞մ, թե՞ քո... Ցտեսությո՛ւն, վաղն առանց այլևայլի կվճարես ուստա Բարսեղին իմ պարտքը, մուրհակը հետ կվերցնես, ինձ համար կպատրաստես հինգ հազար ռուբլի: Ես ունիմ ուրիշ պարտքեր էլ: Բոլորը կվճարես ու կգրես իմ հաշվին:

Նա դուրս գնաց, արհամարհանքով լի մի հայացք ձգելով եղբոր վրա:

Սմբատը վրդովված ձեռը զարկեց սեղանին և ոտքի ելավ: Ահա ի՜նչ. նույնիսկ այդ մինչև ոսկորների ծուծն ապականված երիտասարդը կշտամբում է նրան, երեսովը տալիս նրա անուղղելի սխալը: Ի՞նչ կարող է անել այդ մարդու վերաբերմամբ, ի՞նչպես «ճանապարհի բերել», քանի որ ինքը չի կատարում իր վրա և իր վերաբերմամբ դրված ծանր պարտքը:

«Բայց այնուամենայնիվ ես քեզ չեմ թողնիլ քո կամքին», վճռեց նա մտքում:

IV

Ի՜նչ, տարիներ շարունակ կատարել հասարակ գործակատարի կրավորական պաշտոն, տառապել մի կամակոր և մանրակրկիտ ծերունու սուր հայացքների տակ, հնարել ամեն անգամ պես-պես ստեր ավելորդ ծախսերն արդարացնելու համար, և հաճախ անմաքուր ձեռներով մոտենալ հայրական սնդուկին, և կամա-ակամա փափագել հարազատ ծնողի մահն այն հույսով, որ այդ մահով պիտի ազատվի կապանքից: Ի՜նչ, մեռնի վերջապես հայրը, թողնելով ահագին ժառանգություն և հանկարծ ինքը զրկվի օրինական իրավունքներից և ընկնի մի նոր հսկողի ու կշտամբողի հովանավորության տա՞կ:

Ո՜չ, ո՜չ, այդ անտանելի է, վիրավորական, այդ մի հարված է Միքայելի համար, որին նա չի կարող հանդուրժել: Ի՞նչ պիտի ասեն նրա ընկերներն ու բարեկամները: Մի՞թե իրավունք չեն ունենալ նրան ծաղրելու ու ծաղրակոծելու: Ո՜չ, ո՜չ, նա չի կարող լուռ ու մունջ հպատակվել մեծ եղբոր կամքին, նա հավասար ժառանգ է: Ի՜նչ անմիտ կտակ: Նրանից պահանջում են փոխել իր կենցաղը, ապրել մի կիսացնոր ծերունու ճաշակով, ամուսնանալ մի ինչ-որ հայ աղջկա հետ՝ իր ժառանգական իրավունքներին տիրանալու համար: Ամուսնանալ մեր ժամանակներում, երբ բոլոր նրա ընկերներն ամուրի և ազատ են, երբ ամուսնացածները բացարձակ զղջում են, ինչպես օրինակ՝ Մելքոն Ավրումյանը և ուրիշ շատ շատերը: Ինչո՞ւ համար մի ծանր լուծ վերցնե իր վզի վրա, որ ավելորդ բերաննե՞ր աշխարհ ձգե, որ ամեն օր լսե՝ «պապա, պապա», այդ հիմար, ծիծաղելի բառը, որ այնքան հաճելի է տափակ գլխի տեր մարդկանց, և այնքան ձանձրալի նրանց համար, որոնք ճաշակ ունին կյանքի բարիքները վայելելու՝ իրենց ազատությունը պահելով: Ո՜չ, Միքայելն այժմ անկախ է, ազատ և ուզում է այդպես մնալ: Նա ամուրի կյանքից դեռ չի կշտացել:

Այս խորհրդակցության մեջ Միքայելն զգում էր, որ օր-օրի վրա իր սրտում զարգանում է ատելությունը դեպի Սմբատը: Եվ նա ծրագիրներ էր հորինում՝ որևէ միջոցով ազատվելու համար ավագ եղբոր իշխանությունից:

Սմբատն արդեն վճարել էր նրա պարտքը ուստա Բարսեղին և մուրհակը վերցրել ու տվել նրան, բայց պահանջած հինգ հազար ռուբլին մերժում էր:

Կեսօրվա դեմ էր: Միքայելը կես ժամ առաջ Սմբատից դարձյալ փող էր խնդրել և դարձյալ մերժում ստացել: Այժմ հուզված անցուդարձ էր անում իր սենյակում, որ Ալիմյանների բնակարանում ամենից շքեղ էր կահավորված: Այստեղ կային Բելուջիստանի ամենաընտիր գորգեր, Խորասանի և Քիրմանի նրբագործ շալերով և պես-պես ոսկեթել հյուսվածքներով զարդարված բարձեր, բարձիկներ, բազմոցներ: Մետաքսե թանձր վարագույրներով սքողված լուսամուտներից մեկի առջև դրված էր մեծ գրասեղանը, ծանրաբեռնված ահագին արծաթե թանաքամանով, տեսակ-տեսակ փղոսկրե տուփերով, ցամքիչներով, շքեղակազմ գրքերով, բրոնզե արձանիկներով, և զանազան ալբոմներով: Անկյունում դրված էր շքեղ պահարանը, որ լի էր ռուս բանաստեղծների ու վիպասանների երկերով՝ ոսկեզօծ կազմերում: Աչքի էին ընկնում նաև թարգմանական երկեր, որոնց թվում և Բոկկաչիոյի «Դեկամերոնը»: Կամարաձև դռների միջից երևում էր ննջարանը, հատակը փափուկ գորգերով ծածկված: Այնտեղ մի անկյունում դրված էր անկողնակալը՝ ծածկված թանկագին հյուսվածքներով, մետաքսե վերմակներով: Հինգ-վեց մեծ ու փոքր բարձեր դարսված էին միմյանց վրա սիմետրիկ ձևով, այնպես որ կազմում էին մի տեսակ բուրգ: Այո, կարծես, մի թանկարժեք և փարթամ հարճի անկողին լիներ այն տարբերությամբ, որ առջևի պատը զարդարված էր զենքերով: Մյուս սենյակում երևում էր տուալետի սեղանը՝ լի բազմաթիվ անուշահոտ յուղերի ու ջրերի սրվակներով, սանրերով, խոզանակներով, մկրատներով և այլն...

Այդ սենյակների կահավորության մեջ մեծ դեր է խաղացել Ոսկեհատը: Նա էր իսկապես ստիպել մարդուն չխնայել ոչինչ որդու հաճույքի համար: Տան համար ծախսվածը կորած չէ, բացի դրանից՝ այդպիսով կարելի է Միքայելին ընտելացնել հետզհետե ընտանեկան կյանքին և հղացնել նրա մեջ ամուսնանալու ցանկություն: Այնինչ Միքայելի համար սենյակների արդուզարդն ուրիշ ոչինչ էր, եթե ոչ սնափառության նյութ: Գոհ էր, որ ընկերներից ոմանք նախանձում են, որ կարող է նրանց զինի խմացնել, ոսկեզարդ «հազար փեշաներով» և թղթախաղի սեղանը բանալիս նրանց առջև դնել ոսկե աշտանակներ:

Դռները բացվեցին, ներս մտավ Իսահակ Մարութխանյանը մի շատ քաղցր հաճոյական ժպիտ իր կարմիր երեսին:

— Վերջապես, — ցոչեց Միքայելը ռուսերեն և ձեռով նշան արավ փեսային նստելու: — Հը՛ը, ասա՛ տեսնենք ինչ նորություն:

— Նայելով թե ի՞նչն է հետաքրքրում քեզ, — պատասխանեց Մարութխանյանը և նստեց բազկաթոռի վրա, կանխավ հետ դարձնելով ռեդինկոտի փեշերը, որ չճխլտվի:

— Ուրիշ ի՞նչ կարող է ինձ հետաքրքրել, բացի այդ հիմար կտակից:

— Հասկանալի է, — արտասանեց Մարութխանյանը, դանդաղորեն հանելով իր ձեռնոցները և ձգելով իր գլխարկի մեջ և նայելով աջ ու ձախ ավելացրեց. հուսով եմ, որ մեր խոսակցությունը ոչ ոք չի լսի:

— Ոչ ոք, եթե կամենաս դռներն էլ կկողպեմ:

— Վատ չէր լինի:

— Միքայելը մոտեցավ և բանալին շուռ տվեց:

— Խնդիրը շատ պարզ է, — սկսեց Մարութխանյանը, վերցնելով Միքայելի սեղանից մի գլանակ, -նախ և առաջ դու պիտի ինձ ազնիվ խոսք տաս, որ ինչ-որ այստեղ խոսենք, մեր մեջ կմնա:

— Ավելորդ նախազգուշացում: Ես իմ թշնամին չեմ:

— Ապրես: Դու գիտես, սիրելիս, որ ես այստեղի ձեր գռեհիկ վաճառականներից չեմ: Ես իրավաբան եմ, թեև առանց բարձր ուսման, բայց ավելի գիտեմ օրենքները, քան որևէ մի երդվյալ հավատարմատար: Ես ունեմ հոչակ թե՛ այստեղ և թե՛ Թիֆլիսում: Ուզում եմ ասել, եթե ես մի վատ բան անում եմ՝ զգույշ, մտածելով, տասն անգամ չափելով և հետո կտրելով:

Արձակելով գլխից վեր գլանակի առաջին ծուխը, նա իր դեղին-կանաչագույն աչքերը հառեց Միքայելի երեսին և հարցրեց.

— Ուզո՞ւմ ես, որ հորդ կտակը ճանաչվի ապօրինի և կորցնի իր զորությունը:

— Անպայման, — պատասխանեց Միքայելը դրականապես:

— Շատ գեղեցիկ: Բայց դրա համար հարկավոր են մի շարք պայմաններ:

— Օրինա՞կ:

— Նախ և առաջ կամքի հաստատություն, սառնարտություն, հետո կեղծելու, սուտ ասելու վարպետություն:

— Սուտ ասելու վարպետությո՞ւն: Մի՞թե այդ անհրաժեշտ է:

— Անպայման: Տասնուիններորդ դարը, սիրելիս, խաբեբայության դար է, իսկ այդ դարը դեռ չի վերջացել: Այժմ խաբում են ամենքը և ամենից ավելի նրանք, որոնք ըմբոստանում են խաբեբայության դեմ:

— Հետո՞: Ծրագիրդ բացատրիր:

— Ինկույն: Մեծ եղբայրդ, Սմբատը ահա երեք օր է դատարանի որոշումով ձեռք է բերել իր ժառանգական իրավունքների ճանաչումը: Այժմ դու նրա ստրուկն ես բառիս իսկական նշանակությամբ: Նա կարող է քեզ մի կտոր հաց տալ կամ չտալ: Այսպե՞ս է, թե ո՞չ:

— Ենթադրենք, որ այդպես է:

— Ենթադրելու բան չկա, կտակի իսկական իմաստով այսպես է: Հայրդ քեզ նշանակել է ամսական հարյուր ռուբլի — մի խոհարարի ռոճիկ: Դու կարող ես ժառանգական իրավունք ձեռք բերել միայն ամուսնանալուց հետո: Իսկ ամուսնանալ կարող ես, եթե կյանքիդ եղանակը փոխես, այսինքն լուրջ, խելոք մարդ դառնաս, հա՛ հա՛ հա՛... Դա մի շատ առաձգական կետ է կտակի մեջ և ցույց է տալիս կտակ թելադրողի միամտությունը և գրողի տգիտությունը: Ասա, խնդրեմ, եթե դու բոլորովին փոխես կենցաղդ և դառնաս լրջմիտ, պարկեշտ, չխմես, չխաղաս, կանանց հետևից չընկնես — ի՞նչպես կարող ես ապացուցանել, որ փոխվել ես: Սմբատը եթե կամենա, միշտ կընդդիմանա, միշտ կասե, թե դու նույնն ես, ինչ որ էիր հորդ մեռնելու ժամանակ: Այս մեկ: Երկրորդ՝ կկամենա՞ս, արդյոք, ամուսնանալ: Համոզված եմ՝ ոչ: Դու այն տիպերից ես, որոնց համար ամուսնություն բառը նույնն է, ինչ որ ինձ համար Աիբիրը կամ Սախալինը: Է, ի՛նչ ժամանակ է ամուսնանալու, քանի որ քեզ և քեզ նմանների համար կան շատ ապուշների կանայք: Ուրեմն դու տեսնում ես, որ կտակի այդ կետը քո թշվառությունն է, կախաղանի սապոնած պարանը... Եվ ահա իմ ծրագիրը գալիս է քեզ օգնության: Որքան ևս նա շտապ լինի կազմված, որքա՛ն ևս թույլ, այդ անիրավ կտակից լավ է և կարող է դրությունդ փոխել այսպես կամ այնպես:

— Ասա ո՞րն է քո ծրագիրը:

— Մի ուրիշ կտակ, այսպես ասած, կոնտր-կտակ:

— Ո՞րտեղ գտնենք այդ կտակը:

— Ահա հենց բանն էլ այդ է. «ո՞րտեղ»: Ենթադրենք, որ այդ կոնտր-կտակը շինվում է քո լիակատար համաձայնությամբ: Իմ ծրագրով և երկու այնպիսի օգնականների մասնակցությամբ, որոնցից յուրաքանչյուրը վարպետ է իր արհեստի մեջ և մինչև այժմ դեռ չի բռնվել որևէ հանցանքի մեջ: Ասա ինձ համաձա՞յն ես, ուզո՞ւմ ես դառնալ լիուլի ժառանգ քո հայրական կարողությանը, թե՞ բարվոք ես համարում մնալ ստրուկ և ծառայել եղբորդ կամքին:

— Շուտ արա, վերջացրու, ի սեր աստծո, — գոչեց Միքայելը, կարծելով, որ իր քեռայրը կատակ է անում:

— Կոնտր-կտակը կկազմվի, իհարկե, հետին թվականով, այսինքն հորդ մահից մի կամ երկու ամիս առաջ: Նա, իհարկե, կունենա հանգուցյալի իսկական ստորագրությունը: Այս այնքան էլ դժվար չէ, որքան կարող ես կարծել: Դու միայն կտաս ինձ հանգուցյալի որևէ ձեռագիրը, մանավանդ նրա ստորագրությունը մի որևէ թղթի տակ, մնացյալն այլևն իմ և իմ օգնականների գործն է: Համաձա՞յն ես:

— Բայց ի՞նչ բովանդակություն կունենա կոնտր-կտակը, — հետաքրքրվեց Միքայելը, համոզվելով, որ, Մարութխանյանը կատակ չի անում:

— Շատ հետաքրքրական, շատ հոգեբանորեն ճիշտ, շատ պարզ և շատ արդարացի բովանդակություն, — պատասխանեց Մարութխանյանը, ուղղելով իր կարմրագույն փողկապը: Նախ, ժառանգության չափը: Ես հանգուցյալի թողած անշարժ գույքերը գնահատում եմ, ամենացածր գները վերցրած երեք ու կես միլիոն: Չորս հարյուր հիսուն հազար ռուբլի էլ տոկոսաբեր թղթեր և մի այդքան էլ զուտ դրամ բանկերում: Կոնտր-կտակի զորությամբ՝ զուտ դրամը, տոկոսաբեր թղթերի հետ, քեզ է տրվում այս տան կահ-կարասիքի հետ միասին: Իսկ անշարժ գույքերը, այն է նավթային հանքերը, տները և գործարանը, այսինքն նրանց արժողությունը կամ եկամուտը հավասարաբար բաժանվում է երեք տեղ. մի մասը դարձյալ քեզ, մյուսը՝ փոքր եղբորդ, Արշակին, երրորդը՝ քրոջդ՝ այսինքն իմ կնոջը... Գալով մորդ, նա ստանում է ամբողջության յոթերորդ մասը, ինչպես ընդունված է օրենքով: Կարծեմ, ավելի արդարացի և օրինավոր կտակ երևակայել անգամ դժվար է:

— Իսկ Սմբատը...

— Խելքի մոտիկ բան չի լինի հիշել նրա անունը կտակի մեջ: Ամենքը գիտեն, որ նա հորից անիծված է ու հալածված, ուրեմն բնական է, որ նա մոռացվի: Դատը տանելուց հետո, մենք նրան կնշանակենք մի որոշ ամսական կամ կտանք մի գումար, և դրա համար բոլորը կգովաբանեն մեր վեհանձնությունը:

— Բայց կկարողանա՞նք տանել դատը:

— Կամ կկարողանանք կամ ոչ: Եթե չկարողանանք, կնշանակէ կոնտր-կտակի կեղծիքը պարզված է և մենք կենթարկվենք քրեական պատժի...

— Ո՛չ, ո՛չ, ես այդ չեմ կարող անել, — գոչեց Միքայելը սարսափած:

Մարութխանյանը հեգնորեն ժպտաց:

— Բայց մենք դատը կտանենք անտարակույս, — ասաց նա ամենայն անդրդրությամբ: Լսի՛ր: Ո՞վ պետք է քննե դատը, եթե ոչ նահանգական դատարանը: Ահա հենց այստեղ է թաքնված շան գլուխը: Բայց որից կամ ինչից են կախված մեր այժմյան դատարանի որոշումները: Միայն հիմարներն ու ապուշներն են հավատում արդարադատությանը: Իսկ ես, մոտից ճանաչելով դատարանի անդամներին մեկիկ-մեկիկ, գիտեմ, թե որքան թույլ է յուրաքանչյուրի ձեռքը: Կաշառք, ահա այն մեծագույն զորությունը, որ ղեկավարում է մեր դատարանի խիղճն ու օրենքները: Իսկ ես գիտեմ ինչ ձևով պետք է կաշառել դատարանի անդամներին և պաշտոնյաներին, սկսած դռնապանից մինչև նախագահը:

— Իսկ եթե չկարողանա՞նք կաշառել, — հարցրեց Միքայելն անհամբերությամբ:

— Այն ժամանակ կա մի ուրիշ միջոց: Հաշտություն:

— Ո՞ւմ հետ:

— Սմբատի:

— Ի՞նչ ձևով:

— Նախ վախեցնելով նրան լուրերով կոնտր-կտակի մասին: Այս առթիվ ես արդեն մի թեթև լուր տարածել եմ: — Ապա, ասպարեզ ձգելով կոնտր-կտակը: Սմբատը, տեսնելով հանգուցյալի ստորագրությունը և լսելով իմ վկայությունը, կսարսափի, և մենք նրան կսեղմենք պատին:

— Ուրեմն դու ինձ առաջարկում ես խարդախությա՞ն դիմել:

— Սիրելիս, — ասաց Մարութխանյանը, դարձյալ փողկապն ուղղելով, — աշխարհի երեսին կան բազմաթիվ կեղծ հասկացողություններ և կեղծ զգացումներ: Խարդախություն ասվածը մի առաձգական բան է: Խարդախություն չէ՞ արդյոք, խայտառակել ծնողների անունը, դավաճանել նախահայրերի կրոնին, ծախել զավակների ապագան, ինչ-որ անառակի փաղաքշանքներին, պարասվել հարազատ հորը՝ նրա կենդանության ժամանակ, իսկ մեռնելուց հետո՝ գալ տիրանալ նրա հարստությանը, զրկելով ու կողոպտելով օրինական ժառանգներին: Ես կեղծելով ուզում եմ վերականգնել արդարությունը, ինչպես մի դիպլոմատ, որ սուտ ասելով ու խաբելով փրկում է իր հայրենիքը վտանգից: Բայց ինչո՞ւ եմ ես երկարացնում՝ կամքը քոնն է. չես ուզում, ես ի՞նչ կարող եմ անել, գնա ու եղբորդ ձեռներից ջուր խմիր, ինչպես հիմար ոչխար...

— Արդյոք կնոջդ բաժինը շատ մեծ չէ՞ս վերցրել:

— Բաժինը բաժին, իսկ իմ աշխատա՞նքը, մի՞թե անունս վտանգի ենթարկելով արժանի չեմ մի բան ստանալու:

— Եթե գիտես տասն անգամ չափել — մի անգամ կտրել, ուրեմն վտանգավոր գործի չես ձեռնարկել...

— Ապագան գիտե... Այդ գործում ոչ այնքան ես պիտի դեր խաղամ, որքան դու: Բայց երկար վիճաբանելու կամ տատանվելու ժամանակ չէ, այո կամ ոչ:

— Լավ, արա, ինչ որ ուզում ես, միայն հանձն առ գործը մինչև վերջն առանց ինձ տանել: Ես դատարանները վազվզելու գլուխ չունեմ և առհասարակ քո ծրագիրն ինձ շատ մութն է թվում:

— Կպարզվի: Դու միայն տուր ինձ հանգուցյալի որևէ ստորագրությունը, կամ, լավն է, մի քանիսը...

— Լավ, — համաձայնեց Միքայելը, — այսօր նեթ կգտնեմ և կտամ...

— Այ, այժմ տղամարդի ես նման, պետք է գործել, սիրելիս, պետք է գործել:

Դռները բանալով, նա քիչ մնաց ընդհարվի Գրիշայի հետ: Պարարտամարմին երիտասարդը հարգանքով ճանապարհ տվեց Մարութխանյանին և ներս մտավ հոգնած, թաշկինակով սրբելով կարմրած երեսի ու պարանոցի քրտինքը: Նա ընկավ բազկաթոռի վրա՝ ինչպես մի ռետինե գնդակ:

— Օ՜հ, — արտասանեց հևալով, — տանջանք է սանդուղքով բարձրանալը: Օրինավոր մարդկանց տունը սանդուղք չպիտի ունենա... Բժիշկների հերն անիծեմ, կանգնել են, թե ոտքով պիտի ման գաս, որ նիհարես: Այս տիկը ես ի՜նչպես ման ածեմ: Քյազիմ-բեգի մոտն ենք: Բարեկամ, քացախ խմիր, մի մեծ դեբոշ է կազմակերպվում, ե՞րբ է հորդ քառասունքը:

— Կարծեմ, մի շաբաթից հետո:

— Այդպես էլ ասացի: Ուրեմն մյուս կիրակի կտանք հանգուցյալի հիշատակին մեր վերջին հարգանքը, իսկ երկուշաբթի օրը քեզ սպից կհանենք: Բայց նաղդից խոսենք, եկել եմ խնդրելու, որ այս երեկո մոտս գաս, մի թեթև բակարա եմ ուզում սարքել: Հրամայիր մի բաժակ ջուր բերել:

Սպասավորը Միքայելի հրամանով բերեց մի շիշ նարզանի ջուր, որ Գրիշան խմեց ուղղակի շշից: Հետո նա համոզեց Միքայելին այսօր միասին ճաշել «Եվրոպա» հյուրանոցում: Այնտեղ են ճաշում նորեկ օպերայի դերասանուհիները՝ գեղեցկուհի «պրիմադոննա» Բարանովսկայայի հետ:

— Դեհ, ես հանգստացա, հայդա, դուրս գանք...

Նրանք դուրս գնացին, եղանակը դեռ տաք էր, չնայելով, որ հոկտեմբերի սկիզբն էր: Անցան մի քանի բազմամարդ փողոցներ, հասան մի քառակուսի հրապարակ, որ ծառայում էր իբրև զբոսարան: Ընդունելով աջից ու ձախից իր բազմաթիվ ծանոթների բարևները, թվում էր Միքայելին, որ ամենքը լսել են իր հոր կտակի բովանդակությունը և ծաղրում կամ կարեկցում են իրեն:

— Դու գնա հյուրանոց, — ասաց Գրիշան, — ես տելեֆոնով մի քանի մարդ պիտի հրավիրեմ այսօրվա խաղի համար:

Նա անցավ փողոցի մյուս մայթը և մտավ դեմուդեմ զբոսնեյակներից մեկը:

Միքայելը ծռվեց մի նեղ փողոց, ապա մի ուրիշը և այստեղ կանգ առավ մի նորաշեն միհարկանի տան առջև ու մտածեց: Վերջին ժամանակ այդ տան մոտով անցնելիս միշտ քանի մի վայրկյան կանգ էր առնում և նայում լուսամուտներին:

Այսօր փողոցը գրեթե ամայի էր: Միայն մերթ ընդ մերթ երևում էր մի անցորդ, մի բեռնակիր կամ կառք, և այնուհետև դարձյալ տիրում էր ամայություն: Եղանակի մեղմությունը, արեգակի անուշ ջերմությունը զորեղ ու դուրեկան ազդեցություն էին անում Միքայելի վրա: Զգում էր, որ արյունն սկսում է երակների մեջ հոսել առանձին ուժով, տալով մարմնին ինչ-որ ախորժելի ջերմություն: Նա վերարկուն հանեց ու գցեց թևին: Սիրտն սկսեց բաբախել, քունքերի երակները զարկեցին այնպես, որպես տենդային տաքության մեջ, կրքոտ աչքերը պսպղացին, շրթունքների վրա երևաց անսովոր հուզում:

Լուսամուտներից մեկի առջև կանգնած էր մի կին և ժպտալով նայում էր: Ահա հենց այդ ժպիտն էր, որ գրգռեց Միքայելի արյունը: Կինը բարձրահասակ էր, առողջ թիկունքներով, դեմքի խոշոր, բայց բարեհամբույր գծերով: Նշանավորն այդ դեմքի վրա բարակ, նոսր, նրբաթել բեղերն էին. մի բան, որ Միքայելի համար մի անօրինակ հրապույր ուներ:

Միքայելը մոտեցավ լուսամուտին:

— Որտե՞ղ եք մնացել, մեր կողմերը չեք գալիս, — լսվեց կնոջ բարձր և թավշային կոնտրալտոն:

Թվում էր, որ նա պետք է ծնված լիներ այր մարդ, իսկ ահա այս

կանացի նրբություն ունեցող երիտասարդը, որ այնպես քնքշորեն սեղմում է նրա ձեռը — կին: Կարծես, բնությունը շփոթվել էր արբշիռ դերձակի պես, որ մեկի համար ձևած զգեստը մյուսին է հագցնում:

— Զբաղված եմ տնային գործերով:

— Դո՞ւք, տնային գործերո՞վ, — քրքջաց կինը. արմունկները հենելով լուսամուտի հատակին և թեքվելով դեպի դուրս:

— Չէ՞ որ ես ազավոր եմ, — ագահ աչքերով նայելով կնոջ լիք-լիք կրծքին, որ թեթևակի բաց էր և ցույց էր տալիս նրա մարմնի մաքուր ճերմակությունը:

— Ա՛հ, հասկացա, կտակի խնդրով... Բայց...

— Ի՞նչպես եք, տիկին, — ընդհատեց Միքայել, չկամենալով խոսել կտակի մասին:

— Օ՜օ, շատ վատ, շատ տխուր...

Եվ կնոջ, կենսական հրով լեցուն աչքերը հանդարտիկ բարձրացան վեր, շրթունքների վրա ալյակի պես ծփաց մի արյունահուպ ժպիտ ու կիսով չափ բաց բերանը երևան հանեց փղոսկրի պես մաքուր ու փայլուն ատամները:

Նրանք խոսում էին — մեկը մյուսին նայելով հետզհետե ավելի ու ավելի կրքոտ աչքերով: Սովորական խոսակցությունը տիկինը ճարպկությամբ փոխեց, ինչո՞ւ Միքայելը չի ամուսնանում: Ա՛հ, ժամանակակից երիտասարդները բոլորովին փչացել են, փախչում են ընտանեկան կյանքից, մատնելով իրենց թանկագին կյանքը զեխության:

— Նայեցե՛ք հայելուն, դուք օրեցօր նիհարում եք ու դալկանում:

— Ես նիհարում եմ, իսկ ձեր եղբայրն օրեցօր գիրանում է, ինչո՞ւ չեք ստիպում ամուսնանալ:

— Գրիշայի՞ն... Օ՜օ, նա անուղղելի է, նրա սիրտն ու հոգին միշտ զբաղված են օպերային կամ օպերետային երգչուհիներով: Իսկ դուք այլ եք, ձեր սիրտն ազատ է...

— Ո՞վ գիտե...

— Ա՛հ, ուրեմն, դո՞ւք էլ, իսկ ես կարծում էի, որ դուք ընդունակ չեք հափշտակվելու, — արտասանեց կինն անուշ հեգնությամբ:

— Ունիք իրավունք, երգչուհիների սերն ինձ չի հափշտակում:

Կնոջ ուռուցիկ կուրծքը բարձրացավ լուսամուտի հատակից, սպիտակ հեշտալի կոկորդի կրկնակի ծալը հարթվեց:

Մի ժամանակ տիկին Անուշ Ղուլամյանի ամուսնության պատմությունը մեծ աղմուկ էր բարձրացրել քաղաքում: Հարուստ կալվածատեր և քաղաքի առաջին մաղազիայի տեր Մնացական Հաբեթյանի դուստրը սիրահարվել էր իր հոր գործակատարի վրա: Ծնողները, հարկավ ընդդիմացել էին անհավասար ամուսնությանը, բայց մի օր Անուշը չոքել էր մոր առջև և արտասուքն աչքերին մի շատ խորհրդավոր խոստովանանք արել: Մայրը դստեր անզգուշությունն անհրաժեշտ էր համարել հաղորդել մարդուն: Գոռոզ կալվածատերը սարսափել էր, նախկին գյուղացու կատաղությամբ բորբոքվել: Նա կանչել էր Անուշին իր սենյակը, նախատել, անվանել էր «անառակ», ոմանց ասելով, մինչև անգամ ծեծել:

Բայց արդեն ուշ է եղել, մարդիկ բամբասում էին, ծաղրում, և հայրն ստիպված էր Անուշին տալ իր գործակատարին: Այժմ այդ գործակատարը քաղաքի լավագույն փողոցի վրա ունի մի ընդարձակ խանութ, որի ճակատին ոսկեզօծ տառերով գրված էր. «Պյոտր Իվանովիչ Գուլամով, ներկայացուցիչ Մոսկվայի մանուֆակտուրային տների»:

Արկածավոր ամուսնության ժամանակ Միքայել Ալիմյանը ռեալական դպրոցի յոթերորդ դասարանի աշակերտ էր: Պատմությունը տպավորիչ էր նրա հիշողության մեջ, և այն օրից նա շահագրգռված էր Անուշով: Գրիշայի միջոցով ծանոթացավ երիտասարդ կնոջ հետ միայն երկու տարի առաջ և երբեմն այցելում էր իբրև նրա եղբոր մտերիմ ընկեր: Թե՛ տիկինը և թե՛ ամուսինն ընդունում էին նրան բարեկամաբար, մինչև անգամ պարծենում էին, որ ունեն Ալիմյանի պես այցելու:

Անուշը նորեն թեքվեց առաջ և այս անգամ գլուխն ավելի մոտեցրեց Միքայելին, նայելով աջ ու ձախ: Նրա այտերը շառագունել էին, աչքերը պսպղում էին սև ալմաստների պես, ուռուցիկ կուրծքը մերթ դիպչում էր լուսամուտի հատակին, մերթ բարձրանում: Նա ստեպ-ստեպ հեռացնում էր ճակատից ու այտերից սևաթույր թանձր ու գանգուր մազերը:

Միքայելը բորբոքված աչքերով դիտում էր տիկնոջ գիրուկ ուսերը, կանոնակազմ իրանը, մանավանդ նրա կիսաբաց կուրծքը: Ի՛նչ սքանչելի իրան, ի՛նչ կրակոտ աչքեր և որպիսի՛ ձգտիչ նայվածք: Թող ինչ ուզում են ասեն այդ կնոջ առնականության մասին — օրիժինալ էակ է, ոչ նման սովորական կանանց: Աջ ու ձախ նայելով, նա գլուխն ավելի ու ավելի մոտեցրեց Անուշին և պատրաստ էր համբուրել, երբ տիկինը հանկարծ գլուխը հեռացնելով լուսամուտից, ասաց.

— Գրիշան գալիս է:

Միքայելը հետ ցատկեց: Տիկնոջ անուշ վերաբերմունքը, անսահման սիրալիր և խորհրդավոր ժպիտները, աչքերի պագշոտ արտահայտությունն այնպիսի հաճույք էին պարգևել նրան, որի նմանը երբեք չէր զգացել: Մի հաճույք, որ արժեր շատ ուրիշ տեսակ հաղթանակների: Չէ՞ որ Անուշը քաղաքի պատվավոր տիկիններից մեկն է, առաքինի ու պարկեշտ համարվող ամուսին, չնայելով արկածավոր ամուսնությանը:

— Անուշի հե՞տ էիր խոսում, — ասաց Գրիշան, մոտենալով Միքայելին, — տեսա՞ր ինչպես թաքնվեց, ինձ տեսնելով: Խռով ենք, չենք խոսում...

— Ինչո՞ւ:

— Որովհետև նրա ամուսինն ավանակ է: Այն օրը հենց ավանակ էլ անվանեցի նրան կնոջ ներկայությամբ: Անուշը վիրավորվեց, հիմա հետս չի խոսում:

— Բայց ինչո՞ւ վիրավորեցիր մարդուն:

— Ինչպե՞ս չվիրավորեմ, սիրելիս, մի հազար ռուբլի ձեռնապարտ խնդրեցի, չտվեց: «Չունեմ» ասաց: Ավազակը հորս կողոպտել է, կես միլիոնի կարողություն ունե, «չունեմ» ասում է: Իսկ սիրուհիների համար ունե...

— Սիրուհինե՞ր է պահում:

— Հապա՛, այն էլ քանիսը, քաղաքի համարյա բոլոր թաղերում և ի՞նչ գեղեցկուհիներ, մեկը մյուսից այլանդակ...

Այդ մի նորություն էր Միքայելի համար և ուրախալի նորություն: Եթե մարդը հավատարիմ չէ կնոջը, կինը կատարյալ իրավունք ունե նրան դավաճանելու: Եվ այդ օրից նրբագույն բեղիկներն սկսեցին ավելի զբաղեցնել նրան: Մի քանի օր որոշ ժամին անցավ միհարկանի տան լուսամուտների առջևով, տիկնոջը չտեսավ: Այս ավելի գրգռեց նրան: Մի երեկո վճռեց այցելել: Հակառակ սպասածին, տիկնոջ ամուսինն էլ տանն էր, թեև այդ պահին նա կլուբում էր լինում: Մի շաբաթվա խռովությունից հետո մարդ ու կին կրկին հաշտվել էին: Մի ժամանակվա «սերը» այժմ փոխվել էր փոխադարձ սառնության, և նրանք ամիս չէր անցնում, որ միմյանց չվիրավորեին այս կամ այն պատճառով: Հենց որ ամուսնական կյանքի առաջին տարին անցավ, Պետրոսն Անուշի և Անուշը Պետրոսի աչքում դարձան ամենատաղտկալի էակներ՝ մարդն իր շրջանի հատուկ գռեհկությամբ, կինն իր հավակնությամբ ու պահանջներով, երկուսն էլ կոպիտ և մեկը մյուսի համար չափազանց առօրյա, նույնիսկ տգեղ: Նրանք զգացին, որ միայն անցողիկ անասնական կիրքն էր, որ նրանց ձգեց իրարու գիրկ: Մի կիրք, որ այժմ Պետրոսը նվիրել էր ծախու էակներին, իսկ Անուշի մեջ տակավին լուռ էր, սպասելով հարմար առիթի, որպեսզի բռնկվի:

Այսօր տիկինն առանձին ուշադրությամբ դիտեց ամուսնուն, դիտելով նաև հյուրին: Տարբերությունը շատ խիստ էր: Հաստափոր, հաստապարանոց, խորն ընկած փոքրիկ ագահ աչքերով, ճաղատ գլխով, բշտիկներով ծածկված երեսով — ահա Պետրոսը: Թեյը խմում է պնակից, թրջելով նրա մեջ իր հաստլիկ, վար իջած բեղերը և խորդալով: Անուշ խմորեղենի կտորները կլանում է իրարու հետևից, փռնչալով տավարի պես, մինչև անգամ չգիտե հյուր ընդունել ու նրա հետ զրուցել մարդավարի, նախ՝ շփոթվեց, տեսնելով իր տանն այդ նորաձև հագնված, նուրբ կազմվածքով, խոշոր կրակոտ աչքերով միլիոնատիրոջը, որի ձևերն ու շարժումները կրում են հարստության մեջ ծնվածի ու սնվածի որոշ կրթության դրոշմը: Այո՛, խելագար էր Անուշը, կատարյալ խելագար, որ փաթաթվեց այդ մարդու պարանոցին: Այնինչ այսօր այդ մարդը դեռ ինքն է դավաճանում ամուսնական անկողնին, փոխանակ հակառակը լինելու:

Պետրոսը խոսում էր Ալիմյանի հետ վաճառականական գործերի մասին — մի նյութ, որ բնավ հետաքրքրական չէր Միքայելի համար:

Նավթն օրեցօր թանկանում է, երանի նրան, ով հանքեր ունի: Պետրոսը չունի: Եթե Միխայիլ Մարկիչը լիներ բարի և իր հողերից մի գեսյատին էժան գնով տար, Պետրոսը հավիտյան երախտագետ կմնար: Անուշը զզվանքով երեսը շուռ տվեց. այդ մարդը միշտ հարուստ երիտասարդի մոտ բերան է բաց անում թե չէ, մի բան է խնդրում: Ահա՝ ինչ ասել է նախկին գործակատար: Եվ մինչ մարդը խնդրում էր, կինը խոստանում էր... խորհրդավոր ժպիտներով, ձևերով ու շարժումներով: Ավելի, նա հրաժեշտի միջոցին երեք անգամ այնպես սեղմեց երիտասարդի ձեռքը, որ այլևս կասկածի տեղ չմնաց...

Երկու օր անցած Միքայելը նորեն այցելեց և այս անգամ Անուշին մենակ գտավ: Նույնիսկ երեխաները տանը չէին: Աղախինը նրանց տարել էր իրենց տատի մոտ:

Անուշը Միքայելին ընդունեց մի տեսակ պաշտոնական սառնությամբ և տխուր: Միքայելն անփորձի մեկը չէր: Տիկնոջ սառնությունը բացատրեց հոգեբանորեն ճիշտ: Այսօր Անուշն զգաց իր ամուսնու մասին խոսելու և նրան պարսավելու պահանջ: Թվում էր նրան, որ եթե չպարսավե, Միքայելը կարող է կարծել, թե տակավին սիրում է այդ մարմնով այլանդակված հոգով կոշտ ու կոպիտ մարդուն: Բայց և այնպես ինքնասիրությունը զսպեց նրա լեզուն, և նա բավականացավ մի քանի ակնարկներով, որ այնուամենայնիվ արտահայտեցին նրա դժգոհությունն իր վիճակից: Ժամանակի հետ փոխվում է և կնոջ ճաշակն ու պահանջները, ներկայումս ամուսինն ու զավակները բավական չեն մի կնոջ երջանկության համար, կան ուրիշ հոգեկան պահանջներ: Ա՜հ, որքա՜ն Անուշը կփափագեր զբաղվել որևէ ոչ-ընտանեկան գործով: Երեկ նա թատրոնումն էր, խաղում էին ինչ-որ նոր դրամա, որ հերոսուհին ընտանեկան կյանքից ձանձրացած, ձգտում է իր հոգին զբաղեցնել հասարակական գործերով: Անուշը հուզվել էր իր օթյակում և հազիվ էր կարողանում զսպել արցունքը: Թվում էր նրան, որ եթե լիներ դերասանուհի, կարող էր այդ կնոջ դերը կատարել ավելի լավ, քան ովևէ: — Հավատացեք, ներկայումս ապրում են միայն դերասանուհիները, իսկ ինձ նմանները թշվառ են:

Միքայելը լսում էր և հավանություն տալիս տիկնոջ ասածներին: Նա արդեն համոզվել էր, որ Անուշը ոչ միայն չի սիրում իր ամուսնուն, այլև ատում է և բոլոր նրա ցանկություններն ու ձգտումները հենց այդ բանից են առաջանում:

Այդ օրից նա այլևս չէր աշխատում սանձահարել իր հետզհետե ավելի ու ավելի բորբոքվող կրքերը: Այցելում էր Անուշին երկու-երեք օրը մի անգամ, յուրաքանչյուր անգամ որևէ պատրվակով և միշտ Պետրոսի բացակայությամբ...

V

Մի ամսում Սմբատն արդեն ծանոթացավ իր գործերի հետ: Ուսումնասիրելով նրանց, ավելի ու ավելի հետաքրքրվում էր ու հափշտակվում: Միլիոնների ձեռնարկությունը, բացի նյութականից, պարունակում էր և մի տեսակ բարոյական հրապույր: Նա, որ մի ամիս առաջ իր իշխանության տակ հազիվ ուներ մի աղախին, այժմ կանգնած էր մի ամբոխի գլուխ: Հազարի չափ արհեստավորներ, բանվորներ, գործակատարներ նայում էին նրան, իբրև լիազոր իշխանավորի, որ կարող է իրենց բախտավորեցնել, եթե կամենա, կամ զրկել մի կտոր հացից:

Զարմանում էր Սմբատը հանգուցյալի բնական խելքի, տակտի, եռանդի, մանավանդ համբերության վրա: Այդ տգետ մարդը, որ հազիվ սովորել էր իր անունն ու ազգանունը դնել բանկային չեկերի ու մուրհակների տակ, տարիների ընթացքում վարել էր մի ընդարձակ և բարդ գործ, որը հաջող վարելու համար քիչ էին մի խումբ համալսարանականների ու մասնագետների ուժերը: Այդ մարդը կատարյալ տաղանդ է եղել իր տեսակի:

Հաճախ Սմբատն հիշում էր Միքայելի կծու կշտամբանքն իր անցյալ հայացքների վերաբերմամբ: Այո՛, նա շատ անգամ էր ասել, թե մեր ժամանակում շիտակ միջոցներով հարստություն դիզելն անհնարին է, թե բոլոր հարուստները մի տեսակ վամպիրներ են, որ ծծում են մարդկության արյունը: Եվ ահա այսօր նա կանգնած է աշխատավորի արյուն-քրտինքով վաստակած հարստության գլուխ: Ի՞նչ անել այժմ. հավատարիմ մնալ անցյալին, արհամարհելով բոլորը հանձնել եղբորն ու մնալ աղքա՞տ, ինչպես էր դեռ մի ամիս առաջ: Մի կողմից նա մտածում էր, եթե կամքի ուժ ունենա և բարոյական մաքրություն, այդպես պիտի անե, մյուս կողմից՝ նրան պաշարում էին մեկից ավելի ուրիշ մտածումներ: Չէ՞ որ այդ հարստությունն անցնելով Միքայելի ձեռքը, կարող է ապարդյուն հալվել ու չքանալ մի քանի տարում: Այնինչ, որքա՜ն բարի և օգտակար գործեր կարելի է կատարել նրանով, ու այդպիսով բարոյական գործադրություն տալ անբարոյական միջոցներով ձեռք բերված զենքին: Եվ այս մտքով ոգևորվելով, զգում էր իր մեջ մի անսովոր եռանդ ու նոր, անծանոթ բարոյական զորություն: Կարծես, մի նիրհած ու թմրած ուժ էր զարթնել նրա մեջ և զարկ էր տալիս ներվերին: Մտքում կազմում էր տասնյակ միմյանցից մարդասեր, միմյանցից հրապուրիչ ծրագիրներ, որոնք հիմնված էին մարդկային թշվառությունները ամոքելու ցանկության վրա: Նախ և առաջ կբարվոքի իր իշխանության ներքո գտնվող բանվորների վիճակը — ահա նրա առաջին և ինքնըստինքյան մեծ գործը: Մի գործ, որ դեռ ոչ ոք չի արել հանքատերերից ու գործարանատերերից:

Նա ցերեկներն զբաղվում էր գործերով, երեկոները փակվում էր

սենյակում, գրում, կարդում, ուսումնասիրում տնտեսական օրենքները: Երբեմն անձնատուր էր լինում անձնական զգացումներին, դուրս էր բերում ծոցի գրպանից նվիրական լուսանկարները, զննում երկար ու երկար ժամանակ, հեռու էր պահում ու ժպտում, մոտեցնում էր ու համբուրում: Նա տխրում էր մենակ, առանց զավակների, թվում էր նրան, որ վաղուց, շատ վաղուց է բաժանվել նրանցից և, կարծես անջատված է նրանցից հավիտյան: Մոսկվա վերադառնալու մասին նա առայժմ չէր մտածում և եթե մտածեր էլ, չէր կարող վերադառնալ՝ այնքան առայժմ անհրաժեշտ էր տեղն ու տեղը մնալը: Մնում էր գրել ու հրավիրել կնոջը երեխաների հետ: Բայց ինչպե՞ս բերել տալ նրանց և դնել այն հարկի տակ, ուսկից ինքն էլ վռնդված էր մի ժամանակ նրանց պատճառով և ուր ոչ ոքի սիրտը բաց չէր նրանց ընդունելու: Եվ մի՞թե ունի իրավունք այդ անելու: Մի կողմից հայրական կտակն իր ծանր անեծքով, մյուս կողմից մոր անվերջ կշտամբանքները: Բայց չէ՞ որ նա տանջվում է առանց զավակների և չէ՞ որ այդ զավակներն այնտեղ, այդ սառցային երկրում ունին որդիական ջերմությամբ լեցուն սիրտ և այժմ կարոտում են նրա տեսակցությանը: Ի՞նչպես զրկել այդ անմեղներին իրենց մորից և թողնել նրանց, որ տառապեն կարոտից:

Մի երեկո, այս ուղղությամբ խորհելով, նա զգացված էր առանձնապես: Հանկարծ մի վճռական շարժում արավ, վերցրեց մի թերթ թուղթ և սկսեց կնոջը մի նամակ գրել: Այլևս անկարող է դիմանալ զավակների կարոտին: Այժմ նա ո՛չ գործել գիտե և ո՛չ մտածել գործի մասին:

Նամակը վերջացրեց, կարդաց և նորեն ընկավ մտատանջության մեջ: Ի՞նչ է ուզում անել, ոտնատակե՞լ հոր կտակը, արհամարհել մոր աղերսանքներն ու արցունքները, մնալ հավիտենական անեծքի տակ: Հետո՞. նա ի՞նչպես պիտի հաշտեցնե նախապետական և նախապաշարմունքներով տոգորված մի գերդաստան մի եվրոպական ոգով կրթված օտարուհու հետ: Այս դեռ բոլորը չէ. կա և՛ ուրիշ, գուցե ավելի մի բարդ խնդիր, չէ՞ որ նա չի սիրում իր կնոջը, չէ՞ որ յոթ տարի վարել է նրա հետ գեհենային կյանք: Այժմ հազիվ հեռացել է նրանից, հազիվ մի փոքր շունչ առել և նորե՞ն վերսկսել նույն տառապանքները:

Նա կամեցավ նամակը պատռել, դեն ձգել, բայց նորեն հիշեց զավակներին և նորեն զգաց խղճի սուր խայթ: Երանի այսքան ընտելացած չլիներ նրանց, երանի լիներ մեկն այն իր հայրենակիցներից, որոնք համանման վիճակում կարողացել են ձգել ճակատագրի հաճույքին իրենց արյան և հոգու կտորն ու հանգիստ վերադարձել հայրենիք և նորեն ամուսնացել: Այն ժամանակ նա իր անմաքուր խիղճը կսրբեր կրոնամոլության ավազանում: Բայց նա սիրել է նրանց ոչ միայն իբրև ծնող, այլև իբրև զգայուն մարդ: Ատելով կնոջն ու նրանից ատվելով, զգալով իր անթույլատրելի մոլորությունը, հորից անիծված, մորից, եղբայրներից ու բոլոր մերձավորներից հեռու, նա ուներ միայն և միմիայն մի սփոփանք — զավակները, ու նրանց մթնոլորտում էր մոռանում իր հոգու կսկիծը:

Նա վերցրեց նամակը, ծրարեց: Այդ պահին ներս մտավ Միքայելը, մոտեցավ և լուռ նստեց դեմուդեմ սեղանի մյուս կողմում: Նրա դեմքն արտահայտում էր վճռականություն, երևում էր, որ եկել է մի լուրջ խնդրով և դրական որոշումով:

— Ժամանակ ունի՞ս, — հարցրեց նա:

— Նայելով, թե ինչի համար:

— Այդ կիմանաս, բայց այդ ի՞նչ նամակ է:

— Քո գործը չէ:

— Հասկացա, կնոջդ ես գրում: Իհարկե, չունիմ իրավունք քո անձնական գործերով զբաղվելու, սակայն հետաքրքրական է գիտենալ՝ ի՞նչպես ես վճռել զավակներիդ վիճակը:

— Գրում եմ նրանց մորը, որ վերցնե նրանց և գա այստեղ: Հուսով եմ, որ գոնե դու դեմ չես այդ բանին:

— Դու ինքդ ասացիր, որ այդ ինձ չի վերաբերում, բայց արդյոք վաղաժա՞մ չէ այդ նամակը:

— Ի՞նչ ես ուզում ասել:

— Այն, որ նախքան այդ նամակը գրելը պիտի խոսեիր ինձ հետ:

— Չեմ հասկանում:

— Կխոսեմ պարզ ու կտրուկ: Դու պիտի շուտով վերադառնաս Մոսկվա:

— Վերադառնա՞մ: Ինչո՞ւ:

— Քո նախկին կյանքը շարունակելու, այսինքն՝ գերդաստանից աքսորված:

— Միքայել, ես տրամադիր չեմ կատակներ անելու:

— Ես ևս առավել: Լսի՛ր, ապօրինի ես տիրացել մեր հոր ժառանգությանը:

— Մի՞ թե, — գոչեց Սմբատը հանգիստ, ցամքիչը սեղմելով ծրարի հասցեի վրա:

— Այո , դու չես այդ ժառանգության տերը, — կրկնեց Միքայելը:

— Մոտդ նամակադրոշմ կա , — հարցրեց Սմբատն ամենայն սառնասրտությամբ. — ուզում եմ այս նամակն իսկույն նեթ փոստարկղ գցել տալ:

— Ես խնդրում եմ թողնել կատակներդ և լսել ինձ:

— Ասա , լսում եմ:

— Մեր հայրը քեզ ոչինչ չի կտակել, նույնիսկ մի աննշան բաժին: Այն կտակը, որով տիրացել ես նրա հարստությանը, ապօրինի է: Իսկականն ինձ մոտ է: Եթե բարեհաճես, կարող ես ծանոթանալ նրա բովանդակության հետ:

— Երևի նոր ես ճաշից վեր կացել, գլուխդ մթնած է, գնա՛, հանգստացիր:

Միքայելը վրդովվեց:

— Ես հարբած չեմ և արթուն եմ ավելի քան երբևէ, — գոչեց նա և, ձեռը տանելով ծոցի գրպանը, դուրս բերեց մի քառածալ թուղթ:

Սմբատը մատը սեղմեց զանգակի կոճակին: Ներս մտավ սպասավորը:

— Թաղևոս, — հրամայեց նա, — այս նամակը տար ու փոստը ձգիր:

Սպասավորը վերցրեց նամակը և դուրս գնաց:

— Թղթի կտո՞ր, այդ ի՞նչ է, — հարցրեց Սմբատը նույն սառնասրտությամբ:

— Այո՛, թղթի կտոր, որ սակայն մեր հոր իսկական կտակն է: Հավատում եմ քո ազնվությանը, ա՛ռ և կարդա...

Սմբատը ձեռքը մեկնեց թուղթն ընդունելու:

— Կա՛ց, — ասաց Միքայելը, ձեռը տանելով մյուս գրպանը, — ես սխալվեցի: Մարութխանյանն ասում է՝ մեր ժամանակում ոչ ոքի չի կարելի հավատալ, նույնիսկ հարազատ եղբորը: Նա ճանաչում է մարդկանց:

— Մանո՛ւկ, — արտասանեց Սմբատը, հեգնորեն ժպտալով, — երևի քեզ համար ուրիշ զորություն գոյություն չունի, բացի զենքը:

Նա վերցրեց թուղթը, բաց արավ, կարդաց, ստուգեց հոր ստորագրությունը և ասաց.

— Այո՛, շատ ճարպիկ ձեռք է ունեցել այս թուղթը հորինողը:

— Դու չե՞ս հավատում կտակի իսկությանը:

— Իհարկե, չեմ հավատում, բայց...

Նա կանգ առավ, խորհեց, ճակատը տրորելով: Նա՝ և՛ չէր հավատում, և՛ չէր կարող չհավատալ: Մի՞թե ճիշտ է: Նայեց թղթի սկզբում գրված թվականին, շփոթվեց նա գրված էր իր քովը եղած կտակից մի քանի ամիս հետո, երկուսը տակ ևս նույն ձեռով գրված ստորագրությունը: Ուրեմն ջարդ ու փշուր են լինում նրա բոլոր ծրագիրները: Ուրեմն նա դարձյալ չքավոր է, դարձյալ գերդաստանից աքսորված, անիծվա՞ծ: Ի՞նչ է նշանակում այդ, կատա՞կ է արել հանգուցյալը մահվան անկողնում, մահամերձի ջղային կատա՞կ, թե հոգեկան հիվանդ է եղել ծերունին և մի թղթի փոխարեն տվել է մյուսը:

Նա նայեց Միքայելի երեսին խորը, զննող հայացքով, և մի միտք հանկարծակի լուսավորեց նրա րոպեաբար մթագնած ուղեղը, ճակատի կնճիռները պարզվեցին, և նրա դեմքով անցավ մի դառը ժպիտ:

— Ո՞վ է հորինել այս թուղթը, — գոչեց նա, ձեռը զարկելով կեղծ կտակին:

— Ինքը՝ հանգուցյալը... պարզ չէ՞ միթե:

— Վերցրու հետ, հե՛տ վերցրու և պատռիր ու դեն ձգիր: Դու մի խայտառակ բանսարկության զոհ ես... վերցրո՛ւ...

— Հա՛ հա՛ հա՛, — ծիծաղեց բարձրաձայն Միքայելը, և նրա ծիծաղը հնչեց բնազդոսիկ ու կեղծ:

Սմբատը մի անգամ ևս ստուգեց հոր ստորագրությունը՝ իր սեղանի մեջ գտնված մյուս ստորագրությունների հետ և նորեն շփոթվեց:

Մտածեց, որ եթե նույնիսկ այդ թուղթը մի կեղծվածք է, կարող է նրան անազին անախորժություններ պատճառել:

— Դու ուզում ես, որ այս թղթի հիման վրա օրենքով հաստատված իրավունքներս քե՞զ հանձնեմ, — հարցրեց նա, ոտքի ելնելով:

— Ստիպված ես այդպես անել:

— Իսկ եթե չանե՞մ:

— Կդիմեմ դատարանին:

Սմբատը լռեց, ծալեց նորեն թուղթն ու դրեց եղբոր առջև: Միքայելը նայում էր նրա երեսին: Մի վայրկյան նա խորհեց, որ իր արածը լավ բան չէ, բայց միայն մի վայրկյան: Չպիտի սկսեր կոմեդիան, որ սկսել է, պիտի խաղա մինչև վերջ:

— Ուրեմն դատարանի՞ միջոցով:

— Դիմիր, ուր որ ուզում ես, — արտասանեց Սմբատը, վճռաբար. — ես այդ կտակը համարում եմ կեղծ և հորինողը Իսահակ Մարութխանյանն է:

Միքայելը ցնցվեց թակարդն ընկած թռչնի պես, սակայն կարողացավ անմիջապես ուշքի գալ:

— Ցավում եմ, որ պիտի դիմեմ դատարանին, — ասաց նա և ոտքի ելավ:

Եվ որպեսզի իր կամքի ուժն ավելի դժվարին փորձի չենթարկի, շտապեց հեռանալ, թուղթը դնելով գրպանը:

Սմբատը բութ մատի եղունգը սեղմեց ատամներին, հայացքը հառելով հատակին: «Իսկ եթե կեղծ չէ՞»: Հայտնի բան է, այն ժամանակ պիտի մտածել անելիքի մասին: Նա չի կամենում չոր տափի վրա մնալ, և ո՞վ կկամենար մնալ նրա տեղը: Թող այդ հարստությունը դիզված լինե աններելի միջոցներով, նրան կարելի է զտել ու մաքրել կեղտերից, գործադրելով հոգուտ հանրության, բայց նորեն աղքատանա՞լ... օ օ, ոչ, չի կարող...

Հետևյալ առավոտ նա ինքը գնաց Միքայելի սենյակը և այնտեղ հանդիպեց Իսահակ Մարութխանյանին: Գուշակեց անմիջապես, թե ինչն է այդ մարդուն բերել այստեղ այդչափ կանուխ առավոտյան: Գուշակեց նաև, որ փեսան իր աներձագի տրամադրությունն արդեն լարել է իր դեմ: Նա բացատրություն պահանջեց. Միքայելը կրկնեց նույնն ավելի դրականորեն, քան նախընթաց երեկո:

— Դիմելու եմ դատարանին այսօր նեթ, եթե չկամենաս գործը հաշտությամբ վերջացնել:

— Դիմի՛ր, — ասաց Սմբատը, մի զննիչ հայացք ձգելով Մարութխանյանի վրա, — դիմեցե՛ք, երկուսդ էլ կկորչեք որպես կեղծարարներ:

— Խնդրեմ, առանց վիրավորանքի, — արտասանեց Մարութխանյանը. — ի՞նչ իրավունքով ես ինձ խառնում այդ գործի մեջ:

Եվ պատասխան չստանալով ավելացրեց.

— Իմ միակ մեղքն այն է, որ ես Միքայելին հավատում եմ ավելի, քան քեզ: Կոնտր-կտակն իսկական է և անժխտելի: Իբրև իրավաբան ես համոզված եմ այդ բանում:

Սմբատի տրամադրությունը վայրկենապես մեղմացավ, ոչ երկյուղից, այլ մի ուրիշ մտքից: Եթե նույնիսկ կեղծ է կոնտր-կտակը, կարող է մեծ աղմուկ բարձրացնել և դառնալ աղբյուր ով գիտե ի՞նչ չարիքների:

— Միքայել, — ասաց նա, աշխատելով լինել կարելույն չափ սառնասիրտ, — այդ մարդուն հավատ մի ընծայիր. նա կարող է քեզ կործանել, ես այս ասում եմ առանց քաշվելու, իր ներկայությամբ:

Ասաց ու դուրս գնաց, իջավ ցած և մտավ տան ներքին հարկում գտնվող խանութներից մեկը:

Դա մի երկայն ու լայն սենյակ էր, բաժանված տախտակյա միջնորմով երկու մասերի — առաջին և հետին: Հետին մասը ծառայում էր իբրև կացարան՝ քաղաքային գործակատարներից մեկի համար, իսկ առաջին մասը՝ գրասենյակ էր: Այստեղ դրված էին մի քանի քայքայված, դեղնագույն պահարան և մի հնամաշ գրասեղան՝ մի քանի նույնչափ հնամաշ աթոռներով: Դրամարկղ չկար: Մի ուրիշ գրասեղան դրված էր խորքում: Հատակի մի կողմը ծածկված էր զանազան հանքային ու գործարանային պարագաներով — խողովակներ, ծորակներ, պարանների կապոցներ և այլն:

Խորքի սեղանի մոտ նստած գրում էր մոտ քառասուն տարեկան մի մարդ, նիհար ու ժամանակից առաջ թառամած դեմքով: Սմբատին տեսնելով, նա ոտքի կանգնեց ու բարևեց, երևան հանելով իր հասակի բարձրությունն ու մեջքի կորությունը: Հագած էր նա երկայն մոխրագույն հնամաշ ռեդինկոտ, որի մաշված կոճակների արճճագույն թիթեղիկները փայլում էին շքանշանների պես: Ծնկների կողմում կուչկուչված անդրավարտիքի տակից երևում էին մեկից ավելի անգամ կարկատված կոշիկների բերանները և այնտեղից ցցված ճերմակ գուլպաները: Պարանոցին կապած էր մի սև թաշկինակ, յուղոտված ու փայլուն, որ նրան տալիս էր հիվանդի տեսք: Մի ուրիշ գույնզգույն թաշկինակի ծայրը ցցվել էր ռեդինկոտի հետևի գրպանից: Ընդհանուր առմամբ այդ մարդը կյանքից ծեծված մեկի տպավորություն էր գործում:

Սմբատը նստեց գրասեղանի քով և ստորագրեց մի քանի թղթեր, որ լռերեն նրա առջև դրեց կորամեջք մարդը, որ թե՛ դրասենյակի վարիչ էր, թե՛ գործակատար, թե՛ հաշվապահ: Այնուհետև մարդը վերցրեց ստորագրված թղթերը և յուրաքանչյուրի տակ ստորագրեց իր անունը. «Հաշվապահ՝ Դավիթ Զարզարյան»:

Հետո դուրս բերեց գրպանից մի կապ թղթադրամներ և դրեց Սմբատի առջև, ասելով.

—Ստացվել է երկու խանութպաններից:

— Պահեք ձեզ մոտ, վաղը կտաք, — ասաց Սմբատը:

— Ո՛չ, վերցրեք, ես չեմ կարող մոտս մի ժամ անգամ դրամ պահել:

Հաշվապահը հուզված էր երևում: Նրա ամբողջ կեցվածքի մեջ նկատվում էին վրդովմունքի հետ նաև հպարտություն և վիրավորված ինքնասիրություն:

— Դարձյալ ի՞նչ է պատահել, — հարցրեց Սմբատը, որ արդեն բավական ճանաչել էր այդ մարդու բնավորությունը:

— Պարոն Սմբատ, վերցրեք այդ փողերը և այսուհետև ինձ ազատեք առհասարակ դրամի հաշիվներից:

Այս ասելով, Զարզարյանը խոշոր քայլերով սկսեց անցուդարձ անել: Յուրաքանչյուր քայլին նրա վտիտ իրանը թեքվում էր առաջ այնպես, որ կարծես, ամեն անգամ ոտների տակ սողուն էր ջարդում:

— Ես ձեր միտքը չեմ հասկանում, — ասաց Սմբատը, — մի գուցե ես ձեզ վիրավորե՞լ եմ:

— Ո՛չ, պարոն Ալիմյան, դուք բավական կրթված եք ինձ նմաններին չվիրավորելու համար: Ես ուղղակի սարսափում եմ ինձ մոտ փող պահելուց:

— Երևի վախենում եք կորցնե՞լ:

— Այո՛, վախենում եմ:

— Բայց, որքան ինձ հայտնի է այսքան տարի մեզ մոտ ծառայելով, դուք դեռ ոչ մի անգամ փող չեք կորցրել:

— Սխալվում եք, մի-երկու անգամ պատահել է հանգուցյալի կենդանության ժամանակ:

Զարզարյանի խոսքերի մեջ Սմբատն զգում էր հետին միտք: Այդ մարդու ազնվության մասին նա մազի չափ կասկած չուներ: Արդեն բավական էր, որ հանգուցյալի նման վերին աստիճանի զգույշ և կասկածամիտ մեկը պահել է նրան իր մոտ յոթը տարի:

— Ի սեր անկեղծության, պարզ խոսեցեք: Ինչպես տեսնում եմ, դուք մի բան եք ուզում ասել, բայց քաշվում եք...

— Շատ բարի, պարզ կխոսեմ, քանի որ թույլ եք տալիս, — ասաց Զարզարյանը և մի խոշոր քայլ ևս անելով, կանգ առավ Սմբատի առջև. — ձեր եղբայրը, պարոն Սմբատ, գողություն է անում:

— Զարզարյա՛ն, — ընդհատեց Սմբատը վրդովված:

— Դուք իրավունք տվեցիք ինձ լինել անկեղծ, ուրեմն չպիտի բարկանաք: Այո՛, պարոն Միքայելը գողություն է անում, և ես անզոր եմ նրան արգելելու: Նա այս շաբաթ երեք անգամ գրասենյակից փող է վերցրել առանց ստացական տալու: Ահա հաշիվը, հազար յոթ հարյուր ռուբլի...

Նա դրեց Սմբատի առջև մի թուղթ:

Գողությո՛ւն. ո՛րպիսի վիրավորանք Ալիմյան գերդաստանի պատվին և ինքնասիրությանը: Միքայելն այդ փողերի մասին ոչինչ չի ասել Սմբատին և, իհարկե, երբեք չպիտի ասեր: Ահա ի՛նչ, ուրեմն նա չի բավականանում մորից առանձին և եղբորից առանձին ստացածներով, ձեռներն ապականում է գողության մեջ: Նա չի խնայում անգամ այն խեղճ հաշվապահին, — վտանգի ենթարկելով նրա վարկը: Ահա թե ո՛րքան է ապականվել այդ տղան:

— Հանգուցյալը, — շարունակեց Զարզարյանը հառաչելով, — լավ էր ճանաչում որդուն, ուստի բոլոր վարձողներին և գործակատարներին պատվիրել էր ոչ մի կոպեկ չտալ նրան: Լավ կլիներ, որ միևնույնն էլ դուք անեիք...

— Շատ բարի, ես աչքի առջև կունենամ ձեր խորհուրդը...

Ասաց և վրդովմունքը ցրելու համար դուրս եկավ փողոց:

Կյանքն արդյունաբերական քաղաքում եռում էր: Մարդիկ անցնում էին դեսուդեն շտապ քայլերով, մտազբաղ դեմքերով: Դժվար չէր գուշակել, որ գլուխները պաշարված են միայն մի զգացումով — վաստակել որքան կարելի է շուտ և որքան կարելի է շատ: Արդեն ամբողջ մթնոլորտը տոգորված էր այդ գաղափարով: Մարդիկ բարևում էին իրարու հապճեպ, խոսում էին արագ-արագ, հևալով, շնչասպառ: Հազիվ կանգ էին առնում, երբ հարկավոր էր իրարու ձեռը սեղմել: Ամբողջ քաղաքն անսովոր մարդու վրա գործում էր երկաթուղու կայարանի տպավորություն, ուր ամեն ոք շտապում է, վազում, հրում ու հրվում, վախենալով գնացքը փախցնել: Աջ ու ձախ սլանում էին տնային ու վարձու կառքերը, տանելով գործի մարդկանց՝ դեպի փայլուն ոսկին: Աջ ու ձախ երևում են նոր կառուցվող և արդեն կառուցված հոյակապ տներ: Սպիտակ քարաշեն եվրոպական ձևի շինությունները փոխարինում էին նախկին նեղ ու ցածր ասիական կացարաններին՝ հողե տափակ կտուրներով: Ամեն ինչ փոխվում ու նորոգվում էր տենդային թափով, իսկ ամենից առաջ մարդկանց արտաքինը: Երեկվա պարսկական փափախը, կապան ու քոշերը տեղի էին տալիս քաղաքակիրթ աշխարհի գլխարկին, ռեդինկոտին ու փայլուն կոշիկներին: Գրասենյակներն ու փարթամ խանութներր լեցուն էին հաճախորդներով: Մտնում էին, դուրս գալիս, գնում, վաճառում, խաբում ու խաբվում և միշտ շտապում:

Մի երկհարկանի տան առջև Սմբատը տեսավ խումբ-խումբ մարդիկ, որ այս ու այն տեղ խորհրդավոր դեմքերով փսփսում էին: Բնազդմամբ գլուխը բարձրացրեց և տան ճակատին կարդաց «բորսա»: Այստեղ էին օրվա որոշ ժամերին ժողովվում առևտրական միջնորդները «բորսային նապաստակները», այստեղ էին շահում ու շահագործում: Յուրաքանչյուրն աշխատում էր ուրիշի ապրանքը թանկ ծախել, ուրիշի համար էժան գնել և ստանալ իր բաժին վարձը: Մի քանի խմբակներ, Սմբատին ճանաչելով, պատկառանքով հետ քաշվեցին՝ նրան ճանապարհ տալու, ոմանք խոնարհ գլուխ տվեցին:

Սկզբում Սմբատն զգաց մի տեսակ արհամարհանք և նույնիսկ նողկանք դեպի այդ մարդիկ: Ահա ձրիակերների մի ավելորդ տարր, մի տեսակ խոց հասարակական մարմնի վրա: Ընկերական շրջաններում, ուսանողական որոշ խմբերի ազդեցությամբ, շատ անգամ էր դատապարտել տնտեսական աշխարհի այն տարրերը, որոնք ո՛չ աշխատավորներ են, ո՛չ արդյունաբերողներ: Այժմ արհամարհանքը փոխվեց մի այլ զգացման: Արդյոք արդարացի՞ է թեկուզ այդ խումբ-խումբ ժողոված մարդկանց դատապարտել իբրև պարազիտների: Արդյոք թեթևամտություն չէ՞ երևույթը պարսավել՝ առանց պատճառները քննելու: Եթե միջնորդը պարազիտ է — պարազիտ է նաև արդյունաբերողը, հանքատերը, գործարանատերը, կալվածատերը, վաճառականը, խանութպանը, ուրեմն և ինքը՝ Սմբատը...

Նա զգաց, որ իր մտքերը գնում են հեռու, շատ հեռու, թափանցելով քաղաքատնտեսության խորքերը: Շփոթվեց ինքն իր մտքերից, զգաց մի տեսակ ամոթ իր մտավոր և բարոյական աշխարհի առջև: Այդ պահին նա կանգնած էր երկու մարդու միջև, մեկն այժմյան Սմբատն էր, մյուսը՝ մի երկու ամիս առաջվա Սմբատը, մեկը՝ միլիոնների ժառանգը, մյուսը՝ աղքատ երիտասարդը, որ իր ընտանիքը պահում էր մասնավոր դասերով, հորից անիծված, գերդաստանից աքսորված, նպաստից զրկված:

Որի՞ն մոտենալ, որի հետ ձուլվել առմիշտ, ո՞րն է բարվոքը — զրկվել հարստությունից, մնալ հավատարիմ տեսականին և անգեն, թե՞ լինել հարուստ, զորավոր, ինքնիշխան: Հարցն անլուծելի էր:

Հանկարծ նա ցնցվեց: Նա հիշեց Միքայելի կոնտր-կտակը, որի մասին մոռացել էր: Այո՛, եթե այդ կտակն օրինական է, — խնդիրը կլուծվի ինքնըստինքյան, առանց նրա կամքի: Նրան նորեն կարտաքսեն գերդաստանից, նորեն կմնա նույնը, ինչ որ էր երկու ամիս առաջ: Այն ժամանակ թո՛ղ գնա իր գաղափարները պաշտելու և քաղցած փորով բարոյական սկզբունքներ քարոզե և իր զավակներին կերակրե բարձրագույն թեորիաներով:

— Սմբա՛տ, — լսեց նա մի ծանոթ ձայն և հետ նայեց:

Գրիգոր Հաբեթյանն էր, որ հևալով, տնքալով ու քրտնած, մոտենում էր:

— Ո՛ւֆ, տրաքեցի հետևիցդ վազելով: Այդ անիրավ բժիշկները հոգիս հանեցին, բայց օգնել չկարողացան... Լսի՛ր, ես պատգամավոր եմ ուղարկված քեզ մոտ... Քյազիմ-բեգ Աղիլթեգովը խնդրում է այսօր երեկոյան շնորհ բերել իր տունը, ուր պիտի տեղի ունենա զալա-քեֆ. նա ուզում է քեզ ազից դուրս բերել և հատկապես քեզ հետ բարեկամանալ: Հանուն բոլոր միջազգային դարդիմանդների, մի մերժիր, խոսք եմ տվել տանելու քեզ, պիտի տանեմ:

— Ովքե՞ր են լինելու:

— Ասացի էլի, միջազգային դարդիմանդներ:

— Միքայե՞լն էլ:

— Առանց սուսամի լուլաքաբաբ կլինի՞: Միքայելը մեր ընկերական շրջանի համն ու հոտն է:

Սմբատը կփափագեր մերժել, բայց հետաքրքրությունը

գերազանցեց: Արժե գեթ մի անգամ լինել Միքայելի ընկերական շրջանում և տեսնել ինչպես է նա վատնում իր կյանքը:

— Լավ, կգամ, — վճռեց նա:

— Այդպես չի կարելի, կարող ես խոստումդ մոռանալ կամ փախչել: Երեկոյան ութ ժամին կգամ նախ քեզ կլուբ տանելու: Սպասի՛ր ինձ տանը, բայց ոչ, գրասենյակում: Ես այդ սանդուղքով բարձրանալու ախորժակ չունեմ...

VI

Հասարակական ժողովարանի սպասավորները Սմբատին տեսնելով, միմյանց առաջեցին՝ նրա վերարկուն ու գլխարկն ընդունելու:

Ընդարձակ քարե սանդուղքով վեր բարձրանալով Գրիշայի հետ, նա մտավ մի սենյակ, անցավ մի մեծ սրահ: Այստեղ ոմանք զբաղված էին թղթախաղով, ոմանք խմբակների բաժանված խոսում էին, վիճաբանում, բացատրում, հայհոյում: Այստեղ ևս առևտուր էր կատարվում: Կատակներ էին անում, սրախոսում, ցինիկ անեկդոտներ պատմում և, միմյանց ուսին ու փորին զարկելով, տասնյակ հազարների գործեր վերջացնում: Լավում էին դարձվածքներ, նկատվում էին ձևեր ու շարժումներ, որ անսովոր մեկի վայելչասիրության զգացումը կարող էին վիրավորել: Երեկվա գռեհիկ գյուղացիների, մրգավաճառների, սայլապանների միայն հագուստն էր փոխվել: Փողոցը, օսլայած շապկով ու փայլուն կոշիկներով տեղափոխվել էր մի հասարակական հավաքարան, որ լուսավորված էր էլեկտրական լամպաներով և զարդարված փարթամ կահ-կարասիով: Թավշե բազկաթոռների վրա անփույթ ընկղմված էին մարդիկ, որ դեռ երեկ-մեկէլ օրը հնամաշ խսիրների վրա էին ծալապատիկ նստում:

Կային բժիշկներ, իրավաբաններ, ինժեներներ, որոնց արտաքինը, ձևերն ու արտասանած դարձվածքները կրում էին շրջանի դրոշմը: Գրեթե նույն կոշտ ու կոպիտ կեցվածքը, նույն գռեհիկ եղանակը խոսակցության, ինչ որ հատուկ էր անկիրթ ու անտաշ շրջանին, այնպես որ անծանոթ անձը չէր կարող երևակայել, որ յուրաքանչյուրի գրպանում կա մի-մի վկայական բարձրագույն ուսման: Կրթությունն ու զարգացումն ազդելու փոխարեն ազդվում էին և նկատելի էր, որ կրթվածները նույնիսկ գիտակցաբար օրինակում էին հարստացած խոհարարների ու դռնապանների գռեհիկ ձևերն ու սովորությունները նրանց դուր գալու համար:

Սմբատն ամեն կողմից հանդիպում էր սիրալիր ողջույնների, ստրկական ժպիտների, և կրթվածները, միմյանց առաջում էին նրա ձեռը սեղմելու: Եվ ամենքն իրենց կարեկցությունն էին արտահայտում հոր մահվան առիթով և գովում ու փառաբանում էին հանգուցյալի առաքինությունները:

— Դրանք մեր ազգականներն են, — ասաց Գրիշան՝ հեգնաբար, առաջնորդելով Սմբատին մի փոքրիկ սենյակ, ուր հինգ-վեց մարդ առանձնացած տաք-տաք վիճաբանում էին ինչ-որ բանի մասին:

— Քաղցած փորը մարդու գլխին զոռ է տալիս, — ասաց Գրիշան:

Նրանք մտան շատ պայծառ լուսավորված ընդարձակ սենյակ, ուր երկայն սեղանի քով մի խումբ մարդիկ լրագիրներ էին կարդում:

Մեր տեղական պոլիտիկոսներն են, — ասաց Գրիշան:

Հետևյալ սենյակները լիքն էին թուղթ խաղացողներով: Կավիճի փոշին, ծխախոտի ծուխը, շնչառությունների գոլորշին օդի մեջ գոյացրել էին մի տեսակ մանիշակագույն մշուշ, որի միջով հազիվ-հազ երևում էին կարմրած երեսները, ճարպոտ աչքերը և մեկը մյուսից հաստ ու պարարտ փորերը: Ոմանք թե՛ խաղում էին և թե՛ առևտուր անում: Այս ու այն կողմից լսվում էին հանքային ջրերի բացվող շշերի պայթոցները: Նորաբողբոջ բուրժուազիան կուշտ ճաշից հետո իր ճարպոտ որովայնը զովացնում էր, թառանչելով ու բղկոց տալով:

Վերջին սենյակում բիլիարդ էին խաղում: Այստեղ էին Մելքոնն ու Մովսեսը:

— Գալուստդ բարի, սզավոր, — ասաց Մելքոնը Սմբատին, թեքվելով, որ գնդակին զարկե:

— Իշալլա՛հ, — արտասանեց քնահարբ Մովսեսը, կիի ծայրը դանդաղորեն կավիճելով: -Կռամբոլ... հազ աթասինի...

— Դե լավ, վերջացրեք, արդեն տասը ժամն է, — գոչեց Գրիշան անհամբեր:

Գնդախաղը վերջացավ: Սմբատը, Մելքոնն ու Մովսեսն անմիջապես ուղևորվեցին Քյազիմ-բեգի տունը, իսկ Գրիշան գնաց թատրոն, ասելով.

— Գնամ զեղեցկուհիներիս հսկելու, որ ուրիշները չփախցնեն:

Թատրոն կոչվածը մի քառանկյունի անոճ ու անճաշակ սրահ էր, նման շտեմարանի: Մտնելով մի նեղ անցք, Գրիշան վերարկուն շպրտեց առաջ վազող հանդերձապահին և անցավ կուլիսների հետև: Այդտեղ տիրում էր շուկային խառնակություն. մինչ բեմի վրա երգում էին խորային երգիչ-երգչուհիներն ու պարուհիներն իրենց թեթև զգեստներով, բարձրաձայն խոսում էին, վիճաբանում, իրարու բոթում, իրարու հայհոյում, ծիծաղում, քրքջում: Կային մի քանի կնամոլներ, որ եկել էին իրենց ժամանակավոր սիրուհիներին ներկայացումից հետո ընթրիքի տանելու: Դրանք գլխավորապես գողությամբ հարստացած գործակատարներ կամ նավթային միջնորդներ էին:

Գրիշան ձեռով շփեց մի սիրունիկ պարուհու երեսը և մոտեցավ գեղադեմ կոմպրեմարիոյին առժամանակ, մինչև որ պրիմադոննան կավարտեր իր արիան բեմի վրա և կստանար երկրպագուների սովորական ծափերը, նաև մի որևէ նախկին սայլապանից՝ ծաղիկների մի կողով: Կուլիսների հետևում նա առհասարակ ընդունվում էր սիրով ու հարգանքով, և շատ դերասանուհիներ ու երգչուհիներ իրենք էին փաթաթվում նրա պարանոցին:

Հայտնելով պրիմադոննային, թե այս գիշեր ուր պետք է անց-կացնեն իրենց ժամանակը ներկայացումից հետո, նա շտապեց անցնել թատերասրահ, որ ծայրեիծայր լիքն էր: Հպարտ, ինքնավստահ քայլերով անցավ ադամանդազարդ տիկինների ու պոչավոր պարոնների միջով և բռնեց իր տեղն առաջին կարգում: Տասնյակ նախանձոտ աչքեր ուղեկցում էին նրան, իբրև մի երջանիկ անձի, որի համար թատրոնը, կարծես, սեփական տունն էր, իսկ կուլիսների հետևը՝ հարեմ:

Քյազիմ-բեգ Աղիլբեգովը Միքայելի ընկերների մեջ ամենից ազատն էր ընտանեկան պայմանների նկատմամբ, ամենից հարուստն ու ամենից շռայլը: Նրա ծնողները մեռել էին մի քանի տարի առաջ, տանը ոչ ոք չուներ, բացի երկու-երեք լեզգի ծառաներից, խոհարարից և կառապանից: Ապրում էր որպես ոչմահմեդական, նիստն ու կացը բոլորովին հարմարեցրած էր քրիստոնյա ընկերների ճաշակին ու պահանջներին: Հորից ժառանգել էր երեք-չորս հոյակապ տներ, բազմաթիվ նավթահորեր, երկու առագաստավոր նավեր, մի շոգենավ և մի քանի տոպրակ ոսկիներ: Արդեն կեսն իր հարստության վատնել էր, մնում էր մյուս կեսը: Մոլեռանդ մուսուլմանները վաղուց էին հաշտվել նրա մեղսալի կենցաղի հետ, համարելով նրան ապականված գյավուր, որ հանդերձյալ աշխարհում պիտի չարաչար պատժվեր...

Հյուրերը մտան կես եվրոպական և կես ասիական ոճով կահավորված մի ընդարձակ սրահ: Մի անկյունում ծալապատիկ թախտի վրա նստած, երգում ու նվագում էին սազանդարները: Տանտերը մի քանի հյուրերի հետ վինտ էր խաղում: Դա առույգ և կայտառ մի երիտասարդ էր, գեղեցիկ դեմքով, խոշոր, սև աչքերով, մաքուր սափրած երեսով և բարակ սևաթույր ընչացքով: Հագած էր թավշե արխալուղ, Դաղստանի նրբագույն շալից կտրած կապա՝ ոսկե վազմաներով: Մեջքին կապած էր ոսկե գոտի, որից կախվում էր մի գեղեցիկ դաշույն՝ զմայլելիորեն շինած ոսկեխառն փղոսկրե պատյանի մեջ:

Տեսնելով հյուրերին, նա արագությամբ ոտքի ելավ նրանց դիմավորելու և երևան հանեց իր բարձր հասակն ու նուրբ կազմվածքը: Դեմքի կարմրությունից, վառ աչքերի արյունախառը շրջանակներից կարելի էր գուշակել մեծ սերը դեպի ոգելից ըմպելիքները և անքուն գիշերները:

— Մաշալլա՛, մաշալլա՛, — գոչեց նա, մոտենալով Սմբատ Ալիմյանին, — Հիսուսի անունով երդվում եմ, այս երեկո ես երջանիկ եմ քո գալստյամբ: Թաքրը՛ յ սյուրփրիզ, թաքր՛ յ սյուրփրիզ...

Նա գրկեց ու համբուրեց Սմբատին և ներկայացրեց հյուրերին: Ներկա էին մի ռուս սպա, մի վրացի իշխան, պարսկաց հյուպատոսը, երեք հայ, մի լեզգի, երկու հրեա, մի հույն և մի լեհացի: Հայերից մեկը մոտ հիսունհինգ տարեկան մարդ էր, միակ ծերն այդ շրջանում և մեկը քաղաքի առաջնակարգ հարուստներից, կույր բախտի մի ընտրյալ, որի մասին ասում էին, թե մի ժամանակ եղել է խոհարար: Մյուսը վաղաժամ ծերացած մի երիտասարդ էր աշխարհի հաճույքներից հոգնած դեմքով: Նրա դեմքը կրում էր վատագույն հիվանդության նշաններ: Երրորդը՝ Միքայելն էր, որ Սմբատին տեսնելով, հեռացավ սրահի հեռավոր անկյունը:

Վինտն ընդհատվեց: Նստեցին «բակարա» խաղալու: Նորեկները, առանց «ոսկե ժամանակը կորցնելու», միացան խաղացողներին, բացի Սմբատից, որ կյանքում երբեք թուղթ չէր խաղացել: Քյազիմ-բեգը չհամարձակվեց թախանձելու նրան, որ խաղա:

Սկզբում խաղացողները սառն էին, դնում էին քարտին տասնական-քսանական ռուբլի և ոչ ավելի: Զապողը սպան էր: Նա շատ դրամ չուներ, մյուսներն էլ խաղում էին զգույշ, խաղի «էտիկան» պահպանելու համար: Վերջապես սպան տանուլ տվեց ինչ որ ուներ, ոտքի ելավ, որով և մեծ հաճույք պատճառեց քնահարբ Մոսիկյոյին: Շուտով բոլորը տաքացան: Միքայելը տանուլ էր տալիս, Մելքոնը նույնպես: Քյազիմ-բեգը դադարեց խաղալ, վեր կացավ, գրկեց Սմբատին և միասին դուրս եկան պատշգամբ:

Միքայելն սկսեց հուզվել ու կատաղել թղթերի դեմ: Տասնու-մեկ անգամ միմյանց հետևից նրա թուղթը «խփեցին»: Ո՛չ, այդ անկարելի է, տնաքանդություն, հազիվ կարողացել է մի քանի հազար ռուբլի գտնել պարտքով և ահա կեսից ավելին գնաց: Պետք է «ձեռքը փոխել»: Քանի խաղը փոքր էր, տանում էի, իսկ այժմ:

— Նիկոլայ Լուկիչ, — դարձավ նա սպային, որ նախանձոտ աչքերով հետևում էր խաղացողներին՝ նման անոթի մեկին, որ մասնակից չէ ճոխ սեղանին, — նստեցեք:

Սպան թեքվեց, և Միքայելը նրա ձեռի մեջ դրեց մի բուռը թղթադրամ, ավելացնելով.

— Բաց խաղացեք...

Տասը րոպե չանցած սպան մաքրվեց, իսկ Միքայելը, որ իր բախտը կապում էր նրա մասնակցության հետ, շարունակ տանուլ էր տալիս:

Արդեն ամենքը բորբոքվել էին: Այլևս ոչ ոք հաշվի չէր առնում բանկոմետի առաջարկը, գնում էին որքան նա կանչում էր: Դեմքերը կարմրել էին, աչքերը վառվել, սրտերը բաբախում էին հուզումից, այն ինքնատեսակ հուզումից, որ հատուկ է միայն թղթախաղին և որն է իսկական պատճառը, որ դրդում է խաղամոլին տասնյակ ժամերով շարունակ և անդադար խաղալ: Մի զգլխիչ, որ ունի իր հաճույքը:

Սմբատը ներս էր եկել և հետաքրքրված դիտում էր Միքայելին: Հետաքրքրականը եղբոր տանելը կամ տանուլ տալը չէր, այլ հոգեկան դրությունը: Նկատում էր, որ թղթախաղը Միքայելին բոլորովին այլափոխել է: Աչքերը կարմրել են, պսպղում են վառ ածխի պես, քթի պնչերը դողդղում են նման արաբական նժույգի ռնգերի, ամբողջ էությունը տակն ու վրա է եղել: Դեմքը գունատվել է թղթի պես և կուրծքը բարձրանում-իջնում է փուքսի նման: Սմբատին չի նայում, խաղում է խելագարի պես, մերթ տալով, մերթ վերցնելով հարյուրանոցները: Մեկը ևս մաքրվեց և Քյազիմ-բեգը բռնեց նրա տեղը: Սմբատն զգաց, որ ինչ-որ դիվային ուժ մղում է նրան դեպի խաղի սեղանը: Ամեն անդունդ ունի ձգողական զորություն, որին դիմադրելը մի տեսակ հերոսություն է: Արդեն նա սովորել էր դյուրին խաղը և կարող էր մասնակցել: Մերթ ընդ մերթ հուզվում էր մեծ գումարով խաղացողների հետ, երբեմն զայրանում էր մեկի կամ մյուսի անհաջողության դեմ: Հրապույրը քանի գնում, այնքան անհաղթելի էր դառնում: Հանկարծ նա, մի ձեռը տանելով ծոցի գրպանը, մյուսը դրեց սեղանի վրա և ասաց.

— Փորձի համար:

Բանկոմետը Մոսիկոն էր, որ արթնացել էր, վառվել և ամենից թունդ էր խաղում: Նա եռապատկեց գումարը: Սմբատը թուղթը վերցրեց: Միքայելի գունատ դեմքով սահեց մի հեգնական ժպիտ՝ Սմբատը ձգեց սեղանի վրա վեց հատ հարյուրանոց, նա տանուլ տվեց: Վերցրեց երկրորդ թուղթը, դարձյալ տանուլ տվեց: Երրորդ թուղթը զարկեց և հեռացավ սեղանից:

Վրացի իշխանը բոլոր ունեցածը տանուլ տվեց և այժմ խաղում էր «կավիճով»:

— Պապաշա, տեղդ ինձ տուր, — դարձավ Մելքոնը նախկին խոհարարին, որ տանում էր:

— Ես ըը պառավ մարդ եմ, ես ըըը վեր կենալ չեմ կարող, — ասաց Պապաշա կոչվածը, որ երկու խոսք ասելիս երեք անգամ կմկմում էր:

— Կոնյա՛կ, — գոչեց Մոսիկոն:

Լեզգի սպասավորն իսկույն կատարեց հրամանը, բերելով մի ամբողջ շիշ: Բոլորը դատարկեցին մի-մի բաժակ, հետո երկրորդը, երրորդը և նրանց արյունն ավելի տաքացավ:

Այժմ Միքայելը տանում էր: Տանում էին նաև Մոսիկոն ու Պապաշան: Մյուսներից բախտը երես էր դարձրել:

Թղթերը շրջան անելով, անցան Մելքոն Ավրումյանի ձեռքը: Նա մի սուր հայացք ձգեց հարևանի երեսը և գոչեց.

— Հազար ռուբլի:

Ոչ ոք մինչև այժմ առաջին թղթի վրա այդպիսի մի գումար չէր առաջարկել: Հարևանը, որ վրացի իշխանն էր, կանգ առավ, նայեց Պապաշայի երեսին: Փող էր խնդրում նախկին խոհարարից, բայց հայացքը պահանջողական էր, ծերունին գլուխը բացասաբար շարժեց, բավական է որքան տվել է, տվածն էլ հետ չի պահանջում: Բոլորը նայեցին միմյանց երեսին:

— Գալիս է, — ասաց Մոսիկոն, — բռունցքը զարկելով սեղանին:

Նա տարավ իննանոցով «խփելով» ութանոցը: Մելքոնը բերանից արձակեց մի կեղտոտ հիշոց թղթերի հասցեին՝ շպրտելով նրանց մի կողմ: Բերեցին նոր թղթեր: Այդ էլ չօգնեց. բախտն այդ գիշեր դավաճանում էր նրան: Կատաղում էր, փրփրում, առանց մի որևէ առիթի սրա ու նրա հետ վիճում: Առհասարակ հայտնի էր իր կռվասիրությամբ: Նա գոռաց երաժիշտները վրա, որ շրջապատել էին սեղանը և ազահ աչքերով նայում էին հարյուրանոցների դեզերին: Այլևս գրպանում փող չուներ, խաղում էր «կավիճով»: Թղթերը նորից անցան նրա ձեռքը, նա կանգ առավ, մի քանի վայրկյան խորհեց, ձեռքով ճակատը շփեց և գոչեց.

— Երեք հազար ռուբլի:

Այս անգամ Մոսիկոն էլ տատանվեց, չնայելով, որ շատ էր տարած: Գումարը խոշոր էր:

— Գնացե՛ք, — խորհուրդ տվեց վրացի իշխանը Պապաշային:

— Հալա ըըը հարբած ըըը, չեմ, ըըը. նուշ չի...

— Պակասացրո՛ւ, — դարձավ Միքայելը Մելքոնին, — տեսնում ես չի գալիս, թուղթը դիմադրություն չի սիրում:

— Հինգ հազար ռուբլի, — ավելի տաքացավ Մելքոնը:

— Կոնյա՛կ, — աղաղակեց Մոսիկոն:

Բաժակը դատարկեց, ձեռը դրեց ճակատին և մտածեց մի քանի վայրկյան: Հետո վերցրեց անկյունում դրած թղթերից մեկը, նայեց գույնին: Նա գուշակում էր խաղի ելքը: Թուղթը կարմիր էր. կարելի էր գնալ:

— Վեց հազար, — ավելացրեց Մելքոնը, որ բոլորովին գունատվել էր:

Սմբատն աչքերը հառել է Միքայելի երեսին: Տեսնում էր, որ եղբայրը գրգռվում էր և այս անգամ հասկացավ նրան: Նա ինքը ենթարկվել էր խաղի դիվային զորությանը:

— Յոթ հազար, — արտասանեց Մելքոնը և, անմիջապես պատասխան չստանալով, ավելացրեց. — վախկոտնե՛ր...

Միքայելի ինքնասիրությունը վիրավորվեց:

— Գալիս է, — ասաց նա և նայեց եղբոր երեսին:

Սմբատը ձևացավ անտարբեր:

— Կատակ չէ, խաղ է, — ասաց Մելքոնը:

— Խաղի մեջ կատակ անողներից չեմ՝ թուղթ տուր ինձ:

— Գումարը պայծառացրու սեղանի վրա, հետո կտամ թուղթ:

— Կարող ես հավատալ, վաղը կստանաս, — ասաց Միքայելը և նորից նայեց եղբոր երեսին:

Նորեն Սմբատը անտարբեր ձևացավ:

— Կհավատամ, եթե թուղթը վերցնե եղբայրդ:

— Ուրեմն դու ինձ շուլեր ես համարում, — գոչեց Միքայելը, ձեռն ուժգին զարկելով սեղանին:

— Քավ լիցի, ես միայն քո վարկաբնդունակությանը չեմ հավատում:

— Ես սնանկ չեմ, պարոն...

— Սնանկանում են նրանք, որոնք ունեին մի ժամանակ:

Տիրեց վայրկենական ընդհանուր շփոթություն: Սազանդարները, որ կանգնած էին վիճողների հետևում, հետ քաշվեցին երկյուղով:

— Տալո՞ւ ես թուղթ, թե ոչ, — գոռաց Միքայելն ագահությամբ և սպառնալի ոտքի ելնելով:

Մելքոնը նայեց Սմբատի երեսին:

— Կարող ես տալ, — արտասանեց Սմբատը, չհանդուրժելով եղբոր ստորացումը:

Մելքոնը երկու թուղթ ձգեց Միքայելի առջև, երկուսն էլ երեսնիվայր ձգեց իր առջև:

Հետո զաղտնի նայեց իր թղթերին, աչքունքը թթվեցրեց և ասաց.

— Տալիս եմ...

— Քեզ տես, — արտասանեց Միքայելը:

— Յոթանոց է մտել...

Մելքոնը ձեռքի կոլոդից դրեց սեղանի վրա մի թուղթ ևս: Նրա շրթունքները դողդողում էին:

— Անո՞ւնդ, — հարցրեց նա:

— Դո՛ւ ասա:

— Անո՞ւնդ:

— Վեց ա:

— Յո՛ւյց տուր...

— Յոթ...

Եվ Միքայելն իր թղթերը պարզեց սեղանի վրա: Նա համոզված էր, որ տարել է: Բայց Մելքոնը շուտ տվեց իր թղթերը և ցույց տվեց երկու տասանոց և մի իննանոց: Միքայելը ցնցվեց:

— Անկարելի է, — գոռաց նա, ինքն իրեն կորցնելով, — անկարելի է, ես չեմ թույլ տալ ինձ կողոպտելու:

— Խա՛ղ է — ասաց Մելքոնը սառնարյուն, — վաղը կվճարե եղբայրը:

— Ավազա՛կ, դու իննոցը դուրս բերիր կոլոդի տակից:

— Շուլերը դու ես:

Սկսվեց իրարանցում: Երկու հակառակորդները ոտքի ելան և մի-մի աթոռ բարձրացրին: Մի վայրկյան ևս և նրանք պիտի հարձակվեին իրարու վրա: Սմբատը բռնեց Միքայելին և ուժով մի կողմ տարավ: Ապա, դառնալով Մելքոնին, ասաց.

— Վաղն առավոտյան տարածդ կստանաս.

Հարկավ, խաղը դադարեց: Սմբատը կամեցավ անմիջապես հեռանալ և տանել իր հետ Միքայելին:

— Ո՛չ, ո՛չ, — թախանձեց Քյազիմ-բեգը, — ես կվիրավորվեմ, եթե գնաք: Դատարկ բան է, կհաշտվեն:

Մինչ բոլորն աշխատում էին կռվածներին հանգստացնել, ներս մտան Գրիշան, պրիմադոննան, երկու խորային երգչուհիներ և մի երգիչ: Եվ նրանց երևալը, մանավանդ պրիմադոննայի ժպտուն գեղեցկությունը՝ կրքերը մեղմացրին:

Գեղեցկուհի համարվածը, բարձրահասակ, բավական գեր, շիկահեր մի էակ էր, մազերը ճակատի վրա խոպոպացրած և ծոծրակի վրա հունական ձևով հյուսած: Վարի թերթերունքների տակ խնամքով շինված սև գծերը նրա բնականից փոքրիկ աչքերին տալիս էին արվեստական խոշորություն, նույնիսկ մի տեսակ թախիծ: Պուդրն ու շպարը ծածկում էին երեսի մորթու քանի մի անհարթությունները, իսկ սնգույրն այտերին տալիս էր թեթև կարմրություն: Ունքերի նոսրությունը սքողված էր այնպիսի վարպետությամբ, որ ամենանրբատես աչքը կարող էր խաբվել:

Նա բոլորի ձեռքը սեղմեց մտերմաբար, բոլորին պարգևեց մեկն այն հրապուրիչ ժպիտներից, որ ինքնըստինքյան դառնում են բեմին ծառայողների հատկանիշը:

Սազանդարները ոգևորվեցին, նախատեսելով մի արտաքո կարգի քեֆ, ուրեմն և առատ վարձատրություն, մանավանդ եթե Միքայելին ու Մելքոնին հաշտեցնեն:

Գրիշան գրկեց ու համբուրեց պատկառելի Պապաշային, շշնջալով նրա ականջին մի քանի արյունահույզ խոսքեր կանանց մասին: Ծերունին հաստ բեղերը ոլորելով, փողկապն ուղղելով... աչքերը կրքոտ կատվի պես տնկեց երգչուհու երեսին և հետո, նայելով ոտքից մինչև գլուխ, մտքում մերկացրեց նրան:

Կես ժամ անց, Քյազիմ-բեգը հյուրերին հրավիրեց սեղանատուն, ուր ուտելիքներով և ըմպելիքներով ծանրաբեռնված սեղանն սպասում էր նրանց: Միքայելը նստեց պրիմադոննայի աջ կողմում: Ամիս ու կես էր կանանց հետ սեղան չէր նստել — կարոտ էլ էր. Գրիշան նստեց երգչուհու ձախ կողմը: Քյազիմ-բեգն ու վրացի իշխանը նստեցին դեմուդեմ: Սմբատը նստեց տանտիրոջ և Պապաշայի միջև:

Գրիշան ընտրվեց սեղանապետ: Սկզբում բոլորն աշխատում էին իրենց լուրջ պահել պրիմադոննայի ներկայությամբ, մանավանդ, որ անախորժ ընդհարման տպավորությունը դեռ չէր անցել: Սեղանապետն առաջարկեց գեղարվեստի «փայլուն աստղի» կենացը, որ և՛ ընդունվեց հոտընկայս և բուռն ծափահարությամբ: Սազանդարները «տուշ» նվագեցին:

— Silence, — գոչեց հոգնած դեմքով մի երիտասարդ իրավաբան, որ հաշտարար դատավորի պաշտոնակատար էր:

Բոլորը լռեցին: Նա արտասանեց գեղեցիկի և գեղարվեստի մասին մի ճառ: Սկսելով հին հույներից, անցնելով հռովմեացիներին, հետո մեր ժամանակներին, նա դատարկեց իր գիտության ամբողջ տոպրակը և գոչեց.

— Ergo, մենք իբրև գեղարվեստի ջերմ երկրպագուներ, խոնարհվենք նրա թագուհու առջև...

Քյազիմ-բեգն ասաց.

— Աֆարի՛մ...

Վրացի իշխանը գոչեց.

— Վաշա ...

Գրիշան իր հետ եկած երգչին առաջարկեց երգել մի ռոմանս: Ոտքի կանգնեց բեղերը սափրած մի մաշված ու քայքայված մարդ օպերայի երկրորդ տենորը և, ներողության խնդրելով, հրաժարվեց երգելուց: Ուզում էր, որ բոլոր ներկա եղողները միաձայն խնդրեին: Եվ խնդրեցին, բայց երգիչն զգում էր, որ իր ձայնը վաղուց է քայքայվել:

— Ջիոկոնդա՛, — դարձավ նա պրիմադոննային, — ռոմանսը քեզ համար շաբլոն բան է: Թույլ տուր ինձ երգել ու ներկայացնել «Խելագարը»:

— Բռավո՛, բռավո՛, հրաշալի քեռի, — ասաց պրիմադոննան: - Պարոններ, խնդրեմ ուշադրությամբ լսել, Վիստուխինի «Խելագարը» բացառիկ է: Պատիվ ունեմ ծանոթացնել, ապագա Բառնայ կամ Սալվինի: Վճռել է օպերան թողնել և դրամային նվիրվել: Օ՜օ, տեր աստված, ներվերս քայքայեցին այդ վայրենի հնչյունները, — ավելացրեց նա, ձեռով ըժկամական նշան անելով դեպի սազանդարները:

— Աղա՛, լռեցե՛ք, — հրամայեց Քյազիմ-բեգը, և սազանդարները դադարեցին նվագել:

«Ապագա Բառնայը կամ Սալվինին» հանդիսավոր կերպով նայեց աջ, նայեց ձախ, բերանը սրբեց, փողկապն ուղղեց, որ ընդհանուրի ուշադրությունը գրավե: Եվ սկսեց երգել ու ներկայացնել «Խելագարը»: Նրա շրթունքները կամաց-կամաց աղավաղվեցին երեսի կաշին կուչկուչվեց, աչքերի բիբերը ծռվեցին նախ մի կողմ, հետո մյուս կողմ, ապա բարձրացան վեր, և ապագա Բառնայը դարձավ կրկեսային խեղկատակ: Նրա խռպոտ ձայնը, որ կրում էր ալկոհոլի կործանիչ ազդեցությունը, մերթ բարձրանում էր մինչև դիապազոն, մերթ կոկորդի մեջ խեղդվում, արձակելով ամենատարօրինակ հնչյուններ, նման տեղական սայլերի ճռճռոցներին:

Պրիմադոննան, որ իր հոգու խորքում խղճում էր իր «կորած» ընկերոջը, ծափահարեց՝ նրան չվշտացնելու համար: Բոլորը հետևեցին նրա օրինակին: Ապագա Բառնայն արժանավայել ձևով գլուխ տվեց աջ ու ձախ, նստեց տխուր հառաչելով:

— Որքա՛ն զգացմունք, որքա՛ն զգացմունք, — գոչեց պրիմադոննան, թաշկինակը հպելով աչքերին՝ իբրև թե արցունքը սրբելու համար, — էքստրա քո կենացը, գեղարվեստի բազմաչարչար նահատակ:

— Օ՜, Լիզա, Լիզա, էքստրա, — բացականչեցին բոլորը, մի-մի բաժակ դատարկելով:

Գրիշան գիտեր պատվել կանանց սեռը: Առաջարկեց խորային երգչուհիների կենացը միասին:

Հերթը հասավ Սմբատ Ալիմյանի կենացին: Գրիշան ասաց, թե այսօր շրջանը ձեռք է բերում մի թանկագին անդամ, մի «մոլորյալ գառնուկ», որ գրեթե մանուկ հասակում փախել էր հարազատ փարախից:

Բոլոր սեղանակիցների կենացներն ավարտելուց հետո, Քյազիմ-բեգը հրամայեց սազանդարներին՝ նվագել ինչ-որ պարերգ: Առաջինը ինքը սկսեց պարել, աչքերը տնկած գեղեցկուհի պրիմադոննայի կրծքին, պտտելով սեղանի շուրջը:

— Աղա՛, փաղայ շամփանսկիյ, — դարձավ նա սպասավորին:

Սմբատն զգում էր ինչ-որ անսովոր ջերմություն: Անծանոթ մթնոլորտը, ուր մի ժամ առաջ նա իրեն խորթ էր զգում, փափկացել էր, և նրա հոգու մեջ տարածվում էր մեղմությունը: Այլևս նա չէր կշտամբում իրեն, որ եկավ այստեղ: Այժմ նա իր մտքում արդարացնում էր Միքայելին և պատրաստ էր նրան գրկել ու համբուրել...

VII

Միքայելը մոռացել էր իր անախորժ ընդհարումը Մելքոնի հետ և շարունակ քչփչում էր պրիմադոննայի հետ: Քանի թուղթ էր խաղում, հիշում էր տիկին Անուշ Ղուլամյանի բեղիկները: Այժմ երգչուհու հարևանությունը բոլորովին մոռացնել էր տվել տիկնոջը: Արյունը բորբոքվել էր և նրա մարմնին պատճառում էր բուռն անձկություն: Անզսպելի ցանկությամբ նա նայում էր մերթ գեղեցկուհու ուռուցիկ կրծքին, մերթ թղթի պես ճերմակ պարանոցին: Լինում էին վայրկյաններ, երբ պատրաստ էր շրթունքները հպել այդ պարարտ կոկորդին և ատամներով խածնել նրան, բայց աջ ու ձախից նայող նախանձոտ աչքերը զսպում էին նրան մանավանդ Սմբատի աչքերը, որ նույնպես անտարբեր չէին դեպի երգչուհին:

Շամպանիայի առաջին բաժակը նվիրվեց երգչուհու կենացին, այս անգամ ոչ իբրև գեղարվեստի «թագուհու», այլ բոլոր աշխարհների բոլոր կանանց լավագույնին: Ամենքը ոտքի կանգնեցին, գոռալով ու աղաղակելով, բացի Սմբատից, որ տակավին պահում էր սգավորի լրջությունը: Քյազիմ-բեգը մոտեցավ «անզուգական էակին», խնդրեց թույլ տալ «եթերային ուսը» համբուրելու: Օրինակը գայթակղիչ էր, բոլորը հերթով համբուրեցին հրապուրիչ ուսը գեղեցկուհու: Տեղից չշարժվեց միայն Սմբատը: Մի հանգամանք, որ չխուսափեց երգչուհու ուշադրությունից:

— Պարոն Ալիմովը շատ է զբաղված իր վիզավիով, — ասաց նա ծիծաղելով:

«Վիզավին» խորային երգչուհիներից մեկն էր, որի վրա մինչև այդ րոպե Սմբատը չէր նայել անգամ:

Ապաշա Բառնայն արդեն հարբել էր և լալիս էր, քովը նստած սպային նկարագրելով գեղարվեստին ծառայողների հոգեկան տանջանքները: Հարբել էին նաև Մելքոնն ու Մոսիկոն: Պապաշան հարմար վայրկյան որսալով, աթոռը վերցրեց ու գնաց նստեց երգչուհու կողքին: Բարձրացավընդհանուր ծիծաղ: «Պապաշան գժվեց, Պապաշան կործանվում է», — գոչեցին այս ու այն կողմից: Երգչուհին մի քնքուշ հայացք պարգևեց նախկին խոհարարին, որի հարստության մասին լսել էր վաղուց:

Գրիշան ինչ-որ շշնջաց երգչուհու ականջին, բաժակը լցնելով շամպանիայով:

— Պարոննե՛ր, — դոչեց երգչուհին, բաժակը բարձրացնելով, — այնտեղ, ուր կա զվարճության, ոխ չպետք է լինի...

— Ուշադրությո՛ւն, ուշադրությո՛ւն, ինքն աստվածուհին է խոսում, — գոչեց Գրիշան:

— Խմում եմ Միխայիլ Մարկիչի և Մոիսեյ, Ամբարձումովիչի կենացը և խնդրում եմ նրանց համբուրվել իրարու հետ:

— Համբուրվել, այո՛, համբուրվել, էվրիվա, հուռռա՛,հուռռա՛, գոչեցին ոմանք:

Մի խումբ շրջապատեց Միքայելին, մի ուրիշը՝ Մելքոնին, մոտեցրին իրարու՝ հրելով ու բոթելով և ստիպեցին համբուրվել:

Հաշտությունն ամենքին ոգևորեց: Այժմ կարելի էր ավելի բաց սրտով շարունակել քեֆը:

Սմբատը զայրացած նայեց հաշտվողների զրկախառնությանը, ուրեմն այդ միջավայրում խոսքերն արժեք չունին, և վիրավորվածները ոչ մի ազդեցությո՛ւն կամ այդ մարդիկ զո՛րկ են պատվո զգացումից, որ միմյանց ցեխի մեջ թավալելով, մի ժամ հետո համբուրվում են:

Միքայելը ևս կորցրել էր իր գլուխը, այնքան դերասանուհին հափշտակել էր նրան իր քաղցր, իմաստալի ժպիտներով և ձայնի գրգռիչ հնչյուններով: Մերթ ընդ մերթ փորձի համար թևը սեղմում էր հարևանուհու թևին, և փորձերը զգալի ընդդիմության չէին հանդիպում:

— Ե՞րբ է ձեր բենեֆիսը, — հարցրեց նա:

— Առաջիկա կիրակի:

— Կարո՞ղ եմ հուսալ, որ այդ օրն ինձ հետ կճաշեք:

— Հաճույքով:

— Եվ կլնթրե՞ք:

— Այդ մասին խոսք տալ չեմ կարող: Կախված է հասարակության վերաբերմունքից, գուցե ինձ հրավիրեն խմբովին:

— Թույլ կտա՞ք, որ իմ պարտքը կատարեմ այժմ իսկ:

— Ի՞նչ եք կամենում ասել:

— Ահա, — պատասխանեց Միքայելը և իր ձախ մատից հանելով ադամանդյա մատանին, խնդրեց երգչուհուն թույլ տալ մատին հագցնելու:

Գեղեցկուհին շփոթված ձնացավ, նայելով մատանու գրավիչ քարին, որ փայլում էր աստղի շողերով: Ո չ, ո չ, նվերները նա սովորաբար զեղարվեստի տաճարումն է ընդունում: Բայց, ա խ, ի՛նչ հրաշալի ադամանդ է և ի՛նչ լավ շինվածք: Օ՛, ո չ, չի վերցնել. ի՛նչ կասե Սմբատ Մարկիչը:

— Տեսեք, ինչպես է նայում...

Միքայելի ինքնասիրությունը զգզվեց: Նա անկախ մարդ է, ոչ մի եղբայր չի կարող նրա վրա իրավունք բանեցնել: Եվ նվերը հենց այդ նպատակով է անում ընկերների ներկայությամբ, որ ապացուցանե, թե ազատ է, ինքնագլուխ: Նա արդեն բոլորին հայտնել էր իր կոնտրկտակի մասին: Վճռված էր վաղը վերջին անգամ Սմբատին առաջարկել կամավոր ընդունել կտակի օրինավորությունը, հակառակ դեպքում գործը վաղն իսկ պիտի հանձնվեր դատարանին:

— Գրիշա՛, օգնի՛ր ինձ, — դիմեց Միքայելն ընկերոջը:

— Ներեցեք, Ելենա Անաստասիևնա, — ասաց Գրիշան, բռնելով երգչուհու ցուցամատը՝ մատանին հագցնելու համար, — մենք կոշտ ու կոպիտ կովկասցիներ ենք, երբ խոսքը չի ազդում, դիմում ենք ուժի օգնությանը...

— Ասացեք պարզասիրտ և անկեղծ ասպետներ եք, մի՞թե կարելի է ձեզանից վիրավորվել, — ասաց երգչուհին, թույլ տալով, որ մատանին հագցնեն իր մատին:

Սակայն մատանին ցուցամատին չանցավ, հագցրին ձագ մատին:

— Ի՛նչ նուրբ ձեռներ ունեք, ի՜նչ հրաշալի, — արտասանեց երգչուհին, շոյելով Միքայելի մատները:

Այս թեթև փաղաքշումը լիովին վարձատրեց Միքայելին թանկարժեք նվերի փոխարեն:

— Այդ ի՞նչ եք քչփչում այդտեղ, — գոչեցին այս ու այն կողմից:

— Ոչինչ, — ծիծաղեց երգչուհին, — ձեռս դանակով կտրեցի, Միխայիլ Մարկիչը վերքս փաթաթեց:

Եվ, մատը բարձրացնելով օդի մեջ՝ ցույց տվեց թանկարժեք նվերը: Այսպիսով նա ցանկանում էր շարժել ամենքի նախանձը, բայց չհաջողվեց: Ոմանք ծաղրեցին Միքայելի թեթևամտությունը. ի՞նչ կարիք կա բենեֆիսից առաջ նվերներ տալու. դա մեչշանական անամոթություն է:

Սմբատն ամաչեց եղբոր արածից, սակայն շտապեց զսպել իր դժկամությունը: Այլևս բոլորը հարբել էին, բացի հույնից և հրեաներից: Լևիացին շտապեց հեռանալ աննկատելի: Սրահը լցվել էր ծխախոտի ծխով, կերակուրների ծանր հոտով:

— Ախ, շատ շոգ է, — ասաց երգչուհին, հասկացնել տալով, թե ժամանակն է վեր կենալու:

Բանն այն է, որ ծխախոտի ծուխը վնասում էր անգույրին, իսկ շոգից պուդրը շարունակ իջնում էր, և նա ստիպված էր ամեն րոպե նորեն բամբակը դուրս բերելու քսակից:

— Այո՛ շոգ է, — կրկնեց Մոսիկոն, կամենալով բաժակը հանել:

Նրա ձեռները բռնեցին և արգելեցին:

— Լուցկի եմ ուզում, — գոռաց Մելքոնը, որի նախանձը շարժել էր Միքայելի նվերը երգչուհուն: — Մի փոքրիկ ֆեյերվերկ դիցուհու պատվին:

Դատարկ ափսեի վրա փաթաթել էր պսակի ձևով մի քանի թղթադրամներ և մեջը դրել երգչուհու լուսանկարը: Պսակը վառեց լուցկով, և լուսանկարի շուրջը լուսավորվեց մանիշակագույն բոցով. թղթադրամները թրջված էին բենզիկտինի մեջ: Էֆեկտը բավական մեծ եղավ. բոլորը ծափահարեցին, երաժշտությունը թնդաց — լուսանկարի հետևում անվնաս էին մնացել մի քանի հարյուրանոցներ: Մելքոնը ծիածանագույն պսակը ներկայացրեց գեղարվեստին, այսինքն՝ գեղեցկուհուն:

— Էտո դիկո՛, նո օչեն օրիգինալն, օչեն, — հիացավ երգչուհին, բարձրաձայն ծիծաղելով և հարյուրանոցները ձգելով քսակի մեջ:

Խորային երգչուհիները ագահ աչքերով դիտում էին տեսարանը և անզոր նախանձում պրիմադոննային: Հանկարծ նրանք ծվացին ինչ-որ դուետ: Պապաշան նրանց բաժակների մեջ ձգեց երկու-երկու ոսկի և հետո գաղտագողի համբուրել, նրանցից մեկի պարանոցը:

— Բրավո, Պապաշա, բրավիսիմո, — գոչեց երգչուհին, որի արթուն աչքից ոչինչ չէր խուսափում:

Սեղանը քանի գնում այնքան խառնաշփոթվում էր:

Գրիշան բարկացած, երկու անգամ շամպանիայի բաժակը դատարկեց երաժիշտների վրա: Նա կատաղած էր, որ երգչուհին զբաղված է Միքայելով ավելի, քան իրանով: Մոսիկոն խորային երգչուհիների հետ կոպիտ կատակներ էր անում, երբեմն ուրախ տրամադրված ձիու պես խրխնջալով կծոտում էր նրանց ուսերը, շարժելով հնարյուն Պապաշայի նախանձը: Մելքոնը շուտ-շուտ համբուրվում էր սրա ու նրա հետ, ինչպես գավառական արբշիռ թղթակից: Քյազիմ-բեգը հաճախ մոտենում էր և համբուրում երգչուհու «եթերային ձեռիկը», տակավին չհամարձակվելով ավելի վեր բարձրանալ: Իշխան Նիասամիձեն քայքայված տենորին տարավ դուրս և գլխին մի դույլ սառը ջուր թափեց, ասելով թե Թիֆլիսի կինտոներն այդպես են անում: Լեզգի հյուրը, որ մի հաստապարանոց շիկահեր երիտասարդ էր, զբաղված էր մտքում խորային երգչուհիներին իրարու հետ համեմատելով, որն է ավելի լավ և ո՛րը... Հաշտարար դատավորի պաշտոնակատարը վերջին ճառն արտասանելիս, այնքան ոգևորվեց, որ, բաժակը զարկեց շշին և փշրեց:

Սմբատը մտածում էր, որ այլևս ուշ է, պետք է, վերջապես, հեռանալ այս այլանդակ միջավայրից: Բայց անհասկանալի մի ուժ տակավին ստիպում էր նրան մնալ: Այստեղ նա հաճույք չէր զգում, բայց և չէր էլ ձանձրանում: Բոլորը, ինչ որ կատարվում էր, դեմ էր նրա բարոյական սկզբունքներին, նրա ճաշակին, բայց և այնպես ուներ մի դիվային զորություն, որ, հրելով նրան, միևնույն ժամանակ պահում էր կաշկանդված:

Ոտքի ելավ սպան և, շամպանիայի շիշը վերցնելով, մոտեցավ երգչուհուն: Նա բաց էր արել «կիտելի» կոճակները, մի ձեռը դրել կապտագույն անդրավարտիքի գրպանը: Նա բարձր ձայնով ուշադրություն խնդրեց: Ոչ ոք՝ չլսեց նրան: Նա ձեռը զարկեց սեղանապետի ուսին և գոռաց.

— Լսի՛ր, բարեկամ, լսեցե՛ք պարոններ...

Եվ մի վայրկյան գրավելով սեղանի ուշադրությունը, ասաց.

— Պարոննե՛ր, ես Մոսկվայում տեսել եմ, ինչպես են պաշտում գեղարվեստը մեր զիժ հարուստները: Դուք չգիտեք, դուք ասիացիներ եք... Լսեցե՛ք, լսեցե՛ք, ապակյա բաժակի եզրերը կոպիտ են գեղարվեստը հարգելու համար... Հասկացա՞ք ինձ, սատանան տանե, թե՞ չէ...

Երգչուհին չգիտեր սպան ինչ է ուզում անել, վախեցավ, նայելով նրա հարբած աչքերին: Այդ օֆիցերներն ամեն տեղ սկանդալներ են սարքում:

— Պարոննե՛ր, կար մի ժամանակ, որ ես էլ լողում էի շամպանիայի մեջ, ավա՛ղ հայրական հարստություն: Թույլ տվեք, սատանան տանի ձեզ, թույլ տվեք ինձ մի քիչ վերակենդանացնել իմ անցյալը...

Նա թեքվեց և բռնեց երգչուհու մի ոտը:

— Այդ ընդունված է ամեն տեղ, ուր գիտեն, սատանան տանե, կյանքն այրել բենզալյան հուրի նման:

Երգչուհին արդեն հասկացել էր նրա միտքը, ուստի ինքը հանեց իր կոշիկներից մեկը և տվեց սպային:

— Կեցցե՜ Մելպոմենը, որ այսպիսի զմայլելի ոտիկ ունե, — գոչեց սպան և կոշիկը լցնելով փրփրալի հեղուկով, բարձրացրեց գլխից վեր ու աղաղակեց. — հանուն գեղարվեստի և նրա սիրույն...

— Հուռռա՜, հուռռա՜, — պոռացին ամենքը:

Եվ խմեցին մի-մի կոշիկ շամպանիա, բացի Սմբատ Ալիմյանից, որ նման տեսարանների մասին լսել էր ու մինչև այդ օրը չէր տեսել: Երգչուհին ծիծաղից թուլացել էր, տեսնելով իր կոշիկն այդ բարձրագույն պատվին արժանացած:

— Ֆա՛հ, դա մեզ համար նորություն չէ, շատ ենք արել, — ասաց Գրիշան սպային և գրպանից դուրս բերելով մի զույգ նոր մետաքսյա կոշիկներ, թեքվեց ու հագցրեց երգչուհու ոտներին:

Որպես խելացի ու գործնական կին, երգչուհին զգաց, որ բանն արդեն չափազանցության է հասնում և ով գիտե ինչ կարող է պատահել: Նա հանկարծ ոտքի կանգնեց, մի ձեռը սեղմեց ճակատին, մյուսը կրծքին, գլուխը ցած թեքեց, գունատվեց, Միքայելը վախեցած գրկեց նրան:

— Ի՞նչ պատահեց, ի՞նչ պատահեց, — գոչեցին ամենքը:

Երգչուհին ուշաթափվում էր, աչքերի բիբերը ծռվել էին դեպի վեր, շրթունքները կպել էին ատամներին:

— Կուրծքս, կուրծքս...

Հարկավ, բոլորը շրջապատեցին նրան:

— Հաքիմ, ըըը, հաքիմ, ըըը բերեք, — արտասանեց Պապաշան շփոթված:

Բերեցին օդեկոլոն, երեսին ջուր սրսկեցին, Քյազիմ-բեգը վազեց տելեֆոնով բժիշկ հրավիրելու. ոչինչ չօգնեց: Երգչուհին շարունակ կրկնում էր.

— Տուն տարեք ինձ, տուն եմ ուզում...

Շատերը փափագեցին նրան ուղեկցել, մանավանդ Միքայելն ու Գրիշան, սակայն նա աննկատելի ճարպկությամբ կռթնեց տենորի ուսին, մյուս ձեռքով գրկելով խորային երգչուհիներից մեկին: Ճար չկար, նրան դուրս տարան և նստեցրին Քյազիմ-բեգի կառքը: Ա՜հ, պարոններ, ներեցեք, նա ձեզնից շատ ու շատ շնորհակալ է, ցավում է, որ ներվերը չդիմացան, հիվանդացավ, օ՜օ, երբեք չի մոռանալ ձեր տված հարգանքն ու պատիվը: Նա ամենքիդ սիրում է ջերմ սիրով ու հույսով է, որ չեք մոռանալ նրա բենեֆիսը...

— Գլուխս, օօօ՜, սիրտս, քշիր, կառապան, քշի՜ր, շուտով սենյակս հասցրու ինձ, հրաշալի քեռի և դու աննման ընկերուհի...

Երբ կառքն անհետացավ գիշերային մթության մեջ, երգչուհին հանկարծակի այլափոխվեց, ձեռը զարկեց տենորի ուսին և բարձրաձայն ծիծաղելով գոչեց.

— Տեսա՜ր... դեհ ասա, ե՞ս կարող եմ ավելի լավ կատարել դրամատիկ դերեր, թե՞ դու... ապուշներ, հավատացին...

— Հրաշալի էր, իմ դիցուհի, զմայլելի... Այդ հարյուրանոցներից մեկը տուր ինձ, վաղը հյուրանոցին պիտի վճարեմ սենյակիս վարձը...

Երգչուհին տվեց նրան թղթադրամը, ասելով.

— Երևի, վաղն այն կողքիս նստած էֆիոպներից մեկը կգա ինձ այցելության, մի քիչ լաց կլինեմ, հետո...

Հյուրերը գլխիկոր վերադարձան սեղանատուն: Միքայելը տխրեց: նա նմանվում էր մի մանկան, որ հազիվ-հազ բռնել էր թռչնակը, որ իսկույն թռավ, անհետացավ հետը տանելով ոսկե օղակը:

Քեֆը խափանվեց, այլևս չարժեր նստել:

— Իսկ ե՞ս, ե՞ս, ինձ ո՞վ կուղեկցի իմ համարը, — դարձավ ամենքին երկրորդ խորային երգչուհին, մի սևաչյա, սևահեր հրեուհի, քրքրված ու մաշված:

— Պապաշան, Պապաշան, — գոռացին այս ու այն կողմից:

— Անկարելի է, ոչ մի քայլ, — ընդդիմացավ Քյազիմ-բեգը, — ոչ ոքի թույլ չեմ տալ հեռանալու, իսկական քեֆը նոր է սկսվում:

— Պարոննե՜ր, — ասաց Գրիշան, — այժմ ես հրաժարվում եմ թամադայությունից:

— Կեցցե՜ հանրապետությունը, — պոռացին ոմանք:

— Լռե՜լ, — գոռաց սպան:

Նորեն տրաքեցին շամպանիայի շշերը, նորեն սազանդարները նվագեցին, և քեֆը փոխվեց մի օրգիայի, որ Սմբատը երազել անգամ չէր կարող:

Պապաշան ռեղինկոտը հանեց, շպրտեց սազանդարների գլխին և սկսեց «ղարաբաղի» պարել: Նրա օրինակին հետևեցին Մոսիկոն և Մելքոնը: Իշխան Նիասամիձեն պահանջեց «լեկուրի» և չեքրզկի փեշերը հետ ծալելով, մեջ ընկավ իր լայնածավալ միրուքով: Տիրեց անասելի աղմուկ, իրարանցում, ուր ոչինչ չէր կարելի հասկանալ, յուրաքանչյուրն իր ձայնն էր միայն լսում:

Քյազիմ-բեգը կատաղությունից բեղերն էր կրծոտում: Այդ «շան աղջիկը» սուտ ասաց, ոչ մի տեղը չէր ցավում, դա մի փորձ էր ամենքից ազատվելու և ոչ ոքի չպատկանելու այս գիշեր: Վաղը պետք է նրանից բացատրություն պահանջել: Եթե հաստատվի, որ երգչուհին կեղծ է հիվանդացել, պիտի պատժել: Իսկ պատժելու ձևը, օօ օ, Քյազիմ-բեգը գիտե շատ լավ: Նա բենեֆիսի առաջին կարգի բոլոր տոմսակները կգնե, կբաժանի թոկից փախած սրիկաներին: Հենց որ երգչուհին կերևա բեմի վրա, սրիկաները կսկսեն շվացնել, ոռնալ և ձգել նրա վրա փտած վարունգներ, խնձորներ, տանձեր, վարթուգալի կճեպներ, հոտած ձկնիկներ, սատկած մկներ և այլն և այլն: Թող այն ժամանակ զգա, որ կովկասցիների հետ կատակ անելը շատ էլ դյուրին բան չէ: Իսկ առայժմ պետք է հյուրերին մի առանձին զվարճություն տալ...

Նախ նա ստիպեց խորային երգչուհուն վազել Պապաշայի հետևից, թռչել ու նստել նրա ուսերի վրա: Կատակն հաջողվեց, բոլորը ծիծաղից փորները բռնեցին: Հետո նա սպասավորներին հրամայեց.

— Աղա՛, բերե՛ք այստեղ մի լողարան:

— Օօ՛ օ, օօ՛ օ, — բացականչեցին ամենքը միաձայն, գուշակելով բանի էությունը:

Պրիմադոննայի հեռանալը բոլորին սթափեցրել էր և այժմ, որ զրեթե լուսաբաց էր, յուրաքանչյուրն զգում էր իր արածը: Միայն Սմբատն էր մթության մեջ, ոչ ըմպելիքների ազդեցությունից, այլ միջավայրի անծանոթությունից: Նա տեսնում էր, բայց պարզ չգիտեր, ինչ է կատարվում իր շուրջը, նայում էր մերթ մեկի, մերթ մյուսի երեսին: Եվ բոլոր դեմքերն արտահայտում էին ինչ-որ արտաքո կարգի բան և, կանխավ, արդեն նրանց հոգնած արյունը նորեն հուզվում էր, նորեն բորբոքվում: Գիտեին, որ երբ Քյազիմ-բեգը ոգևորվում է, այլևս նրա ֆանտազիան սահման չունի: Պապաշան բեղերը սրում էր ու երիտասարդանում: Այդ հիսուն ու հինգ տարեկան առողջ գյուղական արյունը հին գինու ուժ ուներ, չէր փրփրում, այլ բոցավառվում էր:

Դռների մեջ յսվեց դղրդոց: Լեզգի սպասավորները տնքալով ու հևալով, ներս էին սղում մի մեծ մարմարյա լողարան: Հետո բերեցին մի քանի դյուժին շշեր շամպանիա, սազանդարների ճարպոտ դեմքերը փայլեցին հաճույքից: Ամենից շատ նրանք էին ճանաչում Քյազիմ-բեգի քմահաճույքները: Լողարանը մղեցին սենյակի կենտրոնը:

— Քյաբուլի՛, — դարձավ Քյազիմ-բեգը սազանդարներին, մտավ լողարանի մեջ, դաշույնը մերկացրեց և սկսեց պարել:

Նա պտտում էր, թեքվում, բարձրանում, թռչում վեր, դաշույնի ծայրը դնում էր աչքի տակ, անց էր կացնում ծնկների տակով այնպես ճարպիկ ու արագ, որ բոլորը հիացել էին: Քառորդ ժամ պարելուց հետո, նա դուրս ցատկեց լողարանից, դաշույնը դրեց պատյանի մեջ — մոտեցավ խորային երգչուհուն և իր հուժկու գրկի մեջ առավ նրան:

Արդեն լույսն սկսել էր բացվել, բայց լամպերը դեռ վառ էին: Պապաշան իջեցրեց լուսամուտների վարագույրները և սպասավորներին հրամայեց հեռանալ: Նրա առաքինության ու պարկեշտության զգացումը վիրավորվում էր այդ, ծառաների ներկայությունից:

Այժմ միայն Սմբատը հասկացավ, թե ինչ տեսարանի վկա պիտի լինի: Կամեցավ թողնել ու հեռանալ: Բայց անծանոթ ուժն անհաղթելի զորությամբ դարձյալ կաշկանդեց նրա կամքը:

— Կարա՛ուլ, օգնեցե՛ք, կարա՛ուլ, — գոռում էր խորային երգչուհին:

Բայց Քյաղիմ-բեգը խելքը կորցրել էր: Ոմանք խնդրեցին նրան՝ թողնել իր մտադրությունը, թեև ներքուստ բոլորն էլ փափագում էին ճաշակել տեսարանի արյունահույզ հաճույքը:

— Քրիստոնյանե՛ր, ազատեցե՛ք ինձ, — գոռում էր հրեուհին իր քայքայված, անախորժ ձայնով:

Սպան հեռվում կանգնած, բեղերը ոլորում էր, այ, դա քեֆ է, Մոսկվայումն էլ այդ անում են:

Դժվար էր Քյազիմ-բեգից խլել երգչուհուն: Նա արդեն մերկացնում էր խեղճին, հրամայելով սպասավորներին շամպայնի շշեր դատարկել լողարանի մեջ:

Հարգանքը դեպի կնոջ ամոթխածությունը և սպառնալի տեսարանի այլանդակությունն ստիպեցին Սմբատին միջամտել: Նա խնդրեց Գրիշային թույլ չտալ երգչուհուն լողարանի մեջ ձգելու: Երկու տարի առաջ, Գրիշան ինքն էր տվել առաջին օրինակը: Այն ժամանակ նա անառականոցում զարեջրի մեջ լողացրեց մի պոռնիկ, որ հետո հիվանդացավ և քիչ էր մնում մեռներ թոքերի բորբոքումից:

— Դու չե՞ս ուզում տեսնել, — հարցրեց նա Սմբատին:

— Ո՛չ, այդ վայրենություն է, տղեր, անճոռնի:

— Բայց Քյազիմ-բեգը քեզ համար է անում այդ:

— Ես չեմ ուզում, ես զզվում եմ, — գոչեց Սմբատը, գրգռվելով: -Եթե վախենում ես Քյազիմից, հույսդ դիր իմ օգնության վրա:

Գրիշայի անձնասիրությունը խոցոտվեց, ի՛նչ, նա վախենա որևէ մեկից: Բայց այդ կինը խեղճ չէ, նա ինքն ուրախ է լողալ շամպայնի մեջ, միայն կոտրատվում է՝ իրեն թանկ վաճառելու համար:

— Մի թույլ տուր, խնդրում եմ, — պնդեց Սմբատը:

— Լա՛վ:

Գրիշան մոտեցավ Քյազիմ-Բեգին, ձեռը դրեց նրա ուսի վրա և ասաց թուրքերեն:

— Քյազիմ, թո՛ղ այդ կնոջը, բավական է:

— Դու ո՞վ ես, — արտասանեց կրքամոլը, որի կրակոտ աչքերը պսպղում էին:

— Ես Գրիշան եմ:

— Գնա՛, կորիր...

— Խնդրում եմ:

— Թո՛ղ ինձ...

Այժմ այլևս բոլորի ուշադրությունը Գրիշայի վրա էր: Միակ մարդն էր, որից Քյազիմ-բեգը քիչ թե շատ վախենում էր, և նկատելի էր, որ Գրիշան արդեն կորցնում է իր սառնասրտությունը.

— Ես խնդրում եմ քեզ, Աղիլբեկով, — դարձյալ նա փորձեց համոզել թուրքին:

— Աղա՛, կապի՛ր, ռեխդ, — գոռաց Քյազիմ-բեգը, — ուզում եմ անել, պիտի անեմ:

Գրիշան ուժեղ ձեռով հրեց նրան և, կանգնելով նրա ու երգչուհու մեջտեղը, կատաղի աչքերը հառեց թուրքի երեսին և ատամների միջից արձակեց.

— Դու մոռացա՞ր, որ ես Գրիշան եմ:

Եվ ձեռը տանելով ծոցի գրպանը, դուրս բերեց մի փոքրիկ ռևոլվեր:

Քյազիմ-բեգը սթափվեց ոչ երկյուղից, այլ ամոթից, մի թե տանտիրոջը վայել է կռվել հյուրերի հետ՝ մի ինչ-որ քածի պատճառով:

— Լա՛վ, ես կատակ էի անում, — ասաց նա և դառնալով՝ սպասավորին, հրամայեց. — կորցրե՛ք լողարանն այստեղից:

Կինը, ազատվելով Քյազիմ-բեգի երկաթե բազուկներից, կիսամերկ, հոգնած, շնչասպառ ընկղմվեց թախտի վրա:

Տեսարանը խափանվեց, բայց ոչ ոք չհամարձակվեց դժկամություն հայտնել:

Քյազիմ-բեգը երգչուհուն թույլ տվեց գնալ, սեղմելով նրա ձեռի մեջ երկու հատ հարյուրանոց և հրամայելով ծառաներին կես դյուժին շամպանիա դնել նրա կառքի մեջ:

— Տանն ինքդ վաննա կընդունես,— ասաց նա:

Երգչուհին ծիծաղեց, մոռանալով ամեն ինչ: Նա մինչև անգամ համբուրեց Քյազիմ-բեգին և դուրս թռավ, երգելով ու պարելով:

— Միքայե՛լ, կշտացա՞ր, թե չէ, — դիմեց Սմբատը եղբորը:

— Ֆինալը դեռ մնում է:

Օրը բոլորովին լուսացել էր, թեև արեգակը դեռ չէր երևում:

Հյուրերը սազանդարների հետ դուրս եկան փողոց:

Այժմ նրանց պարագլուխը Մոսիկոն էր: Զարմանալի էր այդ մարդու բնույթը, որքան մյուսները խմելով հարբում էին, թուլանում էին, այնքան նա, ընդհակառակը, արթնանում էր ու թարմանում: Այժմ նա անճանաչելի էր. խոսում էր ամենից ավելի, երգում էր, պոռում, թռչկոտում:

Եղանակը հանդարտ էր և ոչ ցուրտ: Ծովի հայելանման մակերևսն անդրադարձնում էր երկնքի մուգ կապտագույն կամարը: Դեպի ձախ փայլում էին «Սև» ու «Սպիտակ» կոչված քաղաքիկների բյուրավոր էլեկտրական լամպարները, ինչպես խոշոր ադամանդներ, հետզհետե աղոտանալով բնության լույսից: Հարյուրավոր գործարանների ծուխն ուղիղ գծով բարձրանալով երկնակամարը — երկինքը, սքողել էր սև շղարշով: Դեպի աջ երևում էր Բաիլով կոչված թերակղզին՝ իր ծովային զորանոցներով և գողտրիկ եկեղեցիով, որի տոխաձև գմբեթները երկնակամարի վրա նկարվել էին որպես միգային աշտարակներ, որոնք, կարծես, լուռ խորհրդակցության մեջ էին արարչի հետ: Այնտեղ ավելի հեռու, լեռան հետևից ցցվել էին նավթային բուրգերի սուր գագաթները:

Փողոցներում արդեն անցնում էին մշակներն ու արհեստավորները, շտապելով գործի — որը տխուր ու գլխակոր, որը զվարթ՝ երգելով: Լսվում էին գործարանների շոգեշունչ շվիների սուլոցները, խուլ որպես առյուծի բառաչյուն, սուր՝ որպես օձի ֆշշոցը: Եվ շոգին, դուրս գալով ծորակներից, քանի մի վայրկյան փայլում էր օդի մեջ ալեբաստրի գույնով ու չքանում: Հեռու հորիզոնում այրվում էր ինչ-որ գործարան և կատաղի բոցերը ճեղքում էին սև ծխերի թանձրությունը:

Ահա, վերջապես, Աֆշերոնյան թերակղզա հետևից բարձրանում է բոսորագույն արեգակը որպես հալած բրոնզի մի հսկայական գավաթ, հանդարտ, հպարտ, ինքնավստահ, որպես տիեզերքի գերիշխան և լողալով ինքն իր մեջ որպես հրեղեն ծով, բարձրագույն ամպերի դիզերը վառվում են աբեթի պես և լուսավորվում, լուսավորելով երկնակամարը: Բյուրավոր ճառագայթները զմայլելի բոցեղեն ծովից տարածվում են հեռու ու հեռու, վանելով գիշերային մթության մնացորդը: Ոսկեզօծվում են նավերի կայմերն ու առագաստները, տների ճակատները, ապակյա լուսամուտները, շրջակայքի լերկ և ավազոտ լեռները, գերեզմանները, եղեմներն ու խաչերը և այն քարաշեն հսկայական աշտարակը, որի վրա դրոշմված է մի առասպելական հերոսուհու կյանքի ողբերգը:

Աստղերը հետզհետե կորցնում են իրենց փայլը, էլեկտրական լույսերը հանգչում, ձայներն ու դղրդյունները սաստկանում: Նավերն ու շոգենավերը, որ իրենց խարիսխների վրա հանգստանում են ամառային երթևեկությունից հետո, մեղմիկ օրորվում են ծովի երեսին՝ որպես վիթխարի կարապներ: Պատանի ձկնորսները պատրաստում են ուռկաններն ու կարթերը, որ իրենց օրվա պարենը հայթայթեն: Նավաստիները լվանում էին իրենց նավերի տախտակամածները, երգելով այն առողջ, առնական ձայներով, որոնց մեջ զգացվում է անապական ջրերի տարերային զորությունը: Անթիվ հակերով ու տակառներով ծանրաբեռնված փայտյա երկայն կայարանների վրա աշխատում են հազարավոր բանվորներ նավերը դատարկելով, նավերը լցնելով միշտ մեջքից թեքված, միշտ նայելով դեպի երկիր որպես անբան գրաստներ, որոնց բնությունը ձեռներ չի տվել:

Աջ կողմից լսվում էր փոքրիկ բոժոժների մետաղային մեղմ ու ներդաշնակ հնչյուններ, որ հիշեցնում են ինչ-որ երկնային նվագածություն: Ուղտերի մի երկայն շարք բարձրանում է քաղաքից դեպի ավազոտ լեռները՝ մի նեղ շավղով, որ տանում է հեռո՛ւ, հեռո՛ւ, երկրի խորքերը, ուր տակավին շոգին մուտք չի գործել: Նայելով բիբլիական կենդանիների կարավաններին, մարդ կարծում է, թե գտնվում է հնադարյան անապական աշխարհում:

Նայելով դեպի ձախ, անթիվ շոգենավերին, գործարաններին, էլեկտրական լույսերին՝ ժամանակակից քաղաքակրթությունն է աղաղակում — շոգու և երկաթի գոռոզ թագավորությունը: Մի կողմ Ասիա, մյուս կողմ՝ Եվրոպա — հակադրությունների մի կատարյալ քաոս, ուր նորը կատաղի կռիվ է մղում հնի դեմ:

Սմբատը դիտում էր աննման տեսարանն ու հրճվում: Բայց նրա հրճվանքի մեջ կա զորավոր թույնի մի կաթիլ, որ փոթորկում է նրա հոգին և, սիրտն սկսում է աղի արցունք թափել: Բնության թովիչ արթնումը հիշեցնում է նրան իր կյանքի վաղաժամ նիրհը: Մոռանում է շուտով բոլորը՝ և՛ Միքայելին իր խմբով, և՛ հայրական գործերը, և՛ կեղծ ու ոչ կեղծ կտակները և՛ եղբոր օր-օրի վրա սաստկացող սպառնալիքները: Ամեն ինչ և ամենքին, բացի զավակներից: Ա՛հ, մի՞թե բյուր անգամ նա երջանիկ չէր լինի. ապրելով կիսամերկ, կիսանոթ, լիներ ազատ, չունենար ամուսնական ձախորդ վիճակը, ինքն իր մոլորությամբ չխորտակեր իր կյանքը, ութ տարի առաջ...

Նա նստեց ծովափի մի նստարանի վրա հոգնած ու ուժասպառ ոչ գիշերվա անքնությունից կամ ոգելից ըմպելիքներից, այլ հոգեկան տառապանքներից: Ամենուրեք, ուր նայում էր, տեսնում էր երկու անմեղների դառը կշտամբանքով և կսկծալի աղերսով դեմքերը, այդ երկու զույգ աչքերը, որոնց շողերը մի-մի ասեղներ էին նրա սրտի մեջ: Ո՛չ, ո՛չ նա երբեք նրանց չի ձգիլ ճակատագրի հաճույքին, երբեք չի անջատվիլ նրանցից ո՛չ հանուն հայրական անեծքի, ո՛չ հանուն կրոնի, ո՛չ մայրական աղերսների և ո՛չ հասարակական նախապաշարումների ու արհամարհանքի:

Աղավնիներն ու ճնճղուկները թռչկոտում են այս ու այն կողմ՝ իրենց համար կեր որոնելով: Ա՛հ, նույնիսկ թռչուններն աշխատանքի մեջ են և միայն մի խումբ մարդիկ, թմրած դանդաղաքայլ անցնում են ծովափով, ըստ երևույթին անփույթ ու անհոգ, բայց իրոք կյանքից հոգնած ու ձանձրացած երիտասարդ հասակում: Նրանց համար օրը նոր է վերջանում, գիշերը նոր է սկսվում, զեխությամբ, հարբեցողությամբ լի օրը, հիվանդոտ, անբան գիշերը: Առջևից թառ ածելով ու երգելով գնում են ասիական երաժիշտները: Հետևից գալիս են մի քանի դատարկ կառքեր, հուսալով տանել «աղաներին» իրենց տները և ստանալ առատ վարձ: Աջ ու ձախ գնացող գործավորները նայում են խմբին անտարբեր: Հարստահարվածի ու ընկճվածի անզոր կատաղության հետ նրանց գունատ ու վտիտ դեմքերն, արտահայտում են և մի տեսակ արհամարհանք, ազնիվ աշխատանքի արհամարհանքը դեպի ձրիակերությունը: Ոչ ոք կանգ չի առնում շվայտության պատկերով զվարճանալու, վասն զի գործարանների սուլիչները հրամայողաբար գործի են կանչում նրանցը և նրանք չունին իրավունք մի վայրկյան անգամ ուշանալու:

Հանկարծ երեք մշակ, խումբը ճեղքելով, վազում են առաջ:

Բարձրանում է միահամուռ ծիծաղ: Ոմանք ծափահարում են, ոմանք քարեր արձակում մշակների հետևից: Ասիական երաժիշտները նվագում են ինչ-որ եվրոպական քայլերգ: Մշակների ուս-րի վրա նստած են Գրիշան, Մոսիկոն և Միքայելը: Գդակները վեր բարձրացրած ու գոռգոռալով, նրանք ոտներով անխնա հարվածում են բանվոր զրաստների փորերն ու կողերը: Ինչո՞ւ չէ. նրանք մի ռուբլի են տվել մարդկային էակներին, որ կատարեն անասնի պաշտոն, իսկ մի ռուբլին մշակի երկու օրվա վարձն է: Եվ մշակներն ուրախ են, ծիծաղում են ու քրքչում, աղաներն են, թող քեֆ անեն, աղային ամեն ինչ ներելի է:

Սմբատը լուռ նայում է ծովի հեռավոր հորիզոնին, ուր առավոտյան նոսր, մանիշակագույն մշուշի մեջ նշմարվում է մի փոքրիկ կղզի: Վաղը, մյուս օրն այդ կղզու հետևից կերևա շոգենավը, որ բերելու է նրա զավակներին ու կնոջը, այլ խոսքով նրա ուրախությունն ու վիշտը:

Մի վայրկյան երեսը ծովից դարձնելով, նա նկատեց պատանիների մի խումբ, որ երգելով ու աղաղակելով մոտենում էր ծովային լողարաններից մեկին: Մեկը բաժանվեց խմբից և սկսեց շտապով հեռանալ: Արշակն էր — Սմբատի կրտսեր եղբայրը, ռեալական դպրոցի աշակերտը ծպտյալ հագուստով: Սմբատը հետևեց պատանուն և բռնեց փողոցի մեջտեղում:

— Դու օրվա այս միջոցին ի՞նչ գործ ունես այստեղ:

— Իսկ դո՞ւ ինչ գործ ունես, — հանդգնեց պատանին, թևն ազատելով եղբոր ձեռից:

— Հա՛, ուրեմն դո՞ւ էլ ես սկսել:

— Ինչպես և դու: Տարբերությունը մեր մեջ այն է, որ ես ժամանակին եմ սկսել, իսկ դու ուշացել ես:

Պատանու հանդուգն պատասխանը կատաղեցնելով հանդերձ, շվաթեցրեց Սմբատին:

— Կորի՛ր տուն, — գոռաց նա:

— Քո բանը չէ: Չկարծես թե քեզանից էի փախչում, դու ո՞վ ես, դու ի՞նչ իրավունք ունես ինձ վրա: Իմ մեծը Միքայելն է... ես նրանից էի փախչում:

Սմբատի ձեռները թուլացան, բաց թողին պատանուն: Ահա ի՛նչ, ասել է Մարութխանյանը այդ տղային էլ է շեղել ճանապարհից և լարել իմ դեմ...

Արշակը վազեց, միացավ ընկերներին և անցավ լողարան: Ամբողջ գիշեր զվարճացել էր, հարբել, արթնացել և այժմ գնում էր ծովային ջրերի մեջ թարմանալու:

Միքայելի խումբը վճռեց զբոսնել ծովի վրա՝ նույնպես թարմանալու համար: Վարձեցին ներկած երկու գույնզգույն մակույկներ և նստեցին սազանդարների հետ: Հակառակ խմբի թախանձանքին, Սմբատը մնաց ծովափում՝ մի կապարային ծանրություն սրտի վրա: Արդյոք, բարվոք չէ՞ր լինի, եթե նա ևս իր պատանեկությունն ու երիտասարդությունը վարեր այնպես, ինչպես այդ մարդիկ: Այն ժամանակ թերևս չգործեր անուղղելի սխալը: Նրանք չունեն բարոյական սկզբունքներ, բայց միշտ կարող են շտկել իրենց. մոլորված են, բայց ժամանակ ու միջոց ունեն ճանապարհի գալու: Մինչ ի՞նքը... Ահ, երանի մնար ծնողների թևերի տակ, թերուս, նույնիսկ տգետ, քան օտար երկրում հանդիպեր այն էակին, որին իբրև թե սիրեց և որին այժմ ատում է, որից իբրև թե սիրված էր, և որն այժմ ատում է նրան իր հոգու ամբողջ զորությամբ:

«Այո՛, ամբողջ զորությամբ», — կրկնեց նա մտքում, — այս իր խոսքերն են, որ կրկնում է ամեն օր:

Չհեռացրե՞լ արդյոք, որ այդ կինը մնա իր ծննդավայրում... Սակայն զավակները, այդ մի զույգ անմեղ ու զմայլելի դեմքե՞րը...

VIII

Երբեք Ալիմյանների տունն այդքան անկոչ հյուրեր չէր ընդունել, որչափ Մարկոս աղայի մահվան քառասունքից հետո:

Ամենից առաջ եկավ թեմական առաջնորդը և դարձյալ խոսեց եկեղեցու կարիքների մասին: Հարկավոր է թեմի մի գյուղում եկեղեցի կառուցանել, եթե ոչ — գյուղական համայնքը կորած է: Լութերականները մտել են և Քրիստոսի փարախից մեկիկ-մեկիկ գողանում են անմեղ գառնուկներին:

Այրի ոսկեհատը սրբազանին ներկայացրեց մի բավական կլորիկ գումար: Երեք օր անցած մի լրագրում նորին սրբազանության ստորագրությամբ տպվեց շնորհակալական նամակ «հօրինակ այլոց հավատացելոց»:

Ներկայացան առանձին-առանձին Տեր-Աշոտը և Տեր-Սիմոնը, Մեկը ֆերաջեի թևից հանեց մի ստորագրաթերթ և դրեց Սմբատի առջև: Պետք է մի բան նվիրել այսինչ «հայտնի գործիչի և հրապարակախոսի անմահ երկերը հրատարակելու գործին», մի գործիչ, որ եթե աշխարհ եկած չլիներ, հայ ազգը կորած էր: Մյուսը տխուր գույներով նկարագրեց մի խմբագրի նյութական վիճակը, մի խմբագիր, որ եթե ծնված չլիներ, եկեղեցին հիմնահատակ կլիներ:

Սմբատը երկուսին էլ մի բան տվեց գլուխն ազատելու համար: Մի քանի օր հետո այս մասին էլ լրագրում լուրեր տպվեցին: Մի լրագրում գովված էր Տեր-Աշոտը և խայտառակված էր Տեր-Սիմոնը, իբրև «խավարամիտ», մյուս լրագրում գովված էր Տեր-Սիմոնը և խայտառակված էր Տեր-Աշոտը, իբրև «ծակ ազատամիտ»:

Ներկայացավ մի երիտասարդ և հայտնեց, թե երգեցողության պրոֆեսորներն ասել են, որ նա անզուգական տենոր է. պետք է գնա Իտալիա, փող չունի: Ներկայացավ մի ուրիշը և, ցույց տալով մի խրբծանք, ասաց, բոլորը նրան խորհուրդ են տալիս գնալ մայրաքաղաք՝

նկարչական ձիրքը մշակելու: Եկան և գալիս էին տիրացուներ, գաղթական քահանաներ, աղքատ աշակերտներ, և բոլորը նպաստ էին խնդրում: Հասավ այն տեղը, որ Սմբատը հրամայեց սպասավորին այլևս ոչ ոքի չընդունել տանը: Այն ժամանակ արշավանքն ուղղվեց դեպի գրասենյակ: Զարզարյանը բարկացած ամենին վռնդում էր: Այնուհետև մուրացկաններն սկսեցին հալածել Սմբատին փողոցում, ակումբում, խանութներ մտնելիս և ամեն տեղ, ուր երևում էր:

Հերթը հասավ թղթակից Մարզպետունուն: Հազիվ, երկար հետևումներից հետո, հարմար րոպե գտավ և Ալիմյանին մենակ բռնեց գրասենյակում: Նրա բախտից հաշվապահ Զարզարյանն էլ այնտեղ չէր, գնացել էր բանկից փող բերելու:

Մարզպետունին սկսեց հեռվից: Մի ժամանակ հայերը կարծում էին, թե ազգը պահպանվում է կրոնով: Եվրոպական քաղաքականության «համասփյուռ ճառագայթները տարածվեցին և մեր վրա»: Այժմ ազգին հարկավոր են, իհարկե, ոչ միայն ավետարան ու շարական, այլև գիտություն, արվեստ, մանավանդ գրականություն:

Խոսելով այս ուղղությամբ, Մարզպետունին կամացուկ շոշափեց խնդրի նուրբ կողմը: Հայտնվեց, որ մի գիրք է շարադրել և փող չունի հրապարակելու: Եթե մի լուսամիտ մեկենաս դուրս գար, չի ասում նվեր, — ո՛չ, ո՛չ, Մարզպետունին նվեր վերցնողներին չէ — այլ պարտք տար, յուր «համեստ երկը» կձգեր մայրենի աղքատիկ գրականության գանձարանը: «Պատահաբար» ձեռագիրն էլ մոտն էր, հանեց, սեղանի վրա դրեց: Վերնագիրն էր «Մահացյալ անմահներ»: Խոսքը հինգերորդ դարի «փայլուն աստղերի» մասին է: Եթե հեղինակն աջողություն գտնի, պիտի անցնի մեր ժամանակներին, որովհետև «այժմ էլ կան անմահներ»:

Հակառակի պես հենց այս շահագրգիռ րոպեին ներս մտավ Զարզարյանը և մի կապոց թղթադրամ դրեց Սմբատի առջև: Մարզպետունին գիտեր, որ հաշվապահին իրեն չի սիրում: Նայեց փողերին ու փողկապն ուղղեց:

— Այդ ի՞նչ է, պարոն թղթակից, գի՞րք եք լույս ընծայում, — ասաց Զարզարյանը հեգնաբար:

Հեղինակն շտապեց ձեռագիրն իր կողմը քաշել:

— Բարեկամ, խնայեցեք թուղթն ու թանաքը, բարեկամ, դուք գրող չեք, այլ մրող... Գործով զբաղվեցեք...

— Այդ ձեր խելքի բանը չի:

Սմբատը տվեց հեղինակին հիսուն ռուբլի: Հեղինակը դրամը դրեց «Մահացյալ անմահների» մեջ, գլուխ տալով և, մի սպառնական թունալի հայացք ձգելով Զարզարյանի վրա, դուրս գնաց.

— Ինչո՞ւ տվեցիր, — ասաց հաշվապահը:

— Մարդ է, տերը նրա հետ, գուցե կարոտության մեջ է...

Զարզարյանը դառն հեգնությամբ ժպտաց: Կարոտություն, ա՜խ պարոն Ալիմյան, դուք դեռ երիտասարդ եք, դուք դեռ չեք հասկանում, ինչ ասել է իսկական կարոտություն, այո, ներեցեք, չեք հասկանում:

Իսկական կարոտությունը դռնե-դուռ չի ընկնում, ձայն չի հանում, չի գոռում ու լալիս ուրիշների մոտ, այլ միայն զգում է, միայն տառապում:

Նրա ձայնը դողում էր, աչքերի մեջ երևում էր անսովոր փայլ. յոթ տարի էր նա ծառայում էր այս գրասենյակում, և ոչ ոք չգիտեր, որ աղքատը, բուն աղքատը հենց այդ մարդն է: Ամսական քառասուն ռուբլով պահում էր վեց հոգուց բաղկացած մի ընտանիք — անդամալույծ եղբորը, նրա կնոջն ու աղջկանը և այրի քրոջը երկու զավակների հետ: Եվ երբեք ոչ ոք այդ մարդուց չէր լսել գանգատ՝ իր վիճակի դեմ: Դա այն լռիկ ու համեստ հերոսներից էր, որոնք ուրիշների համար ուտում ու մաշում են իրենց սիրտը և հետո մի օր չքանում աշխարհի երեսից, առանց որևէ հետք թողնելու: Բացի զուցե երախտագիտական զգացումից երախտագետ բարերարվածների սրտերում: Նրանք կյանքի տառապանքները կրում են լուռ ու մունջ, խեղդում են իրենց կոկորդում դառն արցունքները, վախենալով թունավորել մերձավորներին տված մի կտոր հացը:

Սակայն չքավորության լուծը, որ մինչև այժմ Զարզարյանը կրել էր անտրտունջ, այլևս սկսել էր դառնալ նրա համար անտանելի: Ահա ինչու նա վերջին ժամանակ հուզվում էր: Վտիտ ուսերը, որոնց վրա բարձված էր ահագին ընտանիքի հոգսը, չէին դիմանում ծանր բեռան և ավելի ու ավելի կորանում էին: Պետք է մի օր նյարդերը խորտակվեին, որպես չափից դուրս ամուր ձգված լարեր: Ա՜խ, մանկության հասակից այդ լարերի վրա հնչել էր միայն կարիքը: Այնինչ, մյուս կողմից՝ երբեք չէր լռել անձնասիրության ձայնը, աղքատի անզոր հպարտության ձայնը, որ սոսկալի դիսսոնանս է նրա կյանքի սրտաճմլիկ ողբերգի մեջ:

Նա զսպեց իրեն, նստեց պարապելու, բայց չկարողացավ: Գրիչը ձգեց սեղանի վրա: Պարզ էր, այսօր մի արտաքո կարգի վիշտ ուներ: Սմբատը զաղտնի դիտում էր նրա տարօրինակ շարժումները, զգալով, որ նա դարձյալ մի բան ուզում է ասել և չի վստահում:

— Պարոն Սմբատ, — խոսեց, վերջապես, Զարզարյանը, ոտքի կանգնելով, — խնդրեմ ինձ արձակեք պաշտոնից:

Սմբատը զարմացած նայեց նրա երեսին: Յոթ տարի այդ մարդն անվրդով ծառայել է և այսօր ուզում է դուրս գալ: Անշուշտ, խոշոր պատճառ կա:

— Դուք ավելի լավ պաշտո՞ն եք գտել, — հարցրեց նա:

— Ո՜չ, ես դեռ պաշտոն չեմ գտել:

— Կնշանակե, հարստացել եք:

— Այո՛, պարտքերով:

— Ես չեմ հասկանում, ինչո՞ւ եք ուրեմն ուզում թողնել ձեր պաշտոնը:

— Նրա համար, որ ես այսուհետև այստեղ ավելորդ եմ: Լսել եմ, որ ուզում եք հաշիվները նոր սիստեմով պահել, իսկ ես մասնագետ չեմ:

— Այո՛, մտադիր եմ նոր սիստեմով պահել հաշիվները, բայց դուք

դարձյալ ինձ հարկավոր եք... Պարոն Զարզարյան, այդ չէ պատճառը, երևի, դուք վիրավորված եք մեզանից...

Զարզարյանը բռնեց իր ջղուտ, երկայն մատներով նոսր սևագույն միրուքը և ասաց հանկարծ.

— Այո՛, վիրավորված եմ... Ձեր եղբայրը, պարոն Սմբատ, ինձ հալածում է, ես այլևս այստեղ մնալ չեմ կարող: Անտանելի է, ազատեցեք ինձ, շնորհակալ եմ, որքան պահեցիք...

Սմբատը մտատանջության մեջ ընկավ: Դուրս բերել Զարզարյանին չէր ուզում, այնինչ գիտեր, որ Միքայելը, արդարև, հալածում է հաշվապահին այն օրից, երբ սա այլևս փո՛ղ չէր տալիս նրան:

— Կկամենա՞ք տեղափոխվել հանքերը, — հարցրեց նա:

— Հանքե՛րը,,,

— Այո՛: Ես ձեզ կնշանակեմ կառավարչի օգնական ու հաշվապահ: Այնտեղ կունենաք ձրի բնակարան չորս սենյակից բաղկացած: Կարող եք տեղափոխել և ձեր տնեցիներին: Դուք այժմ ստանում եք ամսական քառասուն, այնտեղ կստանաք երկու անգամ ավելի...

Զարզարյանը չհավատաց ականջներին, նայեց զարմացած տիրոջ երեսին: Սմբատը կրկնեց իր առաջարկությունը: Զարզարյանի դեմքը մի վայրկյան ժպտաց, և այս առաջին ուրախ ժպիտն էր, որ տեսավ Ալիմյանը նրա մռայլ երեսի վրա:

— Բայց ես հանքային գործերին տեղյակ չեմ, — ասաց նա անվստահ:

— Կսովորեք: Եթե այդ է միակ առարկությունը, կարող եք վաղը ևեթ տեղափոխվել: Ես ինքս գնալու եմ հանքերը, կհրամայեմ, որ սենյակները մաքրեն, պատրաստեն:

Կես ժամ անցած Զարզարյանը շտապում էր տուն, ուրախալի լուրը տնեցիներին հայտնելու: Հաճելի հուզումից նրա երկայն ծնկները ծալվում էին: Երբեք այնքան բախտավոր չէր եղել, ութսուն ռուբլի, ձրի բնակարան, ավելի մաքուր օդ անդամալույծ եղբոր համար և, որ ամենազլխավորն է, հեռու Միքայելից — ահա անսպասելի բախտ:

Խոսում էր ինքն իր հետ, հաշիվներ էր անում, պարտքեր վճարում, քրոջ երեխաների համար նոր հագուստներ գնում, ձեռները շարժում օդի մեջ, ժպտում, ծիծաղում, անցորդների ուշադրությունը գրավելով:

Հասավ մի նեղ, ցեխոտ և հոտած փողոց: Մեծ դարբասով մտավ բավական ընդարձակ մի բակ, որ խոնավ էր, կեղտոտ, խորդուբորդերով լի: Նա այնքան շփոթված էր, որ ներս մտնելիս ընդհարվեց մի կեղտոտ հագուստով թուրքի հետ, որ իսկույն հետ կանգնեց, գոչելով.

— Հա՛յ, ինձ մուռտառեցիր...

Բակում ուրախությունից բարևեց մի ոտաբոբիկ թուրքի, որ դանդաղ քայլերով, մի ձի առջևը գցած, քշում էր առաջ: Ձիու կրծքին կապած էր մի պարան, որի մյուս ծայրը հասնում էր ջրհորին. երբ ձին հեռանում էր, ջրհորից դուրս էր գալիս մի տիկ, որ ջրի ազդեցությունից սպիտակել էր ու փափկել բամբակի պես: Թուրքը շարժում էր պարանը, և ջուրը տակից թափվում էր ու հոսում մոտակա բաղնիքը: Բակում աջ ու ձախ ճյուղավորված էին բազմաթիվ պարաններ, ծանրաբեռնված բաղնիսային լաթերով, որոնցից բարձրացող գոլորշին տարածել էր անասելի զարշահոտություն: Լաթերն աջ ու ձախ հրելով, Զարզարյանը հասավ մի նեղ ու երկայն պատշգամբի, որ բակին հավասար էր: Մտավ մի փոքրիկ, կիսախավար սենյակ, ուր խաղում էին երկու ոտաբոբիկ, կիսամերկ մանուկներ: Քանի մի դեղնագույն աթոռներ, մի հասարակ աններկ սեղան՝ ծածկված սպիտակ մաքուր ծակոտիկ սփռոցով, վրեն դրած կլոր երկոտանի հայելի — ահա ամբողջ կահ-կարասին: Պատերը սպիտակ կավից էին, հատակը նույնպես կավով սվաղած, միայն դեղին խսիրներով ծածկված:

Զարզարյանն անցավ մյուս սենյակը, որ նույն տեսքն ուներ, միայն առանց աթոռների ու սեղանի: Երկայն թախտի մի անկյունում նստած էր նրա անդամալույծ եղբայրը — Սարգիսը:

Դեռ վեց ու կես տարի առաջ այդ մարդն աջող վաճառական էր հյուսիսային քաղաքներից մեկում: Բախտի անիվը շուռ եկավ, բավական հարուստ խանութը դարձավ զոհ հրդեհի, մարդը սնանկացավ: Չդիմանալով խայտառակության, կաթվածահար եղավ ու բևեռվեց անկողնին: Մինչև այդ ժամանակ նա չէր հիշել, թե Կովկասում ունի մի եղբայր, որ պարապելով առաջ ուսուցչությամբ և այժմ մասնավոր գրասենյակներում, չափավոր ռոճիկով պահել է նախ իր ծերունի ծնողներին, իսկ հետո այրիացած քրոջը՝ իր զավակների հետ: Դժբախտությունը հիշեցրեց նրան և դրդեց աղերսալի նամակով դիմել մոռացված եղբոր օգնության: Եղբայրն ընդունեց նրան քրիստոնեական ներողամտությամբ և այն օրից կերակրում էր անդամալույծին, կնոջն ու աղջկան:

Երջանիկ մարդուց այժմ մնացել էր կես կմախք, մարմնի ձախ կողմը զոսացած, դեմքը կորցրած մարդկային արտահայտությունը, երեսն ուռած և աչքերը պլշած: Սակայն այդ կես կմախքն իր երջանիկ անցյալից անխախտ պահպանել էր երկու բան — առողջ ստամոքս և մշտապես տրտնջող լեզու: Կար տանն ուտելու բան, թե չկար, քաղցած էին երեխաները, թե կուշտ, միևնույն էր անդամալույծի համար: Նա պիտի ունենար իր նախաճաշը, ճաշն ու ընթրիքը: Ուրախ էր ընտանիքը, թե տխուր, տան մեջ առաջին տեղն էր բռնում օրից-օր մանկացող հիվանդի քիմքը:

Եվ այս քմքի առաջին զերին էր նրա քսաներկու տարեկան դուստրը — Շուշանիկը: Ամբողջ օրն օրիորդը գրեթե միայն նրանով էր զբաղված: Թեև բռնած սենյակում զբոսեցնում էր, գիրք էր կարդում նրա համար, հետը թուղթ խաղում և ծառայում՝ որպես աղախին: Նա դեռ սիրում էր այդ կես-կմախքը, և սիրում էր զգայուն սրտի բոլոր ուժով:

Շուշանիկը կերակրում էր անդամալույծին, երբ հորեղբայրը ներս

մտավ: Դա միջին հասակից քիչ բարձր, գունատ, բայց ոչ հիվանդոտ դեմքով մի աղջիկ էր, հագնված, հարկավ, շատ հասարակ և ուսերին գցած մի մոխրագույն ասվյա շալ. որ ծածկում էր նրա կանոնավոր իրանը: Նրա պարզ գույնի մտախոհ աչքերից բուրում էին հրեշտակային հեզություն և անսահման համբերություն: Մի ձեռին կերակրի ամանը, մյուս ձեռին գդալը — այդ վայրկյանին նա հիշեցնում էր գթության անձնվեր մի քրոջ, որ կարծես իր սրտի վիշտն ու ուրախությունը նվիրել էր ուրիշների անդորրությանը: Բայց նա ավելի էր, քան մի գթության քույր. նա մի սիրող դուստր էր, որի սիրտը բաղկացած էր Էոլյան նվագարանի լարերից:

Զարգարյանը հաղորդեց ուրախալի լուրը: Երկու վաղաժամ թառամած կանայք, սև հագնված, որոնցից մեկը քույրն էր, մյուսը՝ եղբոր կինը, ուրախության թեթև կոհինչ արձակեցին: Շուշանիկի մելամաղձիկ դեմքի վրա փայլեց լուսավոր ժպիտ: Եվ նա, ճակատի վրա թափվող շոկոլադի գույն թանձր մազերը հետ տանելով, նայեց հոր երեսին: Անդամալույծն ուրախ չէր եղբոր հաղորդած լուրին կամ գուցե թաքցրեց ուրախությունը: Այդ պահին նա բարկացած էր, որովհետև տաք կերակուրն ուշացրել էին: Մի քանի րոպե առաջ հայհոյել էր կնոջը, եղբորը, ամբողջ ընտանիքին և ամբողջ աշխարհին: Բոլորը նրան թշնամացել են և դիտմամբ քաղցած են թողնում, որ սովից մեռնի: Լսելով եղբոր խոսքերը, թե այսուհետև պիտի ապրեն հանքերում, նա առողջ ձեռով հրեց կերակրի ամանը և գոչեց.

— Դու ուզում ես ինձ տանել նավթի հորում խեղդե՞լ... Չեմ գնալ, չեմ գնալ...

Շուշանիկը հորեղբորը սիրում էր ոչ պակաս, քան հորը: Այն մարդը, որի վրա ծանրացած էր ամբողջ ընտանիքի հոգսը, փոխանակ շնորհակալության, հանդիպում է մերժավորի դժգոհության: Եվ այն էլ եղբոր կողմից, մի մարդու, որ հարուստ և առողջ ժամանակ հասարակ նամակագրության անգամ չէր արժանացրել նրան: Դա երախտամոռություն չէ՞ արդյոք: Ներքին տանջանքից օրիորդը սեղմեց բռունցքները, կարծես կամենալով սրտի դառն կսկիծը խեղդել եղունգների մեջ:

— Պապա, — ասաց նա զգացված ձայնով, — այսուհետև դու ամեն օր խորոված ձուկ կուտես, հորեղբայրս ռոճիկ շատ է ստանալու:

— Սուտ ես ասում, — գոչեց անդամալույծը, իր պլշած աչքերը դանդաղորեն հառելով աղջկա ճակատին: -Դուք ինձ այստեղ կթաղեք, կթաղեք... Գազը կտրաքացնեք, նավթ կվառեք, ինձ մեջը կգցեք... Ես ձեզ չե՞մ ճանաչում, ինչ է, դուք անաստվածներ եք:

Եվ, գլուխը դնելով բարձի վրա, սկսեց լալ երեխայի պես... Զարգարյանը զսպելով իրեն, անցավ մյուս սենյակը: Նա սոված էր, ուտել էր ուզում, բայց այնքան հուզված էր, որ մի երկու պատառ պանիր ու հաց բերանը դնելով, վեր կացավ տեղից:

— Հիվա՞նդ եք, հորեղբայր, — հարցրեց Շուշանիկը, — դողո՞ւմ եք:

— Ո՛չ, ո՛չ, հիվանդ չեմ: Համոզիր հորդ, որ համաձայնի հանքերը տեղափոխվել: Այնտեղ լավ կապրենք, աստված վկա, լավ կապրենք: Երեք սենյակ, ո՛չ, չորս, հասկանո՞ւմ ես, չորս, ամսական ութսուն ռուբլի, հանա՞ք ես իմանում: Ով գիտե, գուցե կարողանանք մի աղախին էլ վարձել և քեզ ազատել տնային կռլիտ աշխատանքից: Տե՛ս ձեռներդ ինչպես կոշտացել են, Շուշան, չեմ ուզում, որ դու խոհանոցում աշխատես, դու, դու, ափսոս ես, գեղեցկուհի...

Շուշանիկը ծիծաղեց: Զարմանալի մարդ է նրա հորեղբայրը, չէ՞ որ նա ուրիշների համար չի աշխատում խոհանոցում, այլ իր ծնողների, իր հորեղբոր, իր հորաքրոջ համար:

— Այդ ճիշտ է, ճիշտ է, — գոչեց Զարգարյանը, — մենք մեր մերձավորների համար ենք աշխատում: Բայց ո՞վ գիտե, երիտասարդ աղջիկ ես, ինչո՞ւ այդպես մաշվես, դեղնես... Ճշմարիտ է, ես երբեք չեմ գանգատվել, բայց հայրդ քեզ չի սիրում, Շուշանիկ, չի խնայում: Սա երախտագետ մարդ չէ...

— Հիվանդ է, ներողամի՛տ եղիր...

— Հիմա՛ր, — արտասանեց Զարգարյանն արդեն մեղմացած, — մի՞թե ես բարկանում եմ նրա վրա: Երբե՛ք: Բայց պիտի հասկանա քո դրությունը, ես միայն քո մասին եմ հոգում:

Անդամալույծի սենյակից դուրս եկան օրիորդի մայրը և հորաքույրը: Խոսակցությունն ընդհատվեց: Պատշգամբից ներս վազեցին ոտաբոբիկ մանուկները: Որոնցից մեկն արդեն ինը, մյուսը յոթ ու կես տարեկան էր, արտասվելով փաթաթվեցին իրենց մոր փեշերին: Դրացի թուրք ընտանիքի ավելի մեծ մանուկները հարձակվել էին նրանց վրա ու ծեծել: Շուշանիկը գրկեց նրանց, հանգստացրեց, իսկ մայրը դուրս եկավ կռվելու հարևանների հետ, որ չեն զսպում իրենց մանուկներին:

— Գոնե այդ աղմուկից կազատվենք, — ասաց Զարգարյանը, — այնտեղ հարևաններ չենք ունենա: Դե, լավ, Աննա, մի՛ կռվիր, — գոչեց նա մոտենալով դռներին, — չարժե, չարժե...

Աննան ներս եկավ բարկացած ու կամեցավ ծեծել իր երեխաներին, որ չէին լսում իրենց մորը և ամեն ժամ դուրս էին վազում թուրքերի հետ խաղալու. Շուշանիկը պաշտպանեց մանուկներին, հեռացնելով նրանց մյուս սենյակը, ուսկից լսվում էին անդամալույծի մրմունջները:

— Կանչի՛ր նրան, կանչիր այստեղ, — դարձավ անդամալույծն աղջկան:

Օրիորդը հասկացավ, որ հայրն ուզում է իր եղբորը, կանչեց:

— Դավիթ, — գոչեց անդամալույծը, — թե աստված ունես, ինձ ազատիր այս դժոխքից: Այդ թուրք հարևաններն ինձ կսպանեն, կխեղդեն գիշերը: Ա՛խ, այս բաղնիսի հոտն ինձ սպանեց... ազատի՛ր, ազատի՛ր...

Հետևյալ օրը Դավիթ Զարգարյանը գրասենյակի գործերը հանձնեց նոր հաշվապահին և տեղափոխվեց հանքերը: Իսկ երրորդ օրը նա տեղափոխեց ընտանիքը: Ուղևորվելուց առաջ անդամալույծը դարձյալ ասաց, թե չի ուզում հանքերում ապրել և առողջ ձեռով իրեց աղջկան, որ օգնում էր նրան տեղից վեր կենալու: Բայց երբ եղբայրը վճռաբար ասաց, թե լա՛վ, կարող է մնալ քաղաքում, հիվանդը հայհոյեց նրան: Ի՜նչ, ուզում են նրան թուրքերի ձե՞ռքը գցել: Կառք, շուտով կառք բերել տվեք և տարեք թեկուզ դժոխք...

Այդ օրը Սմբատն էլ հանքերումն էր: Նրան հետաքրքրում էր Զարզարյան ընտանիքի վիճակը: Զգում էր մի տեսակ հոգեկան հաճույք, որ այդչափ զոհություն էր պատճառել ստորադրյալին նոր պաշտոնով:

Կանանց հնամաշ հագուստները, տնային ողորմելի կահ-կարասին, երեխաների ցնցոտիները ծանր տպավորություն գործեցին նրա վրա: Նա չգիտեր, որ Զարզարյաններն այդքան աղքատ են:

— Ո՞վ է այդ օրիորդը, — հարցրեց հաշվապահին:

Շուշանիկն էր, որ անբաժան մոխրագույն շալն ուսերին զգած, մեկ-մեկ սրբում էր քաղաքից բերված իրերը և տանում ներս: Նրա պայծառ ու խելացի աչքերը, մելամաղձիկ դեմքն ակամա գրավեցին Սմբատի ուշադրությունը: Չկարողացավ զսպել հետաքրքրությունը և գրեթե ինքն ակնարկեց քաղաք ուղևորվելուց առաջ Զարզարյանների տանը թեյ խմելու մասին:

Աղքատիկ ընտանիքը հրճվեց միլիոնատեր երիտասարդի համեմատությամբ: Թեյը մատուցանում էր Շուշանիկը պատշգամբում: Անդամալույծը ներսում էր, և Սմբատը լսում էր նրա անընդհատ մրմունջները: Երեխաները խաղում էին զավթում: Իսկ կանայք քաղված էին իրեղենները դասավորելով:

Սմբատը, ակամա գրավված Շուշանիկի պայծառ աչքերով, գեղեցիկ հասակով, համակրելի դեմքով, դիտում էր նրան, խոսակցելով իր ստորադրյալի հետ գործերի մասին: Թվում էր նրան, որ չքավորության տակ օրիորդի հոգին այնքան չի ճնշվել, որ կա նրա մեջ ինչ-որ հպարտություն: Միևնույն ժամանակ զգում էր, որ նա մի պահապան հրեշտակ է ողորմելի անդամալույծի, ցնցոտիապատ երեխաների և ամբողջ ընտանիքի համար: Եվ որքան շատ էր դիտում, այնքան ավելի էր ուրախանում մտքում, որ գեթ համեմատական թեթևություն էր տվել աղքատ ընտանիքին: Այսուհետև, երևի, նա այնքան չքավոր վիճակ չի ունենալ, և այդ երիտասարդ ու սիրունադեմ աղջկա տնային աշխատանքը կթեթևանա:

Հրաժեշտ տալիս, նրա աչքերն ակամա հառվեցին օրիորդի աչքերին: Զգաց, որ ձեռը ցնցվեց իր ափի մեջ: Դա աղքատի շփոթությունը չէր հարուստ մարդու վարձատրությունից: Դա կանացի ամոթխածության ցնցումն էր, մի նոր ծանոթացած տղամարդի արդեն չափից դուրս հետաքրքիր հայացքից...

IX

Այն օրը Սմբատը մի առանձին կարոտով էր հիշում զավակներին, կառքի մեջ նստած, դարձյալ դիմելով դեպի հանքերը:

Եղանակը սառն էր: Փչում էր սուր կտրուկ հյուսիսային քամի: Խոշոր ավազը, երկրից բարձրանալով, պատում էր օդի մեջ և փոքրիկ գնդակների ուժգնությամբ զարկում նրա երեսին:

Կառքը դուրս եկավ քաղաքից: Դեպի աջ պարզվել էին նավթային գործարանները,-ծխի, մրի և շոգու խառնուրդով մթագնած սև քաղաքը: Ծովը պատված էր մոխրագույն մառախուղով, որ փոթորկի նշան էր: Դեպի ձախ ամայի ավազուտ դաշտեր և լերկ բարձրավանդակներ էին, տեղտեղ հերկված, մեծ մասամբ չոր, տխուր, մռայլ: Բուսականության հետք չէր երևում: Ամեն տեղ ավազ ու կիր, քարքարոտներ և չորացած աղային լճեր, որոնք հեռվից փայլփլում էին ձյունապատ դաշտերի պես:

Գարնանը կարճ միջոցով այստեղ երկիրը ծածկվում էր ցանցառ խոտերով: Արտերը ծաղկում են, ցորենն ու գարին բարձրանում են երկու թիզաչափ: Շուտով արեգակի կիզիչ ճառագայթները խորշակահարում են ու դեղնացնում ամեն ինչ: Աղքատիկ հունձն սկսվում է, և ամառվա կեսին արդեն երկիրը նորից հագնում է անգույն ցնցոտիներ: Բայց այդ ցնցոտիների տակ պարունակվում է անհուն գանձ: Այստեղ բնությունը, կարծես, երկրի երեսից խլել է ամեն հարստություն, որպեսզի ծծի երկրի մեջ:

Մեռյալ բնությունն ավելի է սաստկացնում Սմբատի թախիծը: Այսօր նա միանգամայն դժբախտ է համարում իրեն: Միքայելի հետ կռվել է կոնտր-կտակի վերաբերմամբ և բացարձակ ասել, թե կարող է դիմել դատարան և թե ինքը պատրաստ է թշնամանալ նրա հետ, բայց կամավոր բաց թողնել իր ժառանգությունը ձեռից — երբեք: Սակայն այս չէր նրա գլխավոր վիշտը: Նա դեռ մտքում համոզված էր, որ նոր կտակը կեղծ է, և վերջ ի վերջո Միքայելը պիտի ինքը հաշտվի նրա հետ, ենթարկվելով օրինական իրավունքներին: Կար տխրության ավելի խոր շարժառիթ: Մինչև այժմ կարողանում էր հեռացնել իրենից ծանր մտքերը և, հաշտվելով իր վիճակի հետ, փակել աչքերն իրականության առջև: Իսկ այժմ մի համառ ու անհաղթելի զորություն շարունակ դրդում է կրկնել մտքում. «մի՞ թե չկա ելք այս դրությունից»:

Մի՞թե ատելով կնոջը — պարտավոր է հավիտյան կապված մնալ նրա հետ: Մի՞թե սիրելով զավակներին — պարտավոր է հավիտյան կրել հոր անեծքը, մոր դառը կշտամբանքների ծանրությունը:

Հայացքը ձգել էր դեպի հեռու տարածություն: Այնտեղ, ընդարձակ բարձրավանդակի վրա երևում էր մի սև անտառ: Անտերև, անճյուղ ծառերի կախարդական մի անտառ, ուր սառնորակ աղբյուրների փոխարեն հոսում է թանձր ու սև մի հեղուկ, ուր թռչունների երգեհոնին փոխարինում են շվիկների սուլոցները, առավոտյան շամանդաղին —

շոգին ու ծուխը: Ուր գիշեր-ցերեկ գործում են հազարավոր մեքենաներ և բյուրավոր մարդկային ձեռներ: Դա ստորերկրյա գանձարանն է — նավթային հորերի սև բուրգերի խտությունը, դաժանատեսք, ինչպես շրջակա ավազուտներն ու աղային լճերը, մթին, ինչպես երկրի բնակչության հոգին:

Մթին անտառը հետզհետե նոսրանում է, սև ծառերը հեռանում են իրարից: Երևում են ցածր շինություններ, երկաթե գմբեթաձև շտեմարաններ, ապա էլեկտրական լապտերների և տելեֆոնի բարձր սյուները, բոլորը մրոտ ու նավթոտ, բոլորը սև:

Կառքն անցնում է մի մեծ նավթային լճի ափով և բարձրանում ստորերկրյա գանձարանի կտուրը: Աջ ու ձախ գործում են հանքերը: Այստեղ փորում են նոր հորեր, այնտեղ մաքրում են հները: Բուրգերի գագաթներում պտտող անիվները ցույց են տալիս հորերի անդադային գործունեությունը: Մերթ ընդ մերթ այս ու այն կողմից լսվում են ինչ-որ խշշյուններ: Դա հորերից դուրս բերվող հեղուկն է, որ թափվում է մոտակա չաների մեջ, խողովակներով հոսում ամբարները և հետո, ամենահաղթ շոգու ուժով, մղվում դեպի գործարանները: Այնտեղ նա զտվում է, մաքրվում, արտահանվում աշխարհի բոլոր կողմերը, ոսկի դառնում և անցնում մի քանի տասնյակ բախտավորների գրպանը:

Այս բախտավորների թվին է պատկանում և Սմբատ Ալիմյանը, որովհետև նա է օրինական ժառանգը Մարկոս աղայի հարստության:

Բայց նա մտքում ասում է.

— Ես դժբախտ եմ:

Կառքը կանգ է առնում մի բավական մեծ շինության առջև: Սմբատը սթափվում է մտքերից, ցած է իջնում: Հանկարծ, դառնալով դեպի դիմացի պատշգամբը, նրա տխուր դեմքը մի վայրկյան փայլում է, ինչպես մռայլ մեգն արևի շողերից: Այդ շողերն են երկու պայծառ, խելացի և հեզ աչքեր...

Սմբատն անցնում է ցեխոտ ու նավթոտ մի տարածություն և Զարգարյանի հետ մտնում բուրգերից մեկի տակ: Դա մի երկայնաձև փայտյա շինություն է, պատերը նավթով ողողված, հատակը հողային: Մեջտեղում փորված է հորը — երկու թիզ լայնությամբ և կես վերստ խորությամբ մի կլոր ծակ, որի պատերը պատրաստված են երկաթով, այնպես որ նա իսկապես ներկայացնում է երկաթի խողովակ՝ գետնի մեջ ուղղահայաց խրված:

Ներս մտնելով, մարդ զգում է գազի սուր և շշմեցուցիչ հոտը: Շոգին մի անկյունում պտտեցնում է մի մեծ անիվ, որին փաթաթված հաստ ու լայն կաշվե փոկը, երկձյուղ անցնելով մինչև շինության կեսը, պտտեցնում է թմբուկաձև ահագին գլանը: Մերթ դեպի առաջ, մերթ դեպի հետ պտտելով, գլանը բաց է անում կամ հավաքում իր վրա ոլորած երկայն պարանը նայելով, թե ինչ ուղղություն է տալիս նրան քովը կանգնած մշակը:

Այդ մշակը, տիրոջը տեսնելով, հանում է մորթե մեծ գդակը, գլուխ տալիս: Սմբատը նայում է նրա նավթոտ երեսին և մտածում.

— Դու ինձանից դժբախտ չես...

Պարանն ուղղահայաց բարձրանում է վեր, ինչպես օդային օձ, բուրգի ծայրում փաթաթվում է մի անիվի և թեքվում ցած: Նրա ծայրին կապված է մի քանի սաժեն երկայնությամբ մետաղյա դույլ: Երբ գլանն արձակում է պարանը, դույլը սրընթաց գնում է հորի մեջ: Զարկվելով երկաթի պատերին, դղրդալով ընկնում է ստորերկրյա լճի մեջ և, խուլ շառաչյուններ արձակելով, նորից բարձրանում է վեր՝ թանկագին հեղուկով լի: Այդ հեղուկն օր-օրի վրա պիտի ավելացնի Ալիմյանների հարստությունը, այնինչ՝ Սմբատը նրա խշշյունի մեջ անգամ լսում է.

— Դու դժբախտ ես:

Նա մոտենում է հորի բերանին և ականջ դնում: Այնտեղ մթին անդնդում, կարծես կատարվում է ինչ-որ գեհենային գործողություն: Նավթը եռում է դարերով կուտակված գազի զորությունից: Լսվում են տարօրինակ ձայներ, նման քամու խուլ փոթորկի անտառի խորքում կամ ծովային ալիքների հեռավոր շառաչյուններին: Սմբատի ականջին այդ ձայները հնչում են.

— Դու դժբախտ ես...

Երկայն դույլը ֆշշալով դուրս է սողում, որպես մի վիշապ իր բնից: Քանի մի վայրկյան նրա կինամոնագույն բծավոր մեջքը փայլում է օդում: Նա արագ բարձրանում է վերև, նորից կանգ է առնում, կարծես, հոգնած և մտածելով, զարկում է քիթն ինչ-որ ամրության և իր միջի հեղուկը թափում չանի մեջ: Գազախառն նավթի կաթիլները, բյուրավոր փոշի դառնալով, ցրվում են օդի մեջ:

Ա՛խ, երանի մի զորեղ հարվածով Սմբատը կարողանար փոշի դարձնել այն ծանր վիշտը, որ քարի պես ճնշում է սիրտը:

Նա անցնում է մի ուրիշ բուրգ, հետո երրորդը, չորրորդը: Ամենուրեք կեղտ, մուր, ցեխ: Երևում են ոտաբոբիկ էակներ, ոտից մինչև գլուխ նավթոտ, ինչպես կենդանի պատրույգներ: Այստեղ մարդկային կյանքը յուրաքանչյուր րոպե ենթարկված է վտանգի: Մի թեթև անզգուշություն կրակի հետ, և կիզանուտ գազը կարող է բռնկվել ու օդը ցնդել մարդկանց:

Սմբատը մտնում է մի առանձին քարաշեն շինություն: Զարգարյանը զարմացած է, երբեք նրա տերն այնքան մանրամասն չէր դիտել իր հեքերը, և երբեք միևնույն ժամանակ այնքան մտախոհ չէր եղել, որքան այսօր: Ինչո՞ւ, հարցնում են իրարու մշակները:

Հինգ վիթխարի հրեղեն աչքեր աղյուսյա պատի մեջ վառվում են, արձակելով խլացուցիչ աղմուկ: Նավթային բոցը գլանաձև կաթսաների տակ մրրկի պես պտույտ-պտույտ է անում, գազանի պես մռնչում ու կատաղած լիզում երկաթե ակութի պատերը: Կաթսաների մեջ եռում է ջուրը և մեքենաների համար շոգի արտադրում: Երկու մշակ հերթով գիշեր-ցերեկ պտտվում են հրեղեն ակների առջև և նրանց մեջ շարունակ վառ պահում կրակը, որպես քուրմերն ատրուշանների մեջ:

Անտովոր մարդու վրա սարսափ է ազդում տիրող աղմուկը: Միտքը կամա-ակամա սլանում է հեռ՜ու, հեռ՜ու, և մտացածին դժոխքը դառնում է իրական, այն տարբերությամբ, որ իրական գեհենին մարդիկ են իրենք իրենց դատապարտում կամավոր: Թվում է, որ ահա, ահա կաթսաներից մեկը, մյուսը, չդիմանալով ջրի ու կրակի դիվային մրցմանը, կտրաքի և օդը կցնդի ամբողջ շինությունը, և ամենից առաջ իր առջև պտտող մշակներին, որ սովկալի տաքության մեջ հազիվ կարողանում են շունչ քաշել:

Սմբատին թվում է, որ այդ հրեղեն ակներն անգամ արտասանում են.

— Դու դժբախտ ես:

— Զարզարյան, — դառնում է նա հաշվապահին, — չգիտեմ ինչու, այսօր, կարծես օդը խեղդում է ինձ:

— Այստեղ օդ բոլորովին չկա, — պատասխանում է Զարզարյանը, նրա ասածը հասկանալով ուղիղ մտքով:

Սմբատը լռում է, դուրս է գալիս: Մտնում է տասը քայլ երկարությամբ և հինգ քայլ լայնությամբ մի սենյակ՝ ցածր լուսամուտներով: Հատակն աղյուսյա է, բայց շատ տեղ ավերված, խորդուբորդերով լի: Հազիվ մարդու հասակից մի թիզ բարձր առաստաղը ծխից ու մրից սևացել է, ինչպես խոհանոց, պատերը խոնավությունից բորբոսնել են և սպիտակ բծերով ծածկվել, որպես բորոտի դեմքը: Սենյակի երկարությամբ մի պատի տակ երկու կանգուն բարձրությամբ փայտի թախտ է շինած, որի տակ հատակը հողային է: Թախտի վրա դարսված են կեղտոտ, մրոտ ցնցոտիների կույտեր — մշակների անկողինները:

Սմբատը նոր է միայն ուսումնասիրում, թե այդ խեղճերն ինչ տաժանակիր աշխատանք են վարում, ինչ վտանգավոր գործ են կատարում և ուր հանգստանում, ուր գիշերում: Նա զգում է խղճի անտովոր խայթոց: Նրան թվում է, թե ինքն ապօրինի է տիրացել հարստության, թե բոլորը, բոլորը, ինչ որ հայրը դիզել է, պատկանում է այդ խեղճերին և միայն նրանց սև ու կոպիտ ձեռների աշխատանքին: Նա դառնում է Զարզարյանին և ասում.

— Մենք պարտավոր ենք մշակների համար նոր բնակարան կառուցանել:

— Վատ չէր լինի, պարոն Սմբատ, վատ չէր լինի, — կրկնում է Զարզարյանը, կարծես ուրախանալով:

— Այսօր ևեթ դիմեցեք մի ճարտարապետի և հատակագիծը պատվիրեցեք:

— Չսպասե՞նք Սուլյանի առողջանալուն:

Սուլյանը հանքերի կառավարիչ-ինժեներն էր, որ այժմ հիվանդ էր և քաղաքում պառկած:

— Կարիք չկա սպասելու, դուք հատակագիծը պատրաստել տվեք: Որքա՞ն է մեր մշակների թիվը:

— Բալախանի փաթուն, Սաբունչի հիսունհինգ, Ռոմանի հարյուր իննսուն... Ընդամենը առայժմ երեք հարյուր տասնու-հինգ:

— Բոլոր հանքերում պիտի քանդել հին կացարանները և նորերը շինել տալ: Այդ խոզաբներում մարդ ապրել չի կարող: Գնանք թեյ խմելու, մանրամասն կխոսենք:

Սեղանի քով նա ինքը մատիտով մի թղթի վրա ընդհանուր գծերով նկարեց ապագա կացարանների հատակագիծը, տալով Զարգարյանին կարևոր բացատրություններ: Նա հետզհետե ոգևորվում էր և ավելի ու ավելի եռանդով արծարծում հանկարծակի հղացած միտքը: Նա պահանջում էր ոչինչ չխնայել կացարաններն ընդարձակ, լուսավոր ու հարմար կառուցանելու համար:

Թեյը դարձյալ Շուշանիկն էր մատուցանում, և այս անգամ արդեն այն սենյակում, որ հարմարեցրած էր հյուրերի համար և բավական լավ կահավորված: Այսօր օրիորդը մազերը սանրել էր առանձին խնամքով, հագել էր միակ տոնային մեխակագույն ասվյա կտորից հագուստը: Այսօր նրա ծննդյան օրն էր, լրանում էր քսաներկու տարին, մի օր, որ իսկապես նրա համար մինչև այժմ ոչնչով չէր տարբերվել տարվա մյուս օրերից, աղքատ ընտանիքը սովոր չէր տոնել իր անդամների ծննդյան օրը: Եվ միայն անդամալույծը, հիշելով երջանիկ անցյալը, առավոտը պահանջեց, որ օրվա առիթով Շուշանիկը նրա համար կարկանդակ պատրաստի, մի պահանջ, որ աղջիկը կատարեց հաճույքով:

Սմբատը, գլուխը թղթին թեքած, նկարելով, Զարգարյանին բացատրություններ տալով, երբեմն զգեթե ակամա նայում էր վեր, օրիորդին և նկատում, որ օրիորդն էլ իրեն է նայում: Զգում էր, որ Շուշանիկը հետաքրքրվում է իր բացատրած ծրագրով, և այս ավելի էր ոգևորում նրան: Միևնույն ժամանակ, մտքում ինքն իր դեմ չարանում էր, որ օրիորդի հետաքրքրվելն իրեն զբաղեցնում է:

Նա միշտ այն համոզմունքին էր եղել, որ հայ կինը երբեք ընդունակ չէ առօրյա մանր, անձնական շահերից բարձրանալ: Եվ ուսանողական շրջաններում միշտ եղել էր հայ կնոջ կատաղի հակառակորդը: Հենց այս համոզմունքն էր գլխավորապես դրդել նրան իր իդեալը որոնելու օտար շրջաններում: Այժմ նրան թվում էր, որ մի անհայտ համեստ աղջկա մեջ հանդիպում է հակառակը: Իսկապես նա ոչ մի առիթ չուներ այդ աղջկան որևէ բանով իր շրջանի էակներից բարձր համարելու, քանի որ տակավին հետը մոտիկ ծանոթ չէր: Բայց մի ներքին ձայն թելադրում էր, թե նրա մեջ կարող է գտնել այն, ինչ որ նախկին համոզմունքով զուր կլիներ որոնել ուրիշ ազգի կանանց մեջ:

— Ինձ թվում է, — ընդհատեց վերջապես Զարգարյանը Սմբատի ընդարձակ ծրագրի բացատրությունը, — որ եթե ձեր բոլոր ասածները բանվորների համար իրագործենք, կարժանանաք հարևան հանքատերերի թշնամությանը:

— Ինչո՞ւ:

— Իհարկե, այդքան բարի՛ք — բաղնիս, այգի, դպրոց, ընթերցարան, մինչև անգամ թատրոն: Դրանք մեր երկրում չտեսնված բաներ են:

— Շատ սովորական և շատ հասարակ բաներ խիղճ ունեցող մի գործարանատիրոջ կամ հանքատիրոջ համար: Ամեն մի բուրժուա իր ֆանտազիան ունի, իմ ֆանտազիան էլ այս է պահանջում: Չկարծեք, թե շատ էլ հոգում եմ մշակների մասին:

Նա այս խոսքերն արտասանեց անփույթ եղանակով և անկեղծ:

— Երանի ամեն գործարանատեր այդպիսի ֆանտազիա ունենա, — ասաց Զարգարյանը, ակամա հրապուրվելով նրա համեստությունից:

— Թողնենք այդ: Ահա, վաղը նեթ այս ծրագրով դուք կպատվիրեք հատակագիծը, հետո կտեսնենք: Իսկ առայժմ, — դարձավ նա Շուշանիկին, — օրիորդ, ասացեք, ի՞նչ դեր հանձն կառնեք այս ձեռնարկության մեջ:

— Ե՞ս, — հարցրեց Շուշանիկը, որ չէր սպասում այսպիսի առաջարկության, — ի՞նչ կարող եմ անել:

— Օ՛օ, շատ բան: Դուք կարող եք հանձն առնել գրադարան և ընթերցարան բանալու գործը: Եթե չեմ սխալվում, դուք գիմնազիայում եղել եք:

— Մինչև յոթերորդ դասատուն. — պատասխանեց եղբորորդու փոխարեն Զարգարյանը: — Բայց գիտե ավելի, քան մի ուսումնավարտ: Տանն ազատ ժամերը դատարկ չի անցկացնում:

Օրիորդը խորին հանդիմանական հայացք ձգեց հորեղբոր վրա, զուր աշխատելով զսպել շփոթմունքը:

— Ուրեմն ավելի լավ, — ասաց Սմբատը, — կան գործեր, որ կանանց ավելի են սազում, օրինակ՝ մի կիրակնօրյա ուսումնարան բանալը հասակավոր անգրագետների համար: Երբ նոր կացարանները կպատրաստվեն, կարծեմ, կարելի է մի այդպիսի դպրոց բանալ իսկույն: Հանձն կառնե՞ք, օրիորդ:

Ի՞նչ է նշանակում այդ: Ծաղրո՞ւմ է արդյոք նրան այդ հարուստ երիտասարդը, թե փորձում: Պայծառ աչքերը հանդարտիկ ցած իջան, գունատ այտերը թեթևակի շառագունեցին, և օրիորդը չկարողացավ որևէ պատասխան տալ:

— Ինչո՞ւ ես լռում, — ասաց Զարգարյանը, — կարծեմ, դու պարտավոր ես շնորհակալություն հայտնել պարոն Ալիմյանին, որ քեզ է այդ գործն առաջարկում: Ընդունի՛ր, թե չէ, հին ուսուցչի արյունը կսկսի բորբոքվել երակներումս:

Նա խոսում էր իր տիրոջ ներկայությամբ համարձակ, կատակով, բայց և մազու չափ չհպարտանալով հարստի բարեկամական վարմունքից:

— Եթե մի բանով կարող եմ օգտակար լինել, ուրախությամբ պատրաստ եմ, — ասաց, վերջապես, Շուշանիկը: — Կամենա՞ք էլի թեյ:

— Ո՛չ, շնորհակալ եմ: Ուրեմն, մի օգնական ևս ունենք, ցտեսություն, հետո ավելի մանրամասն կխոսենք:

Սմբատի հեռանալուց հետո, Զարզարյանը սկսեց հանդիմանել Շուշանիկին: Ալիմյանը նրան այդքան հավատ է ուզում ընծայել, իսկ նա, կարծես չի կարողանում գնահատել այդ մարդու վստահությունը:

— Խելոք մարդ է, գիտե, որ դու այստեղ, այս ամայի երկրում, կարող ես տխրել, ահա ինչու է առաջարկում քեզ այդ գործը:

— Բայց չէ՞ որ ես ասացի, թե ուրախությամբ հանձն կառնեմ, եթե կարող եմ կատարել:

— Ի՞նչ ասել է «եթե կարող եմ կատարել»: Հասարակ գրագիտության դաս տալը մեծ բան չէ: Ո՞ր վարժուհին ավելի գիտե, քան դու, ո՞րն է քո չափ կարդացել ու զարգացել:

Օրիորդը, առանց մի խոսք ասելու, անցավ իր սենյակը: Այնտեղ նա լուսամուտից աչքերով ուղեկցեց Սմբատին, որ կառք նստելով, գնաց քաղաք...

Հետևյալ օրը երեկոյան նա ասաց հորեղբորը.

— Աշխատիր շուտ շինել տալ նոր բնակարանները մշակների համար: Ճշմարիտ որ ներում ապրել անհնարին է:

— Դու ի՞նչ գիտես անհնարին է:

— Ես այսօր ման եկա և տեսա: Այնտեղ նրանք հիվանդանում են...

Եվ նրա ձայնի մեջ զգացվեց անհուն կարեկցություն:

X

Տիկին Անուշ Ղուլամյանը նստած էր հյուրասենյակում, լուսամուտի մոտ, իր սիրած տեղում, ուսկից սովորաբար դիտում էր փողոցով անցնողներին: Դեմուդեմ գտնվող տան առաջին հարկում բնակվում էր ինչ-որ օտարազգի ընտանիք, որ նոր էր վերադարձել ամառային ճանապարհորդությունից Ռուսիայում: Մարդը ճարտարապետ էր, մի բարձրահասակ առողջ տղամարդ: Կինը գեղեցիկ էր, էլեգանտ և հրապուրիչ: Շատ բաներ էին պատմում այդ կնոջ մասին: Եվ Անուշը շատ անգամ էր տեսել նրան մի երիտասարդի հետ ավելի քան քնքուշ խոսելիս:

Այսօր առավոտ Անուշը դարձյալ ընդհարում էր ունեցել իր ամուսնու հետ: Միմյանց ուղղել էին տասնյակ վիրավորական խոսքեր: Այլևս մարդ ու կին իրարու մեջ ոչ մի գրավիչ հատկանիշ չէին գտնում: Պատահում էին րոպեներ, երբ նրանք զգում էին նույնիսկ փոխադարձ ֆիզիկական զզվանք: Պետրոսին գրգռում էին ու զզվեցնում Անուշի բեղիկները և տղամարդկային ձայնը: Անուշին հրում էին Պետրոսի փոքրիկ, խորամանկ, յուղալի աչքերը, թարմ մսի գույն ունեցող ականջները, հաստ պարանոցը և մանավանդ գոեհիկ վարմունքը:

Այնինչ, նա դեռ հավատարիմ էր իր մարդուն, մի ամուսնու, որ ամեն քայլում դավաճանում էր նրան:

Եղանակը տակավին պարզ էր, արեգակը տակավին ջերմ ու պայծառ, օդը տակավին հանդարտ: Հոկտեմբերի վերջն էր, մարդիկ դեռ շրջում էին բարակ վերարկուներով:

Ընդհարման տպավորությունը բավական մեղմացել էր: Այժմ Անուշը, նայելով դիմացի հարևանուհուն, որ ուրախ-ուրախ թռչկոտում էր սենյակից սենյակ, զգում էր դեպի նա նախանձ: Նրա սրտում վառվել էր կենսասիրության հուրը, արյունը եռում էր այնպես, ինչպես մի ժամանակ եռաց, կուրացրեց նրա աչքերը, զրկելով փաթաթվել Պետրոս Զուլամյանի պարանոցին: Բայց այդ արյունը տակավին անմեղ էր ամուսնական առագաստի առջև:

Լուռ մտախոհության մեջ էր, հիշում էր կարդացած վեպերից պես-պես արյունահույզ տեսարաններ, համեմատում էր իրեն այս կամ այն հերոսուհու հետ: Հիշում էր օրիորդական անցյալը, պատանեկական հասակը: Ուրա՜խ և անհո՜գ ժամեր: Ինչե՞ր չէր անում դասընկերուհիների հետ, ի՜նչ կատակներ, գժություններ, երբ մանավանդ խմբովին վերադառնում էին «պտույտից»: Նայել այս ու այն գեղեցիկ երիտասարդին, ժպտալ, ծիծաղել, միմյանց բոթելով, փի քանի թռուցիկ սիրային խոսքեր արտասանել լսելի ձայնով, «պարացնել խեղճերին», ցույց տալ, թե սիրահարված են երիտասարդի վրա: Երբեմն նույնիսկ նամակներ գրել, տեսակցություն նշանակել: Եվ այս բոլոր մանկական կատակների հեղինակն ու ղեկավարն էր Աննա Կորոլկովան, մաքսային չինովնիկի աղջիկը: Նա էր բոլորից ավելի տաքարյունն ու համարձակը:

Ախ, երջանի՜կ ժամանակամիջոց, որ այնքան կարճ տևեց: Տասնուչորս տարեկան չկար Անուշը, երբ ուսումը ձանձրացրեց նրան: Եվ ի՞նչ ուսում, ո՞վ էր դաս պատրաստում: Անուշը, ինչպես և շատերը նրա ընկերուհիներից, միայն ձևի համար էր դպրոց գնում: Ծնողները միայն մոդի համար էին նրան այնտեղ ուղարկում, հենց այնպես, որպեսզի ուրիշներից հետ չմնա:

Դուրս եկավ չորրորդ դասատնից, ոչինչ հետը չտանելով, բացի այդ պատանեկական հիշողություններից:

Դիմացի տան դռները բացվեցին: Գեղեցկուհի հարևանուհին դուրս եկավ, կարմիր հովանոցը կռնատակին, ձեռնոցները հագնելով և հետևից կանչելով, «մո՜պսիկ, մո՜պսիկ»: Դուրս թռավ գնդակի արագությամբ մի մոխրագույն շնիկ, սև տափակ դնչով վզին փաթաթած փոքրիկ բոժոժներ: Ճանապարհորդությունից հետո գեղեցկուհին ավելի թարմացել էր, ավելի գեղեցկացել: Այսօր միանգամայն բորբոքեց նա Անուշի նախանձը` իր ազատ վարք ու բարքով: Կարծես, հենց այդ նախանձն ավելի բորբոքելու համար, գեղեցկուհին մոտեցավ լուսամուտին և հարցրեց.

— Ի՞նչ եք այս հրաշալի եղանակին տանը նստել:

Նրանք ծանոթացել էին մի հասարակական երեկույթում:

— Ի՞նչ անեմ դուրս գամ...

— Զբոսնեցե՜ք ծովափում, մաքուր օդ շնչեցե՜ք: Ախ, ներողություն, կարծեմ ձեզանում ընդունված չէ առանց ամուսնու տնից դուրս գալ, — ավելացրեց գեղեցկուհին անուշ հեգնությամբ:

— Ընդհակառակը, մեզանում ընդունված չէ ամուսնու հետ տնից դուրս գալը, եթե ակնարկում եք ասիական բարքերը:

— Այո՞, չգիտեի, մեզանում այսպես էլ կարելի է, այնպես էլ, — նկատեց գեղեցկուհին, աչքերը խորհրդավոր թարթելով:

Եվ գլուխն անուշիկ շարժելով, բաց արավ մետաքսյա հովանոցը, մի ձեռով վայելչագեղ բարձրացրեց շրջազգեստի փեշերը, հեռացավ կանչելով.

— Մոպսի՛, մոպսի՛կ...

«Մեզանում այսպես էլ ընդունված է, այնպես էլ», կրկնեց Անուշը մտքում: Այո՛, ձեզանում ընդունված է, ինչո՞ւ մեզանում — ո՛չ: Ինչո՞ւ միայն հայ կինը լուռ ու մունջ դիմանում է ամուսնու անառակություններին և չի ուզում նրան պատմել: Ինչո՞ւ միայն նրա համար է այնքան դժվար դավաճանել ամուսնական առագաստին: Երևի դա անկրթության և վախկոտության նշան է...

Զանգի հնչյունն ընդհատեց նրա մտքերը: Ցնցվեց, ոտքի կանգնեց:

Եկողը Միքայել Ալիմյանն էր:

Լուռ հրավիրեց երիտասարդին նստել դեմուդեմ: Խոսեց դիմացի հարևանուհու մասին: Միքայելը ծանոթ էր զույգին և նոր հանդիպել ու խոսել էր գեղեցկուհու հետ: Գիտեր նրա պատմությունը, գիտեր շատ ուրիշ համանման պատմություններ: Եվ այն, ինչ որ մի քանի րոպե առաջ անցնում էր Անուշի մտքով, այժմ բացարձակ ասաց Միքայելը: Ասաց և համարձակ պախարակեց հայ կնոջ երկչոտությունը: Նրա ոճը և՛ հեգնական էր, և՛ լուրջ, և՛ հանդուգն:

Անուշը չէր հակառակում նրա ասածներին, միայն երբեմն անուշ կատակով արտասանում էր. «լավ, հերիք է, ի՞նչ աներեսն եք»: Եվ ուրիշ ոչինչ: Բայց մտածում էր. այո՛, հայ կինը լուռ ու մունջ դիմանում է մարդու անառակություններին, բայց նա՛ էլ հողային էակ է, նա՛ էլ սիրտ ունի, արյուն ունի: Նա էլ կարող է մի օր դուրս գալ համբերությունից:

Եվ չէր վիրավորվում Միքայելի կրքոտ հայացքներից: Ընդհակառակը, այդ հայացքները խորին հաճույք էին պատճառում նրան: Միքայելը հազիվ զսպում էր իրեն: Ներսում եռացող կիրքն այրում էր նրան և դրդում դեն ձգել միանգամից մանկական անվստահությունը: Զգում էր անդիմադրելի փափագ հարձակվել տիկնոջ վրա, գրկել այգ գիրուկ իրանը, փաթաթվել այդ վավաշոտ պարանոցին, ինչպես արեգակից տաքացած օձ, և մի երկարատև բոցավառ համբույր դրոշմել այդ թեթևակի շառագունած այտերին:

Տիկինը մատների մեջ խաղացնում էր մի ոսկե ապարանջան, որ հանել էր սպիտակ, փափուկ բազկից: Մի անգամ, Միքայելի աչքերին նայելիս, ձեռները թուլացան, ապարանջանն ընկավ ծնկների վրա, սահեց մետաքսյա շրջազգեստի վրայով և անհայտացավ մի ակնթարթ, փայլելով:

Միքայելն արագ թեքվեց ցած, Անուշը նույնպես, հետ մղելով իր բազկաթոռը: Մինչ նրանք գորգի վրա որոնում էին ապարանջանը, արեգակի շողերը լուսամուտի ապակիների միջով ընկել էին Միքայելի գլխին ու Անուշի պարանոցին: Տիկինը մարմնի մեջ զգաց վերին աստիճանի գրգռեցուցիչ ջերմ: Նրա մազերի ծայրերը շփվում էին Միքայելի ճակատին — այնքա՜ն գլուխները մոտիկ էին միմյանց, այտերի վրա զգում էր երիտասարդի կրքոտ շունչը: Այնինչ, Միքայելն այրվում էր ոտից մինչև գլուխ ավելի սաստիկ, քան այն գիշեր օպերետային դերասանուհու մոտ՝ թևը-թևին սեղմելիս: Չգիտեր այժմ ինչո՞ւ է թեքվել, ի՞նչ է որոնում, նայում էր գաղտուկ տիկնոջ ուռուցիկ կրծքին, սպիտակ երկծալ կոկորդին և շրթունքները կրծոտում: Աչքերը վառվել էին, ուղեղը մթագնել էր, որպես տենդային տաքության մեջ: Մի վայրկյան ևս, և գուցե չզսպեր իրեն, գրկեր տիկնոջ գլուխը, սեղմեր կրծքին բորբոքված կրքերի բոլոր թափով:

Անուշը գլուխը բարձրացրեց, ապարանջանը գտել էր... Նա կամեցավ հագցնել իր բազկին, առաջացավ ինչ-որ դժվարություն.

— Թույլ տվեք, — ասաց Միքայելը, որ տակավին դողում էր հուզումից:

Անուշը ձեռը մեկնեց, մի քիչ էլ ամբողջ իրանով թեքվելով առաջ: Արդեն այսքանը բավական էր Միքայելի համար, որպեսզի նրա սրտից չքանա կասկածի վերջին նշույլը: Այժմ Անուշի այտերը գունատվել էին, աչքերը պսպղում էին, կուրծքն ուժգին բարձրանում էր ու իջնում: Նրա աչքերից չէր հեռանում հարևան գեղեցկուհու ուրախ, համարձակ, երջանիկ կերպարանքը:

Միքայելը նրա փափուկ բազուկը սեղմել էր ձեռների մեջ ամուր: Որպես թե ճիգն է անում ապարանջանի ծայրերն ագուցանել միմյանց:

Անուշը մերթ ընդ մերթ քաշում էր ձեռը, որպես թե կամենում էր բազուկն ազատել:

Միքայելի ձեռների տաքությունն այրում էր նրա կաշին:

— Ա՜խ, այս արեգակն էլ, — ասաց նա, — ծիծաղելով, մի քիչ տեղից բարձրացավ, թողնելով բազուկը Միքայելի ձեռների մեջ, և ծածկեց լուսամուտի փեղկը:

Արեգակի շողերի հետ չքացավ երիտասարդի ուղեղի վերջին լույս շառավիղը: Խուլ կիրքը կլանեց նրան ամբողջովին: Վավաշամոլ արյունը բոնկվեց, խփելով գլխին, որպես ուժգին եռացող ջուրը փակ կաթսայի կափարիչին: Նրա ատամները բացվել էին, շրթունքներն անասնական հեշտանքից դողդողում էին, որպես վառարանի առջև պահած թուղթ: Շունչը հուր էր արտաղրում, իսկ աչքերը կորցրել էին մարդկային ամեն արտահայտություն: Նա մարմնացած կիրք էր, այրող, անասնական կիրք...

Անուշը փորձեց նրա ձեռներից ազատվել, մի թույլ ճիչ արձակելով: Երևի փորձը շատ չնչին էր, թե ոչ, տիկինը ֆիզիկապես նրա չափ և գուցե ավելի ուժեղ էր: Միքայելը քաշեց նրան իր կողմը, այս անգամ արդեն կոպտաբար:

— Ի՞նչ եք անում, գժվեցի՞ք, — գոչեց Անուշը և ազատվեց նրա ձեռներից:

Նրանք նայեցին միմյանց: Միքայելն ամաչեց: Բայց երկուսն էլ դողում էին եռացող կրքերի ուժգնությունից: Անուշը շտապով լուսամուտի փեղկը բաց արավ, նայեց դեպի փողոց:

Քանի մի վայրկյան Միքայելն անշարժ կանգնած էր: Նայում էր տիկնոջ ուսերին, պարանոցին, ցիրուցան եղած խիտ մազերին, հետո վերցրեց գտակն ու գնաց, արտասանելով.

— Մնաք բարով:

Սկզբում Անուշը ուրախ էր Միքայելի չերևալուն և մտքում պախարակում էր իրեն, որ թույլ տվեց երիտասարդին այնքան առաջ գնալու: Անցան առաջին օրերը, և նա սկսեց անհանգստանալ: Միգուցե Միքայելին վիրավորեցի: Բայց ինչո՞վ, մի՞թե նրանով, որ չկամեցավ վերջապես մոռանալ ինքն իրեն և ընկնել օտար տղամարդի գիրկը: Սակայն ի՞նչ կլիներ, եթե ընկներ իսկ:

Այստեղ Անուշը կանգ էր առնում և մտախոհության մեջ խորասազվում: Ամուսինն արդեն այնքան զզվելի էր թվում, որ տեսնել անգամ չէր ուզում նրա երեսը: Երեխաները, դիրքը, հասարակական կարծիքը — ահա ինչն էր կաշկանդում նրան: Ախ, ինչո՞ւ այնքան դժվար է մեղանչելը: Այնինչ, կրքերը քանի գնում այնքան սաստկանում են: Նա սպասում է Միքայելին, սպասում է անհամբեր, սրտի բաբախումով: Իսկ Միքայելը չի երևում: Ամեն օր Անուշը որոշ ժամին նստում է սովորական տեղում և նայում դեպի փողոց ու դիմացի լուսամուտները: Հարևան գեղեցկուհին թռչկոտում է ուրախ ու զվարթ, սենյակից-սենյակ և շարունակում դավաճանել ամուսնուն: Իսկ Միքայելը դեռ չի գալիս:

Վերջապես, մի օր եկավ: Ներս մտավ ոչ առաջվա պես զվարթ ու ժպտուն, այլ լուրջ ու տխուր դեմքով: Նա զղջում է իր արածի մասին, եկել է ներում խնդրելու: Եվ զղջալ ստիպում է այն սերը, որ տածում է դեպի համակրելի էակը: Անուշի նախանձը զրգռվում է. ո՞վ է այդ համակրելի էակը, որին սիրում է Միքայելը: Ի՞նչպես է հանդգնել սիրել մեկին և վատ միտումներով այցելել մյուսին:

— Ո՞վ է նա, ո՞վ է, — հարցնում է Անուշը հետաքրքրված:

— Չեք ճանաչի, մի սիրուն գերմանուհի է, — պատասխանում է Միքայելը:

Անուշը նախանձից շրթունքները կրծոտում է: Նա չգիտեր, որ դա ուրիշ ոչինչ է, եթե ոչ խորամանկություն Միքայելի կողմից: Հնարելով սիրուն գերմանուհուն, նա ուզում էր նախանձի միջոցով վերջնական հարվածը տալ տիկնոջ պարկեշտության վերջին մնացորդին:

Անուշն աշխատում էր լուրջ ձևանալ, զսպելով կրքերը, բայց իզուր: Նա խոսում էր Ալիմյանի հետ կողմնակի բաների մասին, բայց միտքը զբաղված էր սիրուն գերմանուհով: Որքան Միքայելն անտարբեր էր ձևանում, այնքան տիկինը տաքանում էր: Նա սկսեց դարձյալ խոսել իր ընտանեկան դառն դրության մասին առանց այլ՛ս զսպելու իրեն: Մերթ հառաչում էր, գլուխը կրծքին թեքելով, մերթ ձեռով վճռական շարժումներ անելով, արտասանում էր. «Է՛հ, ինչ արած», կամ «աշխարհի երեսին անհոգս մարդ չկա» և այլն, և այլն:

Միքայելը դարձյալ անտարբեր էր: Նա գտել էր տիկնոջ թույլ երակը: Նա հրաժեշտ տվեց, ասելով, որ իրեն սպասող կա և դուրս գալիս մի հեգնական ժպիտ պարգևեց տիկնոջը:

Այդ օրը երեկոյան Անուշը, իր ննջարանում առանձնացած, խորհում էր ապագայի մասին: Անտանելի էր այլևս կենակցությունը Պետրոսի հետ: Երեխա էր, սխալվեց, խաբվեց: Քի՞չ են խաբվում կանայք, նա էլ խաբվեց, մի՞թե մինչև մահ պիտի տուժի — Պետրոսն է մեղավոր ոտից մինչև գլուխ և դեռ նա է միայն դավաճանում: Ո՞ւր է արդարությունը: Ո՛չ, Անուշը չի կարող այլևս կոպիտ, տգեղ, զզվելի մարդու հետ ապրել: Նա կգնա թեմական առաջնորդի մոտ, կընկնի ոտները, կաղաչի, որ նրա համար Էջմիածնից ապահարզանի իրավունք բերել տա: Եթե ճրի չի միջամտիլ, Անուշը կկաշառի նրան: Այդ հոգևորականները — փողով միշտ միացնում են անմիանալին և բաժանում անբաժանելին:

Սակայն դա Անուշի ուղեղի վերջին խոսքն էր: Այնուհետև կրքերն ամբողջովին կլանեցին նրան, ճիշտ այնպես, ինչպես ինը տարի առաջ: Միքայելի շինծու անտարբերությունը դարձավ նրա համար անվերջ տանջանքների աղբյուր: Պետք էր մի կերպ վերջ տալ այդ տանջանքներին: Եվ վերջ տվեց:

Օրերն անցնում էին, Անուշն ու Միքայելը ծծում էին բուռն կրքերի արբեցուցիչ հյութը: Չէին մտածում իրենց արածի մասին, չէին անգամ խոսում: Միրո հարատև ջերմությունը և կրքի անցողիկ հուրը դարձել էին հոմանիշ: Կյանքի երջանկությունը զգում էին փոխադարձ խոլական հեշտանքի մեջ: Առանց մտածելու արտասանում էին. «սիրում եմ», և հավատացած էին, թե սիրում են, թե հենց այդ է իսկական սերը, որ դրվատում են վիպասանները և աստվածացնում բանաստեղծները:

Սակայն փոքր առ փոքր իրականության շողերն սկսեցին մուտք գործել մթագնած ուղեղների մեջ: Անցավ բուռն հեշտանքի պահը, և մի օր Անուշը փոքր-ինչ սթափվեց: Այժմ միայն սկսեց պարզ ակնարկել Միքայելին այն բանի մասին, որի վերաբերմամբ կամեցել էր խոսել, հանդուգն քայլն անելուց առաջ և չէր վստահել խոսելու: -Նա ուզում է բաժանվել Ղուլամյանից և...

Եվ չշարունակեց, առաջին անգամի համար այսքանն էլ բավական էր: Մի՞թե Միքայելը չի հասկանում, չգիտե՞, թե կինն ինչպես կարող է տանջվել, ապրելով չսիրած մարդու հետ միևնույն հարկի տակ, սրտով ու հոգով նրանից բաժան, ուրիշին նվիրված:

Միքայելը լուռ լսեց նրա ակնարկը, ապա զրկեց, համբուրեց և դուրս եկավ: Եվ այդ օրից նրան պաշարեց անսովոր մտահոգություն: Անուշի ցանկությունը — բաժանվել մարդուց — նրան նեղը զցեց: Ի՞նչ հիմարության, հա՜, հա՜, հա՜, խլել մարդուց նրա օրինական կնոջն ու հետը ապրել: Ի՞նչ կասի հասարակությունը: Եվ այն էլ մի կնոջ հետ, որ, հա՜, հա՜, հա՜, երկու երեխա ունի, որ արդեն ինը տարի է ամուսնացած է և թարմությունը կորցրած...

Քնքո՜ւշ բեղիկներ, ինչո՞ւ այս խորհրդածությունների ժամանակ կորցնում էիք ձեր հրապույրը: Ինչո՞ւ Անուշը դառնում էր մի առօրյա, սովորական էակ, նման մյուս կանանց, առանց արտաքո կարգի արժանիքների: Նմա՞ն: Ո՜չ, այդ էլ սխալ է...

Ահա թե ինչ պատահեց մի օր: Համբուրելով Անուշին, Միքայելը հանկարծ շրթունքների վրա զգաց մի անախորժ խտղտում և նույն վայրկյանին բաց թողեց տիկնոջ գլուխը, որ անզոր թեքված էր իր կրծքին: Նայեցին միմյանց երեսին: Անուշը սովորաբար աշխատում էր Միքայելի դեմքի վրա և աչքերի մեջ կարդալ նրա հոգու ելևէջները: Այս անգամ, սակայն, չգուշակեց նրա իսկական զգացումը: Նրան թվաց, որ երիտասարդը պատրաստվում է նոր թափով հարձակվել իր վրա, այնպես, ինչպես սովորաբար անում էր, գրկել, համբուրել: Եվ նա ինքը հարձակվեց, գրկեց ու սկսեց խելագարի պես համբուրել:

Միքայելն աննկատելի աշխատում էր չդիպչել նրա շրթունքներին: Թվում էր նրան, որ բեղիկների անախորժ շփումն այս անգամ կզրգի ավելի զգալի ձևով հրել իրենից Անուշին: Եվ այն ժամանակ, հարկավ, տիկինը պիտի վիրավորվեր ու վշտանար: Ի՞նչ անբնական երևույթ: Զարմանալի է, այո, զարմանալի, որ հենց այդ բեղիկները նրան խելքից հանեցին: Ի՞նչ անբնական երևույթ, ի՞նչ ծաղր բնության: Կինը պետք է կին լինի իր բոլոր արտաքին հատկանիշներով. իսկ բեղիկնե՞րը... ֆո՜ւ... Իսկ այդ կոպիտ բարիտո՞նը... ֆո՜ւ...

Բոցակեզ կրքերի հնոցի մեջ այդ վայրկյանները միայն ծխի մութ կետեր էին, որ հայտնվում էին և իսկույն չքանում: Իսկ հնոցը վառվում էր դեռ նախկին ուժով: Պատահում էր, որ Միքայելը քիչ էր մնում իր գրկի մեջ խեղդեր Անուշին, եթե միայն ուժը պատեր խեղդելու: Եվ երբ բաժանվում էր նրանից, սիրտը լցվում էր ինքնագոհության շլացուցիչ զգացումով: Բաա՜, նա մի անդիմադրելի, սրտակեր արյուծ է, մի անզուգական դև, որի հրապույրն ընդունակ է կուրացնել ամենաառաքինի կանանց ու ձգել նրա գիրկը, ինչպես ձգեց այդ կնոջն այդպես շուտ և այդքան հեշտ... Ինչո՞ւ, ուրեմն, միայն այս հաղթությամբ բավականանալ և ավելի հեռու չգնալ...

XI

Անցել էր երկու շաբաթ Քյազիմբեգի մոտ տեղի ունեցած օրգիայից: Այդ օրից Սմբատին չէր հաջողվում Միքայելին տեսնել տանն այնպես, որ կարողանար հետը լրջորեն խոսել կոնտր-կտակի մասին: Ճշմարիտ է, խնջույքի հետևյալ օրը Միքայելը նրան դրականապես հայտնել էր, թե դիմում է դատարան, բայց մինչև այժմ դեռ այս մասին լուր չկար:

Տասը տարի էր Միքայելը գիշերը ցերեկ և ցերեկը գիշեր էր դարձրել: Տուն էր գալիս գիշերվա երեքչորս ժամից ոչ առաջ, քնում էր մինչև երեկո, զարթնում, մի բաժակ թեյ խմում և անհայտանում: Թե ուր և որպիսի կյանք էր վարում — այժմ այդ գաղտնիք չէր Սմբատի համար: Այժմ նա ճանաչում էր այն սպանիչ մթնոլորտը, ուր հալվում էր նրա եղբոր երիտասարդ կյանքը:

Նա ուզում էր տեսնվել Միքայելի հետ և խնդիրը լուրջ հողի վրա դնել: Կոնտր-կտակը կրում էր հանգուցյալի իսկական ստորագրությունը: Նա ինքն ասաց Միքայելին, թե կեղծիքը, եթե իրավ կեղծիք է, շատ ճարպիկ է ձեռնարկված: Նա եղբորն ընդունակ չէր համարում այդչափ վտանգավոր խարդախության: Եվ համոզված էր, որ ուղիղ ճանապարհից շեղողն այս դեպքում փեսա Մարութխանյանն է. մի մարդ, որին ատում էր ամբողջ հոգով: Այդ մարդը ոչ միայն Միքայելին և Արշակին էր լարել նրա դեմ, այլև իր կնոջը: Գրեթե ամեն օր Մարթան գալիս էր մոր մոտ և բողոքում, որ Սմբատը «խլել է» նրա մասը ժառանգության: Մի անգամ նա այս մասին խոսեց Սմբատի հետ և ասաց մի քանի կոպիտ խոսքեր: Քույր և եղբայր վշտացրին միմյանց, և Մարթան դուրս եկավ ծնողների տնից արտասուքն աչքերին:

Նույն օրը Սմբատը վճռեց տանը մնալ, սպասել Միքայելի զարթնելուն: Իրիկնադեմ էր արդեն, երբ վերջապես սպասավորը հայտնեց, թե Միքայելը զարթնել է: Սմբատը շտապեց նրա սենյակը: Միքայելը մետաքսե խալաթը հագին, թեյ էր խմում: Նա ընդունեց եղբորը գլխի թեթև շարժումով, որպես մի օտար ու աննշան հյուրի: Գունատ էր, ինչպես միշտ, աչքերի տակերը կապտած, երեսը թորշոմած:

Սմբատը խնդրեց նրան մի անգամ էլ ցույց տալ կտակը: Միքայելը ասաց, թե կտակը մոտը չէ, այլ դատարանում, սակայն մի քանի րոպե անցած հանեց գրպանից բանալիների կապոցը և բաց արավ սեղանի անթիվ դարաններից մեկը:

Սմբատը հանեց ծոցի գրպանից հոր մի քանի ստորագրերը զանազան պայմանագրերի և հաշիվների տակ, ուշադիր համեմատեց կտակի ստորագրության հետ: Մազու չափ տարբերություն չկար: Նույն գլխատառերը, տառերը, ընդգծումը և նույն երկայնությունը ստորագրի: Կասկածի վերջին նշույլը պիտի փարատվեր: Բայց մի բան դարձյալ շփոթեցնում էր Սմբատին: Եթե արդարև ճիշտ է կտակը, ինչո՞ւ ուշացնում են և չեն ներկայացնում դատարանին, չէ որ նա մի քանի անգամ դրականապես հայտնել է, թե կամավոր մի թուլյ զիջումն անգամ մտադիր չի անելու: Եթե Միքայելը տատանվում է, Մարութխանյանը չպիտի տատանվի — այդ մարդու համար գրպանի շահը բարձր է բոլոր ազգակցական և բարոյական շահերից:

Միքայելը դարձյալ առաջարկեց նրան հաշտությամբ գործը

վերջացնել: Եվ նա այս անգամ էլ դրականապես մերժեց: Բանն այն է, որ քաղաքում արդեն լուր էր տարածվել, թե նա ապօրինի է տիրացել հայրական ժառանգությանը: Պարզ էր, որ եթե զիջողություն աներ, մարդիկ ավելի պիտի համոզվեին, թե իրավ նա ապօրինի ժառանգ է: Նա սկսեց համոզել Միքայելին, թե դատարանը կապացուցանի կոնտրկտակի կեղծիքը, և նա կկորչի իր դաշնակցի հետ: Այդ դաշնակիցը վտանգավոր մարդ է, փույթ չէ, որ նրանց փեսան է: Նա իր ամբողջ կարողությունը դիզել է խարդախ միջոցներով:

— Ես Մարութխանյանին շատ լավ եմ ճանաչում, — ընդհատեց Միքայելը, — բայց այս դեպքում նա խարդախ չէ: Վերջապես, ի՞նչ գործ ունեմ նրա հետ. ես ուզում եմ լինել հարուստ, ինքնագլուխ, ազատ, և ոչ թե քո ողորմելի պրիկաշչիկը...

— Կատարիր մեր հոր կամքը և կլինես ինձ հետ հավասար ժառանգ:

— Այսինքն՝ ամուսնանամ, հա՜, հա՜, հա՜: Դու շա՞տ բախտավոր ես, որ ինձ խորհուրդ ես տալիս ամուսնանալ: Հը՞մ սրտիդ հիվանդ տեղին դիպա, հաա՞: Էէ՜, բարեկամ, որքան ուզում ես ինձ շաղլատան համարիր, բայց ես էլ քիչ թե շատ խելք ունիմ:

— Ես բախտավոր եմ իմ զավակներով:

— Զավակներո՞վ, — այդ կարող է լինել, բայց շատ քիչ է: Ինչո՞ւ չես ասում «և նրանց ծնողով»: Դժվար է, չէ՞: Այո՜, որով Հետև սուտ ասած կլինես:

— Իմ կինը շատ խելոք և առաքինի կին է:

— Հենց քո դժբախտությունն էլ այդ է: Եթե խելոք և առաքինի չլիներ, հանգիստ խղճով կարող էիր երես դարձնել, իսկ այժմ վախենում ես հասարակական կարծիքից...

— Ես հասարակական կարծիքից երբեք չեմ վախեցել, ապացույց, որ հենց հակառակ այդ կարծիքի եմ ամուսնացել:

— Ուրեմն զավակնե՞րդ են արգելում: Տեսնո՞ւմ ես. որ կողմ նայում ես — թարսություն: Մեկը զավակներին է սիրում, կնոջն ատում, մյուսի կինն է դավաճանում՝ երրորդ՝ ուղղակի չի հաշտվում կնոջ բնավորության հետ: Եվ այսպես, որ կողմ նայում ես — ընտանեկան դրամա: Իսկ դու ուզում ես, որ ես էլ մի այդպիսի խղճալի հերոս դառնամ: Ո՜չ, բարեկամ, ավելի լավ է շաղլատան մնալը: Վերջապես, ինչի՞ս է հարկավոր կինը, քանի որ ուրիշների կանայք կան: Հենց այսօր, մի ժամից հետո ես կլինեմ ուրիշի կնոջ մոտ...

— Միքայել, քո անբարոյականությունը չափ չունի...

— Ի՞նչ, ինչ ասացի՞ր, անբարոյականությո՞ւն, հա՜, հա՜, հա՜: Հիանալի բառ: Գիտե՞ս ինչ, սիրելիս, զալուդ օրից դու իմ վերաբերմամբ բռնել ես ուսուցչի դիրք: Իհարկե, իրավունք ունես, քանի որ, հա՜, հա՜, հա՜, օրինավոր կտակի մեջ մեր հայրը քեզ վրա պարտք է դրել՝ ինձ ուղիղ ճանապարհի բերել: Բացի դրանից, չէ՞ որ մեծ եղբայրս ես, այն էլ մեծ ուսումով: Իսկ ես ո՞վ եմ: Թերուս, տգետ, անբարոյական: Բայց լսի՛ր. ես ատելով ատում եմ այն բանը, որ մտքումդ ինձ համարում ես փչացած:

Այն երեկո Աղիլբեկովի տանը արյունս գլխովս էր տալիս, երբ ինձ վրա ներողամիտ — ցավակցական հայացքներ էիր ձգում: Զգում էի, որ դու մտքումդ ինձ խղճում ես: Օ՛, շատ եմ տեսել քեզ պես հերոսներ: Ահա մեր քաղաքի բոլոր բժիշկները, իրավաբանները, ինժեներները, նրանք էլ են խոսում ուրիշների բարոյականության մասին, քանի որ նոր են, իսկ հետո, երբ մտնում են կյանքի մեջ, երեսներն ուռցնում են ու կարմրեցնում, բարոյական սկզբունքները թափում են ծովը, գրպանները լցնում, ուղեղները դատարկում: Ընկերանում են երեկվա մաքսանենգին էլ, իրենց աղաներից գողացած փողերով մարդ դարձած պրիկաշչիկներին էլ, կեղծ սնանկացածներին էլ, անկեղծ ապուշներին էլ, ինձ նման փչացածներին էլ: Մտնում են միևնույն ճահճի մեջ և, երևակայելով, որ ժամանակի թևերի վրա եթերք են բարձրանում, օր-օրի վրա խրվում են մինչև իրենց կոկորդը: Նայիր, սիրելիս, իդեալներ կունենաս, չլինի նավթահորի մեջ թաղես, զգո՛ւյշ, և միայն քո մասին մտածիր... Ցտեսություն, ես պիտի գնամ ուրիշի կնոջ մոտ... Իսկ կտակը... իսկական է: Եթե չես ուզում դատարանները քաշքրշեն քեզ, առայժմ վաղը ինձ համար պատրաստիր հինգ հազար ռուբլի... Ցտեսություն...

Նա անցավ ննջարանը՝ հագուստը փոխելու:

Սմբատն աչքով ուղեկցեց նրան մինչև դռները, ուսերը թոթափելով: Արդյոք, դա մի գեղեցիկ պաճուճապատանք չէ ասեղներով լի, որին պիտի զգույշ մոտենալ՝ ձեռները չխայթելու համար: Ինչևէ, այդ երիտասարդը զուրկ չէ խելքից, նույնիսկ սրամտությունից: Բայց այնուամենայնիվ Սմբատը չի խաբվիլ այդ խարդախ թղթով, կպահպանի իր իրավունքները: Չի խաբվիլ և՛ այդ պերճախոսությունով, կաշխատի ուղիղ ճանապարհի բերել հարազատ եղբորը:

Մյուս օրը Միքայելը մտավ գրասենյակ և կրկնեց, թե իրեն հինգ հազար ռուբլի է հարկավոր: Սմբատը մերժեց:

— Շատ լավ, — ասաց Միքայելը, — Մարութխանյանից կվերցնեմ ապագա ժառանգությանս հաշվին:

Այդ օրից երկու եղբոր հարաբերություններն ավելի լարվեցին: Մարութխանյանն անընդհատ գրգռում էր Միքայելին ոչ այնքան դատ բանալու եղբոր դեմ, որքան ձանձրացնելու ամեն օր կռնտր-կտակի միջոցով: Այդ մարդուն կատաղեցնում էր Սմբատի սառնությունը, և նա գիշեր-ցերեկ խորհում էր, ի՞նչ միջոցներ գտնի հակառակորդին հաղթելու համար: Մի՞թե Սմբատը պիտի անպատիժ վայելի այդ ահագին հարստությունը, նա, որ չի աշխատել, չի մտածել և հանկարծ տիրացել է միլիոնների: Ո՛չ, դա անարդարություն է, և Մարութխանյանը երբեք չի թույլ տալ այդ տղային հանգիստ վայելելու հայրական փողերը: Նա գիտեր, որ Սմբատն ատում է իրեն, մտքում համարելով խարդախ: Եվ այս հանգամանքն ավելի էր բորբոքում նրա թշնամական զգացումը: Սակայն նա չէր կորցնում իր սառնարյունությունը և արտաքուստ տակավին վարվում էր Սմբատի հետ բարեկամաբար: Իսկապես նա ինքը հույս չուներ կոնտր-կտակի զորության վրա: Դա մի միջոց էր Սմբատին վախեցնելու և զգելու, որ գեթ մասամբ զոհացնի իր քրոջը, տալով նրան ժառանգությունից մի որևէ մաս: Մյուս կողմից՝ կտակը հնարել էր. Միքայելին իր ձեռների մեջ առնելու համար, և արդեն առել էր: Այժմ նրանք իբրև դաշնակիցներ կապված էին այլևս խարդախ ձեռնարկության բոլոր հետևանքներով և Մարութխանյանը զգում էր, որ Միքայելն առանց նրան ոչ մի քայլ չի կարող անել: Իսկ այս հանգամանքը ձեռնտու էր նրան մի այլ նպատակի համար: Նպատակ, որին հասնելն ավելի դյուրին էր համարում, քան Ալիմյանի ժառանգությունից մի բան ստանալու և գուցե ավելի արդյունավետ...

Մարութխանյանը քաղաքում վայելում էր հարգանք: Թե ինչ անցյալ էր ունեցել և ինչ միջոցներով հարստացել — այս մոռացվել էր բոլորի կողմից: Նա բավական հայտնի գործարանատեր էր, խելոք վաճառական — այսքանը հերիք էր: Նա գիտեր իր դիրքը պահպանել բոլորի մոտ և ոչ մի առիթ ձեռքից բաց չէր թողնում՝ իր վարկն այսպես կամ այնպես բարձրացնելու համար:

Ահա այսպիսի առիթ համարեց նա թեմական առաջնորդի ներկայությունը և մի օր նրան հրավիրեց ճաշի իր գործարանը, որ գտնվում էր Սև քաղաքում:

Սև քաղաքը, արդարև, սև էր, որպես կախարդական մի աշխարհ, որ կրում էր իր վրա աստվածային անեծքի դրոշմը, գիշեր-ցերեկ ծխնելույզներից առատորեն դուրս սլացող մուրը ներկում և ապականում էր ամեն ինչ, որ կար այստեղ, սկսած շինանյութերից մինչև երկինքն ու թռչունները: Մթնոլորտը մշտապես տոգորված էր թանձր ծխով, որի միջով արեգակի ճառագայթները հազիվհազ տարածում էին երկրի վրա մի տեսակ պղնձագույն լույս: Փողոցները լի էին նավթային փոսերով ու ճահիճներով, որ շրջապատված էին ամեն տեսակ աղտեղություններով: Այստեղ մրից սևացած խոզերը խրխնջալով ու միմյանց դնչահարելով, ուտելիք էին որոնում, իսկ չքավոր կանայք դույլերով նավթ հավաքում: Գետնի երեսին և գետնի տակ տարածված էին անթիվ մետաղային խողովակներ: Լսվում էր նրանց միջով հոսող նավթի ձայնը, որ հիշեցնում էր մերթ ծղրիդների երգը գիշերային խավարի մեջ, մերթ մուրճի ծանր հարվածները մի աներևույթ դարբնոցում: Դա նավթային արդյունաբերության զարկերակներն էին — բյուրավոր մարդկային էակների դժոխային աշխատանքի և միայն մի քանի տասնյակ բանվորների հարստության չափ:

Մարութխանյանի գործարանը գտնվում էր Սև քաղաքի կենտրոնում: Դա մի ընդարձակ շինություն էր, զանազան բաժանմունքներով: Բակը շրջապատված էր մարդու հասակից քիչ բարձր քարե պարսպով և լի անթիվ պարագաներով: Երևում էին երկաթե նավթային շտեմարաններ, լայն, բարձր, գմբեթաձև, այս ու այն կողմ ձյուղավորված խողովակներ գետնի վրա և օդի մեջ, ջրմուղներ, կոտրած կաթսաներ, ինչ-որ անիվներ, ծորակներ: Մերթ ընդ մերթ շինություններից դուրս էին գալիս ինչ-որ մարդկային էակներ, կեղտոտ, ոտից մինչև գլուխ թաթախված սև հեղուկի մեջ, կիսամերկ, մռայլ, որպես վայել էր սև աշխարհի բնակիչներին:

Մի երկհարկանի տան ընդարձակ պատշգամբի վրա ժողովվել էին քաղաքի հայտնի հայ գործարանատերերը, հանքատերերը, խանութպանները, առևտրականները և ինժեներները:

Նորին սրբազանությունը չէր երևում: Հյուրերը նրան էին սպասում, որ սեղան նստեն: Այստեղ էր և Միքայելը՝ իր բոլոր ընկերների հետ: Մարութխանյանը ոչինչ չէր խնայել ճաշը կարելիին չափ բազմամարդ և շքեղ դարձնելու: Նա հրավիրել էր նույնիսկ թղթակից Մարզպետունուն, այն մտքով, որ ճաշի նկարագրությունը տպվի լրագրում:

Այստեղ էր նաև Պետրոս Ղուլամյանը: Միքայելն անվրդով մոտեցավ նրան, սեղմեց ձեռը, հարցրեց առողջության, ընտանիքի և գործերի մասին: Պետրոսը հաճույքից հալվում էր, որ միլիոնատերի որդին այնքան ուշադիր է դեպի մի հասարակ խանութպան: Բայց որովհետև ավելի գործնական էր, քան փառասեր, ուստի դարձյալ ակնարկեց նավթային հողի մասին: Եվ Միքայելն այս անգամ խոստացավ Սմբատի նոր գնած գետնից մի կտոր էժան գնով տալ նրան, խանութպանի աչքերը փայլեցին շահամոլության կրքից:

Նորին սրբազանությունը ժամանեց: Հյուրերը հրավիրվեցին նստել սեղանի քով, որ երկու շար բացված էր մի ընդարձակ դահլիճում: Սեղանապետ ընտրվեց Սրաֆիոն Գասպարիչ, որը հագել էր նոր մունդիր, երեսը նոր սափրել տվել, և բեղերը սանրել առանձին խնամքով:

Միքայելն իր ընկերների հետ բռնեց սեղանի վերջին անկյունը: Այստեղ նրանք կարող էին ազատ խոսել, ծիծաղել, զվարճանալ: Միայն Պապաշան թույլ չտվեց իրեն նրանց միանալ և իբրև ամենահարուստ ու ամենապատվավոր հյուր, տանտիրոջ առաջարկությամբ, նստեց սրբազանի մոտ: Այսօր նա տրամադրված էր շատ լուրջ: Շրջանը նեղ ընկերական չէր, այլ հասարակական, իսկ նա ամբողջ քաղաքում հռչակված էր ազգասեր, բարերար և հասարակական շահերի անկեղծ նախանձախնդիր... Երբ սեղանապետն առաջարկեց սրբազանի կենացը, Պապաշան կամեցավ «երկու խոսք» ասել և ոտքի կանգնեց:

— Սրբազան, ըըը, պարոններ, ըըը, — սկսեց նա, — մունք հայերս դե որ լա՛ ըըը մի եկեղեցի օնինք:

— Օնինք, — շնչաց Գրիշան ընկերական շրջանում:

— Ես լա ընդրա հարազատ զավակը լինելով, ասում եմ, վրեր ըըը պարտավոր ենք պաշտել, ըըը, դրա համար էլ խմում եմ լա...

— Դարդուբալա՛, — շշնչաց դարձյալ Գրիշան:

— Ընդրա ըըը բսպասավորին կենացը, ցանկանալով ըը, վրեր...

Պապաշան կանգ առավ, նայեց սեղանապետի բեղերին: Այնտեղ խոսքեր չգտնելով, ցուցամատը սուզեց գինով լի բաժակի մեջ, ուր լողում էր մի ճանճ:

— Մի խոսքով, — շարունակեց, ձանձը մատի ծայրով զցելով հատակի վրա, — ինչ ըրը գլուխներդ ցավացնեմ ըրը լա մեր սրբազանին կենացը, խնդրում եմ, լոխ էլ երկենաք ոննի...

Բոլորը տեղերից բարձրացան, գոչելով.

— Կեցցե՛ սրբազանը, կեցցե՛ Առաքելյանը...

Սրբազանն առաջարկեց «տեղական համայնքի» կենացը: Նույնպես ատենաբանեց: Դրվատեց «համայնքին», գովեց նրա «ընտիր դասի» ազգասիրությունը, բարեսրտությունը, առատաձեռնությունը, առաքինությունը, անհուն խելքը:

— Ձո՞ւյզ, թե՛ կենտ, — հարցնում էր Մոսիկոն Մելքոնին:

Հետո սրբազանը դարձավ նոր սերնդին, խոսեց երիտասարդության մասին, հայտնեց իր համոզմունքն էլեկտրական լույսի վերաբերմամբ, համեմատեց նրան տեղացիների խելքի հետ: Ասաց, թե տեղական երիտասարդությունը բոլոր հայ երիտասարդությունից լուսամիտ է, աստվածավախ է և հզորամիտ:

Այդ միջոցին Գրիշան չարաչար հայհոյում էր օպերետային դերասանուհուն, որ դավաճանել էր նրան: Մելքոնը գանգատվում էր, թե մի շաբաթ է իր կինը հիվանդ է, և ինքն ստիպված է երեկոները տասը ժամից հավի պես տանը թառ լինել: Իսկ Մոսիկոն համոզում էր նրանց երեկոյան «մի թեթև վերտուշկա» սարքել:

Սրբազանը նստեց տեղը, քրտինքը սրբելով:

Դարձյալ քանի մի ընդհանուր կամ պաշտոնական կենացներ, և սեղանը տաքացավ: Հերթը հասավ ազատամիտ Տեր-Աշոտին և պահպանողական Տեր-Սիմոնին, որոնք միմյանց ջգրու առաջարկում էին իրենց հարուստ ծխականների կենացը:

Մարզպետունին սաստիկ չարացել էր մտքում: Ոչ ոք չէր առաջարկում մամուլի կենացը: Այնինչ, նա արդեն մտքում շարադրել էր այս մասին ատենաբանություն, որ պիտի ասեր իբրև մամուլի ներկայացուցիչ:

Շշնջյուն տարածվեց, թե Պապաշան մտադիր է սեղանի տակ միջոցին ստորագրություն բանալ Էջմիածնի օգտին:

Արդարև, շատ չքաշեց, նա ոտքի կանգնեց և սկսեց ատենաբանել: Խոսքերը քանի զնում ուժով էին դուրս գալիս կոկորդից, մերթ նայում էր բաժակին, մերթ սրբազանի վեղարին, մերթ փողկապն ուղղում: Ճառի միտքը հասկանալի էր. ստորագրության թերթը դրած է սենյակի անկյունում, կլոր սեղանի վրա: Ցանկացողները թող մոտենան և ստորագրեն:

Ուրիշների փողերով ազգասիրություն է անում, — շշնջացին մի քանիսը: Ոմանք կամացուկ դուրս սլկվեցին: Նույնը կփափագեր անել և Մարութխանյանը, բայց ո՞ւր փախչեր իր տնից:

— Հարուստները չեն գալիս, զոռդ ի՞նձ է պատում, — ասաց նա Պապաշային, ակնարկելով Սմբատ Ալիմյանին, որ ներկա չէր ճաշին:

Մարզպետունին միանգամայն կատաղեց, երբ հայտնվեց, թե մի քանի րոպեում ստորագրվեց մի քանի հազար ռուբլի: Ինչո՞ւ միշտ Էջմիածնին: Պետք է վերջ տալ այդ «մուրացկանությանը»: Եվ նա հուշատետրը ծոցից հանեց: Այդ միջոցին խորամանկ Պապաշան ինչ-որ շշնջաց նրա ականջին, և նա հուշատետրը ծոցը դրեց:

Ստորագրաթերթը հանձնեցին սրբազանին, որ և միանգամայն հափշտակվեց համայնքի «ընտիր դասի անհուն ազգասիրությամբ»: Ճաշն ավարտվեց սրբազանի պահպանիչով: Հյուրերը ցրվեցին:

Վերջին կառքում նստած էին Մարութխանյանը և Միքայելը:

— Ի՞նչքան ստորագրվեցիր, — դարձավ գործարանատերն իր աներձագին:

— Հարյուր:

— Հա՜, Հա՜, Հա՜,— ծիծաղեց Համարձակ, — ես երեք հարյուր, դու հարյուր, այ ինչ ասել է փող չունենալ: Եղբայրդ կարող էր տալ հազար... նա ունի, դու չունես...

Միքայելի ինքնասիրությունը վիրավորվեց:

— Լռի՜ր, — ասաց նա խստորեն:

— Մեր առջևի կառքում նստած Հաստավիզը ո՞վ է, — հարցրեց Մարութխանյանը, հանկարծ խոսքը փոխելով:

Գինին նրա վրա բարերար ներգործություն էր ունեցել, լեզուն բացվել էր:

— Պետրոս Ղուլամյանի վիզն է, — պատասխանեց Միքա քելը:

— Կեցցե՜ս, դոշաղ ես, աստված վկա, դոշաղ ես, — գոչեց Մարութխանյանը, և նրա կանաչ-դեղնագույն աչքերը խորհրդավոր ժպտացին:

Միքայելը շփոթվեց այդ աչքերի արտահայտությունից:

— Ոչինչ, — ավելացրեց Մարութխանյանը, — մարդ ենք, մահկանացուներ ենք, մի կարմրիր, ամուրի ժամանակ ես էլ շատ խաղեր եմ խաղացել:

— Բայց դու սխալվում ես տիկին Ղուլամյանի մասին, — ասաց Միքայելը, սակայն այն եղանակով, որ ցույց էր տալիս, թե Մարութխանյանի ասածը շատ էլ խելքից հեռու բան չէ:

— Ես չեմ սխալվում, ուրեմն, բարեկամս է սխալվում: Նա է քեզ տեսնում տիկնոջ մոտից դուրս գալիս: Ղուլամյանների հարևանն է: Հասկացա՞ր. լավ, մեր մեջ կմնա, մի՜ վախենար, շարունակի՜ր

— Կառքը կանգ առավ Ճանապարհի բերանին, որովհետև նրա առաջը կապեցին մի երկայն ձողով: Սուլելով ու թառանչելով, որպես մի կենդանի, մի հրեշ, անցավ շոգեկառքը, հետևից քարշելով նավթային վագոնների երկայն շարքը: Նրա սուլոցի ձայնը, գործարանների կաթսաների տակ վառվող կրակի և անթիվ խողովակներից դուրս սլացող շոգու բոմբյունը շփոթեցնում էին մարդու լռությունը: Թվում էր, որ այստեղ տեղի ունի ինչ-որ անիմանալի պատերազմ, և այդ խլացուցիչ ժխորի մեջ կռվում են բյուրավոր չար ոգիներ:

— Մտիկ արա, — խոսեց նորից Մարութխանյանցը, — աշխարհը կլանել է այդ Նոբելը, էլի չի կշտանում: Ղոչա՛ղ...

Նա ցույց էր տալիս մի ահագին գործարան, որ գրավել էր Սև քաղաքի կեսը:

— Սիրում եմ այդ տեսակ մարդկանց, — շարունակեց անսովոր եռանդով, սրելով հաստլիկ բեղերի առանց այն էլ սուր ծայրերը, — դիզում են, դիզում, էլի քաղցած են... Միայն ծույլերը կարող են նրանց ագահ համարել... Ունես, աշխատիր կրկնապատկել, եռապատկել, տասնապատկել: Քոնը քիչ է, խլիր հարևանիցդ, ընկերիցդ, եղբորիցդ: Ճանկերդ սրիր ու ընկիր աշխարհի հոգին հանիր, մի՛ նստիր ու պառավ կնոջ պես սրան ու նրան նախանձիր: Ո՞ր վաճառականը կարող է մի տերության հավասարվել: Կարդա՛ լրագիրները և տես, ո՞ր զորեղ տերությանն է մեր ժամանակում կուշտ: Տասը տարի առաջ ես մի նոտարիուսի օգնական էի և մասնավոր փաստաբան, այժմ կես միլիոն կարողություն ունեմ: Այո՛, ունեմ, չեմ թաքցնում: Ինչո՞ւ չպիտի աշխատեմ կեսը մեկ դարձնել, մեկը երկու, երեք, հինգ, տաս...

Նա շարունակեց նույն ուղղությամբ: Առաջ ամեն մի խանութպան վաճառական էր համարվում, ամեն մի կաթսայի տեր — գործարանատեր, ամեն մի կոտրած նավակ ունեցող — նավատեր: Այժմ ո՞վ է նրանց մարդու տեղ դնում: Այժմ փոքրերը կուլ են գնում մեծերին, իսկ մեծերը, փոքրերին անխնա ուտելով, օրեց-օր ուռչում են, փքվում ու մեծանում, ահա ինչու նա չի ուզում փոքր մնալ, որպեսզի այսօր-վաղը մի մեծ բերան նրան կուլ չտա ոստրեի պես...

— Փո՛ղ, փո՛ղ ու փո՛ղ, — գոչեց նա՝ ընկնելով մի տեսակ ինքնամոռացության մեջ: Նա է աշխարհի հավատը, սերը, աստվածը: Միխակ, բա՛ց արա աչքերդ, մի՛ թողնիր, որ եղբայրդ տանի հարստությունը ուտեցնի կնոջն ու զավակներին: Չոքի՛ր վզին, վախեցրո՛ւ կեղծ կտակով: Չի վախենում, դատ բաց արա անվախ: Ես զգույշ մարդ եմ, բայց էլի ռիսկ սիրող եմ, ով որ չգիտե ռիսկ անել, չի կարող մեծանալ, բայց զգույշ, էլի զգույշ: Գործ դիր բոլոր միջոցները, խլիր եղբորդ ձեռից հորդ միլիոնները: Բեր բաժանենք երեք տեղ, հետո էլի միացնենք, կազմենք մի մեծ ընկերություն, նոր նավթահորեր առնենք, նոր հորեր սկսենք փորել տալ, շինել տանք մի մեծ գործարան, գնենք նավեր, շոգենավեր: Բաց անենք աշխարհի բոլոր կողմերում գործակալություններ, սկսենք մրցել ամերիկացիների հետ, և մեկ էլ տեսար դարձանք նավթային թագավորներ: Մեր անունն օր-օրի վրա կտարածվի աշխարհի բոլոր կողմերում, բոլորը կխոնարհվեն մեր առջև, գլուխ կտան, կլիզեն մեր փեշերը: Այն ժամանակ կսկսենք նստել, վեր կենալ ոչ թե Թաթոս Մաթոսների, այլ Ռոտշիլդների, Վանդերբիլդների պես հսկաների հետ որոնց առջև մինչև անգամ տերությունները են խոնարհվում: Եվ հետո դու կտեսնես, թե ինչ ասել է իսկական կյանք:

Որքան նա ոգևորվում էր, որքան նրա ծրագիրները մեծանում էին,

այնքան ինքը փոքրանում էր կառքի վրա, այնքան կուչ գալիս Միքայելի մոտ և նմանվում մի մեծ տզրուկի, որ պատրաստվում է ծծել իր հարևանի արյունը: Վերջապես, նա բոլորովին կուչ եկավ, դարձավ մի կծիկ, գլուխը մոտեցրեց Միքայելի ծնկներին, բռնեց երկու ձեռներով նրա մի ձեռը, ամուր, սեղմեց և բերանը բաց արած, ձեռնասուն կապկի պես, նայեց նրա աչքերին, կարծես, ձգտելով ամբողջ էությամբ մտնել այնտեղ:

— Միխակ, Միխակ, — գոչեց նա, եղանակը փոխելով և գրեթե աղերսալի ձայնով, — Սմբատը խելոք տղա է, նա քեզ կխաբի, դու ազնիվ ես, բարեսիրտ, շուտ հավատացող: Նա կասի, «եղբայր, ե՛կ գործը հաշտ վերջացնենք մեր մեջ, Մարութխանյանին ոչինչ չտանք, մենք ունենք մեր հոր կարողությունը»: Կխոստանա ոսկու տոպրակներ և մի հատ գարի էլ չի տալ: Նա քեզ կթշնամացնի ինձ հետ, Մարթայի հետ, կխլի քրոջդ այն խեղճ երեխաների բերանի հացը, կտա իր կնոջը, երեխաներին: Նա կասի. «Մարութխանյանը խարդախ է», դու կհավատաս, միամիտ ես, կհավատաս: Բայց վկա է աստված, քեզ կխաբի... Զգույշ, զգույշ և զգույշ...

Կառքը հասել էր քաղաք: Մարութխանյանը շտապեց իրեն ուղղել գլուխը բարձրացրեց, ակնոցները դրստեց, բեղերը հարթեց և ընդունեց սովորական գոռոզ կերպարանքը:

Միքայելը, որ մինչև հիմա գրեթե բոլորովին լուռ էր և լսում էր փեսայի ընդարձակ ծրագիրները, արտասանեց.

— Չեմ թույլ տալ Սմբատին իմ գլխին իշխանություն բանեցնի: Արա ինչպես ուզում ես, ես կհետևեմ քո խորհուրդներին...

XII

Տիկին Անուշը շարունակ պնդում էր, թե պետք է անպատճառ ամուսնուց բաժանվի: Երդվում էր, թե անկարող է այլևս թաքցնել իր հանցանքը, թե մի ինչ-որ ուժ ամեն առավոտ նրան դրդում է ասել Պետրոսին բոլորը և միանգամից դեն ձգել սրտի վրա ծանրացող քարը: Միևնույն է, եթե ինքը չհայտնի, վաղ թե ուշ Պետրոսը պիտի իմանա: Արդեն, կարծես, սպասավորն ու աղախինը կասկածելի աչքով են նայում Միքայելի հաճախակի այցերին: Այսպես շարունակ անհնարին է. խաբելն այնքան դժվար չի եղել, որքան խաբեբայությունը թաքցնելը: Նա տանջվում էր հանցանքի ծանրության ներքո և կարծում էր, եթե խոստովանի ամուսնուն, կթեթևացնի իր տանջանքը:

Մի օր, երբ այս մասին խոսում էր, Միքայելը մատների ծայրով շփեց նրա ծնոտն ու ասաց.

— Անուշ, դու երեխա ես:

Եվ «երեխա» բառն արտասանեց այնպիսի փաղաքշական եղանակով, այնպիսի փափուկ ձայնով, որ Անուշի սիրտը լցվեց մեծ հաճույքով: Սիրականից մի քանի տարով մեծ կինը մոռացավ իր դրությունը, միայն այդ բառը լսելով: Եվ այդ օրից աշխատում էր երեխա ձևանալ Միքայելի մոտ. կռվում էր Անուշը կատակով, երեսը դարձնում էր պատին ու լալիս:

Սակայն մի օր նա դարձյալ խոսեց բաժանման մասին: Այս անգամ հայտնեց, թե պատրաստ է նույնիսկ երեխաներից ձեռ վերցնել, միայն թե Միքայելն իրեն պատկանի և ինքը — Միքայելին:

Խնդիրը քանի գնում, այնքան լուրջ կերպարանք էր ստանում: Հարկավոր էր մի որոշում կայացնել: Միքայելը բացատրեց, թե ինչ ասել է զավակներ, թե Անուշը մի օր անգամ չի կարող առանց նրանց խաղաղ ապրել, թե հասարակությունը կքարկոծի նրան, թե պիտի հեռատես լինել ապագան լավ կշռել և այլն, և այլն: Իսկ մի օր ավելի հեռու գնաց, ակնարկեց, թե պատրաստ է Անուշի հետ հրապարակորեն կենակցել, միայն վախենում է, որ տիկինը շուտով նրան էլ մոռանա և ատե, ինչպես ատում է այժմյան ամուսնուն: Աշխարհի երեսին հավիտենական սեր չկա, Միքայելն էլ շուտով կձանձրացնի Անուշին:

Այս արդեն մի կողմից ակնարկ էր, թե ինքը՝ Միքայելն էլ կարող է նրան մոռանալ, մյուս կողմից՝ վիրավորանք: Եվ Անուշի դեմքն աղավաղվեց չարությունից: Ա՜ա, ինչպես երևում է, Միքայելը կշտացել է նրանից, ուզում է գլուխն ազատել:

— Ճշմարիտ ես ասում, լավ կլինը իսկի չպիտի մոռանա իր երեխաներին, այն էլ քեզ պես մարդու համար:

Նա սկսեց ուժգին հեկեկալ, գլուխը դնելով թախտի վրա:

Միքայելը մոտեցավ, գրկեց, բայց չհամբուրեց: Արդեն մետաքսանման բեղիկները նրան թվում էին սուր ասեղներ, որ ամեն անգամ ծակծկում էին նրա երեսն ու շրթունքները: Մի ուրիշ անգամ նա, վերջապես, ձանձրանալով տիկնոջ թախանձանքից, խնդիրը դրեց պարզ: Ի՞նչ է Անուշն ինքն իրեն այդքան տանջում: Արժե՞ միթե, նա ոչ առաջինն է, ոչ էլ վերջինն է լինելու: Թող մտիկ անի չորս կողմը և տեսնի, ո՞ր հիմարն է այս տեսակ կոմեդիան դրամա դարձնում:

Միտքը շատ հասկանալի էր, ավելի բացատրելու կարիք չկար: Անուշը վրդովվեց, կատաղած բողոքեց, պահանջեց, որ Միքաքելն այսուհետև չհանդգնի այդ տեսակ վիրավորական մտքեր արտահայտելու: Նա չի կարող սիրուհի դառնալ, հասկանում է Միքայելը, նա անբարոյական չէ, ընկած չէ...

Այդ օրից Միքայելը դարձյալ մի շաբաթ չերևաց: Անուշն սկսեց մոռանալ վիրավորանքը, խորհեց սառնարյուն նրա ասածի մասին և փոքր առ փոքր հաշտվեց անհեթեթ մտքի հետ: Ճշմարիտ, որ նա ոչ առաջինն է, ոչ էլ վերջինն է լինելու: Քի՞չ կան թաքուն ուրիշների սիրուհիներ, առերես հավատարիմ ամուսիններ: Թող մեկն էլ նա լինի: Վերջապես, հենց այժմ մի՞թե ինքը սիրուհի չէ և մի՞թե, ամուսնուց բաժանվելով, կմաքրի իր անունը: Ընդհակառակը, այն ժամանակ բոլորը կծիծաղեն նրա հիմարության վրա:

Հանցանքը փոքր առ փոքր դադարում էր նրան ճնշել: Ո՞ւմ է դավաճանում: -Մի մարդու, որ արդեն յոթ ութ տարի է ինքը դավաճանում է նրան: Իրավունքները հավասար են, այն տարբերությամբ, սակայն, որ Անուշը գիտե Պետրոսի արարքները, իսկ Պետրոսը դեռ չգիտե Անուշի արարքը: Բայց այդպե՞ս է, արդյոք: Գուցե Պետրոսը գիտե...

Եվ Անուշը վախենում էր Պետրոսից, նրա երկյուղը ֆիզիկական էր ու ավելի զորեղ, քան բարոյականը:

Մի գիշեր, զանազան չար կասկածների տակ քնած լինելով, հանկարծ զարթնեց սարսափահար, բարձրաձայն գոռալով: Երազում տեսել էր, որ Պետրոսը, ձեռին մի դանակ, մոտենում է իրեն: Բարձրացրեց լամպարիկի պատրույգը, սենյակը լուսավորեց, նայեց աջ ու ձախ, ոտքի կանգնեց:

Պետրոսը զարթնել էր նրա ձայնից և վերմակի տակից լուռ դիտում էր շարժումները: Նրա ուռած այտերը այժմ ավելի փքված էին երևում, ճաղատ գլուխը փայլում էր լամպարիկի լուսո ներքո, կարմիր շրթունքներն արձակում էին քնարբի անճոռնի հնչյուններ: Անուշի աչքում դա մարդկային գլուխ չէր, այլ ինչ-որ այլանդակ գունդ: Տեր աստված, տեր աստված, ի՞նչպես կարողացավ մի այդպիսի մարդու գիրկն ընկնել: Թվում էր նրան, որ Պետրոսը միշտ այդպես է եղել, միշտ կարմիր, ուռած, տգեղ, հրեշ: Նա չէր հիշում այն ոչ այնքան գեր, աշխույժ արագաշարժ, վառվռուն գործակատարին, որով հափշտակվեց ինը տարի առաջ:

Երեսը զզվանքով հետ դարձրեց, պառկեց նորից անկողին:

— Քունդ չի՞ տանում, — լսեց հանկարծ ատելի ձայնը, որ սենյակի լռության մեջ նրա ականջներին հնչեց այնքան զզվելի, այնքան երկյուղալի, որ ցնցվեց, գլուխը բարձրացրեց:

Ոչինչ չպատասխանեց, երեսը շուռ տվեց պատին և գլուխը թաքցրեց վերմակի տակ: Քանի մի վայրկյան անցած, լսեց Պետրոսի բոբիկ ոտների ձայնը գորգի վրա: Վերմակը մի կողմ շպրտելով, վախեցած ոտքի կանգնեց, ինչպես կատաղի հուշկապարիկ:

Նրա կուրծքն ուժգին բարձրանում էր ու ցած իջնում, մազերը թափվել էին հաստլիկ ուսերի վրա, կոկորդի երակները կապտել էին և լարվել: Նա մի մարմնացած զզվանք էր: Մինչդեռ Պետրոսը ձուլված կիրք էր, ամեհի, անզուսպ: Մի քանի վայրկյան կանգնած էին դեմուդեմ լուռ, անշարժ ինչպես երկու հակառակ տարերային չար ուժեր: Անուշը հասկանում էր ամուսնու միտքը: Օ՜օ, զազան, ով գիտե մի ժամ առաջ ո ր սիրուհուդ ծոցումն էիր, իսկ այժմ...

Նա երկու ձեռով ուժգին հրեց իրենից մարդուն և անցավ մյուս սենյակը: Պետրոսը կամեցավ վազել նրա հետևից, բայց դռները մի վայրկյանում կողպվեցին, և նա մնաց կանգնած մենմենակ՝ վառված կրքերի հնոցի մեջ...

— Դու սիրական ունիս, — գոռաց նա և պառկեց անկողին։

Հետևյալ օրն Անուշը Միքայելին դիմավորեց արտասուքն աչքերին։ Փաթաթվելով նրա պարանոցին, հեկեկաց...

— Ազատի՛ր ինձ, ազատիր այդ մարդուց, զզվում եմ, վախենում եմ...

Այնինչ, Միքայելին արդեն սկսել էր ճնշել ապօրինի կապի հանցավորության զգացումը։ Կրքերը հագուրդ էին ստացել և տեղի տվել սառն մտախոհության։ Կուրացած միտքը զարթնել էր և արտահայտում էր իր իրավունքները։ Այն մարդը, որ բնավ պղտոր զգացումները կին էակի վերաբերմամբ վերլուծման չէր ենթարկել, այժմ հասկանում էր իր վատթար արարքը։ Նա հավատացնում էր Անուշին, թե սիրում է և գիտեր, որ սկսել էր զգալ դեպի նա զզվանքի պես բան։ Նա մտերմություն էր ցույց տալիս Գրիշային և զգում էր, որ գողանում է նրա պատիվը։ Նա ուզում էր հովանավորել Պետրոս Ղուլամյանին և զգում էր, որ հանդգնաբար ցեխի մեջ ոտնատակ է անում նրա ամուսնական առագաստը։ Քանի կարծում էր, թե հասարակությունը ոչինչ չգիտե, դեռ այնչափ անհանգիստ չէր։ Բայց Մարութխանյանը ձգեց նրան մտատանջության մեջ։ Այժմ հանդիմանում էր իրեն, որ եռանդով չհերքեց այդ մարդու կասկածը և նույնիսկ, կարծես, ակնարկով հասկացնել տվեց, թե իրավ է նրա ասածը։ Դա անկարելի թեթև անմտություն էր, տղամարդի ունայն սնափառություն։ Հաճելի է երևալ սրտակեր առյուծ, բայց հետևա՞նքը...

Նա դադարեց այցելել Անուշին։ Երեք օր անցած ստացավ մի նամակ այն ժամանակ, երբ տանն էր և ստացավ մոր ներկայությամբ։ Այրիի հարցին, թե ումի՞ց է, պատասխանեց, որ Պետրոս Ղուլամյանն է գրում։ Նա չէր կարող Ղուլամյանի անունը չհիշել, որովհետև նամակը ներս բերող սպասավորին՝ Անուշի աղախինին՝ ճանաչում էր։ Մտքում կատաղեց Անուշի դեմ, որ մի այդպիսի նուրբ հանձնարարության էր արել աղախինին։ Կարդաց նամակը և տխրեց։ Բովանդակությունը հուսահատական էր, գրելու եղանակն աղերսական։ Բարվոք համարեց չպատասխանել և ոչ էլ այցելել Անուշին։ Հույս ուներ այսպիսով սառեցնել տիկնոջը։

Սխալվում էր։ Կրքերն այնքան կլանել էին Անուշին, որ քանի գնում խելքը կորցնում էր։ Երկու օր անց Միքայելն ստացավ երկրորդ ծրարը։ Այս անգամ արդեն Անուշի հուսահատությունը չափ չուներ։ Այդպես շարունակել վտանգավոր էր։ Հարկավոր էր կուրացած տիկնոջ անտակտության առաջն առնել։ Միքայելը պատասխանեց, թե զբաղված է գործերով, ժամանակ չունի, թող Անուշը համբերի և այլն, և այլն։ Նամակի վերջում աղերսում էր վերջ տալ անմիտ թղթակցությանը։ Փառք աստծո, նրանք գիմնազիոնի աշակերտներ չեն, որ միմյանց սիրային նամակներով զվարճացնեն։

Եվ մի՞թե Անուշը չգիտեր, որ իր արածը երեխայություն է։ Բայց ա՛յլ էր մտքի պահանջը, այլ՝ կրքերի ուժը։ Տանջվել և լռել — Անուշի բնավորությանը հատուկ չէր։ Եվ ինչո՞ւ նա տանջվում է, թող Միքայելն էլ նրա հետ տանջվի: Չլինի՞ երիտասարդն այժմ կշտացել է և մտքում ծիծաղում է նրա թուլության վրա, պարծենում է հաղթությամբ սրա ու նրա մոտ: Ինչո՞ւ չի պատասխանում նամակներին, ինչո՞ւ, ինչո՞ւ:

Անվերջ կասկածներից Անուշն օր-օրի վրա դառնում էր մռայլ, մարդատյաց: Գոռում էր երեխաների վրա տեղի անտեղի, ծեծում, հալածում սենյակից սենյակ, շրթունքներն անխնա կրծոտելով սուր ատամներով: Անգործությանը նրա ամենապաշտելի կուլտն էր: Ինը տարվա ընթացքում տանը մի օր մատը մատին խփած չկար: Նստում էր ամբողջ ժամերով լուսամուտի առջև և, գլուխը ձեռի ափին հենած, նայում էր դեպի դուրս, այն դիմացի տան լուսամատներին, ուր բնակվում էր մարդուն դավաճանող գեղեցկուհին: Նա այժմ էլ նախանձում էր այդ կնոջը, որովհետև նրա սիրականը գրեթե ամեն օր այցելում էր: Իսկ ի՛նքը հազիվ սկսել էր ապրել, և ահա երանության գավաթը դեռ չպարպված, հանկարծ ընկնում է ձեռներից և փշրվում:

Անխիղճ, անաստված երիտասարդ... Ինչո՞ւ այդպես շուտ այդպես հանկարծ: Չլինի՛ մի ուրիշը քեզ հափշտակեց, և դու այժմ զվարճանամ ես նրա գրկում, Անուշին ծաղրելով: Օ՜օ, եթե կա այդպիսին, Անուշը նրա աչքերը եղունգներով կհանի, երեսից կշպրտի:

«Կանեմ, կանեմ, կանեմ», — կրկնում էր մտքում նա, մատները կծկելով աչքերի առջև: Անխի՛ղճ, դու չգիտի անպատիժ մնաս, չգիտի այն համոզմունքով ապրես, թե կարելի է սիրել կեղծ, անկեղծ սիրվելով, շուտով կոշտանալ, չկշտացրած, խաբել և երես դարձնել...

Նա մոտենում էր հայելուն, դիտում էր իրեն: Ախ, այս ի՞նչ է, խոշոր աչքերի տակ, բերանի անկյուններում, քունքերի վրա: Նաև սպիտակ մազե՞ր: Այդպես շո՞ւտ: Մի՞թե այս երկու շաբաթվա տանջանքներից: Տեր աստված, տեր աստված, ինչո՞ւ տղամարդիկ այդչափ անխիղճ են, ինչո՞ւ չգիտեն, թե որքան դառն է խաբող ամուսնու և խաբված սիրուհու վիճակը: Ինչո՞ւ, վերջապես, նրանց համար այդքան դյուրին է թիթեռի պես ծաղկից ծաղիկ թռչելը, իսկ կնոջ համար դժվար, անկարելի, գոնե պայմանավորված հարյուրավոր վտանգներով: Անուշը դուրս կգար հենց այս ժամին, զուգված, զարդարված, կգտներ խաբողին և հենց նրա աչքերի առջև թևը կտար մի ուրիշին և այսպես կպատժեր խաբողին:

— Տա՛ր այս երեխաներին, գլխիցս հեռացրու, — հրամայեց նա սպասավորին, աղախնի ձեռքով յոթերորդ նամակը Միքայելին ուղարկելուց հետո:

Այժմ նրանք թվում էին ավելորդ բեռ, անխորտակելի պատնեշ, որ կանգնած էին նրա երջանկության միջև: Գուցե հենց նրանք եղան պատճառ, որ Միքայելը վախեցավ, երես դարձրեց: Չէ որ տղամարդը խորշում է երեխաներ ունեցող կնոջից: Ախ, թշվառ դրություն, ինչո՞ւ հենց այն կանայք են զավակներ ունենում, որոնք ատում են իրենց մարդկանց: Ընտանեկան կյա՛նք — ահա մի հիմար բան, որ այսքան կաշկանդում է կանանց: Ի՞նչ է այժմ Անուշի ընտանեկան կյանքը. մի մթին բանտ, պաղ ոսկերոտիք, որ ոչինչ հյութ չի պարունակում նրա համար այլևս: Այնինչ, մի ինչ-որ անողոք ավանդություն, մի հիմար նախապաշարմունք նրա թևերն անխնա կտրտել է և միշտ շշնջում է. «դու մայր ես»: Զզվելի, քստմնելի կապանք: Չխորտակե՞լ արդյոք այս կապանքը:

Դռների հետևից լսվող քայլերի ձայնն ընդհատեց նրա մտքերը: Ուրախության զգացումը մի վայրկյան բաբախեցրեց Անուշի սիրտը, սպիտակ ատամները բացվեցին: Մի՞թե Միքայելն է և այսպես շուտ, տասը րոպե չկա, որ ուղարկեց վերջին նամակը, ուր աղաչում էր նրան գեթ մի քանի րոպեով գալ:

Դռներն արագ բացվեցին, և շեմքի հայտնվեց Պետրոսի կերպարանքը, ահեղ, ինչպես մարմնացած վրիժառություն: Աչքերը կայծեր էին արձակում, այն աչքերը, որոնց արտահայտությունը, թեև հրող, բայց երբեք երկյուղալի չէին եղել: Ուր է այդ կոշտ և ինքնագոհ խանութպանի դեմքի կարմրությանը, շրթունքների վրա մշտապես խաղացող ժպիտը, այն մեղրալի ժպիտը, որ հատուկ է մուշտարիներին քծնող խանութպանին: Եվ այդ ինչ ծրար է նրա ձախ ձեռքում, և ինչո՞ւ նրա լայն կզակը դողդողում է, որպես կենդանի մարմնից սրի մի հարվածով անջատված:

Անուշը ցնցվեց: Այդ լուռ կերպարանքի միայն մի հայացքը բավական էր, որ իսկույն ըմբռնի, թե, վերջապես հասել է սոսկալի պատասխանատվության րոպեն:

— Անառա՛կ, — մռնչաց Պետրոսը և մի քայլ առաջ դրեց, ձեռքի մեջ ճմրկտելով ծրարը:

Անուշը երեսը դարձրեց, առաջին շփոթմունքը թաքցնելու համար: Պետք էր մի բան հնարել:

— Անառա՛կ, — կրկնեց նույն ձայնն ավելի ահեղ:

Անուշն ինստինկտաբար գլուխը ձեռներով ծածկեց, մոտեցավ պատին: Պետրոսը բռնեց նրա հաստլիկ ուսերից ուժգին թափով երեսը դարձրեց իր կողմը:

— Սպասում ես, հա՞, տանջվում ես, հա՞, մեռնում ես, հա՞...

Նա բոլոր ուժով թափահարում էր կնոջը, կարծես ձգտելով, առանց բառերի, միանգամից դուրս թափել նրա ամբողջ զաղտնիքը:

— Դեհ, ասա՛, բոլորն ասա այս րոպեիս, բոլորը, շան աղջիկ...

Նա պահանջում էր, և միևնույն ժամանակ, հնարավորություն չէր տալիս բառ անգամ արտասանելու: Նա սկսեց խեղդել սարսափահար եղած կնոջը:

Շեմքի վրա երևաց աղախինը, որ երկյուղից դողում էր և գունատվել էր թղթի պես: Մոտեցավ, հետևից բռնեց Պետրոսի թևերից և, որքան ուժը ներում էր, հետ քաշեց: Պետրոսը հետ դարձավ, հրեց նրան պոռալով,

— Դու էլ օգնում ես, հա՞:

Նա վռնդեց աղախնին դուրս, դռները հետևից կողպեց:

— Ո՞ր ժամանակից է:

Անուշը լուռ էր:

— Ո՞ր Ժամանակից է, հարցնում եմ...

Նա այնպես ամուր սեղմեց Անուշի հաստ թևերը, որ խեղճ կինը ցավից ճչաց: Թող ինքը խոստովանի իր բերանով, այսպես է կամենում և հրամայում Պետրոսը: Դավաճանությունը ժխտել չի կարող, ահա փաստը — նրա մի քանի րոպե առաջ գրած նամակը: Աստված ինքն է օգնել Պետրոսին: Զուր չէին նրա կասկածները, որ այսօր այս անսովոր ժամին եկավ տուն: Ի՞նչպես, նա ամբողջ օրը խանութում արյուն քրտինք թափի, շան պես չարչարվի, սրան ու նրան գլուխ տա հինգ-տաս արշին բան ծախելու համար, հարյուր անգամ մեջքից թեքվի, վաղ աշխատի, պատիվ, անուն ստեղծի, իսկ կնիկն անառակությո՞ւն անի...

— Այդ մեր դավթարներում գրված չի, շան աղջիկ, մենք վաճառական ենք, նամուս ունինք...

Անուշը տակավին լուռ լսում էր, երեսը շարունակ դարձրած, աչքերը ձեռներով ծածկած:

Կրկին Պետրոսը նրա երեսը շուռ տվեց իր կողմը և բռունցքը բարձրացրեց գլխին:

Անուշը փորձեց ժխտել հանցանքը, բայց նամակը Պետրոսի ձեռքումն էր: Նա ասաց, թե դա սիրային նամակ չի, բայց բովանդակությունն ավելի քան պարզ էր: Նա սկսեց հավատացնել, թե դա մի կատակ է, թե ոչինչ լուրջ կապ չկա և չի եղել նրա ու այդ մարդու մեջ, բայց Պետրոսը երեխա չէր, ճանաչում էր Ալիխյանին, գիտեր, որ նա զուր տեղը երեխայական կատակներ չէր անում կանանց հետ:

Նա անողոք պահանջում էր, որ Անուշն ինքն իր բերանով խոստովանի հանցանքը, հակառակ դեպքում, խոսքերը նրա կոկորդից դուրս կբերի եղունգներով:

Անուշը համառում էր: Նրա գլխին իջավ բռունցքի առաջին հարվածը: Նա ճչաց: Հարվածին հետևեց երկրորդը: Լսվեց մի հուսահատական աղաղակ: Պետրոսը ծածկեց նրա բերանը մի ձեռով, մյուսով սկսեց հարվածներ տալ գլխին, ուսերին, կրծքին: Հետո գցեց հատակի վրա և սկսեց, մազերից ձգելով, քաշել այս ու այն կողմ:

— Ուշքի՛ եկեք, աղա, ուշքի եկեք...

Բանն այն էր, որ Պետրոսը չէր զգուշացել սենյակի երկրորդ դռները փակելու և տիրուհու հուսահատական աղաղակներին ներս էր վազել խոհարարը: Պետրոսն ուզում էր կնոջը խեղդել, և կխեղդեր, այնքան, կորցրել էր իրեն: Նրա թևերից բռնեցին, հետ քաշեցին: Եվ ո՛վ, խոհարարը, ի՛նչ անպատվություն, ի՛նչ խայտառակություն Պետրոս Ղուլամյանի անվան համար:

— Թո՛ղ ինձ, թո՛ղ ինձ, — գոռում էր Անուշը...

Եվ նա վազեց դեպի դռները: Նա ուզում էր Փախչել: Օ՜հ, ոչ, Պետրոսի ձեռքից փախչելն այնքան էլ դյուրին չէ: Ոչ մի քայլ այս սենյակից, առանց խոստովանելու, թեկուզ ծառաների ներկայությամբ: Է՜հ, միևնույն է, երևի նրանք առանց այն էլ բոլորը գիտեն...

— Ինչ ուզում ես արա, խեղդի՛ր, սպանի՛ր... ոչինչ չեմ ասի

— Կասես, կասես, շան ծնունդ...

— Մեղավորը դո՛ւ ես, ինը տարի ինձ տանջել ես, չեմ ապրել ոչ մի օր, ոչ մի օր...

— Ո՞վ էր քեզ ուժով այստեղ բերում, ինչո՞ւ եկար...

— Խաբվեցի, դու ինձ խաբեցիր...

Եվ, շունչն ուղղելով, նա ավելացրեց.

— Եթե ես մեկին եմ սիրել, դու հարյուրին...

— Լռի՛ր, անզգամ...

— Անզգամը դու ես, որ ինձ խաբել ես հազար անգամ, ես միայն մի անգամ... Սպանիր, եթե ուզում ես, բայց անզգամը դու ես: Չէ, չէ, չէ, դու քո երեխաները վերցրու քեզ, ես քո կնիկը չեմ, հերիք է, ինչքան տանջեցիր...

Նա դարձյալ քայլերն ուղղեց դեպի դռները:

Պետրոսն այս անգամ հարձակվեց նրա վրա ավելի կատաղի: Թավալեց հատակին... Անխնա հարվածում էր հանցավոր կնոջը ոտներով ու բռունցքներով: Եվ միայն այն ժամանակ հեռացավ նրանից, երբ կինը վերջին ճիչն արձակելով, ուշաթափվեց, մնաց անշարժ, երեսն ի վեր, մազերը սփռված գորգի վրա...

XIII

Ալիմյանների քաղաքային գրասենյակն այժմ ներկայացնում էր մի ամբողջ առևտրական հիմնարկություն: Կից խանութը դատարկել էին տվել, միացրել, բոլորը վերանորոգել տվել, մաքրել և զարդարել: Զարգարյանի փոխարեն այժմ այնտեղ ծառայում էին մի գլխավոր, երկու օգնական հաշվապահներ, երեք քաղաքային գործակատարներ և մի քարտուղար: Կահ-կարասին նորոգվել էր պատշաճավոր կերպով: Երկաթե սնդուկի մոտ, առանձին սեղանի քով նստում էր Սրաֆիոն Գասպարիչը, որին Սմբատ Ալիմյանը նշանակել էր գանձապահ: Նրա կերպարանքն այժմ ավելի ազդու և ավելի հանդիսավոր էր դարձել: Բարձր երկաթե ցանկապատի հետևում նա հիշեցնում էր մի ահռելի դրակոնի, որ դրված էր երկաթե սնդուկը հսկելու համար:

Հաշիվները պահվում էին նոր ձևով: Ամեն ինչ, որ պատկանում էր առևտրական տան, գնահատվել էր և արձանագրվել: Այժմ ամեն րոպե կարելի էր ստուգել գործերի դրությունը: Սմբատն ապահով էր, որ ոչ մի թյուրիմացություն չպիտի տեղի ունենա, եթե ժառանգները կամենան նրանից ավելի պահանջել:

Առավոտները նա պարապում էր գրասենյակում, մինչև կեսօրը, առանձին սենյակում: Նրա դեմուդեմ պատին քաշ էին արած հանքերի, տների, քարվանսարաների լուսանկարները: Մեջտեղ զետեղված էր հանգուցյալ Մարկոսի մեծադիր յուղաներկ պատկերը սև շրջանակի մեջ. նկարչին հաջողվել էր փոքրիկ լուսանկարից վերարտադրել նշանավոր քաղաքացու կերպարանքը բավական կենդանի: Ոչնչից միլիոններ ստեղծած մարդու դեմքն արտահայտում էր խորին մտահոգություն, եռանդ և զգաստություն: Թվում էր, որ նրա սրատես աչքերը դեռ արթուն հսկում են գործերին, հետամուտ լինելով որդու յուրաքանչյուր քայլին: Հոր խոժոռած դեմքի վրա որդին կարդում էր կյանքի մի որոշ, անխախտելի նպատակ — վաստակել և վաստակել զավակների ապահովության համար: Եվ նա հասել էր այդ նպատակին ամենա փայլուն կերպով, բայց հետը գերեզման տանելով ծանր վիշտ որդիների վերաբերմամբ: Սմբատին թվում էր, թե այդ վիշտը դրոշմվել է հանգուցյալի պատկերի վրա և եռանդով լի աչքերի մեջ:

Նա գլուխը քարշ խորասուզված էր մի կապոց գործնական նամակների ընթերցանության մեջ, երբ ներս մտավ գործակատարներից մեկը և հանձնեց հեռագիր: Նա կարդաց հետևյալ երկտողը.

«Պետրովսկ: Այսօր երեկոյան կառախմբով հասանք, երեկոյան շոգենավով կճանապարհվինք»...

Ուրախության զգացման հետ Սմբատին պաշարեց դարձյալ անջնջելի վիշտը: Ահա վերջապես վաղն առավոտ տեղի պիտի ունենա այն բարդ տեսարանը, որ վերջին ամիս նրան պատճառել էր այնքան մտատանջություն: Նա կուրախանա, տեսնելով սիրեցյալ զավակներին, որոնց կարոտն օր-օրի վրա ավելի ու ավելի զգալի էր դառնում, բայց ինչպես կդիմավորի կնոջը, որից գրեթե երեք ամիս էր հեռու էր և տեսնվելու փափագ չէր զգում: Դա ինքնըստինքյան ապացույց էր, որ մի անգամ շիջած կրակն այլևս չպիտի վառվի նրա մեջ: Ո՛չ, երբեք չպիտի վառվի:

Նա հեռագիրը դրեց ծոցը: Հուզմունքը ներս ու դուրս եկող ծառաներից թաքցնելու համար նորից խորասուզվեց գործնական նամակների ընթերցանության մեջ: Հոգու խորքում բարձրացած փոթորիկը կրծքից դուրս էր թողնում մերթ ուրախության, մերթ տրտմության հառաչանք: Երկդիմի էր նրա դրությունը, և հակասական մտքերից առնական դեմքը կամ պայծառանում էր կամ մռայլվում, նայելով ում է երևակայում — զավակների՞ն թե կնոջը:

Բայց հարկավոր էր տնեցիներին նախապատրաստել վաղվա ընդունելության համար: Նա բարձրացավ վերև, մտավ մոր սենյակը, հեռագիրը կարդաց: Այրին գունատվեց: Լուրն անսպասելի էր: Նա դեռ հույս ուներ, թե որդին կմոռանար իր մեղքը: Այնինչ, ոչ միա՞յն չի մոռացել, այլև այսօր հաղորդում է մի անսպասելի և դառն լուր: Ի՞նչ, ուրեմն վաղը նրա տունը պիտի ոտք դնի, իբրև օրինական հարս, այն կինը, որին ատել է դեռ երեսը չտեսած և որի պատճառով այնքան տանջվել է:

— Այդպե՞ս ես կատարում հորդ կամքը, — գոչեց այրին, արտասվելով:

— Մի՞թե հարյուր անգամ չեմ ասել, թե առանց երեխաներիս ապրել չեմ կարող: Իսկ նա իմ երեխաների մայրն է: Մայրիկ, հասկացի՛ր դրությունս, ես նրա հետ կապված եմ հավիտյան: Պատրաստվի՛ր ընդունելու նրան գոնե առերես ուրախ...

— Ճարս ինչ, բերել ես տալիս, պիտի ընդունեմ: Բայց, որդի, հորդ կամքը ոտնատակ ես անում, այդ լավ չի, լավ չի...

Եվ արտասուքը փոխվեց հեկեկանքի:

Սմբատը թողեց մորը, որ ինքն իրեն պատրաստվի վաղվա ընդունելության համար, դուրս եկավ նրա սենյակից, շտապով ճաշեց մենակ և ուղևորվեց հանքերը:

Այս անգամ նրան դիմավորեց կառավարիչ Սույյանը, որ առողջացել էր և գործերն ստանձնել: Դա մի երիտասարդ ինժեներ էր քաղաքացիական հագուստով, նիհար և արագաշարժ, կարճլիկ մազերով, մուգ շագանակագույն միրուքով: Երեք տարի էր ծառայում էր Ալիմյանների մոտ, կարողացել էր գրավել հանգուցյալ Մարկոս աղայի համակրությունը և այժմ աշխատում էր արժանանալ նրա ժառանգների ուշադրության: Մեջքից թեքված, հաճոյական ժպիտը երեսին, առաջնորդեց նա Սմբատին գրասենյակ և զեկուցում արավ գործերի մասին: Ամեն ինչ ընթանում էր կանոնավոր: Նոր հորը հրաշքներ է անում: Հարյուր քսան սաժեն քանդել են և դեռ ոչ մի խոչընդոտ քար չի պատահում, հորը ցույց է տալիս նավթի նշաններ, կարող է շուտով շատրվան բացվել:

Զարզարյանը ներկայացրեց վերջին ամսվա արտադրության հաշիվը: Հաղորդեց տեղեկություն բանվորների համար նոր կաճառ լցվող կացարանների մասին: Սույյանը չէր համակրում այս ձեռնարկության: Նա ասաց, թե մշակները երախտամոռ են, չարժեն այդքան ծախսերի, չեն հասկանալ Ալիմյանների բարությունը: Սմբատը պատասխանեց, թե ինքը բարություն չի անում, այլ իր պարտքն է կատարում:

Սույյանը լեզուն կծեց: Երրորդ անգամն էր նա փորձում էր Սմբատի ինքնասիրությունը և երրորդ անգամ էլ խիստ պատասխան էր ստանում: Նա մոռանում էր, թե իր անլը թեև Մարկոս Ալիմյանի որդին է, բայց ուրիշ հայացքներով, որ այն, ինչ որ փաղաքշում էր հորը, կարող էր դուր չգալ որդուն: Ահա ինչու, կամենալով մի սխալն ուղղել, երկրորդ սխալը գործեց, երբ ասաց.

— Ձեր պարտք համարածն ուրիշները բարություն կհամարեին, բայց ձեզ արդեն սկսել են պաշտել մշակները:

Սմբատը դարձավ Զարզարյանին և հարցրեց, արդյոք չէ՞ն հայտնել մշակներին, թե առաջիկա ամսի մեկից նրանց ռոճիկները պիտի ավելացնեն: Դուրս եկավ, որ Սույյանը դեմ է և՛ այս բանին: Նրա կարծիքով, Ալիմյանի մշակներն առանց այդ էլ բավական խոշոր ռոճիկներ են ստանում: Բայց այս ձևով էլ չկարողացավ հաճելի թվալ Սմբատին: Պաշտպանելով Ալիմյանի շահերը, ցույց տալով իրեն այդ շահերի վերաբերմամբ ժլատ, կարծում էր, որ իր առջև կանգնած է դարձյալ Մարկոս աղան: Սխալվեց, և այս անգամ մտքում վճռեց տակտիկան փոխել: Նա սկսեց ցույց տալ իրեն ազատամիտ մշակների դրության վերաբերմամբ և գովեց այն ծրագիրը, որ հնարել էր Սմբատը նոր կացարանների համար: Փոփոխությունն այնքան ճարպիկ էր, որ Սմբատն անգամ չնկատեց և սկսեց խորհրդածել նրա հետ:

Դուրս գալով գրասենյակից, բակում հանդիպեց մի խումբ մշակների, որ եկել էին հաշիվ խնդրելու: Պատրաստվում էին գնալ հայրենիք: Նրանք վերցրին իրենց մազոտ մորթե գդակները և սև կարտուզները: Աշխատանքը բոլորի վրա դրել էր բնորոշ դրոշմ: Մեկի մի ուսն էր բարձր մյուս ուսից, երկրորդի ոտներն էին ծռվել, երրորդի կուրծքն էր ներս ընկած և մեջքը կորացած: Նավթի և մրի տակ անկարելի էր որոշել նրանց դեմքերի իսկական գույնը: Բայց աչքերի շրջանակները դեղնած էին խոնավ խրճիթներում քնելուց, և այդ դեղնությունը սև ֆոնի վրա ավելի խիստ էր աչքի ընկնում:

Սմբատը հրամայեց Սուլյանին նրանց հաշիվները տալ, տալ նաև յուրաքանչյուրին քսանական ռուբլի պարգև: Հրամանը տրվեց շշնջյունով և ռուսերեն: Սև խումբը ոչինչ չհասկացավ: Նա իր հայացքը հառել էր Սմբատի երեսին ակնածությամբ: Ձեռները պիզակի գրպանները դրած, լայնեզր գլխարկն աչքերին քաշած, առողջ թիկունքներով, խելացի, համակրելի առնական դեմքով նա այդ աշխատավոր մարդկանց ներշնչում էր ակամա երկյուղ, նաև համակրանք:

Մի վայրկյան Սմբատը երեսը մի կողմ դարձրեց և տեսավ մի սրտաշարժ տեսարան: Բակի հեռավոր կողմում, մի հողային փոքրիկ թմբի վրա, երկու երկաթյա նավթային ամբարների առջև կանգնած էր Շուշանիկը, անբաժան մոխրագույն շալն ուսերին: Նրա առջև կանգնած էր մի երիտասարդ մշակ, որ արեգակի շողերի մեջ երևում էր իբրև մթին սիլուետ: Օրիորդը փոխում էր մշակի ձեռի վերքի սպեղանին, մրոտված թաշկինակը խնամքով կապելով նրա բազկին:

Իրիկնադեմ էր արդեն: Աշնանային արեգակը շտապում էր մայր մտնել, երկինքը վերջին անգամ ոսկեզօծելով: Գանգուր մազերը թափվել էին օրիորդի ականջների վրա, քնքուշիկ ընդգրկել գունատ այտերը և կազմել մի գեղարվեստական շրջանակ: Ծիրանագույն շողերը տարածվել էին նրա վրա և շրջապատել մի նուրբ ոսկե փոշով:

Մշակը հեռացավ, գլուխ տալով: Օրիորդը ձեռները դրեց ծոցը, հայացքը հառեց հեռու: Նա չէր տեսնում Սմբատին, բավական հեռու լինելով: Անշարժ, գլուխը թեթևակի ուսին ծռած, այժմ հիշեցնում էր հին դպրոցի մի նկար, որ տեսել էր Սմբատը Պետերբուրգի Էրմիտաժում և խոր տպավորություն էր գործել նրա վրա: Նա հիացած նայում էր, չքաշվելով Սուլյանից, որ շարունակ խոսում էր, ձգտելով մերձենալ միլիոնատեր երիտասարդի սրտին: Այո , դա մի ամայի դաշտում բուսած մի հատիկ մանիշակ է: Ոչ վառվռուն վարդ, որ հենց առաջին անգամից գրավում է անցորդի հայացքն իր գույնով և ոչ էլ գոռոզ շուշան, — ինչպես է օրիորդի անունը, այլ իսկ և իսկ մանիշակ, հրապուրիչ ինքն իր հեզությամբ և նուրբ բուրմունքով:

Ծիրանագույն շղերի մեջ զանգուր մազերի ծայրերը ճակատի վրա ներկայացնում էին մի տեսակ թափանցիկ ոսկեթելեր: Արեգակը, վերջին անգամ հիանալով նրանով, կարծես, ափսոսալով, թաքնվեց հեռավոր լեռների հետևում: Օրիորդը դեռ կանգնած էր: Շուրջը ոչինչ չէր նկատում: Կարծես, նրա պայծառ աչքերը դեմուդեմ կուտված բարձր սև բուրգերի գագաթներից վեր որոնում են ինչ-որ բան երկնի վրա, դեպի արևմուտք:

Հանկարծ նա ցնցվեց, սթափվեց, ով գիտե ինչ երևակայությունից: Նրա ականջին հասավ Սմբատի բարեհնչյուն ձայնը: Նա երեսը դարձրեց այն կողմ և աչքերով հետևեց երիտասարդ տղամարդին, որ այժմ գնում էր դեպի հանքերը: Հետևեց, մինչև որ նա անհայտացավ սև բուրգերի հետևում: Եթե այդ պահին մեկը կանգնած լիներ օրիորդի մոտ, կլսեր կրծքի խորքից դուրս թռած երկարատև ծանր հառաչանքը, իսկ պայծառ աչքերի մեջ կնշմարեր խորին հոգեկան թախիծ...

Նույն երեկո նա անսովոր ուշադրությամբ լսում էր հորեղբոր պատմությունը՝ Սմբատի ամուսնության մասին: Լսում էր այն բարոյական տանջանքները, որ կրել էր հանգուցյալ Մարկոս աղան իր որդու սխալ քայլի պատճառով: Այժմ գալիս է Սմբատի կինը՝ երեխաների հետ: Սմբատը տխուր է: Ինչո՞ւ...

Ոչ ոք չնկատեց, ինչպես փոխվեց Շուշանիկի դեմքի գույնը, ինչպես նա նախ կարմրեց, ապա գունատվեց, ինչպես մի թույլ հառաչանք թռավ նրա կրծքից: Այլևս կիսատ թողեց հորեղբոր խոսքը, անցավ մյուս սենյակ, մոտեցավ լուսամուտին, վերցրեց խաղի թղթերը և սկսեց հմայել: Նա չէր հավատում գուշակության, բայց, այնուամենայնիվ, տանը պատահած հիվանդության միջոցներին միշտ հմայում էր և միշտ տխրում, երբ թղթերը լավ չէին ցույց տալիս:

Այս անգամ ևս նա տխրեց ավելի սաստիկ, քան երբևէ: Թղթերը դրեց մի կողմ, նստեց անկողնակալի վրա և աչքերը հառեց հատակին:

— Շուշանի՛կ,— լսեց մոր ձայնը,— հայրդ խորոված է ուզում:

Եվ այդ օրն առաջին անգամ նա դժկամությամբ անցավ խոհանոց:

Ճիշտ նույն պահին Սմբատը, առանձնացած իր սենյակում, խորին մտախոհության մեջ էր: Միայն վաղվա հանդիպումը չէր նրա մտալումների առարկան, այլև մի քանի ժամ առաջ տեսած պատկերը, երբեք նրա վրա ոչ մի հայ կին տպավորություն չէր գործել: Այժմ նրա առջև ամեն վայրկյան պատկերանում էր մի աղքատ ընտանիքի զավակ, մի համեստ աննշան աղջիկ: Հաճախ, հանքային գրասենյակում եղած ժամանակ, կից սենյակից լսում էր անդամալույծի անվերջ տրտունջները և երեխաների լացը: Մանկական աղաղակների և հիվանդի տխուր մրմունջների մեջ լսվում էր օրիորդի մեղմիկ ձայնը, որ անդորր տպավորություն էր գործում նրա փոթորկված հոգու վրա: Այդ ձայնի ազդեցությամբ նրա մեջ ծագում էին անսովոր մտքեր: Մտքեր, որոնք դիամետրալ կերպով հակասում էին նրա նախկին գաղափարին՝ հայ կնոջ մասին: Եվ նա ամաչում էր այդ գաղափարից, զգալով խղճի խայթոց...

Այս երեկո, մի քանի ժամ առաջ տեսած պատկերի տպավորությամբ, նրա ներքին աշխարհում կատարվում էր տարօրինակ հեղաշրջում: Զգում էր, որ իր մեջ խախտվում է մեկն այն ամուր համոզումներից, որ կազմվել էին պատանի հասակից: Ունե՞ր նա իրավունք արհամարհել հայ կնոջը, հայ աղջկան և գնալ կյանքը կապել օտարի հետ: Ահա վաղը գալիս է նա, որին գերադասեց բոլոր կանանցից: Արդարացրե՞ց արդյոք, գեթ մազի չափ, այն հույսը, որ դրել էր նրա վրա, տվե՞ց այն երջանկությունը, որ երևակայում էր գտնել, ծնողների նվիրական զգացումները ոտնատակ անելով: Չի՞ք պատահում, արդյոք, այն իդեալին, որ մի ժամանակ վառում էր ու բորբոքում նրա երևակայությունը: Եվ եթե գտել է, արդյոք, կրկնակի դժբախտ չէ՞...

Առավոտյան արդեն տասը ժամն էր, երբ զարթնեց: Մի կապարային ծանրություն նստել էր նրա սրտի վրա: Ճնշում էր ու ճնշում անխնա: Շտապով խմեց մի բաժակ թեյ: Մի ժամից հետո պիտի գար փոստակիր շոգենավը, որ բերում էր նրա զավակներին ու կնոջը: Մտավ մոր սենյակը: Այրին տխուր, ձեռները կրծքին ծալած, նստած էր լուսամատի մոտ: Նայեց որդու երեսին, և սիրտը մորմոքվեց: Զգաց, որ նրա հոգու մեջ տեղի ունի փոթորիկ, որ նա այնքան ուրախ չի, որքան հուզված:

— Գնա, որդի, գնա բեր, ես քար չեմ, — ասաց այրին, աշխատելով ուրախ ձևանալ:

— Շնորհակալ եմ, — արտասանեց Սմբատը և համբուրեց նրա դալուկ ձեռը...

Կայարանում արդեն հավաքվել էր մի մեծ բազմություն, երբ Սմբատը հասավ այնտեղ: Մի խումբ ծանոթներ դիմավորեցին նրան խոնարհ բարևելով: Երբ իմացան, որ եկել է ընտանիքին դիմավորելու, շնորհավորեցին: Եվ նա զգաց շատերի կեղծիքը: Այդ մարդիկ հետևից հազար ու մի բան էին ասում նրա ամուսնության մասին — այս նա գիտեր, իսկ առերես շնորհավորում էին: Նա շտապեց հեռանալ խմբից:

Օրը բավական սառն էր, հյուսիսային քամին երկնքի ծխագույն թանձր ամպերը հալածում էր դեպի հարավ: Ծովն ալեկոծվում էր, և նրա աղի ալիքները Սմբատի միտքը տանում էին դեպի հեռավոր հորիզոն, որ թաղված էր մշուշի մեջ: Սիրտն սկսեց նորից բաբախել, երբ մտածեց, որ նավը կարող է փոթորկի ենթարկված լինի: Գիշերվա անքնությունից նյարդերը հոգնել էին: Նա պատրաստ էր լաց լինել ինչպես երեխա, այնքան սիրտը լցվել էր:

Հորիզոնի վրա մշուշի մեջ նկարվեց հազիվ նշմարելի մի կիսակամար: Դա շոգենավի նավթային ծուխն էր, որ ծխնելույզից դուրս գալով, կազմում էր կիսաշրջան և հետո տարածվում ծովի մակերևույթի վրա: Կես ժամ ևս, և Սմբատը պիտի գտնվեր սիրո և սառնության միջև: Նա անհանգիստ անցուդարձ էր անում, աշխատելով խույս տալ ծանոթներից: Նրան թվում էր, որ բոլորն իրենց մտքում ծաղրում են կամ ցավակցում:

Վերջապես շոգենավը երևաց ծովի ալեկոծվող մակերևույթի վրա: Լսվեց շոգեշվիկի հեռավոր թույլ ձայնը, որ խեղդվում էր ալիքների մռնչյունի մեջ: Ծովային բանվորներն սկսեցին շտապով բաց անել կայարանի սյուներին փաթաթված հաստ պարանները, պատրաստվելով ընդունել մոտեցող նավին: Քամին ալիքները մղում էր և ուժգին զարկում նավի երկաթե կողերին, դանդաղեցնելով նրա ընթացքը: Տախտակամածի վրա երևացին մի խումբ ճանապարհորդներ: Սմբատն աչքերը հառել էր խմբի վրա և աշխատում էր որոշել նրանց, որոնց սպասում էր: Նավի սուր դունչը, իսկայական թրի պես ճեղքում էր ջուրը, կռվելով կուտակվող ալիքների դեմ: Սպիտակ շիթերը կատաղի ուժով բարձրանում էին վեր, մինչև տախտակածամը և նորից անզոր հետ թափվում:

Սմբատը նշմարեց մի երիտասարդ տղամարդ, որ բռնած էր երկու գրեթե հասակակից մանուկների ձեռներից: Նա ճանաչեց իր զավակներին և նրանց քեռուն: Մի սպիտակ թաշկինակ ծածանվեց օդի մեջ՝ մանկական գլուխներից վեր: Սմբատը գդակը բարձրացրեց:

Հազիվ նավաստիները սանդուղքն ամրացրին նավի կողին, Սմբատն ամենից առաջ բարձրացավ նավը: Գրկեց զավակներին: Մեկը յոթ, մյուսն ութ տարեկան էր: Դրանք հարավային և հյուսիսային տիպերի գեղեցիկ խառնուրդ էին: Նրանց մազերը պարզ-կինամոնագույն էին, աչքերը նախշուն, ունքերը սև, դեմքերի գույնը սպիտակ: Ցրտից նրանց առողջ երեսները կարմրել էին: Սմբատը համբուրում էր մերթ մեկին, մերթ մյուսին:

— Կշտացա՞ք, — գոչեց երեխաների քեռին, — այժմ եկեք մենք համբուրվենք:

Եվ իր գիրկը լայն բանալով ձմեռային չինելի տակից, գրկեց և համբուրեց, մի քայլ հեռու կանգնած էր երեխաների մայրը: Դա մի ոչ բարձրահասակ կին էր, շիկահեր, կապույտ աչքերով, մի քիչ ցցված այտերով և փոքրիկ քթով: Տարիքն արդեն իրենց կնիքը բավական որոշ դրոշմել էին նրա բերանի անկյուններում և աչքերի տակ: Ծովային ցրտից ու հողմից կարմրած թշերը ներդաշնակում էին սպիտակ խոշոր ատամներին: Այնուհետ, Սմբատի համար նա վաղուց էր կորցրել իր հրապույրն իբրև կին, մնալով՝ միայն մայր զավակների:

Ամուսինները բավականացան միմյանց ձեռ տալով:

— Տանջվեցինք ճանապարհին, — եղավ կնոջ առաջին խոսքը:

— Փոթորի՞կ էր:

— Սաստիկ, — պատասխանեց կնոջ եղբայրը, — քիչ էր մնում նավն ընկղմվեր, և ի՞նչ անպիտան նավ է:

Ալեքսեյ Իվանովիչ Վինոգրադովը — այսպես էր երիտասարդի անունը — ոչինչ արտաքին նմանություն չուներ քրոջ հետ: Սևահեր էր, գեր, դեմքի ավելի ուղիղ գծերով, խոշոր կինամոնագույն աչքերով, որոնք ստեպ-ստեպ ճպճպում էին պենսնեի տակից: Ձայնը, խոսելու եղանակը և բոլոր ձևերն արտահայտում էին խորին ինքնահաձություն: Մինչդեռ քրոջ դեմքի վրա կարդացվում էր ինչ-որ դառն դժկամություն կյանքից:

— Դուք մենա՞կ եք եկել մեզ դիմավորելու, — հարցրեց տիկինը:

— Մենակ, — պատասխանեց Սմբատը, միշտ նայելով երեխաներին:

Տիկնոջ դեմքով սահեց արհամարհական ժպիտ:

— Երևի ձերոնք արժանի չեն համարել... — արտասանեց նա, ուղղելով ուսերին գցած մուշտակը:

Սմբատը լուռ բռնեց երեխաների ձեռներից, ցած բերեց կայարան:

— Իսկ մեր իրե՞րը, իրե՞րը, — անհանգիստ հարցրեց տիկնոջ եղբայրը:

Սմբատը պատվիրեց շոգենավի գործակատարին կարգադրություն անել իրերի մասին:

— Այնտեղ ես ցիլինդր ունիմ, զգույշ ուղարկեցեք, որ չջարդվի, — պատվիրեց իր կողմից տիկնոջ եղբայրը:

Կառք նստելիս նա հարցրեց.

— Երևի ձեր սեփական կառքն է, չէ՞:

— Ո՛չ, վարձովի է:

Եղբայրը նայեց քրոջ երեսին: Պարզ էր, որ նա մտքում ասում էր, «դու չէի՞ր ասում, թե շատ հարուստ է»:

Այրի Ոսկեհատն իսկույն առաջ դուրս չեկավ: Իսկ երբ երևաց հյուրասենյակում, Սմբատը նրա աչքերի մեջ նկատեց արտասուքի թարմ հետքեր: Այրին գրկեց որդու զավակներին, սեղմեց կրծքին: Բայց զգալի էր, որ այդ գրկումը բռնազբոսիկ է: Հարսին նա միայն ձեռ տվեց, առանց մի բառ ասելու: Կրկին նայելով թոռներին, զրավվեց նրանց գեղեցիկ աչքերով, նորից գրկեց և սեղմեց կրծքին, այս անգամ արդեն ոչ բռնազբոսիկ:

— Հոգնած են, գիշերը չեն քնել, — ասաց հարսը:

Եվ կամացուկ ազատեց երեխաներին այրիի գրկից: Սմբատը նայեց մոր երեսին և զգաց, որ նա չափազանց վիրավորվեց:

Այդ վայրկյանից դրվեց հարս ու սկեսուրի ապագա հարաբերությունների հիմքը: Նրանք ատեցին միմյանց, հենց առաջին հայացքից:

XIV

Երբեք Պետրոս Ղուլամյանը չէր մտածել, թե այն, ինչ որ ինքն է անում, կարող է անել և՛ իր կինը: Նա այն համոզմունքի էր, թե Անոը բնավ չի հանդգնիլ մարդուն վրեժխնդիր լինել իր պատվի գնով: Սիրուհիներ պահելը, մտածում էր նա, մեր ժամանակում նոր բան չի փող ունեցողի համար: Կանայք այս պատճառով իրենց ամուսինների օրն այլևս չեն սևացնում: Եթե աշխարհի չտեսած արհեստավորները երբեմն դավաճանում են իրենց կանանց, ո՞ւր մնաց մի վաճառական, որ տարենը երկու անգամ Մոսկվա է գնում և աչքով տեսնում, ինչպես են ապրում լուսավորված մարդիկ:

Բայց Անուշի երկարատև սառնությունը մի օր, վերջապես, կասկած ձգեց նրա սիրտը: Այդ կինը, չնայելով, որ ամիսներով Պետրոսի քաղցր խոսքին չի արժանանում, վերջին ժամանակ, կարծես կյանքից գոհ է ավելի, քան երբևէ: Զուգվում է, զարդարվում, հետևում արտաքինին այնպես, որպես երբեք չի հետևել և... երիտասարդանում: Օ՜օ, ինչ հիմարն է Պետրոսը, ինչո՞ւ մինչև այժմ ուշ չի դարձրել այս հանգամանքի վրա: Կասկածը քանի գնում նրա մեջ զորանում էր: Իսկ այն գիշեր, երբ Անուշն այնպես խիստ հրեց նրան իրենից և փախավ մյուս սենյակ, այլևս զգաց պահանջ իր դրությունն ստուգելու: Մի օր սովորական ժամանակից վաղ տուն եկավ: Ալիմյանը նեւ ժամ առաջ էր միայն հրաժեշտ տվել: Պետրոսը չվհատվեց, չար կասկածն ասում էր, թե անպատճառ մի բան կա:

Այն օրը նա երկրորդ անգամն էր փորձում ժամանակից վաղ տուն գալ: Անսպասելի դեպքը նրա համար պարզեց ամեն ինչ: Դռների մոտ նա հանդիպեց աղախնին: Միամիտ կինը, որ խիղճն արդեն մաքուր չէր տիրոջ վերաբերմամբ, այնքան շփոթվել էր, որ չիմացավ նամակն ինչպես թաքցնի շալի տակ: Պետրոսն անփույթ ձևով ծրարն առավ նրանից, առանց երկար տատանվելու բաց արավ և կարդաց Անուշի կրքոտ տողերը, որ զուրկ էին ամեն խոհեմությունից: Կասկածը փոխվեց համոզմունքի, և խաբված այրը վազեց ներս կնոջից այնպիսի խիստ միջոցով հաշիվ պահանջելու:

Արտահայտելով սրտի առաջին թույնը կոպիտ բռունցքի միջոցով, առանձնացավ և սկսեց լրջորեն մտածել անելիքի մասին: Պարզ է, որ մի կին, ամուսնուն դավաճանելով, արդեն ինքնստինքյան որոշում էր իր դատավճիռը: Նա կամ պիտի արտաքսվի մարդու տնից կամ շանսատակ լինի: Այսպես են անում նամուս ունեցող այրերը: Պետրոսն ուրիշ ելք չգիտե և չի ուզում ճանաչել: Կան մարդիկ, իհարկե, որոնք խեղճությամբ հաշտվում էն իրենց խայտառակ դրության հետ — Պետրոսն այդպիսիներին միշտ արհամարհել է: Ոչ ոք իրավունք չուներ նրա պատիվն արատավորելու և ոչ նույնիսկ միլիոնների ժառանգ մի երիտասարդ: Ա՜ա, լակոտ, կարծում ես, որ հարստություն ունես, ամեն բան քեզ կներվի՞: Ով գիտե, քանի-քանի ընկերների մոտ ես պարծեցել, ով գիտե, այժմ որքան են ծաղրում Պետրոս Ղուլամյանին: Սպասի՜ր, քեզ անպատիժ թողնելը հանցանք է...

Իսկ առայժմ պետք է տանջել Անուշին, տանջել և հետո վռնդել: Միևնույն ժամանակ պետք է աշխարհին ապացուցանել, որ Անուշը դավաճանեց նրան, ապա թե ոչ, եթե կնոջը հեռացնի, հիմարները նրան կմեղադրեն, կասեն, Անուշն ինքն է փախել մարդուց:

Մի օր Պետրոսը կանչեց իր մոտ Գրիշային և կնոջ ներկայությամբ

բոլորը պատմեց նրան: Տաքարյուն երիտասարդը, հարկավ, բորբոքվեց, կատաղեց փեսայի դեմ, անվանեց նրան անամոթ զրպարտող: Պետրոսը նամակը տվեց նրան կարդալու: Եվ, վերջապես, Անուշն ինքը չկարողացավ ժխտել հանցանքը եղբոր մոտ: Գրիշան երդվեց հոր գերեզմանով պատժել Միքայել Ալիմյանին, հայհոյեց քրոջը, անգամ թքեց երեսին և հեռացավ...

Ցերեկները Պետրոսը միշտ տանն էր անցկացնում: Խանութ գնում էր միայն երեկոները, մութն ընկնելիս, այն էլ դրամարկղի փողերը ստանալու համար: Կնոջից փախչում էր, վախենալով տեսնել նրան: Իսկ Անուշն ամբողջ օրը փակված էր իր սենյակում: Չգիտեր ինչ աներ, փախչել մոր մոտ չէր ուզում. ամոթը կաշկանդում էր նրան: Մի անգամ խայտառակեց ծնողներին, ընկնելով հոր գործակատարի պարանոցին: Մյուս անգամ ի՞նչպես հարվածեր խեղճ պառավ մորը: Վերջապես, կընդունի՞ արդյոք նրան իր տունը Գրիշան, եթե մայրն անգամ ընդունի...

Նա տանջվում էր և ճիգ էր անում սիրտը թեթևացնել զավակների սիրով: Խայտառակ օրից հետո անբաժան էր երեխաներից: Մի կողմից երկյուղն ամուսնուց, մյուս կողմից՝ ծանր հանցանքի գիտակցությունը դրդում էին նրան փնտրել անմեղ էակների հովանավորությունը: Ապականված հոգին ձգտում էր մաքրության ճառագայթների մեջ լվանալ իր կեղտը և չէր զգում, որ իր համբույրներով արատավորում է նրանց: Եթե Պետրոսը վռնդեր նրան իր տնից, տալով երեխաներին, դա խնդրի ամենաբախտավոր լուծումը կլիներ նրա համար: Բայց Անուշը համոզված էր, որ երբեք այս տեսակ մեղմ պատժի չի արժանանա: Այս էր, որ գրգռում էր վերջին ժամանակ նրա մեջ թմրած մայրական սերը: Սա էր, որ դրդում էր նրան գրկել, համբուրել զավակներին այնպեսի խանդաղանքով, որ, կարծես, ահա շուտով պիտի բաժանվի նրանցից: Եվ մանկական գլուխները թրջվում էին դառն արցունքներով, որոնք արտահայտում էին մի մեղսագործ հոգու վշտացած զղջումը:

Այժմ Անուշի համար Ալիմյանը մի չար հոգի էր: Մտավ նրա թմրած կյանքի մեջ, արագությամբ տակն ու վրա արավ ամեն ինչ և առմիշտ սպանեց նրան բարոյապես: Տեր աստված, տեր աստված, արժե՞ր մի այդպիսի մարդու համար այսքան կուրանալ և այսպես ընկնել...

Նույն միջոցներին Միքայելը բարոյապես տանջվում էր ոչ պակաս, քան իր հոմանուհին: Անուշը նրան նամակով հաղորդել էր բոլոր եղելությունը: Նույնիսկ իր ծեծվելը չէր թաքցրել: Այդ կոպիտ, գռեհիկ խանութպանը միայն մի ծեծով չի բավականանալ: Նա կպատժի կնոջը և կպատժի չարաչար: Նա կարող է անգամ սպանել նրան: Այն ժամանակ հասարակությունը վերահասու կլինի պատժի պատճառներին: Ալիմյանի անունը կանցնի բերանից բերան և, ով գիտե, գուցե և դատարանները:

— Ի՞նչ է պատահել քեզ, — հարցնում էին ընկերները նրան:

— Ոչինչ, — թաքցնում էր Միքայելն իր տխրության պատճառը:

Միայն Մարութխանյանին հաղորդեց իր ցավը և խնդրեց նրա խորհուրդը: Գործնական մարդը նեղն ընկավ, ի՞նչ խորհուրդ տար: Նրա կարծիքով, երիտասարդ հասակին ներելի է ամեն տեսակ սխալ կանանց վերաբերմամբ: Ժամանակն ամեն ինչ կբուժի: Ղուլամյանը կհաշտվի իր վիճակի հետ: Անուշը կմոռանա Միքայելին, իսկ Միքայելը կմոռանա նրան, ու կմոռանա: Գլխավորն այն էր որ հասարակությունը ոչինչ չիմանար:

Այդ միջոցներին Մարութխանյանը սաստիկ զբաղված էր կոնտրակտակի խնդրով: Նա դեռ գործը չէր հանձնել դատարանին և, զարմանալի է, որ միշտ Միքայելին հորդորում էր ծանրացնել Սմբատին, չնայելով, որ բոլորովին հույս չուներ, թե Սմբատը որևէ զիջում կանե: Միքայելը նրան վաղուց էր լիազորություն տվել վարել գործն իր ցանկացածի պես: Սակայն նա դարձյալ տատանվում էր: Պարզ էր, որ նա այժմ ուրիշ դիտավորություն ուներ:

Միքայելի մտամոլոր դրությունը նրան պատճառեց անհուն ուրախություն: Նա սկսեց այցելել աներձագին ամեն օր: Գալիս է, խոսք բաց անում Ղուլամյանների մասին, հուզում, զրգռում Միքայելին: Եվ այդ րոպեներին հանկարծ խոսքը փոխում էր, մեջ էր բերում կտակի խնդիրը: Միքայելը կրկնում էր, թե իրավունք է տալիս նրան անելու, ինչ որ կամենում է: Մարութխանյանը երբեմն հանում էր ծոցի գրպանից ինչ-որ թղթեր և ստորագրել տալիս: Միքայելը շատ անգամ ստորագրում էր առանց թղթերը կարդալու, մինչև անգամ չնայելով նրանց բովանդակության... Այդ բոլոր թղթերը, Մարութխանյանի ասելով, կարևոր էին գործի համար... Եվ Միքայելը չէր էլ հետաքրքրվում, թե ինչ թղթեր են... Նա միայն ստորագրում էր՝ գլուխը ծանրությից ազատելու համար:

Այժմ մեծ մասամբ նա տանն էր լինում: Ամոթի զգացումը թույլ չէր տալիս նրան երևալ հասարակության մեջ: Գուցե խայտառակ դեպքն այլևն հայտնի է ամենին, և բոլորը բամբասում են նրան:

Օրերն անցնում էին, և նա այլևս Անուշի մասին լուր չէր ստանում: Սկզբում վախեցավ, մի գուցե Պետրոսը կնոջ գլխին փորձանք է բերել: Բայց եթե այդպիսի բան լիներ, չէ՞ որ լուրը կհասներ իրեն: Ծեծո՞ւմ է իր կնոջը Պետրոսը: Թող ծեծի. Անուշի ամուր մարմինը կարող է դիմանալ նրա բռունցքներին: Շատ հավանական է, որ Պետրոսը բամբասանքից վախենալով, արդեն կուլ է տվել վիրավորանքը և լռել: Եթե այդպես է, ուրեմն ինչ պատճառ կա վախենալու: Շատ-շատ մոխրագույն բեղիկները մի ամիս կտանջվեն և հետո կհանգստանան:

Եվ այս մտքից խրախուսված, Միքայելն սկսեց պատահածը մոռանալ: Շուտով նա անձնատուր եղավ սովորական կենցաղին, որպես անուղղելի արբեցող, որ արթնանում է թե չէ նորից սկսում է հարբել: Տարբերությունն այն էր, որ այժմ հետաքրքրվում է գործերով կամ ցույց էր տալիս, թե հետաքրքրվում է, բայց ոչ քաղաքային, այլ հանքային գործերով: Ժամանակ առ ժամանակ կառքով մենակ գնում էր հանքերը, որպես թե սաստիկ զբաղված էր նոր փորվող հորի դրությամբ:

Հարկավ, Սմբատն ուրախ էր եղբոր այս փոփոխությանը, բայց ստեպ-ստեպ հանքեր գնալը կասկածելի էր թվում նրան: Չունի՞ արդյոք այս երևույթը մի ուրիշ ավելի զորեղ շարժառիթ քան գործերով հետաքրքրվելը:

Կասկածն ավելի ամրացավ Սմբատի մեջ, երբ Միքայելը մի օր նրա մոտ գովեց Շուշանիկի արտաքինը: Ի՜նչ գեղեցիկ աչքեր, ի՜նչ սիրուն նայվածք, ի՜նչ նուրբ շրթունքներ և ճակատ:

— Ես ուզում եմ նրա հետ մոտիկ ծանոթանալ, — ավելացրեց Միքայելը, — բայց ինչպես երևում է, հպարտ է:

— Նա միայն համեստ է, — նկատեց Սմբատը հակիրճ և ընդհատեց խոսակցությունը:

Մի ուրիշ անգամ Միքայելն ասաց օրիորդի մասին մի քանի արյունահույզ խոսքեր: Սմբատը վրդովվեց և գոչեց հանկարծ.

— Հանգիստ թո՛ղ այդ աղջկան...

— Օհօ՛, աչքերդ կարմրեցին, ձայնդ դողաց, չլինի թե սիրահարված ես: Միրելիս, քեզ չի վայելում, հասկանո՞ւմ ես, նա իմն է:

Կատակը Սմբատին թվաց զզվելի, և նա պահանջեց եղբորից, որ օրիորդի մասին խոսի հարգանքով:

— Ինչ ուզում ես ասա, — նկատեց Միքայելը, — նա ինձ դուր է գալիս, համեղ դեսերտ է...

— Ես քեզ խնդրում եմ հանգիստ թողնել այդ աղջկան, — կրկնեց Սմբատը հուզված, և նրա ձայնի մեջ զգացվեց ատելություն:

Խոսակցությունը տեղի ուներ կառքի մեջ, հանքերից վերադառնալու ժամանակ: Միքայելը լռեց և մինչև քաղաք հասնելը երկու եղբայր այլևս ոչ մի խոսք չասացին:

Սմբատն այժմ բնակվում էր թեև մոր ու եղբայրների հետ միևնույն տանը, բայց գրեթե բաժան: Ընդարձակ տան մեջ նրա ընտանիքին հատկացրել էին հինգ մեծ սենյակներ: Մի նեղ և երկայն անցք երկու բնակարանները բաժանում էին միմյանցից: Հարս ու սկեսուր հանդիպում էին միայն ճաշի միջոցին: Թեյ էին խմում, ընթրում, նախաճաշում առանձին: Փոխադարձ սառնությունը, որ սկսվել էր առաջին օրից, չէր մեղմանում և ոչ մի կողմից: Նույնիսկ երեխաները չէին կարողանում իբրև հաշտության օղակ ծառայել: Մայրը մեծ մասամբ նրանց պահում էր իր աչքերի առջև: Տատը թեև արդեն սիրում էր նրանց, բայց հոգու խորքում չէր հաշտվում այն մտքի հետ, թե նրանք իր հարազատ թոռներն են:

Մի անգամ Սմբատը, մտնելով մոր սենյակը, տեսավ, որ այրին լուսամատի առջև նստած լաց էր լինում: Կարծեց թե նա դարձյալ հիշում է հանգուցյալ ամուսնուն: Սակայն այրիի դառնության պատճառն այս անգամ ա՛յլ էր: Նա ասաց, թե մի փոքր առաջ կանչում է իր մոտ թոռներին և մի րոպե անցած աղախինը զալիս է նրանց մոր կողմից և տանում:

— Ամեն օր այսպես է անում կնիկդ, ամեն օր, — ավելացրեց այրին, «կնիկդ» բառն արտասանելով հեգնությամբ, — կույր չեմ, տեսնում եմ, որ չի ուզում, երեխաներդ ինձ սիրեն:

Սմբատն անցավ կնոջ սենյակը: Այնտեղ Անտոնինա Իվանովնան աչքունքը թթվեցրած նամակ էր գրում ընկերուհիներից մեկին:

— Ո՞ւր են Վասյան և Ալյոշան, — հարցրեց Սմբատը:

— Իրենց սենյակում:

— Ուղարկեցե՛ք մորս մոտ:

— Հենց հիմա նրա մոտ էին:

— Թողե՛ք էլի գնան, խաղան:

— Դասեր են պատրաստում, դեռ չեմ պարապել նրանց հետ...

— Անտոնինա Իվանովնա՛, — արտասանեց Սմբատը մի քիչ ձայնը բարձրացնելով, — այդպես մի՞ վարվեք մորս հետ:

Անտոնինա Իվանովնան գրիչը դրեց և աչքերը հառեց ամուսնու երեսին:

— Այդպես մի՛ վարվեք, — կրկնեց Սմբատը, — դուք կարող եք նրան չսիրել և նա ձեզ, բայց երեխաների զգացմունքները բռնաբարելու իրավունք չունեք:

— Ես նրանց զգացումները չեմ բռնաբարում:

— Դուք նրանց մեջ զարգացնում եք ատելության դեպի իմ մայրը: Ես այդ վաղուց եմ նկատել:

— Սխալվում եք. ես միայն չեմ ուզում, որ նրանք ուրիշների ազդեցության ենթարկվեն:

— Այդ ի՞նչ ասել է:

— Այն, որ տան մեջ կրթություն ասած բառը բացակայում է:

— Մի՞ թե, — գոչեց Սմբատը հեգնությամբ:

— Այո: Նայեցեք ձեր փոքր եղբորը: Արշակին... ես չեմ ուզում, որ իմ երեխաներն էլ նրա պես կրթվեն:

— Ես չեմ պաշտպանիլ իմ եղբոր կրթությունը, բայց իմ մայրը չի կարող վատ ազդեցություն ունենալ մեր երեխաների վրա:

— Ով գիտե...

— Անտոնինա Իվանովնա, իմ մայրը, ճշմարիտ է, տգետ կին է, բայց բարի է, պարկեշտ, առաքինի և խելոք... Նա ձեր սկեսուրն է, և դուք պարտավոր եք նրան հարգել...

— Այո, պարտավոր եմ նրան հարգել: Իսկ նա.... նա պարտավոր է ինձ ատել, արհամարհել... այնպես չէ՞...

— Նա նահապետական կին է:

— Դա նահապետականություն չի, այլ բնածին ատելություն: Բայց շատ բնական, շատ հասկանալի... Ակն ընդ ական, ատամն ընդ ատաման... Նա ինձ ատում է, ես չեմ կարող նրան սիրել և հարգել...

Նա հենց ձեռքի տակ դրած նամակի մեջ գրեթե նույնն էր արտահայտում: Հայտնում էր բարեկամուհուն բացարձակ, թե սաստիկ զղջում է Կովկաս գալու համար: Ոչ մի բան նոր շրջանում չի համապատասխանում նրա հայացքներին: Հարստությունը նրան չի շլացնում և չի կարող շլացնել: Երբ ամուսինների մեջ համերաշխությունը չքացել է — ոսկին անզոր է նրանց բախտավորեցնելու համար: Նա չի սիրում Ալիմովին և չի սիրվում նրանից: Նա միայն կատարում է իր պարտքը երեխաների վերաբերմամբ: Կմնա Կովկասում միաժամանակ, մինչև որ կհաջողի որևէ պայման կապել մարդու հետ:

Սմբատը ոչինչ չասաց այլևս, լուռ անցավ իր սենյակը:

Այդ գիշեր նա անցկացրեց անքուն գրեթե մինչև լույս: Սիրել զավակներին, չսիրել նրանց մորը — ահա այն տոսկալի դիլեմաս, որ տանջում էր հոգին տարիների ընթացքում: Ծառի բնից բաժանված, ամուր գրկել էր նորածիլ ճյուղերը, տատանվում էր օդի մեջ անհեն, չէր ուզում ճյուղերը բնից պոկեր բայց չէր էլ կարողանում բաժանվել նրանցից:

Ինչո՞ւ սիրեց այդ կնոջը: Ինչո՞ւ չհասկացավ, որ մարդկային կյանքում ահագին դեր են խաղում ծնունդը, շրջանը, ավանդություններն ու սովորությունները: Նրա հոր ոտները դեռ կրում էին ասիական քոշերի հետքերը, իսկ ինքը ձգնում էր մի քանի դար նրան առաջեր միայն մի սերունդ առաջելու փոխարեն: Էվոլյուսիոն ո՞ր օրենքով արդյոք: Կրթությունը տարբեր շրջանների անհատների մեջ ստեղծում է մի տեսակ հավասարություն — համաձայն էր նա: Բայց չէ՞ որ նույն կրթությունն անզոր է դարերով կազմակերպված ազգային կամ տեղական հատկանիշների հակադրությունը ջնջել, ինչպես անկարող է սևահերին շիկահեր դարձնել և ընդհակառակը...

Նա զգում էր, որ այսուհետև փոխադարձ սառնությունը պիտի փոխվի փոխադարձ ատելության: Կյանքն ընդհանրապես և ամուսնական կյանքը մասնավորապես համարում էր մանրությունների մի հյուսվածք: Անձնական դժբախտ փաստերով փորձել էր, որ ամենաչնչին բաներից առաջանում է ամենախոշոր տհաճություն: Ահա դրամայի հիմքը: Եթե իր և կնոջ մեջ պատահում էին հակադիր ցանկությունների, հակադիր ձգտումների, հակադիր ճաշակների ընդհարումներ, դժվար չէր երևակայել, թե որպիսի ընդհարումներ պիտի տեղի ունենան իր կնոջ և իր մոր մեջ: Պատկերացնում էր երկու հակառակ տարրեր — մեկը դրական, մյուսը բացասական և երևակայում իրեն մեջտեղ: Գուշակում էր, որ այն բոլորը, ինչ որ անելու է մայրը, արժանանալու է կնոջ ծաղրին ու արհամարհանքին, նույնիսկ այն, որ մի նահապետական կին դեռ լավ չի սովորել պատառաքաղ գործածելը: Եվ ընդհակառակը, այն բոլորը, ինչ որ անելու է կինը, հանդիպելու է մոր ատելությանը:

Եվ ահա ընդամենը երկու շաբաթ է նրանք միասին են, արդեն փոխադարձ ատելությունն արտահայտվում է:

XV

Հանքերը տեղափոխվելուց հետո, Զարգարյանների նյութական պայմանները թեթևացել էին: Ընտանիքը գոհ էր իր վիճակից, և բոլորը զգում էին, երախտագիտություն դեպի Սմբատ Ալիմյանը: Միայն անդամալույծը շարունակ բողոքում էր, թե չորս կողմից փչում է նավթի հոտ և փչացնում նրա ախորժակը, թե գիշերներ հանգիստ չի կարողանում քնել շոգու աղմուկից և այլն և այլն:

Գոհ էր անչափ նաև Շուշանիկը, բայց բոլորովին տարբեր պատճառներով: Նրա պայծառ աչքերի մեջ երևում էր անսովոր թախիծ, սակայն ոչ բոլորովին այն թախիծը, որ աղքատ կյանքի դառնություննն էր արտահայտում: Նրա սիրուն դեմքի վրա խաղում էր այն խորհրդավոր ստվերը, որ ցոլանում է նորահաս կնոջ հոգու երազները: Ա՜խ, կյանքի ծանր պայմանները թույլ չեն տվել այդ երազներին ժամանակին զարթնելու: Եվ դիտող աչքն այդ ստվերը կնշմարեր մանավանդ այն ժամանակ, երբ օրիորդը սովորական ժամերին, կանգնած պատշգամբի ծայրում, նայում էր հեռու ու հեռու, դեպի երկնի անվերջ հորիզոնը... փույթ չէ, որ այդ պահին նրա սիրտը լցվում էր անհուն դառնությամբ, երևակայությունը նրան տանում էր դեպի մի տխուր, անհուսալի ապագա, նա զգում էր, որ այժմ և միայն այժմ է սկսել ապրել իբրև բանական էակ:

Մի անգամ նա հորեղբորը խնդրեց, որ թույլ տա իրեն դրա սենյակում նրա պաշտոնը կատարելու: Ամբողջ օրը Դավիթը հանքից հանք պտտելով հազիվ կարողանում էր հաշիվներով զբաղվել: Առաջարկությանն արավ հոր ներկայությամբ: Անդամալույծի աչքերը պլշեցին: Նայեց աղջկան ոտից մինչև գլուխ զայրացած և հայհոյեց. ի՞նչ, որ նախկին երկրորդ կարգի վաճառական Սարգիս Զարգարյանի աղջիկը գնա ծառայի՞: Այդ անկարելի է, հապա ո՞ւր է նրա հորեղբոր նամուսը:

Օրիորդը փորձեց համոզել հորը, թե գրասենյակում աշխատելը նրա աղջկա համար բոլորովին ամոթալի չէ, չէ՞ որ կանայք այժմ դրսում կատարում են ամեն ազնիվ գործ, որին ընդունակ են: Սակայն անդամալույծը կատաղեց, դեն ձգեց ծնկներից վերմակը և դարձավ կնոջը.

— Աննա՛, զնանք, զնանք եկեղեցու դռանը կանգնենք, ես ողորմություն կհավաքեմ ու քեզ կազատեմ այդ անամոթի ձեռքից:

Անամոթը Դավիթ Զարգարյանն էր, որ կրացած մեջքով կանգնած նրա անկողնի առջև, տակավին լուռ նայում էր Շուշանիկին: Նա նոր էր միայն իմանում, թե որպիսի անգին գոհար է թաքնված աղքատիկ ընտանիքում:

Շուշանիկը ոգևորված բացատրում էր աշխատանքի նշանակությունը, թե կնոջ և թե տղամարդի համար և այն երջանկությունը, որ մարդ կարող է զգալ, երբ սեփական ուժերով է վաստակում օրվա պարենը, երբ մանավանդ օգտակար է մերձավորներին:

Դավիթը հիացած լսում էր նրան: Ահա որքան ազդեցություն է ունեցել այդ աղջկա վրա: Չէ՞ որ Շուշանիկը վեց տարի շարունակ նրա անմիջական աշակերտուհին է եղել: Նա է կրթել իր եղբոր աղջկա միտքը և կրթել է այն ուղղությամբ, որ բարվոք է համարել կյանքի դառն պայմանների մեջ ապրող մի աղքատ աղջկա համար: Նա տվել է նրան կարդալու միշտ այնպիսի գրքեր, ուր աշխատանքը դրվատում է իբրև հոգեկան երջանկության իսկական հիմք: Գրքեր, որոնք խրախույս են ներշնչում աղքատներին և սովորեցնում նրանց սիրել կյանքը, որ նրանց համար խորթ մայր է: Եվ ահա Շուշանիկն այսօր ոչ միայն չի տրտնջում իր վիճակի դեմ, այլև ինքն է քարոզում սեր դեպի աշխատանքը: Սակայն համաձայնե՞լ արդյոք նրա ասածներին, թույլ տա՞լ նրան տնից դուրս ևս գործերով պարապելու: Ոչ, այդ կլիներ անխղճություն, մի՞թե քիչ է աշխատում տանը:

Նա նույնպես հակառակեց և դրականապես հայտնեց, թե առայժմ Զարզարյանները կարիք չունեն, որ նրանց տնից մի կին աշխատանքի դուրս գա, և ինքը երբեք այդ թույլ չի տալ, քանի կենդանի է: Եվ այս ասելով, նա մի սուր հայացք ձգեց եղբոր աղջկա երեսին: Շուշանիկը շփոթվեց այդ հայացքից: Նրան թվաց, որ հորեղբայրը հասկացել է իր միտքը: Այն միտքը, որից ամաչում էր ինքն իսկ:

Նա շտապեց դուրս գալ հոր սենյակից, ծանր հառաչելով: Անցավ իր սենյակը, վերցրեց մի գիրք, փորձեց խորասուզվել ընթերցանության մեջ, ինչպես սովորաբար անում էր դառն րոպեներին: Բայց չկարողացավ: Երբեք նրա սիրտն այդչափ չէր բաբախել, երբեք նրա երեկոն այդչափ վրդովված չէր և զգացումները՝ այդքան պղտորված: Մի կերպ շտապով վերջացնելով սովորական գործերը, նա նորից առանձնացավ իր սենյակը և դռները կողպեց ներսից: Ժամերն անցնում էին, և նա դեռ հետ ու առաջ էր գնում, մերթ ականջ դնելով շոգեմեքենաների աղմուկին, մերթ լուսամատից նայելով դեպի դուրս, ուր տիրում էր խորին մթությունը:

Լսվեցին շվիկների սուլոցները. տասներկու ժամն էր արդեն. երեք անգամ լամպարը հանգցրեց. գլուխը թաքցրեց վերմակի տակ և երեք անգամ էլ վառեց ու գիրքը վերցրեց: Բայց աչքերը հոգնել էին, իսկ միտքը ոչինչ չէր ըմբռնում կարդացածից:

Աշխատում էր իրենից հեռացնել ամբոխվող մտքերը: Սակայն կամքն անզորացել էր: Ամաչում էր ինքն իր զգացումների անսպասելի գրգռումից և չգիտեր, միևնույն ժամանակ, որոշ քննության ենթարկել նրանց: Նա փակում էր աչքերը և խորին մթության մեջ տեսնում մի լուսավոր պատկեր: Նա բաց էր անում աչքերը, և այդ պատկերը դարձյալ անխուսափելի կանգնած էր նրա առջև: Դեմքը մռայլ, ունքերը կիտված, աչքերը թափանցող, միշտ մտախոհ, միշտ ճնշված ինչ-որ ծանր մտքից:

Նա մոխրագույն շալը ձգեց ուսերից, զգում էր անսովոր տաքություն: Մոտեցավ սեղանին, նայեց փոքրիկ սևագույն ժամացույցին, որ նոր էր ստացել իբրև նվեր հորեղբորից: Արդեն երկու ժամն էր: Նորեն սկսեց անցուդարձ անել: Խիտ մազերը, ազատվելով հերկալների արգելքից, թափվել էին թիկունքների վրա, ծածկել ականջակալները, պսողել այտերը, ընդգրկել կիսամերկ կուրծքը: Այտերը շառագունել էին, աչքերի մեջ վառվել էր անսովոր հուրը: Մշտական հեզ կերպարանքն այժմ արտահայտում էր ինչ-որ խռովություն: Եթե մերձավորներն այդ պահին դիտեին նրան դռների հետևից գաղտնի, հազիվ թե ճանաչեին: Չկար այլևս նրա աչքերի մեջ նախկին պայծառությունը և ոչ նրա շրթունքների վրա անդորրության ժպիտը: Ա՜խ, միայն թե Սմբատ Ալիմյանը նրան հիմար չհամարի և չծաղրի ինչպես մի դեռահաս աղջկա, որ պատրաստ է առաջին պատահած տղամարդի մեջ տեսնել ռոմանտիկական հերոս: Ո՜չ, Շուշանիկը չի ուզում այդ մարդու աչքում երևալ թեթևամիտ: Սմբատը խելոք է, կրթված, հասուն մտքի տեր, կյանքի փորձանքները ճաշակած: Այդպիսի մի տղամարդ չի կարող լուրջ հայացք ունենալ յուրաքանչյուր աղջկա մասին: Նրա պահանջները խիստ են, և հենց այս է պատճառը, որ նա իր ընտրությունն արել է օտար շրջանում:

Նրա հորեղբայրն ասում է, թե Ալիմյանը բախտավոր չէ ամուսնական կյանքում, թե նրա մշտական տխրության պատճառն այս է: Ինչո՞ւ, տեր աստված, ինչո՞ւ: Մի՞թե ընտրությունը սխալ է եղել, և Ալիմյանը այժմ զղջում է: Բայց ի՞նչ հարց, ո՞վ տվեց Շուշանիկին իրավունք զբաղվելու մի օտար մարդու ընտանեկան կյանքով: Բավական է, պետք է մոռանալ այդ մարդուն:

Եվ նա հոգնած գլուխը նորեն դրեց բարձին:

Արդեն առավոտյան լույսը լուսամուտի փեղկերի արանքով ներս էր թափանցել, երբ, վերջապես, նիրհեց:

— Աննա՛, ո՞ւր է աղջիկդ, — հարցրեց երրորդ անգամ անդամալույծը կնոջը:

— Դեռ քնած է:

— Քնած է, քնա՞ծ, տասը ժամն է. գնա, զարթեցրու, տխուր եմ, թող գա թուղթ խաղանք: Եղունգներս էլ կտրել հարկավոր է, շատ են երկարացել:

Այժմ Շուշանիկի գործերի մի մասը կատարում էր նոր վարձված աղախինը: Սակայն անդամալույծն այնքան սովորել էր աղջկան, որ դարձյալ պահանջում էր, որ մեծ մասամբ նա ծառայե իրեն:

Աննան մոտեցավ աղջկա սենյակին, մատներով զարկեց դռներին մի քանի անգամ: Դռները բացվեցին: Շուշանիկն արդեն զարթնել էր և հագնվել: Այժմ նրա այտերը գունատ էին, աչքերի կոպերը նկատելու չափ ուռած:

— Հիվա՞նդ ես, — հարցրեց մայրը:

— Ո՛չ:

Նա շտապեց դուրս գնալ: Երեսը լվացավ, մազերը կարգի բերեց, խմեց սովորական մի բաժակ թեյը և գնաց հորը ծառայելու:

— Աղախին վարձելուց հետո, իշխանուհի ես դարձել, — կշտամբեց անդամալույծը: -Ես այստեղ տանջվում եմ, դու մրափում ես մինչև կեսօր: Բե՛ր թղթերը, խաղանք:

Նա լուռ կատարեց հոր հրամանը: Խաղում էր այժմ անուշադիր, մտամոլոր, մի հանգամանք, որ բարկացրեց հորը:

— Խելքդ գլխիդ խաղ արա, — գոչեց անդամալույծը, առողջ ձեռով թղթերը մեկ-մեկ բանալով:

Ներս մտավ Դավիթը և ասաց Շուշանիկին, թե մի թուրքի հանքերում շատրվան է բացվել, եթե կամենում է, կտանի հետը ցույց տալու:

— Թույլ կտա՞ս, պապա, — հարցրեց Շուշանիկը:

— Այնքան հիմար ես խաղում, որ կարող ես գնալ կորչել, — գոչեց անդամալույծը, թղթերը շպրտելով մի կողմ:

Քամին հյուսիսային էր, եղանակը՝ ցուրտ: Շուշանիկը հագավ ձմեռային վերարկուն և սամույրի կոլորակ գլխարկը: Երկուսն էլ հորեղբոր նվերներն էին: Այժմ Զարգարյանն աշխատում էր կարողության չափ, որ իր եղբոր դուստրը լավ հագնվի: Նա հիացավ, տեսնելով Շուշանիկին նոր հագուստում: Վերարկուն խիստ սազ էր գալիս օրիորդին, իսկ սամույրի գլխարկի գույնը գեղեցիկ ներդաշնակություն էր կազմում թանձր ու գանգուր մազերի վրա: Ցուրտը շուտով նրա այտերին տվեց անբնական կարմրություն, պայծառ աչքերը դարձյալ պայծառացան, ճակատի թեթև կնճիռները բացվեցին:

Շատրվանը գտնվում էր բավական հեռու: Նրանք անցան մի մեծ տարածություն, մտան մի լայն ճանապարհ և հետո մի մեծ շավիղ, անցնելով մի շարք բուրգեր, Զարգարյանը հանկարծ կանգ առավ և ցույց տվեց դեմուդեմ բուրգերի հետևում, երկնի մոխրագույն հորիզոնի վրա նկարված մուգ կինամոնագույն մի կիսակամար, ասելով.

— Տե՛ս, ինչ բարձր է խփում:

Շուտով Շուշանիկի աչքերի առջև բացվեց հազվադեպ և սքանչելի տեսարան: Սև նավթը, գազի ուժգին զորությամբ, դուրս մղվելով երկրի խորքից, սլանում էր վեր ինչպես հրաբխային կրակ: Հասնելով իր վերջնակետին, կազմում էր կիսաշրջան և թափվում ներքև: Քամին տարածում էր հեղուկն օդի մեջ և մանրացնելով, սփռում չորս կողմ անձրևի պես: Բուրգի գագաթն ու կողերը խոր տակվել էին շատրվանի ամեհի զորությունից, և նրա մթին ուրվագիծն էր միայն լողում սև հեղուկի մեջ, որպես կմախք դարձած վիթխարի կաղնի երկնային հեղեղի տակ:

Երբեմն հորի խորքից դուրս էին արձակվում մարդու գլխի չափ քարեր: Կատաղի պտույտներ գործելով, նրանք հեղուկի հետ սլանում էին վեր՝ թնդանոթի ռումբի պես և ընկնում բուրգի վրա կամ շրջակա սև լճակների մեջ: Գազը մռնչում էր, և երկիրը թնդում էր նրա զորությունից: Մերթ ընդ մերթ շատրվանը, կարծես, հոգնում էր, ցածանում, խուլ հնչյուններ արձակում: Բայց անցնում էր մի քանի վայրկյան, և նորեն լսվում էր ստորերկրյա խլացուցիչ ժխորը: Այն ժամանակ սև հեղուկի հսկայական սյունն առանձին ուժով էր ձգվում դեպի վեր:

Մշակների մի մեծ խումբ թիերով ու բահերով զինված, մրջյունների պես շրջապատել էր բուրգի անօգնական մնացած կմախքը և աշխատում էր թանկագին հեղուկի համար ժամանակավոր ճանապարհ բանալ: Մի քանի մղիչ մեքենաներ էին դրված, որոնք նավթն ուղղում էին դեպի Սև քաղաք տանող նավթանցքերը: Արհեստավորները պատրաստում էին ինքնուրույն պատսպար, որով պիտի շատրվանին կանոնավոր ընթացք տային, որպեսզի հեղուկն ապարդյուն չցրվեր:

Երբեմն մշակները, ծիծաղելով, գոռալով, ոստոստալով ցրվում էին այս ու այն կողմ, փախչելով վայր ալացող քարերից: Նրանք կիսամերկ էին, ոտները մինչև ծնկները և թևերը թաց: Շատերը սլկվում էին լպրծուն ավազի վրա, ընկնում նավթի մեջ, շարժելով ընկերակիցների ծիծաղը: Բայց բոլորն էլ ուրախ էին, հուսալով ստանալ պարգև շատրվանի տիրոջից:

Իսկ բախտավոր թուրքը կանգնած էր հեռու, քաղաքից եկած հետաքրքիրների բազմության մեջ: Դա միրուքը հինայած, գլուխը մաքուր սափրած մի աստվածավախ հաջի էր, որը նայում էր անհուն հարստությանը և փառք տալիս ալլահին, որ, վերջապես, լսել էր նրա ջերմ աղոթքները: Դեռ երեկ պարտատերերն ուզում էին նրան դատարան քաշել, ինչպես սնանկ կոմերսանտի: Այժմ մտքում հաշվում էր շատրվանից ստացվելիք միլիոնները: Նրա ցամաքած և խորշոմներով ծածկված դեմքի վրա խաղում էր անհուն երջանկության ժպիտը: Բոլորը շրջապատել էին նրան, շնորհավորում էին, ձեռը բարեկամաբար սեղմում, նորոգում մոռացված ծանոթությունը:

Ինժեներ Սույյանը պատմում էր թուրքի շուրջը՝ ինչպես որսկան շուն: Հույս ուներ մի քիչ նավթ առնել ապառիկ, վաղը-մյուս օրը թանկ գնով ծախելու նպատակով:

Շուշանիկից ոչ հեռու խմբված էին մի քանի երիտասարդ հանքատերեր, որ եկել էին քաղաքից բախտավոր թուրքին նախանձելու: Զարզարյանը նկատեց, որ նրանք միմյանց արմունկով բոթում են և հետաքրքրված ցույց տալիս Շուշանիկին: Բոլորն ուզում էին իմանալ գեղադեմ օրիորդի ով լինելը: Մեկը նույնիսկ շատրվանի տիրոջ ուշադրությունը դարձրեց նրա վրա: Բախտից հարբած թուրքը բարևեց անծանոթ օրիորդին, ձեռը դնելով նախ կրծքին, ապա աչքերին: Այնքան շփոթված էր, որ կարծում էր թե այդ աղջիկն էլ իրեն շնորհավորում է:

Հանկարծ խմբի ուշադրությունը դարձավ ուրիշ կողմ: Ճանապարհի տվեցին մի շիկահեր կնոջ, որին ուղեկցում էին Միքայել Ալիմյանը և մի մուշտակավոր պարոն:

— Սմբատի կինն է, — ասաց Դավիթ Զարզարյանը Շուշանիկին: — Նա էլ, երևի, տիկնոջ եղբայրն է:

Օրիորդը հետաքրքրված նայեց Անտոնինա Իվանովնային: Հիասթափման պես մի բան զգաց, երբ տեսավ, որ տիկինն այնքան էլ էլեգանտ չի տեսքով, որքան երևակայում էր և արդեն, կարծես, ծերացած է: Փափազեց նրա հետ ծանոթանալ և նրա փափազը շուտով կատարվեց: Միքայելն ուղեկիցների հետ բարձրացավ այն հողային թումբը, ուր կանգնած էր օրիորդը հորեղբոր հետ: Մոտեցավ բարևեց և հետո դարձավ տիկնոջը:

— Անտոնինա Իվանովնա, թույլ տվեք ներկայացնել, օրիորդ Զարզարյան և մեր կառավարչի օգնական Զարզարյան:

Տիկինը ձեռը անփույթ մեկնեց Շուշանիկին և հետո շարունակեց Միքայելին հարցեր տալ շատրվանի մասին: Իսկ նրա եղբայրը, աչքերը պենսնեի տակից ճպճպելով, ինչ-որ շշնջաց նրա ականջին:

Անտոնինա Իվանովնան չգիտեր ինչպես արտահայտեր իր զարմացումը և հիացումը շատրվանի վերաբերմամբ: Նա սքանչանում էր բնության ուժից, մինչդեռ թուրքը շարժում էր նրա ծիծաղը: Հետո սկսեց խոսել Շուշանիկի հետ, դիտելով նրան ուշադիր:

— Դուք կկամենայի՞ք այդպիսի շատրվան ունենալ, — հարցրեց նա հանկարծ:

— Ո՛չ, — պատասխանեց օրիորդը դրականապես:

Անտոնինա Իվանովնան մի սուր ու դիտող հայացք ձգեց օրիորդի վրա և շարունակեց ոչ առանց հեգնության.

— Ասում են, այստեղ կանայք էլ գժվում են շատրվանի համար:

— Չգիտեմ, տիկին:

— Տեսե՛ք, ինչպես է խփում, բոլորը ոսկի է, մի՞թե չէիք կամենալ այդ ոսկու տերը լինել:

Շուշանիկը զգում էր՝ տիկինը փորձում էր իրեն: Զգում էր, նաև տիկնոջ ծաղրն «այստեղի կանանց» շահամոլության վերաբերմամբ, ուստի ասաց.

— Մի՞թե կարծում եք, որ մարդու բախտավորությունը միայն ոսկու մեջ է:

— Կարծո՞ւմ եմ, ե՞ս: Ինչո՞ւ չէ:

— Այն ժամանակ կարող եք ձեզ բախտավոր համարել: Ոչ ոքի հորերն այնքան առատ նավթ չեն տալիս, որքան Ալիխյաններինը:

Տիկինը շփոթվեց: Զգաց, որ այդ, ըստ երևույթին, քաշվող օրիորդի հետ հեգնորեն խոսելը այնքան դյուրին բան չէ: Նա թեքվեց եղբոր ականջին և շշնջաց.

— Հիմար աղջկա նման չէ:

— Չարմանտ, — պատասխանեց Ալեքսեյ Իվանովիչը պենսնեն ուղղելով:

Շուշանիկը խնդրեց հորեղբորը տուն վերադառնալու:

— Պապան կնեղանա, արդեն տասներկու ժամն է:

— Գնանք, — ասաց Զարզարյանը:

— Ոտո՞վ պիտի գնաք, — հարցրեց Միքայելն ավելի կեղծ, քան անկեղծ զարմանալով:

— Ոտով:

— Երեք-չորս վերստ ճանապա՞րհը: Սուլյան, մեղավորը դուք եք, ինչո՞ւ մինչև հիմա Ալիմյանների հանքերում մի քանի սեփական կառքեր չկան: Ես հրամայում եմ, որ այսուհետև լինեն:

— Կգա՞ք ձեր հանքերը տեսնելու, — հարցրեց Շուշանիկը, ձեռը մեկնելով Անտոնինա Իվանովնային:

— Մեր հանքե՞րը... Կարելի է գամ:

— Զարզարյա՛ն, — դարձավ Միքայելն իր ստորադրյալին, — կանչեցե՛ք, խնդրեմ, իմ կառքը: Համար ութերորդ: «Հասան» կանչեցեք, կգա: Օրիորդ, ես, միևնույն է, պիտի ձեր կողմերը գնամ իսկույն, Մուրսաղուլովի հանքերում գործ ունեմ: Անտոնինա Իվանովնա, ինձ ներեցեք, Սուլյանը, իմ փոխարեն, այստեղ, ինչ որ հարկավոր է, կբացատրի, կուղեկցի... Երևի, դեռ մի քանի րոպե էլ կհիանաք այս սքանչելի տեսարանով: Ես շուտով կգամ, շատ շուտով, և ձեզ կտանեմ մեր հանքերը: Օրիորդ, ահա կառքը, խնդրեմ, խնդրեմ, առանց ցերեմոնիայի... Ալիմյանները հասարակ մարդիկ են, բոլորովին հասարակ...

Որքան օրիորդն շնորհակալություն հայտնելով մերժեց, որքան հավատացրեց, թե իր համար ոտով գնալն ավելի հաճելի է, ոչինչ չօգնեց: Միքայելը թախանձում էր անվերջ, այնպես որ Դավիթ Զարզարյանը Շուշանիկի համառ մերժումը համարեց անքաղաքավարության: Օրիորդը շփոթվեց հորեղբոր ստիպիչ հայացքներից և հաղթահարված, գրեթե անգիտակցաբար կառք նստեց:

Շատրվանը, շարունակ որոտալով, բարձրանում էր վեր և, նորից սաստկացած քամու հոսանքի հետ չկարողանալով մրցել, ցրվում էր օդի մեջ անթիվ շիթերով: Նավթի միլիոնավոր կաթիլները տարածվում էին հեռու-հեռու Բախտավոր թուրքը բարձրաձայն ծիծաղում էր նավթային անձրևի տակ թրչվողների վրա, ձեռները զարկելով ծնկներին և մեջքից երկծալ թեքվելով:

Քաղաքից շարունակ կառքեր էին գալիս, բերելով հետաքրքրվողների նոր խմբեր: Մի կառքից ցած իջան Մոսիկոն, Մելքոնը և Քյազիմ-բեգը: Կառք նստելիս, Միքայելը նրանց խորհրդավոր նշան արավ դեմքով, և երիտասարդներն իրենց հայացքները բևեռեցին Շուշանիկի վրա:

Սև հեղուկը, ուժգին դուրս բխելով երկրի խորքից, հեղեղում էր բուրգերը, արհեստանոցները, կացարանները և մարդկանց: Մթնոլորտի մեջ տարածվել էր ինչ-որ արբեցուցիչ բան: Բոլորը ծիծաղում էին, քրքջում, միմյանց հրում որպես հարբածներ, և սև հեղուկի տակ զցում:

Մինչ Դավիթ Զարգարյանը շփոթված նայում էր, սպասելով, որ Միքայելը իրեն էլ պիտի հրավիրե կառք նստելու, մոխրագույն ձիերը սլացան: Եվ կառքը մի քանի վայրկյանում անհետացավ սև բուրգերի հետևում: ,

— Զարմանալի ջենտլմեն է Միխայիլ Մարկիչը, — դարձավ Սուլյանն Անտոնինա Իվանովնային, միևնույն ժամանակ, մի կողմնակի հայացք ձգելով Զարգարյանի վրա:

— Այո՛... այդ երևում է... — պատասխանեց տիկինը, նույնպես նայելով Զարգարյանին:

Եվ մի կես-հեգնական, կես-կարեկցական ժպիտ աղավաղեց նրա դեմքը...

— Իսկ. ես կասեմ, — դարձավ Ալեքսեյ Իվանովիչը քրոջը, — այս երկրում հյուրասիրություն ասած բանը շատ էլ հարգի չէ...

XVI

Մի քանի րոպե Շուշանիկը շվարած չգիտեր ինչ խոսեր: Թվում էր նրան, որ մի աներևույթ ձեռ մի դույլ եռացրած ջուր հանկարծակի թափեց իր վրա այն պահին, երբ Միքայելին զգաց մոտը նստած: Այո՛, միայն զգաց, որովհետև չէր նայում նրա կողմը:

Այնինչ, կառքը բուրգերի երկու շարերի միջով արագ սլանում էր: Ճանապարհին ավազուտ էր, նավթով տոգորված, ձիերի ոտներն արձակում էին խուլ դոփյուն: Շուշանիկը մտքում հաշվեց, թե ամենաուշը քառորդ ժամում տուն կհասնի, և այն ժամանակ կարող է իրեն հաշիվ տալ անսպասելի դեպքի մասին: Տեր աստված, ի՞նչ արեց: Նա՞, այս աղքատ ընտանիքի զավակը նստած կառքում քաղաքի առաջին հարուստ երիտասարդներից մեկի հե՞տ:

Ի՞նչ կմտածեն տեսնողները, ի՞նչ կխոսեն ծնողները, հորեղբայրը...

Միքայելը ձեռնափայտի ծայրով խփեց կառապանի թևին և ինչ-որ ասաց թուրքերեն: Նա գիտեր, որ Շուշանիկը թուրքերեն չի հասկանում:

Կառքն ուղին փոխեց, սկսեց ընթանալ Ճանապարհից դուրս հանքային շինությունների միջով, մի զառիվայր ուղիով:

— Կարծեմ, կառապանը սխալվում է, — ասաց Շուշանիկը, նայելով շուրջը:

— Չի սխալվում, օրիորդ, հմուտ կառապան է...

Միքայելի քաղաքավարի ձևերը, ձայնի մեղմությունը, զգույշ շարժումները մի քիչ հանգստացրին Շուշանիկին: Մտածեց, որ վախենալու կամ շփոթվելու առիթ չունի: Բոլորը գիտեն, որ Ալիխյանները Զարգարյանի տերերն են, իսկ Զարգարյանը — Շուշանիկի հորեղբայրը: Ո՞վ կհամարձակվի բամբասել: Վերջապես, մի՞թե արդեն աններելի է մի օրիորդի կառք նստել իր ծանոթի հետ, թեկուզ այդ ծանոթը լինի հարուստ, իսկ ինքը՝ աղքատ:

— Հավանեցի՞ք մեր հարսին, — խոսեց Միքայելը:

— Ինչ կարող եմ ասել, նոր ծանոթացա: Ո՛չ, սխալվում է կառապանը, մենք շեղվեցինք ճանապարհից:

Միքայելը դարձյալ ձեռնափայտով խփեց կառապանի թևին և դարձյալ ինչ-որ ասաց:

— Ինչո՞ւ ռուսերեն չեք խոսում, — հարցրեց Շուշանիկը:

— Հասանը ռուսերեն չգիտե... Օրիորդ, ընկերներս ձեզ տեսան և հիացան:

Շուշանիկը կարմրեց, ոչինչ չասաց:

Հանկարծ կառքը կանգ առավ: Կառապանը ցած իջավ:

— Ի՞նչ պատահեց, — հարցրեց Շուշանիկը:

— Անձրև է սկսվում, հրամայեցի ծածկոցը բարձրացնել:

— Օ՜օ, ո՛չ, ո՛չ, անձրև չկա, ես անձրևից չեմ վախենում, ես սիրում եմ անձրևը...

— Շատ լավ, կիսով չափ կծածկի, Հասանը գիտե...

Կառապանը ծածկոցը բարձրացրեց մինչև կեսը և նորից նստեց տեղը:

— Օրիորդ, դուք քաղաք երբեք չե՞ք գալիս:

— Մի երկու անգամ գնացել եմ:

— Ինչո՞ւ այդպես քիչ:

— Զբաղված եմ:

— Գիտեմ, լսել եմ, ձեր հիվանդ հորն եք նայում: Խե՛ղճ մարդ: Ասում են մի ժամանակ շատ հարուստ և առողջ է եղել: Անկեղծ ցավում եմ...

Այս խոսքերը շարժեցին Շուշանիկի սիրտը: Ո՛չ, երևի սխալված է, երևի այդ, ըստ երևույթին, եսական երիտասարդը եղբոր պես բարեսիրտ է և զգայուն:

— Այս հանքերում ապրելով մարդ կարող է վայրենանալ, օրիորդ, դուք զուր եք հասարակությունից փախչում: Քաղաքում ազգականներ կամ բարեկամներ չունե՞ք:

— Ո՛չ:

Տիրեց րոպեական լռություն: Կառապանը հետ նայեց. հարցնում էր, որ կողմը քշել:

— Թատրոն սիրո՞ւմ եք, — հարցրեց Միքայելը, կառապանի վրա մի բարկացկոտ հայացք ձգելուց հետո:

— Սիրում եմ միայն դրամա:

— Դրամա՞, — կրկնեց Միքայելը, կարծես, ուրախանալով, — այժմ քաղաքում մի դրամատիկական խումբ կա: Այսօր մի լավ դերասանուհու բենեֆիսն է, ինչ-որ նոր դրամա են խաղալու, հա՛, Նորա, Նորա...

— Նո՛րան կարդացել եմ, կկամենայի տեսնել...

— Շատ գեղեցիկ... Թույլ տվեք ձեզ հրավիրել թատրոն...

— Շնորհակալ եմ... Հորս մենակ թողնել չեմ կարող...

— Ի՛նչ կլինի, որ մի երեկո թողնեք:

— Ո՛չ, չեմ կարող, չեմ կարող...

— Օրիորդ, դուք այդքան երիտասարդ, գեղեցիկ և տանը, փակված, աններելի է ձեր ծնողներին...

Շուշանիկը զգաց, որ երիտասարդն արդեն սկսում է համարձակ դառնալ, ուստի բարվոք համարեց լռել:

— Թատրոնից անմիջապես ձեզ կուղեկցեմ տուն, — ասաց Միքայելը, — այնպես որ ձեր հայրն ընդամենը երեք-չորս ժամ կմնա առանց ձեզ:

— Ո՛չ, ո՛չ, այդ անկարելի է: Ես առանց իմ հորեղբոր ոչ մի տեղ չեմ գնում:

— Կարծես, նրան տանելը դժվար է, օթյակ կվերցնեմ...

— Սպասեցե՛ք, այդ ի՞նչ է, մենք, կարծես, գյուղից դուրս եկանք: Մենք ո՛ւր ենք գնամ, պարոն Ալիմյան:

— Զբոսնում ենք...

— Զբոսնում ենք, — կրկնեց Շուշանիկը շրթունքները կրծոտելով, — իսկ հա՞յրս... Ներողություն, պարոն Ալիմյան, հորս ճաշ տալու ժամանակն է, ես իրավունք չունեմ զբոսնելու...

— Օրիորդ, կարծես դուք ինձ հրեշ եք համարում:

— Ինչո՞ւ, ո՞վ ասաց, հրեշ չեք, բայց...

— Բայց և մարդ էլ չեմ, ուզում եք ասել, երևի... — լրացվեց Միքայելը, ծիծաղելով:

— Ես այդ չէի ուզում ասել...

— Ուրեմն ինչո՞ւ եք ինձանից վախենում:

Շուշանիկի ինքնասիրությունը վիրավորվեց:

— Ե՞ս եմ վախենում ձեզանից, — գոչեց համեստ օրիորդն այնպիսի լուրջ ձայնով, որ Միքայելը չէր սպասում նրանից: -Սխալվում եք...

Տարօրինակ բան. քանի Միքայելը հեռվից հեռու էր հետամուտ Շուշանիկին, կարծում էր, եթե առանձնանա հետը, կարող է մի քանի րոպեում տիրել նրա սրտին: Էժանագին հաղթությունները նրա մեջ զարգացրել էին ինքնավստահության ոգին, իսկ Անուշի դյուրին ձեռք բերած սերը համոզել էր նրան, թե իր հրապույրին ոչ մի կին չի կարող հանդուրժել: Այժմ, այս աղքատ, համեստ, ընտանեկան ծանր պայմաններից ճնշված աղջկա մոտ զգում էր անսովոր վեհություն: Այդ լուրջ, խելացի և սիրուն դեմքը, այդ մաքուր, պայծառ աչքերը կաշկանդում էին նրան, ինչպես ոմանց հայացքը զսպում է վայրի գազանի կատաղությունը: Եվ չնայելով ներքին զորավոր պահանջին գրկել ու համբուրել մի անպաշտպան մաքուր, անարատ էակի, որի նմանը դեռ չկար իր անցյալ հաղթանակների ցանկում — դարձյալ կաշկանդված էր:

Սակայն Շուշանիկի աներկյուղ խոսքերը գրգռեցին նրա անձնասիրությունը: Ինչպե՛ս, նա՞, այդ հասարակ աղջիկը չի՞ վախենում Միքայել Ալիմյանից, մի մարդուց, որ ամեն բան կարող է անել, եթե ոչ անձնական հրապույրներով, գեթ ամենահաղթ փողի ուժով:

Նրա աչքերի մեջ խաղաց կիրքը, շրթունքներն սկսեցին դողալ: Շուշանիկի շառագունած այտերը բորբոքել էին նրա արյունը: Նա փորձեց մոտիկ նստել, գրեթե թևը բոլորովին սեղմելով օրիորդի թևին: Օրիորդը տեղից շարժվեց, առանց նրան նայելու: Միքայելը մեջքը կռթնեց կառքի մեջքին: Կամեցավ բռնել օրիորդի ձեռը, որ, կարծես, անզոր ընկած էր ծնկան վրա: Նույն վայրկյանին իր վրա հառած տեսավ մի զույգ աչքերը, այնքան գեղեցիկ և միևնույն ժամանակ, այնքան երկյուղալի, որ թևերը թուլացան: Սակայն պղտոր արյունն արդեն եռում էր: Նա բռնեց Շուշանիկի ձեռը, որ հանգիստ ընկած էր ծնկան վրա, և ամուր սեղմեց:

— Պարոն Ալիմյան, — լսվեց օրիորդի լուրջ ձայնը, լի հոգեկան վրդովմունքով, — հանգիստ նստեցեք...

Խլեց ձեռը հանդարտ և դարձյալ հեռացավ: Միքայելը կորցնում էր իրեն: Օրիորդի սառնությունն ավելի ու ավելի էր բորբոքում նրա արյունը: Մի վայրկյան մտադրվեց գործ դնել բռնություն, բայց միայն մի վայրկյան: Նայեց օրիորդի մաքուր պրոֆիլին և նույնիսկ դեմքի գույնի մեջ զգաց նրա հոգու անարատությունը: Սակայն կիրքն արդեն կուրացնում էր նրան, իսկ վիրավորված ինքնասիրությունը թուլացել էր: Նա չկարողացավ այլևս զսպել իրեն և գրեթե անգիտակցաբար, մթագնած ուղեղով և բուռն զգացումների թափից անզորացած, չոքեց կառքի մեջ, օրիորդի առջև...

— Ապտակեցե՛ք ինձ, բայց ես... ես... ձեզ սիրում եմ... Այո՛, սիրում եմ... Այրվում եմ, հասկանո՞ւմ եք, կրա՛կի մեջ եմ...

Հենց առաջին օրից դուք ինձ խելքից հանեցիք... Երբեք, երբեք ոչ մի կին ինձ այդքան չի գժվեցրել... Օրիորդ, ամեն բան, ամեն բան կանեմ ձեզ համար, կտամ բոլոր հարստությունս, հասկանո՞ւմ եք, բոլոր հարստությունս, միայն, միայն... մի համբույր...

Շուշանիկը զայրացած նայեց նրա կրքից վառված աչքերին և զգաց նրա հոգու զազրելի ձգտումը: Դյութական «սեր» բառը նրա բերանից հնչում էր, որպես լպիրշ անարգանք:

Եվ նա մի ոտը դրեց կառքի բազրոտի վրա, կամեցավ ցած թռչել այն միջոցին, երբ ձիերը հողմի պես էին սլանում ամայի դաշտում, հայտնի չէ՛ ուր:

— Կանգ առեք, խելագար, — գոչեց Միքայելը, — բռնելով նրա թևը և ուժով տեղը նստեցնելով, — դուք ձեր հիմար գլուխը ջարդ ու փշուր կանեք...

— Հրամայեցե՛ք կառապանին քշել դեպի մեր հանքերը... Երբեք ոչ մի ձայն այնքան սոսկալի չէր թվացել Միքայելին, որքան այդ անպաշտպան, թույլ աղջկա ձայնը: Նա զղջաց իր անզգուշության մասին, ամոթից կարմրեց և գուցե դա առաջին ամոթն էր նրա կյանքում այն օրից, երբ ճանաչել էր կանանց: Փայտի ծայրով խփեց կառապանի թևին: Կառքը հետ դարձավ և մի քանի րոպեում մտավ մեծ ճանապարհը:

Նրանք այլևս լուռ էին: Միքայելին պաշարեց խառն զգացումներ. նա և՛ ամաչում էր, և՛ բարկանում, և՛ ուզում էր ներում խնդրել, և՛ ուզում էր վրեժ առնել: Մի բան պարզ էր. երբեք ոչ մի կնոջ մեջ այդչափ բարոյական ուժ չէր զգացել: Եվ որքա՜ն արհամարհանք կար այդ աղքատ օրիորդի դեմքի վրա, որքա՜ն ատելություն դեպի իր հարուստ, գեղեցիկ, երիտասարդ ուղեկիցը:

Կառքն արագ-արագ մոտենում էր Ալիմյանների հանքերին: Միքայելը նույնպես աշխատում էր սառը երևալ, որպես սառն էր Շուշանիկը, ցույց տալ այդ խեղճ անդամալույծի աղջկան, թե Ալիմյանի համար նա ոչինչ արժեք չունի, ոչինչ, նույնիսկ մի հասարակ աղախինի չափ:

— Ես ցավում եմ ձեր մասին, — ասաց նա, ուսերը վեր քաշելով, — հիմա տանը պիտի սկսեն հանդիմանել ձեզ, և քանի հոգի — ձեր մայրը, հայրը, հորեղբայրը, մորեղբայրը, գուցե և երեխաները, գուցե և ձեր աղախինը:

— Ինչո՞ւ:

— Որովհետև արժանի համարեցիք Միքայել Ալիմյանի պես մի անպիտան, զզվելի, գարշելի մարդու հետ կես ժամ կառքով զբոսնել... Ի՞նչ պատիվ մի չնչին մարդու համար...

Հեգնությունը չազդեց Շուշանիկի վրա: Նա միայն ասաց.

— Իմ խիղճը հանգիստ է:

Կառքն արդեն մոտենում էր գրասենյակին: Միքայելը զգաց պահանջ մի ներողամիտ ժպտի արժանանալու:

— Օրիորդ, — ասաց նա, եղանակը փոխելով, — կկամենայի իմանալ ի՞նչ եք մտածում իմ մասին:

— Ձեր մասի՞ն... ոչինչ...

— Ոչինչ, — կրկնեց Միքայելը, — և այդ վիրավորանքը ես տանո՞ւմ եմ... Հայհոյեցեք ինձ, ատեցեք, բայց մի՛ ասեք, թե ոչինչ չեք մտածում...

— Ես մտածում եմ, թե որքան զանազանություն կա ձեր և ձեր եղբոր մեջ, — ասաց և շտապով կառքից ցած իջավ, կարծես չկամենալով իր խոսքերի պատասխանը լսել:

Ահա ինչ, այդ աղքատ աղջիկն այնքան հպարտ է, որ մինչև անգամ արժանի չհամարեց Միքայել Ալիմյանին ձեռ տալու: Դա արդեն չափազանցություն է: Ծաղրվել մի գործակատարի եղբոր աղջկա կողմից, ստորանալ նրա առջև և այն էլ նպատակին չհասած — այդ դյուրին մարսելու բան չէր Միքայելի համար: Նա կատաղությունից կառքի վրա պտույտ-պտույտ էր անում, ձեռն ուժգին զարկում էր ծնկին, մատների ծայրերը խածնում էր անխնա և ինքն իրեն հայհոյում, որ այդքան ստորացրեց իրեն:

«Որքան զանազանություն կա ձեր և ձեր եղբոր մեջ», հնչում էին նրա ականջին օրիորդի վերջին խոսքերը: Ահա՛ այդ ինչ է նշանակում: Այդ նշանակում է, որ նա Սմբատին հավանում է, Միքայելին արհամարհում:

Շատ զեղեցիկ, թող արիամարհի, Միքայել Ալիխանյանը պարտքի տակ մնացող չի: Նա կառնի վրեժը:

Նա հրամայեց կառապանին դառնալ դեպի շատրվանը: Անտոնինա Իվանովնան չկար: Նա արդեն իր եղբոր հետ վերադարձել էր քաղաք: Մոսիկոն, Մելքոնը և Քյազիմ-բեգը կատակներ էին անում շատրվանի տիրոջ հետ: Իսկ շատրվանը շարունակ արտավիժում էր նախկին սայլապանի համար միլիոններ:

Միքայելն իր ընկերների հետ վերադարձավ քաղաք: Ճանապարհին Քյազիմ-բեգը, որ նրա հետ նստած էր մի կառքում, շարունակ հարց ու փորձ էր անում Շուշանիկի մասին:

— Անիրավ, դու անկյուններում թաքցրած զոհարներ ունես ու ինձ չե՞ս ասում:

— Քյազիմ, կատակ մի՛ անիր այդ աղջկա մասին, նա քո ասածներից չէ, — պատվիրեց Միքայելը խիստ եղանակով:

— Օհո՜, թազա խաբար, — գոչեց Քյազիմ-բեգը, բայց և դադարեց խոսել օրիորդի մասին:

Միքայելը մերթ ընդ մերթ հառաչում էր, հիշելով Շուշանիկի արհամարհական ժպիտները և մանավանդ վերջին խոսքերը:

— Ի՞նչ կա, սիրելիս, ինչո՞ւ ես տխուր, — հարցրեց վերջապես Քյազիմ-բեգը:

— Չգիտեմ, թվում է, որ ինձ մի բան պիտի պատահի, մի դժբախտություն:

— Հիմար-հիմար մի՛ խոսիր, երեկոյան կգաս կլուբ, պիտի ուրիշ տեղ գնանք...

Սակայն Միքայելի նախազգացումը պիտի արդարանար հենց կլուբում և արդարանար այն կողմից. ուսկից չէր սպասում ոչ մի դժբախտություն կամ դադարել էր սպասել:

Ութ ժամին բոլոր ընկերները կլուբումն էին, երբ Միքայելը ներս մտավ: Պակասում էր Գրիշան: Սպասում էին նրան, որ միասին գնան իրենց ընկեր սպայի տունը, ուր այդ երեկո նշանակված էր «շտոս»:

Միքայելը ներքուստ վախեցավ: Նախազգացումը թելադրում էր նրան չտեսնվել Գրիշայի հետ, բայց անձնասիրությունը ստիպում էր տեսնվել: Նա սկսեց իրեն խրախուսել այն մտքով, թե Գրիշան ոչինչ չգիտե իր քրոջ խայտառակության մասին, եթե իմացած լիներ, հազիվ թե լռեր մինչև այսօր: Է՜է, հնացավ, մոռացվեց, Այժմ նույնիսկ Պետրոս Ղուլամյանից վախենալու առիթ չկա: Ահա նա, անցնում է իր նման մի խանութպանի հետ, տաքտաք խոսելով, երևի առևտրի մասին: Խե՜ղճ մարդ, երկչո՜տ մարդ, աննամո՜ւս մարդ, չկարողացար պատիվդ պաշտպանել: Երևի թույնդ թափում ես կնոջդ գլխին: Ո՞վ գիտե, օրը քանի անգամ ես ծեծում: Ծեծի՜ր, ծեծի՜ր, բայց վիրավորանքդ կուլ տուր, բոլորն այժմ այդպես են անում...

Մտածելով այսպես, Միքայելն ընկերների հետ անցավ

սեղանատուն: Քնահարբ Մոսիկոն «սպասվող ճակատամարտի համար» իրեն ուզում էր ամրացնել մի քանի բաժակ կոնյակով: Պապաշան հոգնած էր, ախորժակ չուներ քեֆ անելու: Քյազիմ-բեգն ասում էր, թե նա ուզում է փախչել «նոր որսի մոտ»: Մելքոնը դարձյալ զանգատվում էր կնոջ դեմ: Ախ, ի՜նչ երկնային պատիժ դարձավ այդ կինը նրա գլխին: Երևակայեցե՛ք, կնոջ ծնողները փեսային են մեղավոր համարում իրենց աղջկա հիվանդության համար:

— Կնոջս հիմար եղբայրը, դդմագլուխ բժիշկը հավատացրել է նրանց, որ ես եմ վարակել կնոջս. այ խաթաբալա՜: Տղերք, չլինի թե ամուսնանաք, Պապաշան թող ձեր իդեալը լինի...

Եկավ և՛ Գրիշան: Արդեն հեռվից կարելի էր զգալ, որ այս երեկո նա լավ է տրամադրված: Նա քայլում է արագ-արագ, փորը դուրս ցցած, գլուխը բարձր պահած, մի ձեռով խաղալով ժամացույցի ոսկե շղթայի հետ:

— Շատ բըը, նաղինջն է, — արտասանեց Պապաշան, որ միշտ վախենում էր Գրիշայից:

Տեսնելով Միքայելին, Գրիշան մի վայրկյան կանգ առավ, կարծես տատանվելով մոտենալ խմբին: Մի հանգամանք, որ Միքայելի աչքից խույս չտվեց: Խումբը մոտեցավ, շրջապատեց Գրիշային, և սկսեցին սովորական կատակները: Պապաշան փորձեց կամացուկ դուրս սլկվել:

— Ո՞ւր, ո՞ւր, — ասաց իրավաբան Փեյքարյանը, գրկելով պատկառելի ամուրիին:

— Թող գնա, նոր վիշկա է դրել, — ծիծաղեց Մելքոնը:

— Քանի՞սն ունես, Պապաշա, — ասաց Քյազիմ-բեգը, — Շամախու ճանապարհի վրա, հին քաղաքում, թուրքերի թաղում, Բաիլովում, ծովի ափում...

— Հարամզադան Մարոկկոյի սուլթանն է, — նկատեց Մոսիկոն, կոնյակից հետո, կրծոտելով թթու դրած վարունգը:

Պապաշան ժպտում էր. հաճելի էր նրա սրտին երիտասարդ ընկերների անուշ կատակը:

— Պարոններ, — գոչեց Գրիշան, որի դեմքն այդ պահին միանգամայն փոխվել էր, — այստեղ մի անպիտան մարդ կա, որին պիտի դուրս գցել մեր միջից:

Նա մոտեցավ Միքայելին և, փորը դուրս ցցելով, կանգնեց նրա դեմ և բարձր ձայնով գոչեց.

— Անազնիվ, գող, ավազակ, ստոր, խաբեբա:

Եվ թույլ չտալով հակառակորդին սթափվելու, բոլոր ուժով ապտակեց նրան:

Տիրեց ընդհանուր ապշություն: Մի քանիսը բռնեցին Գրիշայի թևերը: Հարված կրողն ապտակի թափից պտույտ եկավ, թեքվեց մինչև հատակ, հազիվ կարողանալով ոտքի վրա մնալ: Հարվածն այնքան զորեղ էր, որ երբ Միքայելն ուշքի եկավ, արդեն իրեն տեսավ շրջապատողների գրկում ամուր սեղմված: Սեղանատանը գտնվող բոլոր սպասավորները և կողմնակի անձինք ապտակի հնչյունին երես դարձրին, մոտեցան խմբին:

Գրիշան սառն էր և արհամարհանքով նայում էր հակառակորդին, ձեռքերը վարտիքի գրպանները դրած: Միքայելը գոռում էր, ուժ անելով ազատվել բռնողների ձեռքերից: Նրա երեսը կապտել էր, ականջների բլթակները դեղնել էին դեղին կեռասի պես, բերանը փրփուր էր կոխել: Նրա կուրծքը դուրս էր ցցվել, կոկորդի երակներն ուռել էին ու կապտել: Նա ոտները ուժգին զարկում էր հատակին, աղաղակելով.

— Թողե՛ք, անաստվածներ, թողե՛ք, թե չէ կտրաքեմ...

Ձայնը խեղդվում էր կոկորդում: Ապտակն այրում էր երեսը, որպես շիկացած երկաթե հպումը: Ի՜նչ ամոթ, ի՜նչ խայտառակություն և որտեղ: Միայն Գրիշան կարող էր վիրավորանքն այդպիսի էֆեկտով հասցնել: Ա՜ա, բոլորը ծաղրում են Միքայելին, բոլորը դեմքերն արտահայտում են ցավակցություն: Նա, Միքայել Ալիմյանը, այսպես անպատի՞վ լինի, այսքան բազմության մե՞ջ, բարեկամների ու թշնամիների մո՞տ: Անաստվածնե՛ր, թողեք գոնե մի անգամ ատրճանակն արձակի:

Գրիշային հեռացրին:

Մի կերպ հեռացրին և՜ Միքայելին:

Սեղանատունն ավելի ու ավելի էր լցվում հանդիսականներով: Սկսվեց թեր ու դեմ խոսակցություն: Ոմանք անցան Գրիշայի կողմը, արժեր այդ Ալիմյանին մի անգամ խայտառակել, շատ էր փքվել: Մեծամասնությունը Միքայելին էր պաշտպանում: Շատերը պախարակում էին երկուսին էլ հավասար: Գիմնազիոնի մի քանի ուսուցիչներ և դատարանի անդամները պահանջեցին իսկույն արձանագրություն կազմել և վաղն ևեթ երկուսին էլ վռնդել կլուբից:

Միքայելին ուժով կառք նստեցրին, ալացրին տուն:

Սմբատը զունատվեց, լսելով եղբոր անպատվությունը:

Այրի Ոսկեհատը մի սուր ճիչ արձակեց:

Անտոնինա Իվանովնան արհամարհական հայացք ձգեց հասարակական ապտակ ուտողի վրա:

Ալեքսեյ Իլլինովիչը արտասանեց.

— Վայրենի Ասիա:

Արշակը գոռաց.

— Ես այդ Հաբեթյանին կսպանեմ: Ես կպաշտպանեմ Ալիմյանների պատիվը:

Քյազիմ-բեգը, թևից բռնելով, չթողեց նրան դուրս վազելու:

Միքայելը պահանջում էր, որ ընկերները գնան և հենց այս րոպեին Գրիշային մենամարտության կանչեն:

— Դու երբեք չես մենամարտի, — ասաց Սմբատը դրական եղանակով և, դառնալով հյուրերին խնդրեց հանգիստ թողնել Միքայելին:

Ամբողջ երեկոն Ալիմյան ընտանիքն անցկացրեց հուզված և գրգռված: Այրին անընդհատ լալիս էր:

XVII

Առավոտը կանուխ Սմբատը մտավ եղբոր սենյակը: Հակառակ սովորականին, Միքայելն արդեն զարթնել էր: Գիշերն անց էր կացրել գրեթե անքուն:

— Ի՞նչ ես ուզում ինձանից, — գոչեց նա, եղբորը տեսնելով:

Սմբատը նայեց նրա բորբոքված աչքերին և հանդարտ նստեց աթոռի վրա:

— Ես եկել եմ մոտդ ոչ իբրև եղբայր, այլ իբրև ընկեր, բարեկամ, — ասաց նա, — աղաչում եմ, ասա, ի՛նչ է պատահել քո և Գրիգոր Հաբեթյանի մեջ: Անկարելի է, որ պատճառը չնչին լինի...

— Դու ինձ օգնել չես կարող, ինչո՞ւ պատմեմ:

— Ուրեմն գործն այդքան բարդ է:

— Թո՛ղ ինձ հանգիստ, աստված սիրես:

Սմբատը մի ծխախոտ վառեց և սկսեց ծխել, ինչ-որ խորհելով:

Միքայելն անց ու դարձ էր անում, ձեռները վարտիքի գրպանները դրած:

— Գիտե՞ս ինչ, Միքայել, դու կարող ես ինձանից գաղտնիքներ ունենալ, այդ շատ բնական է: Բայց խնայիր մորդ: Դու լռում ես, այդ խեղճ կինը կարծում է, թե դժբախտությունը շատ մեծ է: Նա հազար ու մի ենթադրություններ է անում:

Արդեն լռությունը նույնիսկ Միքայելի համար անտանելի էր: Նա ինքը զգում էր պահանջ գաղտնիքը մեկին հաղորդելու Սմբատի առնական ձայնը և բարեհամբույր դեմքը նրան խրախուսեցին և ակամա տրամադրեցին անկեղծ լինել:

Նա սկսեց ակնարկներով, մութ խոսքերով, սկսեց տատանվելով և շփոթվելով: Բայց այս երկար չտևեց: Երբ տեսավ, որ Սմբատն այնքան էլ չզայրացավ, որ նա սիրահարվել է ամուսնացած կնոջ վրա և ավելի պարզախոս դարձավ: Սակայն դեռ թաքցնում էր իր կրքերի զոհ կնոջ անունը: Աշխատում էր իրեն ներկայացնել մի տեսակ ռոմանտիկական ասպետ, կիրքը պատկերացնում էր իբրև իդեալական սեր, հանցավոր կապին տալիս էր ինչ-որ երկնային խորհրդավորություն:

Սմբատը լուռ լսում էր: Պատմողի փքուն խոսքերի և ոսկեզօծ նկարագրությունների մեջ որոնում էր էականը, կա՞ արդյոք, իսկական սեր: Եվ, հակառակ նույնիսկ իր ջերմ փափագին, չէր գտնում: Որքան ևս Միքայելն աշխատեր իրականը քողարկել, երբեմն շեղվում էր և ասպարեզ հանում անասնական կրքերի գլխավոր դերը երևակայական սիրո մեջ:

— Բայց ո՞վ է այդ կինը, որ այդքան հրապուրել է քեզ, երևի, մի հազվագյուտ էակ է...

Հարցը շփոթեցրեց Միքայելին միայն այն պատճառով, որ նա զգաց, թե չափազանց բարձրացնելով իր սերը, ակամա բարձրացրեց մինչև երկինք և սիրո առարկային:

— Հայ կին է, բավական հայտնի, — կարողացավ նա միայն պատասխանել:

— Եվ ի՞նչ կապ ունե Հաբեթյանի հետ քո սերը...

— Այդ կինը Գրիշայի քույրն է:

— Տիկին Ղուլամյա՛նը, — գոչեց Սմբատը, ցնցվելով:

Միքայելը քանի գնում ոգևորվում էր: Սուտ էր ասում, բայց այնքան հափշտակված, որ ինքն էլ չէր զգում սուտը: Իրականը թաքցնելով՝ նկարագրում էր վեպերի մեջ կարդացածը համանման դեպքերի մասին: Եղբոր լռությունը համարում էր հավանության նշան: Ահա ինչու ապշեց, երբ լսեց.

— Միխա՛կ, քո արածն անբարոյականություն է:

Եվ Սմբատի ձայնի մեջ զգացվեց սրտի խորին հուզումը:

Միքայելը, ա՛յն Միքայելը, որի կամակոր հոգին չէր հանդուրժում ոչ միայն հանդիմանության, այլև սոսկ հակաճառության, շրթունքները զայրույթից կրծոտեց, բայց լռեց: Հրապարակական անպատվությունը բավական խեղճացրել էր նրան:

— Սիրո անունով, — շարունակեց Սմբատը, — ես արդարացնում եմ ամեն դրություն: Կարելի է սիրել ամուսնացած կնոջ, բայց քո պատմածի մեջ ես սեր չեմ տեսնում: Երկուսդ էլ միմյանց խաբել եք և գողացել ուրիշների պատիվը, ահա ինչու արածդ անբարոյական է...

Միքայելը ձեռով խորին դժկամության նշան արավ և մոտեցավ լուսամուտին: Եղբոր խոսքերը նրան թվացին ծանր և դառն, որովհետև զգաց նրանց արդարացիությունը:

Կես ժամ առաջ Սմբատը նրան համարում էր մարդկային կոպտության մի զոհ: Այժմ նրա առջև կանգնած էր արդար զայրույթի մի արժանի պատժյալ: Ո՛չ, դա արդեն անբարոյականություն չէ, այլ ուրիշ, ավելի վատ բան — դա հիվանդություն է, ախտ, կեղտոտ շրջանի մի վիժումնք: Խաբել մտերիմ ընկերոջ և նրա պատվի գնով հաճո՞ւյք վայելել — ահա ինչումն էր բուն ախտը Սմբատի հայացքներով:

Նա վեր կացավ և հանդարտ քայլերով դուրս գնաց: Զգում էր, որ եղբայրական սերն իր սրտում տեղ է տալիս զզվանքի զգացման: Եվ դեռ Միքայելի պես մի մարդու խորհուրդ, է տալիս ամուսնանալ: Ով ո՞վ պիտի դառնար նրա զոհը:

Տասը ժամից սկսած Միքայելի ընկերները միմյանց հետևից եկան իրենց ցավակցությունը հայտնեն և իմանան ինչ է մտադիր անելու: Աղիլբեկովն ու Նիասամիձեն տեսնվել էին Գրիշայի հետ և բացատրություն պահանջել: Վիրավորողը չէր հայտնել իր ապտակի շարժառիթը և միայն բարկացած ասել էր. «ինքը գիտե՝ ինչու համար խփեցի»:

Միքայելը նույնպես հրաժարվում էր բացատրություն տալուց և այսպիսով կրկնապատկում ընկերների հետաքրքրությունը: Գլուխները շարժելով, տարակուսաբար նայեցին միմյանց երեսին: Արդեն, երևի, պատճառը շատ մեծ է և խորհրդավոր, որ ոչ մի կողմը չի ուզում հայտնել:

Իշխան Նիասամիձեն ակնարկեց մենամարտության մասին, ձեռը խրոխտաբար դնելով դաշույնի դաստապանի վրա: Միքայելն ասաց, թե իր ասածից հետ չի կանգնում և կրկին անգամ խնդրեց իր ընկերներին գնալ և իսկույն Գրիշայի հետ մենամարտության ժամանակը որոշել:

Աղիլբեկովը քայլերն ուղղեց դեպի դռները: Նա հույս ուներ վկա լինելու մի ասպետական տեսարանի, որի մասին գաղափար ուներ միայն վեպերից ու բեմական ներկայացումներից:

— Սպասի՛ր, — ասաց սպան, հետ կանչելով տաքարյուն թուրքին, — գործը պետք է վարել արվեստաբար:

Նա բարկացած էր Գրիշայի դեմ, ինչո՞ւ հենց նրա երեկույթի երեկոն ընտրեց ապտակի համար և զրկեց նրան հարուստ «պարտնյորներից»: Նա մի փոքրիկ դասախոսություն արավ մենամարտության մասին և իրեն էլ առաջարկեց Միքայելի կողմից սեկունդանտ:

Մելքոնն ու Մովսեսն այն կարծիքին էին, թե Գրիշան կարող է Միքայելից ներում խնդրել ընկերների մոտ, և խնդիրն այսպիսով կլուծվի: Ի՞նչ կարիք կա գործը բարդացնելու:

Իրավաբան Փեյքարյանը պնդում էր, թե մենամարտությունը մի քիչ հնացած սովորույթ է: Դատարան կա, օրենքներ կան, ergo Հաբեթյանի վարմունքը կարելի է պատժել:

Պապաշան կրկնում էր. «ըըը դատարկ բան է»: Նրա կարծիքով չարժեր մի ապտակի համար աշխարհ դղրդացնել:

— Ջահիլ էր, տաքացավ, ըըը, ձեռ բարձրացրեց: Ի՞նչ բան է մի սիլլան: Քո յաշին ես ըըը այնքան ըըը սիլլա եմ կերել, վրեր երեսիս կաշին լա տվարի կաշի ա ըըը կտրել...

Ներկա էր և Ալեքսեյ Իվանովիչը: Նա վրդովված էր «կոպիտ ասիականության» դեմ: Պետք է խնդրել նահանգապետին, որ Հաբեթյանին ադմինիստրատիվ կերպով աքսորի Արխանգելյան նահանգ կամ ավելի հեռու տեղ: Օրինավոր հասարակություններն այդ տեսակ վայրենիներին չեն պահում իրենց մեջ:

Բայց Նիասամիձեն, Աղիլբեկովը և սպան կրկնում էին.

— Մենամարտությունը վրիժառության միակ ազնիվ միջոցն է:

— Ո՛չ, — լսվեց հանկարծ դռների կողմից, — մենամարտությունն ազնիվ միջոց չէ:

Սմբատն էր, որ մի դառն հեգնական ժպիտ դեմքին, մոտեցավ, թեթևակի գլուխ խոնարհեց և նստեց եղբոր սենյակի մի անկյունում:

Սպան բացատրություն պահանջեց. Սմբատը բացատրեց.

— Պարոննե՛ր, մի մոլորեցրեք իմ եղբորը: Մենամարտություն ասված բանը, արդարև, մի ժամանակ ունեցել է իր իմաստը, այժմ իմաստը ոչնչացել է, մնացել է միայն ձևը: Դիմակահանդեսներն էլ են ունեցել իմաստ և խոր իմաստ, այժմ նրանք ի՞նչ են. անբարոյականության հանդեսներ: Ունենալ ճարպիկ ու հմուտ ձեռ, չի նշանակում ավելի խորը զգալ պատիվ ասված բանը: Մարդկային պատիվը սրի ծայրում չի գտնվում, այլ հոգու խորքում:

— Ես ձեզ անպատվել եմ, — գոչեց նա, ընդհատելով սպայի խոսքը, որ ուզում էր հակառակել, — դուք ինձ մենամարտության եք կանչում: Ես ձեզանից ավելի ճարպիկ եմ: Դուք սպանվում եք: Ո՞ւր մնաց լոգիկան ու արդարությունը, ինչո՞վ մաքրվեց ձեր պատիվը: Ո՛չ, պարոններ, մարդուն չի վայելում աքաղաղներից օրինակ վերցնել:

— Ergo, դատարան, ուրիշ ոչինչ, — մեջ մտավ իրավաբանը:

— Ո՛չ, — դարձավ նրան Սմբատը, — դատարանը հիմնված է այն մարդկանց համար, որոնք դատելու ընդունակություն չունեն:

— Իսկ ի՞նչ կասեք ընկերական դատի մասին, — խոսեց Մելքոնը, — իմ կարծիքով, Գիշային մենք, ընկերներս միայն կարող ենք արժանի պատիժ տալ:

Խորին հեգնության մի ժպիտ անցավ Սմբատի դեմքով: Ընկերական դատ: Օ՜օ, նա շատ է տեսել այդպիսի դատեր և այժմ չի կարող ընկերական դատավորների կոմիկական լրջությանն առանց ծիծաղի հիշել: Նրանք միշտ հիշեցրել են նրան օպերետային նոտարներին և դատավորներին: Ո՛չ, այդ հաստատությունը լուրջ մարդկանց համար չի մտածված: Ընկերական դատին դիմում են թուլամիտները, այո՛, թուլամիտները, ուրիշների կարծիքի ստրուկները: Նրանք, որոնք չգիտեն իրենց արածը գնահատել: Ինքնասեր և առողջամիտ մարդը երբեք չի հարցնիլ ընկերոջը. «ի՞նչ կասես, բարեկամ, ես խելո՞ք եմ, թե հիմար, բարոյակա՞ն, թե անբարոյական»: Նա ինքը գիտե իր գինը:

— Մենք միմյանց հետ կռվում ենք և վեց տարեկան երեխաների պես, վազում ուրիշների գլխին. «ի սեր աստծո, ասացեք, մենք ինչո՞ւ կռվեցինք» կամ «ո՞րն է մեզանից խելոք»: Չեմ կարծում, որ ավելի ծիծաղելի դրություն լինի:

— Դրուստ է ասում, աֆերիմ, ըըը, շատ դրուստ է ասում, — հավանեց Պապաշան, — ընկերական դատս ո՞րն է, մոռացի՛ր ըըը, Մեխա՛կ ջան, մոռացի՛ր...

— Դուք բոլորը հերքեցիք, — ասաց իրավաբանը, — բայց դատն ինչպե՞ս պարզել: Ո՞ւմ դիմել:

— Ո՞ւմ դիմել: -Մեր ներքին դատավորին: Ինչպե՞ս պարզել դատը: Ինքնաքննությամբ:

Բոլորը նայեցին միմյանց երեսին, չհասկանալով Սմբատի միտքը:

— Այո՛, — շարունակեց Սմբատը, — այս է մեր դատարանը, նաև մեր պատժարանը: Պարոննե՛ր, յուրաքանչյուր մարդ բաղկացած է երկու տարրերից: Մեկը գործող է, մյուսը՝ քննողը: Գործողն իր վարմունքների մեջ շատ հազիվ է ղեկավարվում քննողի թելադրությամբ — ահա մեր սխալների աղբյուրը: Մեր արածների ինը տասներորդականը բնազդման ծնունդ են: Եվ, դժբախտաբար, շատ անգամ կյանքի նույնիսկ ամենաբարդ խնդիրները բնազդումով ենք վճռում և հետո... հետո դառն զղջում:

Նա մի վայրկյան կանգ առավ, շրթունքները կրծոտեց, որ իր մեջ խեղդի ինչ-որ դառնություն:

— Գործեցե՛ք, ինչ սխալ կամենում եք, հետո առանձնության ժամանակ հարցրեք ձեր ներքին դատավորին, և նա ձեզ կտա վարմունքի ամենախիստ, բայց և ամենաճիշտ քննությունը: Միայն եղեք անկեղծ ձեզ հետ: Միայն մի՛ թույլ տվեք, որ քննադատի ձայնը խլանա ձեր մեջ կողմնակի ձայներով: Իսկ այս շատ դյուրին է, երբ բնազդումը նիրհած է:

Մի քանիսը նրա միտքը չհասկացան, իսկ մյուսները պնդեցին իրենց ասածը:

Միքայելը ոչինչ չէր ասում:

— Ուրեմն չե՞ք թողնում ձեր եղբորը Գրիշայի հետ մենամարտել:

— Հարցրե՛ք եղբորիցս, ես միայն իմ կարծիքը հայտնեցի, — պատասխանեց Սմբատը:

— Բարեկամ, — ասաց իրավաբան Փեյքարյանը, — ձեր ասածները գեղեցիկ են, բայց միայն գեղեցիկ — ուրիշ ոչինչ: Իմ խելքս էլ նույնն է թելադրում, բայց ա՛յլ է խելքի թելադրածը, ա՛յլ է զգացմունքների պահանջը: Փիլիսոփայությամբ պատիվ վերականգնե՛լ չի կարելի:

— Դրա դեմ խոսք չունիմ, իմ ասածն առողջ տրամաբանության ծնունդ է, — ասաց Սմբատը և լռեց:

— Այդպես ուրեմն, ձեզ մնում է զիջանել փիլիսոփայության: Քանի որ մեր ընկերոջ զգացումները լռում են, — ասաց սպան և ոտքի կանգնեց:

— Ի՞նչ կասես, — հարցրեց Աղիլբեկովը Միքայելին:

— Տատանվո՞ւմ ես, — արտասանեց Նիասամիձեն կիսահեգնաբար...

— Թողեք ինձ հանգիստ, հետո իմ վճիռը կհայտնեմ, — ասաց վերջապես Միքայելը:

Բոլորը դուրս գնացին դժգոհ իրենց ընկերոջ անորոշ վարմունքից:

Զգալի էր, որ Սմբատի խոսքերը Միքայելի վրա գործեցին որոշ ազդեցություն: Երբ ընկերները հեռացան, նա դարձավ եղբորը.

— Բայց ինչպե՞ս մաքրեմ իմ պատիվը:

Օգտվելով տրամադրությունից, Սմբատը չթողեց, որ տպավորությունը պաղի և դարձավ ներկա դեպքին:

Նա համաձայն էր, որ Գրիշայի ապտակը ծանր վիրավորանք է, բայց ինչո՞ւ համար է Միքայելն ուզում այդ մարդուն մենամարտության կանչել կամ ուրիշ կերպ պատժել: Նրա համար, որ Գրիշան իրավունք է համարել զգալ նրա հասցրած անպատվությունը և ենթարկվել իր վայրենի ինստինկտին: Բայց եթե նա վայրենաբար է վարվել Միքայելի հետ, չէ՞ որ Միքայելը նրա վերաբերմամբ ավելի քան վայրենի է եղել — անասուն: Եվ նա՞ է դեռ ուզում Հաբեթյանից հաշիվ պահանջել: Նա՞, որ առաջին վիրավորողն է եղել, այն էլ գողնոցի:

— Խնդրեմ, խնդրեմ, — շարունակեց Սմբատը, վրդովված, տեսնելով, որ եղբայրն ուզում է բողոքել, — առանց տաքանալու: Ժամանակ է հասկանալու, որ չի կարելի ամեն խնդիր գոռոցներով և բռունցքներով վճռել: Մի րոպե քեզ դիր Հաբեթյանի տեղը: Չէ՞ որ կմտածեիր, «ի՜նչ, իմ մտերիմ ընկերը, որին ես հավատացել եմ, այդպես ինձ անպատիվ անի և ես գոնե մի ապտա՞կ էլ չտամ նրան»: Եվ կտայիր, միայն չգիտեմ այդպիսի էֆեկտով, թե չէ: Ո՛չ, սիրելիս, պետք է լոգիկաբար վարվել և խնդիրը պարզելու փոխարեն ավելի չխճճել:

— Այո՛, կուլ տալ ապտակը և հասարակական ծաղրի առարկան դառնալ, այս է քո լոգիկան, չէ՞...

Տիրեց րոպեական լռություն: Սմբատը ցնցողաբար մատներով պտտեցնում էր ժամացույցի լարիչը: Միքայելը, գլուխը կրծքին թեքած, եղունգներն անխնա կրծոտելով, անց ու դարձ էր անում: Նա դեռ գունատ էր, ինչպես աշնանային տերև, և մերթ ընդ մերթ ցնցվում էր, սարսուռ զգալով վիրավորանքը հիշելուց:

— Միամիտնե՛ր, — գոչեց Սմբատը, կարծես, ինքն իր համար, — դուք ամեն մոլորություն հասարակական կարծիքի տեղ եք ընդունում: Ովքե՞ր են կազմում ձեր հասարակական կարծիքը, այդ Քյազիմնե՞րը, Մոսիկոնե՞րը, Նիհասամիձենե՞րը, Մելքոննե՞րը, թե՞ Պապաշաները:

Սիրելիս այդ մարդիկ միայն մի բարոյական հաճույք ունեն — դատել ուրիշներին և ծաղրել: Նրանք չպիտի լինեն քո դատավորը, ո՛չ, այլ դու ինքդ: Աշխատիր այսուհետև քեզ մաքրել, փոխի՛ր կյանքդ արմատապես, հասկանո՞ւմ ես, արմատապես, և այն ժամանակ ծաղրվելու փոխարեն ինքդ կծաղրես ուրիշներին:

Նա կանգ առավ, նայեց եղբոր երեսին, որ հետզհետե փոխվում էր, և շարունակեց ավելի զգացված:

— Մեխա՛կ, նույնիսկ եղեռնագործի համար ուղղվելու ճանապարհ կա: Ուղղի՛ր ինքդ քեզ, և թող ուրիշները որքան ուզում են չարախոսեն: Այն ժամանակ դու կհասկանաս, ինչ երջանիկ զգացում է արհամարհանք ասված բանը: Լսի՛ր, Մեխա՛կ. մի՞թե քո սրտում չի մնացել մի առողջ թել, քո հոգու մեջ մի մաքուր անկյուն: Մի՞թե կյանքի մեջ չես տեսնում ավելի բարձր հաճույք քան անասնական կրքերին ծառայելը... Լսի՛ր, դու կյանքի միայն մի երեսն ես տեսել, կա և ուրիշը: Դու ընդունել ես մինչև այժմ աշխարհի քաղցր թույնը, բայց կա և դառը թույն: Քաղցրը սպանում է, դառը՝ մաքրում...

Նա դարձյալ կանգ առավ, շունչն ուղղելու համար: Նա ոգևորվել էր Միքայելի ուշադրությունից: Մի ժամ առաջ հյուրերի մոտ նա խոսում էր խելքի թելադրությամբ: Այժմ խոսում էին զգացումները: Թվում էր նրան, որ իր խոսքերն ազդում են եղբոր ապականված հոգու վրա և ստիպում նրան, վերջապես, բանալ աչքերը և լուրջ նայել կյանքին:

— Պատմելով քո կրքերի մասին, — շարունակեց նա դառնությամբ, — դու վիրավորեցիր սիրո զգացումը: Եթե սիրեիր, խնդիրն այս կերպարանքը չէր ստանալ: Դու կզոհեիր այդ կնոջն ամեն բան, և դա կլիներ քո պատիժը: Մի նայիր ինձ զարմացած: Ես պատճառ ունեմ այսպես խոսելու: Մարդկային եսամոլությունն անսահման է և, խրատելով քեզ, ես չեմ կարողանում մոռանալ իմ ցավերը: Մեխակ, քո դրությանը չեմ նախանձում, բայց ինքս ավելի վատ դրության մեջ եմ այժմ: Ա՞յժմ, ո՛չ, ահա յոթ տարի է... Քո ապազան դեռ քո առջև է, իսկ իմը հավիտյան աղավաղվել է: Քեզ կույր կիրքն է խաբել, ինձ խաբել է պայծառ սերը: Ի՞նչ եմ ասում, սե՞ր, ո՛չ, այլ միայն սիրո պահանջը: Դու չար դևի զոհն ես, ես բարի հրեշտակի:

Նա լռեց, հառաչեց, ճակատը տրորելով: Սեփական դժբախտության զգացումը նրա մեջ խառնվել էր եղբայրական կարեկցության զգացման հետ, և նա չգիտեր՝ որի վրա կանգ առնի:

Հանկարծ նկատեց մի անսպասելի և անիմանալի բան: Արտասուքի քանի մի կաթիլներ, դուրս գալով Միքայելի աչքերից, գլորվեցին գունատ այտերի վրա: Ի՞նչ է նշանակում այդ, — բորբոքված պատվասիրության կայծե՞ր, բարկությո՞ւն, թե զղջում: Ինչ և լինի — փչացած մի երիտասարդ արտասվում է, և այդ վատ նշան չէ: Կնշանակե դեռ կա նրա սրտում չապականված անկյուն, մի առողջ մասնիկ:

Սմբատը մոտեցավ նրան, ձեռը դրեց ուսին և հուզված ձայնով ասաց.

— Մեխա՛կ, դու վատ ես սկսել, կարող ես լավ վերջացնել, իսկ ե՞ս ես գուցե ընդհակառակը...

Եվ, երեսը դարձնելով՝ հանդարտ քայլերով դուրս գնաց:

ԵՐԿՐՈՐԴ ՄԱՍ

I

Այրի Ոսկեհատն իրեն համարում էր աշխարհի երեսին մայրերից ամենաանբախտը: Մեծ որդին աղավաղեց իր երիտասարդ կյանքը, ամուսնանալով օտարուհու հետ: Այժմ նրա ո՛չ խորին պատկառանքը, ո՛չ անկեղծ որդիական սերը չեն կարող Ոսկեհատի սրտից ջնջել արմատացած վիշտը: Թող Սմբատը, որքան ուզում է, լինի խելոք, աշխատասեր, խնայող, բարի, նրա արած սխալն արժե շատ հանցանքների իր մոր աչքում: Նա ինքը կրում է իր սխալի հետևանքները, նա տխուր է, մռայլ, ի՞նչպես կարող է բախտավոր լինել նրա մայրը:

Միքայելն արդեն անուղղելի որդի է: Նրա կենցաղը հուսահատեցնում է Ոսկեհատին, շռայլում է, առանց վաստակելու, մաշելով օրերը թղթախաղի սեղանների մոտ, անվայել զվարճությունների մեջ, անբաժան ընկերների հետ: Օր-օրի վրա նրա առողջությունը քայքայվում է: Այժմ ի՞նչ է մնացել մի ժամանակվա առողջ ու գեղեցիկ Միքայելից: -Մի զույգ խորը թաղված աչքեր, կաշի ու ոսկոր — ուրիշ ոչինչ: Ի՞նչպես Ոսկեհատը չողբա նրա մասին:

Աղջիկը, Մարթան, բախտավո՞ր է արդյոք: Ո՛չ, նրա կյանքը մի ուրախալի բան չի ներկայացնում Ոսկեհատի համար: Մի որդին դեղնած, մաշված, հինգ տարեկան է, դեռ օրինավոր ման գալ չէր կարողանում, մյուս որդին նույնպես հիվանդոտ, օր-օրի վրա սպասում են մեռնելուն: Ասում են, նրանց հայրը վարակված է եղել ինչ-որ հիվանդությունով: Ա՛խ, այդ մարդը, հարուստ, աչքաբաց, խելքը գլխին, բայց միշտ լալիս է, միշտ գանգատվում, թե աղքատ է, և կնոջն էլ է ստիպում գանգատվել: Ամեն օր Մարթան գալիս է արտասուքն աչքերին, աղաչում, որ իրեն բաժին տան հոր ժառանգությունից: Կռվում է մոր հետ, թունավորում նրա առանց այն էլ անբախտ կյանքը, սպառնում է ինչ-որ դատ բանալ եղբայրների դեմ: Է՞հ, դա էլ աղջիկ...

Ոսկեհատը հույս ուներ մխիթարվել գոնե փոքր որդով — Արշակով: Բայց այս վերջին հույսն էլ չի արդարանում: Արշակը, որի լեզուն հազիվ ազատվել է մանկական կապանքներից, արդեն սկսել է այն ոճով խոսել մոր հետ, որպես չի խոսել նույնիսկ Միքայելը:

Նախատինքին նախատինքով է պատասխանում, սպառնալիքի դեմ սպառնալիք կարդում, խրատներն ու աղերսները ծաղրում ու արհամարհում: Դպրոցից տուն է գալիս թե չէ, նախաճաշ է պահանջում:

Վայ, եթե մի բոպե ուշացրին, կատաղում է, փրփրում, բոլորին հայհոյում և քիչ է մնում երբեմն դատարկ ափսեն մոր գլխին շպրտի: Հետո անհետանում է ամբողջ օրով: Գիշերները երկու ժամից առաջ տուն չի գալիս, իսկ շատ անգամ մինչև լույս էլ դրսերումն է մնում: Քանի-քանի անգամ Սրաֆիոն Գասպարիչը և Միքայելը նրան տեսել են անբարոյական պատանիների հետ ծովի վրա մակույկով շրջագայելիս, այգիներում կասկածելի կանանց հետ զբոսնելիս, նույնիսկ հարբած, իսկ մի անգամ էլ ծեծվելիս թուրքերի ձեռքում:

Տեր աստված, տեր աստված, այս ի՞նչ երկնային պատիժ է, ի՞նչ մեծ մեղք է գործել Ոսկեհատը: Եվ կան դեռ անխելք կանայք, որ նախանձում են նրան: Ա՜խ, չի ուզում նա այդքան հարստությունը. խլեցե՛ք նրանից այդ տները, քարվանսարաները, հանքերը, գործարանները և փոխարենը տվեք միայն մայրական բախտ:

Սրաֆիոն Գասպարիչը պնդում էր, թե չպիտի Արշակի ձեռը փող տալ, թե հենց փողն է նրան փչացնում:

— Փողը նրա հասակի տղայի ձեռքին մի սուր դանակ է: Պահիր նրան տկլոր, քաղցած, կտեսնես, որ կխելոքանա:

Այրին չէր լսում նրան: Ի՞նչ. Արշակին փող չտալ. էլ ո՞ր օրվա համար է նրա հայրն այսքան հարստություն դիզել: Վերջապես ամոթ չէ՞, որ նա գրպանում փող չունենա, երբ բոլոր ընկերներն ունեն:

Սակայն մի օր Ոսկեհատը փորձեց կատարել եղբոր խորհուրդը: Եվ ի՞նչ դառն փորձ էր այն: Նախընթաց երեկո Արշակը թղթախաղում տանուլ էր տվել, այսօր պարտավոր էր վճարել պարտքը: Առավոտը նա մտավ մոր սենյակն այն ժամանակ, երբ այրին նոր էր հագնվում:

— Մոտդ փող կա՞, — հարցրեց նա, ձեռները վարտիքի գրպանները դնելով:

— Չէ ի՞նչ ես անում, չէ որ երեկ տվեցի:

— Դու ասա, փող կա՞ մոտդ:

— Չկա:

Արշակը գլխաբաց վազեց ներքև, մտավ գրասենյակ, կանգնեց երկաթե վանդակապատի առջև, որի հետևում նստած էր Սրաֆիոն Գասպարիչը, շքանշանը կրծքին: Բեղերը ոլորած, դեմքը խոժոռած այնպես, որ կարծես պատրաստ էր առաջին պատահողի հետ կռվելու:

— Քեռի՛, սնդուկդ բաց արա, տեսնեմ...

Ծերունին հեգնորեն ժպտաց: Արդեն նա վաղուց էր սպասում այն օրին, երբ կկարողանա մերժել պատանուն փող տալու:

— Չե՞ս լսում, սնդուկդ բաց արա, — կրկնեց Արշակը, վիրավորված մորեղբոր ժպտից:

— Չեմ կարող:

— Ուրեմն, բանալին տուր, ես բաց կանեմ:

— Բան չկա սնդուկում:

— Բանկից բերել տուր:

— Գնա Սմբատին ասա, հետո: Առանց հրամանի ես ծախս չեմ անում:

— Սմբատն ո՞վ է:

— Սմբատը ֆիրմայի գլխավորն է, ներկայացուցիչը և քո հոգաբարձուն:

— Ա՜յ նորություն, -գոչեց Արշակը, արդեն կատաղելով: -Ե՞ս, գնամ Սմբատից իրավո՞ւնք ստանամ իմ փողերի համար: Միքայելը ծախսի ինչքան քեֆն է, իսկ ես մի հարյուր ռուբլու համար նրան աղաչե՞մ... բա՜ց արա սնդուկդ, ասում եմ...

Ծերունին համառեց: Այն ժամանակ Արշակը գոռաց, ոտները խփեց հատակին, հայհոյեց Սմբատին էլ, Միքայելին էլ, ծերունուն էլ և կրկին վազեց վերև: Այս րոպեին, առանց հետաձգելու, թող նրան տան հարյուր, ոչ, հարյուր բավական չէ, երկու հարյուր, երեք հարյուր ռուբլի:

— Փող չունիմ, որդի, չունիմ, — կրկնեց այրին, թեյի բաժակը դառնացած, հեռացնելով բերանից:

Եվ սաստիկ զղջաց: Պատանին բաց արավ մունդիրի կոճակները, հանեց գրպանից ատրճանակը և ուղղեց իր կրծքին: Կա՜մ փող, կա՜մ մահ — ահա թե ով է Արշակ Ալիմյանը:

— Իմ պատիվը կարող է արատավորվել: Օրենքով թղթախաղի պարտքը պիտի վճարել քսանուչորս ժամում: Ես Ալիմյանների անունը կոտրել չեմ ուզում, հասկանո՞ւմ ես...

Այրին ոչին չէր հասկանում: Նա միայն տեսավ փայլուն զենքը որդու ձեռքում, արձակեց մի սուր ճիչ և, ուշաթափվելով, տարածվեց տաճկական շքեղ թախտի վրա:

Կանչեցին Սմբատին, և միայն նա կարողացավ ատրճանակը խլել Արշակից:

Երբ այրին ուշքի եկավ, առաջին խոսքն էր.

— Փող տվեք նրան, աստված սիրեք, տվեք՝ ինչքան ուզում է:

Բայց Արշակն արդեն չքացել էր: Երեք օր նրան փնտրում էին, չէին գտնում: Այրին փետտում էր մազերը, կեղեքում կուրծքը, անիծում եղբորն ու մեծ որդուն: Ինչ-որ հարյուր — երկու հարյուր ռուբլու համար կործանեցին նրա զավակին: Արշակն իրեն ծովն է գցել ու խեղդվել, փնտրեցե՜ք նրա դիակը:

Չորրորդ օրը պատանուն գտան իր դասընկերներից մեկի տանը երեսնիվայր հագստով քնած: Գիշերվա կեսին եկել էր այնտեղ, ապաստան խնդրել, ցեխոտ, հարբած ու ծեծված:

Անկանոն կյանքն ու անքուն գիշերներն արդեն իրենց կնիքը դրել էին տասնուվեց տարեկան պատանու դեմքի վրա: Զուր կլիներ նրա աչքերի մեջ որոնել պատանեկական անապական հոգու արտափայլում: Նա թվում էր հասակից առնվազն տասը տարով մեծ: Օր-օրի երեսը դալկանում էր, երկայնանում, աչքերի տակ, կապտավուն խորշերը լայնանում էին, ճակատի երակներն ավելի ու ավելի որոշ գծավորվում:

Մի օր Սմբատը միմյանց հետևից լսեց երկու անախորժ

նորություններ: Առավոտն Անտոնինա Իվանովնան նեղ ու երկայն անցքի ծայրում, որ նրա բնակարանը բաժանում էր տան մյուս բաժիններից, հանդիպել էր մի անվայել տեսարանի, Արշակը տիկնոջ երիտասարդ աղախնին գրկել, համբուրել էր այնքան գրգռված, որ չգիտեր թե իր արտասանած կրքոտ խոսքերը կարող էին լսվել:

Պատմելով եղելությունը Անտոնինա Իվանովնան նկարագրեց և համանման ուրիշ դեպքեր, որոնց ինքը պատահաբար վկա էր եղել: Նա սկսեց պախարակել Ալիմյանների ամբողջ ընտանիքը, իբրև բարոյապես փչացած մի շրջան, ուր ամեն ինչ քայքայվում է ու նեխվում և ուր չի կարող ոչ մի առողջ անհատ մնալ:

Սմբատին վիրավորեց կնոջ ծայրահեղ կարծիքը: Հոգու խորքում նա ակամա մասամբ համաձայն էր այդ կարծիքի հետ, բայց ինչո՞ւ չի ցավում այդ կինը, այլ միայն պարսավում է:

— Ինչո՞ւ պիտի ցավեմ, — գոչեց տիկինը, — քանի որ ոչ ոք այս տանն իմ մասին չի ցավում: Այս ընտանիքի մեջ ես օտար եմ, ինչպես մի անկոչ հյուր, ոչ մի կապ իմ և նրա մեջ չեմ տեսնում: Ինձ թվում է, որ ձեր եղբայրները պատրաստ են ամեն քայլում ինձ վիրավորել:

— Ձեզ, տիկին, ամեն բան թվում է, այս ընտանիքի վերաբերմամբ դուք բարոյական դալտոնիզմ ունեք: Դուք կատաղում եք իմ եղբոր դեմ. բայց ինչո՞ւ չեք կատաղում ձեր աղախնի դեմ: Գուցե նա է առիթ տվել...

Տիկինը մի սուր հայացք ձգեց Սմբատի երեսին և դառն հեգնությամբ ասաց.

— Ուզում եք դարձյալ ինչ-որ թունավոր ակնարկնե՞ր անել:

— Ինչո՞ւ ակնարկ, կարող եմ պարզ խոսել: Մի՞թե սուտ ասած կլինեմ, եթե ասեմ, որ այդ Դունիաներն ու Գլաշկաներն են Վոլգայի ափերից այստեղ անբարոյականության սերմեր բերում ու ցանում: Օ՜ օ, ի սեր աստծու, խնդրում եմ միտքը ձեր ուզածի պես չմեկնեք, ես գիտեմ ինչ եմ ասում և երբեք Դունիաների ու Գլաշկաների մեղքը չեմ վերագրել մի ամբողջ ազգի, հասկանո՞ւմ եք ինչ եմ ասում: Իսկ դուք... դուք միշտ հակառակն եք անում...

Վեճն այս եղանակով շարունակվեց և խոշորացավ, մարդ ու կին միմյանց ուղղեցին վիրավորական դարձվածքներ:

Երբեք ընտանեկան խռովությունն այնչափ չէր ազդել Սմբատի վրա: Հուզմունքից նա մինչև անգամ արտասվեց: Կնոջ դեմքի կնճռները, թառամած այտերը և երիտասարդական հյութից զրկված ձայնն ավելի էին բորբոքում նրա կատաղությունը:

Կես ժամ անցած, նա, սիրտը թույնով լի, կանգնած էր գրասենյակի առջև և մտախոհ դիտում էր փողոցով անցնողներին: Քառորդ ժամ էր, նրա առջև անց ու դարձ էր անում մի երիտասարդ, շուտ շուտ նայելով նրան: Երբեմն կանգ էր առնում, ուզում էր մոտենալ, բայց չէր վստահանում: Վերջապես, նա գրավեց Սմբատի ուշադրությունը:

— Գո՞րծ ունիք ինձ հետ, — հարցրեց Սմբատը:

— Ուզում էի ձեզ երկու խոսք ասել:

— Խնդրեմ:

Անծանոթը ո՛չ աղքատի էր նման, ո՛չ՝ կասկածելի մարդու: Նա խնդրեց Սմբատին մի րոպեով մտնել գրասենյակ: Այստեղ նայելով շուրջը, նա ցածր ձայնով ասաց.

— Պարոն Ալիմյան, բարոյական պարտք եմ համարում ձեր ուշադրությունը դարձնել ձեր փոքր եղբոր վրա...

— Արշակի՞:

— Այո՛:

— Ի՞նչ է պատահել:

— Նա հիվանդ է:

— Հիվա՛նդ, — կրկնեց Սմբատը, արդեն անծանոթի խորհրդավոր արտասանությունից գուշակելով, թե խոսքն ինչ տեսակ հիվանդության մասին է:

— Այո՛, Արշակը հիվանդ է և չի ուզում բժշկվել, ամոթից, իհարկե: Կարծեմ, միտքս հասկացաք, ուրիշ ասելիք չունեմ, ներողություն, ես պարտքս կատարեցի...

Ասաց, գլուխ տվեց և դուրս գնաց:

Աշխարհում շատ կան մարդիկ, որոնք միշտ անհրաժեշտ են համարում իրենց «բարոյական պարտքը կատարել» ուրիշների հոգու հանգստությունը խանգարելու համար: Նրանք իրենք բախտավոր չեն կյանքում, ուստի մի առանձին հաճույքով են հաղորդում ուրիշներին չար լուրերը:

Սմբատն ընկավ տարակուսանքի մեջ: Ի՞նչ ասաց այդ մարդը. չլինի՞ թե հոգեկան հիվանդ էր կամ կատակասեր: Այսպես թե այնպես, պետք է ստուգել անծանոթի ասածը:

Սմբատը բարձրացավ վերև: Արշակը նոր վերադարձել էր դպրոցից և արագ-արագ նախաճաշ էր անում այնպես, որ կարծես, գլխին ոստիկան էր կանգնած և շտապեցնում էր:

— Գնանք իմ սենյակը, քեզ հետ գործ ունեմ, — ասաց Սմբատը:

Արշակը կարծեց, թե առավոտվա դեպքի մասին իրենից հաշիվ է պահանջելու: Նա ասաց, թե ժամանակ չունի, շտապում է հինգերորդ դասին:

— Գնանք իմ սենյակը, քեզ հետ գործ ունեմ, — ասաց Սմբատը հեգնությամբ, — այժմ դու պիտի ապրես և ոչ թե ուսում առնես: Վեր կաց, դռները կողպիր, որ հանկարծ մայրիկը ներս չմտնի:

Արշակը լռությամբ կատարեց նրա հրամանը:

-Դու ե՞րբ ես հիվանդացել, — հարցրեց Սմբատն այնպիսի եղանակով, որ կարծես, եղբոր հիվանդությունն արդեն անկասկածելի էր:

Պատանին գունատվեց: Այսքանն արդեն բավական էր, որ Սմբատը զգար, թե անծանոթը զուր չկատարեց իր «բարոյական պարտքը»:

— Ինչո՞ւ չես բժշկվում:

— Ինչո՞ւ պիտի բժշկվեմ, ես հիվանդ չեմ, — պատասխանեց Արշակը, մատներով խաղալով մունդիրի կոճակների հետ:

— Այո՛, այդ արդեն երևում է ունքերիցդ ու թերթերունքներիցդ: Զարմանալի է, որ ես նոր եմ ուշադրություն դարձնում: Այս րոպեիս գնանք բժշկի մոտ...

Արշակը շատ աշխատեց ազատվել եղբոր ձեռքից, բայց չկարողացավ: Սմբատը, գրեթե ուժով, նրան տարավ դուրս, կառք նստեցրեց: Բժշկի մանրամասն քննությունը վավերացրեց վտանգավոր հիվանդության գոյությունը: Ախտն առաջին շրջանն արդեն բոլորել էր, բայց դարմանելու հույս կար: Սովորակա՛ն երևույթ. այդ պատանին չծաղկած թառամում էր, որպես ճանապարհի եզրին բուսած ծաղիկ, որ վաղաժամ դալկանում է ու կեղտոտվում անցորդների ոտների ուտիչ փոշուց:

— Չկարծեք, թե այդ առաջին օրինակն է, — ասաց բժիշկը, որ մի բարեսիրտ գերմանացի էր, — հենց այժմ իմ ձեռքի տակ երկու պացիենտ էլ ունիմ ճիշտ ձեր եղբոր հասակի:

Կարծես, այս էր պակաս Սմբատի դառնության բաժակը լրացնելու համար: Նա հոգում էր մի եղբոր մասին, այնինչ, մյուսը դուրս էր գալիս ավելի ապականված և այն էլ մատաղ հասակում:

Սմբատը զաղտնիքը հայտնեց միայն Սրաֆիոն Գասպարիչին: Որոշեցին վարձել մի մարդ, որի պարտքը լինի հսկել Արշակին և թույլ չտա շվայտությունները շարունակելու: Այնուհետև պատանին առանց այդ մարդու տնից չպիտի դուրս գար: Վճռվեց դպրոցից նրան դուրս բերել, թող անկիրթ մնա, կյանքն ուսումից թանկ է: Արշակը հակառակեց, բողոքեց իր գլխին նշանակված հսկիչի դեմ, բայց հպատակվեց: Նրա սենյակում դրեցին առանձին անկողնակալ՝ հսկիչի համար և այսպիսով պատանուն դարձրին մի տեսակ բանտարկյալ: Այրիին չհայտնեցին որդու սոսկալի հիվանդությունը, բայց համոզեցին, որ հսկողությունն անհրաժեշտ է ընկերների վատ ազդեցությունից պաշտպանելու համար:

— Հա՛, ընկերները, ընկերները. իմ որդիներիս փչացնողները հենց նրանք են, — ասաց Ոսկեհատը և, նայելով Սմբատի աչք-րին, ավելացրեց, — քեզ էլ նրանք են խելքից հանել, թե չէ դու չէիր անիլ այդ բանը...

Նույն միջոցներին Սմբատի օրերը կատարելապես թունավորված էին: Ընտանեկան ընդհարումները քանի գնում այնքան սուր կերպարանք էին ստանում: Այլևս մարդ ու կին իրենց չէին զսպում, չէին աշխատում քողարկել օրգանական դարձած փոխադարձ ատելությունը:

Անտոնինա Իվանովնան ուղղակի անիծում էր այն օրը, երբ հանդիպեց Սմբատին: Դա ճակատագրի մի դառն հեգնություն էր և ոչ փոխադարձ սեր: Նա համարում էր Սմբատին ազնիվ ու խելոք մարդ, բայց իր և նրա մեջ զգում էր խոր անդունդ: Նա գիտեր ինչ է այդ անդունդը և գիտենալով հանդերձ զգում էր, որ անզոր է հսկայական քայլ անել անդունդն անցնելու համար: Վաղուց զգացած խուլ հակակրությունը դեպի ամուսնու շրջանը այժմ դառնում էր ավելի ու ավելի բացարձակ այրի Ոսկեհատի և տիկին Մարութխանյանի բուռն ատելության շնորհիվ:

Քսանուերեք տարեկան էր Սմբատը, երբ հանդիպեց քսանուվեց տարեկան Անտոնինա Իվանովնային: Անվերադառնալի՛ ժամանակներ, երիտասարդական առաջին շրջանի անցողիկ վայրկյաններ, որ այնքան թանկ նստեցիք նրան: Վառ երևակայությունը մի հասարակ ուսանողուհու աստվածացրեց Տուրգենևի ու Տոլստոյի վեպերի ազդեցությամբ: Հափշտակվեց Անտոնինա Իվանովնան անվախ զգացումներով և կյանքի մասին ունեցած համարձակ հայացքներով: Բայց շուտով Անտոնինա Իվանովնան կորցրեց նրա աչքում իր հրապույրը ոչ միայն իբրև կյանքի ընկերուհի, այլև իբրև կին: Անդունդը փորվեց այն պահից, երբ մարդ ու կին հասկացան, որ իրենց բարոյական շահերը շատ հանգամանքներում չեն հաշտվում և չեն կարող երբեք հաշտվել, որքան ևս զիջող և ներողամիտ լինեն փոխադարձ: Կային Սմբատի սրտին մերձավոր խնդիրներ, որոնք անհասկանալի և երբեմն նույնիսկ ծիծաղելի էին Անտոնինայի համար: Եվ կինը չէր զգում, թե որքան է խոցոտում նրա հոգին, երբ անտարբեր է վերաբերվում այդ խնդիրներին:

Սմբատի սառնությունը փոխվեց ատելության մանավանդ այն պահից, երբ հասավ երեխաների կրթության ժամանակը: Կինը ներշնչում էր նրանց մի ուղղություն, մարդը պահանջում էր հակառակը: Դրանից առաջանում էին այնպիսի խոշոր ընդհարումներ, որ երբեմն նրանք չէին խնայում իրարու նվիրական զգացումները:

Այսպես տևեց կյանքը վեց-յոթ տարի: Հորից ստացած հեռագիրը — «ես մեռնում եմ, ե՛կ վերջին անգամ քեզ տեսնեմ» — ավելի զորացրեց Սմբատի ատելությունը: Նրան թվաց, թե հայրը վաղաժամ է մեռնում, և պատճառն ինքն է և իր կինը:

— Ես զնում եմ իմ հայրենիքը, — ասաց նա Անտոնինա Իվանովնային, — չգիտեմ, կվերադառնամ, թե չէ ...

Դա մի անզգույշ դարձվածք էր, որ արտասանեց զրգռված բոպեին, մի՞թե կարող էր բաժանվել երեխաներից, որոնց սիրում էր սրտի բոլոր զգացումներով:

Անտոնինա Իվանովնան տխուր լուրն ընդունեց անտարբեր: Բոթաբեր հեռագիրը նրա վրա մազի չափ տպավորության չզործեց: Այնտեղ, հեռավոր Կովկասում մեռնում է ինչ-որ մի վաճառական, որի երեսը երբեք չի տեսել, արժե միթե ցավել նրա մասին, թեկուզ նա լինի իր ամուսնու հայրը: Նա ճանապարհ դրեց Սմբատին ասելով.

— Ես զգում եմ, որ այսօրվանից մեր ճանապարհները բաժանվում են, բայց մի՛ մոռանաք ձեր երեխաներին:

Եվ ահա անխորտակելի շղթան նորից նրանց մոտեցրեց միմյանց,

երեք ամիս չանցած, բայց միացրեց, կարծես, ավելի խիստ կերպով բաժանելու համար: Քանի ծնողներից, եղբայրներից ու քրոջից հեռու էր, Սմբատը կարողանում էր իր կյանքի դառնությունները մի կերպ մարսել: Այժմ նա զգաց, թե իր սխալը որքան մեծ է եղել և որքան անուղղելի: Մայրենի շրջանը նրա սրտում բորբոքեց ժամանակավորապես թմրած մի զգացում: Նա տեսավ, որ այդ շրջանից որքան հեռու է իր մտավոր աշխարհով, նույն քան մոտիկ է արյունով, հոգով ու կաթով:

— Թողեք ինձ վերադառնամ այնտեղ, որտեղից եկել եմ, — ասաց մի օր Անտոնինա Իվանովնան, — դուք այժմ հարուստ եք, կարող եք ապահովել մեր երեխաներին: Դուք ինձ չեք սիրում, չեմ սիրում և ես ձեզ: Դուք սխալվել եք, ես էլ եմ սխալվել: Տվեք ինձ երեխաներին, կտամ ձեզ անպայման ազատություն:

— Մի՞թե, — գոչեց Սմբատը զայրացած, — արհամարհում եմ ձեր խոստացած ազատությունը, ինձ համար թանկ են միայն իմ երեխաները:

Վեճը հենց այստեղ էլ ընդհատվեց Ալեքսեյ Իվանովիչի գալով: Նա հագած էր վերջին տարազի հագուստ՝ լայն վարտիք, կարճ պիջակ՝ կորաձև փեշերով և միայն մի զույգ կոճակներով, կուրծքը կիսով չափ բաց ժիլետ և ասեղնագործ շապիկ՝ բարձր երկծալ օձիքով:

— Սմբատ Մարկիչ, — դարձավ նա իր փեսային, պենսնեն ուղղելով, — մեզ ե՞րբ եք տանելու հավիտենական կրակները ցույց տալու: Ասում են՝ շատ հետաքրքրական է, ես ուզում եմ տեսնել կրակապաշտների տաճարը:

Սմբատն առանց պատասխանելու դուրս եկավ կնոջ սենյակից:

Ալեքսեյ Իվանովիչը, ունքերը վեր բարձրացնելով, մի զարմացական հայացք ձգեց նրա հետևից և ապա, դառնալով քրոջը՝ ասաց.

— Զարմանալի անքաղաքավարի են այդ ասիացիները, բնավ չգիտեն հյուրի հետ վարվել:

— Իսկ հյուրն էլ բնավ չգիտե իր պատիվը ճանաչել, — նկատեց քույրը հանդիմանաբար:

— Ի՞նչ հիմար բան ասացիր, Անտոնինա:

— Ես լուրջ եմ խոսում, ասա խնդրեմ, վերջապես, ե՞րբ ես վերադառնալու Մոսկվա:

— Վերադառնա՞լ, — կրկնեց Ալեքսեյ Իվանովիչը, — սպասիր, դեռ նոր եմ եկել, ի՞նչ ես ինձ, այսպես ասած, վռնդում տնից...

— Դու կարող ես ուշանալ և պաշտոնից զրկվել:

— Էհ, թող զրկեն, ինչ կա: Կարծում ես շա՞տ մեծ նշանակություն եմ տալիս ինչ-որ դելոպրոիզվոդիտելի պաշտոնին: Գիտես ինչ, քույրիկս, ուզում եմ Սմբատ Մարկիչին խնդրել, որ այստեղ ինձ, այսպես ասած, մի լավ պաշտոն տա, ասա ...

— Գործակատարի՞:

— Ինչո՞ւ գործակատարի և ոչ կառավարիչի, զանձապահի կամ, այսպես ասած, անձնական քարտուղարի: Ես այստեղ կարող էի ապրել, աստված վկա, կարող էի, չնայելով, որ, այսպես ասած, խորին Ասիա է:

Խնդրի՛ր, սիրելի կողակցի, տա՛...

— Ես երբեք նրանից բան չեմ խնդրի, այն էլ քեզ հարմար:

— Պատճա՞ռը, աա՞:

— Ամեն մի խնդիր խնդրողի վրա որոշ առումով պարտականություն է դնում: Իսկ ես չեմ ուզում երախտապարտ լինել Ալիմովին:

— Այ քեզ նորություն, կինը մարդուն երախտապարտ...

— Ես նրա կինը չեմ, այլ միայն երեխաների մայրը...

Ալեքսեյ Իվանովիչն ունքերը բարձրացրեց մինչև մազերի արմատները, կնշանակե, թե մինչև այդ աստիճան զարմացավ:

— Իսկ նա՞... Երևի, նա էլ միայն քո երեխաների հայրն է, աա՞... Այդ շատ օրիժինալ է, շատ օրիժինալ: Գիտե՞ս, սիրելիս, պիտի ասած է որ դու շատ անհարմար ժամանակ ես դադարել Սմբատ Մարկիչի կինը դառնալու: Քանի, այսպես ասած, տկլոր էր — կինն էիր, հիմա միլիոններ է ստացել — միայն երեխաների մայրն ես, այդ իսկի ձեռնտու չէ, աա՞...

— Ալեքսե՛յ...

— Գիտեմ, սիրելիս, գիտեմ, որ միմյանց, այսպես ասած, խածնում եք: Բայց, քույրիկս, այժմ պետք է ատամներդ ներս քաշես, որովհետև մեջտեղ երկաթի սնդուկ կա, կրծոտելը դժվար է աա՞... Ուղիղն ասած, ես ինքս էլ չեմ սիրում այդ ասիացուն, բայց черт побери փող ունի, իսկ փողը, այսպես ասած, աշխարհի լծակն է, աա՞...

— Քե՞զ ինչ կամ ի՞նձ ինչ, որ փող ունի: Մենք օտարներ ենք...

— Օտարնե՛ր, դե, դե, դե, թո՛ղ այդ փուչ խոսքերը, աստված սիրես: Ասենք, դու ինձանից զարգացած ես և խելոք, այսպես ասած, ժամանակակից կին ես, սեփական գաղափարների և հաստատ կամքի տեր: Բայց ներիր, սիրելիս, կենսական խնդիրներում ինձ հետ վիճել չես կարող, այսպես ասած, հիսուն աշուն առաջ կտամ... ես մարդկանց շատ լավ եմ ճանաչում... Ահա ինչ, սիրելիս, այդ գաղափարների, հայացքների տարբերություն, չգիտեմ, համոզմունքների կռիվ կամ ազգային խորթություն, դրանք բոլորը դատարկ բաներ են, աա՞: Այդ չէ ձեր, այսպես ասած, փոխադարձ գժտությունների պատճառը: Պատճառը, այսպես ասած, կենսական է և հոգեբանաֆիզիոլոգիական: Բանն այն է, որ դու մի քիչ, այսպես ասած, խունացել ես իբրև կին, հասկանո՞ւմ ես իբրև կին եմ ասում, աա՞: Черт побери, մի մտիկ արա աչքերիդ տակերին էէ՛...

— Ալեքսե՛յ...

— Նո՛ւ, Ալեքսեյ, Ալեքսեյ: Ալեքսեյը ճիշտն է ասում, և ինչո՞ւ թաքցնել ճշմարտությունը: Բայց ահա ինչ. ինձ զարմացնում է, թե դու ինչո՛ւ չես սիրում նրան: Այդ ինձ համար, այսպես ասած, հանելուկ է: Նա առողջ է, երիտասարդ, արյունը եռում է, աա՞:

— Այնուամենայնիվ ես նրան ատում եմ:

— Չեմ հասկանում, աստված վկա, չեմ հասկանում:

— Եվ երբեք էլ չես կարող հասկանալ: Ատում եմ նրա երեսի ու մազերի գույնը, քիթը, բերանը, առոգանությունը, սովորություն սերը, ատում եմ նրա սերը դեպի յուրայինները, ատում եմ նրա լեզուն, ավանդությունները, նախապաշարումները, ազգականներին, և բոլորը, ինչ որ կապ ունի նրա ծագման հետ: Այս ատելությունը, հասկանալ չի կարելի, այլ միայն զգալ, միայն զգալ...

— Այդ բոլորը գուցե կարելի է ասել, որովհետև, ինչպես ասես, ես էլ մի առանձին համակրություն չեմ զգում դեպի այդ ասիացիները: Բայց ներիր, մազերի գույնը դու պիտի սիրես, նա, այսպես ասած, ինչպես բրյունետ է, իսկ բրյունետները մեզանում մեծ գին ունեն, մանավանդ այդ կոպիտ կովկասցիները, ա՞ա:

— Լավ, բավական է, — ընդհատեց Անտոնինա Իվանովնան եղբոր շաղակրատությունը, — թող այս նամակը վերջացնեմ:

Նա նստեց սեղանի քով, հուզված և շարունակեց ընդհատված գրությունը:

— Այնուամենայնիվ, դու պիտի հաշտվես Սմբատ Մարկիչի հետ: Միլիոներ է, քույրիկս, հասկանո՞ւմ ես, ինչ ասել է միլիոներ, այն էլ մեր երկաթի դարում, ա՞ա:

Եվ գուցե, համոզված, որ վերջին խոսքերը կարող են ազդել համառ քրոջ վրա, նա, պենսնեն ուղղելով և աչքերը ճպճպելով, դուրս գնաց:

II

Միքայելի համար սկսվեցին ծանր, դաժան ժամեր, ժամեր, լի տանջանքներով, անսովոր խոհերով: Մի կողմից վիրավորված պատվի զգացումը և հասարակական ծաղրն ու արհամարհանքը, մյուս կողմից՝ խղճի խայթը — նրա հոգին ճնշում էին, սիրտը մորմոքում: Այն միտքը, թե դեռ Գրիշայից վրեժ չի առել, ստիպում էր նրան մենության մեջ փետտել մազերը, կրծոտել մատները, փակված վագրի պես անընդհատ անց ու դարձ անելով իր սենյակում: Այն միտքը, թե անզոր է այդ վրեժն առնելու, դրդում էր նրան անիծել սեփական թուլությունը, հայհոյելով անգամ ինքն իրեն:

Նա երկչոտ չէր, կարող էր իր պատիվը պաշտպանել նույնիսկ կյանքի գնով: Բայց եղբոր խոսքերն ազդել էին նրա վրա և ազդել շատ խորը: Իսկ այդ խոսքերի ազդեցությամբ նրա մեջ հղացել էր մի ուրիշ զգացում, ավելի ծանր, քան տիկին Ղուլամյանի վերաբերմամբ գործած հանցանքի գիտակցությունը: Դա օրիորդ Շուշանիկի վերաբերմամբ գործած սխալն էր: Ապտակը նա համարում էր իր հանցանքի արժանի պատիժը: Իսկ մի մաքուր, անարատ աղջկա դեմ գործած մեղքը դեռ մնում է անպատիժ: Ուրիշ ժամանակ այդ մեղքը նա կհամարեր երիտասարդական խաղ, անցողիկ կատակ: Է՛հ, ինչ արավ. փորձեց մոլորեցնել մի անմեղ աղջկա և չկարողացավ: Մի՞թե ուրիշները քիչ են անում այդպիսի փորձեր, և ո՞վ է իրեն դատապարտում երեխայական խաղերի համար: Շուշանիկի պատիվն անխախտ է: Բայց ո՛չ, աղքատ աղջկա հուզված ու վրդովված կերպարանքը հալածում էր նրան ավելի խիստ, ավելի անողոք, քան արատավորված Անուշի կուշտ կերպարանքը: Նրա ականջներին շարունակ հնչում էին այդ աղջկա լուրջ ու արհամարհական խոսքերը, «Այնքա՜ն զանազանություն կա ձեր և ձեր եղբոր մեջ»:

Ո՞րն է այդ զանազանությունը: Մի՞թե այն, որ Սմբատը մի քիչ ավելի է ուսում առած, ավելի զարգացած, գուցե և՛ ավելի խելոք, քան Միքայելը: Ո՛չ, անկասկած այդ աղջիկը ակնարկեց մեկի ու մյուսի կենցաղների մեջ եղած տարբերությունը: Արդարև, մի՞թե Սմբատը թույլ կտա իրեն այնպես վերաբերվել մի անպաշտպան աղջկա:

Ահ, ի՞նչ հիմարություն արավ նա և ինչո՞ւ: Մի՞թե ստոր, անասնական կիրքն այնքան ապականել է նրա հոգին, որ այլևս ոչ մի սրբություն չի մնացել նրա համար: Այդքան վառվռուն, կրակոտ կանանցից հետո այդ համեստ աղջկա մաքուր ձայնը, պայծառ աչքերը գրավեցին նրան ինչպես նորություն ու թարմություն: Համադամ խորտիկներից ձանձրացած ստամոքսը երբեմն հասարակ բուսեղեն կերակրի պահանջ է զգում: Քմքի բռպեակա՜ն հաճույք, կուշտ սրտի անցողի՜կ փափագ, որ զրգեց նրան այդչափ ստորանալ մի աղքատ ու անհայտ աղջկա առջև: Բայց ինչո՞ւ այդ աղջկա ձայնը հնչեց նրա ականջին այնքան սոսկալի և ինչո՞ւ այսօր հալածում է նրան նույնիսկ այն պահին, երբ պարտավոր է մտածել միայն իր պատվի վերականգնման մասին:

«Կփափագեի, որ մի օր քո մեջ զարթներ իսկական սիրո զգացմունքը», հիշում էր նա Սմբատի խոսքերը: Եվ իրիկնային մթության մեջ, մեն մենակ նստած իր ննջարանում, այս խոսքերի ազդեցությամբ վերլուծում էր իր զգացումները կանանց վերաբերմամբ: Նա տեսնում էր սրտի ծայրահեղ ապականություն, և ուրիշ ոչինչ: Նա ոչ միայն չի սիրել, այլև անպատվել է այդ մաքուր զգացումը, անասնական ախտը սիրո տեղ շռայլելով: Նա իր բնական ծարավը միշտ հագեցրել է կեղտոտ աղբյուրներից: Երբեք չի հարգել կին սաված էակին, նույնիսկ այդ Անուշին: Իհարկե, այդ աղջիկն իրավունք ունի նրան արհամարհելու:

Որքան նա աշխատում էր մոռանալ անմեղ կերպարանքը, այնքան ավելի էր հալածվում նրանից: Ապտակի լուրը տարածվել է ամբողջ քաղաքում, այսօր, վաղը, իհարկե, հայտնվելու է և նրա ամոթալի պատճառը: Եվ ոչ ոքի կարծիքը նրան չէր վախեցնում, որքան Շուշանիկինը: Սենյակի մթության մեջ տեսնում էր մի անկոչ դատավոր, որ զզվանքով լի աչքերը հառել էր նրա երեսին: Լսում էր սարսափելի շշուկը. «չէի՞ ասում, որքան զանազանություն կա ձեր և ձեր եղբոր մեջ»: Կարծես, այդ աղջիկն ամբողջ հասարակական կարծիքի մարմնացումն էր, և կարծես, մարդկությունը կենտրոնացել էր միայն այդ աղջկա մեջ:

Նրան թվում էր, որ եթե միայն Շուշանիկից ներվի, կմոռանա իր անպատվությունը, միևնույն ժամանակ զգում էր, որ եթե բոլորն էլ ներեն, հենց միայն այդ աղջիկը միշտ արհամարհելու է իրեն, միշտ զզվանքով երես է դարձնելու:

Նա վառեց ննջարանի լամպարը, դրեց սեղանի վրա: Գլուխը բարձրացնելով, պատին քաշ արած հայելու մեջ տեսավ իր դեմքը: Աչքերի շրջանակները կարմրել էին, այտերը շառագունել: Նրան թվաց, թե ապտակը ձախ այտի վրա թողել է չորս մատների կապույտ հետքը: Ցնցվեց: Ա՜խ, երանի թե կարելի լիներ գոնե այս մի հատիկ թերթը պոկել նրա կյանքի գրքույկից և այրել անհետք: Բայց անկարելի է, և հենց այս մի հատիկ թերթը պիտի բարձրաձայն գոռա նրա բարոյական անկման մասին:

Նայեց իր փափուկ, շքեղ անկողնին և ապա հայացքը դարձրեց դեպի անուշահոտ յուղերի ու ջրերի սրվակները: Հանկարծ զգաց անսովոր զզվանք դեպի այն բոլորը, որ նրա կանացի զեխության նշաններն էին:

«Մի՞թե քո սրտում չի մնացել մի առողջ անկյուն», հիշեց Սմբատի խոսքերը: Ահա թե որքան է ընկել, որ նրան մի այսպիսի հարց են տալիս՝ լռում է:

Ո՜չ, այլևս նա չի ուզում ընկած մնալ: Նա կարող է իրեն ուղղել: Հեռո՜ւ, ապականող շրջան, անքուն գիշերներ, զազրելի զվարճություններ՝ անառակների ընկերության մեջ:

Նա կատաղեց տուալետի սեղանի դեմ: Եվ մի րոպեում բոլոր սրվակներն ու շշերը լուսամուտի միջով սլացան դեպի փողոց, ուր նրանք ջարդ ու փշուր եղան սալահատակի վրա: Ա՜խ, երանի կարողանար իր ամբողջ անցյալն այդպես խորտակել և նորից սկսեր ապրել: Այն ժամանակ այդ աղքատ ու հպարտ աղջկան կասեր, «տեսե՜ք, ես արհամարհում եմ ձեր կարծիքը, որովհետև իմ եղբայրն ինձանից ոչ մի բանով բարձր չէ»:

Նայեց ժամացույցին, դեռ յոթ ժամն էր: Երբեք օրվա այս միջոցին նա տանը չէր եղել: Այժմ ո՞ւր գնալ, ի՞նչ երեսով երևալ ընկերներին: Մտածեց, որ Գրիշան դեռ տանն է և ինը ժամից առաջ չի գնում կլուբ: Մենա՞կ է, արդյոք, ի՞նչ է մտածում, ուրա՞խ է իր արածի համար, պարծենո՞ւմ է ընկերների մոտ, թե՞ զղջում: Նա զգաց անսովոր կարեկցություն դեպի ընկերները և նրա մեջ հանկարծ հղացավ Գրիշայի հետ տեսնվելու ցանկություն:

— Աղա՛, այս մարդն ուզում է տեսնել, — լսեց նա զանգեզուրցի Բաղդասարի ձայնը:

Ծառան, որ մի անտաշ գյուղացի էր, հագած էր սև սյուրտուկ, սպիտակ փողկապ Միքայելի պատվերով:

— Ասե՞լ ես, որ տանն եմ, — հարցրեց Միքայելը, նայելով սպասավորի բերած այցետոմսին, աչքունքը թթվացնելով:

— Ասել եմ:

— Շատ դալա՛թ ես արել... Խնդրի՛ր ներս...

Ներկայացավ թղթակից Մարզպետունին: Ցավակցություն հայտնեց, որ ուշ է ներկայանում իր հակակրանքը արտահայտելու համար «տեղի ունեցած վայրենի դեպքի մասին»: Նա գրգռված էր և սկսեց բողոքել «հասարակական անպիտան վարք ու բարքի դեմ»: Ակնարկեց, թե դեպքի նկարագրությունն արդեն պատրաստ է լրագրի համար: Հաբեթյանը դուրս է բերված մի անբարոյական մարդ, մի հրեշ: Թող կարդա և ամաչի իր արածից:

— Միայն մի քանի լրացուցիչ տեղեկություններ են հարկավոր, — ավելացրեց թղթակիցը, հուշատետրը ծոցից հանելով. — օրինակ՝ ճշմարի՞տ է, որ դուք նրան մենամարտության եք կանչել, Հաբեթյանը փախել է երկչոտությամբ:

— Ո՛չ, սուտ է:

— Ճշմարի՞տ է, որ... — կամեցավ շարունակել թղթակիցը և հանկարծ կանգ առավ զարմացած:

Միքայելը բացարձակ ցույց տվեց, թե մտադիր չէ նրա հարցերին պատասխան տալու: Նա, գրիչը վերցնելով, ձևացավ, թե գործ ունի:

— Ներեցեք, կարծեմ, ես ձեզ խանգարեցի, — ասաց թղթակիցը, հուշատետրը կամացուկ ցոցը դնելով:

— Այո՛, ես մի քիչ զբաղված եմ, — ասաց Միքայելը, չթաքցնելով իր ձանձրույթը:

— Ներեցեք, ես ուզում էի ձեզ պաշտպանել մամուլի միջոցով:

— Բայց մի՞թե կարիք կա ամեն մի մասնավոր դեպք լրագրին հաղորդելու:

— Ո՛չ, այդ մասնավոր դեպք չէ, այլ հասարակական երևույթ: Ես իբրև մեր հասարակական բարք ու վարքերի ուսումնասիրող, պարտավոր եմ հաղորդել...

— Այն ժամանակ գրեցեք, ինչ ուզում եք. ես ժամանակ չունեմ քննության ենթարկվելու:

— Շատ վեղեցիկ, շատ հիանալի, պարոն Ալիմյան: Կնշանակե, ես ստիպված կլինեմ դիմել պարոն Հաբեթյանի աջակցությանը: Նա բոլորը կասի, իսկ ես... ես պարտավոր եմ բոլորը գրել... Դա հասարակական երևույթ է...

— Գնացե՛ք, ուրեմն նրա մոտ որքան շուտ, այնքան լավ, — գոչեց Միքայելը, հասկանալով թղթակցի քսու միտքը:

Մարզպետունին ամբողջ մամուլի պատիվը շոշափված զգալով, դուրս գնաց, մտքում պատրաստելով մի կծու հոդված, որով պիտի ջարդ ու փշուր աներ բուրժուազիային: Ա՛խ, այդ բուրժուաները, երբեք չպիտի աշխատել նրանց դուր գալ... չեն հասկանում, չեն գնահատում:

Նույն րոպեին, կուչ գալով և փոքրացած, ներս սլկվեց արծաթագործ-ակնավաճառ Բարսեղը: Ի՜նչ անպատվություն, ի՜նչ լրբություն. եթե Ալիմյանների պես մեծամեծների պատվին էլ դիպչում են, էլ ի՞նչ պիտի անեն Բարսեղի նման «խեղճ մարդիկ»: Աշխարհը փչացել է, մեծ ու պատիկ չկա: Մարկոս աղայի որդին կլուբում ապտակ ստանա՞, և քաղաքը տակն ու վրա չլինի՞... լսվա՞ծ բան է... Երեք օր է Բարսեղը շարունակ կռվում է բոլորի հետ: Չար լեզուներն ասում են, որ իբր Միքայել աղան դուետից հետ է կանգնել: Իհարկե, Բարսեղը, Միքայել աղայի ցավն առնի նա, ամենի հետ կռվում է այս մասին: Հաբեթյանն ո՞վ է, որ Ալիմյանը նրա հետ ճակատ-ճակատի կանգնի: Փհե՛, աշխարհը քանդվե՞լ է, էլ մարդ չի՞ մնացել, որ Միքայել աղան ինքը գնա ու ձեռները կեղտոտի: Այնքան բարեկամներ ունի, բավական է մեկին հրամայի, Հաբեթյանի «գլուխը կթռցնեն սխտորի պես»:

— Ես ինքս, ցավդ առնեմ, խեղճ տեղովս նրա միսը դոլմա անել կտամ, շներին կուտացնեմ: Թոկից փախածներ կան ձեռքիս տակ, որ մատդ բարձրացնես, մարդու ծոցից գիշերը կնոջը կհանեն:

Նայելով ակնավաճառի փոքրիկ աչքերին, շիկակարմրագույն դեմքին, Միքայելն զգաց անսովոր զզվանք:

— Ես ոչ ոքի օգնության կարոտ չեմ, — ասաց նա, հասկացնելով, որ երկար խոսելու ախորժակ չունի:

— Իհարկե, իհարկե:

— Դե լավ, դո՛ւրս եկ, — պատվիրեց Միքայելը բավական խիստ եղանակով:

Ակնավաճառը դուրս գնաց փոշման, ատամները կրճտելով:

Միքայելը կանչեց Բաղդասարին և հրամայեց այլևս ոչ ոքի չընդունել: Բայց հենց հրամանը տալիս ներս մտավ Սուլյանը, որի աչքերի վերին կոպերը խորին զայրույթից միանգամայն անհետացել էին ունքերի տակ: Այդ ի՞նչ վայրենություն է, այդ ի՞նչ հանդգնություն է և ո՞վ է ում վրա ձեռ բարձրացնողը: Սպանելը քիչ է, պիտի կախաղան բարձրացնել, ո՛չ, ձգել նավթահորի մեջ խեղդել:

— Ես մի խաղաղ մարդ եմ, որովհետև, ինչ կուզեք ասեք, գիտությունը մարդու մեջ սպանում է վայրենի ինստինկտները: Բայց, եթե թույլ տաք, հինգ անգամ կապտակեմ այդ վայրենուն: Գոնե պետք է հասկացնել, որ կան մարդիկ, որոնց վրա ոչ մի ձեռք չպիտի բարձրանա: Ալիմյաններն ինչ-որ Հաբեթյաններ չեն...

Նրա խոսքերն ընդհատվեց Մարութխանյան ամուսինների գալուստով: Երեք օր էր նրանք նույն ժամին այցելում էին և չէին հաջողում Միքայելին տեսնել: Իր սենյակում փակված՝ նա ոչ ոքի չէր ընդունում:

Տիկին Մարթան սկսեց հայհոյել Հաբեթյանի մորը, քույրերին ու բոլոր ազգականուհիներին, հայտնի չէր ինչու, հանգիստ թողնելով արական սեռը: Նրա կարմրախայտ այտերի շուրջը կապտեց, երկարավուն քթի պնչերը դողացին, բարակ շրթունքները դեղնեցին: Այդ կինը, որ նոր էր սգից դուրս եկել, հագնված էր ամենավերջին տարազով, բայց որպես մի անշնորհք, սակայն գեղեցիկ դերասանուհի կամ առաջին կարգի կոկետուհի: Նրա սիազին գլխարկը զարդարված էր ամեն գույնի փետուրներով ու ծաղիկներով, իսկ մետաքսյա վարդագույն կիտասի թևերն այնքան լայն էին ուսերի կողմում և նեղ բազուկների վրա, որ նա նմանում էր չինական ծաղկամանի:

Մարութխանյանը նույն կարծիքի էր, ինչ որ իրավաբան Փեյքարյանը, պետք է գանգատվել դատարանին:

— Ամեն բան դատարանի ձեռքով, ամեն բան, — կրկնեց նա խորհրդավոր եղանակով, — ժամանակներս այսպես են, ինչ արած:

— Չէ՛, Իսակ, չէ, դա շատ քիչ է, — գոչեց Մարթան, որ բազկաթոռի վրա հանդարտ չէր կարողանում նստել, մերթ պտտում էր եղբոր, մերթ ամուսնու ու մերթ Սուլյանի կողմը, ինչպես լարված պաճուճապատանք: — Այդ գյադային մի լավ պիտի ծեծել տալ: Գիտե՞ս ինչպես. գցել հենց կլուբում, ուրիշների առաջ, ծեծել, ծեծել ու ծեծել: Այնպես չէ՞, պարոն Սուլյան:

Սուլյանը մի ինչ-որ անորոշ շարժում արավ գլխով: Ով գիտե՝ Իսակ Մարութխանյանն ինչ մարդ է, հանկարծ դրսում մի անզգույշ խոսք կասի, և Հաբեթյանը լսելով, կարող է Սուլյանին էլ թշնամի համարել: Այժմ նա մտածում էր տիկին Մարթայի մասին, մերթ ընդ մերթ նրա վրա գաղտուկ իմաստալի հայացքներ ձգելով: Նա չէր ուզում, որ տիկինը կատաղի, որովհետև այդ տգեղացնում էր նրա դեմքը: Երբ Մարթան, ազատվելով սրտի առաջին մաղձից, հանդարտվեց, սկսեց սիրալիր ժպտալ ինժեներին, աշխատելով, սակայն, որ իր ժպիտները չնկատվեն ամուսնուց ու եղբորից: Եվ խորամանկ ամուսինը, որի սրատես աչքերից առնտրական աշխարհում ոչ մի չնչին երևույթ խույս չէր տալիս, իր կնոջ վերաբերմամբ առհասարակ բավական կարճատես էր...

Իբրև զգույշ և հասկացող մարդ, Սուլյանը զգաց, որ այժմ ինքն ավելորդ է ընտանեկան շրջանում: Հրաժեշտ տալիս նրա փոքրիկ աչքերը մի քանի վայրկյան սևեռվեցին Մարթայի աչքերին այն պահին, երբ տիկնոջ բոլոր մատները ցնցվեցին նրա ձեռքի մեջ:

— Հիմա կարող ենք մեր մեջ խոսել մեր ընտանեկան ցավերի մասին, — ասաց տիկինը, Սուլյանի դուրս գնալուց հետո: -Արի, Միքայել, խոստովանիր, որ մեր եղբայրը մարդ չէ: Եթե մարդ լիներ, հենց այսօր թշնամուդ գլուխը ջարդ ու փշուր կաներ: Ա՜խ, Մեխակ, ուրիշներն էլ եղբայր ունեն, մենք էլ... Զրկում է մեզ հերիք չէ, պատիվներս էլ ուրիշների մոտ չի պաշտպանում: Էհ, տերը նրա հետ, թող ինքն իր պատիվը պաշտպանի, եթե կարող է, — շարունակեց տիկինը, իսկույն փոխելով խոսքը, — միայն մեզ հանգիստ թողնի: Հենց այդ է, որ հանգիստ չի թողնում. ի՜նչ կա, բերել է ու մեր գլխին ձգել այդ կնոջն իր լակոտներով: Ա՜չքս լույս, իմ խեղճ հայրն արյուն-քրտինքով փող աշխատի, մի օտարուհի գա, տիրանա... Հապա դա աստված կվերցնի՞, Մեխակ.... դու ասա...

Իսակ Մարութխանյանը լսում էր լուռ, թույլ տալով կնոջը շարունակել նույն ուղղությամբ: Նա գիտեր իր լարած մեքենայի զորությունը, գիտեր, որ Մարթան մինչև որ Միքայելին նորից չգրգռի Սմբատի դեմ, չպիտի լռի:

— Ինչո՞ւ մինչև հիմա մեզ վիզիտ չի անում, — շարունակեց Մարթան, նորից, հետզհետե տաքանալով, — հարցնող լինի, ո՞վ է, ո՞ւմ աղջիկն է: Եկել է թե չէ, մեր մոր օրը սևացրել է: Խեղճ ծնողս ամեն օր աղի արտասուք է թափում: Մեխա՛կ ջան, պետք է Սմբատին խելքի բերել: Նա մեր անունը խայտառակեց հայերի մեջ: Ի՞նչ է քո վզին նստեցրել այդ քոծին...

Նա զարմացավ: Այս անգամ Միքայելն անուշադիր էր դեպի իր դրդումները: Կատաղեց և սկսեց ավելի պարսավել Անտոնինա Իվանովնային: Բանն այնտեղ հասավ, որ չխնայեց եղբոր կնոջ բարոյական վարքն անգամ և ուղղակի կասկած հայտնեց նրա անցյալի մասին...

— Մարթա՛, — գոչեց, վերջապես, Միքայելը, — մի քիչ քաղաքավարի խոսիր, այդ կինը մեր եղբոր ամուսինն է, նրա երեխաների մայրը...

— Օհօ՛, օհօ՛, օհօ՛, — կրկնեց Մարթան, զրեթե նստած տեղը պարելով, — ա՛յ նոր բան: Դու նրանց կո՞ղմն ես անցել, ուրեմն այդ կնիկը քեզ էլ է կախարդել...

Իսակը նոր միայն սկսեց կամաց-կամաց հանել ձախ ձեռքի ձեռնոցը: Դա նշան էր, որ պատրաստվում է արդեն կնոջն օգնելու:

— Այսօր ես, — սկսեց նա հանդարտ, աչքով անելով Մարթային, որ լռի, — այսօր ես փաստաբանին ասացի, որ դատարանին խնդիր տա:

— Ինչի՞ մասին, — հարցրեց Միքայելը, թեև գիտեր փեսան ինչի մասին էր խոսում:

— Մեր դատի, կարծում եմ արդեն ժամանակն է:

— Չի՞ կարելի, արդյոք, մի քիչ էլ հետաձգել:

— Ինչու չէ, կարելի է, — պատասխանեց Մարութխանյանը, վարտիքի ծնկերը սրբելով, թեև այնտեղ ոչինչ չկար, — երևի, խոստանում է կամավոր մեր բաժինը տալ, հը՞մ...

Մինչև այժմ Միքայելն անցուդարձ էր անում: Լսելով փեսայի վերջին խոսքերը նայեց նրա երեսին, նստեց դեմուդեմ և, ոտը ձգելով ոտի վրա, ասաց.

— Ամոթ չլինի հարցնելը, ի՞նչ բաժնի մասին ես խոսում:

Մարդ ու կին նայեցին միմյանց երեսի. անշուշտ, Միքայելին մի բան է պատահել:

— Մեր հալալ բաժնի, — պատասխանեց Իսակը, ուսերը վեր քաշելով:

— Գիտես ի՞նչ, փեսա, ես Սմբատի հետ չեմ ուզում վեճի բռնվել, զուր եք մարդ ու կին ուզում ինձ խելքից հանել...

— Ի՞նչ, ի՞նչ, — գոչեց Մարթան, — դու չես ուզում, ես ուզում եմ, իմ երեխաներն ուզում են:

— Դու ժառանգ չես և իրավունք չունիս բաժին պահանջելու...

— Էհե՛, այդ էր պակաս: Չէ՛, Իսակ, եղբորս խելքից հանել են...

— Կարելի է բոլորովի՞ն չես ուզում դատ սկսել, — հարցրեց Իսակը:

— Եթե կամենում ես ճիշտն իմանալ, այո՛, բոլորովին, — պատասխանեց Միքայելը:

— Հետաքրքրական է իմանալ, ինչո՞ւ:

— Հենց այնպես, քեֆս չի տալիս:

Մարութխանյանը մի սուր, երկարատև հայացք ձգեց Միքայելի աչքերի մեջ:

— Ի՞նչ ես այդպես մտիկ անում, — բարկացավ Միքայելը կանաչ-դեղնավուն աչքերի անախորժ փայլից — մի՞թե կարծում էիր՝ այնքան ընկած եմ, որ խարդախության կղիմեմ եղբորս դեմ՝ գրպանդ հարստացնելու համար: Սխալվում ես, ես սրիկա չեմ...

Մարութխանյանն սկսեց անհանգիստ շարժումներ անել: Բանն այն է, որ նա իր կնոջը հավատացրել էր, թե կոնտր-կտակն իսկական է:

— Եթե չես ուզում դատ սկսել, — ասաց նա, — ի՞նչ հարկավոր է ավելորդ խոսելը: Մարթա՛, վեր կա՛ց, գնանք... Միխայիլ Մարկիչն այսօր քեֆ չունի...

Միքայելը նրա աչքերի մեջ կարդաց կծու հեգնության հետ և մի չար դիտավորություն: Թվաց նրան, որ այդ աչքերի մեջ նստած, մի զույգ զազրելի սողուններն ինչ-որ դավ են սարքում իր դեմ:

— Գիտե՞ս ինչ, փեսա, արտասանեց նա ակամա, չկարողանալով զսպել նողկանքը, — դու... դու լավ մարդ չես, ներիր ինձ...

Մարութխանյանը հեգնաբար ծիծաղեց բարձրաձայն: Նրա չոր ձայնը հնչեց որպես մի ցուրտ, անախորժ քամի: Լամպարի լույսն ընկել էր ուղիղ նրա դեմքի վրա և լուսավորում նրա մի քիչ երկայնաձև գլուխը, որ դդումի ձև ուներ:

— Ես լավ մարդ չեմ, հա՛, հա՛, հա՛, — կրկին ծիծաղեց նա և ոտի կանգնեց, — Մարթա՛, առաջ ընկիր... Ես իմ հաշիվները գիտեմ, լավ մարդ չեմ, բայց իմ հաշիվները գիտեմ...

— Մեխակ, — գոչեց Մարթան, որ զարմացած մերթ նայում էր ամուսնուն, մերթ եղբորը, լավ չըմբռնելով նրանց վեճի իսկական իմաստը, — դու իմ մարդուն վիրավորում ես, խելքդ գլխի՞դ է...

— Առաջ-ն չ, այժմ, փառք աստծու, գլխիս է, միայն վախենում եմ, որ այդ մարդը քո խելքը չունի: Գիտե՞ս, նա շատ ագահ է, օ՜օ, շատ ագահ, ամեն բան ուտում է...

— Տեսնենք, — ասաց Իսակը, գլխարկը բազկաթոռի վրայից վերցնելով, — վախենում եմ մի օր այդ խոսքերի համար կփոշմանես, Միխայիլ Մարկիչ:

— Դե լավ, թո՛ղ ինձ հանգիստ, գնա՛ բանիդ...

— Ի՞նչ, դու Մարութխանյանին դո՞ւրս ես անում տնիցդ, — արտասանեց հյուրը, աջ ձեռով գլխարկի եզրը խփելով ձախ ձեռքին, — ա что же, վատ մարդ եմ, ես էլ ցույց կտամ իմ վատությունը... Մարթա՛, գնանք, ես սկանդալիստ չեմ...

Միքայելը լուռ ու վրդովված նայեց քրոջ ու փեսայի հետևից, մինչև որ դուրս գնացին, — կինը հուզված, մարդը սատանայաբար ժպտալով:

— Օ՜հ, — թռավ ակամա նրա բերանից:

Նա զգաց մի տեսակ թեթևություն: Ճնարովի կտակի խնդիրը նրա համար մի ակամա բեռ էր: Հոգու խորքում վաղուց էր զգում նրանից ազատվելու պահանջ: Այժմ ուրախ էր, որ միանգամից դեն ձգեց ուսերից այդ բեռը: Դա մի համարձակ քայլ էր նրա համար: Մի քայլ, որ ներշնչեց նրան եռանդ մի ուրիշ ավելի համարձակ քայլ անելու: Նայեց ժամացույցին, դեռ նոր էր լրացել ութ ժամը: Բութ մատի ծայրը սեղմեց ատամներին, նայեց հատակին, ձախ բռունցքը կողքին հենած:

Նա գործեց մի վճռական շարժում, մոտեցավ սեղանին, մատը սեղմեց զանգակի կոճակին:

— Սմբատը տա՞նն է, — հարցրեց Բաղդասարին:

— Հենց էս սհաթիս դուրս գնաց:

— Տուր ինձ վերարկուս:

Նա շտապով հագնվեց և դուրս եկավ հաստատ քայլերով: Երեք օր էր՝ մտածում էր ու տատանվում: Այժմ ուզեց, վերջապես, մի հարվածով լուծել հանգույցը: Թող ինչ լինելու է, լինի: Նա իր պատիվը մի անգամ արդեն դրել է թղթախաղի, այլևս կանգ առնելը երեխայություն է: Թող ինչ ուզում են ուրիշները մտածեն: Նա կանի այն, ինչ որ թելադրում է իր սիրտը: նրան տիրել էր անսովոր համարձակություն: Այն, ինչ որ ուզում էր անել, այլևս նրան չէր թվում այնքան ծանր ու անախորժ, որքան մեկ էլ օրը, երեկ, նույնիսկ մի ժամ առաջ: Վռնդելով իր տնից Մարութխանյանին, նրան թվում էր, թե վռնդեց իր սրտից ամեն մի վեհերություն...

Եղանակը ցուրտ էր, երեկոն սաստիկ մութ: Թանձր մառախուղի մեջ փողոցային լապտերները ներկայացնում էին մի տեսակ մոխրագույն կետեր: Բարակ անձրևը սալահատակները թրջել էր և դարձրել լպրծուն: Նա ստեպ-ստեպ սայթաքում էր, բայց կառք չէր ուզում նստել: Հաճելի էր նրան թրջվել անձրևի տակ, ծծել խոնավ օդը, դողդողալ ցրտից:

Քառորդ ժամ անցած, կանգ առավ մի նորաշեն տան առջև, մտածեց մի վայրկյան և մատը սեղմեց զանգակի կոճակին: Դռները բացվեցին այն վայրկյանին, երբ մի հանկարծակի մտքից դրդված ուզում էր հեռանալ:

— Տա՞նն է պարոնը, — հարցրեց ռուս աղախինին, որ երևաց դռան շեմքի վրա:

— Տանն է:

Մտավ ներս, բարձրացավ մի փոքրիկ սանդուղքով, անցավ էլեկտրական փոքրիկ լապտերով լուսավորված նախասենյակը: Նրա մարմնին տիրեց անսովոր ջերմություն, զգաց, արյունն ուժգին հոսում է դեպի գլուխը, սիրտն արագ-արագ բաբախում: Բայց հետ չդարձավ:

Մատներով զարկեց դռներին: Եվ ներսից լսվեց ծանոթ ձայնը:

— Մտե՛ք:

III

Երկու ընկեր, որ տասնհինգ տարի միասին աղուհաց էին կերել, միմյանց սիրել ու պաշտպանել, այժմ կանգնած են դեմուդեմ իբրև թշնամիներ: Այս միտքը կայծակի արագությամբ անցավ Գրիգոր Հաբեթյանի գլխով, երբ դռների մեջ տեսավ Միքայելի կերպարանքը: Նա շփոթվեց, չիմացավ թույլ տալ նրան ներս մտնելու, թե ծառային հրամայի վռնդել: Հետո մտածեց, որ վիրավորվածը եկել է անձամբ հաշիվ պահանջելու: Վաղուց էր հարկավոր. չէ՞ որ Գրիշան ապտակը հենց դիտմամբ այնքան բազմության մեջ տվեց, որ ավելի վիրավորի Միքայելին և ստիպի նրան իրենից անպատճառ հաշիվ պահանջելու:

Նա նստած էր պարսկական փոքրիկ թախտի վրա և ծխում էր պարսկական նարգիլե, խալաթը հագին, գլխին տաճկական ֆես: Ծխափողը փաթաթելով ջրամանի երկայն պարանոցին, հանդարտ վեր կացավ տեղից և մոտեցավ գրասեղանին:

Միքայելը լուռ մի քանի քայլ առաջ եկավ: Գդակը դնելով աթոռի վրա, ձեռով տրորեց ճակատը: Նա գիտեր ուր է եկել և ինչու համար, բայց չգիտեր ինչպես սկսի այն, որ ուզում էր ասել: Նա տակավին կռվում էր ինքն իր հետ, աշխատելով զսպել վիրավորված պատվի զգացումը և կատարել այն պարտքը, որ թելադրում էր սիրտը և հալածում նրան գիշեր-ցերեկ երեք օր շարունակ:

— Խոսելո՞ւ ես, թե՞ չէ, — արտասանեց Գրիշան, առանց նայելու նրան:

Նա ծանր նստեց աթոռի վրա և մեջքը հենելով սեղանին՝ աչքերը հառեց հյուրի երեսին, զզվանքով լի աչքերը: Միքայելը ներքին հուզումից զանազան ներվային շարժումներ էր անում: Նա զգում էր, ստորացնում է ինքն իրեն իր թշնամու առջև, բայց ներքին ձայնը շշնջում էր. «ուրիշ կերպ չէ՛իր կարող վարվել»:

— Գրիշա — սկսեց նա, ձեռը դնելով առջևում գտնվող աթոռի մեջքին, — ես եկել եմ բացատրություն տալու:

— Այսինքն՝ պահանջելու:

— Ո՛չ, տալու, — կրկնեց նա ավելի համարձակ, — համարիր ինձ վախկոտ կամ հիմար, բայց ես եկա... Ինձ ստիպեցին գալու: Դու բոլորը չգիտես. ինձ վիրավորեցիր, բայց բոլորը չգիտես: Մենք թշնամիներ ենք, թշնամիներ էլ կմնա՛նք, միայն լսիր ինձ...

Եվ նա պատմեց բոլորը, սկսած առաջին օրից, երբ հափշտակվեց Անուշով, մինչև վերջին այցը: Այլևս նրա պատմությունը չուներ ռոմանտիկական բնավորություն: Խոստովանում էր ծանր հանցանքը, բայց բացատրում էր, որ մեղավորը միայն ինքը չէ: Նա ոչինչ չէր կարող անել, եթե Անուշը իրեր նրան իրենից: Չիրեց, ընդհակառակը, խրախուսեց, իսկ նա, ինչպես երիտասարդ, մոլորվեց, խելքը կորցրեց, մոռացավ և՛ ամոթ, և՛ պատկառանք, և՛ ընկերոջ սեփական պատիվ: Նա իրեն արդարացնելու համար չի ասում այս, այլ միայն սիրտը թեթևացնելու, խղճի խայթը մեղմացնելու համար: Ա՛խ, շատ թանկ կվճարեր իր սխալն ուղղելու համար, բայց ի՞նչ անի այժմ: Նա պատրաստ է ամեն կերպ զոհացում տալ Գրիշային, միայն թե կարողանա արդարանալ ինքն իր խղճի առջև:

Այս էր նրա երբեմն հորդահոս, երբեմն անկապ խոսքերի բուն իմաստը:

Գրիշան լսում էր լուռ և զարմանում: Ի՞նչ է նշանակում այդ. ծաղրո՞ւմ է նրան Ալիմյանը, թե՞ վախեցել է, թե՞ խելագարվել: Այսպես թե այնպես — դա մի այնպիսի քայլ էր, որին երբեք չէր կարող սպասել Ալիմյանի կողմից, չէր անիլ և՛ ինքը:

— Դու զարմանո՞ւմ ես, — շարունակեց Միքայելը դողդոջուն ձայնով, — այսքան խեղճացած տեսնելով ինձ: Ես կկատաղեի, եթե երեկ ինձ ասեին, թե պիտի գամ և ներողություն խնդրեմ: Գրիշա, չես կարող երևակայել, թե ինչ է կատարվում իմ մեջ: Այս երեք օրվա ընթացքում ես ապրել եմ ավելի, քան ամբողջ կյանքումս: Խիղճս տանջում է ինձ, որ այնպես վիրավորել եմ քեզ: Խոստովանելով իմ մեղքը, կարծում եմ, գոնե մի փոքր կարող եմ թեթևացնել սիրտս...

— Եվ մարսել ապտակս, — ավելացրեց Գրիշան դառն արհամարհանքով:

Արյունը խփեց Միքայելի գլխին: Մի ակնթարթում նա կորցրեց ինքն իրեն:

— Ապտա՛կը, — կրկնեց նա մի քայլ հետ կանգնելով:

Վայրկյանը տագնապալի էր: Արդեն Գրիշան կարծում էր, թե հակառակորդը պիտի հարձակվի իր վրա: Նա պատրաստվեց պաշտպանվելու: Բայց Միքայելը ցնցվեց, նորից ուշքի եկավ, մի՞թե չէր երդվել զսպել իրեն: Նորից պայծառ կերպարանքը նկարվեց նրա աչքերի առջև: Եվ այդ վայրկյանին նրա սրտում զարթնեց կյանքի մի այնպիսի սեր, որ երբեք չէր զգացել: Նրա ձեռները թուլացան: Գլուխը թեքվելով կրծքին՝ արտասանեց.

— Դու ունեիր իրավունք ինձ սպանել անգամ...

Գրիշան աչքերը չէր հեռացնում նրանից, դիտելով նրա յուրաքանչյուր շարժում ու նա զգաց մի ինչ-որ կարեկցություն դեպի նախկին ընկերը և մտածեց, արդյոք, չափից դուրս խիստ չի՞ վարվում նրա հետ: Սակայն հանցանքը, մի՞թե ավելի մեծ պատժի արժանի չէ, մի՞թե նա դեռ պիտի խոսի այդ ապականված, անզուսպ մարդու հետ, այն էլ իր տանը:

— Տասնուհինգ տարվա մեր կերած աղուհացը դու ամենաամոթ

կերպով ոտնատակ արիր, այժմ ի՞նչ ես ուզում ինձանից, անպատկառ, ասա...

— Ոչինչ, միայն եկել եմ ներողություն խնդրելու, հետո, հետո կարող ես վարվել ինձ հետ, ինչպես կամենաս, հետո ես ոչնչից չեմ վախենալ:

— Դո՛ւրս, դո՛ւրս իմ տնից, ես ձայնդ անգամ լսել չեմ ուզում, — գոչեց Գրիշան մոլեգին, բռունցքն ուժգին զարկելով սեղանին:

Միքայելն անշարժ էր. այլևս նրա համար բոլորը մի էր, կվռնդեն իրեն, թե կծեծեն: Նա արավ այն, ինչ որ բռնի պահանջում էր սիրտը:

Գրիշան արմունկները հենեց սեղանին, գլուխը դրեց ձեռների ափերի մեջ, երեսն ամոթից ծածկելով: Նա ամաչում էր իր քրոջ փոխարեն: Նա այնքան թեթևամիտ չէր, որ չկարողանար կշռադատել իրողությունը: Գիտեր ըմբռնել իրերի էությունը և որքան մեղավոր էր համարում Միքայելին, կրկնակի դատապարտում էր քրոջը: Միքայելը կանգնած էր անշարժ: Նայում էր նախկին ընկերոջ հաստ պարանոցին, որի երակները փքվել էին և դողդողում: Կար ժամանակ, որ այդ առողջ, զվարճամոլ մարդը միշտ նրան ներշնչում էր ուրախություն: Սիրում էր նրան ավելի, քան մյուս բոլոր ընկերներին: Համարում էր նրան բարեսիրտ, նույնիսկ վեհանձն: Տասնուհինգ տարի, այո՛, ընկերներ էին եղել, միասին անցկացրել հազարավոր զվարճալի օրեր ու գիշերներ և երբեք միմյանց դառն խոսքով անգամ չէին վիրավորել: Եվ հանկարծ այսօր մեկը գողանամ է մյուսի պատիվը: Ճիշտ որ նա անպատկառ է, անխիղճ և չի կարող այս տունն ապականել իր ներկայությամբ: Թող ապտակն այրի նրա դեմքը կրակի պես, դա ամենափոքր պատիժն է նրա ամենամեծ հանցանքի համար:

— Եթե դու մի փոքր ազնիվ լինեիր, — խոսեց Գրիշան, գլուխը բարձրացնելով, — ուրիշ կերպ ինձ բավականություն կտայիր: Բայց ես քեզ ճանաչում եմ, դու երբեք այդքան քաջություն չես ունենալ... Դու հասկանում ես, ինչ եմ ասում. իմ քույրն իր մարդու հետ այսուհետև ապրել չի կարող, պիտի բաժանվի նրանից...

Միքայելը ցնցվեց: Գրիշայի ասածը հասկացավ, նաև զգաց նրա խոսքերի ճշմարտությունը: Այն միտքը, թե նա իր կյանքը պիտի կապի ատելի դարձած մի կնոջ հետ, սարսափեցրեց նրան: Այնուամենայնիվ նա ասաց հաստատ եղանակով.

— Եթե կամենում ես, ես կունենամ այդքան քաջություն:

Նա վճռեց մի խոշոր զոհաբերություն անել: Այնինչ Գրիշան միայն վարձելու համար արավ իր կողմնակի առաջարկությունը: Իր քրոջ և Միքայելի պատմածներից նա այն համոզմունքն էր կազմել, որ նրանք միմյանց չեն սիրել և միայն կուրացել են անզուսպ կրքերից: Նա գիտե՛, որ եթե իր առաջարկությունն իրագործվի անգամ, վաղ թե ուշ Անուշի պատիվը կրկնակի պիտի ցեխոտվի, Միքաքելը չի կարող երկար ժամանակ կենակցել նրա հետ, կթողնի շուտով, երես կդարձնի:

— Հեռացի՛ր, ի սեր աստծո, դո՛ւրս եկ, ես չեմ կարողանում քեզ

սառնարյուն տեսնել իմ տանը, — ասաց նա գրեթե շնչասպառ, — գլուխս պտտում է, աչքերս մթնում են: Պատրաստ եմ այս ձեռներով խեղդել քեզ էլ, նրան էլ, բայց ի՞նչ օգուտ... Կորե՛ք և ինչ ուզում եք արեք... դուք միմյանց արժանի եք...

Եվ, ամոթից կատաղած, գլուխը դրեց մի ձեռի վրա, մյուսով ամուր բռնելով մազերն ու փետտելով: Այդ պահին նա ավելի իր քրոջն էր ատում, քան ընկերոջը:

Միքայելը քայլերն ուղղեց դեպի դռները լուռ, ձեռը ճակատին սեղմած, հենվելով աթոռներին: Այլևս չգիտեր՝ ինչ ասեր, իսկ մնալն ավելորդ էր:

Ամբողջ մի ժամ նա կառքով թափառում էր ծովափում հետ ու առաջ: նա տակավին չգիտեր ինքն իրեն պարզ հաշիվ տալ իր արածի մասին: Մերթ կարծում էր, թե շատ լավ բան արավ, մերթ մտածում էր, թե իրեն ստորացրեց և ստորացրեց ամենա երեխայական կերպով: Տեսնվա՞ծ բան է, որ ապտակ ստացողը գնա ապտակ տվողի տունը բացատրություն տա փոխանակ պահանջելու: Եվ ինչպե՞ս նա հանդգնեց, մոռացավ ամոթ ու ինքնասիրություն և ներկայացավ այն մարդուն, որի պատիվը ոտնատակ էր արել: Չվերադառնա՞լ արդյոք Գրիշայի մոտ և այս անգամ արդեն իբրև վրիժառու թշնամի: Ո՛չ, ո՛չ, նա արավ այն, ինչ որ պարտավոր էր անել ամեն մի ազնվության վերջին կաթիլից ոչ զուրկ մարդ, նա կատարեց իր սրտի թելադրածը:

Տանջվելով վիրավորված ինքնասիրության զգացումից՝ միևնույն ժամանակ զգում էր մի տեսակ հոգեկան թեթևություն, որ չկար մի քանի ժամ առաջ: Հայհոյելով ինքն իրեն, միևնույն ժամանակ հավատացնում էր, թե ուրիշ կերպ չէր կարող անել, թե ընկերը ճիշտ այնպես պիտի վարվեր մի ընկերոջ վերաբերմամբ, որին անգթաբար անպատվել էր:

— Դեպի տուն, — հրամայեց նա կառապանին:

Այլևս ծանր վիշտը բավական փարատվել էր, մնում էր հանցանքի գիտակցությունը: Այլևս դառնության հետ զգում էր նաև մի անհիմանալի հոգեկան հաճույք: Նա ուրախ էր, որ Գրիշան կրկնակի վիրավորեց իրեն, վռնդելով իր տնից: Արդյոք, նա ինքն ավելի կոշտ չէր վարվի, եթե Գրիշայի տեղը լիներ: Նա այժմ զգում էր մի բան, որ երբեք չէր զգացել, այն, որ վիրավորվածի դրությունն ավելի հաճելի է, քան վիրավորողինը: Քանի իրեն անպայման մեղավոր էր համարում Գրիշայի առջև, տանջվում էր հոգով անպայման, այժմ երբ Գրիշան վրեժ էր առել նրանից և ինքը, փոխադարձ վրեժը առնելու տեղ, ներումն էր խնդրել — այժմ թվում էր նրան, որ խիղճը համեմատաբար հանգիստ է: Լավ էր, որ զսպեց իրեն, խոնարհվեց, չհետևելով ընկերների խորհրդին: Նա կատարեց ոչ այն, ինչ որ պահանջում էր կեղծ ինքնասիրությունը, այլ այն, ինչ որ պահանջում էին անկեղծ զգացումները: Նա ենթարկվեց այն ներքին դատավորի վճռին, որի մասին խոսում էր Սմբատը: Այժմ թող բոլորը ծաղրեն նրան միևնույն է:

— Արթո՞ւն է, — հարցրեց նա սպասավորին եղբոր մասին:

— Հենց հիմա եկավ տուն:

Նա անցավ Սմբատի սենյակը և անմիջապե՛ս պատմեց բոլորը: Եվ ավագ եղբոր մշտապես մռայլ դեմքի վրա նկատվեց մի երկարատև հաճելի ժպիտ: Ժպիտ, որ եղբայրական սիրո հետ արտահայտում էր նաև հույս, թե դեռ բոլորը կորած չէ, թե դեռ Միքայելը կարող է ուղիղ ճանապարհի գալ:

— Այդ կնշանակե, որ քո սրտում դեռ կա չփչացած անկյուն, — ասաց Սմբատը: — Այժմ ասա, զգո՞ւմ ես, որ խղճիդ խայթոցը գոնե մի փոքր մեղմացել է:

— Այո՛, մի փոքր:

— Այդ առաջին քայլն է, պատրաստվիր ավելի առաջ գնալու: Հայտնի բան է, ներում խնդրելով, դու չէիր կարող ընկերոջդ վերքը բուժել և արածդ ջնջել, բայց ավելի լավ է աշխատել կատարած մեղքդ քավելու, քան նոր մեղքեր գործել:

— Ես ավելի մեղքեր ունիմ, քան դու կարծում ես...

— Ավելի լա՛վ, մի անգամից կքավես:

— Ես ուզում եմ նրանցից մեկը հենց այժմ խոստովանել քեզ, որովհետև քեզ է վերաբերում:

— Ի՞նչ:

— Այո՛:

Նա պատմեց իր ընդհարումը Մարութխանյանի հետ և խոստովանեց, որ կոնտր-կտակը խարդախ է: Կարծես այժմ նրա համար ոչինչ բան էր՝ պարզել իր հոգու բոլոր կեղտերը: Նա նմանվում էր դատապարտյալին, որ մի անգամ բերանից թռցնելով մի խոստովանք, այլևս չի կարողանում թաքցնել մյուս բոլոր հանցանքները և գլխիվայր գլորվում անդունդ: Չէ՞ որ միևնույն է, պիտի կրի իր պատիժը, թող գոնե սիրտը թեթևացնի:

— Ես լավ գիտեի, որ այդ կտակը խարդախ է, — ասաց Սմբատը ներողամտաբար ժպտալով, — շատ ուրախ եմ, որ այդպես պատահեց: Դու ինքդ քեզ ազատեցիր վտանգից:

Հետևյալ օրը Միքայելը կանուխ առավոտ քան մտավ դարձյալ Սմբատի սենյակը և խնդրեց որևէ գործ հանձնել իրեն: Անգործությունն այժմ նրան թվում էր և՛ ձանձրալի, և՛ ամոթալի: Սմբատն ասաց, թե բոլոր գործերը հավասար, պատկանում են երեք եղբայրներին և թե Միքայելը կարող է ընտրել, որը կամենում է: Միքայելը ցանկություն հայտնեց նրա փոխարեն հետևել հանքային գործերին:

— Շատ լավ, — ասաց Սմբատը, խոր-խոր նայելով նրա աչքերին, — ինչպես կամենում ես... Ես այսուհետև հանքերը չեմ գնալ, բայց դու ինձ հաշիվ կտաս...

Միքայելին թվաց, թե «հաշիվ կտաս» բառերը եղբայրն արտասանեց խորհրդավոր և երկդիմի եղանակով:

Այդ օրից նա էր այցելում հանքերը:

Մինչ նա աշխատում էր աշխատանքի մեջ մոռանալ վշտերը, հասարակական կարծիքը գործում էր անդուլ նրա բարոյական հռչակի վերաբերմամբ:

Վիրավորական ընդունելությունն Իսահակ Մարութխանյանի սրտում զգզել էր բնական չարություն: Նա կամենում էր Միքայելին օգնել, ազատել նրան եղբոր անտանելի հովանավորությունից, դարձնել ինքնագլուխ, և հանկարծ, այդ մարդը, շնորհակալ լինելու փոխարեն, վռնդո՞ւմ է իր տնից նրան, այն էլ քրոջ հետ: Ուրեմն Մարութխանյանը հավիտյան պետք է հույսը կտրի՞ միլիոններից: Ո՛չ. այդքան էլ հեշտ չէ նրան զրկելը: Նա չի թողնիլ Ալիմյաններին մենակ վայելելու Մարկոս աղայի հարստությունը:

Հետևյալ օրը նա կանչեց իր մոտ Բարսեղին և հայտնեց, թե նրա աշխատանքը զուր է անցել: Ցույց տալով կոնտր-կտակը, աչքերի առջև պատռեց և գցեց վառարան: Բարսեղը դեմքը թթվեցրեց: Կարծեց թե Մարութխանյանը գործը հեշտ կերպով վերջացրել է, իր բաժինն ստացել և այժմ ուրիշի օգնությանը կարոտ չէ: Նա պահանջեց իր աշխատանքի վարձը:

— Ի՞նչ, — գոչեց Մարութխանյանը ծաղրաբար, — աշխատանքի վա՞րձը: Ի՞նչ աշխատանքի. խարդախությա՞ն: Չե՞ս կամենում, արդյոք, բանտի համը տեսնել, հը՞մ... Դու կարծում էիր, Իսակ Մարութխանովն այնքան հիմար է, որ իր կաշին կդնի դատավորների ճիպոտի տակ: Ներողություն, ես քեզ էի փորձում, թե չէ այդ խարդախ կտակով ես ոչինչ չէի կարող անել... Լսի՛ր, թե բերանդ այդ կտակի մասին ուրիշների մոտ բաց անես, պոզերս ցույց կտամ, ճանաչո՞ւմ ես ինձ...

— Ճանաչում եմ, — արտասանեց Բարսեղը խորհրդավոր,-. Բարսեղը ցավդ առնի, մի՛ չարանար: Մենք խոսքիդ հավատում ենք: Մեր ազնիվ իշխանն ես... ամմա դե Մուխան... անիծվածի բերանն էլ պիտի կապել...

— Այդ ճշմարիտ է...

Մարութխանյանը ծոցի զրպանից հանեց մի քանի հարյուրանոցներ և տվեց Բարսեհին:

— Տե՛ս, կեսը զրպանդ չդնես, ես քեզ ուրիշ վարձ կտամ, էլի ինչքան չլինի մեր հարամզադա Բարսեղն ես...

Ակնավաճառի աչքերն ուրախությունից պսպղացին: Նա լռեց:

Մարութխանյանը, երկու բաժակ թեյ պահանջելով, սկսեց նրա հետ խոսել բարեկամաբար: Նախ՝ հարցրեց քաղաքի նորությունների մասին, լսեց, ապա, դեմքին ցավակցական արտահայտություն տալով, ակնարկեց Գրիշայի Միքայելին տված ապտակի մասին: Այնուհետև անփույթ եղանակով շոշափեց ապտակի շարժառիթը, իսկ հետո արդեն պատմեց բոլորը:

— Բայց մեր մեջ մնա, զիտե՞ս, — ավելացրեց նա, թեյը գդալով խառնելով և նայելով բաժակի հատակին:

Նա շատ լավ էր ճանաչում Բարսեղին։ Բարսեղն էլ շատ ճիշտ ըմբռնեց նրա միտքը։

Հենց նույն օրն ականավաճառը գաղտնիքը հաղորդեց Մելքոն Ավրումյանին։ Նրա մոռացած խանութը դարձավ զրավիչ անկյուն, իսկ ինքը՝ հետաքրքրական անձ։ Եկողին պատմում էր բոլորը, ինչ-որ գիտեր, իսկ չիմացածը, հարկավ, հնարում։ Նա գոհ էր արդեն այն բանով, որ Պապաշայի պես մի պատկառելի անձնավորություն կատակներ էր անում իր հետ տիկին Ղուլամյանի բեղիկների վերաբերմամբ։ Նա ինքը չարացած էր Միքայելի դեմ այն ժամից, երբ նույնպես վռնդվեց նրա տնից։

Լուրը շուտով ընկերական շրջանից անցավ ամբոխի բերանը։

Եվ որովհետև Միքայելը Մարզպետունուն ևս վատ էր ընդունել, ուստի թղթակիցն էլ իր հոդվածի մեջ թույլ տվեց քանի մի խիստ թափանցիկ ակնարկներ նրա վերաբերմամբ։

Պետրոս Ղուլամյանը դարձավ պարզ արհամարհանքի և երկդիմի ակնարկների նշավակ։ Իսկապես նա այժմ սկսեց զգալ խաբված ամուսնու ծանր դրությունը։ Ամոթից նա չէր վստահանամ Պապաշայի երեսին նայել փողոցում։ Իսկ Պապաշան, որ այդ տեսակ ամուսինների հոգեբանությանն այնքան լավ գիտեր, որքան ազգային գործերը, խղճում էր նրան և չէր խոսում հետը։

Երբեմն ծաղրն այնքան պարզ էր, որ Պետրոսը պատրաստ էր հարձակվել սրա ու նրա վրա վիրավորված վարազի պես։ Այսպես, օրինակ՝ մի երեկո խանութում, դրամարկղի փողերը գործակատարից ընդունելիս, դռների առջև տեսավ երկու ծանոթ դեմքեր։ Մեկը Մովսեսն էր, մյուսը՝ Քյազիմ-Բեգը։ Մովսեսը բութ մատները մտցրել էր ականջները, իսկ ցուցամատերը եղջյուրների ձևով վերև բարձրացրել, Քյազիմ-բեգը, բեղերը սրբելով, հըռ-հըռ ծիծաղում էր։ Նրանք մի քիչ հարբած էին, նոր էին ավարտել մի ճաշկերույթ, որ Պապաշան տվել էր ի պատիվ մի նորեկ անգլիացի թղթակցի։

Պետրոսը գուշակեց նրանց վիրավորական ակնարկը, դուրս թռավ դրամարկղի հետևից և կանգնեց խանութի շեմքում։

— Մենք Միքայել Ալիմովին ենք փնտրում, այստեղ չէ՞, — հարցրեց Մովսեսը սատանայաբար։

— Չեմ իմեյու կլանիցա, — ավելացրեց Քյազիմ-բեգը, կլորակ գդակը բարձրացնելով։

— Շաղլատանն է ր, — գոչեց Պետրոսը կատաղած և ուզեց ձեռներով խեղդել Մովսեսին։

Մովսեսն շտապով առավ Քյազիմ-բեգի թևը, և խանութից հեռացան։

Հարկավ, այս բոլորից հետո, այլևս անհարմար էր դավաճան կնոջ հետ մի հարկի տակ ապրելը։ Պետրոսն Անուշին վռնդեց իր տնից, կանխապես մի քանի բռունցքներ տալով նրա հաստլիկ ուսերին։ Սակայն այսքանը բավական չէր. նա գիտեր, որ հասարակությունը պահանջում է՝ պատժել նաև իր կնոջ մոլորեցնողին. եթե չպատժի, բոլորն էլ իրեն համարելու են վախկոտ, աննամուս: Գրիշայի ապտակը նա շատ քիչ էր համարում: Ի՞նչ է մի ապտակը մի տղամարդու համար, պետք է պատժել զգալի կերպով: Բայց ի՞նչպես — ահա խնդիրը: Մանկությունից սովորել էր միշտ գլուխ թեքել, միշտ խոնարհվել, միշտ շողոքորթել և քծնել իրենից հարուստներին ու զորավորներին, նրա մեջ արմատացել էր օրգանական երկյուղ դեպի Ալիմյանները: Ինչպե՞ս ձեռ բարձրացներ Միքայել Ալիմյանի վրա, որին նա բարձր էր համարում իրենից այնքան, որքան ռուբլին կոպեկից:

Բայց Պետրոսը շատ էլ զուրկ չէր հնարագիտության շնորհքից: Մի անգամ խանութից տուն վերադառնալիս՝ փողոցի մթության մեջ հանդիպեց մի ծանոթ թուրքի: Չուխայի աջ փեշը ձախ կոնատակին բռնած, թուրքը գողունի մոտեցավ, բարևեց և հարցրեց «աղայի առողջության» մասին: Պետրոսը հասկացավ, որ սրիկան ծախսի փող չունի: Գրպանից հանեց երեք ռուբլի սովորական տուրքը տալու, և այդ պահին մի հրաշալի միտք լուսավորեց նրա ուղեղը:

— Ուզո՞ւմ ես փող աշխատել, — հարցրեց թուրքին շշնջյունով:

— Ծառադ եմ, — արտասանեց թուրքը խորհրդավոր:

— Գնա՛նք:

Պետրոսը քայլեց առաջ. թուրքը հետ մնաց: Մի քիչ կանգնելով, որ «աղան» հեռանա, նա գողունի քայլ առ քայլ հետևեց նրան, աչքերը հածելով...

Իսկ խայտառակված Անուշը, արտասուքն աչքերին վազեց մոր գլխին: Ուրիշ ո՞ւր պիտի գնար: Հասարակական բամբասանքը, օդի պես ամենուրեք թափանցելով հասել էր պառավ մոր ականջին արդեն, առանց Գրիշայի գիտակցության: Մայրն անիծեց աղջկան, բայց փողոց վռնդելու չափ խստություն չունեցավ: Դա թեև նահապետական մի կին էր, բայց կյանքի ձմռանը շատ էր լսել ժամանակակից կանանց դավաճանությունների մասին: Սեփական դստեր արարքը վիրավորեց լոկ նրա մայրական զգացումը, առանց ազդելու կանացի ամոթխածության վրա: Այժմ ո՞վ չի դավաճանում իր մարդուն, միայն ինչո՞ւ նրա աղջիկն էլ մոլորվեց:

Դառն կշտամբանքի ժամանակ Գրիշան ասաց քրոջը մի քանի կոպիտ խոսքեր: Անուշն այնքան խեղճացել էր, որ արտասուքն աչքերին աղերսեց եղբորը խնայել իրեն և շատ էլ խիստ չվարվել հետը:

— Ինչպե՞ս խնայեմ, երբ միայն ինքնասպանությունը կարող է քեզ ազատել իմ զզվանքից, — ասաց Գրիշան:

Ինքնասպանությո՞ւն, — ո՛չ, Անուշը չի կարող կյանքից բաժանվել, «իրավունք չունի», երեխաների տեր է: Եվ վերջապես, ինչո՞ւ ինքնասպանություն գործել: Նրա համա՞ր, որ մեկի հետ դավաճանել է ամուսնուն: Տե՛ր աստված, ո՞ր կինն այժմ կարող է իրեն արդար համարել ամուսնական առագաստի առջև:

Նա թաքուն Միքայելին ուղարկեց մի ընդարձակ նամակ: Նկարագրելով իր անել վիճակը, մերթ նախատում էր, մերթ աղերսում օգնել իրեն այս կամ այն կերպ: Ապօրինի կենակցության մասին այլևս չէր վստահում խոսել, հաստատ համոզված լինելով, որ Միքայելը չի համաձայնվիլ այդ քայլն անել, հասարակական խայտառակությունից հետո:

Նամակն ազդեց Միքայելի վրա, բայց առանց որևէ հետևանքի մնաց: Եվ ի՞նչ կարող էր անել նա, ինչո՞վ օգներ, երբ բացի խղճի խայթոցից, ոչինչ չէր զգում այդ կնոջ վերաբերմամբ:

Այժմ նա փախչում էր ընկերներից, որոնում էր առանձնություն: Քաղաքային մթնոլորտը թվում էր նրան խեղդիչ, հուսահատական: Անիծում էր իր շվայտ անցյալը և զգում իրեն անբարոյականության տիղմի մեջ մինչև կոկորդը թաղված:

Ժամանակն սկսեց հետզհետե մեղմացնել հասարակական բամբասանքի ուժը, և Ալիմյան ու Ղուլամյան ազգանուններն առաջվա պես չէին անցնում բերանից-բերան: Գործնական քաղաքը ժամանակ չուներ շատ էլ երկար զբաղվելու ընտանեկան դրամաներով: Բացի դրանից, առաջ եկան ուրիշ ավելի հետաքրքրական դեպքեր: Այժմ քաղաքը խոսում էր մի հայտնի առևտրականի ինքնասպանության շարժառիթի մասին: Հիշվում էին ինքնասպանի կնոջ և երիտասարդ գործակատարի անունները...

IV

Հոգեկան սաստիկ խռովմունքի միջոցներին Սմբատն զգում էր պահանջ որևէ կերպ սիրտը թեթևացնելու: Ընկերություն էր փնտրում, և այն շրջանը, ուր վիճակված էր պտտել իր դիրքի շնորհիվ, չէր գոհացնում նրան:

Մինչև այժմ նա, ամփոփված ինքն իր մեջ, ապրել էր ներքին աշխարհում: Ոչ ոք չէր անհանգստացնում նրան, չէր դիպչում նրա սրտի գաղտնի վերքերին: Ռուսիայից վերադառնալով, նա ընկավ մի շրջան, ուր նրան չէին խնայում, չէին ներում նրա անուղղելի սխալը: Մոր և քրոջ անվերջ բողոքները խոցոտում էին նրա սիրտն և զրգռում այն կծու զգացումները, որ նա արվեստական կերպով թմրեցրել էր իր մեջ վեց-յոթ տարի շարունակ:

Չուներ մտերիմ ընկեր, որին վստահանար հաղորդել իր ցավերը և թեթևացներ իր հոգին: Նա պարզ տեսնում էր, որ իր հրապույրը մարդկանց աչքում պարունակվում է մեծ մասամբ հարստության մեջ. արդեն շրջանն այդպես էր: Տեսնում էր, որ նույնիսկ այն մարդիկ, որոնք բարձրաձայն գոռում են բարոյականի մասին, ստրկաբար խոնարհվում են անբարոյականի առջև, երբ մեջտեղ նյութական շահ են գտնում: Այս էր, որ ստիպում էր նրան փախչել մարդկանցից, որոնելով մի մտերիմ ընկերություն:

Փորձում էր գործերի մեջ գտնել գեթ ժամանակավոր մոռացում, բայց միտքն զբաղվում էր, վիրավոր զգացումները հագուրդ չէին ստանում: Միայն մի գործ կար, որ նրան պատճառում էր հոգեկան հաճույք և մի փոքրիկ շրջան, ուր նրա սիրտը զգում էր քիչ-շատ թեթևություն: Դա մշակների համար նոր բնակարանների կառուցումն էր և Զարգարյանների ընտանիքը, ուր նա լինում էր ամեն անգամ հանքերն այցելելիս: Ուրախ էր իր ձեռնարկությանը, և այժմ թվում էր նրան, որ եթե չհոգար բանվորների մասին, իր սրտի վրա պիտի ձգեր մի նոր ծանրություն: Չնայելով, որ հանքային գործերը հանձնել էր Միքայելին, շաբաթը երկու-երեք անգամ ինքն էլ նստում էր ասացին պատահած կառքը և ուղևորվում այնտեղ:

Նա չէր ուզում ինքն իրեն խոստովանվել, թե ո՞րն է իսկապես այն մագնիսական ուժը, որ այսպես հաճախ տանում է իրեն դեպի հանքերը: Նա խաբում էր իրեն, հավատացնելով, թե արդարև, մշակների տնտեսական վիճակն իրեն այդչափ հետաքրքրում է: Դիտելով նոր կառուցվող կացարանները կես ժամ, մի ժամ, շտապում էր այցելել Զարգարյաններին և այնտեղ մնում էր ժամերով: Աղքատիկ ընտանիքն ընդունում էր նրան ոչ իբրև իր տիրոջ կամ մի հարուստ հանքատիրոջ, այլ իբրև բարեկամի: Ոչ ոք չէր նեղվում նրա ներկայությամբ, ոչ ոքի չէին ձանձրացնում նրա հաճախակի այցերը, նույնիսկ անդամալույծին: Իսկ նա... Նա սիրում էր զրուցել Դավիթ Զարգարյանի հետ և ոչ միայն իր գործերի, այլև հասարակական երևույթների մասին: Այդ զրույցների ժամանակ նրա հայացքն ակամա կանգ էր առնում Շուշանիկի վրա: Օրիորդը անբաժան շալն ուսերին ձգած, գլուխը թեթևակի ուսերին թեքած, ուշադիր լսում էր իր հորեղբոր և հյուրի տաք վիճաբանությունները: Երբեմն նա ոգևորվում էր, մոռանում ինքն իրեն և խոսակցությունը երկարացնում ավելի, քան պահանջում էր քաղաքավարությունը: Պատահում էր, որ նրա հետ վիճում էր Շուշանիկը, երբ խոսակցությունը վերաբերում էր օրիորդի մտքին մատչելի խնդիրներին: Այդ միջոցներին Սմբատի ճակատի կնճիռները բացվում էին, դեմքը պայծառանում էր, աչքերն արտահայտում էին խորին հոգեկան հաճույք:

Հեռանալով աղքատիկ բնակարանից, շատ անգամ ճանապարհին ընկղմվում էր մտքերի հարածուփ օվկիանոսի մեջ: Մերթ տխրում էր, մերթ ուրախանում մտքում, մտաբերելով Շուշանիկին, որ օր-օրի վրա դառնում էր լռիկ, մելամաղձոտ: Տխրում էր, հիշելով իր անուղղելի սխալը, հիշելով իր սիրեցյալ զավակներին: Ուրախանում էր, զգալով այն տպավորությունը, որ գործում է ինքը Շուշանիկի վրա: Բայց զգում էր, միևնույն ժամանակ, որ իրավունք չունի այդ տկար էակի խուլ արտահայտված համակրանքի վրա: Գիտեր, որ իր հաճախակի այցերն օր-օրի վրա զորացնում են այդ համակրանքը, նա կարդում էր օրիորդի հոգու ելևէջները՝ նրա պարզ դեմքի վրա և հետզհետե մռայլվող աչքերի մեջ: Ահա ինչու իրեն պարտավոր համարեց դադարել այցելելու Զարզարյաններին: Սակայն իզուր. ամեն անգամ հանքերը գալիս անհաղթելի ուժից մղվում էր դեպի աղքատիկ բնակարանը:

Մի անգամ նա քաղաքից ուղևորվեց Միքայելի հետ: Ճանապարհին խոսում էր գործերի մասին, գանգատվում էր կառավարիչ՝ ինժեներ Սուլյանի դեմ, որ իր պաշտոնին վերաբերվում էր անտարբեր, միշտ զբաղված սեփական գործերով:

— Է՛հ, եթե չես հավանում, ինչո՞ւ չես արձակում, — հարցրեց Միքայելը:

— Ինձ համար ավելի հեշտ է մի ծառայողի տված վնասներին դիմանալ, քան զրկել նրան պաշտոնից:

Հետո խոսեցին Դավիթ Զարզարյանի մասին: Սմբատը գովեց նրա անձնավորությունը, սերը դեպի գործը, անշահասիրությունը և մտավոր զարգացումը:

— Իսկ ի՞նչ կասես նրա եղբոր աղջկա մասին, — հարցրեց հանկարծ Միքայելը:

Սմբատը նեղն ընկավ, ի՞նչ կապ ունի Շուշանիկը խոսակցության նյութի հետ և ինչո՞ւ է Միքայելն այդպես խորը նայում նրա երեսին:

— Ես հարցնում եմ քո կարծիքը նրա մասին, որովհետև նա ինքը... համակրում է քեզ, — արտասանեց Միքայելը, և նրա ձայնի մեջ զգացվեց անզսպելի դառնություն:

Սմբատը. շփոթված, երեսը դարձրեց եղբորից և հայացքը հառեց դեպի հեռավոր դաշտերը:

— Դու շփոթվո՛ւմ ես, երևի, ինքդ էլ զգում ես, որ նա քեզ համակրում է, և ով գիտե, գուցե դու էլ անտարբեր չես...

— Մեխա՛կ, դու գիտես, որ ես հիմար կատակներ չեմ սիրում...

— Բայց ճշմարտախոսություն սիրում ես, չէ՞: Դու կարծում ես, որ ես դե՞մ կլինեմ, եթե սիրես անգամ այդ աղջկան: Ո՛չ ես միայն քո ճաշակը չեմ գովիլ, ուրիշ ոչինչ...

— Մի՞ թե, — արտասանեց Սմբատն անորոշ:

— Նա ինքնահավան է և գոռոզ:

— Գուցե, — դարձյալ անորոշ արտասանեց Սմբատը:

— Նա գեղեցիկ չէ, և ոչ սիրուն կամ համակրելի:

— Կարծեմ ես չգովեցի նրա գեղեցկությունը:

Միքայելն սկսեց շվացնել ինչ-որ ուրախ եղանակ, որ բնավ չէր համապատասխանում նրա հուզված տրամադրությանը: Նույն պահին Սմբատի մեջ հղացավ մի վատ զգացում, նա նախանձեց եղբորը, որ ամուրի էր և ազատ: Սակայն շտապեց զսպել անախորժ զգացումը, հիշելով իր զավակներին:

— Սմբա՛տ, — ընդհատեց լռությունը. Միքայելը, երկու ձեռներով

ամուր հենվելով ձեռնափայտին, — ես զգում եմ, որ դա ինձանից բարոյապես բարձր ես, որ ես քո աչքում մի ընկած և փչացած մարդ եմ, բայց ասա խնդրեմ, ե՞րբ պիտի արժանանամ քո վստահությանը գոնե տնտեսական գործերում:

Հարցը Սմբատի համար անսպասելի էր: Զգուշակեց, թե Միքայելի, ըստ երևույթին, անկապ խոսքերն ունին նրա հոգու մեջ կապ և թե այդ տարօրինակ հարցերը նրա մտախոհության փզձուկներն են:

— Ի՞նչ ես ուզում ասել:

— Այն, որ դու ինձ հավատ չես ընծայում: Դու հանքերի գործերն ինձ ես հանձնել, իսկ ինքդ շաբաթը երկու երեք անգամ գալիս ես: Կարծես, ես ընդունակ չեմ հանքերը կառավարելու կամ գոնե Սուլյանի գործունեությունն ստուգելու: Ինչո՞ւ համար ես ինձ նրա աչքում ծաղրելի դարձնում:

— Եթե չես ուզում, այսուհետև չեմ այցելի հանքերը...

— Երկուսից մեկը, կամ ես, կամ դու, — արտասանեց Միքայելը երկդիմի և խորհրդավոր նայեց եղբոր երեսին:

Մի ժամ անցած, հանքերը դիտելուց հետո, Սմբատը դարձավ Զարգարյանին.

— Դավիթ, հյուրասիրի՛ր ինձ այսօր վերջին անգամ թեյով:

Առանձին սենյակում, սպիտակ սփռոցով ծածկված սեղանի վրա, եռում էր փայլուն սամովարը, երբ Ալիմյան եղբայրները ներս մտան:

Հրավիրելով Սմբատին, Դավիթը, հարկավ, չէր կարող չհրավիրել և՛ Միքայելին: Այնինչ, հոգով դեմ էր, որ այդ մարդը ոտ դնի իր տունը: Խայտառակ լուրը լսելու օրից, նա զգում էր դեպի Միքայելն անհաղթելի նողկանք: Նա հրավիրեց և՛ Սուլյանին, նույնպես հակառակ ցանկության, որովհետև կառավարչի հետ հարաբերությունը լարված էր: Բանն այն էր, որ Սուլյանի համար վերին աստիճա՛ն անհաճո էր Զարգարյանի հանքերում լինելը: Մինչև այժմ նա գործում էր ինքնագլուխ, ծախսում էր՝ ինչպես կամենում էր, կարգադրում և հաշիվները կազմում ուզածին պես: Այժմ իր գլխի վրա զգում էր մի վերահսկող, որի կոպիտ շիտակությունը նրան շփոթեցնում էր:

Շուշանիկը, մաքուր հագնված, սեղանի քով սրբում էր թեյի բաժակները: Տեսնելով Միքայելին, ակամա ցնցվեց այնպես, որ քիչ էր մնում բաժակը ձեռքից զցե: Սեղմելով շրթունքները, ճիգ արավ թաքցնել դժկամությունը:

Այսօր առաջին անգամն էր Միքայելը նրան տեսնում մի քիչ նորաձև հագուստում: Թանձր մազերը խնամքով սանրված էին ու ծոծրակի վրա փնջված, և հերկալները հազիվ կարողանում էին պահել խոշոր հյուսքը: Նա թվաց այսօր Միքայելին հասակով ավելի բարձր, ավելի նազելի: Նրա ամբողջ էությունից բուրում էր թովիչ կանացիությունը՝ մայիսյան անուշ հովի պես: Նույնիսկ ձևերը փոխվել էին, ավելի սահուն դարձել և ավելի նրբացել: Կարծես այդ համեստ ու ամոթխած աղջկա մեջ զարթնել էր մի նոր ոգի, որի շողերը տարածվել էին շուրջը և նրա ամբողջ կերպարանքն ամփոփել իրենց մեջ:

Երբեք Միքայելը չէր կարող երևակայել, թե մի հասարակ աղքատ աղջկա առջև երբևէ պիտի շփոթվի այնպես, ինչպես այսօր: Եվ պատճառներ կային շփոթվելու: Նա մեղավոր էր այդ աղջկա մոտ — մեկ, նա խայտառակված էր ամբողջ քաղաքում — երկու, նա վախենում էր Շուշանիկի արհամարհանքից — ահա գլխավորը: Զգաց մինչև անգամ մի տեսակ սարսափ, երբ մի վայրկյան աչքերը հանդիպեցին խելացի ու սիրուն աչքերին, որոնց մեջ այլևս առաջվա չափ պայծառություն չէր երևում:

Խոսակցությունը դարձյալ գործերի մասին էր, սկսվել էր դրսում, այժմ շարունակվում էր նույն եղանակով: Նոր կացարանների շինության մեջ Սմբատը նկատել էր թերություն, որ Սուլյանի անտեղի խնայողության հետևանքն էր: Նա հանդիմանում էր կառավարչին մեղմաբար, բայց հուզված էր, և երբեմն ձայնի մեջ հնչում էր բարկություն: Պարզ էր, որ Սուլյանը չէր նրա դժկամության բուն պատճառը: Ինժեներն արդարացնում էր իրեն, ասելով, թե միշտ սովոր է խնայել Ալիմյանների միջոցները, անտեղի ծախսերից խուսափել ու հենց այս պատճառով միշտ սիրելի է եղել հանգուցյալ Մարկոս աղայի աչքում:

Նրա կեղծիքը դուր չեկավ Միքայելին, որ գիտեր, թե որքան իսկապես Սուլյանը խնայում է ֆիրմայի շահերը:

— Ի սեր աստծու, մի՛ խնայեք մեր միջոցները, եթե գործը չի պահանջում խնայել, — ասաց Միքայելը, — ես գիտեմ, օրինա՛կ, որ շատ անգամ, կոպեկների հետևից ընկնելով, ռուբլիներ եք կորցնում:

Այս թեթև նկատողությունը խոր ազդեցություն ունեցավ Սուլյանի ոչ այնքան դյուրազգիռ սրտի վրա: Նրան թվաց, թե մեջտեղ խառն է Դավիթ Զարզարյանի մատը:

— Ոչ ոք չի կարող իմ ներկայությամբ ասել, թե ես երբևէ կորցրել եմ Ալիմյանների ռուբլիները, — արտասանեց նա սրտմտությամբ, մի կողմնակի թունավոր հայացք ձգելով Դավիթի վրա:

— Միթե՞, — ասաց Միքայելն անորոշ, — թողնենք այդ: Ասացեք խնդրեմ, պարոն Սուլյան, վերջին սպեկուլյացիայից ինչքա՞ն շահվեցաք:

Սուլյանն շտապեց իրեն զսպել և ժպտաց:

— Ես սպեկուլյացիայով չեմ պարապում:

— Զուր եք թաքցնում, — շեշտեց Միքայելը կծու եղանակով, — ձեր ձեռքից խլող չի լինի, մի՛ վախենաք: Գնել եք վեց ու քառորդով, վաճառել յոթ ու քառորդով: Զարզարյա՛ն, հաշվեցեք որքան է անում հարյուր հազար փթի վրա:

— Ուղեղ հինգ հազար ռուբլի, — պատասխանեց Զարզարյանն անմիջապես, ոչ առանց չարախնդության:

— Ուրախ եմ, շատ ուրախ եմ, — դարձավ Միքայելն ինժեներին, — գոնե այսուհետև իդեալիստների մոտ բուրժուաներին քիչ կհայհոյեք:

— Ես բուրժուաներին չեմ հայհոյում, իսկ իդեալիստ բարեկամներ չունիմ:

— Ուրեմն տարօրինակ է, շատ տարօրինակ — նկատեց Միքայելը զգռված, — որ մարդիկ իդեալիստ են, քանի որ սոված են: Իսկ երբ ճանաչում են փողի համը, մեզանից մի քայլ էլ առաջ են գնում և էլի մեզ են ծաղրում:

— Չեմ հասկանում, ինչո՞ւ համար եք դուք այդ ասում, Միխայիլ Մարկիչ, — հարցրեց Սուլյանը, տակավին ժպտալով:

— Ինչո՞ւ համար... Հենց այնպես... Մի՞թե սուտ է, որ դուք, բարձրագույն ուսում ստացածներդ անում եք թաքուն այն, ինչ որ մենք տգետներս անում ենք համարձակ, առանց քաշվելու:

Բոլորը զարմացած նայում էին Միքայելին: Ոչ ոք չգիտեր, ինչու նա անսպասելի և անտեղի հարձակվում է ինժեների վրա: Մինչդեռ պատճառը պարզ էր, թեև շատ նուրբ: Հարձակվելով բարձրագույն ուսում ստացածների վրա, նա կողմնակի կերպով ուզում էր օրիորդի ներկայությամբ ցույց տալ իր արհամարհանքը դեպի այդ մարդիկ: Կար նրա հարձակման մեջ և մի նուրբ ասեղ, ուղղված դեպի հարազատ եղբայրը, որ այդ պահին, նրա աչքում կլանել էր Շուշանիկի բոլոր ուշադրությունը:

Նա զգռված էր ոչ միայն Սուլյանի, այլև բոլոր ներկա եղողների դեմ: Նրան զգռում էին նույնիսկ անդամալույծի մրմունջները, որ մերթ ընդ մերթ լսվում էին մյուս սենյակից: Սակայն Սմբատի լռությունն սկսեց նրան շփոթեցնել: Վճռեց զսպել իրեն: Զարզարյանն շտապեց խոսակցության նյութը փոխել: Պատմում էին, որ տեղացի մի հայտնի հանքատեր պատրաստվում է իր հանքերը հանձնել ինչ-որ անգլիական ընկերության: Սուլյանը մոռանալով Միքայելի կծու խոսքերը, սկսեց գործնական տեսակետից բացատրել, թե ներկա եղող պայմաններում մեծ սխալ է երկրի հարստությունները ծախել օտարներին, թեկուզ խոշոր կամարներով: Այստեղ նա երևաց իր կոչման բարձրության վրա, ցույց տվեց իր բոլոր տնտեսական հոտառությունը, ոգևորված նկարագրեց նավթային արդյունաբերության փայլուն ապագան: Եվ ոչ ոք չկարողացավ հերքել նրա մտքերը, ոչ նույնիսկ Սմբատը, որ վիճում էր նրա հետ:

Օգտվելով այդ վիճաբանությունից, Միքայելը, որ արդեն բավական խաղաղվել էր, դարձավ օրիորդին:

— Դուք իմ դեմ բարկացա՞ծ եք:

Օրիորդը գլխով անորոշ շարժում արավ:

— Ես պատրաստ եմ ներումն խնդրել, — շշնջաց Միքայելը:

— Էլի թեյ ածե՞մ, — հարցրեց Շուշանիկը բարձր ձայնով, որ ցույց էր տալիս, թե չի կամենում շշնջյունով խոսել:

Այս բացարձակ արհամարհանքն արդեն բոլորովին կատաղեցրեց Միքայելին: Նա ոտքի կանգնեց, մոտեցավ լուսամատին, աչքերը հառեց հեռավոր բուրգերին, մատների մեջ ցնցողաբար խաղացնելով ժամացույցի շղթան:

Մի քանի րոպե նա մտազբաղ նայում էր: Երբ երեսը դարձրեց, արդեն Սուլյանը գնացել էր իր գործին, իսկ Զարգարյանը պատշգամբի վրա խոսում էր մի քանի մշակների հետ, ձեռքին բռնած ինչ-որ փոքրիկ նավթոտ տետրակներ:

Որքա՛ն փոփո՛խություն. այլևս Շուշանիկի դեմքի վրա չկար սառնություն: Նա ամբողջովին անձնատուր էր եղել խոսակցության: Աչքերը փայլում էին ներքին հաճույքից, ստեպ-ստեպ գլուխը հանդարտիկ ցած էր իջեցնում, թեթևակի կարմրելով, և մատներով խաղում սփռոցի ծոպերի հետ, — շրջապատող չոր ու ցամաք պրոզայի մեջ նրանք խոսում էին այնպիսի նյութերի մասին, որ միանգամայն չէին ներդաշնակում սև հեղուկի անախորժ հոտով տոգորված մթնոլորտին: Սմբատն արտահայտում էր իր սերը դեպի բնությունը, այնտեղ, ուր բնությունը ոչ մի հրապուրիչ բան չուներ:

Միքայելը փորձեց մասնա կցել զրույցին, հակառակ տրամադրված դեպի եղբայրը: Բայց իսկույն նկատեց Շուշանիկի դեմքի փոփոխությունը: Այդ աղջիկը չկարողացավ թաքցնել, որ միայն Սմբատի հետ է իրեն հաճելի զրուցել:

Ներս մտավ Զարգարյանը և Սմբատի առջև դրեց մի կտոր նավթախառն կավ: Դա նոր հորից հանված վերջին տիղմն էր, որ Սուլյանը շտապել էր ուղարկել իր տիրոջը. Միքայելը անփույթ վերցրեց հողը, հոտոտեց և ասաց,

— Ինձ թվում է շատրվան է բացվելու:

— Երևի, քո բախտից, — ավելացրեց Սմբատը, — խոստացի՛ր մի բան Դավթին, եթե շատրվան լինի:

— Կարող ես նվիրել, ինչքան քեֆդ է, ինձ համար միևնույն է, — ասաց Միքայելը ոչ առանց հեգնության: Նա մոտեցավ օրիորդին հրաժեշտ տալու:

— Սպասի՛ր, չէ՞ որ միասին պիտի գնանք, — ասաց Սմբատը:

— Ես քաղաք չեմ գնում:

Եվ, առանց բացատրության տալու, շտապեց դուրս:

Կար ժամանակ, երբ մի որևէ կին նրան սառնության կամ անտարբերություն էր ցույց տալիս, ինքն էլ արհամարհանքով երես էր դարձնում նրանից, որպես մի էժանագին նյութից, որի մասին չարժե երկար մտածել: Նայել էր կանանց, ինչպես հագուստներին, չէր դուր եկել հագուստը կամ չէր սազել, իսկույն ձգել էր մի կողմ և նորը ձեռք բերել: Այսօր կյանքում առաջին անգամ զգաց իրեն վիրավորված և ստորացած մի կնոջ արհամարհանքից: Նա կատաղում էր Շուշանիկի դեմ և անիծում ինքն իրեն, որ այնքան ուշադիր էր դեպի նրա սառնությունը:

Դուրս գալով Զարգարյանների տնից, նա ոտով անցավ սև բուրգերի միջով և մտավ մեծ ճանապարհը: Կես ժամ անցած կանգ առավ մի երկայն շինության առջև, որ կառուցված էր լայն ճանապարհի եզրին: Այդ շինությունը պատկանում էր նրա հեռավոր ազգականներից մեկին, մի աննշան հանքատիրոջ, որ ինքն անձամբ կառավարում էր հանքերը: Թանձր շոգու միջից հայտնվեց ալեխառն միրուքով ու մռութ դեմքով մի նիհար մարդ՝ հագին կաշվե բաճկոն և գլխին լայն եզրով գլխարկ:

— Օ՜օ, բարով, Միքայել, — դիմավորեց նա հյուրին, — այդ ո՞ր աստծուց է, որ մեզ հիշել ես:

— Այս երեկո, Օսեփ ապեր, հյուրդ եմ:

— Աչքիս վրա տեղ ունես:

Նա հյուրին առաջնորդեց իր բնակարանը, որ բաղկացած էր երկու փոքրիկ խոնավ սենյակներից՝ ցածր առաստաղով:

— Ներիր, որ պալատս շքեղ չէ, բարեկամ, — ասաց Օսեփ ապերը կատակով, — ի՞նչ անեմ, անիծված հորերիս փորերը չորացել են, կաթիլ-կաթիլ են նավթ տալիս: Այսր բոպեիս էլի խողովակը ծռվեց նոր հորի մեջ, խաթաբալի մեջ ընկա: Տասը րոպե ինձ ներիր, իսկույն կգամ: Կանչիր ծառային, ինչ որ քեֆդ է, հրամայիր, որ պատրաստի քեզ համար: Ա՜խ, հոր փորողների վիզը կոտրվի...

Նա թողեց հյուրին մենակ և չքացավ:

Միքայելը հագուստով պառկեց անկողնակալի վրա և, ձեռները դնելով գլխատակին, աչքերը հառեց սևացած առաստաղին: Միայն այժմ էր պարզվում նրա համար իր արարքի ամենամթին խավարը, միայն այժմ էր խիղճը գործադրում իր ամենասուր ասեղները: Մի կողմից իր կրքերի զոհ Անուշը, մյուս կողմից անկոչ դատավորի արհամարհանքով լի կերպարանքը: Մի կողմից անսահման զզվանք, մյուս կողմից՝ բարոյական վեհերություն մի աղքատ աղջկա առջև: Այնտեղ՝ մոտիկ անցյալն իր բոլոր քստմնելի գույներով, այստեղ ներկան անորոշ, մթին, հուսահատական: Զզվելով Անուշից, մղվում էր դեպի Շուշանիկը: Ատելով մեկին, չէր ընդունվում մյուսից, և զգում էր իրեն մի տեսակ կախարդական շրջանի մեջ: Որպես կրակի մեջ օղակված կարիճ՝ մնում էր նրան սեփական թունավոր ասեղը ցցել կրծքին և ինքնասպանությամբ վերջացնել կյանքը: Բայց աներևույթ ձեռը նրան կաշկանդում էր և մի ներքին հզոր ձայն անընդհատ շշնջում, «դու փչացած ես, մաքրի՛ր քեզ»: Մաքրի՛ր, որ արժանանաս մաքուր էակի հարգանքին: Ա՜խ, այդ էակը, արդյոք, ի՞նչ է նրա բարոյական ուժը, որ այսպես ճնշում է նրան և ստիպում միշտ մտածել իր մասին: Ահա նա. կանգնած լուսավոր սեղանի քով, թեյ է պատրաստում հյուրերի համար, միշտ հայացքը հառած Սմբատի երեսին, միշտ նրան ականջ դնելով և նրա հետ խոսելով: Մի՞թե, ճշմարիտ, սիրում է: Եթե այո՛, մի՞թե չի նախազգուշակում իր սիրո դժբախտ հետևանքը: Իսկ Սմբա՞տը, արդյոք կա՞ նրա սրտում զգացում այդ աղջկա վերաբերմամբ: Եթե կա, ինչո՞ւ պարզ չի արտահայտում: Սակայն, ո՞վ գիտե, գուցե արդեն արտահայտել է և այժմ Միքայելն անգիտակցաբար կատարում է մի ծիծաղելի դեր:

Նորից նրա վիրավորված ինքնասիրությունը բորբոքվեց: Նա կատաղում էր ոչ այնքան Սմբատի, որքան Շուշանիկի դեմ: Եթե այդ աղջիկը լիներ հարուստ, փայլուն ընտանիքի մի զավակ կամ առաջնակարգ գեղեցկուհի, հասկանալի կլիներ: Բայց նա ոչ այս է, ոչ այն. ուրեմն, ի՞նչ մի զաղտնի ուժ կա նրա մեջ, որ միաժամանակ հափշտակում է երկու եղբորը և ակամա ձգում նրանց մեջ խուլ գժտություն: Ո՛չ. չարժե մտածել այդ «ոչնչության» մասին, պրտի դեն շպրտել նրան մտքից: Քաղաքը լի է նրա նմաններով. առաջին պատահած աղջիկը կարող է փոխարինել նրան: Միքայելն ինքն է արվեստական կերպով այդ չնչին էակին իդեալացնում և զնում ինչ-որ անմատչելի բարձրության վրա:

— Անիծվի ինձ նման հանքատիրոջ օրը, — լսվեց Օսեփ ապոր ձայնը, — որքան գլուխս պատերին եմ տալիս, բան չի դուրս գալիս:

Նա գլխարկը շպրտեց մի կողմ և մոտեցավ լվացարանին՝ լվացվելու:

— Հը՞մ, ի՞նչ պատվիրեցիր ընթրիքի համար, — հարցրեց նա սապոնի փրփուրը քսելով երեսին:

— Ոչինչ չեմ պատվիրել և ոչինչ էլ հարկավոր չէ: Խնդրեմ, նեղություն չքաշես, եկել եմ մի քիչ հանգստանալու այստեղ:

Շուտով սենյակի մթնոլորտը թվաց նրան սուղ, անտանելի: Նա մտածեց, որ այս պահին, երբ ինքը պառկած է ծերունու տխուր սենյակում, այնտեղ, այն լուսավոր սեղանի քով նրան մտքում ծաղրում է Շուշանիկը: Նա ոտքի կանգնեց, և այդ միջոցին մի մարդկային կերպարանք դրսից հայտնվեց լուսամուտի առջև և իսկույն չքացավ: Օսեփը մոտեցավ, նայեց և ոչ ոքի չտեսավ:

— Դու գնո՞ւմ ես, — հարցրեց նա հյուրին:

— Այո՛, ներիր, գլուխս ցավում է:

— Ի՞նչ է պատահել քեզ, դու գունատ ես և հուզված, կարծես, դողում ես: Չլինի՞ հիվանդ ես. ո՛չ, այդպես քեզ բաց չեմ թողնիլ իմ տնից:

— Ես եկա քեզ մոտ զիշերելու, բայց հանկարծ միտս ընկավ, որ քաղաքում շատ կարևոր գործ ունեմ այս երեկո: Ցտեսություն:

Նա դուրս եկավ շտապ քայլերով: Նա համոզված էր, որ այժմ էլ Սմբատը, մաքուր սեղանի քով նստած, զրուցում է Շուշանիկի հետ: Եվ այս միտքը նրան հանգստություն չէր տալիս: Նա ուզում էր անպատճառ վերադառնալ: Հարզարժանների մոտ, եթե ներս չմտնել, գոնե լուսամատից մի հայացք ձգել դեպի ներս:

Երեկոն մութն էր այնչափ, որ սև բուրգերը չէին երևում: Մեքենաների թանձր շոգին մթնոլորտը տոգորել էր խոնավությամբ և տարածել անդուրեկան հոտ: Նա դուրս եկավ սև հեղուկով ապականված մի շավիղ: Ստեպ-ստեպ սայթաքում էր, հազիվ կարողացավ հավասարակշռությունը պահել: Ակամա համեմատեց իր անցյալն այդ շավիղի հետ: Ամբողջ կյանքն ընթացել է այսպիսի սև, մթին, կեղտոտ ու լործուն ուղիով և ապականվել մինչև ոսկորների ծուծը: Մթության մեջ պատկերացան ընկերների շրջանը, զեխ գիշերները, անբարոյական կանայք: Եվ նորից զգաց մի անասելի զզվանք դեպի իր անցյալը:

Նրա առջև բացվեց մի դատարկ տարածություն: Բնազդաբար նայեց շուրջը: Հանքերը լուսավորում էին էլեկտրական լամպաներով, բայց մեքենաների շոգին նսեմացնում էր նրանց լույսը, ինչպես թանձր մշուշ: Ուշ գիշերներն այդ տեղերով անցնելը բավական վտանգավոր էր: Մութ անկյուններում միշտ թափառում էին անգործ սրիկաներ, որոնք հարմար ժամանակին հարձակվում էին մենակ անցորդների վրա, կողոպտում, վիրավորում, երբեմն էլ սպանում:

Հեռվում փայլեցին Զարգարյանների բնակարանի լուսամուտների կարմիր-դեղնագույն լույսով: Դարձյալ նա վրդովվեց իր դեմ. տեր աստված, ինչո՞ւ այսչափ հիմարանալ և կաշկանդվել մի անբացատրելի ուժից: Նա փախչում է իր կեղտերից, կարծես, այդ լուսո ճառագայթներում լվացվելու ու մաքրվելու համար: Հետ չդառնար արդյոք, մի վճռական քայլով վերջ տա երեխայական տատանումներին ու մտատանջությանը և նորից անձնատուր լինի նախկին կյանքին: Ճշմարիտ, ծիծաղելիք նույնիսկ վիրավորական է այսչափ: Ենթարկվել մի աղքատ ու աննշան աղջկա հրապույրին և այն էլ մի մարդու համար, որի աչքում կանայք վաղուց են կորցրել իրենց պոետիկական հրապույրը: Վճռված է, վաղը նեթ նա հանքերից կվռնդի Զարգարյանին՝ իր ընտանիքի հետ: Թող գնա կորչի այդ աղջիկն իր հպարտությամբ ու արհամարհանքով...

Այնինչ, նա շարունակ քայլում էր առաջ, միշտ աչքերը հառած համեստ բնակարանի լուսամուտներին: Այժմ նա մոտենում էր ինչ-որ փլատակների, որոնց կողքով պիտի անցներ, և այնուհետև մնում էր ընդամենը երկու հարյուր քայլ մինչև Զարգարյանների բնակարանը: Նրան թվաց, թե երկու մութ պատկերներ ճանապարհի աջ եզրից անցան ձախը և մոտեցան փլատակներին: Նրա սրտում ծագեց երկյուղի պես մի բան: Ձեռը տարավ ծոցը և հավաստիացավ, որ ատրճանակը գրպանումն է: Քայլերը մի քիչ արագացրեց, բնազդաբար նայելով աջ ու ձախ:

Խառնաշփոթ մտքերի մեջ հանկարծ մի հարց ծագեց նրա գլխում — ինչո՞ւ Պետրոս Ղուլամյանը զուրկ է պատվի զգացումից: Ճշմարիտ, ահա մի մարդ, որի ընտանեկան պատիվը ցեխոտել են և նա մինչև այժմ ոչ մի կերպ վրեժ չի առնում իր թշնամուց: Նա ուսերն արհամարհանքով վեր քաշեց: Այդ վայրկյանին նա դարձյալ տեսավ երկու մթին պատկերները, որոնք չքացան փլատակների հետևում: Զգաստության համար հանեց գրպանից ատրճանակը և պահեց ձեռին պատրաստ: Մի քանի վայրկյան անցած, նա մտքում ծաղրեց իր երկչոտությունը, ատրճանակը դրեց գրպանը: Նորից հիշեց Պետրոս Ղուլամյանին:

«Աննամուս», — արտասանեց շշնջյունով:

Եվ ճիշտ նույն վայրկյանին պարանոցի վրա զգաց ինչ-որ

պաղություն: Սարսռեց, որպես զազրելի սողունի շփումից: Կամեցավ հետ նայել, ձեռը տանելով ծոցի գրպանը, բայց չկարողացավ շարժվել: Երկու զույգ ձեռներ ամուր բռնել էին նրա թևերն աջ ու ձախ կողմերից:

Մեկն ինչ-որ բութ զենքի հարվածով թուլացրեց նրա աջ ձեռը: Նա մատը սեղմեց ատրճանակի ոտին, և մի ակնթարթ խավարը փարատվեց վառոդի լույսից: Գնդակը, սուլելով անցավ թաքնվեց փլատակների մեջ, վզզալով ինչպես թունավոր ճանճ: Նա փորձեց երկրորդ անգամ արձակել: Մի նոր հարված այս անգամ բոլորովին ուժասպառ արավ նրա ձեռը: Զենքն ընկավ գետին: Մեկը թեքվեց ցած և արագությամբ վերցրեց ատրճանակը՝ ասելով:

— Հա՜յ, զենքը քեզ չի սազում:

— Մի շարժվիր, գյավուր, եթե չես ուզում սասանվել, — լսվեց մի երկրորդ ձայն:

Եվ մի ձեռ փակեց նրա բերանը, թույլ չտալով գոռալ և օգնություն կանչել:

Սրիկաների երեսները ծածկված էին գլխոցներով: Խոսում էին նրանք թուրքերեն, արհեստաբար ձայները խռպոտ դարձնելով:

Նա ճիգ արավ կոկորդն ազատել անհայտ չարագործի մատներից, որ, կարծես, խրվել էին նրա մսի մեջ: Եվ մի վայրկյան ազատելով, գոչեց.

— Կողոպտե՞լ եք ուզում, թե սպանե՞լ:

— Այ մեկը, — պատասխանեց սրիկաներից մեկը:

— Ա՜յ քո հավատը... լսվեց մի ուրիշ ձայն:

— Այնպես խփեցե՜ք, որ չմեռնի:

Սրիկաները երեք հոգի էին:

Հարվածներն սկսեցին տեղալ կարկտի պես գլխին, ուսերին, կրծքին ու մեջքին:

Տեղի ունեցավ անհավասար մարտ, մի կողմից հանկարծակի զինաթափ եղած մեկը, մյուս կողմից՝ երեք հաղթանդամ տղամարդիկ:

Միքայելը կռվում էր ատամներով, ոտներով, գլխով:

Մեկը սրիկաներից սաստիկ ցավից գոռաց, մեջքից երկու ծալ թեքվելով: Այն ժամանակ մյուսները կատաղեցին:

— Գյավո՜ւր, — գոչեց մեկը և ուժով թավալեց նրան գետին:

Սկսեցին նրան կոխոտել ոտների տակ:

Նա բռնեց մեկի ոտներից, թավալեց գետնին, հարձակվեց վրեն և սկսեց խեղդել: Հուսահատությունը նրան ներշնչել էր գերբնական ուժ: Թուրքը հեծեծում էր նրա տակ, ինչպես մորթվող եզ, ոտներն ուժգին թափով գետնին զարկելով: Եվ նա անշուշտ կսպաներ սրիկային, եթե շուտով բազկի վրա չզգար սուր պաղություն, հետո թաց ջերմություն: Նրա ձեռը թուլացավ, բաց թողեց հակառակորդի կոկորդը:

— Նշանը դրեցինք, հերի՜ք է, բաց թողեք, — ասաց սրիկաների գլխավորը:

Միքայելի շնչառությանն արդեն սպառվում էր: Սկսեց բազկի

վերքից մրմնջալ: Ամբողջ կյանքը մթության մեջ պատկերացավ նրա առջև իբրև ավելի խորին մթություն, իբրև անբարոյականության քաոս: Մի՞թե նրան վիճակված է այսպիսի խայտառակ մահով մեռնել, ինչ-որ անհայտ չարագործների ձեռքից: Եվ ինչո՞ւ, ո՞վ է վրեժխնդիր լինում նրանից:

— Բեղրուս աղային ճանաչո՞ւմ ես... Նրա դուլերն ենք... լսեց նա հանկարծ:

Ահա ինչ, ահա որտեղից է գալիս հարվածը: Պատվի վերջին զգացումից զուրկ համարված մարդն էլ է վրիժառության միջոց ունեցել: Այդ սրիկաները վարձվա՛ծ են Ղուլամյանից: Դա թեև տմարդի, բայց սովորական վրիժառություն է...

— Բավական է, — ասաց վարձկան սրիկաների պարագլուխը, — թե չէ կմեռնի... էժան գնով: Բեղրուսը ժլատ է...

Նրանք շուտով աներևույթացան գիշերային խավարի մեջ, որպես նույն խավարի ծնունդներ:

Այժմ Միքայելի անշունչ մարմինը տարածվել էր նավթախառն ավազի վրա:

Հեռվում տակավին փայլում էին Զարգարյանների լուսամուտները կարմիր-դեղնագույն լույսով...

V

Նույն պահին, երբ կատարվում էր այս վայրենի գործողությունը, Ալիմյան ընտանիքի գլխին մի ուրիշ դժբախտության էր եկել:

Քաղաք վերադառնալով, Սմբատը լսեց, որ Արշակն առավոտից անհետացել է, հայտնի չէ ուր: Այն մարդը, որ նշանակվա՛ծ էր նրա վրա հսկիչ կամ, ինչպես Սրաֆիոն Գասպարիչը նրան անվանում էր «լյալա», ամբողջ օրը փնտրել էր, չէր գտել: Բանը պատահել էր այսպես. առավոտն Արշակը Սրաֆիոն Գասպարիչից փող է խնդրում. ծերունին, փողը նրան տալու փոխարեն, տալիս է հսկիչին: Արշակը կատաղում է, կռվում բոլորի հետ և բոլորին հայհոյում փողոցային հիշոցներով: Հետո վազում է և փակվում Սմբատի առանձնասենյակում: Հսկիչը չի համարձակվում նրա հետևից գնալ: Մի քիչ անցած, պատանին դուրս է գալիս այնտեղից գողնվի, ոչ ոք չի տեսնում նրան, բացի Անտոնինա Իվանովնայի աղախինից: Արշակը գունատված և հուզված գոչում է. «կասեմ բոլորին, որ էլ երեսս չեն տեսնի»: Աղախինն անմիջապես վազում է և այրի Ոսկեհատին հայտնում: Այրին իսկույն հսկիչին ուղարկում է որդու հետևից: Ամեն տեղ խեղճ մարդը փնտրում է պատանուն և չի գտնում:

Լսելով անախորժ լուրը, Սմբատը ձեռը խփեց ճակատին և շտապով

անցավ իր սենյակը: Մոտեցավ գրասեղանին, շարժեց դարակը, որ իսկույն բացվեց առանց բանալիի: Նայեց և ապշած հետ կանգնեց մի քայլ: Միջին դարակը կոտրած էր, թղթերը տակն ու վրա արած:

Սմբատը նայե՛ց դարակի անկյունները, խառնեց թղթերը, բաց արավ մյուս դարակները, որոնեց սեղանի վրա, թղթապանակների մեջ և, որոնածը չգտնելով, թուլացած ընկղմվեց բազկաթոռի վրա: Առավոտը բանկից բերել էր ավել բավական խոշոր մի գումար, որ հանքերից վերադառնալուց հետո, նույն երեկո պիտի բաժաներ նոր շինության վրա աշխատող կապալառուներին և արհեստավորներին:

Դրամի կապոցն անհետացել էր: Կասկած չկար, որ գողացել էր Արշակը: Ահա, ուրեմն, նրա փախչելու պատճառը. պակասում էր գողությունը — այս էլ արավ:

Նա թղթերը ժողովեց, դրեց դարակը, իջավ գրասենյակ և սպասող արհեստավորներին խնդրեց վաղը գալ վարձ ստանալու: Հետո կանչեց գործակատարներին և պատվիրեց Արշակին որոնել ամենուրեք, նույնիսկ անառականոցներում: Արդեն այնքան վատ գաղափար ուներ եղբոր մասին, որ կարծում էր, թե միայն անառակ կանանց համար պիտի շռայլի գողացած փողերը: Նա ոչ ոքի չհայտնեց գողության մասին, նույնիսկ Սրաֆիոն Գասպարիչին:

Նորից բարձրացավ վերև, ենթարկվեց մոր կծու կշտամբանքին: Այրին ասում էր, թե Արշակը մեղավոր չէ, որ տնից փախչում է: Վերջին ժամանակ նրան կատարելապես տանջում էին — բանտարկել էին, ոտով-ձեռով կապել ինչ-որ «լյալյայի» հետ: Ծախսի փող չէին տալիս «խեղճ երեխային», Արշակը մազերը փետում էր, լաց լինում, սպառնում էր իրեն սպանել: Նա կատարել էր իր սպառնալիքը, կամ ծովն է ընկել, կամ պարանով խեղդվել, կամ ռևոլվերով իրեն սպանել: Տաքարյուն տղա է, անպատճառ կանի...

— Իսկի էլ չի անիլ, — գոչեց Սմբատը վշտացած մոր կշտամբանքից, — նա ինքնասպանություն գործող տղա չէ: Կարող եմ հավատացնել, որ այժմ, անառակների հետ շփոթած, քեֆ է անում:

— Ո՛չ, խելոք է որդիս, ո՛չ զիմ, — ասաց այրին, արտասուքը սրբելով, — մեկը փչացավ, մյուսն էլ նրա ճանապարհով է գնում: Իսկ դու, դու նրանցից ավելի վատ դուրս եկար, ավելի խորը խոցոտեցիր սիրտս...

Ազատվելով մոր ձեռքից, Սմբատն ընկավ քրոջ ձեռքը: Ներս մտավ թե չէ, տիկին Մարթան սկսեց ուղղակի հարձակվել նրա վրա:

— Դու հորս որդուն չես թողնում օր տեսնի: Ընկել ես կնոջդ կոշիկների տակ. ինչ ուզում է, անում ես: Քանդեց իմ ծնողների տունն այդ կնիկը:

— Մարթա, թո՛ղ այդ կնոջը հանգիստ, խոսք ունիս ասելու, ինձ ասա:

— Քեզ ասելու ոչինչ չունեմ, կռիվս նրա հետ է, նա է քանդում մեր տունը: Մարկոս աղայի սիրած որդին զրպանում ծախսի փող չունենա, գնա իրենը ծո՞վը գցե, բաս այս կվերցնի՞ աստված...

— Այո՛, գրպանում փող չունի, բայց սիրուհիներ պահում է, — ասաց Սմբատը դառն հեգնությամբ, — ինձանից թաքուն մորից ստացած փողերով:

— Առաջինը սուտ է, Արշակը սիրուհիներ չունի, երկրորդը, եթե ունի էլ, շատ լավ է անում պահում է, թշնամիների աչքն էլ է հանում: Ո՞վ չունի մեր ժամանակում սիրուհիներ: Եթե իմ մարդը ինձ պես կնիկ ունենալով, պահում է սիրուհիներ, ինչո՞ւ Արշակի պես ջահելը չպիտի պահի... Ժամանակիս սովորությունն է:

Սմբատը զայրացած և պպշած նայեց քրոջ երեսին: Այդ հանդուգն պարզախոսությունը վիրավորեց նրան մինչև հոգու խորքը, դիպչելով արյունակցական զգացմանը: Նա ամաչեց:

— Լռի՛ր, լռի՛ր, Մարթա...

Բայց Մարթան արդեն կորցրել էր չափավորության զգացումը:

— Ո՛չ, — արտասանեց նա, — սուրբը դու ես, դո՛ւ ոտից մինչև գլուխ: «Լռի՛ր». իսկի էլ չեմ լռիլ: Ի՞նչ կա, ումի՞ց պիտի քաշվեմ: Չլինի՞ թե քեզանից: Ինչպե՞ս չէ, քեզ էլ ենք լավ ճանաչում: Դու որքան կարող ես, շատ-շատ գնա Բալախանի...

Ակնարկն այնքան հանդուգն էր, որ Սմբատը չկարողացավ իրեն զսպել և բարձրաձայն գոռաց.

— Լռելո՞ւ ես, հիմար կին, թե՞ չէ...

— Ի՞նչ է, սրտիդ դիպան, հա՞: Մի՛ վախենա, ես իսկի էլ քեզ չեմ նախատում: Այդ տեսակ կնիկ ունեցողը կարող է անել, ինչ որ քեֆն է...

Այրի Ոսկեհատն ընկավ աղջկա ու որդու մեջ և աղերսեց վերջ տալ կոպիտ վեճին:

Սմբատը դուրս գնաց, բայց նրան սպասում էր ուրիշ տեսարան: Անտոնինա Իվանովնան սաստիկ հուզված էր: Մի փոքր առաջ սկեսուրը նրան վիրավորել էր: Վշտացած մայրն իր սրտի թույնը թափում էր առաջին պատահողի գլխին: Հանդիպելով հարսին բնակարանները բաժանող միջանցքում, նա անխոհեմաբար արտասանել էր մի քանի վիրավորական խոսքեր ռուսերեն լեզվով: Խոսքեր, որոնց իսկական իմաստը չգիտեր: Հարսը հասկացել էր միայն կոպիտ հիշոցները, առանց հասկանալու նրանց շարժառիթը: Իսկ շարժառիթը սովորական էր այն օրից, երբ նա ոտ է դրել Ալիմյանների տունը, ընտանիքի թշվառություններին վերջ չկա:

Անտոնինա Իվանովնան ներվային կին չէր, բայց այս անգամ այնքան վիրավորվել էր, որ տեսնելով Սմբատին՝ հեկեկաց:

— Այս կյանք չէ, այլ դժոխք, — կրկնում էր նա:

— Ո՛չ, դժոխք չէ, այլ քաոս, — արտասանեց Սմբատը:

Նյարդերն այլևս անզոր էին դիմանալ ընտանեկան փոթորկին: Գլուխը պտտում էր, արյունը պղտորվել էր: Վախեցավ, մի գուցե ընդհարումն ավելի սուր կերպարանք ստանա և ակամա կրկնակի վշտացնի կնոջը, որին այս դեպքում անմեղ վիրավորված էր համարում սկեսուրի կողմից:

Նա շտապեց դուրս: Նա փախչում էր և՛ կնոջից, և՛ մորից, և՛ եղբայրներից ու քրոջից: Ի՜նչ չնչին և ծաղրելի կյանք — գտնվել երկու հակառակ տարրերի մեջ և կատարել ինչ-որ անզոր նշանակի դեր՝ երկու կողմից տեղացող կրակի համար: Ահա՛ թե կյանքի դրաման երբեմն որպիսի, ըստ երևույթին, չնչին բաներից է հյուսվում: Ի՞նչ անել, արդյոք, բաժանվել մորի՞ց, թե՞ կնոջից: Ո՛չ այս կարող է անել, ո՛չ այն: Մեկի հետ կապված է հայրական կտակով և որդիական սիրով, մյուսի հետ՝ զավակներով: Թող փիլիսոփաները տեսականորեն վճռեն դելեմն, բայց Սմբատն անզոր է նրան վճռելու...

Նա կառք նստեց, դիմեց դեպի ծովեզրը, գնաց Բաիլով թերակղզին: Սառը և լուսնկա երեկո էր: Ծովը հանդարտ էր, միայն եզերքի թեթև ալիքները, շփվելով ավազոտ ափերին, տարածում էին մեղմիկ շառաչյուն, որ հիշեցնում էր մետաքսի խշխշյուն: Նոսր կաթնագույն մշուշով տոգորված մթնոլորտը՝ խոնավ է: Պայծառ լուսնի շողերը անցնելով այդ մշուշի միջով, ծովի մակերևույթը չէին լուսավորում, այլ աքողում էին մի նուրբ շղարշով, որի ներքո նավերի անթիվ կայմերը ներկայացնում էին խորհրդավոր անտառ: Մերթ ընդ մերթ լսվում էին շոգեշարժ նավակների շվիկների սուլոցները, որ, սուր նետերի պես օդը ճեղքելով, տարածվում էին հեռու ու հեռու:

Գործնական քաղաքը դեռ չէր նիրհել: Այնտեղ տիրում էր խուլ դղրդյուն: Այդ դղրդյունի միջից լսվեց մի զիլ ձայն, որ հեւզհետե սաստկանալով, իջավ ցած ու ցած և կորավ, չքացավ մթնոլորտի մեջ: Ո՞վ գիտե ուր երդում էր մի պարսիկ, իր սրտի ուրախությունը թե վիշտը բարձրաձայն հողորդելով ամենակուլ տարածությանը:

Սմբատի կառքը բարձրանում էր մի բարձրավանդակով, և քանի գնում, ծովն ավելի ու ավելի ընդարձակվում էր նրա առջև: Երկու կառք սլացան նրա մոտով և առաջեցին: Մի խումբ զվարճամոլներ, ով գիտե՝ ինչ քեֆից հետո, դուրս էին եկել մաքուր օդ շնչելու: Մեկը տեղական հասարակ շվու վրա նվագում էր Cavaliera rusticana-յից մի թաղծալի կտոր: Նվագողը ոգևորված էր: Մեղմ և ախորժալուր հնչյունները թափանցում էին մարդու սիրտը: Կարծես, այդ հնչյունները լուսնից էին գալիս և կազմում աննման մի ներդաշնակություն մելամաղձիկ երկնի հետ:

Եվ այս բոլորն ազդում էր Սմբատի գրգռված հոգու վրա, բորբոքում նրա սրտի վերքերը: Թվում է նրան, որ այս պահին բոլորը բախտավոր են, բացի իրենից:

Հասնելով թերակղզու ծայրը, կառապանը կառքը հետ դարձրեց, առանց հարցնելու Սմբատի կամքը:

Նա վերադարձավ տուն: Ուղարկված գործակատարները դեռ ոչ մի լուր չէին բերել Արշակի մասին: Ոսկեհատը լալիս էր և անիծում իր վիճակը: Մարթան, մի անգամ ևս մորը լարելով Անտոնինա Իվանովնայի դեմ, հեռացել էր: Իսկ Անտոնինա Իվանովնան քաշվել էր իր սենյակը և խորհրդակցում էր եղբոր հետ՝ իր անելիքի մասին:

Տանը տիրում էր մի անհյուրընկալ սառնություն, որ ճնշեց Սմբատի հոգին: Նա շտապեց դուրս գալ նորից: Այս անգամ, ոտով մի քանի փողոցներ անցնելով, մտավ քաղաքի առաջին ճաշարաններից մեկը: Նստեց ընդարձակ սենյակի մի խուլ անկյունում և պահանջեց մի շիշ գարեջուր: Մյուս սենյակից լսվում էր բիլիարդի գնդակների չխչխկոցը: Շուրջը նստած էին փոքրիկ սեղանների քով թվով մոտ քսան եվրոպացիներ, մեծ մասամբ շվեդացիներ ու գերմանացիներ: Խմում էին, ընթրում, զվարճախոսում, ծխելով իրենց կարճլիկ ծխաքարշերից:

Սմբատի զգացումները շուտով սկսեցին բթանալ թմրեցուցիչ գարեջրի ազդեցությամբ: Մի պահ նրա աչքերից հեռացավ այն սև ուրվականը, որին համարում էր իր անհաջող սկսված ու դժբախտ շարունակվող ամուսնական կյանքը: Մոռացավ նաև Արշակին: Արժե՞ միթե մտածել նրա մասին: Կվատնի փողերն ու վաղ թե ուշ կվերադառնա տուն: Ինչ աւել է եղբայրական սեր, եթե ոչ մի հին նախապաշարում: Նույնն է և որդիական սերը: Բոլորը դատարկ, անիմաստ զգացումներ են, որ մարդիկ արվեստականորեն զարգացրել են իրենց մեջ դեռ վայրենության դարերում: Այո՛, կեղծ են բոլոր արյունակցական զգացումները, ինչպես կեղծ է առհասարակ մարդկային զգացումների իննսուն տոկոսը: Միայն մի զգացում է արմատական, անկեղծ, բնածին և անջնջելի — եսասիրությունը: Հեռո՛ւ նախապաշարումներ, պետք է եսամոլ լինել: Սպասավո՛ր, գարեջուր: Այս լավ չէ, ուրիշը բեր, բե՛ր և մի բաժակ կոնյակ, բե՛ր երկրորդը, երրորդը:

Նա խմում էր բաժակ-բաժակի հետևից: Մենակ էր, ազատ կնոջ անախորժ ձայնից, մոր անվերջ բողոքներից, երեխաների աղմուկից: Ա՜խ, երանի ամուրիներին: Ի՜նչ հաճելի է ռեստորանի մթնոլորտը, այս անծանոթ հյուրերի զվարթ դեմքերը: Այստեղ ամեն ինչ պարզ է և հասկանալի, իսկ տանը՝ բարդ, մթին:

Նա գլուխը դրեց կոների վրա՝ սեղանի եզրին: Մտքերը խառնաշփոթվել էին, այլևս չգիտեր ում մասին մտածի: Բոլորը և ամեն ինչ խառնվել էին նրա գլխում և դարձել անթափանցելի քաոս...

Մեկը ծխախոտի թանձր ծխի միջից մոտեցավ նրան, գդակը ձեռին, և կամացուկ արտասանեց նրա անունը: Նա գլուխը բարձրացրեց և տեսավ այն գործակատարներից մեկին, որոնց պատվիրել էր Արշակին գտնել:

— Գտա՞ք այն անպիտանին, — հարցրեց նա, շիշը բարձրացնելով, որ բաժակը լցնի:

— Այսօր տասներկու ժամին նրան տեսել են երկաթուղու կայարանում մի կնոջ հետ, գնացքի ժամանակ:

— Մի կնոջ հե՞տ, — կրկնեց Սմբատը, — ախ, անպիտա՛ն, զարշելի՛... Պետք է փնտրել ու գտնել, անպատճառ գտնել: Է՛է, ինչո՞ւ եք եկել, ո՞վ ասաց, որ առանց գտնելու գաք...

— Եկել եմ հայտնելու, որ հանքերից ձեզ խնդրում են...

— Հրդե՞հ, — գոչեց Սմբատը, — է՛, ի՞նչ անեմ թող այրվի ամեն բան, թող այր՛վի, ոչնչանա...

— Հրդեհ չկա, ուրիշ բանի համար են կանչում:

— Շատ լավ, շատ լավ: Ասում եք՝ Արշակին տեսել են կայարանո՞ւմ: Ուրեմն, նա փախել է այդ կնոջ հետ: Պետք է ոստիկանությանը հայտնել, ամեն կողմ հեռագիրներ տալ, մարդիկ ուղարկել: Ա՜խ, անբարոյակա՜ն, փչացա՜ծ մանուկ: Սպասավո՛ր, ստացիր խմածիս փողը... Ես իսկույն կգնամ ոստիկանատուն: Ոստիկանատո՞ւն, — ավելացրեց նա, հանկարծ եղանակը փոխելով, — ի՞նչ հիմարություն: Ինչո՞ւ պիտի գնամ, մի՞թե պարտավոր եմ գնալու: Էհ, թող կորչի անիծվածը, նա իմ եղբայրը չէ, ես եղբայր չունեմ: Դուք էլ հեռացեք այստեղից, լսո՞ւմ եք, հեռացեք, թողեք ինձ հանգիստ: Սպասավոր, կոնյակ բեր...

Գործակատարն ապշած նայում էր. առաջին անգամն էր տիրոջը տեսնում այդպես հարբած:

— Եթե կամենաք, ես կգնամ ոստիկանատուն, — ասաց նա, գդակը ձեռների մեջ ճմլտելով, — իսկ ձեզ խնդրում են անպատճառ և իսկույն գնալ հանքերը...

— Է՜հ, հանքերը, հանքերը, ձանձրացրին ինձ այդ հանքերը: Սպասավոր, տելեֆոն ունե՞ք:

— Կա:

Գործակատարը տելեֆոնի թելը միացնել տվեց Ալիմյանների հանքերի հետ, կանչեց Սուլյանին: Սմբատը խոսեց ինժեների հետ և իմացավ Միքայելին պատահած դժբախտությունը:

— Ծեծե՞լ են. էէ՜յ, վիրավորե՞լ են, բայց ո՞վ, — գոչեց նա, մոլոր քայլերով հեռանալով տելեֆոնից:

Լուրը բավական սթափեցրեց նրան: Տրորեց ճակատը, կարծես, քնից արթնանալու համար, հրամայեց գործակատարին գնալ, ոստիկանատանը հայտնել Արշակի կորստյան մասին, իսկ ինքը դուրս եկավ, կառք նստեց և հրամայեց քշել դեպի հանքերը:

Սառն օդն արթնացրեց նրա թմրած ուղեղը: Եղբոր ծեծվելու լուրը նոր միայն սկսեց ազդել նրա վրա: Ո՞վ գիտե, գուցե սպանված է, Սուլյանը թաքցրեց: Կարող էր ինքնապաշտպանության գործել. վերջին ժամանակ շատ էր խորասուզվել ինքն իր մեջ: Հարկավ, տանջվում էր վիրավորված պատվի զգացումից: Տեր աստված, այս ի՞նչ խայտառակ դրություն է. մեկը ծեծված և անպատիվ եղած ամբողջ քաղաքում, մյուսը՝ հիվանդոտ, գող և փախստական, քույրը՝ կովարար, չարասիրտ, մայրը՝ թույլ իր զավակների բարք ու վարքերի վերաբերմամբ: Իսկ ի՞նքը, ի՞նչ էր անում այն ճաշարանում: Հարբում էր իր վշտերը մոռանալու համար: Այդ ի՞նչ չար ոգի է մտել Ալիմյան ընտանիքի մեջ և քայքայում է նրան: Ո՞վ է անիծել այդ խեղճ ընտանիքին: Ինչո՞ւ հարստությունը երջանկացնելու փոխարեն դժբախտացնում է նրան: Վերջապես, այս ի՞նչ ընտանիք է, ավանդությունները մոռացված, բարոյական կապերը խախտված, ի՞նչ պիտի լինի այս քատտիկ դրության վերջը...

Այս ծանր մտքերի տակ Սմբատը հասավ հանքերը:

Ծեծն այնքան սաստիկ էր եղել, որ Միքայելի կյանքին վտանգ էր սպառնում: Բաց օդի տակ նա մնացել էր ուշաթափ երկար ժամանակ: Ուշքի գալով, իրեն տեսել էր մի քանի մշակների ձեռների վրա: Նորից ուշաթափվելով և նորից ուշքի գալով, աչքերը բաց էր արել և գլխի վրա նշմարել էր Սուլյանի ու Դավիթ Զարգարյանի հուզված դեմքերը, նաև մի զույգ անկեղծ ցավակցությամբ լի սիրուն աչքեր:

Անմիջապես լուր էին տվել տեղական ոստիկանությանը, բժիշկ էին հրավիրել վերքերը կապելու: Նա խնդրել էր, որ ոստիկանապետն իրեն քննության չենթարկի, անհայտ չարագործներ էին, կողոպտելու համար ծեծեցին և անհետացան: Ոչ մեկին չի ճանաչում:

Տեսնելով Սմբատին նա արտասվեց երեխայի պես:

— Երեքը մեկի վրա, երեքը մեկի վրա, — կրկնեց նա, կարծես վախենալով, որ եղբայրը կմեղադրի իրեն պարտության համար:

Նրա ամբողջ մարմինը ծածկված էր կապույտ բծերով, բազուկը դանակի հարվածով վիրավորված, դեմքն անխնա ճանկռոտված: Ամենից վտանգավորը գլխի վերքն էր: Բժիշկն ասում էր, թե այդ վերքից կարող է առաջանալ արյան բորբոքում: Անհրաժեշտ է համարում անպայման անդորրությունը:

Զարգարյան ընտանիքը շրջապատել էր նրան, ամեն ոք աշխատում էր մի բանով օգտակար լինել:

Հետևելով հոգու բնական բարի ձգտումներին, Շուշանիկը մոռացավ իր վիրավորանքը և սկսեց հարազատ քրոջ խնամքով ծառայել հիվանդին այնպես, ինչպես շատ հիվանդ բանվորների էր ծառայել: Դեպքը բացառիկ էր. ներելի էր մի օրիորդի ցավակցել մի օտար երիտասարդի, որ պառկած էր կից սենյակում, ջարդված, վիրավոր և հուսահատ: Ուստի տնեցիները դեմ չէին, որ նա ծառայի հիվանդին:

Հետևյալ օրը ճակատի վերքն սկսեց Միքայելին նեղել: Հարկավոր եղավ քաղաքից հրավիրել վիրաբույժ: Քննեց և գլուխը տարակուսաբար շարժեց, վերքը բավական խոշոր էր և խորը, վտանգը ուղեղին էր սպառնում: Հիվանդը ստեպ-ստեպ ուշաթափվում էր:

Սմբատն ուղևորվեց քաղաք՝ դժբախտ լուրը մորն զգուշությամբ հաղորդելու: Այրին տակավին հուսահատ դրության մեջ էր: Չէր հավատում, թե Արշակին տեսնող է եղել կայարանում: Շարունակ կրկնում էր.«աշխարհը տակն ու վրա արեք, խեղճ երեխայիս մարմինը գտեք»: Նույնը կրկնում էր և՛ նրա աղջիկը: Եվ երկուսն էլ իրենց սրտի թույնը թափում էին Անտոնինա Իվանովնայի գլխին, տեղի անտեղի բարձրաձայն հայհոյելով նրան, որ իր հետ մի շարք դժբախտություններ բերեց ընտանիքի գլխին:

Նոր լուրը, հարկավ, սաստիկ ներգործեց այրիի վրա: Նա ուշաթափվեց: Նրան ուշքի բերեց Մարթան, և իսկույն մայր ու աղջիկ ճանապարհ ընկան դեպի հանքերը Իսահակի ուղեկցությամբ: Հասան այն ժամանակ, երբ բժիշկները սպասում էին ուղեղի բորբոքման:

Իսահակ Մարութխանյանը, չափազանց հետաքրքրված, թաքուն հարցնում էր բժիշկներին, կմեռնի՞ արդյոք Միքայելը, թե՞ կապրի։ Բժիշկներից մեկը հուսահատությամբ գլուխը շարժեց։ Եվ ոչ ոք Մարութխանյանի կանաչ-դեղնագույն աչքերի մեջ չնշմարեց ուրախության փայլը։

Իրիկնադեմին Միքայելը գիտակցությունը կորցրեց, սկսեց զառանցել սաստիկ տաքությունից։ Ամբողջ մի ժամ ինքն իրեն խոսում էր, տրորվելով անկողնի մեջ։ Մերթ նստում էր, մերթ պառկում, շարունակ վերմակը վրայից հեռացնելով։ Նրա անկապ խոսքերն այրիի համար մասամբ պարզեցին զգուշաբար թաքցրած գաղտնիքը։ Արդեն Մարթան մի քանի անգա՛մ ակնարկել էր նրա մոտ եղբոր և տիկին Ղուլամյանի մեջ եղած հանցավոր կապի մասին։ Այրին մի առանձին նշանակություն չէր տվել լուրին, ժամանակները փոխվել են, այն շատ առաջ էր, երբ կինը հավատարիմ էր ամուսնուն։ Այժմ ամենքը դավաճանում են։ Ի՞նչ անենք, որ Անուշ Ղուլամյանի թուլությունից օգտվողը նրա որդին է։ Երիտասարդ է, ամուրի, «տաքարյուն», թող ապրի, «քեֆ անի»։ Նա մտքում դեռ մի փոքր էլ պարծեցավ որդու քաջությամբ։ Ղոչաղ տղա է, որ կարողանում է կնոջը մարդու ծոցից հանել, միայն պետք է զգույշ լինի, «թաքուն անի» ամեն բան, որ ոչ ոք չիմանա։

Միքայելն իր զառանցանքի մեջ կրկնում էր, «կորի՛ր, խայտառակ, անպատկառ, դու ինձ անպատվեցիր, դու ինձ կեղտոտեցիր, սպանեցիր բարոյապե՛ս, կորի՛ր, կորի՛ր»... Հաջորդ խոսքերից Սմբատն արդեն հասկացավ, որ Պետրոս Ղուլամյանն է ծեծել տվել Միքայելին։

Զառացանքն անցավ կես գիշերից հետո։ Հիվանդը լռեց ու նիրհեց։ Առավոտը, աչքերը բանալով, պղտոր հայացքը հառեց մոր երեսին։ Չնայելով տակավին շարունակվող տագնապին, զգում էր ինչ-որ թեթևություն։ Գլխի վերքը երեկվա չափ ցավ չէր պատճառում։ Երբեք մայրական դեմքն այնքան հաճելի չէր թվացել նրան, երբեք այնքան գգվանքի կարոտ չէր զգացել, որքան այդ օրը։ Նա զգացվեց, բռնեց մոր ձեռը և սեղմեց կրծքին։

Ներս մտավ Շուշանիկը՝ թեյի սկուտեղը ձեռին, մոխրագույն շալն ուսերին գցած։ Նրա այլևս մտախոհ դարձած աչքերը կարեկցաբար դարձան դժբախտ մոր կողմը, լռիկ հարցնելով, արդյոք, ինչպե՞ս է այսօր հիվանդը։ Այրին գաղտնի սրբում էր տամուկ աչքերը սև մետաքսյա թաշկինակով։ Հիվանդի դեմքով սահեց խորին երախտագիտության ժպիտ։ Սպիտակ թաշկինակով կապված ճակատի տակից կարմրած աչքերը հառեց օրիորդի վրա։ Մտաբերեց այն օրը, երբ համդգնել էր այդ անարատ և բարեսիրտ էակի վերաբերմամբ արտահայտել կեղտոտ միտումներ։ Բարկացավ մտքում ինքն իր դեմ, որ դեռ երեկ զարմանում էր, թե ինչու այդ աղջիկն աղքատության մեջ այնքան հպարտ է, ինքնասեր, անմատչելի։ Ա՜խ, ինչպե՞ս հասկացնի այժմ, թե պատրաստ է հենց այս դրության մեջ չոքել նրա առջև, հազար անգամ ներում խնդրել, նույնիսկ համբուրել հագուստի փեշերը, ինչպես սրբություն:

Երբ Շուշանիկը, սովորական «բարի լույս» ասելով, սկուտեղը դրեց սեղանի վրա և հանդարտ քայլերով դուրս գնաց, հիվանդը դարձավ մորը.

— Հավանո՞ւմ ես այդ աղջկան:

— Շա՛տ...

Հիվանդի պղտոր աչքերի մեջ փայլեց ուրախություն, որ սակայն, նույն վայրկյանին փոխվեց տրտմության: Ուրիշ ոչինչ չասեց, երեսը դարձրեց պատին և հառաչանքը խեղդեց վերմակի տակ: Մի փոքր անցած, մայրը լսեց նրա զսպված հեկեկանքը:

Իրիկնադեմին նորից սկսեց զառանցել: Վիրաբույժը նոր էր փոխել վերքերի սպեղանին և քաղաք վերադարձել: Հիվանդը մի քիչ նիրհել էր: Այրին, վիշտը փարատելու համար, խնդրել էր Շուշանիկի մորն ու հորաքրոջն իր մոտ, և նրանց հետ կամացուկ զրուցում էր:

Հիվանդը նախ սկսեց տնքտնքալ, հետո վերմակը դե՛ն շպրտեց և առողջ ձեռը զարկեց պատին: Այժմ զառանցանքի մի՛տքն ա՛յլ էր: Տիկին Աննան — Շուշանիկի մայրը — լսեց իր աղջկա անունը, զարմացավ, կրկին լսեց — ցնցվեց: «Ե՞ս ներում խնդրեմ, ե՞ս, ե՞ս, Միքայել Ալիխա՞նս, Շուշանիկ, Շուշանիկ, ֆի, ի՛նչ վատ անուն է»: Եվ, մի փոքր անցած, «սուս, գալիս է շալն ուսերին գցած, ճակատը բաց, աղքատ ու հպարտ, չեմ տալ քեզ, չեմ տալ, Սմբատ»: Այնուհետև լռեց և հետո, ձայնն ավելի բարձրացնելով, գոչեց. «սուտ եք ասում, այո՛, սուտ եք ասում, ոչինչ զանազանություն չկա մեր մեջ, Սմբատն ինձանից լավ չէ, ես վատ մարդ չեմ»:

Ճիշտ այդ վայրկյանին ներս մտավ Սմբատը, մոտեցավ անկողնակալին, լսելիքը լարեց: Հատուկտոր դարձվածները շաղկապելով, կազմեց ամբողջ գաղափար եղբոր գաղտնի զգացումների մասին, գուշակեց, որ նա հափշտակված է Շուշանիկով: Նա և՛ խղճաց եղբորը, և՛ զգաց դարձյալ նախանձ: Ինչո՞ւ, մի՞թե կա որևէ նախանձի արժանի բան այդ բարոյապես ընկած, խայտառակված, ծեծված և կիսամահ երիտասարդի մեջ:

Ամբողջ գիշեր Սմբատը մոր հետ անքուն անցկացրեց հիվանդի անկողնակալի մոտ: Եղան վայրկյաններ, երբ կարծում էր, թե եղբայրը մեռնում է: Նրա սիրտն էր մորմոքվում այն մտքից, թե Միքայելը կարող է երիտասարդ կյանքը վերջացնել այդպես խայտառակ:

Հետևյալ օրը բժիշկների նոր քննությունը հաստատեց, որ վտանգն անցել է, բայց պահանջվում է անդորրության: Սմբատն ուղևորվեց քաղաք՝ Արշակի մասին լուր իմանալու:

Ամբողջ օրը հիվանդի դրությունը լավ էր, գիշերը սա քնեց անվրդով, իսկ մյուս առավոտ զարթնեց բավական կազդուրված: Կեսօրվա դեմ նրան պաշարեց ինչ-որ տենդային ոգևորություն: Շարունակ խոսում էր մոր հետ, ներումն էր խնդրում, որ այնքան ցավ ու տանջանք էր պատճառել նրան իր վատ կյանքով: Ասում էր, թե այսուհետև այլևս աշխատելու է ուղղել իրեն, թե ամեն բանից ձանձրացել է, միայն թե առողջանա... Օ՜օ,, նա չի ուզում մեռնել...

Ճաշից հետո եկան բժիշկները և հայտնեցին, թե այլևս հիվանդն առողջանում է: Այրին մի փոքր հանգստացավ: Շտապեց Սմբատի հետ ուղևորվել քաղաք: Նրան թվում էր, թե Արշակի մասին քաղաքում վատ լուր է ստացվել, իրենից թաքցնում են և թե ինքը կարող է անձամբ իմանալ այդ լուրը:

Հիվանդին հանձնեցին Դավիթ Զարզարյանի խնամքին, հակառակ Սուլյանի ցանկության, որ ձգտում էր ամեն կերպ ծառայել իր տիրոջը՝ նրա սիրտը շահելու համար: Հոգու խորքում ինժեներն ուրախացավ, երբ մի քանի օր առաջ լսեց բժիշկների կարծիքը: Այժմ, երբ Միքայելն առողջանում էր, նա բարվոք էր համարում ցույց տալ նրան անսահման կարեկցություն:

Մի գիշեր ևս խաղաղ քնելուց հետո, հիվանդը զարթնեց այնքան կազդուրված, որ կամեցավ ոտքի վեր կենալ: Սակայն բժիշկը պատվիրեց մի օր էլ պառկած մնալ:

Իրիկնադեմին խմբովին այցելեցին նրան իր նախկին ընկերները, բոլորն էլ բավական հարբած, բացի Պապաշայից: Այդ օրը Պապաշան իր հանքերում ճաշ էր տվել մի եկվոր խմբագրի, որի լրագրում հաճախ նա անվանվում էր «հայտնի բարեգործ»:

Քյազիմ-բեգը ցույց տվեց, թե կատաղած է անհայտ սրիկաների դեմ: Օ՜օ, նա անպատճառ կիմանա ովքեր են այդ չարագործները և մի լավ պատժել կտա: Իշխան Նիասամիձեն, ձեռը դնելով դաշույնի վրա, երդվում էր բոլորին կոտորել: Մելքոնն ու Մոսիկոն դեմքերով զանազան նշաններ էին անում միմյանց և հեգնաբար ժպտում: Բանն այն է, որ նրանք գուշակում էին, թե ով պիտի լինի Միքայելին ծեծել տվողը:

Իրավաբան Փեյքարյանը պնդում էր, թե՝ եթե չարագործները գտնվեն, անպատճառ կպատժվեն «за покушение на убийство».

— Գտնելը դժվար չէ, հաստատելն է դժվար, — երկդիմի ակնարկեց Մոսիկոն և, բութ մատները թաքուն դնելով ականջների ծակերը, ցուցամատները բարձրացրեց վերև:

— Ես էլի կասեմ, վերը, ըըը, խաղաղությունը լյավ պեն ա, — ասաց Պապաշան:

Չնայելով տխուր այցելության, պատկառելի ամուրին շատ ուրախ էր տրամադրված: Խումբն սկսեց նրա վերաբերմամբ սրախոսել, հետո նրա հետ կատակներ անել: Գրկում էին նրան, կողերին բոթում, համբուրում, բարձրացնում վերև: Իսկ նա, ժպիտը երեսին, կրկնում էր.

— Նուշ ա, նուշ ա...

Այդ ասել էր, թե ընկերների կատակները հաճելի են իրեն:

— Շտապիր շուտով վեր կենալ, Մեխակ, — ասաց Մոսիկոն, — Պապաշան մեծ ճաշկերույթ պիտի տա այս օրերս: Իռլանդիայից երկու գիտնական ճանապարհորդներ են գալիս, նրանց համար ուզում է բանկետ սարքել և, եթե կարելի է, իր վիճելի նավթահողերը նրանց վզին կապել: Ճառ պիտի ասի Բագվի համաշխարհային նշանակության մասին... Պապաշան այժմ կոսմոպոլիտ է դարձել... Ազգասիրությանը խեր չբերեց...

Միքայելը սկզբում քաղաքավարության համար կեղծ ժպտում էր: Բայց շուտով ձանձրացավ խմբի շաղակրատանքից. զգում էր պարզ, որ շատերն իրեն ծաղրելու համար են եկել, մանավանդ Մոսիկոն, որին նա չէր սիրել: Նա չափից դուրս վրդովվեց, երբ քնահարբ թղթամոլը, գիտակցաբար թե անզգուշությամբ, հիշեց Գրիշայի անունը և ակնարկեց հաշտության մասին:

— Երևի, սրախոսությանդ նյութը սպառվել է, — ասաց նա խորին արտմտությամբ:

— Ինչո՞ւ, բավական կա, եթե կամենաս.

— Ուրեմն, ինձ հանգիստ թող...

— Ձերդ պայծառափայլություն, գնանք, մեր բարեկամը վատ է տրամադրված, — դարձավ Մոսիկոն իշխան Նիպասամիձեին:

Միքայելին թվաց, թե Մոսիկոն ինչ-որ ծաղրական նշան արավ Նիասամիձեին իր վերաբերմամբ: Նրա նրբացած նյարդերն արդեն անզոր էին հանդուրժել ամենաթեթև ծաղրը, ուստի չկարողացավ իրեն զսպել և ասաց.

— Այո՛, շատ վատ եմ տրամադրված, միայն ոչ վեհանձն մարդկանց դեմ:

— Ի՞նչ ես ուզում ասել, — հարցրեց Մոսիկոն:

— Այն, որ հետևիցս հազար ու մի բան ես ասում, ծաղրում ինձ իբրև վախկոտի և գալիս ես առերես ցավակցություն հայտնելու: Դա մարդավարություն չէ, բարեկամ...

Նկատողությունն արդարացի էր: Մոսիկոն զգաց իր մեղքը նա իր լեզուն չէր զսպել ընկերոջ վերաբերմամբ նույնիսկ Սուլյանի մոտ, որ այժմ ներկա էր և որ անզգուշություն էր ունեցել իր լսածը Միքայելին հաղորդելու: Այնուամենայնիվ, նա չուզեց խոսքի տակ մնալ և պատասխանեց.

— Եթե մարդավարության մասին սկսենք խոսել, կարող ենք շատ հեռու գնալ, այն ժամանակ, ով գիտե, ինչ բաներ կբացվեն: Լավն էն է, որ ես լռեմ:

— Ո՛չ կարող ես խոսել, ասա, ինչ ուզում ես, — շեշտեց Միքայելը գրգռված, — լավ կլինի, որ մի օր անկեղծ լինենք:

— Անկեղծ, ո՛չ, բարեկամ, անկեղծությունը հնացած բան է, ես փտած ապրանք առնող չեմ: Փորձիր մի րոպե անկեղծ լինել, կտեսնես տակից ինչ հոտած ձկներ են դուրս գալիս:

Ակնարկը պարզ էր և հասկանալի: Միքայելն ավելի վրդովվեց:

— Ձերդ պայծառափայլություն, — դարձավ նա կծու հեգնությամբ

իշխան Նիասամիձեին, — այս խոսակցությանը վերջ տալու համար չե՞ք կարող մի բան պատմել Թիֆլիսի անգլիական կլուբի կյանքից:

Մոսիկոն ցնցվեց: Պատմում էին, որ մի օր նա անգլիական կլուբում թղթախաղի ժամանակ ինչ-որ թեթև զեղծումն է թույլ տվել իրեն: Նկատել են և քաղաքավարությամբ վռնդել կլուբից:

— Մեր Բագվումն այնքան խոսելու նյութ կա, — նկատեց չափազանց վիրավորված, — որ կարծեմ Թիֆլիս գնալն ավելորդ է:

— Օրինա՞կ, — հարցրեց Միքայելը, շրթունքները կրծոտելով:

— Օրինակ, մի՞թե խոսակցության առարկա չի կարող լինել, թե ինչպե՞ս մեզանում կանայք երբեմն բեղեր են ունենում, կամ ինչո՞ւ մի բոի խանութպան կարողանում է սրիկաների միջոցով Օթելոյի դեր կատարել...

Բոլորը լուռ նայեցին միմյանց երեսին, հետո Միքայելին: Նկատողությունը վերին աստիճանի հանդուգն էր և թունալի: Ամենքը սպասում էին Միքայելի ավելի վիրավորական պատասխանին: Քյազիմ-բեգը բեղերը հաճույքից սրում էր, որ վեճի ամենախիստ պահին պիտի առիթ ունենար միջամտելու և ընկերներին նախատելու: Իշխան Նիասամիձեն դեմքով նշաններ էր անում Մոսիկոյին, որ լռի: Իսկ Պապաշան, շոգից հոգնած ոչխարի պես, գլուխը դեսուդեն էր ծռում: Նա ուրախ կլիներ ազատվել անախորժ վեճին վկա լինելուց, զարմանալի մարդիկ են այդ «ջահելները», ասեն մի չնչին բան նրանց սրտին դիպչում է:

Միքայելը մի վայրկյան դողալով, զգզված, նայեց հակառակորդի երեսին, ապա նրա կատաղությունն ավելի ընդարձակվեց և տարածվեց դեպի բոլոր ընկերները:

— Ի՞նչ եք ուզում ինձանից, — գոչեց նա, ինքն իրեն մոռանալով, — ինչո՞ւ եք եկել, ո՞վ է, ձեզ խնդրել գալու: Գնացե՛ք... ձեր բոլորի բարեկամությունը ինձ ձանձրացրել է: Գնացեք... Դուք իմ ընկերները չեք...

Այս անսպասելի հարձակումը բոլորին ապշեցրեց. վիրավորողը մեկն էր, իսկ Միքայելը կատաղում էր ամենքի դեմ:

— Յավաշ, յավաշ, — ասաց Քյազիմ-բեգը հեգնաբար, — մենք ի՞նչ մեղք ունենք:

— Դուք բոլորդ նման եք միմյանց, բոլորդ...

— Աֆերիմ, սիրեցի պարզախոսությունդ, աֆերիմ, իմ արևը, զրաստն ես ասում:

— Իհարկե, ըըը, դրուստն է ասում, — փորձեց Պապաշան վեճը կատակի դարձնելու, — մենք լա, ըըը, մարդ չենք, մարդանման վըեր ըըը...

— Պարոննե՛ր, — մեջ մտավ Մելքոնը վիրավորված, — ես հասկանում եմ՝ ինչու է մեր ընկերությունն Ալիմյանին ձանձրացրել: Ես այստեղ սև նավթի փոխարեն, այսպես ասած, մանիշակի անուշ բուրմունք եմ զգում, թարմություն, անմեղություն: Հըմ, Սուլյան, ինչո՞ւ ես դեսուղեն մտիկ անում: Կարծեմ, ամենից առաջ դու ես հասկացել բանի էությունը: Հիշո՞ւմ ես սասծներդ...

Ինժեները նեղն ընկավ: Բանն այն է, որ նա հարուստ երիտասարդների անչափ հետաքրքրությանը գոհացում տալու, նրանց դուր գալու և, որ ամենագլխավորն է, Դավիթ Զարզարյանին մի քիչ վրեժխնդիր լինելու համար, ինչ-որ վատ ակնարկներ էր արել Շուշանիկի վերաբերմամբ:

Մելքոնի անզգույշ խոսքերը նրան վախեցրին: Շփոթված նայեց Միքայելի այլայլված դեմքին և խոսակցությունը կտրելու համար ասաց.

— Պարոննե՛ր, ինչո՞վ կկամենաք ձեզ հյուրասիրեմ:

— Բավական է, ինչքան հյուրասիրվեցինք, գնա՛նք, — ասաց Քյազիմ-բեգը:

— Յոլա գնա, ըըը, ջահելներ եք, ըըը, ցտեսություն, Մեխակ ջան, վաղը երկաց, ըըը, մոտս եկ, — արտասանեց Պապաշան, տակավին չկամենալով լուրջ նշանակություն տալ ընկերների վեճին:

Բոլորը դուրս գնացին: Քյազիմ-բեգը երգում էր.

— Բըլ մուժ սը ռազամի՛, բիլ օն մալաթցա՛...

Միքայելը ոտքի կանգնեց կատաղած: Բայց ուշ էր, Քյազիմ-բեգի ձայնը արդեն դրսից էր լսվում.

— Անպիտաննե՛ր, — գոռաց Միքայելն այնպես, որ բոլորը լսեցին նրա ձայնը...

VI

Վերջապես ոստիկանությունը հայտնեց, թե Արշակը գտնվել է Թիֆլիսում և շուտով կհանձնվի ընտանիքին: Փախստականին բռնել էին հենց այն միջոցին, երբ մի ինչ-որ կնոջ հետ թև-թևի տված թատրոն էր մտնում: Անծանոթ կինն անհետացել էր, իսկ Արշակին հետևյալ օրն իսկ ուղարկել էին Բագու:

Պատանուն տուն բերեցին կառքով երկու ոստիկաններ: Նրա աչքերի կոպերը երկար անքնությունից ուռել էին, դեմքը ավելի թառամել: Հիշեցնում էր անտուն, անտեր և հասարակական ստորին խավերում դեգերող մի շրջմոլիկի:

Ոսկեհատը հեկեկալով հարձակվեց նրա վրա, սեղմեց կրծքին: Կշտամբեց, բայց միայն այն պատճառով, որ մորը չէր հայտնել, թե ուր է գնացել: Անվերջ համբույրներով արտահայտեց թուլասիրտ ծնողի անվերջ ներողամտությունը: Խրախուսվելով այդ համբույրներից, Արշակը զգաց, թե դեռ կարող է ընդդիմադրել ավագ եղբորը: Ահա ինչու շատ էլ չվախեցավ, երբ Սմբատը զրեթե ուժով քաշեց, տարավ նրան մի խուլ սենյակ:

Մեծ եղբայրն ստիպում էր ամեն ինչ խոստովանել, փոքրը

համառում էր: Արշակը ոչ ոքի պարտավոր չէ հաշիվ տալու, նա ազատ է, ինքնագլուխ:

— Ձեռ քաշիր ինձանից, ես ստրուկդ չեմ, — գոչեց նա, փորձելով փախչել:

— Այստեղից դուրս չես գնալ, մինչև որ չես խոստովանիլ մեղքդ:

Արշակի աչքերը պսպղացին, բռունցքները սեղմվեցին:

— Թո՛ղ ինձ, ասում եմ, թո՛ղ, — գոռաց նա, ոտները հատակին զարկելով:

— Եթե չես խոստովանիլ, պալիցիային կհայտնեմ գողությունդ կբանտարկեն ու հետո կաքսորեն:

Սպառնալիքը ներգործեց. Արշակը վախեցավ և խոստովանեց, թե ինքն է կոտրել սեղանի դարակը և փազերը վերցրել:

Դա գողություն չէ, այլ «վերցնել», հարկավոր էր, վերցրեց, իր հոր փողերն են, ուրիշինը չեն:

Մոտ երեք հազար ռուբլուց նրա գրպանում մնում էին երկու հարյուրանոց և մի քանի հատ մանր թղթադրամներ: Կարևորը Սմբատի համար փողերը չէր, այլ տխուր փաստը, այն, թե ո՞վ է եղել գողության մասնավոր շարժառիթը և ո՞ւմ վրա են փողերը ծախսվել: Այս կետի վերաբերմամբ Արշակը ցույց տվեց զարմանալի համառություն:

— Քեզ հետ կին է եղել, — պնդում էր Սմբատը:

— Չի եղե՛լ, չի՛ եղել, չի՛ եղել, — կրկնում էր Արշակը:

Սմբատը վճռեց դիմել ստի օգնության: Նա ասաց, թե «այդ կինը» բռնված է և այժմ բանտում նստած: Արշակը ցնցվեց. աչքերի ուռած կոպերը բարձրացան վերև, անշարժ մնացին, քթի պնչերը կապտեցին ու սկսեցին դողալ: Կուրծքը ուժգին բարձրացնում էր ու ցած իջնում:

— Ի՞նչ ասացիր, — գոչեց, — Զինաիդան բանտո՞ւմն է, իմ Զինա՞ն, այդ անկարելի է...

— Այո՛, քո Զինան, այդ քնքուշ ու սիրուն կինը հիմա նստած է բանտում գողերի ու մարդասպանների հետ:

— Անաստվածնե՛ր, նա մեղավոր չէ, ես եմ մեղավոր, ես եմ փողերը գողացել ու ծախսել: Նրա մոտ եղած փողերն իրենն են, հորից է ստացել... Ես նրան փող չեմ տվել, այո՛, չեմ տվել, նա ինքը հարուստ է...

Արդեն այս խոսքերով Արշակն իրեն մատնում էր:

— Բայց ո՞վ է այդ Զինաիդան, ո՞րտեղացի է, ի՞նչ պտուղ է:

— Պտուղ չէ, պարոն, հարսնացուս է, հասկացի՛ր, հարսնացուս:

Այժմ ցնցվողը Սմբատը եղավ: Ահա ինչ, ուրեմն այդ պատանին հարսնացու էլ ունի:

— Ինչո՞ւ չպիտի ունենամ, ումի՞ց եմ պակաս, կամ ո՞վ կարող է ինձ արգելել: Ես պիտի Զինայի հետ Թիֆլիսում պսակվեի, հենց նրա համար էլ գնացել էի: Ինչո՞ւ չթողեցիք... Ես նրան ազնիվ խոսք եմ տվել, պիտի կատարեմ, ինչպես ջենտլմեն, թեկուզ բանտ գցեք, կախաղան բարձրացնեք, պիտի կատարեմ: Սիրում եմ Զինային, հասկանո՞ւմ ես, ինչ ասել է... սեր... Օ՜օ, ես ինձ կսպանեմ, եթե մեզ բաժանեք:

«Ազնիվ խոսքե եմ տվել և այդ ազնիվ խոսքը տասնուվեց տարեկան պատանին կատարում է գողության միջոցով:

— Բայց գոնե ասա, ի՞նչ շրջանի աղջիկ է այդ Ջինան, ո՞վ:

— Նրա ծնողները Մոսկվայումն են: Շատ ազնիվ աղջիկ է: Այստեղ առաջ մի լավ ընտանիքում գուվերնանտկա էր աշխատում: Ես ստիպեցի, որ պաշտոնը թողնի: Այստեղ Ջինայի պես աղջիկ չկա, ֆրանսերեն խոսում է ինչպես փարիզուհի: Ինձ էլ սովորեցնում է, ինչպե՞ս կարելի է այնպիսի աղջկան բանտ գցել: Ես ուզում եմ նրա հետ պսակվել և պիտի պսակվեմ: Ծիծաղում ես, հաա՞, բաս ինչո՞ւ դու պսակվեցիր առանց ծնողներիդ կամքի և հակառակ մեր կրոնի: Իմ Ջինան էլ քո կնոջ պես կրթված է: Ի՞նչ էիր մտածում, պիտի գնայի ու մի քթի մազ հայ աղջկա հետ պսակվեի, որ բերանից սխտորի հոտ փչեր, ֆի դոն, մովե...

Սմբատը չգիտեր՝ ծիծաղեր, բարկանար, թե՞ գժատուն ուղարկեր եղբորը: Այնինչ, Արշակը քանի գնում խրոխտանում էր: Սկսեց պահանջել, որ իսկույն, առանց մի րոպե հետաձգելու, հարսնացուին ազատեն բանտից: Ջինաիդան այնտեղ կխեղազարվի, այնքան քնքուշ է, այնքան բարի սիրտ ունի: Ա՜խ, Ջինա՜, Ջինա՜...

— Լի՛րբ, — գոչեց Սմբատը այլևս չկարողանալով զայրույթը զսպել, — դու մեր ժամանակի իսկական ծնունդն ես, դու մեր կյանքի այժմյան քառսի զավակն ես...լ ի՛րբ... Այդ Ջինան բանտարկված չէ, բայց դու երբեք նրա երեսը չես տեսնիլ...

Արշակն ուրախացավ, որ իր սիրեցյալն ազատ է, բայց ինչո՞ւ նրա երեսը չի տեսնել, ո՞վ կարգելե նրան: Նա ոչ ոքից կախում չունի, ա՛յ, ինչ կասի, ո՛չ ոքից:

— Ես ազատ քաղաքացի եմ... Է՜է, այն հին դարերում էր, երբ մեծերը և ուժեղները պատիկներին և թույլերին ստրկացնում էին: Մի կարծիլ, թե մենք Ասիայում ենք ապրում, ուրեմն ամեն բան կարելի է անել: Այժմ անհատական ազատության ժամանակն է, տասնուիններորդ դարի վերջը, հասկանո՞ւմ ես. ֆեն դը սիեկլ...

— Ֆեն դը սիեկլ, — կրկնեց Սմբատը դառն ծիծաղելով, — ափսոս միայն որ այդ «ֆեն դը սիեկլը» կլինի և՛ քո կյանքի վերջը, և դա երբեք չես հասնիլ քսաներորդ դարին: Նայի՛ր հայելուն. մի՞թե չես զգում, որ ոտքի վրա կենդանի փտում ես, ամբողջ մարմինդ որդնել է... Մի՞թե չգիտես, ողորմելի...

— Իսկի էլ չեմ փտում: Դու կարծում ես՝ նա է մարդ, որ հաստ փոր ու կարմիր թշեր ունի: Ներողություն, մեր դարը ներվային դար է, զգացում ունեցողներն ու մտածողները միշտ ինձպես դեղնած են լինում: Գալով հիվանդությանս, է՜է, սովորական բան է: Դու ինձ ասա, ո՞ր արիստոկրատն է մեր ժամանակում ազատ իմ ախտից...

Նա խոսում է այնքան ոգևորված և այնքան լուրջ, որ ակամա շարժեց եղբոր ժպիտը: Բայց շուտով Սմբատի արյունը դարձյալ գլխին խփեց և նա գոչեց.

— Լի՛րբ, աներես, լռի՛ր, քանի որ խելքս գլխիս է:

Ներս վազեց այրի Ոսկեհատը և ընկնելով որդիների մեջ, սկսեց պաշտպանել Արշակին: Նա կարծում էր, թե Սմբատն ուզում է եղբորը ծեծել:

— Երեխաս դեռ չի հանգստացել, — ասաց նա, մի ձեռով գրկելով Արշակին, — ո՞վ գիտե, քաղցած էլ է, դու խրատելու ժամանա՞կ ես գտել:

— Ա՜խ մայրիկ, — գոչեց Սմբատը խորին հանդիմանությամբ, — այդ տղային փչացնողը հենց դու ես: Այդքան երես տալ չի լինիլ: Չեմ հասկանում, այդ ի՞նչ մայրական սեր է...

— Քեզ էլ եմ սիրել, որդի, — հառաչեց այրին, — բայց տասներկու տարեկան չկայիր, հայրդ քեզ խլեց ինձանից, ուղարկեց օտար երկիր: Ասաց, «թող գնա, հեռու լինի փչացած ընկերներից, մարդավարի մարդկանց մեջ ապրի»: Տվեց քեզ Մոսկվայում Բազատուրովներին: Տարեն երկու ամսով երեսդ ցույց էիր տալիս ինձ ու էլի հեռանում, արտասուքն աչքերումս թողնելով: Սիրում էի քեզ աչքիս լույսի պես, բայց որ հեռացար, սկսեցի մխիթարվել Միքայելով ու հետո Արշակովս: Լա՛վ կրթեցին քեզ, ինչ ասե՛մ, լա՛վ մարդկանց մեջ ապրեցիր: Խլեցին քեզ ծնողներիցդ, օտարացրին, գնացիր պապերիդ հավատը խայտառակեցիր: Դու ինձ համար կորած էիր, ի՞նչ անեի, որ մյուս որդիներիս չսիրեի: Արշակ, Արշակ, արա, ի՛նչ որ ուզում ես, բայց մի բան չանես — եղբորդ օրինակին չհետևես: Վայ ինձ ու քո հոր գերեզմանին, եթե դու էլ նրա ճանապարհով գնաս: Դու միշտ կարող ես քեզ ուղղել, Սմբատը չի կարող. հիմա տեսնում եմ, որ չի կարող, այ իմ ցավն ու տանջանքը:

Նա սկսեց արտասվել, գլուխը դնելով փոքր որդու ուսերին:

Սմբատը լուռ դուրս գնաց: Նա լռեց, որովհետև զգաց, որ մայրն իր տեսակետից միանգամայն իրավացի է, լռեց, որովհետև զգաց, որ ճիշտ՝ իր սխալն անուղղելի է:

Հետևյալ օրը, կանուխ զարթնելով, նա ուղևորվեց հանքերը: Միքայելն արդեն վեր էր կացել անկողնից, միայն ճակատի վերքը կապած էր թաշկինակով:

— Գնա՛նք քաղաք, — առաջարկեց Սմբատը:

Միքայելն աչքերը թթվացրեց, նա չէր ուզում քաղաք տեղափոխվել: Բայց ի՞նչ օգուտ. Շուշանիկն այլևս չէր երևում: Եվ առավոտ երեկո զուր էին նրա աչքերը որոնում օրիորդին, այժմ կերակուր ու թեյ մատուցում էր տիկին Աննան:

Արդեն անհարմար էր մնալ օտար հարկի տակ. թեև բնակարանը Սուլյանինն էր, բայց Միքայելին ծառայում էր Զարգարյան ընտանիքը:

Դուրս գալուց առաջ Միքայելը անցավ անդամալույծի սենյակը, հարցրեց առողջության մասին: Շնորհակալություն հայտնեց բոլորին, որ այնպես խնամել էին նրան: Երբ հերթը հասավ Շուշանիկին, Միքայելի գունատ դեմքը մռայլվեց:

— Գիտե՞ք, ինձ դո՛ւք ազատեցիք մահից, — ասաց նա, անվստահ սեղմելով օրիորդի ձեռքը:

Դա նրա սրտի բոնի թելադրությունն էր, որին չկարողացավ դիմանալ:

Քաղաքից նա Զարզարյանների համար ուղարկեց նվերներ, չմոռանալով երեխաներին և անդամալույծին: Շուշանիկի համար ընտրել էր ոսկե ապարանջան՝ ադամանդներով զարդարված: Եվ որպեսզի օրիորդը նվերը չմերժի, նա ուղարկեց ոչ իր, այլ մոր կողմից.

— Այժմ դու պիտի քաղաքումն էլ ինձ օգնես, — դարձավ մի օր Սմբատը Միքայելին, — գործարանն ուզում եմ բանեցնել, մենակ ես չեմ կարող բոլոր գործերին հետևել:

Միքայելը մտածեց մի փոքր և պատասխանեց.

— Ուրախությամբ կկատարեմ, ինչ գործ որ կունենաս: Բայց կխնդրեի, որ Սուլյանին տեղափոխես քաղաք, իսկ ինձ նշանակես հանքերի կառավարիչ:

Այն մարդը, որ առաջ երկու ժամ շարունակ չէր կարողանում հանքերում մնալ, այժմ ուզում էր այնտեղ ապրել: Շարժառեթը, շատ պարզ էր Սմբատի համար:

— Լավ, — ասաց նա, — արա՛, ինչպես ուղում ես:

Նույն օրն ևեթ Միքայելն առմիշտ տեղափոխվեց հանքերը:

Տխուր դեպքերը հաջորդում էին միմյանց: Սմբատը գրեթե ամեն օր որևէ առիթով ընդհարվում էր կնոջ հետ:

Թաթախման օրն էր: Իրիկնադեմին Ոսկեհատը, լուսամուտն առջև նստած, նայում էր դեպի փողոց: Լսում էր մերձակա եկեղեցու տոնային ուրախ զանգահարությունը: Այսօր ծանոթ հնչյունները նրան պատճառում էին անսահման տրտմություն: Այսօր առաջին անգամ նա պիտի նստեր ուրախ սեղանի առանց ամուսնու: Բայց այս չէր նրա դառնության բուն հիմքը: Նայում էր եկեղեցի շտապողներին և տխուր հառաչում, մերթ աչքերը վեր բարձրացնելով, մերթ գլուխը շարժելով: Ծնողներն իրենց երեխաների և տատերն ու պապերն իրենց թոռների ձեռներից բռնած ուրախ-ուրախ դիմում էին եկեղեցի: Միայն Ոսկեհատն է զուրկ ընդհանուր բախտից, և ինչո՞ւ, տեր աստված, ինչո՞ւ, չէ որ նա ևս տատ է, թոռնիկներ ունի:

Հանկարծ նա աչքունքը սեղմեց, տեսողությունը լարեց՝ երեսը մոտեցնելով լուսամուտի ապակուն: Տիկին Մարթան, գլխին մի խայտաբղետ մեծ գլխարկ, որի մի զույգ բարձր փետուրները դողում էին, ինչպես դրագունի «սուլթան», ուրախ-ուրախ խոսելով, անցնում էր մի գեղեցկադեմ երիտասարդի հետ: Անծանոթն ինչ որ ասում էր, տիկինը ծիծաղում էր, աչքերը կոկետաբար ճպճպելով:

Տեսարանը շատ անախորժ թվաց այրիին: Նա ավելի ուշադիր նայեց, տիկինը կանգ առավ, երիտասարդն ամուր սեղմեց նրա ձեռքը, խորհրդավոր ժպտալով: Նրանք բաժանվեցին, և տիկինը իր շրջազգեստի փեշերը կոկետուհու պես բարձրացնելով, որ ցույց տա մետաքսյա ասեղնագործ ներքնազգեստը, անցավ դեպի մյուս մայթը: Մի քանի րոպե անցած՝ դռները բացվեցին, և շեմքի վրա երևաց Մարթան պճնված, ինչպես ծաղկած նռնենի:

— Տա՞նն է, — հարցրեց նա, դեմքը ծռմռելով այնպես, որ այրին հասկանա, թե խոսքն Անտոնինա Իվանովնայի մասին է:

— Աստված ոչ գիտե, — պատասխանեց մայրը դառնությամբ:

— Կոլյայիս ուղարկեցի բոննայի հետ եկեղեցի, եկել եմ Սմբատի երեխաներին էլ տանելու: Այսօրվա օրը թոռներդ պիտի այնտեղ լինեն, որ թշնամիներդ չուրախանան: Հրամայիր, որ բերեն նրանց այստեղ:

Այրին կանչեց Անտոնինա Իվանովնայի աղախնին, հրամայեց երեխաներին տոնային հագուստ հագցնել և բերել իր մոտ: Աղախինը ոչինչ չասաց. վկա լինելով ընտանեկան անվերջ խռովություններին, գիտեր, որ պառավի ցանկությունը կարող է դուր չգալ իր տիրուհուն: Այսպես էլ եղավ. Անտոնինա Իվանովնան մերժեց երեխաներին սկեսուրի մոտ ուղարկելու, իմանալով, որ Մարթան է պահանջողը և ինչո՞ւ համար:

— Տեսա՞ր, տեսա՞ր, — գոչեց Մարթան չարախնդությամբ, — պրծանք, էլ մնաս բարով ասա թոռներիդ:

Այրին պահանջեց իր մոտ Սմբատին, եղելությունը պատմեց:

— Խե՜ղճ մարդ, խե՜ղճ մա՜րդ, — գոռաց Մարթան եղբորը, — սանձը տվել ես ձեռը, որտեղ ուզում է, քշում է, խե՜ղճ մարդ: Գոնե այսօրվա օրը նա խնայեր քեզ:

— Զարմանում եմ, ինչո՞ւ համար եք դատարկ բաների համար ահագին աղմուկ հանում: Մի՞թե միևնույն չէ, երեխաներն այսօր կգնան եկեղեցի, թե վաղը կամ բոլորովին չեն գնալ:

— Պրծա՜նք, պրծա՜նք, — կրկնեց Մարթան, մշտաշարժ մեքենայի պես պտույտ-պտույտ անելով աթոռի վրա, — այսուհետ քրիստոնեությունը մոռանանք էլի, ի՞նչ կա:

— Մարթա՜, տասն անգամ խնդրել եմ, որ կրակի մեջ յուղ չածես, վատ բան է:

— Մարթան մորդ է խղճում, հասկանո՞ւմ ես, մորդ...

— Խնդրում եմ, լռի՜ր, լռի՜ր, եթե չես ուզում, որ ինձ կատաղեցնես: Դու չար սիրտ ունես...

Մարթան չարությունից կապտել էր, մի գույն ևս ավելացնելով իր բազմագույն հագուստին:

— Ա՜խ, անբախտ կնիկ, — դարձավ նա մորը, — ի՞նչ չար աստղի տակ ես ծնվել, որ այսպես տանջվում ես:

— Լսի՜ր, ինչ եմ ասում, Մարթա. եթե այս տան մեջ դու միշտ պիտի խռովարարի դեր կատարես, լավ կանես, որ այլևս չգաս այստեղ: Մարդդ քեզ բոլորովին հիմարացրել է. ես շատ լավ գիտեմ, թե նա ինչու է ջուրը պղտորում, բայց նպատակին չի հասնի: Միքայելը նրան արդեն ճանաչել է, հույս ունիմ, որ դու էլ, վերջապես, մի օր կճանաչես:

Ասաց և անցավ կնոջ բնակարանը: Այստեղ ազատություն տվեց

սրտի անսահման զգօրին: Մինչև ե՞րբ պիտի շարունակվի այդ կնոջ կամակորությունը: Գալու օրից բոլորին լարեց իր դեմ, իսկ եկավ նախապաշարված: Չմտածեց, որ կրակը կրակով չեն հանգցնում: Մոռացավ, որ այստեղ բոլորը վաղօրոք լարված և նախապաշարված էին իր դեմ: Ինչո՞ւ չհարգել մի նահապետական կնոջ նույնիսկ անմիտ ավանդությունները: Այդ ի՞նչ հիմար զժտություններ են, վերջապես, չէ՞ որ մեկն ու մեկը պիտի հարմարվի մյուսի կամքին, եթե չեն կարող հաշտեցնել իրենց քմքերը:

— Եվ դուք ուզում եք, որ ե՞ս լինեմ հարմարվողը, — գոչեց հեգնաբար Անտոնինա Իվանովնան, — այդ անկարելի է: Ինչո՞ւ միշտ ինձ պիտի վիրավորեն, և ես լռեմ: Այդ պառավն ամեն օր անիծում է իր բախտն այն պատճառով, որ դուք ամուսնացել եք հակառակ իր հայացքների: Նա կարող է պախարակել ձեր արածը, բայց ինչո՞ւ է զրպարտում ինձ, թե իբր ես խաբել եմ ձեզ ու մոլորեցրել: Դո՞ւք սիրեցիք ինձ, թե՞ ես, դո՞ւք էիք իմ ոտների առջև չոքած խնդրում, որ կյանքս կապեմ ձեր կյանքի հետ, թե՞ ես: Մի՞թե մոռացել եք ձեր սիրո երդումները, ինչո՞ւ չեք ասում այդ կնոջը ճշմարտությունը: Փառք աստծու, այն ժամանակ երեխա չէիք, խելք ունեիք ձեր գլխում, ինչո՞ւ խաբվեցիք... Սմբատ Մարկիչ, Սմբատ Մարկիչ, ինձ մեղադրում են, որ փողի համար եմ ձեզ հետ ամուսնացել: Դա վիրավորական է: Ես հարուստ ծնողների զավակ չեմ, բայց... հպարտ եմ, այս ձեզ հայտնի է: Հասկացրե՛ք ձեր մորն ու քրոջը, որ ես ձեր հարստության համար չեկա այստեղ, այլ միայն երեխաներիս պատճառով: Նրանք կարոտում էին իրենց հորը, նրանց հայր էր հարկավոր, և ես իրավունք չունեի չբերել այստեղ: Հասկացրե՛ք այդ կանանց, որ ես արհամարհում եմ միլիոնները...

Նրա ձեռները դողում էին, աչքերի մեջ պսպղում էր խորը վիրավորված հպարտության կայծը: Նա խոսում էր անկեղծ և հոգու խորքից:

— Գիտե՞ք, ինչու համար երեխաներին չթողեցի եկեղեցի գնալ, — շարունակեց նա, — որովհետև պահանջողը և ձեր մորը դրդողը ձեր քույրն էր: Այդ կինն ուզում է իմ գլխին բռնակալ դառնալ: Ես երբեք թույլ չեմ տալ, որ տգիտությունն իշխե ինձ վրա: Ես ոչ ձեր կրոնին դեմ եմ և ոչ ձեր ավանդություններին, ինձ ղեկավարողը միայն և միայն իմ ինքնասիրությունն է, իմ հպարտությունը: Ինչպես ձերոնք չեն ուզում ստրկանալ, ես ևս չեմ ուզում...

Դեմքի որոշ կնճիռները, ձայնի զորությունը և աչքերի մեջ փայլող հակակրությունը դեպի նոր շրջանը — ավելի չարացրին Սմբատին:

— Ա՜խ, տիկին, — ասաց նա, — նախանձելի չէ այն մարդու դրությունը, որի կինը համառությունը կամքի ուժ է համարում, իսկ չարությունը՝ բարոյական պայքար: Ձեր բոլոր դժբախտությունն առաջանում է ձեր հոգու թերի ուղղությունից և մտքի ծուռ կրթությունից:

Դուք ավելի բախտավոր և ավելի լավ կին կլինեիք, եթե չլինեիք այդքան ուսում առած: Ճշմարիտ, մարդ կամա-ակամա մտածում է, ձեզ ճանաչելով, որ կնոջ գլուխն առհասարակ չափավորից ավելի ուսում տեղավորելու ընդունակ չէ:

— Մի՞թե, — հեգնեց Անտոնինա Իվանովնան, — գուցե սխալվում եք, գուցե մենք միայն ընդունակ չենք, իսկ ձեր կանայք... օ՜օ...

— Ահա, տեսնո՞ւմ եք, տեսնո՞ւմ եք: Ի՞նչ ասել է «մենք, դուք», «մերը, ձերը»: Մի՞թե չեք կարող գեթ մի րոպե մոռանալ այդ տարբերությունը:

— Չե՛մ կարող, որովհետև ամեն րոպե ինձ հիշեցնում են: Չէ որ ձեր մոր, քրոջ ու բոլոր ազգականների հակակրանքը դեպի ինձ հենց այդ կետի վրա է հիմնված: Մի՞թե ես կույր եմ, խուլ եմ կամ հիմար և չեմ հասկանում քամին ո՞ր կողմից է փչում:

— Եթե հասկանում եք, լռեցե՛ք. եթե չեք կարող լռել, հաշտվեցեք ձեր ճակատագրի հետ:

— Այսինքն...

— Այսինքն այն, ինչ որ մի քանի անգամ առաջարկել եմ ձեզ, տվեք երեխաներին ինձ և գնացեք այնտեղ, ուր ձեր կամակորության համար կարող եք ասպարեզ գտնել: Ինչպես դուք եք համառ, ես էլ եմ ուզում համառ լինել նույնիսկ իմ շրջանի նախապաշարումների վերաբերմամբ:

Մի դառն, երկարատև ու թունալի ծիծաղ եղավ Սմբատի պատասխանը: Հետո Անտոնինա Իվանովնան թուլացած ընկղմվեց բազկաթոռի վրա: Կամ այդ մարդը չարամիտ է, կամ հարբած, ուրիշ կերպ չէր կարող այդ խոսքերն ասել: Սակայն նա գիտեր, որ Սմբատը ոչ այս է, ոչ այն: Գիտեր, որ անսահման սիրելով իր զավակներին, շատ անգամ այնպիսի խոսքեր է արտասանում, որոնք հակառակ են իր իսկ առողջամտությանը:

Սմբատը հուզումից բռունցքները սեղմել էր գլխին, կարծես, այսպիսով աշխատելով մեղմացնել ուղեղի մեջ անգամ տարածված ցավը:

Դռներն ուժգին թափով բացվեցին, ներս վազեցին Վասյան և Ալյոշան, միմյանց հրելով ու բարձրաձայն ծիծաղելով: Տեսնելով ծնողներին իրարու կատաղած նայելիս, լռեցին և բևեռվեցին իրենց տեղերում: Նայում էին վախեցած մերթ մոր, մերթ հոր երեսին: Ալյոշան մոտեցավ կամացուկ մորը, որի արտասվալի աչքերը շարժեցին նրա սիրտը:

— Մա՛մա, էլի այդ կոպիտ հայերը քեզ վիրավորե՞լ են, — ասաց Վասյան, բռնելով մոր ձեռը:

— Այո՛, ձեզ ուզում են ինձանից բաժանել, — գոչեց Անտոնինա Իվանովնան, ջերմ համբուրելով նրանց: — Նո՛ւ, տեսնո՞ւմ եք՝ ում են սիրում — դարձավ նա Սմբատին:

— Այդ ուրիշ ոչինչ չի ցույց տալիս, եթե ո՛չ ձեր էգոիզմը:

Ուշադրություն դարձրեք այդ մանկան հարցի վրա. դուք այդ անմեղ երեխաների մեջ զարգացնում եք ատելություն դեպի ինձ և մերոնք: Դուք... դուք գողանում եք նրանց անպաշտպան զգացումները:

Եվ համբերությունը կորցնելով, բռնեց երեխաների թևերից, ուժով քաշեց իր կողմը:

Անտոնինա Իվանովնան արձակեց մի թույլ ճիչ և ամուր գրկեց երեխաներին: Սմբատը մի քայլ հետ կանգնեց, զգաց, որ չափազանցության է հասնում: Բայց ի՜նչ տոկալի դրություն. տեսնել սիրելի զավակներին անխզելի կապով կապված մի ատելի դարձած կնոջ հետ, չկարողանալ հաղթել ատելությունը, չկարողանալով նաև բաժանվել ատելիից:

Նա ընկղմվեց աթոռի վրա, ձեռները ճակատին սեղմելով և գոչեց.

— Որքա՜ն սխալվեցի, տեր աստված, որքա՜ն սխալվեցի...

Տեսարանը տեղի ուներ միջին ընդհանուր սենյակում, որ ծառայում էր իբրև հյուրասենյակ: Այրի Ոսկեհատը միայն այդ սենյակն էր երբեմն ոտք գնում:

Երևի, մարդ ու կնիկ շատ բարձր ձայնով էին վիճում, որ գրավեցին դրսում եղողների ուշադրությունը: Ներս մտան, մեկը մյուսի հետնից՝ այրին, Մարթան, Սրաֆիոն Գասպարիչը, Միքայելն ու աղախինը:

— Ո՜չ ոքի, ո՜չ ոքի չեմ տալ իմ երեխաներին, թող բոլորն իմանան, կսպանեմ, բայց չեմ տալ, — կրկնեց Անտոնինա Իվանովնան բարձրաձայն: -Փորձեցեք խլել ինձանից իմ զավակներին և կտեսնեք...

Մայրական հիվանդոտ սերը մթագնել էր նրա ուղեղը, պղտորել աչքերը: Նրան թվում էր, ընկել է վայրենիների ձեռք և պետք է մինչև արյան վերջին կաթիլը պաշտպանի սիրեցյալներին...

— Ա՜յ, տոն, ա՜յ, ուրախություն, այսօրվա օրը բոլոր քրիստոնյաների տներում ծիծաղ ու պար, իմ ծնողների տանը կռիվ ու արտասուք: Մամա, մտիկ արա հարսիդ աչքերին, տես ինչ գազան է դարձել ուսում առած կինը, մտիկ արա և ուրախացիր...

Սմբատն այլևս հոգեկան ուժ չուներ քրոջ այրող խոսքերի հոսանքի առաջն առնելու:

Հեռվից լսվում էր տոնային ուրախ զանգահարության ձայնը: Եվ դա ավելի էր գրգռում նրան:

Այրին ուժգին լալիս էր: Միքայելը լուռ նայում էր նրան: Պարզ էր, որ մոր արցունքները ազդում էին նրա վրա:

— Ինչո՞ւ ճիպոտդ քոլիդ չկտրեցիր, — ասաց Սրաֆիոն Գասպարիչը:

Սմբատը, դառնությամբ գլուխը շարժելով, նայեց նրան և դուրս գնաց: Այդ րոպեին թվաց նրան, որ ամբողջ աշխարհն ըմբոստացել է իր դեմ:

Ամբողջ գիշեր նա տուն չվերադարձավ:

Այրի Ոսկեհատը թաթախման սեղան նստեց միայն իր եղբոր և

Միքայելի հետ: Իսկ Անտոնինա Իվանովնան դռները փակել էր, ոչ ոքի չէր թողնում իր մոտ, ոչ նույնիսկ եղբորը:

VII

Նրա խաղաղ հոգին վրդովվեց: Նա չկարողացավ ժամանակին մտածել, որ մի միլիոնատեր և ամուսնացած մարդու և մի աղքատ աղջկա մեջ չի կարող լինել ոչ մի առնչություն: Ինչո՞ւ այնքան ազատություն տվեց զգացումներին, հակառակ խելքի: Թող Սմբատ Ալիմյանը վարվեր նրա հետ այնքան սիրալիր, նայեր այնպիսի խոր հայացքներով, միշտ ձգտեր նրա հետ խոսել, մերթ հառաչեր խորհրդավոր, մերթ ժպտար ավելի խորհրդավոր — մի՞թե այսքանն իրավունք էր տալիս մի խեղճ աղջկա մոռանալ անդամալույծ հորը, գործակատար հորեղբորը և այս աղքատ կեցությունը:

Նա մեղավոր է ոտից մինչև գլուխ: Ինչո՞ւ չտեսավ այն վիհը, որ բաժանում է աղքատին հարուստից, ազատ աղջկան ամուսնացած տղամարդից: Նա պիտի լիներ համեստ ոչ միայն վարմունքով, այլև բոլոր զգացումներով, երևակայությամբ, ցնորքներով ու երազներով: Երբեք այդ առնական հասակը չպիտի գրավեր նրան, երբեք այդ խելացի ու արտահայտիչ աչքերը չպիտի հրապուրեին նրան և ոչ այդ բարեհնչյուն ձայնը շոյեր նրա լսելիքը: Չէ՞ որ կան բաներ, որոնց մասին մտածելն անգամ մեղք է մի աղջկա և մանավանդ աղքատ աղջկա համար:

Երբ այս մտքերից պաշարված, Շուշանիկը փորձում էր իրեն համոզել, թե դեռ կարող է մոռանալ Ալիմյանին, առնական կերպարանքն ավելի ռելյեֆ էր պատկերանում նրա առջև: Զուր էր աշխատում վերադարձնել վաղուց կորցրած հանգիստը և զուր ճգնում տնային գործերի կամ ընթերցանության մեջ գտնել մոռացում: Նրա նյարդերը լարվել էին, կարծես, րոպե առ րոպե սպասում էր ինչ-որ փոթորկի: Երբեմն հոգին հուզվում էր այնչափ, որ շունչը սպառվում էր, խառնիխուռն զգացումներից սիրտը թրթռում, ինչպես վիզը կտրած թռչնիկ: Պատահում էր, որ փորձում էր վերլուծել այդ զգացումները, պարզել, ինչպես նրանք հղացան ու զարգացան: Եվ խաղաղ մտածումներին միայն սովոր գլուխը շուտով հոգնում էր խայտառակ մտքերից, ամեն ինչ ձուլվում էր ու դառնում մի անթափանցելի քաոս...

Աղքատ, անշան, աշխարհի աղմուկից ու իրարանցումից հեռու, քաղաքի մի խուլ անկյունում վարում էր մի տեսակ մենավոր կյանք, օրերը նվիրած անդամալույծ հորն ու ընտանեկան հոգսերին: Ոչինչ առանձին բան չէր սպասում կյանքից և ոչ մի լուսավոր կետ էր տեսնում հարյուրավոր մանր-մունր կարիքներով թունավորված գոյության մեջ: Անգամ անցյալում չէր հիշում մի փայլուն գիծ: Այնինչ, մինչև տասնվեց տարեկան հասակը չէր իմացել՝ ինչ ասել է կարիք կամ տանջանք:

Թվում էր նրան, թե միշտ եղել է աղքատ, թե միշտ իր հայրը բնեռված է եղել անկողնակալին, միշտ այնպես տրտնջել է ճակատագրի դեմ և միշտ մորմոքել նրա սիրտը: Այդքան արդեն ճնշել էր ու աղավաղել նրա երևակայությունը վերջին տարիների ողորմելի կացությունը:

Եվ ահա մի օր հայտնվում է մեկը, թափանցում է նրա ներքին աշխարհը և կարճ միջոցում ձգում այնտեղ անսովոր փոթորիկ: Տակն ու վրա է անում թմրած հոգին և բռնադատում նրան ավելի սաստիկ ափսոսալ իր հոր անցյալի մասին: Ա՜խ, եթե նա լիներ հարուստ ծնողների զավակ, այն ժամանակ Ալիմյանի բարեկամական ցույցերից չէր նեղվի, կնայեր այդ մարդուն այնպես, ինչպես հավասարը հավասարին: Ոչ ոք իրավունք չէր ունենա ասելու ինչո՞ւ այդ երիտասարդն այնքան ուշադիր է դեպի նա:

Օր-օրի վրա նա ծուլանում էր ու դառնում անտարբեր դեպի իր շրջանը: Ոչ ոք չգիտեր նրա հոգեկան տվայտանքը, որովհետև ո՛վ էր տեսնում նրա գաղտնի արցունքները և լսում խեղդված հառաչանքները: Միայն մայրական զգաստ աչքերն էին որ նկատում էին աղջկա հետզհետե նիհարելը, գունատվելը: Ինչո՞ւ, տեր աստված, չէ՞ որ այժմ Շուշանիկն ավելի լավ է ապրում, քան առաջ քաղաքում, չէ՞ որ նրանք այժմ կուշտ ճաշ էլ ունին, տաք բնակարան էլ. մինչև անգամ ծառա էլ:

Շուշանիկը դառնորեն ժպտում էր. լավ է ապրում, այո՛, ինչ ասել կուզի: Ո՞րն է այդ ապրուստը. հիվանդ հոր ավելի կծու տրտունջները, հորեղբոր ավելի կորացած մե՞ջքը, թե՞ այն շրջապատող ամայությունը, ուր թառամում է Շուշանիկի ծաղիկ կյանքը: Ո՛չ, նա այլևս անկարող է դիմանալ այս միատեսակ կյանքին, նրա հոգին որոնում է ազատություն մանր-մունր հոգսերից, առօրյա կարիքներից և ձգտում դեպի անծանոթ աշխարհ:

— Ա՜խ, մամա, ի՞նչ կլիներ, որ ինձ թողնեիք գոնե մի ամսով հեռանալ այս տնից:

Երբեք աղքատության լուծն այնքան ծանր չէր թվացել Շուշանիկին, որքան այն օրը, երբ Միքայելը փորձեց ստորացնել նրան: Նա համոզված էր, որ հարուստը միմիայն աղքատի վերաբերմամբ իրեն թույլ կտա այդչափ հանդգնություն: Եվ ատելով Միքայելին, զգում էր ատելություն նաև դեպի բոլոր հարուստները, ինչպես և դեպի իր աղքատությունը:

Երբ գիշերվա կեսին բերեցին Միքայելի կիսաշունչ մարմինը, զղջաց, որ այնպես սառն էր վերաբերվել դեպի նա մի քանի ժամ առաջ: Նրա առաջ պառկած էր անխնա ջարդված մի երիտասարդ, որին դեռ երկու շաբաթ չկար խայտառակ կերպով ապտակել էին հասարակական տեղում: Կարեկցության զգացումն ավելի զորեղացավ նրա մեջ, երբ մորից լսեց զառանցող հիվանդի արտասանած խոսքերը: Կնշանակե՝ հիվանդը զղջում է իր արածի մասին, նա զառանցում է այն, ինչ որ գուցե շատ մտածել է առողջ ժամանակ: Իսկ երբ Միքայելի գունատ դեմքի վրա կարդաց նույն զղջումը և լայն բացված աչքերի մեջ նշմարեց ակնածություն, զգաց, որ այժմ կարող է բոլորովին ներել նրան: Եվ ներեց:

Ամեն օր նա տեսնում էր լուսամուտից նոր կառավարչին պատշգամբի վրա և զգում, որ նրա հայացքը որոնում է իրեն:

Ակնածալի բարևներին պատասխանում էր սառն քաղաքավարությամբ և իսկույն լուսամուտից հեռանում, մինչդեռ Միքայելը նայում էր ու նայում երկար ժամանակ: Եվ այդ համառ հայացքներն սկսում էին հալածել Շուշանիկին:

Եղանակը պարզ էր և բավական ջերմ, երբ Շուշանիկը դուրս եկավ պատշգամբ մի փոքր օդ շնչելու: Նա մի երկու ժամով ազատ էր տնային գործերից: Անցավ ընդարձակ բակը, դուրս եկավ այն տափակ տարածությունը, ուր երեք շաբաթ առաջ ծեծվել էր Միքայելը: Դարձյալ Սմբատի առնական կերպարանքը նկարվեց նրա աչքերի առջև, դարձյալ նրա հայացքն ակամա դարձավ դեպի քաղաք տանող ճանապարհը: Այնինչ, երկու շաբաթ էր, Սմբատը չէր գալիս հանքերը:

Շուշանիկը հասավ փլատակներին, կանգ առավ: Ծանր, երկարատև հառաչանքները հոգնած ու ճնշված կրծքից այսօր դուրս էին թռչում առանձին դառնությամբ: Շուտ-շուտ կանգ էր առնում, մոլոր հայացքներ ձգում հեռու ու հեռու:

— Օրիո՛րդ, — լսեց նա հանկարծ մի ծանոթ ձայն:

Հետ նայեց և տեսավ Միքայելին: Մի վայրկյանում պատկերացավ նրա առջև այն անախորժ տեսարանը, որ այնքան վիրավորել էր նրա համեստությունը:

Շուրջը ո՛չ ոք չկար: Միայն երբեմն անցնում էին հատ-հատ բանվորներ: Շուշանիկը լռիկ պարզեց աջը և շտապով հետ քաշեց, հազիվ ակնթարթ թողնելով Միքայելի ձեռում:

Միքայելի նիհար ու գունատ դեմքի վրա նկարված էր այնպիսի թախիծ, որպիսին երբեք Շուշանիկը չէր տեսել նույնիսկ Սմբատի դեմքի վրա: Մի ակնածալի հայացք ձգեց օրիորդի աչքերի մեջ և անվստահ եղանակով սկսեց ռուսերեն.

— Օրիորդ, մինչև այսօր ես առիթ չեմ ունեցել ձեզ շնորհակալություն հայտնելու:

— Ինչո՞ւ համար:

— Եվ դուք դեռ հարցնո՞ւմ եք, չէ՞ որ ձեր ընտանիքը մոտ երկու շաբաթ ինձ խնամեց, ինչպես իր հարազատ որդուն:

— Դուք իմ հորեղբոր տերն եք, այդ մեր պարտքն էր: Բացի դրանից, դուք արդեն շնորհակալություն հայտնել եք:

Նա քայլեց առաջ: Միքայելը գնում էր կից առ կից: Նա առիթ էր որոնում խոսելու, և ահա հենց առաջին խոսքերից Շուշանիկը դարձյալ սառը ջուր է ածում նրա վրա: Կրկին նրա ինքնասիրությունը վիրավորվեց, մի՞թե երբեք չպիտի կարողանա կոտրել այդ աղջկա հպարտությունը:

— Ասացեք, ի սեր աստծո, — արտասանեց նա, փորձելով համարձակ նայել նրա աչքերին, — ինչո՞ւ համար եք դուք ինձանից փախչում:

— Ես ձեզանից փախչո՞ւմ եմ, — կրկնեց Շուշանիկը կիսահեգնաբար, — ո՞վ ասաց:

— Այդ չէի ուզում ասել... Դուք, դուք ինձ վրա վատ աչքով եք նայում:

Օրիորդի դեմքով անցավ ըժկամության ժպիտը: Նա մտածեց, որ Միքայելը դարձյալ ուզում է փորձի ենթարկել իր ամոթխածությունը: Նա հետ դարձավ և քայլերն ուղղեց դեպի տուն: Մի րոպե Միքայելն ընթանում էր նրա հետ լուռ: Նա կանգ առավ, ձեռը սեղմելով ճակատին, ասե՞ք, արդյոք, բոլորը, ինչ որ կուտակվել էր սրտում, թե՞ զսպեր հպարտությամբ: Օրիորդը հետ նայեց և նույնպես կանգ առավ, հարկավ, քաղաքավարության համար: Նրա դեմքի անտարբեր արտահայտությունը, աչքերի մեջ խաղացող թեթև արհամարհանքը կատաղեցնում էին Միքայելին, միևնույն ժամանակ ճնշում, հաղթահարում:

— Օրիորդ ես ձեր առջև մեղավոր եմ, խնդրում եմ, մոռացեք իմ հանդգնությունը: Օրիորդ, ես սխալված եմ եղել, ներումն եմ խնդրում, ես ձեզ չէի ճանաչում: Գիտեմ, դեռ ձեր սրտում ոխ եք պահում իմ դեմ: Դուք առաջ ինձ նայում էիք զզվանքով, այժմ ցավակցությամբ: Այդ ինձ վիրավորում է և ստորացնում իմ աչքում: Ատեցե՛ք ինձ, թշնամացե՛ք, բայց մի՛ արհամարհեք: Արհամարհանքն ինքնասերի մեծագույն պատիժն է:

— Չեմ հասկանում, ինչո՞ւ համար եք այդ ասում: Ես ձեզ չեմ կարող ո՛չ ատել, ո՛չ արհամարհել: Ի՞նչ կապ կա մեր մեջ, բացի այն, որ դուք տեր եք, ես ձեր ծառայի եղբոր աղջիկը: Մի՞թե ինձ նման մի աննշան էակ կարող է ձեզ ստորացնել...

— Մի կեղծեք, ի սեր աստծո, կեղծությունը ձեզ չի սազում: Դուք շատ լավ եք հասկանում, թե ես ինչ եմ ուզում ասել:

Շուշանիկը նայեց լրջորեն նրա գունատ երեսին և զգաց, որ նրա հոգին սաստիկ խռովված է: Ճակատի վերքից մնացել էր բավական մեծ սպի, որ նրա կանացի կերպարանքին այժմ տալիս էին առնականություն: Շուշանիկը շփոթվեց նրա աչքերի փայլից և գլուխը կրծքին թեքելով, հանդարտիկ շարունակեց ճանապարհը:

— Միայն մի րոպե, օրիորդ, — գոչեց Միքայելը, — դուք շատ եք շտապում, իսկ ես կկամենայի մի քանի խոսք ասել, միայն մի քանի խոսք: Չգիտեմ՝ ինչպես ասեմ, բայց պիտի ասեմ... Թույլ տվեք անկեղծ լինել, այս հարկավոր է թե՛ ինձ և թե՛ ձեզ համար...

— Հրամայեցեք, — ասաց Շուշանիկը կանգ առնելով և ձեռներն անփույթ դնելով կրծքին, գլուխը թեթևակի աջ ուսին թեքելով, — ես պատրաստ եմ լսել ձեզ:

Արդեն նա վճռել էր մտքում այս անգամ բացարձակ և աներկյուղ հայտնել, որ իր և այդ մարդու մեջ չկա և չի կարող լինել ոչ մի առնչություն:

Կարճատև տատանումից հետո Միքայելն սկսեց խոսել:

Զգացումների բուռն հոսանքից չգիտեր ինչի՞ց սկսի և ինչպե՞ս: Կամենում էր միանգամից արտահայտել բոլորը, ինչ մտածել ու զգացել էր վեց-յոթ շաբաթվա ընթացքում, բայց վախենում էր, մի գուցե օրիորդը խստորեն ընդհատի նրա խոսքը և հեռանա: Եվ սկսեց իրեն պարսավել ոչ միայն իր սխալի համար, այլև ընդհանրապես: Նա խոստովանում էր, որ ինքը փչացած մարդ է, առանց ձգտելու բացատրել իր բարոյական անկման արդարացուցիչ պատճառները: Այն օրից, երբ Շուշանիկը հրեց նրան, սկսեց զգալ, որ, ճշմարիտ, սխալված է եղել առհասարակ կանանց մասին, չափելով բոլորին միևնույն չափով: Նա սկսեց մտածել ավելի լուրջ, հարգել կնամարդին այնպես, ինչպես երբեք չէր հարգել: Շուանիկի սառնությունն ու արհամարհանքը զորացրին նրա մեջ անսովոր զգացումը: Որքան օրիորդը երես դարձրեց, այնքան կին էակը բարձրացավ նրա աչքում: Որքան նա հպարտ պահեց իրեն, այնքան ինքն ընկավ իր աչքում: Շուշանիկը, և միայն նա զգալ տվեց, թե որքան փուչ է եղել իր կյանքը: Նա՛, միայն նա անգիտակցաբար արավ նրա համար այն, ինչ որ ահա մի քանի ամիս է, աշխատում է անել իր եղբայրը: Նրան վիրավորեցին հասարակության մեջ: Եղբայրն ամբողջ ժամերով աշխատում էր համոզել նրան մոռանալ այդ վիրավորանքը, բայց չկարողացավ: Նա միայն և միմիայն Շուշանիկի պատճառով կուլ տվեց ամոթալի ապտակը:

Մի՞թե այս բոլորը չի ուրախացնում օրիորդին, մի՞թե նա չի պարծենում իր բարոյական զորությամբ և ազդեցությամբ: Մինչև այսօր Միքայելի ականջներին հնչում են այս խոսքերը, «որքան զանազանություն կա ձեր և ձեր եղբոր մեջ»: Հասկանում է նա այդ զանազանությունը և տեսնում, որ իր եղբայրը բարձր է իրենից բարոյապես: Ուրեմն Շուշանիկն ունի իրավունք նրան ատելու, Սմբատին հարգելու, նրան պախարակելու, Սմբատին գովելու: Ինչո՞ւ է նա երեսը դարձնում, ինչո՞ւ է թաքցնում իր զգացումները, մի՞թե կարծում է, որ Միքայելը ոչինչ չի տեսնում, ոչինչ չի զգում:

— Չէ՞ որ դուք նրան սիրում եք, այո՛, սիրում եք: Կարմրեցե՛ք, չարացե՛ք, բայց ես ճշմարիտն եմ ասում: Է՜հ, ի՞նչ արած, ուժով սիրելի դառնալ չի կարելի: Ատեցե՛ք ինձ, որքան ուզում եք, այսուհետև ես ձեզ հանգիստ կթողնեմ, միայն հասկացե՛ք, ես այնքան էլ փչացած չեմ, որքան կարծում եք, որ իմ սրտում դեռ կա մաքուր անկյուն: Եվ մի օր, մի օր կտեսնեք, որ այդ անկյունը պահված է ձեզ և միմիայն ձեզ համար:

Նա մի քանի քայլ առաջ անցավ, նորից կանգնեց գունատ, շնչասպառ:

Շուշանիկը տակավին լուռ էր. մերթ կարմրում էր, մերթ գունատվում, մերթ ուզում էր քայլերն արագացնել և շտապով տուն հասնել, մերթ վախենում էր՝ մի գուցե այսպիսով դրդի Միքայելին ավելի համարձակ դառնալու: Միևնույն ժամանակ, ակամա հետաքրքրվել էր երիտասարդի զգացումներով և ուզում էր լսել նրան: Վախենալով և դողալով՝ նա ցանկանում էր իմանալ, վերջապես, ի՞նչ է պահանջում իրենից այդ մարդը: Երբ Միքայելը լռեց, նա մտածեց, ի՞նչ պատասխանի: Նա կարծում էր, թե պարտավոր է անպատճառ մի բան ասել: Նրա սրտում հղացավ կարեկցության պես մի բան, որ, սակայն չկամեցավ արտահայտել: Միևնույն ժամանակ զգաց, որ Միքայելի ասածներն անկեղծ են: Այս անկեղծությունը բարձրացրեց նրա աչքում այն մարդուն, որի մասին, նա այնքան ստոր գաղափար ուներ:

— Մնաք բարով, — ասաց Միքայելը, չարժանանալով Շուշանիկի կողմից ոչ մի խոսքի:

— Գնաք բարով:

Միքայելը հեռացավ արագ քայլերով, սիրտը դառնությամբ լի: Ի՜նչ հպարտություն, ի՜նչ ինքնազոտում մի աննշան աղջկա կողմից: Ո՞վ է նրան այդպես կրթել և պատրաստել: Ի՞նչ շրջան է նրա մեջ ամրացրել կամքի այդչափ հաստատություն: Նա այնքան զորեղ գտնվեց, որ մի խոսք անգամ չասաց Սմբատի մասին, ոչ հերքեց, ոչ բարկացավ և միայն լռեց: Ա՜խ, այդ համառությունը նրան հաղթահարեց ավելի քան եթե խոսեր:

Դարձյալ ուշ գիշեր էր և դարձյալ Շուշանիկն անքուն շրջում էր իր սենյակում առանձնացած: Նրա ականջներին դեռ հնչում էին Միքայելի խոսքերը: Արդյոք, իսկապես անկեղծ էին այդ խոսքերը, թե քինծու: Բայց որքան նա իրեն անխնա քննադատվեց, որքան պարսավեց: Ոչ, նա զղջում է իր արածների մասին և զղջում է, անշուշտ, առանց կեղծիքի: Է՜հ, տերը նրա հետ, թող այսուհետև ինչ ուզում է մտածի: Նա ինքն ասաց, «մնաք բարով», ուրեմն վճռեց վերջապես, թողնել Շուշանիկին հանգիստ: Ավելի լավ, Շուշանիկն էլ նրանից հենց այդ պիտի պահանջեր, և առանց պահանջելու ստացավ ուզածը: Տերը նրա հետ:

Եվ հետզհետե Միքայելի զզզված կերպարանքը նսեմացավ, ներկայացավ Սմբատն իր առնական կերպարանքով:

Ինչո՞ւ նա հանքերը չի գալիս մի՞թե ուզում է Շուշանիկի հանդուգն երևակայության վրա սառը ջուր ածել կամ գուցե վճռել է ազատություն տալ իր եղբորը: Ի՞նչ, մի՞թե Սմբատն ընդունակ է այս տեսակ ստորության: Ո՛չ, երբեք... Նա ազնիվ է, նա չի թույլ տալ իրեն այդչափ վատ գաղափար ունենալ Շուշանիկի մասին:

Բայց այդպես շարունակել այլևս անհնարին է: Դա հիմարություն է, նույնիսկ խելագարություն է՝ սիրել մի եղբորը, հետամուտ լինելով մյուսից, ձգտել դեպի մեկը, փախչելով մյուսից: Պիտի, մոռանալ ամեն ինչ և դարձյալ անձնատուր լինել նախկին կյանքին, բավական է, որքան հիմարացավ: Սակայն ինչպե՞ս. տեր աստված, ինչպե՞ս: Նա ականջ էր դնում շոգու աղմուկին և լսում էր բարեհնչյուն ձայնը, նայում էր փողոցի մթությանը և տեսնում միայն առնական կերպարանքը: Ամենուրեք նա, և մի-միայն նա: Կարծես, դա մի չար ոգի է, որ մի անգամ ընդմիշտ վճռել է քայքայել նրա հանգիստը և հասցնել նրան մինչև խելագարության: Տեր ատված, մի՞թե այս է սեր ասված բանը, այն, ինչ որ կարդացել է հարյուրավոր վեպերում՝ հարյուրավոր վարիացիաներով: Եթե այո՛, ինչո՞ւ ասում են, թե սիրո նույնիսկ դառնությունը հաճելի է:

Շուշանիկը նստեց սեղանի քով: Նրա գլխում ծագել էր մի հանդուգն միտք — դեն ձգել նախապաշարումները և համարձակորեն հաղորդել նամակով բոլոր տվայտանքը Սմբատ Ալիմյանին: Թո՛ղ, վերջապես, իմանա, թե ինչ արավ նա մի խեղճ գործակատարի խեղճ եղբորորդուն: Ի՞նչ կա վախենալու, ինչո՞ւ չլիներ համարձակ...

Նա գրեց մի երես, կարդաց, ամաչեց, պատռեց, դեն ձգեց, նորեն սկսեց և դարձյալ պատռեց: Գրիչն անզոր էր արտահայտելու իսկական զգացումները:

Թիկն տվեց աթոռին, ձեռները թուլացած դնելով ծնկների վրա: Ո՛չ, ամոթ է, ի՞նչ գրի և ինչո՞ւ, ի՞նչ իրավունքով: Այդ մարդը կարող է ծաղրել նրան և արհամարհանքով դեն շպրտել նրա հիմար նամակը:

Դրսի մթությունն սկսեց փարատվել, արևելքը գունատվեց, ապա կարմրեց և հետո դեղնեց: Արեգակը հանդարտիկ բարձրացավ հեռավոր թումբերի հետևից: Փետրվարի անվստահ և թույլ արեգակը, որի ճառագայթները պաղում են դեռ երկրին չհասած:

Լսվեց երեխաների ձայնը, հետո անդամալույծի սիրտ մաշող առավոտյան հազը և նրա բողոքը երեխաների դեմ, որ չեն թույլ տալիս «ամբողջ գիշերը քնելու»:

Շուշանիկը դեռ անքուն էր: Հագուստը հագին, գլուխն անզոր դրել էր սեղանի եզրին, ձեռների վրա: Խիտ մազերը սփռվել էին ուսերին և ծածկել հոլանի բազուկները, որոնք փղոսկրի մաքրությունն ունեին: Ա՜խ, եթե տեսներ նրան այդ րոպեին Միքայելը, մի՞թե կհամարձակվեր նրան գեղեցիկ չհամարել: Արեգակի շողերն ընկան նրա վրա այնքան անվստահ, որ, կարծես, վախենում էին խանգարել տառապող աղջկա նիրհը... Գլուխը քիչ բարձրացրեց: Աչքերն անքնությունից կարմրել էին, կոպերը փքվել սպունգի պես, այտերի վրա երևում էր անբնական կարմրություն:

— Գիշերն անքո՞ւն ես անցկացրել, — լսեց մոր ձայնը և ցնցվեց:

Նա կեղծելում վարպետ չէր, ուստի լռեց:

— Ի՞նչ է պատահել քեզ, որդի, ի՞նչ ցավ է տանջում խեղճ երեխայիս:

Պետք էր կամ ստել կամ հարցուփորձից խույս տալ: Շուշանիկը վախեցավ և քայլերն ուղղեց դեպի դռները:

Մայրը կտրեց նրա ճանապարհը: Այս անգամ արդեն նա անպատճառ պիտի իմանա աղջկա ցավը: Գիշերն անքուն, ցերեկն անգործ, ոչ կարգին ուտում է, ոչ խոսում, ոչ էլ առաջվա պես կարդում: Նույնիսկ հորաքրոջ երեխաները գանգատվում են, թե վարժուհին դաս չի տալիս նրանց: Ման է գալիս քնածի պես, օր-օրի վրա լղարում է, դեղնում, չորանում: Ասա, որդի, ասա, որ չարն է քեզ տանջում, ո՞ւմ անեծքն է պատժում մորդ: Կարելի է հորդ մրմունջներն են մաշում քեզ, չէ՞ որ սկսել ես զանգատվել նրանց դեմ... Հիվանդ ու աստծուց պատժված մարդուց կարելի՞ է նեղանալ: Այսօր-վաղը կկտրվի նրա անբախտ կյանքի թելը: Ա՜խ, կար ժամանակ, որ նա էլ հայր էր, քեզ համար ոչինչ չէր խնայում, պահում էր քեզ ինչպես աչքի լույս: Նա չէ՞ր, որ քեզ ուսում էր տալիս ու կրթում մեծամեծների աղջկերանց պես: Մի օր մազիկի վարժուհին էր գալիս, մյուս օրն երգ սովորեցնողը: Ուրախանում էր երեխայի պես, երբ երգում էիր ու պիանոածում: Ախ, Շուշանիկ, Շուշանիկ, երանի՜ այն օրերին, անցան, գնացին, մորդ սրտում դառը վիշտ թողնելով: Այժմ ձայնդ խեղդվել է կոկորդումդ, չես երգում, մատներդ կոշտացել են տնային աշխատանքից, պիանո չունես, որ նվագես: Որդի, շատ մի՜ մտածիր, համբերիր: Ա՜խ, սև լիներ այն օրը, երբ հայրդ կոտր ընկավ, եկավ այս սև աշխարհը: Ասա, ի՞նչ է պատահել, որդի...

Շուշանիկը նստած էր լուսամուտի առջև, ձեռները ծնկներին դրած, գլուխը կրծքին թեքած: Մոր համառ հարցերին ու մրմունջներին պատասխանում էր գլխի բացասական շարժումներով և խնդրում հանգիստ թողնել իրեն: Եվ ի՞նչ ասեր, մի՞թե բոլորը խոստովաներ: Օ՜օ, ո՜չ, խեղճ կինն ամոթից կխելագարվի, թե լսի, որ նրա աղջիկը սիրահարված է ամուսնացած մարդու վրա: Թո՜ղ, մայրիկ, թո՜ղ նրան հանգիստ: Նա ոչ մի ցավ ու հոգս չունի: Թո՜ղ, որ գնա երեխաներին դաս տա, աղախնին օգնե, հորը ձառայի:

Եվ նա, այլևս չկարողացավ զսպել իրեն, հեկեկաց ու վազեց դուրս:

Մայրն ապշած նայեց հետևից, ծանր հառաչելով:

VIII

Երբեմն Անտոնինա Իվանովնան իրեն հարցնում էր, արդյոք, կյանքի մանր պակասություններին խոշորացույցով չի նայում և աննշան բաներից ստեղծում իր համար մեծ դժբախտություն: Արդարև, եթե չի կարող շրջանն իրեն հարմարեցնել, ինչո՞ւ չհամակերպվել: Եթե չի կարող սիրել ամուսնուն, ինչո՞ւ չհարգել նրան իբրև օրինավոր մարդու:

Սակայն այս մտքերը ծխի պես օդն էին ցնդում, երբ մտածում էր, թե ինքը մի ծանր բեռ է Ալիմյանների համար, երբ մանավանդ Սմբատի աչքերի մեջ նշմարում էր հազիվ զսպված ատելությունը: Հաճախ հարցնում էր իրեն, ինչպե՞ս եղավ, որ կյանքը կապեց այդ մարդու հետ: Եվ միշտ հանգում էր նույն պատասխանին, թե դա մի պատահական դեպք էր, վիճակախաղ: Մի չար ոգի բռնաբար մթագնեց նրա ուղեղը և դրդեց նրան ընկնել դեռ լավ չճանաչած մի երիտասարդի գիրկը: Այն ժամանակ նա կարծում էր թե այդ մարդու սերը կարող է լինել անշեջ, կարծվում էր նաև, որ ահա գտավ վաղուց որոնած մեկին, որին կարող էր իր ուզած ձևը տալ: ինչպես կակուղ մոմի: Բայց նետը քարին դիպավ: Նա հանդիպեց իր չափ անշեջ մի բնավորության, որ չէր ուզում զիջանել շատ անձնական նախապաշարումներ: Երկուսն էլ ուսում առած, զարգացած՝ ունեին տարբեր դրոշակներ — այս չէ՞ր, արդյոք, փոխադարձ զժտությունների առաջին հիմքը: Իսկ երբ ավելի ծանոթացան միմյանց, առաջ եկան բյուրավոր հակասություններ: Մանր դեպքերը խոշորացան, պարզվեց այն անդունդը, որ անջատում է երկու միմյանցից հիմնավորապես տարբեր շրջանների մարդկանց:

Ով գիտե, գուցե նա սիրեր այդ մարդուն երկար տարիներ, եթե սիրվեր նրանից: Բայց այն պահին, երբ զգաց նրա սառնությունը, ինքնասիրության կայծը բորբոքվեց նրա մեջ: Իսկ հետո, երբ Սմբատն սկսեց արդեն ուղղակի նրա երեսովը տալ տարիքը, նախանձի վիրավորված զգացումն ավելի զարգացրեց նրա մեջ թշնամություն: Իբր թե թառամել է, իբր թե, մի երկու տարի իր մարդուց մեծ լինելով, արդեն ծեր է նրա համար...

— Ծեր եմ, գնա երիտասարդ կանանց հետևից ընկիր, — ասաց նա դեռ հինգ տարի առաջ:

Սմբատը զղջաց իր կոպիտ նկատողության համար: Նա չէր ուզում ընկնել ուրիշ կանանց հետևից: Նա ասաց, «խաբվել» է և պարտավոր է իր սխալի հետևանքները կրել:

«Խաբվել» — ահա մի բառ, որ ասեղի պես ցցվում էր Անտոնինա Իվանովնայի սիրտը: Ո՛չ, նա ինքը խաբվեց և միայն ինքը: Դեռ Մոսկվայում, իր մայրենի շրջանում, նրանք կենակցում էին մի կերպ զավակների սիրո անունով: Այնտեղ Սմբատն ավելի զիջող էր, ավելի մեղմ, նույնիսկ հարմարվող: Այնտեղ գոնե միայն նա էր Անտոնինա Իվանովնայի դատավորը: Իսկ այժմ մի օտար կին, շրջապատված իր հոգուն ու մտքին խորթ անձերով, ինչպե՞ս, կրե բոլորի հալածանքները:

— Ինձ թվում է, որ ուսումը ձեզ վրա շատ քիչ ներգործություն, է ունեցել: Ձեր հայացքները, կարծես, ոչնչով չեն տարբերվում ձեր շրջանի աշխարհայացքից: Դուք հնության ու նախապաշարումների դեմ կռվելու տեղ նրանց պաշտպան եք հանդիսանում: Դուք ձեր շուրջը լույս տարածելու փոխարեն ինքներդ կլանվում եք խավարից: Մի մոլեռանդ պառավ հալածում է ինձ, դուք նրան կողմնակի խրախուսում եք, մի՞թե այդ է ձեր ուսման ու զարգացման ուժը... Մի՞թե ներելի է այդքան մոլեռանդ լինելը...

Այս ասում էր Անտոնինա Իվանովնան մեծ պասի առաջին շաբաթ օրը, երբ նա երեխաներին տարել էր եկեղեցի և հաղորդություն տվել: Այդ օրն այրի Ոսկեհատի համար դառն օրերից մեկն էր: Նա լալիս էր, որ իր որդու զավակները խորթ են իր մայրենի եկեղեցուց: Նա ընդհարվեց որդու հետ հարսի ներկայությամբ: Անտոնինա Իվանովնան դիմադրեց նրան, և հարս ու սկեսուր միմյանց ուղղեցին վիրավորական դարձվածներ: Սմբատը ոչ մեկին չպաշտպանեց: Միայն հետո առանձին Անտոնինա Իվանովնային ասաց, թե պառավն իր տեսակետից բոլորովին իրավացի է, թե նա ուրիշ կերպ չի կարող մտածել: Այս էր, որ վիրավորեց տիկնոջը և դրդեց այս անգամ իր հանդիմանությունը հիմնել ամուսնու «մոլեռանդ հայացքների» վրա:

— Զարմանում եմ, — գոչեց Սմբատը կծու հեգնությամբ, — զարմանում եմ, որ դուք ամեն բան ինձանից եք պահանջում: Դուք ուզում եք, որ միայն ես լինեմ զիջող, վեհանձն և մոռացկոտ: Եթե ուսումն ու զարգացումը կարող են մարդու մեջ խպառ մեռցնել բոլոր դարավոր ավանդությունների հետքը, ինչո՞ւ ձեր մեջ չեն մեռցնում: Ինչո՞ւ դուք մի մոլեռանդ և ծեր կնոջ հետ մրցում եք զրեթե հավասար զենքով, իսկ ինձանից պահանջում եք անպայման հնազանդություն ձեր բոլոր ավանդություններին... Դրեք ձեր զենքը մի կողմ, ես էլ կդնեմ: Ես զոհել եմ էականը, դուք, զոհեցեք ձևականը: Համառություն մի արեք, ես էլ չեմ անիլ: Փոխադարձ զիջողություն — ահա իմ ուզածը: Դուք ձերն եք պնդում, ինչո՞ւ ես էլ իմը չպիտի պնդեմ: Ինչո՞ւ եք օգտվում ձեր զորեղ զենքից...

— Ուժը գործ է դրվում համառության դեմ: Ես մոլեռանդ կին չեմ, բայց, տեսնելով իմ շուրջը մոլեռանդություն, ուզում եմ օգտվել իմ զենքից: Ես չէի մրցիլ, մինչև անգամ հիմարություն կհամարեի այս տեսակ մրցում, եթե ձեր մայրը, քույրն ու բոլոր ազգականներն ինձ հարազատ աչքով նայեին: Բայց ոչ միայն նրանք, այլև ձեր ամբողջ հասարակությունն ինձ զաղտնի արհամարհում է և ձեզ անարժան համարում: Ես քիչ եմ եղել այդ հասարակության մեջ, բայց շատ եմ զգացել: Նրա արտաքին ձևական հարգանքի տակ ես նկատել եմ խորին ատելություն:

— Որովհետև կասկածամիտ եք, որովհետև ձեր երևակայությունը թունավորված է...

— Ո՛չ իմ սիրտն ինձ չի խաբում այս հանգամանքում: Մարդ պիտի հիմար լինի, որ չզգա այն, ինչ որ ես եմ զգում... Կարո՞ղ եք երդվել ձեր զավակներով, որ ես սխալվում եմ...

Սմբատը լռեց: Կնոջ խոսքերի մեջ զգաց որոշ չափի ճշտություն:

Կես ժամ անցած Անտոնինա Իվանովնան իր սրտի դառնությունն արտահայտում էր եղբոր մոտ: Թեկուզ նա Ալեքսեյ Իվանովիչին համարում էր անզոր որևէ խելացի խորհրդով իրեն օգնելու, բայց և այնպես շատ անգամ էր խորհրդակցում նրա հետ իր անելիքի մասին: Ուրիշ ոչ մի բարեկամ չուներ, որին հասկացներ իր վիշտը:

— Գիտե՞ս ինչ, — ասաց Ալեքսեյ Իվանովիչը, դեմքին փիլիսոփայական արտահայտություն տալով, — կուզես հայհոյիր ինձ, դարձյալ կասեմ, որ մարդկանց չես ճանաչում, այսպես ասած, հոգեբան չես: Ասիացիները չափազանց համառ են, իսկ համառ մարդկանց հետ համառությամբ մրցել չի կարելի: Նրանց վրա կարելի է ազդել միայն, այսպես ասած, սիրով ու փաղաքշանքով: Ո՛չ Սմբատ Մարկիչը կբաժանվի երեխաներից, ո՛չ դու կարող ես բաժանվել: Արի դու լսիր իմ ծրագիրը և կատարիր...

— Քո ծրագի՞րը, — կրկնեց Անտոնինա Իվանովնան հետաքրքրված:

— Այո՛, իմ ծրագիրը, սիրելի քույրիկս, որովհետև ծրագիր եմ կազմել քո մասին:

Նա պենսնեն ուղղեց, նստեց քրոջ դեմ և, ոտը ոտի ձգելով շարունակեց.

— Մեր երկաթի դարում, այսպես ասած, գոյության կռիվը հասել է իր զենիտին: Այժմ միայն նա է կարող ապրել, ով ունի երեք ժամանակակից զենքերից մեկը — փող, տաղանդ և հնարագիտություն: Դու փող չունիս, այսինքն՝ սեփական փող, այս մեկ: Դու տաղանդից զուրկ ես — այս երկու: Մնում է հնարագիտությունը: Հնարագետները, սիրելիս, շատ տեսակների են լինում, և նրանց մեջ, իմ խորին համոզմունքով, պատվավոր տեղ է բռնում, այսպես ասած, կենսական հնարագետը: Դու այս երևելի շնորհից էլ զուրկ ես ու զուրկ: Ահա ինչու, լսի՛ր սիրելիս, եթե հավանես — ընդունիր, ես ուզում եմ գալ օգնության իմ ծրագրով: Եթե ոչ — դու քեզ, ես ինձ համար:

Նա կտրեց սիգարի ծայրը ժամացույցի շղթայից քաշ արած փոքրիկ մկրատով, վառեց, բաց թողեց ծխի մի քանի քուլաներ:

— Դու պիտի հաշտվես Ալիմովի հետ, — շարունակեց, բեղերը շփելով, — այո՛, պիտի հաշտվես: Մի՛ ցնցվիր, լսի՛ր, հետո: Նախ և առաջ դու ցույց կտաս սկեսրիդ, այդ, այսպես ասած, անդրպատմական վհուկին, հարգանք, այսինքն կեղծ հարգանք: Նո՛ւ, նու, հասկանում եմ, ուզում ես ասել, թե կեղծել չես կարող, գիտեմ, բայց լսի՛ր: Այո՛, ցույց կտաս կեղծ հարգանք և կամաց-կամաց, այսպես ասած, կկոտրես նրա սրտի սառույցը: Հետո պառավին կդարձնես, այսպես ասած, մի տեսակ կամուրջ դեպի կողակցիդ սիրտը: Բարձրանալով այդ կամրջի վրա, կամացուկ կպարզես սեփական դրոշակդ և, այսպես ասած, կպաշարես Սմբատ Մարկիչի հավատարմությունը: Հետո քիչ-քիչ կհամոզես նրան, թե երեխաները չեն դիմանում այստեղի կլիմային: Եվ իրավ, այս ի՞նչ դժոխային կլիմա է, քամի, փոշի, նավթ... Հա՛, կասես հիվանդանում են, պետք է նրանց տեղափոխել: Կասես ժամանակ է նրանց ուսում տալու, այստեղ օրինավոր դպրոց չկա, էտցետերա, էտցետերա, էտցետերա... Եվ ամեն օր, ամեն ժամ, ամեն րոպե նույնը կրկնելով, վերջը կհամոզես, թե դու նրանց պիտի տանես Պետերբուրգ: Հասկանո՞ւմ ես, Պետերբուրգ և ոչ Մոսկվա, որովհետև Մոսկվան հայրենիքդ է, եթե անունը տաս, բարեմիտ կողակիցդ կխրտնի...

— Հետո՛, հետո՛, — կրկնեց Անտոնինա Իվանովնան անհամ-բեր:

— Էհե՛, տեսնում եմ, որ ոգևորվում ես, — շարունակեց Ալեքսեյ Իվանովիչը, սիգարն ուղղահայաց մոտեցնելով բերանին, որպեսզի մոխիրը չթափվի, — այդ լավ նշան է: Հետո, իհարկե, կհամոզես, որ երեխաներիդ անունով մի խոշոր գումար, ենթադրենք երկու կամ երեք հարյուր հազար մտցնի Պետերբուրգի բանկերից մեկը, է՛հ, մի գումար էլ, այսպես ասած, իր թանկագին կիսի, այսինքն քո անունով: Սպասի՛ր, ի՞նչ ես պտուտակի պես պտույտ-պտույտ անում բազկաթոռի վրա: Այո՛, հետո, այսպես ասած, տաքտիկադ քիչ քիչ առաջ կտանես ու... Անդորրագրերը նրանից, այսպես ասած, ազնիվ եղանակով կվերցնես... դե, թող վերջացնեմ է՛է... Այն ժամանակ, ես քո խոնարհ ծառան, այստեղ եմ, հո այստեղ: Քեզ կտանե՛մ երեխաներիդ հետ Պիտեր, այսպես ասած, հողմի թևերով: Դու կսկսես ծախսել քեզ հատկացրած գումարը: Ալիմովը փոքր առ փոքր կմոռանա երեխաներին: Ժամանակն ու տարածությունը սիրո, եթե կարելի է այսպես ասել, աղոցներն են: Իսկ դու է՛է, կմոռանաս ու կմոռանաս Ալիմովին: Այն Ժամանակ, քույրիկս, կիիշես, որ մարդու կյանքում կա, այսպես ասած, և երկրորդ երիտասարդություն, իսկ Պետերբուրգը գիտես, որ Ասիա չէ...

— Բավակա՛ն է, — գոչեց քույրը խորին զզվանքով, — բավակա՛ն է: Գիտեի որ փչացած մարդ ես, բայց չգիտեի, որ այդքան վատ ես ճանաչում ինձ: Դիմել կեղծիքի, խաբեբայության, ստորանալ, կորզել նրանից փողերը և այդ փողերով... Լռի՛ր, դու ավելի վատ կարծիք ունես իմ մասին, քան թշնամիներս...

— Հավատացնում եմ քեզ, որ ավելի հանճարեղ ծրագիր հազիվ թե ինքը Թալեյրանը կարողանար հնարել:

— Ահա ինչ, Ալեքսեյ, ժամանակ չէ՞ արդյոք, որ դու վերադառնաս Մոսկվա, — հարցրեց քույրը, խոսքը հանկարծ փոխելով, որ միանգամից վերջ տա նրա շաղակրատությանը:

— Ի՞նչ կա, ի՞նչ է պատահել:

— Այն կա, սիրելիս, որ դու այստեղ ապրելով ուրիշների հաշվին, ավելի ատելի ես դարձնում իմ դրությունը:

— Ուրիշների հաշվի՞ն, — ծիծաղեց Ալեքսեյ Իվանովիչը, — բարեկա՛մ, այստեղ գալուց դեն, այս տանը ես ճաշել եմ ընդամենը երկու անգամ, այն էլ սկեսրիդ հետ վիզավի նստած... աքանչելի դեսերտ...

— Բայց քանի՞ անգամ ես Ալիմովներից փող վերցրել:

— Քո թանկագին կողակցից և ոչ մի անգամ:

— Իսկ Միխայիլ Մարկիչի՞ց:

— Միխայիլ Մարկիչն իմ, այսպես ասած, անձնական մտերիմ բարեկամն է: Սիրում է ինձ եղբոր պես, ես էլ նրան, նա իսկական ջենտլմեն է, այսինքն՝ էր, վերջին ժամանակ մի քիչ փոխվել է: Այդ Գրիշա անունով զարշելիի ապտակը, այսպես ասած, ուղիղ իմ ինտերեսներին դիպավ: Էլ շատոլաֆիտը, մանախորը, շամպանիան հասարակ գինու տեղ չեմ գործածում: Բայց ոչինչ, հույս ունիմ, որ, այսպես ասած, մոլորյալ ոչխարը դարձի կգա: Ուրեմն չե՞ս հավանում ծրագիրս: Լա՛վ, մտածի՛ր, հետո էլի կխոսենք: Ցտեսություն, Արզաս Մարկիչն ինձ սպասում է...

Մի օր Անտոնինա Իվանովնան ամուսնու մասին լսեց եղբորից մի նորություն, որ թե՛ նրան զարմացրեց և թե՛ ցավ պատճառեց:

— Դու սուտ ես ասում, — գոչեց նա, զայրացած անգամ:

— Ո՛չ զուտ ճշմարտություն եմ ասում: Երեկ երեկոյան երկրորդ անգամ տեսա «Անգլիա» հյուրանոցում, այսպես ասած, յոթերորդ աստիճանում: Աչքերը կարմրել էին ոչխարի պոչաճիկի պես, ոտները զանազան աշխարհագրական գծեր էին քաշում հատակի վրա, գլուխն ուսերի վրա չէր կանգնում, ապստամբվել էր մարմնի դեմ:

— Եթե ճիշտ ես ասում, խղճում եմ նրան:

— Եթե խղճում ես, կարող ես և սիրել: Կանայք շատ անգամ առաջ խղճում են, հետո սիրում: Հաշտվի՛ր, ա՞ն...

— Լսի՛ր, Ալեքսեյ, — գոչեց քույրը, շրթունքները կրծոտելով, — եթե այս շաբաթ դու չես հեռանալ այս քաղաքից, գոնե բնակարանդ պիտի փոխես:

— Այս խոսքով, սիրելի քույրիկս, ուզում ես, այսպես ասած, դռներդ փակել իմ առջև, չէ՞...

— Եթե ուզում ես ճիշտ իմանալ, — այո , միայն ոչ իմ, այլ ուրիշի դռները:

— Դու կատարյալ գրագուն ես դարձել, սիրելիս, այդ քեզ չի սազում:

— Միխայիլ Մարկիչը քեզանից երես է դարձրել, այժմ դու նրա փոքր եղբորն ես հարստահարում: Ամոթ է վերջապես...

— Իսկի էլ ամոթ չէ: Այժմ ես Արզաս Մարկիչի, այսպես ասած, վերահսկողն ու դաստիարակն եմ: Կարծեմ, այս կրկնակի պաշտոնի համար ունեմ իրավունք նրանից վարձ ստանալու:

Այդ ճիշտ էր. Ալեքսեյ Իվանովիչն այժմ Արշակի համար հսկիչ և դաստիարակի դեր էր կատարում, միայն կամավոր և վերին աստիճանի ազատամիտ հսկիչի: Պատանին որոնում էր իր Զինային, իսկ Ալեքսեյ Իվանովիչը օգնում էր գտնելու... թատրոնում, ցիրկում, կուլիսների հետևում, հյուրանոցներում: Իբրև դաստիարակ` նա իր աշակերտին սովորեցնում էր «մայրաքաղաքային» ձևեր և նիստ ու կաց:

Մի երեկո վարժապետ ու աշակերտ թատրոնից դուրս գալով, մտան մերձակա հյուրանոցը ընթրիք անելու: Այնտեղ նրանք հանդիպեցին Սմբատին, որ, մի քանի հասակակիցների հետ նստած, զվարճանում էր: Արշակը կամեցավ հեռանալ, Ալեքսեյ Իվանովիչը չթողեց: Ի՞նչ կա վախենալու, Սմբատ Մարկիչը ոչինչ չի ասի, տեսնելով նրան «պատվավոր» ազգականի հետ: Եվ նա զրեթե ուժով պատանուն նստեցրեց ճաշարանի անկյունում:

— Նո՛ւ, այսօր աղքատիկ ենք ընթրո՞ւմ, թե եվրոպիեն, — հարցրեց նա բուն գաստրոնոմի եղանակով:

— Ինչպես կամենաս:

— Գարսո՛ն, — գոչեց Ալեքսեյ Իվանովիչը, նայելով իր քթի ծայրին, — մենյու... ընտրիր, — դարձավ Արշակին, կերակուրների ցուցակը սպասավորից առնելով և նրան տալով:

— Դու ընտրիր ինձ համար էլ, քեզ համար էլ:

Պատանին այժմ ուտում ու խմում էր «դաստիարակի» ճաշակով:

Ալեքսեյ Իվանովիչը նախ հանդիմանեց սպասավորին, որ իսկույն չի փոխում ափսեն, մի քանի անգամ արտասանեց «ֆիդոն», ապա սկսեց կերակուրներ ընտրել: Մի քառորդ ժամ նա բացատրում էր սպասավորին, թե այսինչ կերակուրն ինչպես պիտի պատրաստել տալ, մի քառորդ ժամ էլ խոսեց խմելիքի մասին:

— Այդ ո՞ւմ ես նայում, — հարցրեց նա, տեսնելով, որ Արշակն աչքերը չի հեռացնում Սմբատի սեղանից:

— Նայում եմ եղբորս և զարմանում, թե ինչ տեսակ մարդկանց հետ է այժմ նստում, վեր կենում: Վա՛յ Ալիմովների անունին:

— Ա՛, ուրեմն այդ մարդիկ արհամարհանքի են արժանի: Բայց, սիրելիս, այդպես մի նայիր: Գլուխդ բարձրացրու, ծռիր մի կողմ և անշեղ հայացքով մտիկ արա, այսպես ասած, ուղիղ նրանց ոտներին: Այդ կնշանակե, որ արհամարհում ես նրանց: Ա՛, այ այդպես, հիանալի է, վկա է աստված, դու արժանի էիր Պիտերում ծնվելու: Գարսո՛ն, խավյարը շուտով բեր...

Եվ նա, պենսնեն մի կողմ դնելով, սկսեց առայժմ ոչնչացնել թարմ խավյարը կանաչ սոխի հետ:

— Արզաս, — շարունակեց նա դաստիարակել իր աշակերտին, — ուտելիս չի կարելի ամբողջ իրանով սեղանին թեքվել, այդ օրինաւոր է: Գլուխդ միշտ բարձր և կուրծքդ միշտ սեղանից հեռու պահիր: Կեր, այսպես ասած, անփույթ եղանակով, ժպտա, ծիծաղիր, զվարճախոսիր, այնպես, որ իբր բոլորովին քաղցած չես: Այո՛, այդպես, սիրելիս, հիանալի՛ է... մի փոքր առաջ ես թատրոնում ուզեցա նկատողության անել քո բարևելու եղանակի առթիվ, բայց անհարմար էր: Լսի՛ր, երբ կանանց ես բարևում, միշտ պիտի աշխատես, այսպես ասած, նրանց երեսին նայել ուղիղ և ժպտալ: Հետո գդակդ վերև մի՛ բարձրացնիլ, այլ դեպի մի կողմ, և հանկարծակի, այսպես ասած, ներվային շարժումով: Վերցրու, մի կիսաշրջան արա ու հետո դիր գլխիդ: Պետք է ասած, որ այս քաղաքում ոչ ոք չգիտե կանանց բարևելու նորագույն ձևը, և դու առաջին օրինակը կտաս: Ահա ամառը կգնանք Ֆրանսիա, և Փարիզում ամեն բան կսովորես: Գնալու՞ ենք, թե՞ չէ, ասա:

— Իհարկե, իհարկե, ես արդեն քեզ հրավիրել եմ, և պիտի գնանք:

— Նու, բարեկամ. կարծեմ, քեզ այնքան փող չեն տալ, որ ինձ էլ կարողանաս հետդ ման ածել, ա՞:

— Ո՞վ կհամարձակվի չտալ:

— Ո՞վ, իհարկե թանկագին փեսաս... նու, եղբայր, այդ մարդը բոլորին, այսպես ասած, գերի է դարձրել: Իսկ ինքը, տես, ինչպես է քեֆ անում, այն էլ, այսպես ասած, ընտանիքի տեր լինելով:

— Նա անում է, ես էլ կանեմ: Նա ինձ չի կարող արգելել: Ես իմ փողերն եմ ծախսում:

— Իմ կարծիքով էլ այդպես է, բայց դու բավականաչափ, այսպես ասած, էներժիկ չես: Պահանջի՛ր, եղբայր, պահանջի՛ր, և նա կտա: Դու նրա հետ հավասար ժառանգ ես: Գարսո՛ն, այս գինին շատ էլ ընտիրներից չէ, հինը, հինը չունե՞ք: Նու՛, այդ էլ բեր, փորձենք...

Սմբատը վիճում էր սեղանակիցների հետ և, կարծես, չէր նկատում եղբորն ու աներձագին: Նրա սեղանին մոտեցավ մի հարբած երիտասարդ, բարձրահասակ, հաղթանդամ, կարմրադեմ: Ձեռները վարտիքի գրպանները դնելով, հայացքը հառեց Սմբատի երեսին, աջ ու ձախ երերվելով:

— Տե՛ս, Ալեքսեյ Իվանովիչ, սկանդալ է լինելու, — շշնջաց Արշակը սեղանակցին:

— Ո՞վ է այդ վայրենին, իմ կարծիքով շատ բութ երես պիտի ունենա, — ասաց Ալեքսեյ Իվանովիչը, նայելով անծանոթի ոտներին:

— Պետրոս Ղուլամյանի քրոջ որդին է, քաղաքի առաջին սկանդալիստը:

— Աա՛, — արտասանեց Ալեքսեյ Իվանովփչը, շտապելով հայացքն անծանոթից հեռացնել:

Հանկարծ հարբածը գոչեց.

— Դուք ի՞նչ փիլիսոփայություն եք անում ազնվության մասին: Ալիմովներն իրավունք չունին այդ ապրանքի մասին խոսելու:

Խոսքն ուղղված էր Սմբատի հասցեին, որ իսկապես ազնվություն բառ անգամ չէր արտասանել, խոսելով ու վիճելով սեղանակիցն երի հետ: Նա նայեց անծանոթի երեսին ցածից վեր, զարմացած:

— Համեցե՛ք, պատրաստ է, — գոչեց Ղուլամյանի քեռորդին, բռունցքը դնելով սեղանի եզրին:

— Պարոն, ես ձեզ չե՛մ ճանաչում, ո՞վ իրավունք տվեց ձեզ մոտենալ իմ սեղանին:

— Ո՛վ, ո՛վ, հա՛, հա՛, հա՛, թքել եմ ձեր միլիոնների վրա: Ասա խնդրեմ, ո՞վ է եղել քո հայրը, որ այդքան պարծենում ես:

— Պարո՛ն, հեռացե՛ք այստեղից:

— Հարցնում եմ, ո՞վ է եղել քո հայրը, մի դոնապան, ջրկիր, հա՛, հա՛, հա՛...

— Հեռացե՛ք, եթե ոչ... գոչեց Սմբատը, անգիտակցաբար բռնելով դատարկ շշի կոկորդը:

Սկսեց իրարանցում: Բոլոր սեղանակիցները վեր կացան, բացի Սմբատից, որ տակավին չգիտեր՝ ինչ է ուզում այդ մարդն իրենից: Բռնեցին հարբած երիտասարդին, կամեցան քաշել մի կողմ, բայց նա, իր ուժեղ ձեռներով բռնողներին հրեց աջ ու ձախ և նորից մոտեցավ Սմբատին:

— Երեքից էլ միասին կջարդե՛մ, քուֆտա կշինեմ, — մռնչաց նա, ձեռով մի շրջան անելով դեպի Արշակի ու Ալեքսեյ Իվանովիչի կողմը: -Էյ, եկե՛ք, թե ուզում եք, օգնեցե՛ք այս անպիտանին:

— Լսեցի՞ք, Արզաս, վայրենին մեր կողմն էլ է, այսպես ասած, քարեր շպրտում: Զգո՛ւյշ. պետք է պոլիցիա կանչել, որ սկանդալիստին դուրս տանի: Գարսո՛ն...

Սմբատը գունատված ոտքի կանգնեց պաշտպանվելու: Հարբած հաղթանդամը բռունցքը բարձրացրեց, որ նրան խփի, բայց նույն վայրկյանին զինու մի շիշ, օդի մեջ պտույտներ գործելով, դիպավ նրա կրծքին: Նա մի քայլ հետ դրեց, ապա, գլուխը բարձրացնելով, նայեց այն կողմը ուսկից ստացավ հանկարծակի հարվածը: Եվ իր առջև տեսավ տասնուվեց տարեկան մի պատանի սփրթնած, խելագարի աչքերով:

— Արզաս, Արզաս, — գոչում էր Ալեքսեյ Իվանովիչը, հազիվ կարողանալով պահել կատաղած Արշակին, որ ուզում էր շշի հետևից ափսեն ուղղել հակառակորդի ճակատին: -Արզաս, դու զինով ապականեցիր շապիկդ, հանդարտվի՛ր, այդ վայրենին ուժեղ է, այսպես ասած...

Իրարանցումը սաստկացավ: Հաղթանդամի վրա հարձակվեցին բոլոր սպասավորները, բռնեցին և ուժով քաշեցին դեպի դուրս: Դռների մեջ ուժգին թափով ազատվեց նրանց ձեռներից և հարձակվեց պատանու վրա: Աստված գիտե, թե հարվածն ինչ դրության կհասցներ Արշակին, եթե նրա հասակը վիթխարու բարձրացրած ձեռից ցած չլիներ: Վիթխարին սեփական հարվածի ուժգնությունից մի պտույտ գործեց և երեսնիվայր փռվեց հատակի վրա: Մոտ տասը հոգի հազիվ կարողացան նրան ուժով դուրս տանել և հանձնել ոստիկաններին:

Հյուրանոցի տերը ցավակցություն հայտնեց Ալիխյաններին:

Սմբատն անցավ կից սենյակը և, ընկղմվելով գահավորակի վրա, արտասանեց:

— Այս ի՞նչ է նշանակում:

— Այդ նշանակում է, որ հիմա իմ փոխարեն քեզ պետք է խրատել, — պատասխանեց Արշակը, որ անմիջապես նրա հետ մտավ նույն սենյակը, դռները հետևից ծածկելով:

— Աա, այդ դո՞ւ ես, շառլատան: Կորի՛ր այստեղից, քեզ ո՞վ խնդրեց ինձ պաշտպանել, գլխիցդ մեծ բաներ ես բռնում, կորի՛ր...

— Իսկի էլ գլխիցս մեծ բաներ չեմ բռնում: Ես պաշտպանեցի Ալիմովների պատիվը: Ես ոչ քեզ պես փիլիսոփա եմ, ոչ Միքայելի պես վախկոտ, իմ երակների մեջ իսկական արյուն է հոսում, հարցրո՛ւ Ալեքսեյ Իվանովիչից...

Սմբատը նայեց նրա երեսին, լռեց: Պատանու անկեղծ հուզմունքը նրան մեղմացրեց, չէ՞ որ, իրավ, իր եղբորն պաշտպանելու համար շիշն արձակեց այդ կոպիտ երիտասարդի վրա:

— Ես ուզում էի նրան սպանել, — շարունակեց Արշակը խրոխտաբար, — նա պատրաստվել էր քեզ և ինձ ծեծելու: Նա Ղուլամյանի քրոջ որդին է, Միքայելից վրեժ առնելու տեղ, ուզում է քեզանից և ինձանից առնել:

— Ի՜նչ խայտառակություն, ի՜նչ անպատվություն, — արտասանեց Սմբատը, ձեռը զարկելով սեղանին: Ես ի՞նչ գործ ունիմ այստեղ, ո՞վ ինձ բերեց... Ինչո՞ւ:

— Ինչո՞ւ, այդ ինձ էլ է զարմացնում... Դու ինձ խրատում ես, և հանկարծ...

— Բավակա՛ն է, — ընդհատեց Սմբատը, — լռի՛ր ասում եմ: Այդ քո գործը չէ, հասկանո՞ւմ ես, — դու երեխա ես, չես կարող ըմբռնել իմ վիշտը:

Եվ մի փոքր լռելուց հետո շարունակեց.

— Գիտե՞ս ինչ, Արշակ, թույլ եմ տալիս քեզ ամեն բան անելու, հասկանո՞ւմ ես, ամեն բան, միայն Զինաիդայի հետ չամուսնանաս: Պատճառը մի՛ հարցնիր, ես ինքս չեմ կարող բացատրել: Բայց չամուսնանաս, լսի՛ր, երբեք չամուսնանաս: Քեֆ արա, հարբիր, շռայլիր, ես քեզ փող կտամ որքան ուզում ես, մաշի՛ր կյանքդ, այրի՛ր սիրտդ, փտեցրո՛ւ մարմինդ, բայց մի՛ ամուսնանար... Գնա՛, կորի՛ր... Այնտեղ քեզ սպասում է ֆանֆարոնը, ձրիակերը... Քույրն ինձ է դժբախտացրել, եղբայրը քեզ է հարստահարում: Բայց ոչ, նա չարժե իր քրոջ կոշիկներին: Նա ոչնչություն է, իսկ քույրն ամբողջություն, միայն իմ կյանքը թունավորող ամբողջություն, դո՛ւրս, թո՛ղ ինձ մենակ իմ ցավերի հետ...

Նա գրեթե ուժով վռնդեց եղբորը դուրս, փակեց դռները և նորից ընկղմվեց զահավորակի վրա: Եթե մեկը դռների արանքից նայեր, կտեսներ, որ երեսներիկու տարեկան տղամարդը հանդարտ լալիս է, ինչպես կին...

Մյուս սենյակում Ալեքսեյ Իվանովիչը հյուրանոցի տիրոջը վրդովված գանգատվում էր ասիական վարք ու բարքերի դեմ: Այս ի՞նչ երկիր է, ուր պատվավոր մարդկանց մազի չափ հարգել չգիտեն: Այստեղ բարձր ուսում ստացածներն էլ վայրենանում են:

— Սատանան տանի քեզ, — դարձավ նա Արշակին, — պեննեես զցեցիր, կոտրեցիր, այժմ կատարյալ կույր եմ: Չէ, եղբայր, Սմբատ Մարկիչն իրեն բոլորովին կորցրել է, այսպես ասած, դեկը ձեռից բաց է թողել: Նստենք, ես հիացած եմ քո քաջությունով, այո, ճիշտ իսպանացի ես, զուր չեմ ասել...

Նրանք նստեցին նույն սեղանի քով:

— Այս ի՞նչ է, — ասաց Ալեքսեյ Իվանովիչը, գինու շիշը էլեկտրական լույսի դեմ պահելով, — շարտրյոզ է, թե՞ ֆու, կարծեցի շամպանիա է... Ամեն ինչ խավարվեց...

— Սպասավոր, շամպանիա, Ռեդերեր, — գոչեց Արշակը:

— Դու կարծում ես շամպանիան խավարը կփարատի՞, — ժպտաց Ալեքսեյ Իվանովիչը, — а чтож, փորձենք: Նո՛ւ, ունայնություն ունայնությանց, մոռացի՛ր ինցիդենտը: Իսկական ջենտլմենը, այսպես ասած, վայրենիների կոպիտ արարքները շուտ է մոռանում:

Սմբատը զգտեր, որ կյանքի կանոնավոր շավղից շեղվում է: Գիտեր և դարձյալ հետ չէր կանգնում: Մոլի կենցաղը հետզհետե բթացնում էր նրա նյարդերը և նրա հոգեկան աշխարհը ձգում ինչ-որ անփարատելի մթություն: Հյուրանոցների արբեցուցիչ մթնոլորտում, նոր ձեռք բերված զվարճասեր ընկերների շրջանում գտնում էր գեթ ժամանակավոր մոռացում: Եվ այսքանը բավական էր: Ի՞նչ փույթ, որ արթուն ժամերին ավելի սաստիկ էր ազդում վիշտը և անխնա դատապարտում իր նոր կենցաղը:

Երբեմն հիշում էր մի աղքատիկ շրջան, ուր անց էր կացրել բավական խաղաղ ժամեր, ուր նրա մտքերն ու զգացումները հանդիպել էին հարգանքի և համակրության: Եվ նրա առջև պատկերանում էր պայծառ լուսավորված մի սեղան և եռացող սամավարի մոտ մի սիրուն դեմք, համեստ: Բայց հպարտ... Այդ րոպեներին նրա ականջներին հնչում էին քեռու խոսքերը...

— Ինչո՞ւ ճիպոտդ քոլիցդ չպոկեցիր:

Կրծքից արձակելով դառն հառաչանք, ձեռով բացասական տխուր շարժում էր անում, կարծես, հեռացնելով իրենից սիրուն կերպարանքը: Պետք է մոռանալ և չմտածել այդ աղջկա մասին, չէ՞ որ ուշ է, չէ՞ որ այսուհետև ոչ մի զիջում չի կարող օգնել:

Նայում էր իր կնոջ մշտապես դժգոհ դեմքին, լսում էր մոր անվերջ բողոքները, քրոջ չարամիտ դրդումները, հիշում էր հոր վերջին խոսքերը, վերարտադրում էր իր յոթամյա լուռ տանջանքները, նորից քայլերն ուղղում դեպի հյուրանոց: Թող այսպես լինի, թող նա վերջացնի նրանով, ինչով սկսել են իր եղբայրները: Մարդկանց կեղծիքի և շողոքորթության տակ զգում էր քողարկված արհամարհանք դեպի իր ամուսնական վիճակը, աշխատում էր համոզել իրեն, թե այդ արհամարհանքը մի կիսակիրթ շրջանի նախապաշարումների ծնունդն է, բայց, այնուամենայնիվ, ճնշվում էր ամբողջ հոգով: Երբեմն մտածում էր. այլևս ի՞նչ օրվա համար է հարստությունը, եթե ինքը դժբախտ է: Ավելի լավ չէ՞ր լինել, եթե զրկվեր հոր ժառանգությունից, մնար հեռու այս ճնշող շրջանից և լուռ կրեր իր տառապանքները, ինչպես կրել էր յոթ տարի շարունա՛, բոլորից, նույնիսկ ամենամտերիմ բարեկամներից, թաքցնելով իր վշտերը: Բայց զգում էր, որ արդեն ընտելացել է դրամի հրապույրին, զգում էր նաև երկյուղ աղքատությունից, հիշելով իր քաշած չքավոր օրերը: Եթե հարստությունը չի կարող բուժել նրա վերքը, գոնե ժամանակ-ժամանակ մոռացնել կտա վշտերը: Պետք է, ուրեմն զվարճանալ և ինչո՞ւ չզվարճանալ...

Եվ նա սկսեց շռայլել հայրական փողերն այնպես, ինչպես մի ժամանակ շռայլում էր Միքայելը: Նա սկսեց և թուղթ խաղալ, ծանոթանալ թատրոնական կուլիսների հետևի կյանքին: Չէ՞ որ դժբախտ է և մի կերպ պիտի աշխատի խեղդել սրտի կսկիծները...

ԵՐՐՈՐԴ ՄԱՍ

I

Հանքային նոր կացարանների կառուցումն ավարտվեց բարեկենդանին: Տեղափոխվելու նախընթաց երեկո Զարզարյանը գնաց քաղաք: Սմբատը տվեց նրան մի բոռ թղթադրամ և պատվիրեց մյուս օրը մշակներին հյուրասիրել:

Գումարը բավական մեծ էր. կարելի էր հանդիսավոր խնջույք սարքել: Զարզարյանը այսպես էլ որոշեց անել:

— Ինչպես կամենաք, — ասաց Միքայելը, — բայց իմ կարծիքով, չարժե հասարակ դեպքից ինչ-որ տոնախմբություն շինել:

— Հասարակ դե՞պք, — զարմացավ Զարզարյանը, — կարծեմ մշակների համար այդպիսի պալատներ տեղափոխվելը փոքր բան չէ: Տեսեք ուրիշ հանքատերերի մշակներն ինչ խոզաբներում են բնակվում:

Նոր կացարանների թիվը երեք էր — ամեն մի հանքախմբի մշակների համար առանձին: Դավիթը որոշեց հանդեսը սարքել այն տանը, որ ամենից մեծն էր և ավելի մոտիկ գրասենյակին: Դա մի երկարաձև շինության էր, մի հարկանի, բայց դե տնից բաժանված նկուղներով, որոնք չպիտի երկրի խոնավությունը և գազը թույլ տային վերև թափանցելու: Առաստաղները բարձր էին, լուսամուտները լայն, պատերը ծածկված յուղաներկով: Յուրաքանչյուր մշակի համար դրված էին առանձին անկողնակալ ու նստարան: Տունը շրջապատված էր լայն պատշգամբով, որ հարմարեցված էր ամառային կացության համար: Չորս կողմը, տարածվում էր մաքուր, ընդարձակ ու հարթ բակը, շուրջը պատած քարե պարսպով: Բակի մի ծայրում կառուցված էր մի մեծ դահլիճ, որ կարող էր ծառայել թե՛ իբրև ուսումնարան և թե՛ իբրև թատրոն: Մյուս ծայրում մի փոքրիկ բաղնիք, մի բան, որ նույնպես նորություն էր հանքային մշակների համար:

— Միայն այս մեկ տունը մեզ նստել է հիսուն հազար ռուբլի, — ասում էր Զարզարյանը:

Վաղ առավոտից պատշգամբի վրա դարսվեցին մրոտ տոպրակներ, զամբյուղներ և թաշկինակներ՝ լի զանազան պաշարեղենով: Բակում արհեստավորներն իսկույն շինեցին ժամանակավոր սեղաններ՝ երկայն տախտակներից: Եղանակը բավական տաք էր, մշակները կամեցան դրսում ճաշել:

Զարզարյանի կոր մեջքն այսօր, կարծես, ուղղվել էր, դեմքի վրա խաղում էր գոհունակության ժպիտը, նիհար ոտներն ուրախությունից ծովում էին ման գալիս։ Նա մշակների հետ կատակներ էր անում և պատվիրում, որ այսօր կրակի հետ զգույշ վարվեն։ Տասնումեկ ժամին բոլոր շվիկները սուլեցին, թե ժամանակն է գործերը դադարեցնել։ Կես ժամ անցած՝ բակը լցվեց սև ուրվականներով։ Մրոտ դեմքերի վրա նշմարելի էր անսովոր զվարճություն, դեղնած շրջանակների մեջ աչքերի բիբերը փայլում էին տենդային ուրախությամբ։ Շատերն օրվա հանդեսը նմանեցնում էին գյուղական ուխտագնացության, հառաչում էին, ախ քաշում, հիշելով իրենց ծննդավայրը, բայց և միմյանց հրում էին, ծիծաղում, և Ալիմյաններին օրհնում։

Դա մարդկային ամբոխ չէ, այլ ինքը դառն աշխատանքը, հազար ու մի կենսական հոգսերի ու վշտերի մարմնացումը։ Եկել էր գեթ մի քանի ժամով թոթափելու իր հոգուց մռայլության փոշին, և կեղտի, մրի ու ցնցոտիների տակից ծիծաղելու։ Սակայն ուր ոտք էր դնում, այնտեղ մտցնում էր սևություն ու մռայլ։ Նույնիսկ արեգակի պայծառ շողերը մթնում էին՝ ընկնելով մարդկային մթին ծովի վրա։ Բայց փույթ չէ. մթին ծովն այսօր գոհ է շատ քիչ գոհ՝ եղանակի ջերմությունից, երկնի պայծառությունից և մանավանդ այն փշրանքից, որ պարգևում է նրան հարուստ տերերի քիմքը։

Միքայելը լուռ, գունատ, անցնում էր լուսնոտի պես, սենյակից սենյակ, գավիթ, փողոց, ամենուրեք ակամա որոնելով մի կերպարանք, որ անհաղթելի տիրել էր նրա հոգուն։ Իսկ այդ կերպարանքը արդեն տասն օր էր չէր երևում, ո՛չ պատշգամբի վրա, ո՛չ լուսամուտի առջև։ Նա ամաչում էր ինքն իրեն խոստովանել, թե այսօրվա հանդեսին չհակառակեց՝ հենց Շուշանիկին տեսնելու գաղտնի հույսից դրդված։

Քաղաքից եկան — Սրաֆիոն Գասպարիչը, գլխավոր հաշվապահի հետ, հետո Արշակը՝ Սուլյանի և, փոքր անցած, Անտոնինա Իվանովնան՝ իր եղբոր հետ։

Դավիթը նրանց համար տանը պատվիրել էր առանձին նախաճաշ։ Նա շտապեց Շուշանիկին կանչելու, որ գա Անտոնինա Իվանովնային զբաղեցնի։ Մի քանի րոպե անցած՝ ամբոխը հարգանքով ճանապարհ էր տալիս այն աղջկան, որ շատերի համար էր նամակներ գրել ու կարդացել, շատերի համար կարել ու կարկատել է և շատերի վերքերի սպեղանին փոխել այդ կարճ միջոցում։ Օդը բարձրացան ֆուրաժկաներն ու փափախները, դեմքերը ժպտացին այնպես, որպես միայն կարող է ժպտալ նավթային ծովը լուսնի շողերից։

— Добрая, славная барышня, — լսեց Անտոնինա Իվանովնան երախտագետ մուժիկների ձայնը։

Եվ նրան թվաց, որ նույնիսկ արեգակը կարող է նախանձել այն տպավորությանը, որ գործեց մի համեստ աղջկա երևալն այդ կոպիտ ամբոխի վրա։

Շուշանիկը մոտեցավ նրան, հարգանքով բարևեց։ Նա չէր ուզում դուրս գալ, բայց դուրս եկավ, չէր ուզում Սմբատին հանդիպել, բայց եկավ հենց նրան տեսնելու հույսով: Սակայն ցնցվեց, երբ Անտոնինա Իվանովնան անկեղծ բարեկամությամբ սեղմեց նրա ձեռը: Ամոթի զգացումը նրա մեջ տեղի տվեց խղճի խայթոցի, որ այդ կնոջ առջև մեղավոր էր իր ապօրինի զգացումներով: Նա ավելի ցնցվեց, երբ տիկինը բռնեց նրա թևն ընկերաբար և խնդրեց միասին շրջել ամբոխի մեջ:

Հենց առաջին հայացքից տիկինը հետաքրքրվել էր տարօրինակ հասարակությամբ: Նրա աչքերի առջև տարածվել էր սև կերպարանքների մի բանակ, ուր տիրում էր ազգերի, կրոնների, լեզուների ու տարազների խառնուրդ: Խառնուրդ, որ առաջին անգամն էր նա տեսնում: Նա փափագեց մերձենալ մթին ծովին, նայել խորը, տեսնել, ինչ է կատարվում հատակում:

— Ֆո՛ւ, սատանան տանի, այստեղ ամեն ինչ ապականվում է, — ասաց Ալեքսեյ Իվանովիչը:

Նա շինելի փեշերը հավաքել էր ու բռնել փորի վրա, որպեսզի չշփվեն նավթահոտ ցնցոտիների հետ:

— Այո՛, բայց միայն դրսից, — նկատեց Շուշանիկը լուրջ:

— Կերա՞ր, — շշնջաց Անտոնինա Իվանովնան եղբոր ականջին, — պետք է զգույշ խոսել այդ աղջկա մոտ:

— Բայց բավական պիկանտ է, — ասաց Ալեքսեյ Իվանովիչը:

Անտոնինա Իվանովնան մի սաստող հայացք ձգեց նրա երեսին և ունքերը կիտեց: Շուշանիկը նրան ներշնչում էր համակրանք և հարգանք: Այդ աղջիկը նրան թվում էր սև աշխարհում մենակ բուսած մի հազվագյուտ ծաղիկ: Այսօր, ավելի ուշադիր դիտելով նրան, դատապարտում էր մտքում իրեն, որ առաջին հանդիպման ժամանակ հետը վարվել էր անփույթ, հեգնաբար: Ո՛չ, այդ աղջիկը նման չէր իր շրջանի կանանց: Ռուսիայից գալուց հետո առաջին անգամ է տեսնում այդպիսի խոհուն կանացի դեմք, որ կրում է մտավոր զարգացման դրոշմ:

Նա սկսեց խոսել Շուշանիկի հետ ամբոխի մասին, աշխատելով ծանոթանալ օրիորդի մտավոր ու բարոյական աշխարհի հետ: Հարցուփորձ էր անում մշակների նիստ ու կացի, տնտեսական ու բարոյական վիճակի մասին: Շուշանիկը պատմում էր, ինչ որ գիտեր, պարզ խոսքերով, առանց սև գույնի նկարագրելու դառն աշխատանքի տակ հեծող ամբոխի դրությունը: Տիկինն իր անկեղծ վարմունքով կամաց-կամաց գրավում էր նրա համակրանքը և ակամա, անգիտակցաբար ենթարկում նրան իր մտավոր գերազանցության հրապույրին: Նա նույնպես օրիորդին թվում էր դրամի գործնական աշխարհը ճակատագրի քմքով ընկած մի բացառիկ էակ, որից միայն և միայն Սմբատը կարող է բարձր լինել: Եվ Շուշանիկը չէր սխալվում. ուսումով, կրթությամբ, ընտանեկան վիճակով Անտոնինա Իվանովնան ամբողջ քաղաքում ներկայացնում էր բացառություն: Գլխավորապես հենց այս էր պատճառը, որ նա բոլորի խոսակցության առարկան էր դարձել:

Ամբոխը, Դավթի նշանով, բազմեց սեղանների քով և կազմեց մի քանի երկայնաձև մթին քառակուսիներ: Անտոնինա Իվանովնան շարունակ, թևը Շուշանիկի թևին զցած, շրջում էր, անցնում սեղանից սեղան, դիտում, ուսումնասիրում, խնդրելով օրիորդին թարգմանել տեղացի մշակների ասածները: Իսկ մշակները հրում էին միմյանց, բարձրաձայն ծիծաղում ուրախ-ուրախ, ավելի ու ավելի հարմարեցնելով իրենց տեղերը: «Մեծամեծների» ներկայությունը նրանց չէր նեղում, բոլորն էլ կամենում էին ազատություն տալ իրենց տարիներով կաշկանդված կամքին: Իսկ սրա համար հարկավոր էր դիմել ըմպելիքների օգնության, Դավիթը մոտենում է սեղաններին ու կրկնում.

— Տղերք, խմեցեք, ինչքան քեֆներդ է, գինի, արաղ շատ եմ բերել տվել, բայց չհարբեք հա՜, էս է ասում եմ...

Այնինչ, մշակները շտապում էին շշերը միմյանց հետևից դատարկել: Սրախոսում էին խմելու մասին մի ժարգոնով, որ միայն նավթահանքերի բնակչությանն էր հասկանալի:

— Աղա, — ասում էր մեկը, ցույց տալով իր կոկորդը, — տրուբաս զըսարիցա իլավ, ըղզշիրիդելը դես տուր, լենացնեմ...

— Աղա, կռանդ բեց ըրա, վըեր չանն լեցնեմ, — ասում էր մյուսը:

— Տղերք, ըզղաններդ լյավ տքացրեք, էլ ըտենց տոպկա չեք տեսնի...

— Յավաշ, պառը գլխներիդ չի կյա...

— Աղա, շուռ տուր բըրաբանը...

Հայ մշակների մեջ կար մի պատկառելի ծերունի՝ Գասպար անունով: Նա մի ժամանակ եղել էր գյուղական տանուտեր ու հարուստ և «գիտեր մեծամեծների հետ նստել, վեր-կենալը»: Նա մեկ-մեկ առաջարկում էր «աղաների» կենացները և գոռում՝ «հուռա՜»: Ամբոխը ձայնակցում էր նրան, բաժակները վերև բարձրացնելով: Երբ հերթը հասավ ինժեներ Սուլյանի կենացին, տիրեց անհարմար լռություն: Ամբոխը չկարողացավ կեղծել: Ոմանք մի քիչ գինի կում անելով, բաժակները հետ դրեցին, իսկ շատերը բոլորովին չխմեցին:

— Գյադա մարդ է, — շշնջում էին միմյանց ականջին, — մեջն աղայություն չկա:

Այնինչ, Սուլյանը, ժպիտը երեսին, մի ձեռը կողքին հենած, մյուսով բեղերը ոլորելով նայում էր քծնությամբ Միքայելի դեմքին, շարունակ հետևելով նրան: Այսօր ինժեները մտադիր էր նրա միջոցով Սմբատին խնդրել, որ Ալիմյան ֆիրմն իր համար գնե մի բաժին ինչ-որ նոր կազմվող նավթային ընկերության մեջ:

Դարբասի առջև կանգնեց Սմբատի կառքը: Սև ծովը խլրտվեց, ոտքի կանգնեց: Գալիս էր այն մարդը, որը, հանքերը ոտ դնելու օրից, աշխատել էր բանվոր դասի կյանքը բարվոքել: Ա՜խ, որքան նա փոխվել է վերջին ժամանակ. դեմքը կարմրել է և մի փոքր ուռել, աչքերը լայնացել են ու արյունով լցվել: Մի՞թե այդպես շուտ են ազդել նրա վրա անքուն գիշերներն ու սուր ըմպելիքները.

— Հուռաա, — գոչեց ամբոխը Գասպարի նշանով:

Սմբատը ձեռով նշան արավ, որ ոչ ոք տեղից չշարժվի: Բայց հոգով ուրախ էր, որ ամբոխն այսպես հարգում ու սիրում էր իրեն: Մոտեցավ Միքայելին, հարցրեց՝ արդյոք գո՞հ է իր կարգադրությունից:

— Ո՛չ, — պատասխանեց Միքայելը հակիրճ:

— Ինչո՞ւ:

— Ես կեղծ բաներ չեմ սիրում:

— Կե՞ղծ, — զարմացավ Սմբատը:

— Այո՛, ես այդ բոլորը կեղծ եմ համարում: Իրենց փողերով խեղճերի համար տոնախմբություն եք սարքում ու կարծում եք մեծ բարության եք անում:

— Ես բնավ այդպես չեմ կարծում:

— Ո՛չ, կարծում ես: Դուք, բոլոր դեմոկրատներդ, այդպես եք... Ես բուրժուա եմ, ես այդպիսի բաներ չեմ սիրում...

Նա հեռացավ: Սմբատը զարմացած նայեց հետևից, ուսերը վեր քաշելով:

Անտոնինա Իվանովնան շարունակ դիտում էր ամբոխը: Վաղաժամ թառամած դեմքերը, կոր մեջքերը, ներս ընկած կրծքերը նրան ներշնչում էին կարեկցություն: Առհասարակ մի ժամ էր նրան պաշարել էին անսովոր մտքեր ու զգացումներ: Ամբոխի մթին արտաքինի տակ տեսնում էր ավելի մթին հոգեկան աշխարհ, կարոտ լույս ամենաթույլ շողերին: Նա մտածում էր. ինչո՞ւ օգնության չգալ այդ խեղճերին: Այլևս մարդիկ ո՞ր օրվա համար են ուսում ստանում, եթե չեն կարող կամ չեն ուզում ստացած լույսը գեթ թույլ շողերը տարածել այս մութ աշխարհը:

Եվ այստեղ, այդ պահին, նա առաջին անգամ սկսեց նախատել իրեն, որ մինչև հիմա նշանակություն էր տվել ազգերի ու կրոնների տարբերությանը: Ամաչեց այն բոլորից, ինչ որ գրգռված բոպեին ասել էր Սմբատին: Իսկ նա շատ բան էր ասել, շատ վիրավորական խոսքեր: Ի՞նչ, մի՞թե միայն ինքն էր ասել, առանց որևէ շարժառիթի: Ո՛չ, ինչո՞ւ է այսքան իրեն մեղադրում, մի՞թե ինքը պակաս է վիրավորվել Սմբատից, նրա մռայլ ճակատը հետզհետե պայծառվում էր, կապույտ աչքերը վառվում էին անսովոր հրով: Նրա մտքում սկսեցին պատկերանալ այն բոլոր վիպական հերոսուհիները, որոնց սիրել էր մայրենի վեպերում և որոնցով մի ժամանակ հափշտակվել էր: Ահա այն աշխարհը, որին օգնելու գաղափարը դրվատել են իր ազգի ամենաընտիր հեղինակները, ամենամաքուր մտածողները:

Նրա սիրտն սկսեց բաբախել բարձր մարդասիրական զգացումներից: Եվ այդ պահին նա պատրաստ էր ներել ակեսուրին, տալոջն ու բոլոր ազգականուհիներին, որոնցից նա իրեն արհամարհված էր զգում: Նա տեսնում էր ազգերի ու լեզուների մի խառնուրդ, տոգորված միևնույն ցավերով ու վշտերով: Մրի ու նավթի սև քողը սփռվել էր հավասար ամենքի վրա ու կազմել տխուր միօրինակություն: Մի՞թե մանրակրկիտ չէ այն մարդը, որ այդ մռայլ հարթության տակ տեսնում է ինչ-որ խորդուբորդներ, մեկին սիրում, մյուսին արհամարհում, մեկին օգնում, մյուսին բարձիթող անում, համարելով իր արյանն «օտար»:

— Օրիորդ, — դարձավ նա Շուշանիկին, — հանքերում դժբախտություններ պատահո՞ւմ են մարդկանց:

— Շատ:

— Մեծ մասամբ, իհարկե հրդեհից:

Շուշանիկը պատասխանեց, թե հրդեհներն ինքնըստինքյան, բայց առհասարակ այստեղ մարդկային կյանքն ապահով չէ: Կան ուրիշ անթիվ պատահարներ: Երեկ մեկի մատը մնաց պարանի տակ և արմատից թռավ, մեկել օրը մի անփորձ մշակի մեքենայի դողը ոլորեց, ջարդեց ու սպանեց: Իսկ սովորական հիվանդությունները տանում են մեծ թվով զոհեր:

— Լսել եմ, դուք միշտ օգնում եք մշակներին, և նրանք ձեզ պաշտում են, ինչպես մի բարի հրեշտակի, — ասաց տիկինը կես-հեգնությամբ և կես-լուրջ:

Շուշանիկը շփոթված, ակամա, երեսը մի կողմ դարձրեց: Երբեք նա իր չնչին ծառայությունների մասին չէր մտածել.

— Գիտեք, ինչ, — շարունակեց Անտոնինա Իվանովնան, նայելով օրիորդի աչքերին, — ինձ թվում է, որ դուք. եթե կամենաք շատ բաներ կարող եք անել մշակների համար: Օրինակ կարող եք Միքայել Մարկիչին համոզել, որ նա հիվանդանոց էլ բաց անի:

— Ես իրավունք չունեմ նրա գործերին խառնվելու:

— Այդ այդպես է, բայց մի՞թե բարի գործեր կատարելու համար իրավունք է հարկավոր: Ես էլ իրավունք չունիմ, բայց պիտի խառնվեմ... ձեր կողմից էլ: Այ, խնդրեմ, խնդրեմ... ինձ թվում է, որ նա ձեր խնդիրն ավելի շուտ կկատարի, քան իմը... Այո՜, այո՜, պիտի խնդրեմ ինքս էլ, ձեր կողմից էլ, թեկուզ թույլ էլ չտաք... Ա՜, դուք կարմրեցի՞ք, կնշանակե — ես ճշմարիտ եմ ասում:

Դավիթը Շուշանիկին կանչեց՝ քաղաքից եկած հյուրերի համար սեղան պատրաստելու:

Քառորդ ժամ անցած, հյուրերը հրավիրվեցին առանձին սենյակ: Սրաֆիոն Գասպարիչը բաժակ առաջարկեց Ալիմյան ֆիրմայի գործերի աջողության մասին: Տա աստված, որ ֆիրման օր-օրի վրա ծաղկի, մեծանա և «հազարավոր մարդկանց կերակրի»:

— Մեր ֆիրման ոչ ոքի չի կերակրում և չի էլ կերակրել, — ասաց Միքայելը տարօրինակ սրտմտությամբ:

— Այդ միայն ես գիտեմ, նկատեց Սրաֆիոն Գասպարիչը խորհրդավոր:

— Ո՛չ, դու չգիտես, քեռի... ես այսօրվա ճաշն էլ օյինբազություն եմ համարում:

Բոլորը զարմացած նայեցին նրան: Սմբատը չգիտեր ինչպես բացատրի եղբոր անսովոր տրամադրությունը:

— Այո՛, օյինբազություն եմ համարում, — կրկնեց Միքայելն ավելի տաքացած, — այստեղ ես անկեղծություն չեմ տեսնում:

— Միքայե՛լ, — ասաց Սրաֆիոն Գասպարիչը, — ջահել ես, ականջ դիր մի բան պատմեմ: Երբ ես ույեզդնի նաչալնիկ էի, նորին գերազանցության Վիսսարիոն Պրակոֆիևիչ Աֆանասևը, աստված հոգին լուսավորի... մի օր...

Մշակների միաձայն աղաղակները ընդհատեցին նրա խոսքը, Դավիթը Սրաֆիոն Գասպարիչի խոսքերը հաղորդել էր նրանց, և այժմ աղաղակում էին «հուռռա՛...»:

— Դե՛հ, ուրախացեք, — գոչեց Միքայելը և դուրս վազելով զոռաց-լոի՛ր, հիմար ամբոխ...

Նախաճաշը տևեց շատ կարճ միջոց, ուտում էին ոտքի վրա կանգնած: Միքայելի տարօրինակ տրամադրությունը խլեց բոլորի ախորժակը: Անտոնինա Իվանովնան դուրս եկավ պատշգամբ, առավ Միքայելի թևը և սկսեց նրա հետ խոսել:

Հյուրերը դուրս եկան բակը:

— Տղերք, դո՛ւրս, — գոչեց Դավիթը, — այժմ պիտի տեսնեմ, ով կարող է գործի գնա...

Ամբոխը միահամուռ հետևեց նրան, դուրս եկավ փողոց:

— Գասպար ապեր, — դարձավ Դավիթը նախկին տանուտերին, — դու հին չոբան ես, այծերին ոչխարներից ջոկիր...

— Աչքիս վրա: Տղերք, էն մեծ տախտակներից երկուսը բերեք այստեղ:

Փողոցում կար մի փոքրիկ և շատ նոսր նավթային լճակ, շրջապատված հողային թմբով: Գասպարը հրամայեց հաստ ու երկայն տախտակները ձգել մի ափից մինչև մյուսը և ծայրերն ամրացնել հողով ու քարով: Գոյացավ մի կամուրջ: Գասպարն ասաց, թե մշակները, բացի թուրքերից, մեկ-մեկ պիտի անցնեն այդ կամուրջով: Ով ընկավ — հարբած է:

Կատակը շատ դուր եկավ մշակներին, որ իսկույն բարձրացրին անասելի աղաղակ:

— Դե՛հ, մեկ, երկու, երեք, — գոչեց Գասպարը զորավարի եղանակով, և առաջինն ինքն անցավ հաջող:

Սկսվեցին ծիծաղ, քրքիջ, հրումներ, ոստոստումներ, բոթոցներ, գոռում-գոչյուններ: Մեկ-մեկու հետևից մշակները զգույշ անցնում էին կամրջով: Աշխատում էին չսայթաքել, օրորվելով աջ ու ձախ: Սրանց սև պատկերներն անդրադառնում էին լճակի անշարժ մակերևույթի վրա, որպես միգային ստվերագծեր: Ժամանակ առ ժամանակ հարբածները կորցնում էին հավասարակշռությունը, երերվում լարագնացի պես և ընկնում: Սև հեղուկի թանձր շիթերը բարձրանում էին նրանց անկումից և սփռվում ափերում կանգնածների վրա:

Բոլորը ծիծաղում էին, և ամենից ավելի ընկնողները: Երբեմն

այս կամ այն կատակասերն սկսում էր պարել լճակի մեջ, ինքն իրեն ծափահարելով:

— Քաշեք մի կողմ, բանը պրծած է, — հրամայում էր Գասպարը:

Ամբոխը գոռաց.

— Չուպրո՜վը, Չուպրո՜վը:

Կամրջի ծայրին հայտնվեց մի ռուս բանվոր, բարձրահասակ, լայն թիկունքով: Նա աջ ուսի վրա նստեցրել էր մի հայ բանվորի, ձախի վրա` մի լեզգի բանվորի: Երկուսն էլ հարբած էին և գրկել էին միմյանց: Չուպրովը խլեց մեկից «հարմոնիան» և սկսեց նվագելով անցնել կամուրջով, իր կապտագույն փոքրիկ ուրախ աչքերը հառած մյուս ափին: Նրա թևերը հոլանի էին, կուրծքը բաց կարմիր շիլա շապիկը ուռել էր թեթև քամուց, նա ինքն էլ բավական հարբած էր, բայց հավասարակշռությունը պահում էր: Այնինչ, կամուրջը չէր դիմանում ծանրությանը: Չուպրովը ցած եկավ և մի քանի հսկայական քայլեր անելով լճակի մեջ, անցավ իր բեռան հետ մյուս ափը:

Ամբոխը դարձյալ բարձրացրեց աղաղակ.

— Ռասո՜ւլը, Ռասո՜ւլը...

Դա մի բարեկազմ լեզգի էր: Հասնելով կամրջի մեջտեղը, հանեց պատյանից դաշույնը և սկսեց պարել ոգևորված Չուպրովի հարմոնիայից: Սուրը փայլում էր նրա շուրջը, ծնկների տակ, գլխի վրա, այտերի մոտ: Մի վայրկյան նա կանգ առավ հոգնած, երերվեց, քիչ էր մնում ընկնի: Այդ պահին մի մեծ ձեռ բռնեց նրա ոտներից, մի ուրիշը կռնատակից և, բարձրացնելով նրան, անցկացրեց մյուս ափը:

— Մալադե՛ց Կարապետ, — գոչեց Չապրովը...

Տարբեր կրոնների, տարբեր լեզուների, տարբեր ցեղերի պատկանող այս երեք բանվորների մեջ կար մի ամենից հայտնի մտերմություն: Նրանք հռչակված էին իրենց անվախությամբ, վայելում էին բոլոր մշակների հարգանքն ու նախանձը: Գործի էին գնում միասին, վերադառնում էին միաժամանակ, բնակվում էին միևնույն սենյակում, գիշերում միևնույն թախտի վրա: Հրդեհների ժամանակ միշտ նրանց կարելի էր տեսնել ամենից առաջ, ամենավտանգավոր տեղերում: Երբ նրանք երևում էին հրդեհի վայրում, ամբոխին տիրում էր ոգևորություն, բոլորը սիրտ էին առնում: Երբ մեկը վտանգի էր ենթարկվում, մյուսներն իրենց կյանքի գնով ձգտում էին ազատել նրան կորստից: Երբ ուրախ էր մեկը, ուրախ էին և մյուսները, և ընդհակառակը: Նրանք իրարու հետ կատակներ էին անում, միմյանց ծաղրում, բայց վա՜յ այն մշակին, որ կհանդգներ նրանցից մեկին վիրավորել: Իսկույն փայլում է Ռասուլի դաշույնը, ասպարեզ էին գալիս Չուպրովի հուժկու բազուկները և Կարապետի լայն թիկունքները: Մի անգամ նրանք ընդհարվեցին հարևան հանքատիրոջ մշակների հետ և երեք հոգի քսան մարդու դիմադրեցին:

Այդ բոլորը պատմեց Դավիթ Զարգարյանն Անտոնինա

Իվանովնային և պատմեց, կարծես, ոչ առանց նպատակի: Տիկինը լսում էր հետաքրքրված և... մտածում:

Ամբոխը ցրվեց: Մյուս օրն առավոտը նա կտեղավոխվի նոր կացարանները:

Դավիթը հյուրերին առաջարկեց՝ մյուս շինությունները ևս նայել: Դրսում սպասում էին մի քանի կառքեր: Բոլորն ընդունեցին նրա հրավերը: Բակն ու պատշգամբը դատարկվեցին:

Արդեն մի ամբողջ ժամ էր Միքայելն առիթ էր որոնում Շուշանիկի հետ առանձին տեսնվելու: Օգտվելով հյուրերի բացակայությունից, նա անցավ այն սենյակը, ուր օրիորդը մի մշակի օգնությամբ հավաքում էր սեղանը:

Նա ներս մտավ տենդային հուզման մեջ, նշան արավ մշակին հեռանալ և դռները փակեց:

Շուշանիկը ցնցվեց: Տեր աստված, էլի այդ մարդն ի՞նչ է ուզում նրանից: Նա ամոթից և երկյուղից սկսեց դողալ այնպես, որ ձեռքից բաց թողեց բաժակները և կտրեց: Փախչե՞լ, թե՞ մնալ: Բ՛այց դռները փակ են: Էհ, թող ինչ լինելու է՝ լինի: Նա չպիտի վախենա, նա կարող է իրեն պաշտպանել:

Միքայելը մոտեցավ, կանգնեց դեմուդեմ, սեղանի մյուս կողմում:

— Ասեց եք խնդրեմ, — ասաց նա երերուն ձայնով, — դուք ո՞վ եք, որ մեր գործերին խառնվում եք, հը՞ը, ո՞վ եք: Դուք ի՞նչ իրավունքով եք Անտոնինա Իվանովնայի միջոցով ինձ խնդրում այս անել, այն անել մշակների համար, ըըը՞: Չլինի՞ կարծում եք, թե ես էլ ձեր սիրած մարդասերներից կամ դեմոկրատներից եմ: Ո՛չ, ես ատելով ատում եմ բոլոր բարեգործներին, ես ոչինչ, ոչինչ չեմ ուզում անել բանվորների համար և չեմ անի: Ես իմ քեֆի մարդ եմ, ուզածս եմ անում: Կամենաք հենց վաղը կհրամայեմ քանդել Սմբատի շինել տված տները և մշակներին կթողնեմ բաց օդի տակ: Այո՛, կանեմ... Կամենաք ձեր տունն էլ քանդել կտամ, այդ բոլոր հանքերն էլ կրակ կգցեմ: Ինձ համար փոշի գին չունի մարդկանց կարծիք...,. Ի՞նչ իրավունքով եք ինձ խորհուրդներ տալիս...

— Սպասեցե՛ք, պարոն Ալիմյան, ես երբեք...

— Մի՛ կեղծեք, աստված սիրեք: Դուք Անտոնինա Իվանովնայի հետ խոսել եք: Կարելի է դուք այն էլ ասեք, թե ինձանից չե՞ք փախչում կամ Սմբատին չե՞ք սիրում: Էէ՛, ամաչո՞ւմ եք... Իսկ ես ոչինչից չեմ ամաչում, բոլորը կասեմ... Լսեցե՛ք... Դուք կամեցաք, որ ես ստորանամ — ստորացա, կամեցաք՝ արժանանամ ընկերներիս արհամարհանքին — արժանացա, փախչեմ հասարակությունից՝ փախա: Այժմ ուզում եք, որ ձեր գործակատա՞րը դառնամ: Ներեցե՛ք, չեմ կարող...

Շուշանիկը չգիտեր ինչպես պատասխանի այդ անկապ խոսքերին: Նա ուզում էր խոսել, բայց գրգռված Միքայելը չէր թույլ տալիս նրան բերանն անգամ բանալու:

— Ո՞վ եք դուք, ո՞վ է ձեր հորեղբայրը, ձեր բոլոր ընտանիքը կամ հենց ամբողջ հասարակությունն ինձ համար: -Ոչնչություն, քամի, այ, իմ նավթահորերի գազը... Ես արհամարհում եմ մարդկանց կարծիքները: Ես Միքայել Ալիմյանն եմ, հարուստ, ինքնագլուխ իշխան: Քեֆս կտա, կօգնեմ մարդկանց, չի տա — կջարդեմ ոտնատակ կանեմ: Ես ատելով ատում եմ բոլոր կանանց... Հա՜-հա՜-հա՜. «որքա՜ն զանազանություն կա ձեր և ձեր եղբոր մեջ»: Իմ և Սմբատի մեջ: Այո՜, կա: Նա խելոք է՝ես հիմար, նա կրթված է՝ ես անկիրթ, նա բարոյական մարդ է՝ ես անբարոյական: Հետո, ինչ եք ուզում դրանով ասել: Բայց... բայց ես էլի ձեզ արհամարհում եմ... Հա՜-հա՜-հա՜, կոտր ընկած մի վաճառականի աղջիկ, ժամանակակից օրիորդ, գեղեցկուհի, համեստ, հրեշտակի պես հեզ, ինտելիգենտ իդեալներ երազող, հա՜-հա՜-հա՜...

Նրա ծիծաղն անբնական էր, նույնիսկ երկյուղալի Շուշանիկի համար: Նա, կարծես, զառանցում էր, չգիտեր իր ասածների միտքը: Շունչը հետզհետե սպառվում էր, մերթ նստում էր, մերթ վեր կենում, անգամ ձեռն ուժգին զարկելով սեղանին:

Նա շարունակեց նույն ուղղությամբ, նույն անկապ խոսքերով, օ՜օ, նա գիտե, այժմ Շուշանիկը ինչ է մտածում: Թող այնքան հիմար չհամարի Միքայել Ալիմյանին: Ո՞ւմ չի հայտնի, որ անվարձ կանայք այն տղամարդկանց են սիրում, որոնք «խորհրդավոր» են կամ դժբախտ, կամ քիչ են խոսում, կամ խելոք են ձևանում: Բայց բոլոր տղամարդիկ միմյանց նման են, եթե լավ ճանաչես: Ինքը՝ Միքայել Ալիմյանը կարող է վատ էլ լինել, լավ էլ, չար էլ, բարի էլ, վախկոտ էլ, քաջ էլ: Բոլորը կախված է հանգամանքներից: Նա րոպեի մարդ է, շատ անգամ մի բան մտածում է, անում է հակառակը:

— Հենց այն օրն էլ այդպես էի, հիշո՞ւմ եք այն օրը: Իհարկե, չեք մոռանալ: Բայց ես... ես իսկույն մոռանում եմ վիրավորանքը: Գիտեք, ես փչացած եմ, ընկած, զզվելի, ինչ կամենաք, բայց այստեղ, ա՛յ, այս կրծքի տակ զգացմունք կա, հասկանո՞ւմ եք: Ես ընդունակ եմ մի ժամում ձեզ և՛ ստորացնել և՛ բարձրացնել, և՛ տապալել, և՛ ձեր ոտների տակ տապալվել: Հասկացե՛ք այս բանը, ճանաչեցե՛ք ինձ, վերջապես: Հայրս ինձ զիժ էր համարում, բայց տեսա՜ք ես քանի՜-քանի՜ վիրավորանքներ ստացա և ինձ զսպեցի: Ես օրինավոր մարդ չեմ, էհ՜, շատ հարկավո՞ր ս է: Բայց, համբերեցե՛ք, մի օր ինձ համար... Ուզում էի գրազ գալ, որ դուք ինձ հաղթել չեք կարող... դուք բարոյական, ես անբարոյական...

— Ես ձեզ հետ մրցելու ո՛չ ուժ ունիմ, ո՛չ ցանկություն:

— Դուք ինձ զզվանք եք ցույց տալիս:

— Իմ զզվանքը ձեզ համար չի կարող նշանակություն ունենալ: Դուք հարուստ եք, ես աղքատ...

— Ես ձեզ խնդրում եմ հարստության և աղքատության մասին չխոսել...

— Ինչպե՞ս չխոսել, քանի որ ինքներդ մի քիչ առաջ պարծեցաք, թե հարուստ եք, ամեն բան կարող եք անել: Բա՛ց արեք դռները...

— Ես ձեզ այդ ասացի՞... Ի՞նչ է նշանակում... Ես ոչինչ չասացի, բայց կարելի է, ո՞վ գիտե... Ես այնքան զրզոված եմ, որ չգիտեմ ինչ եմ խոսում:

— Այդ երևում է: Բաց արեք դռները: Տանն ինձ սպասում է կոտր ընկած վաճառականը, անդամալույծ հայրս:

Այս խոսքերը բոլորովին զինաթափ արին Միքայելին:

— Օրիորդ, — արտասանեց նա, այժմ ինքն իր դեմ բարկանալով, — ես չգիտեի, որ ձեզ կարող է վիրավորել ամեն մի խոսք... Ներեցեք, ես ամեն մի բառ չեմ կարող մի ժամ մտածելուց հետո ասել... բերանիցս թռավ: Իսկ եթե կամենում եք ճշմարտությունն իմանալ, լսեցե՛ք. հարստությունը շատ մարդկանց է փչացնում... Երևի, այժմ կհավատաք...

— Մի՞թե, — արտասանեց Շուշանիկն աներկյուղ հեգնությամբ, — ինչո՞ւ բոլորին չի փչացնում ...

— Գիտեմ, իմ եղբոր մասին եք խոսում... Բայց դեռ վաղ է, սպասեցե՛ք, ո՞վ գիտե, ինչ կպատահի... նա դեռ նոր է փողի համն առնում... Իսկ ես արդեն զզվել եմ...

Քանի գնում՝ այդ մարդն անհասկանալի էր դառնում: Մերթ հանկարծ կատաղում էր ու ձայնը բարձրացնում, մերթ շփոթվում ու բառերը շփոթում: Եվ Շուշանիկը չգիտեր նրա ո՞ր խոսքին կամ տոնին հավատա, որին՝ ո՛չ: Միևնույն ժամանակ, այժմ նա ակամա հետաքրքրվում էր հենց նրա անհասկանալիությամբ: Մի՞թե բոլորը, ինչ որ ասում է, կեղծ է: Կոմեդիա: Վերջապես, ի՞նչն է ստիպում այդ մարդուն խոսել այդպես: Մի փչացած մարդ, առանց խորին պատճառի այդպես չի բորբոքվիլ: Ի՞նչ է նշանակում այդ: Վիրավորված ինքնասիրությո՞ւն, սե՞ր, կի՞րք, ատելությո՞ւն, թե՞ զղջում: Կարծես, բոլորն էլ խառնվել են միմյանց: Նրա դեմքն անգամ անհասկանալի է դարձել, մերթ թվում է տգեղ ու հիրող, մերթ գեղեցիկ: Իսկ այդ սպին նրա ճակատի վրա, խայտառակության այդ անջնջելի դրոշմը, կարծես, այլևս զարշ տպավորության չի անում...

Բայց այդ ի՞նչ է: Այն մարդը, որ կատաղի արտահայտում էր սրտի թույնը, այժմ բոլորովին անհասկանալի դարձավ: Թուլացած, ընկճված նստեց աթոռի վրա, նայեց մոլոր հայացքով Շուշանիկի երեսին, դրեց գլուխը սեղանի ծայրին և հեկեկում է: Այո՛, հեկեկում է, ինչպես երեխա: Այդ արդեն կոմեդիա չէ, մարդ չի կարող արհեստական կերպով այդպես արտասվել: Բայց արտասուք և Միքայել Ալիմյան — ի՛նչ հակադրություններ:

Բռները հենած աթոռի մեջքին, աչքերը լայն բաց արած Շուշանիկն ապշած նայում էր: Եվ այն, ինչ որ տեսնում էր, թվում էր նրան երազ այնքան անբնական էր նրա աչքում:

Միքայելն արագությամբ ոտքի կանգնեց, աչքերը սրբեց: Նա բաց արավ դռները և ասաց.

— Գնացե՛ք, այսուհետև ձեզ հանգիստ կթողնեմ, գնացեք... Բայց

մոռացեք բոլոր ասածներս... Հենց այնպես, հիմար էի, անքնությունից էր, հիվանդ եմ...

Եվ դարձյալ մոտենալով սեղանին, ընկղմվեց աթոռի վրա:

— Տեր աստված, — դիմավորեց Շուշանիկին Անտոնինա Իվանովնան, կառքից ցած գալով, — այսօր դուք կատարելապես հիվանդ եք: Գնանք ձեր տուն, ես ուզում եմ ձերոնց հետ ծանոթանալ: Տվե՛ք ինձ ձեր թևը...

— Իմ թևը մի՛ առնեք, արժանի չէ, — ասաց Շուշանիկը, ձեռը ցնցողաբար խլելով տիկնոջից:

Անտոնինա Իվանովնան նայեց նրա երեսին զարմացած և հետո ներքևի շուրթը սեղմեց ատամներով, գլուխը խորհրդավոր շարժելով: Նա բոլորովին սխալ հասկացավ օրիորդի հոգեկան դրությունը, սխալ և վիրավորական...

II

Անցավ երկու-երեք շաբաթ: Քաղաքում կյանքը շարունակվում էր նույն ուղղությամբ: Տիկին Մարթան գրեթե ամեն օր գալիս էր և մորը լարում հարսի դեմ: Ոսկեհատը ստեպ-ստեպ ընդհարվում էր Անտոնինա Իվանովնայի հետ: Ընդհարման առիթները շատ էին, բայց մշտականը երեխաներն էին: Մայրն աշխատում էր նրանց հեռու պահել ընտանիքի վատ ազդեցությունից, տատը ձգտում էր տիրանալ նրանց: Այստեղից առաջանում էին ընտանեկան անընդհատ փոթորիկներ, որոնց դեմ Սմբատը միանգամայն իրեն անզոր էր զգում: Մերթ մորն էր հանդիմանում, մերթ կնոջը: Երկու կողմն էլ պաշտպանում էին իրենց իրավունքները եռանդով:

— Նա մեզ բոլորիս ատում է, ուռած ու փքված է, — ասում էր այրին, — վիզիտներ չի անում, երեխաներին տանը փակած է պահում, ոչ ոքի մոտ չի թողնում գնան: Մոտս մի բարեկամ կին գալիս, առաջը չի դուրս գալիս, մի բաժակ թեյ չի առաջարկում: Ինձ ծաղրում են ազգականներս... Ես ապրուստ չունեմ, որդի, դու էլ չունես, ձեռ քաշիր այդ կնոջից:

Անտոնինա Իվանովնան բացատրում էր իրողությունն այլ կերպ: Նա ոչ ոքի չի ատում. չի արհամարհում, պատրաստ է բոլորի հետ հաշտվել, բայց թող նրանից անկարելին չպահանջեն: Նա ունի իր հայացքները, ճաշակը, ինքնասիրությունը: Չի կարող ժամերով նստել այս ու այն անկիրթ ազգականուհու հետ, լսել նրա բամբասանքները, ինքն էլ բամբասել: Նա չգիտե նրանց հետ վարվելու, մինչև անգամ խոսելու ձևը: Նա չի ուզում իր սիրտը բացատրել այդ կանանց, որոնք ուժով ներմուծում են նրա հոգեկան աշխարհը, կամենում են իմանալ՝ ո՛ր ժամին է քնում, որ ժամին զարթնում, ինչ է մտածում, ո՛ւմ սիրում, ի՛նչ ասում: Պահանջում են, որ նա այցելի աննպատակ, շռայլ ընտանեկան երեկույթներն ու ճաշերը, հագնվի այնպես, ինչպես ուրիշները, սիրե այն կերակուրները, որ սիրում են ազգականուհիները, չարախոսի նրանց թշնամիներին, կեղծավորի բարեկամներին, նույնիսկ թուղթ խաղա...

— Ես ինձ վերստեղծել չեմ կարող, թեկուզ կամենամ էլ: Իմ և այդ կանանց մեջ ահագին անդունդ կա, չեմ ուզում և չեմ կարող կեղծիքով լցնել այդ անդունդը: Եվ ոչ էլ ձեր մայրն է կարող: Ուրեմն ինչու միմյանց խաբենք...

Սմբատը փախչում էր տնից՝ այս զանգատներից ազատվելու համար: Առավոտն իջնում էր գրասենյակ, կարգադրում էր անհրաժեշտ գործերը և անհայտանում: Ոչ ոքի չէր հաղորդում սրտի դառնությունները և անվայել էր համարում հաղորդելը: Ո՞վ կհասկանա նրա կյանքի ամբողջ դրաման՝ իր բոլոր նրբություններով: Միայն նա, ով համանման վիճակի մեջ է: Իսկ այսպիսի մի երկրորդը դեռ չկա ամբողջ քաղաքում: Ուրիշ տեղերում շատ կան, բայց այստեղ միակն է, թող միայն ինքն իմանա իր ցավերը:

Արշակը Զինաիդային գտնելու հույսը թողել էր և, Ալեքսեյ Իվանովիչի շնորհիվ, գտել Էլմիրային: Դա մի նորեկ կոկետուհի էր — մայրաքաղաքի հաճույքների դպրոցն անցած մի գեղեցկուհի: Մի արկածախնդիր, որ եկել էր «ոսկե քաղաքում» բախտ որոնելու: Տենչվելով նոր սիրուհու հետ գիշերները, ցերեկները Արշակը թափառում էր հյուրանոցից հյուրանոց և ամենուրեք որոնում նորանոր զվարճություններ: Ալեքսեյ Իվանովիչի պաշարն անսպառ էր. ամեն օր իր աշակերտի համար պարզվում էր աշխարհային մի որևէ նոր գաղտնիք, ծանոթացնելով նրան «կյանքը սիրողների» ամենանուրբ և ամենահուզիչ հաճույքների հետ: Այժմ պատանին փողի պակասություն չուներ: Սմբատը տալիս էր առատ, մասամբ մոր անվերջ թախանձանքներից ու արցունքներից հարկադրված, մասամբ իր գլուխն ազատելու համար:

Իհարկե Մարութխանյանը դադարել էր Ալիմյաններին այցելել, չէ որ Միքայելը նրան «անամոթաբար» վռնդեց իր տնից: Նա այլևս այդ ընտանիքի հետ ոչինչ կապ չունի, բայց սպասիր «անպատկառ մանուկ», մի օր Մարութխանյանը ցույց կտա քեզ իր ատեղները:

Ամեն երեկո նա իր կաբինետում համարակալի վրա զանազան հաշիվներ էր անում: Հանում էր երկաթե սնդուկից ինչ-որ թղթեր, նայում ստորագրությանը, կարդում, հրճվում և հետո ծալում խնամքով ու դնում նորից իրենց տեղը, կրկնելով.

«Հիմա ը տղա...»:

Երբեմն կնոջից տեղեկություններ էր հարցնում Ալիմյանների ընտանեկան գործերի մասին (առնտրականը նրանցից լավ գիտեր): Հետաքրքրվում էր եղբայրների հարաբերություններով, մասնավորապես հարցնում էր Միքայելի մասին. ինչո՞ւ քաղաք չի գալիս, մի՞թե հանքային գործերն են նրան այդչափ զբաղեցնում:

— Մեջտեղ անպատճառ մի և կլինի, — ասում էր խորհրդավոր: Նա

մի առանձին հաճույքով վերագրում էր Միքայելին ամենազարշ հատկանիշներ, ամենաստոր միտումներ: Մի օր Մարթան հաղորդեց, թե Անտոնինա Իվանովնան տեղափոխվում է հանքերը: Իսահակը, կանաչ-դեղնագույն աչքերն ակնոցների տակից սևեռելով կնոջ երեսին, ասաց.

— Չե՞ս տեսնում, որ մեջտեղը մի և կա:

Նա կարծում էր, որ իր կինը, չափից դուրս ատելով Անտոնինա Իվանովնային, չի խղճահարվիլ մի ամենակեղտոտ ակնարկ ընդունելու եղբոր կնոջ վերաբերմամբ: Բայց Մարթան վրդովվեց մինչև հոգու խորքն ամուսնու ակնարկից և բորբոքված գոչեց.

— Չհամարձակվե՛ս, իմ եղբայրը քեզ պես մարդ չէ՛...

— Ես ոչինչ չասացի... Ես միայն ուզում եմ, որ եղբայրդ ամուսնանա:

Եվ այդ օրից նա նույնը կրկնում էր ամեն օր, ստիպելով Մարթային, որ համոզի Միքայելին ամուսնանալ: Մի անգամ, վերջապես, կինը զարմացած հարցրեց.

— Չեմ հասկանում, ինչո՞ւ ես դու այդպես հոգս անում նրա ամուսնանալու մասին...

— Հաշիվներ ունեմ...

— Ի՞նչ հաշիվներ:

— Է՛հ մի օր կիմանաս էլի, դեռ վաղ է...

Այնինչ, Միքայելը ոչ միայն ամուսնանալու տրամադրության չուներ, այլև կյանքի սերը, կարծես, օր-օրի վրա թուլանում էր նրա մեջ: Նա գործերը ամբողջովին հանձնել էր Դավիթ Զարգարյանին, որից հաշիվ անգամ չէր ուզում ընդունել: Նա ոչ միայն քաղաք չէր գնում, շատ անգամ տնից էլ դուրս չէր գալիս:

«Ինչո՞ւ, ի՞նչ պատահեց այս մարդուն» հարցնում էր մտքում Դավիթը և պատասխանը փորձում էր կարդալ Միքայելի դեմքի վրա: Ա՜խ, նա կույր չէր և ոչ հիմար. վաղուց արդեն զգում էր, որ Միքայելը հետամուտ է Շուշանիկին, որ օրիորդը ոչ միայն չի քաջալերում նրան, այլև փախչում է նրանից: Նա մտքում գովում էր իր եղբոր աղջկա հպարտությունը, բայց միևնույն ժամանակ, վախենում էր: Միքայելը կանանց վերաբերմամբ անզուսպ է, կարող է խիստ միջոցների դիմել՝ մի աղքատ աղջկա անտարբերությունը պատժելու համար: Ի՜նչ ստորության ընդունակ չէ մի բարոյապես ընկած մարդ, մանավանդ, երբ ձեռքում ունի փողի պես ամենազոր միջոց: Օ՜օ, ո՛չ, ո՛չ, թող միայն համարձակվի այդ մարդը, Դավիթը կյանքը չի խնայիլ՝ Շուշանիկի պատիվը պաշտպանելու համար: Բայց գլխավորն այս չէ, կա ավելի լուրջ բան: Բոլոր նշաններից երևում է, որ Շուշանիկը դեպի մյուս Ալիմյանը տածում է խուլ համակրություն: Ահա վտանգավորը, ահա ինչի առաջը պիտի առնել: Ճշմարիտ է, Սմբատն ազնիվ մարդ է, Շուշանիկը խելոք աղջիկ է, բայց ո՞վ կարող է երաշխավորել նրանց զգաստության մասին, եթե հանկարծ համակրությունը փոխվի փոխադարձ սիրո: Չէ՞ որ այդ հնարավոր է. ինչ անենք, որ Սմբատը հարուստ է, Շուշանիկն աղքատ, այս տեսակ դեպքեր քի՞չ են պատահել: Պետք է զգույշ լինել, հետևել նրանց...

Դավիթն ուրախացավ, երբ Սմբատը դադարեց այցելել հանքերը: Սակայն շուտով զգաց, որ այդ ավելի է ազդում Շուշանիկի վրա: Նկատում էր, որ օրիորդն օրեցօր թառամում է, մաշվում ու մռայլվում, դառնալով, միևնույն ժամանակ ներվային, դյուրագրգիռ, որպես թոքախտավոր:

Աննան ամեն օր ասում էր.

— Երեխաս մոմի պես հալվում է, աստված սիրես, Դավի՛թ, իմացիր նրա ցավը:

Մի գիշեր Աննան, անդամալույծին ջուր մատուցանելիս, լսեց մյուս սենյակից Շուշանիկի գոռոցը: Անցավ այնտեղ լամպը ձեռին, նայեց: Աղջիկը քնած էր և երազում խոսում էր: Աննան ցնցվեց, լսելով երազողի բերանից մի քանի անգամ Սմբատի անունը: Հետևյալ օրը նա տեսածը պատմեց Դավթին և կրկին թախանձեց նրան «իմանալ երեխայի ցավը»:

— Շուշան, — ասաց Դավիթը նույն օրը երեկոյան՝ ընթրիքից հետո. — գնանք սենյակդ, ուզում եմ քեզ հետ մի բանի մասին խոսել:

Շուշանիկը կամեցավ ծալել ձեռի գիրքը և վեր կենալ: Սարգիսը ընդդիմացավ:

— Չհամարձակվես, կարդա՛ մինչև քնելս...

Եվ մի ժամու չափ անդամալույծ եսամոլը տանջեց անձնվեր աղջկան, մինչև որ նիրհեց նրա քաղցրահնչյուն ձայնի օրորով:

Մտնելով օրիորդի սենյակը, Դավիթը մի հարատև, սուր ու թափանցող հայացք ձգեց նրա վրա: Եվ սկսելով հեռվից, շատ հեռվից զգուշաբար մոտեցավ էականին: Միրող հովանավորի իրավունքով հորդորում էր Շուշանիկին խելքի գալ, դառնալ առաջվանը: Նա դատ է փոխվել... Է՜է՛, մարդ ապահով չէ զանազան «ներելի և աններելի» զգացումներից երիտասարդ հասակում: Միայն Շուշանիկը չպիտի թույլ տա, որ ծնողները անիծեն այն օրը, երբ դրվեց իրենց նյութական ապահովության հիմքը, այսինքն երբ հանքերը տեղափոխվեցին: Սմբատ Ալիմյանը շատ արժանավոր մարդ է, ո՞վ է հակառակում, նրան կարելի է սիրել, բայց...

— Սպասի՛ր, — ընդհատեց Շուշանիկը, ցնցվելով, — ինչո՞ւ համար ես այդ ասում...

Դավիթը շարունակեց ավելի պարզ: Այո՛, Սմբատ Ալիմյանին կարելի է սիրել, բայց ամեն սեր պիտի որևէ արդարացուցիչ հիմք ունենա: Օօ, Շուշան, մի՛ ամաչիր. մի՛ կարմրիր, մի՛ ընդհատիր հորեղբորդ խոսքը: Նա գիտե, ինչ է խոսում: Ներիր, որ չի թաքցնում իր կասկածները: Երբ մեկին սիրում ես հարազատ հոր պես, պարտավոր ես նրա հետ, հարկը պահանջելիս, նույնիսկ խիստ վարվել: Լսի՛ր, Շուշան, լավ մտածիր, դու հասարակական կարծիքի հետ մաքառելու ուժ չունիս, իսկ հասարակական կարծիքը քեզ կհալածի: Ոչ ոք չի ասիլ, թե դու մի խեղճ, աղքատ մարդու աղջիկ, սիրում ես Սմբատ Ալիմյանին և ոչ նրա հարստությանը: Օ՜, ո՛չ, մարդիկ այդպիսի դեպքերում միշտ տրամադիր են մտածելու ամենավատը, ամենազարշելին. այս արդեն նրանց հատկանիշն է...

Շուշանիկը կատարելապես տանջվում էր: Օ՜, նա չի ուզում այդքան հոգացողության հորեղբոր կողմից: Թողեք նրան իր գաղտնի վշտերի հետ, մի՛ խառնվեք նրա հոգեկան գործերին: Տեր աստված, այս ի՞նչ փորձանք է, ինչո՞ւ է այդ մարդն այդչափ հավատիացած խոսում նրա սիրո մասին: Նա երբեք ոչնչով չի արտահայտել Սմբատին որևէ զգացում, մինչև անգամ մտերմական խոսակցություն չի ունեցել նրա հետ: Ինչի՞ց է եզրակացնում, թե սիրում է նրան:

— Կա լռություն, որ խոսքերից պերճախոս է: Շուշան, մի՛ խաբիր ինձ և քեզ: Դու այդ մարդով հափշտակված ես, վաղուց գիտեմ, դու գիշեր-ցերեկ նրա մասին ես մտածում, ինձ համար պարզ է, ինչպես այդ լամպի լույսը: Ինչո՞ւ հեռու գնանք: Այսօր պատահաբար բաց եմ անում քո կարդացած գրքերից մեկը... Ահա, սպասիր, կարծեմ հենց այստեղ է...

Նա բարձրացավ տեղից և սեղանի վրայից վերցրեց մի հաստ դիրք, որ Դիկկենսի վեպերից մեկն էր, թերթեց...

— Նայիր, — շարունակեց, գիրքը դնելով օրիորդի առջև, — դու ընդգծել ես այս տողերը: Նայիր մյուս երեսը, այդ ո՞ւմ անունն է գրված լուսանցքների վրա մատիտով: Այս արդեն բավական պարզում է քո տրամադրությունն առանց քո կամքի: Բայց մտածի՛ր, Շուշան, ի՞նչ հետևանք կարող է ունենալ մի սեր՝ ազատ աղջկա և ամուսնացած տղամարդի մեջ: Դու կդժբախտանաս, իսկ ես այդ չեմ ուզում: Դու խելոք ես, զարգացած, լավ սիրտ ունիս... Պարծենալով կարող եմ ասել, որ դու իմ աշակերտուհին ես...

Յոթ տարի աշխատել է նրանից պատրաստել մի օրինակելի աղջիկ: Առաջին հոգսն է եղել սովորեցնել համբերությամբ տանելու կյանքի տառապանքները: Ջգտել է ներշնչել նրան սեր դեպի մերձավորները, հեզություն, սովորեցրել է սիրել կյանքն իր ամենամռայլ գույներով անգամ: Եվ համոզված էր, որ նա, վերջապես, հասել է նպատակին: Այժմ մի՞թե Շուշանիկը թույլ կտա նրան կարծելու, թե այդ համեստ կերպարանքի տակ թաքնված են հանդուգն ձգտումներ:

Նա կանգ առավ: Նրա նիհար ու երկայն մատները ցնցողաբար թերթում էին գիրքը: Կաղաժամ թառամած դեմքի վրա հայտնվեց մի նոր, տակավին Շուշանիկին անծանոթ մռայլ գիծ: Ներվային արագ շարժումով դեն շպրտեց գիրքը, կոր մեջքն ուղղեց և երերվող ձայնով շարունակեց: Թող չկարծի Շուշանիկը, թե նրա հորեղբայրը դեմ է առհասարակ սիրո զգացմանը: Ո՛չ, նա էլ քիչ թե շատ հասկանում է ու զգում: Նրա սիրտը մարմնի պես չոր չէ: Երբեմն այդ սիրտը բաբախել է: Եվ եթե այսօր այսպես նա ընկճված է, պատճառը հենց սերն է... դժբախտ սերը: Նա մի խեղճ վարժապետ էր Թիֆլիսում, դաս էր տալիս մի հարուստ վաճառականի երեխաներին: Դա մի կոպիտ բռնակալ էր ընտանեկան կյանքում: Առաջին կնոջը թաղելուց մի տարի անցած ամուսնացել էր մի թարմ օրիորդի հետ, որի ծնողները շատ աղքատ էին: Դավիթը, հենց առաջին տեսնելուց, թույլ տվեց իրեն աններելի տկարություն: Տիկինն անտարբեր էր կամ գուցե այդպես էր ձևանում: Դավիթը հափշտակվեց, երևակայեց աններելի բաներ, հետո անգիտակցաբար նրա մեջ զարգացավ մի անհավասար սեր, գուցե ճիշտ այնպիսին, ինչպես ներկա դեպքում... Եվ դժբախտացավ:

— Շուշա՛ն, սիրելը լավ է, բայց երբ չեն սիրվում, այդ է վատը: Սմբատ Ալիմյանը քեզ սիրել չի կարող, որովհետև նրա սիրտը պատկանում է իր զավակներին: Նա ազնիվ մարդ է, քեզ չի մոլորեցնիլ...

Այլևս Շուշանիկը չկարողացավ իրեն զսպել: Հորեղբոր խոսքերն արտահայտում էին այն, ինչ որ ինքը ևս զգում էր: Բողոքելով ձեռների բացասական շարժումներով, թույլ ճիչով ու ջղաձգական ցնցումներով, նա, միևնույն ժամանակ, չէր կարողանում հերքել իր սերը դեպի Սմբատ Ալիմյանը, որովհետև չգիտեր ստել ու կեղծել: Նրա կոկորդի երակները փքվեցին, կուրծքն ուռավ, բարձրացավ: Չդիմացավ բուռն զգացումներին, որ արձագանք էին տալիս հորեղբոր անսքող խոսքերին, թուլացավ, ընկղմվեց գահավորակի վրա: Գլուխը դրեց ասեղնագործ բարձիկին և հեկեկաց այնպես, որպես երբեք չէր հեկեկել:

Դավիթը խղճաց նրան, մոտեցավ, բռնեց ձեռներից: Ինչո՞ւ այդպես շուտ և այդպես անզգույշ դիպավ ամոթխած աղջկա սրտի նվիրական զգացմանը: Շուշանիկի հեկեկանքը փոխվեց հիստերիկայի: Այժմ նրա աչքերից արցունքներ չէին գալիս, չոր հեծկլտանքը խեղդում էր կոկորդը: Շրթունքները կապտել էին, այտերը կարմրել, աչքերն արյունով լցվել...

— Բավական է, բավական է, երեխա չես, — հանգստացնում էր Դավիթը,

Ներս մտավ տիկին Աննան: Մյուս սենյակում անքուն սպասել էր եղբոր բացատրության հետևանքն իմանալու: Գրկեց Շուշանիկի գլուխն ու արտասվեց: Միամի՛տ կին. նա կարծում էր, թե դստեր վշտի պատճառը Միքայել Ալիմյանն է...

Այդ օրից հետո Շուշանիկը լուսնոտի պես չէր շրջում սենյակից-սենյակ, չէր հառաչում այնքան տխուր ու ցածր: Աշխատում էր միայն չհանդիպել հորեղբորը ամոթից: Նա սկսեց դարձյալ պարապել տնային գործերով նախկին եռանդով: Ջգտում էր նորից գրավել հոր սիրտը, որ վերջին ժամանակ բավական սառել էր դեպի անձնվեր աղջիկը: Սակայն այդ արդեն այնքան էլ դյուրին չէր:

Օր չէր անցնում, որ Սարգիսը չանիծեր աղջկան: Նա կրկնում էր, թե Շուշանիկը խոսք է կապել մոր, հորեղբոր ու հորաքրոջ հետ՝ կամաց-կամաց սպանելու հարազատ հորը, ինչպես բոլորի, նույնպես և Շուշանիկի յուրաքանչյուր քայլին վերաբերվում էր կասկածով: Երբեմն հրաժարվում էր կերակուր ճաշակելուց, ասելով, թե դեղած է: Հայհոյում էր բոլորին ամենաանվայել հիշոցներով, հիշոցներ, որ խեղճ աղջկա ամոթխածությունը վիրավորում էին և ստիպում նրան, երեսը ծածկելով, փախչել դուրս:

Մի առավոտ Սարգիսը քնից զարթնեց կանուխ, բարձրաձայն գոռալով: Նա սոսկալի երազ էր տեսել: Իբր թե բակում, սիա այն երկու երկաթե ամբարների մեջտեղում, վառել էին մի մեծ խարույկ: Դավիթը կապկապել էր նրան և, տնեցիների օգնությամբ, տանում էր, որ ձգի նրան խարույկի վրա, այրի:

— Հեռացե՛ք աչքիցս, հեռացե՛ք, — գոչեց նա, ցույց տալով երկաթե ամբարները, որ կանգնում էին հուժկու ժայռերի պես:

Այդ օրից միշտ կրկնում էր նույնը, միշտ սոսկալով ցույց տալով գմբեթաձև նավթամբարները, որոնք հալածում էին նրան, որպես չար երազի մարմնացում: Վերջապես, նրա թախտը տեղափոխեցին: Այժմ այլևս չէր տեսնում սարսափի առարկան: Սակայն պարզ օրերին, իրիկնադեմին նրա դիմացի պատի վրա, նկատվում էր մի լայն ստվեր սուր ծայրով, հետո երկրորդը, և հանդարտ, դանդաղ սահում էին առաջ:

— Էլի եկան, անիծվածները, — գոռում էր Սարգիսը, գլուխը ծածկելով վերմակով:

Նա սարսափում էր նավթամբարների ստվերներից անգամ: Նա վախենում էր շոգու աղմուկից, մեքենաների դղրդյունից, շվիկների սուլոցներից, նավթի խշշյուններից:

— Դժոխք է, դժոխք, — գոչում էր նա, — այստեղ դևեր են ապրում...

Նայելով անդամալույծի պլշած աչքերին, Շուշանիկը նրանց մեջ պարզ տեսնում էր խելքի պղտորում: Նա վախեցած փախչում էր յուր սենյակը և այնտեղ աշխատում ընթերցանության մեջ խեղդել սոսկալի մտորումները: Բայց քայքայված հոգեկան հանգիստը չէր վերականգնվում, և նրա պայծառ ճակատի վրա վիշտը փորում էր վաղաժամ ակոսները:

Մի երեկո Դավիթը նրան կանչեց գրասենյակ և ասաց, թե քաղաքից Անտոնինա Իվանովնան ուզում է խոսել նրա հետ: Նա առավ տելեֆոնի փողը, դրեց ականջին:

— Այդ դո՞ւք եք, օրիորդ, — ճանաչեց նա տիկնոջ ձայնը:

— Ես եմ:

— Խնդրեմ վաղը գաք քաղաք ինձ մոտ, կարևոր գործ ունիմ:

— Չեմ կարող, տիկին, վախենում եմ հորս մենակ թողնել: Նա միայն ինձ տեսնելիս է հանգստանում:

— Աղաչում եմ, գոնե մի ժամով եկեք, եթե մի փոքր հարգում եք ինձ:

Ճար չկար, Շուշանիկն այլևս չկարողացավ մերժել:

Հետևյալ օրը նա առավոտը գնաց երկաթուղով քաղաք մի մեքենավարի օգնությամբ: Առաջին անգամ ոտ դնելով Ալիմյանների տունը, օրիորդը շփոթվեց, այլայլվեց: Նա վախենում էր հանդիպել Սմբատին և բարեբախտաբար չհանդիպեց:

— Սիրելի՛ս, — դիմավորեց նրան Անտոնինա Իվանովնան յուր բնակարանում, — շատ շնորհակալ եմ, որ եկաք: Ես կամենում եմ ձեզ հետ խոսել մի ձեռնարկության մասին:

Նա ասաց, թե Միքայելից իրավունք է ստացել մշակների համար բանալ մի գրադարան-ընթերցարան, նաև հիմնել իրիկնային կուրսեր անգրագետ չափահասների համար: Կուրսերի համար թույլտվություն պիտի ձեռք բերել, իսկ գրադարանի մասին պիտի հոգալ հենց այժմ: Գործը բավական մեծ է, իսկ ինքը մենակ, խնդրում է Շուշանիկին օգնել իրեն:

— Ուրախությամբ կօգնեմ, ինչով կարող եմ, — հանձն առավ Շուշանիկը:

— Ես արդեն կազմել եմ ռուսերեն գրքերի ու լրագրերի ցուցակը: Իսկ դուք կազմեցեք հայերեն գրքերինն ու լրագրերինը: Դուք, իհարկե, գիտեք, թե ի՞նչ գրքեր են հարմար հասարակ ամբոխի ընթերցանության համար: Կարո՞ղ եք:

—Կփորձեմ հորեղբորս օգնությամբ:

— Այո՛, շատ լավ, ձեր հորեղբայրը հասկացող մարդու է նման: Նա կարծեմ, ժողովրդական ուսուցիչ է եղել, չէ՞:

—Այո՛:

— Այդ շատ լավ է, շատ լավ: Նա կհասկանա ժողովրդի մտավոր և բարոյական պահանջները:

Նա առաջարկեց Շուշանիկին կակաո, շարունակ ոգևորված խոսելով յուր ձեռնարկության մասին: Թախանձեց օրիորդին մնալ ճաշին: Բայց Շուշանիկի հոգին ձգտում էր հանքերը, մերժեց և տիկնոջ աղախնի ուղեկցությամբ շտապեց երկաթուղու կայարանը:

Անտոնինա Իվանովնան շատ ուրախ էր, որ Շուշանիկը հանձն առավ յուր օգնականը լինելու: Նա հույսով էր, թե աղջիկը կդառնա յուր անկեղծ բարեկամուհին: Ախ, ի՜նչ համակրելի և խելոք դեմք ունի, երևում է, որ մտածող ու զարգացած աղջիկ է: Ի՜նչ անսպասելի գյուտ ասիական երկրում:

Նա այնքան ոգևորված էր, այնքան տրամադիր ներողամիտ և անհիշաչար լինելու, որ երեկոյան առաջին անգամ Սմբատին խոսք ավեց մյուս օրը գնալու նրա մի ազգականի տունը հյուր: Այդ ազգականը այրի Ոսկեհատի հորեղբոր որդին էր: Մի խոշոր վաճառական, որ Պարսկաստանի հետ բամբակի և գորգերի առևտուր ուներ: Ամեն տարի նա տալիս էր շքեղ տոնախմբություն յուր միակ աղջկա ծննդյան տարեդարձի պատվին:

Հետևյալ օրը երկու ժամին տիկինը Սմբատի հետ մտավ մի ընդարձակ հյուրասենյակ, որ կահավորված էր ամենայն շռայլությամբ: Այստեղ ամեն ինչ կար, բացի ճաշակից ու նրբությունից: Արդեն հավաքվել էին բավական թվով հյուրեր, և շարունակ գալիս էին նորերը: Սմբատը ներկայացրեց ամուսնուն բոլորին, որ մեծ մասամբ նրա ազգականներն ու ազգականուհիներն էին: Շուտով Անտոնինա Իվանովնան շրջապատվեց հետաքրքիր տիկինների ու օրիորդների մի խմբով: Սկսեցին կշտամբել իրանց «հարսին», որ ճգնավորի կյանք է վարում, ոչ մի տեղ չի երևում, «մարդու տեղ չի դնում» ազգականներին: Անտոնինա Իվանովնան պաշտպանվում էր, որքան կարող էր: Այս անծանոթ շրջանում, ուր խորին ասիական տարազների հետ խառնվել էին եվրոպական վերջին տարազի զգեստները, նա զգում էր իրան մի տեսակ քաոսի մեջ: Չգիտեր ինչ խոսեր, ինչպես պահեր իրեն, ինչով հետաքրքրեր իրան զբաղեցնողներին:

Փոքր առ փոքր շրջապատողները հեռացան: Նա մնաց մենակ: Նա այնքան նրբազգաց էր դարձել, որ իսկույն գուշակեց, թե կանայք խումբ-խումբ հավաքված, յուր մասին են խոսում: Տանտիրուհին, որ երեսուն տարեկան հասակումն էր միայն ասիական տարազը եվրոպականի փոխել, քննադատում էր նրա հագուստն իսկ և գտնում «շատ հասարակ»: Մյուսները արախոսում էին նրա տարիքի, հասակի, աչքերի ու մազերի գույնի մասին: Կային և պաշտպանողներ, բայց նրանց ձայները խլանում էին մեծամասնության կարծիքների մեջ:

— Քի՞չ աղջիկ մեր քաղաքում, մեր մեջ, — ասում էր մեկը:

— Սմբատն էր, է՜լի, իրեն անբախտացրեց, — ասում էր մյուսը:

— Ծնողներն են մեղավոր, ինչո՞ւ երեխա հասակում տարան գցեցին օտար երկիր:

— Ամեն բան մոռացավ, անուն, պատիվ, ազգ, հավատ... խայտառակեց իրեն էլ, մեզ էլ...

Անտոնինա Իվանովնան տխրում էր: Ահագին բազմության մեջ զգում էր իրան մենակ և օտար...

— Նայեցեք, — զանգատվեց նա Սմբատին, շշնջալով, — կարծես, ես վայրենի եմ դրանց մեջ: Տեսեք, ինչ խորթ աչքով են նայում: Բոլորի, բոլորի դեմքերն արտահայտում են կամ արհամարհանք, կամ ներողամտություն: Հավատացեք, ես ոչ ոքի չեմ մեղադրում, բայց ինչո՞ւ, ինչո՞ւ ինձանից պահանջում եք, որ այդ խորթությունը ես մարսեմ: Դրանք ինձ հետ երբեք չեն հաշտվիլ, ինչպե՞ս հաշտվեմ ես...

— Տգետ են, ներողամիտ եղեք:

— Գիտեմ, բայց չեմ կարողանում, ոչ, չեմ կարողանում... թույլ տվեք ինձ հեռանալ... շնորհավորեցի տոնը, բավական է, ճաշի մնալ չեմ կարող:

— Ես ձեզ ստիպելու իրավունք չունեմ...

Անտոնինա Իվանովնան ոչ մի թախանձանքի չզիջեց, հրաժեշտ տվեց: Դուրս գալով փողոց, նա կրծքի խորքից արձակեց երկարատն մի հառաչանք: Կարծես, սուղ ու ծանր մթնոլորտից ազատվեց:

Եվ իրավ, սուղ ու ծանր էր նրա համար խորթ շրջանի մթնոլորտը: Սուղ, ինչպես դրսում, նույնպես և տանը:

Հետևյալ օրը նա տելեֆոնով Միքայելին խնդրեց յուր համար

հանքերում պատրաստել բնակարան երկու կամ երեք սենյակից: Նա վճռեց տեղափոխվել երեխաների հետ հանքերը: Սմբատը չհակառակեց:

Միքայելը յուր բնակարանը դատարկեց, մաքրել և նորից կահավորել տվեց, իսկ ինքը տեղավախվեց նոր կառուցված կացարաններից մեկը:

Մի շաբաթ անցած Անտոնինա Իվանովնան երեխաների ու աղախնի հետ գնաց հանքերը:

Շուշանիկն ուրախացավ: Եվ այդ օրից նրա ու տիկնոջ մեջ առաջացավ բարեկամություն: Նրանք ամբողջ ժամերով խոսում էին ու խորհրդակցում տիկնոջ ձեռնարկությունների մասին: Քանդում էին, շինում, օգնում էին, աշխատում, մտածում, զգում ու ապրում: Երբեմն խոսում էին իրանց անձնականի մասին: Տիկինը սիրում էր պատմել յուր ուսանողական կյանքից (նա երեք տարի եղել էր Բեստուժյան կուրսերի հաճախորդ): Ախ, երանելի ժամանակներ, որ անցաք, գնացիք, ձեզ հետ տանելով ամենավառ հույսեր: Բայց փույթ չէ. Անտոնինան կաշխատի կորուստը վերադարձնել այժմ, այսուհետև:

Շուշանիկը լսում էր լուռ և ուշադիր: Հաճելի էր Անտոնինա Իվանովնային նրա հետաքրքրությունը: Թվում էր նրան, որ յուր զրույցներով ներգործում է մի դեռևս չկազմակերպված հոգու վրա և տալիս նրան յուր ցանկացած ուղղությունը:

Շուշանիկը հարգում էր նրա խելքը, կամքի ուժը, կրթությունը, զարգացումը, բայց մտերմանալ... ոչ... դեռ չէր կարողանում: Եվ ինչպե՞ս, ի՞նչ իրավունքով մտերմանալ: Երբեմն նա խղճում էր տիկնոջը, որ չի սիրվում ամուսնուց: Ինչո՞ւ արդյոք, կրթված մայր, առաքինի կին, ոչ տգեղ, ոչ հակակրելի, ոչ ծեր — մի՞թե կարող էր կյանքի ավելի լավ ընկերուհի ունենալ Սմբատ Ալիմյանը: Ա՜խ, չլինի թե այդ մարդու արտաքին շիտակության տակ թաքնված է վատ հոգի:

Մի օր անսպասելի ներս մտավ Սմբատը: Եկել էր երեխաներին քաղաք տանելու: Մյուս օրը ծաղկազարդ էր, Ոսկեհատը պահանջել էր, որ առավոտը թոռները եկեղեցի գնան:

Անտոնինա Իվանովնան չհակառակեց, թող տանեն, ո՛ր եկեղեցին ուզում են, միևնույնն է:

Տեսնելով կնոջ սեղանի վրա մի հայերեն ձեռնարկ, Սմբատը վերցրեց թերթեց, նայելով Շուշանիկին, և հասկացավ, որ օրիորդը դաս էր տալիս Անտոնինա Իվանովնային: Ոչինչ չասաց. միայն դառն հեգնության ժպիտն աղավաղեց նրա դեմքը:

Հետևյալ օրը երեխաներին հետ բերեց այն միջոցին, երբ դարձյալ Շուշանիկը տիկնոջ մոտ էր: Օրիորդը կամեցավ հեռանալ: Տիկինը չթողեց: Օրիորդն սկսեց խաղալ երեխաների հետ: Սմբատը գաղտնի դիտում էր նրան: Ա՜խ, որքա՜ն նրա հեզ կերպարանքը ներդաշնակում է այդ անմեղ զույգին: Ինչո՞ւ նա չէ նրանց մայրը, նա, որ արյունով ու հոգով մի է Սմբատի հետ:

Եվ այս մտածելով Սմբատը չէր կարողանում հայացքը հեռացնել Շուշանիկից: Նա ակամա հառաչեց, հիշելով քեռու խոսքը. «Ճիպոտդ քոլից պետք է կտրեիր»...

Վերջին ժամանակ նրա մեջ սկսել էր մի նոր հոգեկան փոփոխություն: Արդեն զգում էր, որ շարունակել ապրել այնպես, ինչպես ապրում է, անկարելի է, ամոթալի: Մի՞թե նա պիտի թույլ տա իրեն աստիճանաբար ընկնել ու ընկնել մինչև անդունդ: Կյանքի ուղին ոտների տակ դառնում է լպրծուն: Մոռանա՞լ հայրական կտակը — ոչ, մոր վշտերը — ոչ, եղբայրական պարտականությունները — ոչ, զավակների՞ն — մանավանդ ոչ: Պետք է ուրեմն կանգ առնել և լուրջ խորհել: Մի՞թե զտավ որևէ սփոփանք այս հյուրանոցային արբեցուցիչ մթնոլորտում: Այդ շռայլ սեղանները, անքուն գիշերները, ըմպելիքների սուր հոտը, բացի րոպեական թմրությունից, պարզեցի՞ն նրա հոգուն որոնած անդորրությունը: Իհարկե ոչ: Նրա վիշտն անսպառ լավա է. արհեստական պատնեշնե՞րը պիտի կապեն նրա հոսանքը: Հեռո՛ւ, տկարամտություն. նա չի ուզում վերջապես կործանվել մի սխալի պատճառով: Թող այս քաղաքում լինի նրա դրությունը բացառիկ, իսկ ուրիշ տեղերում քանի-քանի մարդիկ կան նրա նման: Ինչո՞ւ նրանք հաշտվել են իրանց սխալի հետ, եթե միայն զգում են այդպիսի մի սխալի հոգեբանական ծանրությունը: Նա, որ աշխատում էր յուր եղբայրներին բարոյական կորստից ազատել, ի՞նքը պիտի կորչի: Նա՞, որ ոչ Արշակի պես պատանի է, ոչ Միքայելի պես անզուսպ: Օ, ոչ, պետք է սթափվե...

Նա տեսնում էր, որ Միքայելը, որին անդառնալի կորած էր համարել հոգու խորքում, օրեցօր դառնում է լրջամիտ. երևս դարձնելով քաղաքային կյանքից, կարծես, խորասուզվել է ինքն յուր մեջ և այնտեղ մաքրվում յուր անցյալ կեղտերից: Ո՞վ է պատճառ այդ արմատական փոփոխության: Իհարկե, ոչ յուր խրատներն ու քարոզները, այլ ուրիշ, ավելի զորավոր բան: Եվ մի ներքին ձայն նրան ներշնչում էր՝ «Շուշանիկը»:

Իսկապես Սմբատը մի լուրջ փաստ չուներ, թե կա Միքայելի սրտում սիրո զգացում դեպի այդ աղջիկը, բայց դարձյալ համոզված էր, որ կա: Է՜է, թող լինի. կնշանակե այն, ինչ որ նրա մեջ ապականել են ուրիշ կանայք, դարմանում և առողջացնում է մի համեստ աղջկա հրապույրը: Հարկավ պիտի ուրախանալ, որ ախտավոր եղբայրը բարոյապես բուժվում է: Բայց ինչո՞ւ դարձյալ մի անմիտ նախանձի զգացում հանգիստ չի թողնում նրան: Միթե ներելի է նախանձել հարազատ եղբորը, միթե առհասարակ վայե՞լ է նախանձը կրթված մարդուն: Թող սիրեն միմյանց, եթե միայն սիրում են. նա պիտի ուրախանա, պարտավոր է ուրախանալ: Չէ՞ որ նրա համար ամեն ինչ վերջացած է, և մնում է միայն միշտ կրկնել յուր քեռու խորհրդավոր խոսքը.

— Ինչո՞ւ ճիպոտդ քոլից չկտրեցիր...

III

Սմբատ Ալիմյանը որքան ևս նախապաշարումներից ու սնահավատությունից զերծ լիներ, ուներ նախազգացումներ, որոնց կամա-ակամա հավատում էր: Երբ նրան հանկարծ տիրում էր տխրություն, գիտեր, որ իրեն սպասում է որևէ ուրախալի լուր: Ընդհակառակն, երբ զգում էր հոգեկան թեթևություն, գուշակում էր, որ իրեն սպառնում է որևէ անախորժ բան:

Այն օրը հանկարծ նրան պաշարեց ուրախություն: Նա երգում էր, շվացնում, մոռացած մշտական վիշտը: Նա խմեց մի բաժակ սուրճ, հանդիմանեց մորը, որ միշտ, ձեռները կրծքին դարսած, տխուր ու մռայլ, ուրիշներին էլ տխրեցնում է: Նույն տրամադրությամբ իջավ գրասենյակ: Այնտեղ արդեն բոլոր ծառայողները հավաքվել էին, իսկ յուր սենյակում սպասում էին մի քանի այցելուներ: Նա կարդադրեց սովորական գործերը. ճանապարհ դրեց այցելուներին, ուրախացավ, երբ լսեց, որ նավթի գինը կես կոպեկ փթին ավելացել է: Նա հաշվեց, որ եթե գործերն այսպես ընթանան, կարող է հորերի թիվը կրկնապատկել, երեք միլիոնը դարձնել տասը-տասնհինգ միլիոն: Զգաց փողի արժեքն ավելի, քան երբևէ զգացել էր, ամաչեց յուր նախկին «երևակայական գաղափարներից»: Նա նույն տրամադրությամբ կամեցավ դուրս գալ, մի քիչ զբոսնել: Հանկարծ ներս մտավ Իսահակ Մարութխանյանը, այն մարդը, որ երեքչորս ամիս էր՝ երես էր դարձրել Ալիմյաններից:

— Ներեցեք, Սմբատ Մարկիչ, — լուրջ ու հանդիսավոր եղանակով ասաց անսպասելի հյուրը, — ես ձեզ հետ մի շատ կարևոր գործ ունիմ:

— «Մի շատ կարևոր գործ, — ուրիշ կերպ էլ չէր կարող կարծել Սմբատը: Անկասկած շարժառիթը շատ մեծ է, որ այդ մարդուն դրդել է գալու: Իսահակը նայեց շուրջը, հավաստիանալու համար, արդյոք, երրորդ անձ ներկա չէ՞: Մոտեցավ միջին դռներին, հարցնելով.

— Կարելի՞ է փակել բանալիով:

— Բայց ինչո՞ւ:

— Անհրաժեշտ է:

Սմբատը ձեռքով նշան արավ նրան նստելու: Ինքն էլ նստեց:

— Գիտե՞ք ինչ, Սմբատ Մարկիչ, — սկսեց հյուրը, ձեռնոցները հանելով, — դուք պետք է սառնասիրտ լինեք, համբերությամբ լսեք ինձ:

Որքան նա ինքը սառն լիներ, այնուամենայնիվ բարակ ու պաղ ձայնի մեջ զգացվում էր ինչ-որ անսովոր հուզում:

— Ի՞նչ եք կամենում, կարճ ասացեք, — գոչեց Սմբատը անհամբեր:

— Դուք գիտեք, որ Իսահակ Մարութխանյանը երկար խոսել չի սիրում: Եկել եմ իմանալու, ձեր եղբայրը Միխայիլ Մարկիչը ե՞րբ պիտի վճարի իմ փողերը:

— Ձեր փողե՞րը...

— Իմ հալալ փողերը: Հերիք է, որքան սպասեցի: Ասենք, մի բան

չեմ կորցնում, տոկոսներն ավելանում են, բայց վերջապես, ե՞րբ պետք է տա պարտքը...

— Ի՞նչ պարտք, չեմ հասկանում:

— Չե՞ք հասկանամ, — զարմացավ Իսահակն այնքան ճարպիկ, որ դժվար էր կեղծիքը զգալ, — միթե ձեզ չի՞ էլ ասել, զարմանալի է, շատ զարմանալի, մարդ մոտ կես միլիոն պարտք ունենա և հարազատ եղբորից թաքցնի՞, այն էլ մեծ եղբորից: Իմ արևը, Միխայիլ Մարկիչը շատ բախտավոր մարդ է... Իսկ ես, խեղճ, երբ մի քանի ռուբլի պարտք եմ ունենում, գիշերները քունս չի տանում:

Կես միլիո՛ն... Սմբատը նայեց հյուրի կանաչ-դեղնագույն աչքերին, որ ակնոցների տակից ժպտում էին անզսպելի չարախնդությամբ, արդյոք այդ մարդը չի՞ խելագարվել: Բայց խելագարության ոչ մի նշույլ. ընդհակառակը, երբեք Մարութխանյանի դեմքն այնքան խորամանկ չէր թվացել Սմբատին, որքան աշժմ:

— Կես միլիո՛ն, — կրկնեց Սմբատը, — գիտեք, մենք միմյանց հետ հանաք չենք կարող անել այն օրից հետո, երբ դուք...

— Աստված հեռու տանի, — ընդհատեց հյուրը, — ես իսկի հանաք չեմ անում: Միխաշիլ Մարկիչ Ալիմովը մասնավոր պարտաթղթերով ինձ, Իսահակ Սեմյոնովիչ Մարութխանովին, պարտական է երեք հարյուր քսան հազար ռուբլի: Տոկոսներն էլ վրեն գանք, կանի մոտ կես միլիոն կամ մի բան էլ ավելի: — Ես հենց մտքումս ասում էի, Սմբատ Մարկիչը չի հավատալ խոսքիս, կզարմանա: Անունս վատ է դուրս եկել ձեզ մոտ, գիտեմ: Բայց խնդրեմ այս երեկո շնորհ բերեք չային մեր տուն, ցույց կտամ պարտաթղթերը:

— Երևի, էլի այնպիսի մի թուղթ, ինչպես ձեր խարդախած կոնտրակտակը...

— Սմբատ Մարկիչ, այդ ձեր եղբոր գործն էր: Բայց այս երեկո, հենց այս երեկո, կտեսնեք ձեր աչքով: Միխայիլ Մարկիչին էլ բերեք — եթե ինքը յուր բերանով չխոստովանի, այն ժամանակ թեկուզ երեսիս թքեցեք: Սպասե՞մ այս երեկո:

— Բավական է, ես ժամանակ չունեմ կոմեդիա խաղալու...

Այս ասելով՝ Սմբատը ոտքի կանգնեց: Մարութխանյանը ձեռնոցը հանդարտ ձգեց գլխարկի մեջ, որ դրած էր սեղանի վրա, հանեց ծոցի գրպանից մի ծրար, դուրս բերեց այնտեղից մի քառածալ հաստ թուղթ: Բաց արավ թուղթը, պահեց Սմբատի առջև՝ ասելով.

— Կարդացե՛ք...

Սմբատը կարդաց. զննեց եղբոր ստորագրությունը: Այս մեկ թղթով պարտքի գումարը երեսուն հազար էր առանց տոկոսների:

Նա որոնեց գրասեղանի դարանները, գտավ Միքայելի հին մուրհակներից մեկը, համեմատեց ստորագրությունը և ակամա արտասանեց.

— Այո՛, կարծես Միքայելի ձեռն է:

— Կարծելու բան չկա, հաստատ է, — ասաց Մարութխանյանը թուղթը հետ առնելով հանդարտ և դնելով ծոցի գրպանը:

— Բայց կեղծած է, — ավելացրեց Սմբատը, — Միքայելը ձեզ ոչինչ պարտ չէ:

— Է՛հ, որ այդպես է, ուրեմն դատարանը ցույց կտա: Ուզո՞ւմ եք իմանալ, թե ինչպես են գոյացել այս պարտքերը:

— Պատմեցե՛ք, — ասաց Սմբատը, նստելով և թիկն տալով բազկաթոռին: —Սուտ պատմվածքն էլ ունի իր որոշ գեղեցկությունը:

— Սրանից վեց տարի առաջ Միքայելը հափշտակվում է մի ծովային սպայի գեղեցկուհի կնոջով: Այդ կինը զցում է նրան յուր ցանցերի մեջ: Միքայելն սկսում է պարտքեր անել գեղեցկուհուն հազցնելու համար: Դիմում է Մարութխանյանին: Ուրիշ «ո՞ր հիմարը» նրան պիտի հավատար այդքան փող: Գեղեցկուհին խոստանում է Միքայելին փախչել նրա հետ արտասահման: Մարութխանյանը նրանց տալիս է ճանապարհածախս և երկու տարվա ապրուստի փող: Այս բոլոր պարտքերը տալիս է, Մարկոս աղայի մահից հետո ստանալու պայմանով: Ի՛նչ անպիտանություն որդու կողմից, այնպես չէ՞: Գեղեցկուհին խաբում է Միքայելին, փողերն առնում ձեռքից ու... մի ուրիշի հետ փախչում Ֆինլանդիա: Այս մեկ... Հետո, մի տարի անցած, ասպարեզ է գալիս ուրիշ գեղեցկուհի — մի ինչ-որ կոմիսիոների կին: Դա նույնպես բավական «քամում է խելոքի գրպանը»: Իսկ խելոքը միշտ դիմում է փեսային: Տե՛ր աստված, այժմ էլ Իսահակը հիշում է, թե ինչպես էր աղաչում Միքայելը, ինչպես էր լալիս: Այնուհետև մեռնում է Մարկոս աղան, Միքայելը ձեռ չի քաշում փեսայից և հին պարտքերը տալու տեղ, նոր պարտքեր է անում... Ահա ամբողջ պատմությունը երեք հարյուր քսան հազար ռուբլու...

— Բավական է, — գոչեց Սմբատը, հուզված ոտքի կանգնելով, — դուք երևելի դարվիշ եք, ձեր ֆանտազիան խիստ հարուստ է: Այդ բոլորը, ինչ որ պատմեցիք, ինքներդ եք հնարել:

—Կարճ ասացեք, ուզո՞ւմ եք փողերս տալ, թե՝ չէ:

— Ո՛չ:

Մարութխանյանը վեր կացավ տեղից, հեգնական ժպիտը կարմրախայտ երեսին ու հաստլիկ շրթունքների վրա: Նա չկարողացավ Սմբատին համոզել խոսքով, կհամոզի դատարանի միջոցով: էքսպերտները չեն կարող չվավերացնել պարտաթղթերի իսկությունը. ինքը Միքայելը նույնպես չի հրաժարվում յուր ստորագրությունից. այս մասին նա ապահով էր: Բայց, այնուամենայնիվ, չէր կամենալ գործը դատարանը գցել: Ով գիտե, ինչ կարող է պատահել:

— Նեղություն քաշեք, տելեֆոնով հայտնեցեք Միքայել Մարկիչին, որ այս երեկո գա քաղաք: Կգաք մոտս — լավ, չեք գալ, դուք եք իմանում: Ցʼտեսության:

Նա դուրս եկավ այնքան հանգիստ, որքան հանգիստ ներս էր մտել:

Երեկոյան նա նստած էր յուր առանձնասենյակում երկայն կանաչագույն մետաքսյա խալաթը հագին: Գրում էր, ջնջում, հաշիվներ անում, գումարում էր յուր հարստությունը, որ իմանա՝ որքան մեծ է ուժը տնտեսական աշխարհում: Որքա՞ն հետ է մնացել նա. եթե Ալիմյաններից լիովին ստանա բոլոր «պարտքերը», դարձյալ ամբողջ կարողությունը հազիվ կազմի մի միլիոն: Չնչի՞ն բան այնտեղ, ուր ուրիշները միլիոնը վաստակում են մի շատրվանից...

Դռները բացվեցին, ներս մտավ Մարթան փոքր երեխային գրկած, մեծի ձեռից բռնած: Երկուսն էլ դեղնած էին, արյունաքամ, հիվանդոտ: Մեծը, որի վեց տարին շուտով պիտի լրանար, դեռ չէր կարողանում կանոնավոր ման գալ և հազիվ հազ հետևում էր մորը:

— Էլի ինչո՞ւ բերեցիր դրանց, — գոչեց Իսահակը սրտմտությամբ:

— Բերեցի, որ տեսնես ու ուրախանաս, այս րոպեիս մեծի քթից էլի արյուն գնաց,

— Էհ, ես ի՞նչ անեմ, բժիշկ կանչիր:

— Բժիշկ, բժիշկ, տեսնո՞ւմ ես, որ ոչ մի բժիշկ չի օգնում:

— Որ չի օգնում, ես ի՞նչ կարող եմ անել:

— Խորհուրդ են տալիս արտասահման տանել: Եկ այս տարի տանենք:

— Ի՞նչ, գործերի այս տաք ժամանակը վեր կենամ, արտասահմա՞ն գնամ: .

— Գործեր, գործեր: Չեմ իմանում՝ ո՞ւմ համար ես հավաքում այդ փողերը...

— Հա՜ հա՜ հա՜, — լսվեց Իսահակի չոր ծիծաղը, — ինչ խելոքացել ես, հա՜ հա՜ հա՜: Ո՞ւմ համար... փառքի համար, սիրելի՛ս, փառքի... Կապրեն երեխաներս, — կուտեն, չեն ապրիլ, աստծո կամքն է, բայց փո՜ղը, փողը միշտ հարկավոր է...

Լսվեց դռան զանգի ձայնը: Եկողը Սուլյանն էր, որ ներս մտավ ժպիտը երեսին, փոքրիկ աչքերն արագ-արագ ճպճպելով:

Մարութխանյանը նրա միջոցով բանակցություն էր սկսել մի թուրք հանքատիրոջ հետ, որի հանքերն ուզում էր գնել:

Էհ, նոր խաբա՞ր, — հարցրեց նա, ձեռով նշան անելով հյուրին, որ նստի:

— Պետք է շտապել: Ուրիշ գնողներ են հայտնվել: Թուրքը քիթը բարձրացնում է:

— Կշտապենք: Այսօր կվճռվի: Ինչ լավ եղավ, որ եկաք. դուք վկա կլինեք մի գործում... Մարթա՛, այ, իմ քեֆի մարդ, այ, իսկական ուսում առած երիտասարդ: Հասկանում է մեր ժամանակի ոգին: Հարցրու, նա քեզ կասի մարդիկ ինչու համար են ուզում հարստանալ:

— Միթե տիկինը հերքո՞ւմ է հարստության նշանակությունը:

Փոքր երեխան սկսեց լաց լինել:

— Տար, աստված սիրես, զուռնա լսելու ժամանակ չէ, — ասաց

Իսահակը, — բայց սպասիր, թող համբուրեմ... Այսօր առավոտ չեմ համբուրել:

Ամեն առավոտ, տնից դուրս գալիս, նա համբուրում էր երկուսին էլ, և սրանով սահմանափակվում էր նրա ծնողական զգացումը: Մինչ նա, փոքրիկին գրկած ուզում էր հանգստացնել, որ դադարի լաց լինել, տիկինը ժպտում էրք նայելով Սուրյանին: Եվ նրա աչքերը արտահայտում էին ծաղր Իսահակի հայրական փաղաքշանքին դեպի զավակները:

Նա խլեց երեխային ամուսնուց, բռնեց մեծի ձեռից և տարավ նրանց դուրս:

Մի փոքր անցած, ներս մտան Սմբատն ու Միքայել Ալիմյանները: Սուլյանը, որ դեռ ոչինչ չգիտեր և չէր սպասում յուր պարոններին այստեղ, շփոթվեց: Մարութխանյանը, թեթև գլուխ տալով, ձեռով նշան արավ հյուրերին նստել, ճիշտ այնպես, ինչպես առավոտը վարվեց նրա հետ Սմբատը: Թող հասկանան, որ Մարութխանյանն էլ գիտե արհամարհել, երբ կամենում է:

Սմբատն ամեն բան պատմել էր եղբորը: Ինչ որ Մարութխանյանն ասել էր ծովային սպայի և կոմիսիոների կանանց մասին, ճիշտ էր, Միքայելը հաստատեց: Բայց նա այդ մարդուց փող, մանավանդ այդքան մեծ գումար, չի վերցրել, այստեղ կա մի դավադրություն...

— Մարտիրո՛ս, — գոչեց Մարութխանյանը:

Ներս մտավ բեղերը ներկած ու երեսը սափրած մի մարդ կեսասիական և կես-եվրոպական հագուստով: Դա Մարութխանյանի հավատարիմ ծառան էր, որ շատ բան գիտեր յուր տիրոջ անցյալից.

— Չայ բեր աղաների համար:

— Ա՛ս սիաթիս, — ասաց Մարտիրոսը, շամախու բարբառով:

— Պարտաթղթերս, — գոչեց Միքայելն անհամբեր:

— Մ՛ի վռազիր, մի բաժակ չայ խմենք, հետո... Նստեցեք... Սմբատը նստեց, Միքայելը՝ ոչ:

— Պարտաթղթե՛րս, — կրկնեց նա:

— Հէր օրհնած, պարտք ունեցողներն արքունական բանակումն էլ են նստում, իսկ ես ազգական եմ, փեսաղ:

Նա ավելացրեց լամպայի լույսը: Ձեռը տարավ խալաթի գրպանը, հանեց մի մեծ բանալի: Սուլյանը մեկ ուզում էր հրաժեշտ տալ, մեկ էլ այնքան հետաքրքրվել էր, որ տեղից չէր շարժվում:

— Այս մարդը, — ասաց Մարութխանյանը, — նոր եկավ, թողնենք, որ վկա լինի, հը՞մ...

— Կարող է մնալ, — պատասխանեց Սմբատը:

Միքայելը հազիվ զսպում էր իրան: Մարութխանյանի դանդաղության մեջ տեսնում էր եզվիտական միտում՝ տանջել իրան, որքան կարելի է երկար:

Վերջապես տանտերը հանդարտ մոտեցավ երկաթե սնդուկին, բաց արավ, հանեց մի մեծ ծրար և նորից նստեց յուր տեղը:

— Համեցեք, եղբայր, կարդացեք ու մեկ-մեկ միտներդ բերեք ձեր պարտքերը:

Նա հանեց չորս պարտաթուղթ, տվեց մեկ-մեկ Սմբատին: Միքայելը կարդաց բոլորը ծայրեծայր, զննեց յուր ստորագրությունները: Քանի խորն էր նայում, այնքան շնչառությունն արագանում էր, քթի պնչերի դողդոջը սաստկանում: Նա չէր նկատում յուր հետևում կանգնած Մարտիրոսին, որ աչքերը սևեռել էր յուր տիրոջ երեսին, կարծես, պատրաստ՝ նրա դեմքի մի նշանով խեղդել Միքայելին, եթե հարկը պահանջի:

— Այս ստորագրությունները կեղծ չեն, — Գոչեց Միքայելն ակամա:

— Տեսա՛ր, — դարձավ Մարութխանյանը Սմբատին, առնելով նրանից վերջին պարտաթուղթը:

Մարտիրոսը տիրոջ նշանով դուրս գնաց: Միքայելը ձեռը սեղմեց ճակատին, սկսեց անցուդարձ անել: Հերքել անկարելի էր. այդ չորս թղթի տակ էլ ինքն էր ստորագրել: Բայց ե՞րբ, ի՞նչպես և ինչո՞ւ, ահա հարց: Նա կանգ առավ գրասեղանի առջև, բութ մատն անխնա սեղմելով ատամների մեջ: Սմբատն ու Սուլյանը լուռ հետևում էին նրա դեմքի արտահայտությանը: Թիկն թված բազկաթոռին, Մարութխանյանը ձեռների մեջ խաղացնում էր խալաթի դեղնագույն ծոպերը:

— Ա՜, — գոչեց Միքայելը հանկարծ, — հիմա քիչ-քիչ մտաբերում եմ...

— Ես կարծում եմ, — ասաց պարտատերը հեգնորեն, — երեք հարյուր հազարը հանաք բան չէ...

Նա կամացուկ վեր կացավ տեղից, պարտաթղթերը դրեց սնդուկը: Մոտեցավ դռներին, նայեց դեպի դուրս, ինչ-որ շշնջաց Մարտիրոսին, որ դրսում սպասում էր, դարձյալ հետ եկավ, նստեց:

— Անազնի՜վ, — արտասանեց Միքայելը:

— Կամաց, քույրդ կլսի, ի՞նչ հարկավոր է գոռալ:

— Անազնի՜վ, — կրկնեց Միքայելը:

— Լսո՞ւմ եք, պարոն Սուլյան, այս է աշխարհս, ա՜յ: Փող տվողը ե՜ս, նեղությունից ազատողը ե՜ս, անազնիվը ե՜ս, էլ աստծու արդարությունը որտե՞ղ մնաց:

Սուլյանը, որ արդեն հասկացել էր բանի էությունը, աչքերը արագ-արագ ճպճպելով, նայում էր մերթ Մարութխանյանին, մերթ Ալիմյաններին չիմանալով, ինչպես պահպանել իր հավասարակշռությունը երկու կողմի մեջ:

— Հիմա լսիր, Սմբատ, ինչպես է պատահել բանը, — խոսեց Միքայելը, — միտքս պարզվում է, քիչ-քիչ հիշում եմ բոլորը:

Եվ նա պատմեց եղելությունը: Հայտնի է, թե ինչ ներգործություն ունեցավ նրա վրա հանգուցյալ հոր կտակը: Նրա բոլոր հույսերն օդը ցնդվեցին այդ կտակով: Նա կորցրեց բանականությունը, ենթարկվեց ինչ-որ չար ուժի զորության: Սկսեց այնպիսի բաներ անել, որ ուրիշ ժամանակ չէր անիլ: Թշնամացավ մեծ եղբոր հետ, դիմեց Մարութխանյանի խորհուրդներին: Միասին հնարեցին այն կեղծ կոնտրակտակը: Նա այդ կտակով սպառնաց Սմբատին: Ըսպառնալիքը չազդեց: Նա ավելի կատաղեց: Ուղեղը մթնեց, չգիտեր ինչ էր անում: Իսկ Մարութխանյանը շարունակ նրան լարում էր հարազատ եղբոր դեմ: Հենց այդ ժամանակները պատահեց մի բան, որ ավելի մթագնեց նրա խելքը: Նա կրքերից հարբեց, գիշեր ու ցերեկ միացան նրա համար: Իսկ Մարութխանյանը շարունակ նրան լարում էր: Նա միշտ համոզում էր Միքայելին՝ դատ բանալ եղբոր դեմ: Մի օր, վերջապես, գլուխն ազատելու համար, Միքայելն ասաց նրան. «արա, ինչ որ ուզում ես, ես քեզ իրավունք եմ տալիս»: Ահա հենց այդ իրավունքը դեպի չարը գործ դրեց Մարութխանյանը: Այդ օրից նա ամեն օր բերում էր Միքայելի մոտ տեսակ-տեսակ թղթեր և ստորագրել տալիս: Շատ անգամ Միքայելը հարբած էր լինում, իսկ այդ մարդը հենց այդ միջոցներին էր գալիս նրա մոտ: Նա հիմար էր, չէր կարդում շատ թղթեր և միայն ստորագրում էր: Կարող էր մտածել, որ նրա թեթևամտությունից այդ մարդը պիտի օգտվի, բայց այդպես, այդ անամոթությամբ, այդ լրբությամբ — երբեք չէր կարող երևակայել:

— Ահա երբ եմ ստորագրել պարտաթղթերը...

Նա բորբոքված դեմքը դարձրեց փեսային և ատամները սաստիկ կրճտելով՝ արտասանեց.

— Անազնի՛վ, և դու ուզում ես այս տեսակ փողերով կերակրել իմ քրոջը...

— Եվ բժշկել նրա հիվանդ երեխաներին, — ավելացրեց Մարութխանյանը, տակավին սառնարյուն, — ինչո՞ւ արյուն քրտինքով աշխատած փողերովս չպիտի պահեմ ընտանիքս: Միրելի՛ս, փառք աստծու, այստեղ երեխաներ չեն նստած, որ ասածներիդ հավատան: Մարդ հասարակ նամակն էլ գրելիս՝ կարդում է ու հետո ստորագրում: Դու չորս փաստաթուղթ ստորագրեցիր և ոչ մեկն էլ չկարդացի՞ր, հա — հա-հա, երեխա մի՛ համարիր այս ուսումնական մարդկանց: Ինքդ աչքերովդ կարդացիր, որ թղթերից երեքը ստորագրված են Մարկոս աղայի մահվանից շատ առաջ և միայն մեկն է հետո ստորագրված:

— Այո՛, բայց դու ժամանակն էլ ես խարդախել:

— Հա-հա-հա, ժամանակն էլ եմ խարդախել... Կարելի է ասել, որ ես ե՛ս չեմ դու դո՛ւ չես, որ այդ մարդու ազգանունը Սուլյան չէ, որ Սմբատ Մարկիչը եղբայրդ չէ... Միխայիլ Մարկիչ, ինչո՞ւ չես ուզում խոստովանել, որ փողի գինը չես իմացել, շպրտել ես աջ ու ձախ:

— Շպրտել եմ, բայց ոչ քո փողերը: Դատարանը թանաքը քիմիական անալիզի կենթարկի և կտեսնի, որ բոլոր թղթերը ստորագրված են մոտ ժամանակում:

Սուլյանը ներքուստ ծիծաղեց Միքայելի միամիտ սպառնալիքի վրա:

— Էհ, — ասաց Մարութխանյանը, — ուրեմն կդիմենք դատարանին, ինչո՞ւ ենք գլուխ ցավեցնում:

Միքայելին ավելի ու ավելի էր զգռում նրա սառնությունը: Բայց վճռեց մեղմ խոսել, զգում էր, որ բարկանալը վնասում է գործին: Եվ, հակառակ հպարտության զգացմանը, սկսեց համոզել անողոք պարտատիրոջը՝ խնայել իրեն, խոստովանել ճշմարտությունը:

Խոստովանել ճշմարտությունը — ահա մի բան, որ երբեք չէր կարող անել Մարութխանյանը: Գործի սկիզբը դրված էր, մի՞թե հնարավոր էր հետ կանգնել:

Միքայելը խոստացավ վճարել տասը, տասնուհինգ, քսան տոկոս, միայն թե Մարութխանյանը ասի, որ կատակ էր անում, որ ոչինչ ստանալիք չունի: Պարտատերը շարունակ ժպտում էր հեգնորեն, ուսերը վեր քաշելով:

Միքայելը հուսահատ նայեց եղբոր երեսին, կարծես, հարցնելով, արդյոք դեռ էլի՞ պարտավոր է իրեն զսպել: Սմբատի դեմքը մռայլվել էր, ինչպես աշնանային գիշեր: Նա ոչինչ չասաց, հայացքը հառեց հատակի մի կետին:

Միքայելը շարունակեց խնդրել պարտատիրոջը, որ իրեն՝ չխայտառակեցնի: Ամենը գիտեն, որ նա եղել է շռայլ, բայց երեք հարյուր քսան հազա՛ր... ո՛չ, այդքան փող նա երբեք չի ունեցել:

— Լա՛վ, ես քեզ չեմ խեղդում, — ասաց պարտատերը, — ժամանակ կտամ, որ քիչ-քիչ վճարես պարտքդ, — մի, երկու, էհ, երեք տարի, հերի՞ք է:

— Խաբակ, — կրկնեց Միքայելը և ձայնը դավաճանեց կամքին:

— Բավական է. ազգականությունն իր տեղն ունի, հաշիվն իր տեղը: Պարոննե՛ր, խոսեցե՛ք, ինչո՞ւ եք լռում:

Սուլյանը տակավին չգիտեր՝ ում կողմը բռնի: Հոգով Միքայելին էր հավատում, բայց ինչո՞ւ չլռել. քանի որ խոսելը կարող է զգռել կամ մեկին, կամ մյուսին: Ավելի խելացի էր միամիտ ձևանալ, նայել ապշած մերթ մեկին, մերթ մյուսին, ցույց տալ, թե դեռ ոչինչ չի հասկանում վեճից:

Սմբատն աշխատեց համոզել փեսային՝ լավ մտածել արածի մասին: Չէ՞ որ նա քրեական հանցանք է գործում, կարող է աքսորվել:

— Էէ, թող աքսորվեմ, — ասաց պարտատերը, — եթե աշխարհի երեսին արդարադատություն չկա: Հավատացեք, ես ոչինչ չէի պահանջի, մի բան էլ գրպանիցս կբաշխեի, եթե Ալիմյանները միլիոններ չունենա էին: Ունեն, ուրեմն կստանամ հալալ փողերս, ինչպես արքունական բանկից:

— Որ այդպես է, — կատաղեց Միքայելը, չկարողանալով այլևս ստորանալ հակառակորդի առջև, — մի հատ ասեղ չես ստանալ, որ ազահ աչքդ կոխես: Դու մոռանում ես, որ ես հավասար ժառանգ չեմ և միայն այն ժամանակ կդառնամ, երբ կամուսնանամ: Իսկ ես երբեք չեմ ամուսնանալ: Գնա, տեսնեմ ումից կառնես փողերդ:

Մարութխանյանը հեգնորեն ժպտաց, ոտը ոտի վրա գցելով՝ հաստլիկ բեղերի ծայրերը ոլորելով: Նա ապահով է. Սմբատը երբեք չի թույլ տա, որ եղբայրն «անկարող պարտապան» հրապարակվի: Նա կտա եղբոր պարտքերը: Այս էր արտահայտում նրա դիվային ժպիտը, որ օձի պես խայթեց Միքայելին:

— Լի՛րբ, քանիսին ես կողոպտել, քանի՞ խեղճերի ես հացից զրկել...

— Օօ՜, շատ շատերին, մինչև անգամ հանգուցյալ հորդ:

— Խնդրեմ, մեր հոր մասին ոչ մի խոսք, — գոչեց Սմբատը խորին սրտմտությամբ:

— Գո՛ղ; ավազա՛կ, վախկո՛տ, — մռնչաց Միքայելը, ոտն ուժգին զարկելով հատակին, — գոնե տաքացիր, բարկացիր, վախկո՛տ...

Այս արդեն չափազանցություն էր: Մարութխանյանը վիրավորվեց, որովհետև կողմնակի անձ էր ներկա: Նա ասաց.

— Ես սկանդալիստ չեմ, վախկոտ եմ: Կռվել ես ուզում, գնա Գրիգոր Հաբեթյանի մոտ... Նա քեզ պատասխան կտա...

Ակնարկը պարզ էր: Նա սպառեց Միքայելի համբերության վերջին կաթիլը: Առանց այդ էլ, արդեն շատ էր զսպել իրեն: Արյունը խփեց գլխին: Վերջին ամիսներին կրած վիրավորանքներն ու դառն վշտերը մի վայրկյանում կուտակվեցին նրա սրտում: Առերևույթ մեղմացած հոգին բորբոքվեց նախկին կրակով, որ դեռ վառ էր: Դա այլևս այն Միքայելը չէր, որ սեփական հանցանքից ընկճված, այնպես կաշկանդվեց Գրիգոր Հաբեթյանի առջև: Այնտեղ նրան զսպողը խղճի սուր խայթոցն էր և այն հեզ կերպարանքը. այստեղ արդար էր, ոչ մի տարր չկար, որ զսպեր նրան:

Նա մի ակնթարթում վերցրեց մոմկալը սեղանի վրայից և շպրտեց այն մարդու վրա, որ այդ պահին պատկերացավ նրա աչքում կենդանի մարմնացում բոլոր թշնամիների թշնամության: Գործողությունը կատարվեց այնքան արագ, որ Մարութխանյանը ժամանակ չունեցավ դռների հետևում դրված Մարտիրոսին կանչելու: Մոմկալը մի պտույտ գործեց Սույլանի գլխի վրա և տակի կողմով դիպավ տանտիրոջ ճակատին: Արյունը դուրս ցայտեց, թափվեց երեսի վրա, հոսաց ներքև, շաղախեց թանկագին խալաթը: Վիրավորվածը ձեռները սեղանին հենելով, կամեցավ վեր կենալ, չկարողացավ, նորից ընկղմվեց բազկաթոռի վրա, արձակելով մի խուլ ճիչ:

Ներս վազեց Մարտիրոսը և հետևից բռնեց Միքայելի ձեռները: Սույլանը մոտեցավ վիրավորվածին օգնելու: Ի՜նչ վայրենություն, տեր աստված, ահա ի՛նչ ասել է տգիտություն, անկրթություն:

Վերքը բավական մեծ էր, արյունը չէր դադարում:

Դռների մեջ երևաց տիկին Մարթան: Մի վայրկյան ապշած նայեց տեսարանին և տեսնելով ամուսնուն արյունաթաթախ, ճչաց ու հարձակվեց նրա վրա:

Միքայելը նայում էր տեսարանին, անշարժ կանգնած: Մարտիրոսը նրան բաց էր թողել, ուշքի էր բերում տիրոջը: Լսելով քրոջ հուսահատ ճիչը, ցնցվեց, արձակեց խուլ հառաչանք և ընկղմվեց աթոռի վրա ուժասպառ:

Սմբատը բռնեց նրա թևից, դուրս տարավ:

IV

Փողոցի սառն օդը սթափեցրեց Միքայելին: Անսահման զղջումից կրծոտում էր շրթունքները մինչև արյուն: Հարձակվեց մի մարդու վրա, որ որքան վատ, որքան ստոր և անխիղճ լիներ, իր քրոջ ամուսինն էր: Եվ մի՞թե ասպետություն էր վախկոտի վրա ձեռ բարձրացնելը:

Նրա ականջներին հնչում էր սարսափած քրոջ ճիչը, հետո — անեծքները, ինչո՞ւ, ի՞նչ մի մեծ բանի համար: Փողի՞: Ի՞նչ ստորություն, ի՛նչ հիմարություն անգամ: Չէ՞ որ նա ոչինչ չունի, ոչ մի կոպեկ, ի՞նչն էր պաշտպանում:

Բայց, զղջալով հանդերձ, արտաքուստ ցույց էր տալիս, թե դեռ կատաղած է հակառակորդի դեմ: Սմբատի լռությունը կրկնապատկում էր նրա տանջանքը: Նա չգիտեր՝ ինչպես արդարացներ իր վայրենի վարմունքը, բայց և չէր էլ ուզում խոստովանել զղջումը: Ուրախ կլիներ, եթե Սմբատը հանդիմաներ, պարսավեր, հայհոյեր, նույնիսկ ծեծեր իրեն ինչպես մի վատ, անպիտան երեխայի, միայն չլռեր:

Նա խլեց թևը եղբորից, կանգ առավ, գլուխը հենեց փողոցային լապտերի սյունին, մի ձեռով գրկելով սյունը: Լսվեց նրա խուլ հեկեկանքը: Երբեք իրեն այդչափ դժբախտ չէր զգացել: Նա ուրախ կլիներ մնալ քաղցած ու մերկ, միայն թե այդպես վայրենի վարված չլիներ նույնիսկ այն մարդու հետ, որ բացարձակ կողոպտում էր նրան, ինչպես երդվյալ ավազակ:

— Գնա՛ իմացիր, ինչպես է վերքը, — գոչեց նա Սմբատին:

— Առաջ հարկավոր է քեզ տուն տանել: Անցնողներն ուշադրություն են դարձնում: Նստենք կառք:

— Թող ինձ այստեղ, գնա, ուր ուզում ես:

Նա քայլերն ուղղեց փողոցի մյուս մայթը, որ ծովափն էր: Սմբատը հետևեց նրան, գրեթե ուժով կառք նստեցրեց և բերեց տուն: Մինչև կես գիշեր չէր հեռանում նրանից: Միշտ լուռ էր և չգիտեր՝ որքան իր լռությամբ տանջում է եղբորը:

— Խոսելո՞ւ ես, թե չէ, — գոչեց, վերջապես, Միքայելը:

— Ի՞նչ խոսեմ: Այս կարճ միջոցում դու երկու անգամ ծեծվում ես, մի անգամ ծեծում: Մի՞թե միայն բռունցքն է ազդում մեզ վրա, մի՞թե դեռ այդքան վայրենի ենք:

Սուլյանը լուր բերեց, թե հրավիրված բժիշկը Մարութխանյանի վերքը թեև մեծ, բայց անվտանգ է համարում: Եթե մոմակալը հատակի տափակ կողմով դիպած չլիներ, վիրավորը չէր ապրիլ:

Ամբողջ գիշեր Միքայելը չկարողացավ քնել: Մարութխանյանի արյունը հալածում էր նրան, բորբոքում երևակայությունը, ինչպես մի ժամանակ Հաբեթյանի ապտակը: Ա՜խ, ճշմարիտ, որքա՜ն դեռ վայրենի է: Եվ դեռ զարմանում էլ է, որ մի հեզ, իրեշտականման էակ ատում, արհամարհում է իրեն:

Հազիվ լույսը բացված, ուղևորվեց հանքերը: Մի քանի ժամ անցած եկավ Սմբատը: Առավոտը կանուխ Մարթան արտասուքն աչքերին եկել է, բոլորը պատմել մորը: Այժմ այրին մազերը փետրում է, կուրծքը ծեծում, ողբալով Ալիմյան զերդաստանի բարոյական անկումը:

— Ի՞նչ ես մտածում անել, — հարցրեց Սմբատը, այս բոլորը հաղորդելուց հետո:

— Վճարել նրա պարտքերը: Գիտեմ, ես ժառանգ չեմ, բայց պետք է վճարել:

Սմբատը զարմացավ. ի՞նչ, մի՞թե ուզում է օրը ցերեկով կողոպտվել:

— Այո՛:

Սմբատն ընկավ մտատանջության մեջ: Միքայելն ունի իրավունք այս կամ այն կերպ վարվել «պարտաթղթերի» հետ, վճարել, մերժել կամ դատարանին թողնել գործը, բայց առանց շեղվելու հոր կտակից:

— Եթե ուզում ես վճարել, պիտի ամուսնանաս:

— Այդ չեմ կարող անել:

— Ինչո՞ւ:

— Հենց այնպես, չեմ կարող ամուսնանալ:

— Հասկացա, — արտասանեց Սմբատը, — դու սիրում ես մեկին, որ քեզ չի սիրում:

— Իհարկե, կհասկանաս, որովհետև գիտես, որ այդ մեկը քեզ է սիրում:

— Միքայե՛լ...

— Էհ, խորամանկությունը թող մի կողմ: Մի՛ փորձիր ինձ: Այո՛, դու ինձանից բարձր ես բարոյապես:

— Այդ աղջկան ես առիթ չեմ տվել ոչ ինձ սիրելու, ոչ մանավանդ քեզ ատելու:

— Հավատում եմ:

Միքայելը նստեց սեղանի քով, գլուխը դրեց ձեռների վրա:

— Կկամենա՞ս, որ ես խոսեմ այդ աղջկա հետ, — հարցրեց Սմբատը:

— Երևի, բարոյական կշիռս նրա աչքում բարձրացնելու համար, չէ՞: Շնորհակալ եմ: Գիտեմ, որ վեհանձն ես, բայց ես ողորմություն չեմ ուզում: Բավական է, չեմ ուզում այս մասին երկար խոսել: Սիրում եմ, թե չեմ սիրում, իմ գործն է, իսկ ամուսնանալ չեմ կարող: Գրավ դիր ինձ, քանդիր հորս կտակը, ընդունիր ինձ քեզ մոտ ծառա, բայց վճարիր այդ փողերը:

— Ես հանգուցյալի կտակից մազու չափ չեմ շեղվի:

— Ինչո՞ւ միայն իմ վերաբերմամբ: Իսկ դու իրավունք ունե՞ս մեր հոր կամքն անկատար թողնելու:

— Միքայե՜լ...

— Մի՛ վիրավորվիր: Չէ՞ որ դեռ չես բաժանվել կնոջիցդ...

— Ես երեխաներ ունիմ, որոնց սիրում եմ:

— Եվ որոնք քո ժառանգներն են, էլի հակառակ հանգուցյալի կտակին:

— Երբե՛ք:

— Օրենքով, այո՛, բայց կողմնակի կերպով դու նրանց կդարձնես ժառանգ:

— Միքայել, դու դեռ իրավունք չունիս այդպես խոսելու:

— Դեռ չունիմ, բայց, երևի մի օր կունենամ, չէ՞: Ների՛ր, ես այսպես չէի խոսիլ, եթե դու առաջվա Սմբատը լինեիր: Վերջին ժամանակ սկսել ես փողը հարգել... Ես կույր չեմ շատ էլ: Բավական է, վճարի՛ր իմ պարտքերը, եթե չես ուզում թշնամանալ ինձ հետ:

Եվ նա, գդակը վերցնելով, շտապեց դուրս: Սմբատն ընկավ խորին մտատանջության մեջ: Նա չէր կարողանում բացատրել Միքայելի համառությունը՝ վճարել անարդար, հնարովի պարտքերը: Չլինի՞ թե վախենում է, որ դատարանում բացվի մի կեղտոտ գաղտնիք... Եվ ի՞նչ կարող է լինել այդ գաղտնիքը:

Դրությունը տագնապալի էր: Նա իրավունք չուներ կես միլիոնի չափ մի գումար բաժանեք հայրական ժառանգությունից: Եվ եթե ունենար էլ, դյուրի՞ն է այդպես շուտով զրկվել ահագին գումարից: Այո՛, ճիշտ ասաց Միքայելը. նա այժմ զգում է փողի նշանակությունը, ավելի՝ նա սկսել է սիրել մետաղը: Գոնե այնչափ է սիրում, որ զգում է վեց-յոթ միլիոնից կես միլիոն դեն շպրտելու անկարելիությունը... Եվ ինչո՞ւ շպրտել, ի՞նչ հիմարության:

Նա փորձ՛եց համոզել Մարութխանյանին, որ հետ կանգնի անարդար պահանջից: Սակայն պարտատերն անողոք էր: Ի՞նչ, մի՞ թե նա հիմար է, որ աչքերը բաց թողնի՝ «օրը ցերեկով իրեն կողոպտեն»: Նա զուտ փող է տվել Միքայել Ալիմյանին և պետք է ստանա: Առաջ նա դեռ կհամաձայնվեր «մի բան էլ դրամագլխից բաշխել», իսկ այժմ, Միքայելի վարմունքից հետո, տոկոսի տոկոսն էլ կառնի...

Սմբատն սպառնաց, թե ամեն ջանք գործ կդնի ապացուցելու, որ պարտաթղթերը խարդախ են. կհրավիրի Պետերբուրգից ամենաառաջին փաստաբանին, կծախսի կես միլիոն, բայց կապացուցի: Սակայն Մարութխանյանին այսպիսի սպառնալիքներով վախեցնելը դյուրին չէր: Նա ինքը հենց վճռել էր Պետերբուրգից փաստաբան հրավիրել: Էհ, բոլորը գիտեն, որ Միքայելը եղել է շռայլ, փողը ծախսել է ջրի պես: Գիտեն նույնպես, որ Մարկոս աղան ժլատ էր: Որտեղի՞ց կարող էր Միքայելն այնքան փող ծախսել, եթե «բարեխիրտ ազգականը պարտք չտար»:

Վերջապես, Սմբատի համբերությունը սպառվեց: Նա ասաց, թե կվճարի եղբոր պարտքերը, բայց կհամոզի հասարակության, որ պարտատերը խարդախ էր: Այն ժամանակ տեսնենք՝ ինչ երեսով Մարութխանյանը կերևա հասարակության մեջ: Բայց ավելի երեխայական սպառնալիք չէր կարող լինել պարտատիրոջ համար: Նա բարձրաձայն ծիծաղեց: Թող Մարութխանյանը դառնա կլորիկ միլիոնի տեր, մարդիկ կարող են նրա մասին խոսել, ինչ ուզում են և որքան ուզում: Հասարակությո՞ւն, հա-հա-հա, հետաքրքրական է իմանալ, ո՞ր Սույյանը, ո՞ր Սրաֆիոնը, ո՞ր Ղուլամյանը, ո՞ր Առաքելյանն այնուհետև մեջքը չի ծռիլ նրա առջև: նա մարդկանց շատ լավ է ճանաչում, մի ձեռով նրանց գրպանը ոսկի դիր, մյուսով խփիր գլխներին, էլի կժպտան: Ահա թե նա ինչ կարծիք ունի հասարակության մասին: Եվ մի՞թե քիչ կան քաղաքում խարդախներ, մաքսանենգներ, կեղծ սնանկությամբ հարստացածներ, նախկին գող գործակատարներ, որոնք այսօր պատիվ ու հարգանք են վայելում: Իսկ Մարութխանյանը գողություն չի անում, էէ՛, նա իր «հալալ փողերն է» պահանջում:

— Սխալվում եք, — ասաց Սմբատը, — հասարակության մեջ ազնիվ մարդիկ էլ կան...

— Թող լինեն: Հետո նրանք էլ կբարեկամանան: Ահա, օրինակ, դուք, ազնիվ մարդ եք, չէ՞: Եթե փող չեք սիրում, ինչո՞ւ այդպես պինդ կպել եք ձեր հոր միլիոններին: Չէ՞ որ առաջ ասում էիք, թե Մարկոս աղան, չգիտեմ, տնտեսական այսինչ — այնինչ օրենքներով ուրիշների աշխատանքի վարձն է վայելում: Հիմա այդ միլիոնները հալալ են: Կարծում եք, ես ձեզ մեղադրո՞ւմ եմ: Աստված ոչ անի, ես հիմար չեմ: Բարեկա՛մ, աշխարհում գողերը երկու տեսակ են. ազնիվ և անազնիվ: Ազնիվն ինքն է գողանում, անազնիվն ուրիշի գողացածներն է ուտում: Ես այս ասում եմ հենց այնպես, չնեղանաք... Ուզում եմ ասել, որ բառի իսկական նշանակությամբ ազնիվ վաճառականն այնքան հազվագույտ է, որքան չգողացող խոհարարը:

Սմբատը տեսնում էր, որ այդ մարդը ոչ միայն չի մեղմանում, այլև հետզհետե ավելի ու ավելի հանդուգն ու աներես է դառնում: Մնում է մի ելք. թույլ տալ նրան, որ դիմի դատարանին: Այնտեղ թող գործը վճռվի նրա օգտին: Միքայելը կիրատարակվի «սնանկ» կամ «անկարող պարտապան», իբրև ոչ-ժառանգ Ալիմյան հարստության, այն ժամանակ Մարութխանյանն ումի՞ց կստանա կես միլիոնը: Սմբատի՞ց: Չի տալ և սրանով կպատժի նրան: Բայց այս միջոցը պիտի առմիշտ վայր գցեր Միքայելի առանց այն էլ արատավորված վարկը: Մի՞թե կարելի է այդչափ խիստ վարվել հարազատ եղբոր հետ:

Սմբատը հրամայեց գրասենյակում հաշիվ կազմել Ալիմյանների ընդհանուր կարողության մասին: Հայտնվեց, որ պարտքերը վճարել կարելի է միայն անշարժ կալվածներին ձեռնամուխ լինելով: Իսկ ծախել կամ գրավ դնել անշարժ կալվածները Մարկոսի կտակով արգելված էր: Բայց պարտքերը կարելի էր վճարել մաս-մաս մի քանի տարվա ընթացքում: Վճարե՞լ, արդյոք: Երբե՛ք: Սմբատը չի կարող և չի կամենում ենթարկվել պարզ խաբեբայության: Նա ծաղրի առարկա կդառնա, եթե խաբվելը հայտնվի հասարակության...

Նա սկսեց համոզել Միքայելին, թե միակ ելքը դարձյալ դատարանն է:

Միքայելը մի անգամ ևս դրականորեն հայտնեց, թե վճռել է պարտքերը վճարել: Թող նրա բաժինն անցնի քրոջ զավակներին, թող ինքն աղքատանա, բավական է որքան օգտվել է հայրական հարստությունից, այժմ ուզում է յուր աշխատանքով ապրել:

— Տեսնելով համառությունդ, — ասաց Սմբատը, — մարդ կամա-ակամա մտածում է, չլինի՞ թե դու իսկապես պարտական ես Մարութխանյանին:

— Մտածիր, ինչ որ ուզում ես, թող բոլորն այդպես մտածեն, բայց լսի՛ր, Սմբատ, ինձ ոչ միայն հարստությունը, այլ կյանքն էլ է ձանձրացրել... Վե՛րջ տուր այդ անտանելի գործին:

Նա չէր կեղծում, կյանքն այժմ, արդարև, դարձել էր նրա համար մի ծանր բեռ, որ կրում էր ավտոմատի պես: Բայց անցյալը տակավին հալածում էր նրան, և ոչ միայն յուր տխուր հիշողություններով, այլև կենդանի կապերով: Նա հանգստություն չուներ ընկերներից, որոնք դեռ հույս ունեին նրան վերադարձնել իրենց շրջանը: Այս կողմից առանձին ջանք էին ցույց տալիս իրավաբան Փեյքարյանը, իշխան Նիասամիձեն, մանավանդ «Պապաշան»:

— Կա՛ց, մի՛ փախչիր, — բռնեց նրան մի օր պատկառելի ամուրին հանքերի միջին ճանապարհում:

Նա ցած իջավ կառքից մի տափակ դեմքով, դժգույն այտերով, սև միրուքով, մեծ բերանով երիտասարդի հետ:

— Այ տղա, ըըը, գժվե՛լ ես, էդ հի՞նչ ճգնավորություն ա, վըեր, ըըը...

Նա հայտնեց, որ վաղն արդեն ուղևորվում է արտասահման երկար ժամանակով:

— Ես, ըըը, սատանին նախլաթ ասի, ըըը, միասին քինանք Պարիժ, ըըը...

— Ո՛չ, Պապաշա, չեմ կարող, բարի ճանապարհ քեզ...

— Ըմբո... Ցավաշ, ա տղա, մղդսի Սամսոնի չա՛փ էլ ըըը, չկաս, նա կյամ ա, ըըը, Պարիժ...

Մղդսի Սամսոնը տափակ դեմքով երիտասարդն էր, քաղաքի առաջին հարուստներից մեկը, հայտնի հանքատեր, նավատեր, կալվածատեր: «Մղդսի» ածականն ստացել էր մի քանի պառավական հատկությունների շնորհիվ, ժլատ էր, չէր խմում, չէր ծխում, ծաղրում էր բոլոր զվարճասերներին...

— Հա, բաս, քինում ըմ, քինում ըմ, Իտալիա, Անգլիա, Գերմանիա, լոխ էլ պիտի ման կյամ, — ավելացրեց Սամսոնը, բառերը միմյանց հետևից արագ-արագ դուրս տալով իր ձեռի «տերողորմյայի» հատիկների պես կլորիկ ու ամուր:

Միքայելը վաղուց էր ճանաչում այդ երիտասարդին, ատում էր նրան: Գա մի տեսակ Մարութխանյան էր և իր եղբայրների ու քույրերի վերաբերմամբ. զրկում ու կողոպտում էր նրանց հոր մահից հետո:

— Հա, ինչ ըմ ասըմ, — շարունակեց մղդսի Սամսոնը, համրիչը բռնելով Միքայելի կրծքի վրա, — երեկ փեսաղ ասում էր կլուբում, վըեր ինչ-որ զենզատ ունի քեզ վրա... էդ ի՞նչ նաղլ ա...

— Չգիտեմ, — ասաց Միքայելը դժկամությամբ և, առանց ձեռ տալու, հեռացավ ձանձրալի խոսակիցներից:

— Պենըղ պյուրթ ա, մեր տղա, — արտասանեք նրա հետևից մղդսի Սամսոնը և, կառք նստելով, պատմեց Պապաշային Մարութխանյանի պահանջի մասին:

Այժմ Միքայելը Շուշանիկին հանդիպում էր հաճախ, բայց Անտոնինա Իվանովնայի ներկայությամբ և նրա բնակարանում: Օրը մի անգամ գալիս էր տիկնոջ մոտ այն ժամանակ, երբ սովորաբար օրիորդն այնտեղ էր լինում: Նրանք բարևում էին միմյանց սառն քաղաքավարությամբ, և ուրիշ ոչինչ: Միքայելը անցնում էր երեխաների սենյակը և նրանց հետ խաղում, Շուշանիկը շարունակում էր պարապել տիկնոջ հետ:

Մի օր Անտոնինա Իվանովնան Միքայելին հաղորդեց, թե Շուշանիկի հայրը գրեթե խելագարվել է: Նա այժմ տանջվում է սարսափի մանիայից, և սարսափի առարկան կրակն է: Ամեն օր քնից զարթնում է թե չէ, սկսում է գոռալ և լաց լինել երեխայի պես: Նա միշտ կրկնում է, թե Դավիթն ուզում է իրեն դուրս տանել, ձգել կրակի մեջ, այրել: Անտոնինա Իվանովնան խորհուրդ է տալիս տնեցիներին՝ հիվանդին տեղափոխել քաղաք, բայց հիվանդը չի ուզում սենյակից անգամ դուրս գալ, կարծելով, թե իրեն պիտի ձգեն խարույկի մեջ:

Շուշանիկը դադարեց այցելել տիկնոջը: Այժմ Անտոնինա Իվանովեան ինքն էր օրը մի կամ երկու անգամ գնում նրա մոտ, սիրտ տալիս, մխիթարում: Դեռ մի շաբաթ առաջ նրա սրտում կար մի թեթև կասկած Շուշանիկի և Սմբատի վերաբերմամբ: Այժմ կասկածը ջնջվել էր: Ա՜խ, այդ աղջիկն այնքան համեստ է և ամոթխած, որ երբեք չի կարող տածել հանդուգն զգացումներ դեպի մի ամուսնացած մարդ: Ինչո՞ւ չշարունակել կարծել, որ նրա տխրության պատճառը Միքայելն է: Ինչե՞ր չի կարող անել մի երիտասարդ այդպիսի անցյալով, և ո՞ր համեստ աղջիկն է մեր ժամանակում պատրանքներից ապահով: Վերջապես, այդ առանձնությունն այս ամայի տեղում...

Երբեմն նա փափագում էր թափանցել Շուշանիկի հոգեկան աշխարհի խորքերը, բայց զուր, այդ աղջիկն իր անհատական մտորումների վերաբերմամբ այնքան գաղտնապահ էր, որ ժամանակ-ժամանակ շարժում էր տիկնոջ զայրույթը: Եվ այս պատճառով տիկինը չէր կարողանում իմանալ նրա մռայլության հիմքը:

Գրադարան-ընթերցարանն արդեն բացվել էր: Տիկինը սպասում էր

իրիկնային կուրսերի թույլտվության: Նա տեսնում էր, որ իր գործերը, առանց Շուշանիկի, շատ էլ հաջող չեն ընթանում: Միայն օրիորդը գիտեր մշակների հետ վարվելու եղանակը, և այժմ, երբ նա տնից դուրս չէր գալիս, շատ քչերն էին գրադարան մտնում գիրք վերցնելու: Տիկինն զգում էր, որ նրանց գրավելու ձևը դեռ չի սովորել, և սրա պատճառը բացատրում էր յուրովի: Նա գործում է խելքով, իսկ Շուշանիկը՝ զգացումներով: Այդ աղջիկը, որպես գթության քույր, խնամում է հիվանդներին ու վիրավորներին, կարում ու կարկատում անտուն-անտերների համար, գրում ու կարդում անգրագետների համար ոչ իբրև օգնող, այլ իբրև մերձավոր, արյունակից: Նա երբեք չի մտածում թե մի որևէ կարևոր գործ է կատարում: Անում է այն, ինչ որ թելադրում է սիրտը, և անում է այնքան հասարակ, այնքան անփույթ, որքան իր ծնողների, հորեղբոր ու հորաքրոջ համար: Այնինչ, իր՝ Անտոնինա Իվանովնայի գործունեության մեջ կա սիստեմ, հաջորդականութւուն, հասուն և զարգացած մտքի ձգտում: Ո՛չ, այսքանը բավական չէ, պետք է գործի մեջ մտցնել ավելի զգացում, քան խելք, ավելի ցանկություն, քան կամքի ուժ: Բացի դրանից, չպիտի միշտ մտածել, արդյոք, արածդ կարևո՞ր է, թե՞ ջուր ծեծելով ես զբաղված:

Անտոնինա Իվանովնայի գործունեության մեջ չկար կեղծիքի նշույլ անգամ, բայց հենց այս անկեղծությունն էլ, անձնվեր դառնալու փափագն էլ խելքի և ոչ զգացումների ծնունդ էին: Նա չէր խորշում ամբոխի կեղտից ու մրից, ոչ էլ նրա անախորժ գռեհիկությունից, բայց և չէր էլ կարողանում առանց քննության մերձենալ նրան: Նա մտածում էր. մի՞թե այժմ արդեն այն հասակումն է, որ չի կարող այնպես շուտ ընտելանալ մի նոր շրջանի կամ գործի, որպես Շուշանիկը: Նա տեսնում էր, երբ օրիորդն է երևում, մշակների դեմքերը փայլում են ուրախ ժպիտով, երբ ինքն է երևում, միայն խորին հարգանքի և պատկառանքի է արժանանում: Եվ երբ այս տարբերությունը, հակառակ յուր կամքի, վերագրում էր Շուշանիկի և յուր հասակների մեջ եղած տարբերությանը, զգում էր նախանձ: Մի զգացում, որին դեմ էր ամբողջ հոգով և որի համար դատապարտում էր իրեն, որպես խելոք ու ազնիվ կին:

Բայց ինչ ևս լիներ, Անտոնինա Իվանովնան հոգով անհամեմատ հանգիստ էր քան քաղաքում: Նրան այլևս չէին հալածում սկեսրի անվերջ տրտունջները, տալոջ կոպիտ ակնարկները, ազգականուհիների արհամարհական ժպիտները: Սակայն միթե ա՞յս էր միայն նրա դժբախտության հիմքը: Չէ՞ որ նա մի քանի ամիս առաջ ավելի հեռու էր նոր շրջանից: Բախտավո՞ր էր այն ժամանակ... Երբե՛ք: Նա դժբախտ է իբրև կին — այս է գլխավորը: Եվ ահա գարնան մերձավորությունը նրա մեջ զարթեցնում է ինչ-որ փոթորիկ: Արյունը երակներում եռում է երբեմն այնպես, որպես քսան տարեկան հասակում: Տեր աստված, չէ՞ որ նա կին է և տակավին երիտասարդ կին: Պատահում է, որ նրան տիրում է հոգեկան թուլությունը, աշխարհը թվում է նրան այնքան ամայի, այնքան անհյուրընկալ, որ մտածում է. «արժե՞ արդյոք, էլի ապրել»: Մայրական զգացումները չեն լցնում այդ ամայությունը, նրա հոգին զգում է ուրիշ զգացումների պահանջ ևս: Նա փափագում է սիրել և սիրվել: Սակայն նրա աշխարհայացքը, նրա բարոյական էությունը չեն թույլ տալիս մտածել, թե կարող է սիրել ապօրինի սիրով: Ահա ինչու, զգալով հանդերձ սիրո փափագ, չի զգում ամուսնական Առաքատի դեմ մեղանչելու պահանջ: Եվ այստեղ մեծ դեր է խաղում անձնասիրությունը, սեփական պատվի զգացումը: Թող նրան մեղադրեն, որքան ուզում են, և ինչ բանում ուզում են, նա պիտի արդար մնա յուր խղճի առջև: Բարոյական անարատություն — ահա այն զենքը, որ խելացի կինը չպիտի զոհի որևէ մոլորեցուցիչ զգացման: Այս զենքով և միայն այս զենքով նա պիտի մաքառի յուր հակառակորդների դեմ...

Մի երեկո նա քաղաքից սպասում էր երեխաներին: Այժմ նրանց աղախինն էր տանում Ոսկեհատի մոտ և հետ բերում. Սմբատը չէր գալիս հանքերը: Աղախինը վերադարձավ մենակ: Անտոնինա Իվանովնան վախեցավ: Արդեն նա այնքան կասկածամիտ էր դարձել սկեսրի վերաբերմամբ, որ միշտ երկյուղով էր երեխաներին քաղաք ուղարկում:

— Ինչո՞ւ մենակ եկար, — հարցրեց նա, վազելով պատշգամբ:

— Պարոնը հրամայեց թողնել երեխաներին քաղաքում: Վաղը ինքը կբերի: Ա՜, տիրուհի, եթե տեսնեիք, պարոնը ինչքան տխուր էր... Ես իսկի նրան այդպես չէի տեսել...

Հասարակ կնոջ պարզ խոսքերը գործեցին անսովոր տպավորություն տիրուհու վրա: Նրա դեմքը մռայլվեց, կապտագույն աչքերի մեջ երևաց տարօրինակ թախիծ:

Երեկոն նա անցկացրեց Շուշանիկի մոտ: Նա տխրում էր առանց երեխաների — այսպես էր ասում ինքը: Բայց տխրության պատճառը միայն մայրական կարոտը չէր: Նա հուզված էր և շարունակ խոսում էր յուր ձեռնարկությունների մասին, կարծես, աշխատելով մոռանալ մի միտք, խեղդել սրտում մի զգացում: Վերջն սկսեց արտահայտել յուր համակրանքը Շուշանիկին: Խոստովանեց պարզ, թե իսկապես նոր է ճանաչում նրան, թե երբեմն սխալմամբ նրա վերաբերմամբ ունեցել է անտեղի կասկածներ: Չասաց, թե ինչ կասկածներ է ունեցել, բայց Շուշանիկը գուշակեց և այլայլվեց:

Հրաժեշտ տալիս, տիկինն ուղիղ նայեց նրա աչքերին և արտասանեց.

— Ես համոզված եմ, որ ոչ ոք և ոչինչ չի կարող խափանել մեր բարեկամությունը...

Նրա ձայնի մեջ զգացվեց խորին հուզում...

V

Դարձյալ մի անքուն գիշեր Շուշանիկի համար: Նրա ականջներին շարունակ հնչում էին Անտոնինա Իվանովնայի խոսքերը. «Ես համոզված եմ, որ ոչ ոք և ոչինչ չի կարող խափանել մեր բարեկամությունը»: Անշուշտ դա մի կծու ակնարկ էր, անշուշտ, տիկինը գիտե, ինչ է կատարվում նրա սրտում: Օ՜օ, ամոթալի դրություն: Եվ նա, համեստ համարված մի աղջիկ, դեռ կարողանո՞ւմ է նայել այդ անբախտ կնոջ երեսին: Նա՞, որ կրում է սրտում մեղսալի զգացումներ, թեկուզ ակամա, թեկուզ հակառակ յուր ամբողջ էության. տեր աստված, մի՞թե երբեք չի ունենալ ուժ սպանելու յուր սրտում այդ որդը: Ահա լսեց, որ վաղը նա հանքերումն է լինելու, և այժմվանից արդեն սիրտը թրթռում է: Երևի, նա կգա հիվանդին տեսնելու. նա միշտ գալիս է, այնքան բարի է դեպի Զարգարյանները: Պետք է փախչել տնից, չլսել նրա բարեհնչյուն ձայնը, չտեսնել նրա թախծալի աչքերը...

Բայց ոչ. ինչո՞ւ փախչել և գեթ մի անգամ չխոսել նրա հետ պարզ: Մի՞թե միշտ լուռ ու մունջ պիտի կրի վիշտը և, չկարողանալով հաղթել, ընկճվի ու ոչնչանա նրա ծանրության տակ: Հարկավ, նա չի հայտնիլ այդ մարդուն յուր զգացումները: Օ՜օ, ոչ, այդ կլիներ հիմարություն. մի՞թե նա կորցրել է ամոթի վերջին կաթիլը: Բայց ինչո՞ւ չփորձել երես առ երես կանգնել իրականության հետ: Ով գիտե, գուցե այդ մարդը նրան ասի մի դառն ճշմարտություն, որից նա սթափվի, ուղիղ ճանապարհի գա: Պետք է լինել մի փոքր համարձակ, հենց փորձի համար, հենց ինքն իրան համոզելու համար, թե կարող է Սմբատ Ալիմյանի հետ խոսել աներկյուղ, նույնիսկ անտարբեր: Նա ոչինչ ակնկալություն չունի յուր սիրուց. հափշտակվել է անշահ, այնպես, ինքն էլ չգիտե ինչո՞ւ: Եվ երբեք, երբեք չի ունեցել հանդուգն փափագ՝ տիրանալ մի անձի, որ օրենքով ուրիշին է պատկանում, այն էլ մի խելոք, բարի, առաքինի կնոջ: Մի կնոջ, որ ուզում է նրա անկեղծ բարեկամուհին դառնալ: Ոչ, նրա համեստությունը, աշխարհայացքը, նրա ամբողջ բարոյական կազմը դեմ են այս հանցավոր մտքին:

Հոր առավոտյան աղաղակը սթափեցրեց նրան: Մի՞թե արդեն լուսացել է, և նա դեռ անքուն է: Այս արդեն խելագարություն է: Ախ, հիվանդի այդ սոսկալի մրմունջներն անգամ չեն խլացնում նրա սրտի վիշտը գեթ մի քանի րոպե: Ախ, այս տանը երկու հիվանդ կա. մեկին հալածում է կրակի սարսափը, մյուսին՝ հանցավոր սիրո ահը: Տարբերությունն այն է, որ մեկը յուր կսկիծն արտահայտում է աղաղակներով, մյուսն այրվում է ներքուստ և ստիպված է լռել, միշտ լռել: Այլևս բավական է. թող նա կործանվի, բայց կործանվի գեթ մի անգամ տանջված կրծքից սուր ճիչ արձակելով.

— Մամա, հանգիստ թող ինձ, մամա, ես հիվանդ չեմ:

— Երանի միայն հիվանդ լինեիր, որդի, դու ուրիշ ցավ ունիս...

Շուշանիկը բաց արավ լուսամուտները. նայեց դեպի դուրս:

Մի շաբաթ էր անձրևները դադարել էին, գետինը չորացել էր: Տեղ-տեղ երևում էին օազիսների պես կանաչ տարածություններ, ուր չկային սև նավթի հետքեր, երկիրը ծածկվել էր նոր խոտով: Փույթ չէ, որ բնությունն այստեղ խղճուկ է — մթնոլորտը տոգորվել էր գարնան արբեցուցիչ ոգով:

Շուշանիկն ուղղեց ճակատի վրա սփռված մազերը, անցավ հոր սենյակը: Հիվանդը դեռ մրմնջում էր, երկյուղած աչքերը դռներին հառած: Ամեն րոպե սպասում էր, թե ահա, ահա պիտի գան «անաստվածները» և իրեն տանեն դուրս, ձգեն կրակի մեջ:

Նա առողջ ձեռը փաթաթեց աղջկա պարանոցին, սկսեց հեկեկալ առանց արտասուքի, մի տեսակ մեքենայի պես: Ազատի՛ր նրան, Շուշան, էլի միայն դու սիրտ ունես, ազատի՛ր:

Հիմա նա առողջ է, բայց մայրդ, հորաքույրդ և այն «չար սատանա Դավիթն» ուզում են նրան կենդանի-կենդանի խորովել, ասում են ավելորդ բերան է: Այ, դրսում կրակ են պատրաստել: Է՜, բայց զուր են սպասում: Սարգսի խելքը դեռ գլխին է, երբեք ոտը տնից դուրս չի դնի, թեկուզ ամբողջ աշխարհը գա:

Բառերը դուրս էին գալիս հիվանդի կոկորդից ուժով: Նա հազից կապտում էր, խեղդվում: Նա կատաղեց ինքն յուր դեմ և սկսեց երեսը ճանկռտել, մազերը փետտել: Շուշանիկը չոքեց նրա առջև, բռնեց ձեռը, սեղմեց յուր ձեռների մեջ և սկսեց աղերսել, որ հանգստանա: Փոքր առ փոքր նրա մեղմիկ հորդորների ազդեցությամբ հիվանդը լռեց, հանդարտվեց, թեյ պահանջեց:

Այդ միջոցին կից բնակարանում կատարվում էր ուրիշ տեսարան: Սմբատը երեխաների հետ քաղաքից եկավ բավական կանուխ: Անտոնինա Իվանովնան վազեց առաջ, գրկեց Վասյային ու Ալյոշային այնպես, որ կարծես մի ամիս չէր տեսել նրանց:

Սմբատը դիտում էր սրտաշարժ տեսարանը և զսպում հառաչանքը, չէ՞ որ կարող էր բախտավոր ընտանեկան լինել, եթե սիրեր այդ կնոջը և սիրվեր նրանից, մեկ էլ՝ չլինեին այն «նախապաշարումները»: Անտոնինա Իվանովնայի լուրջ ու մտախոհ ճակատի վրա այսօր նշմարում էր մի նոր մռայլ: Նրան թվում էր, որ վերջին օրերը կինը տանջվեք է բոլորովին մի նոր վշտից, որ, վերջապես, այժմ նա այն չէ, ինչ որ մի ամիս առաջ: Նա զգաց կարեկցության պես մի բան: Ախ, այդ կինը մենակ է այստեղ, յուր ծննդավայրից հեռու, մի՞թե վայրենություն չէ նրա հետ այնքան խիստ վարվելը: Թող նա լինի համառ, բայց ինչո՞ւ չխնայել նրան թեկուզ սոսկ մարդասիրական զգացումներից շարժված:

Մի վայրկյան նա քիչ էր մնում ենթարկվեր սրտի տկարությանը և հաշտության մի խոսք ասել: Բայց զսպեց իրան. ինչո՞ւ ինքը պիտի սաի և ոչ նա. չէ՞ որ նրանք հավասար միմյանց վշտացրել են և միմյանց կյանքը թունավորել: Թող նա մի թույլ ակնարկ անի, թե զղջում է, ինքն առաջինը ներում կխնդրի:

Անտոնինա Իվանովնան, աղախնի խոսքերից դրդված մի ակնթարթ նայեց Սմբատին, նկատեց նրա դեմքի վրա խիստ փոփոխություն: Նրան թվաց, որ վերջին ժամանակ ամուսինը բավական գիրացել է, առողջացել: Թվաց նույնպես, որ նրա աչքերն այժմ արտահայտում են մի տեսակ կենսասիրություն, որ նրա ճակատի վրա չկա այլևս առաջվա մռայլը:

Աղախինը ներս բերեց մի քանի կապոցներ, որ Սմբատը թողել էր կառքում:

— Սպասիր, — վազեց առաջ Վասյան և, խլելով կապոցները, սկսեց արագ-արագ բաց անել, — չխառնե՛ք, պապան մեզ համար ջոկ-ջոկ նվերներ է գնել: Ալյոշա, այս քոնն է. այս իմն է, այս էլ քոնն է, վերցրու, չէ, չէ, այդ մեկն իմն է:

Սմբատը միջամտեց. իրերը բաժանեց, որ մանուկները չկռվեն:

Մեջտեղ մնաց ամենից մեծ կապոցը:

Այդ քոնն է, մամա, — ասաց Ալյոշան, կապոցը տալով մորը:

Տիկինը զարմացավ:

— Ձեզ համար ունանց է, — բացատրեց Սմբատը, երեսը մի կողմ դարձնելով:

— Ես գարնանային ունանց ունիմ:

— Հավանեցի, գնեցի. կամենա՛ք, վերցրեք, չկամենաք, թողեք...

Նվեր, ի՞նչ է նշանակում այդ:

— Մամա, վերցրո՛ւ, լավն է, — ասաց Վասյան:

— Մամա, վերցրո՛ւ, լավն է, — կրկնեց Ալյոշան:

Անտոնինա Իվանովնան, լուռ, ձեռով նշան արավ աղախնին, որ կապոցը տանի մյուս սենյակ:

Երկուսն էլ զգում էին անհարմարություն, երկուսն էլ ուզում էին այսօր ուղիղ նայել միմյանց երեսին և չէին նայում: Իսկ երեխաները զբաղված էին իրենց խաղալիքներով, նայում էին մեկ-մեկ, հրճվում, բացականչում: Նրանց մանկական մետաղահնչյուն ձայների մեջ ծնողները զգում էին սուր կշտամբանք: Անտոնինա Իվանովնան մտածում էր. արդյոք անիրավ չի՞ վարվում այդ մարդու հետ, արդյոք մշտական դժբախտությունների գլխավոր պատճառն ի՞նքը չէ: Մի՞թե չէր կարող լինել ավելի զիջող, քան հակաճառող: Ինչո՞վ են մեղավոր այդ մանուկները, որոնց քաշքշում են հանքերից քաղաք և քաղաքից հանքերը, ստիպում վարել ինչ-որ անապատային կյանք: Ինչո՞վ պիտի, վերջապես, պսակվի այս անորոշ կացությունը: Նրանք սխալվել են, էհ, ի՞նչ արած, մի՞թե համառությամբ պիտի բարդացնեն այդ սխալի հետևանքները:

— Ասում են՝ անդամալույծը խելագարվել է, ճի՞շտ է, — հարցրեց Սմբատը:

— Համարյա թե:

— Հարմար կլինի իմ այցելությունը:

— Չգիտեմ, միայն վաղ է, դեռ նոր է զարթնել:

Սմբատը դուրս եկավ, գնաց Միքայելի բնակարանը: Բակով անցնելիս, մի անգամ հետ նայեց և լուսամատի առջև տեսավ Շուշանիկի գլուխը:

Օրիորդը նրան չնկատեց: Նա զբաղված էր գրասեղանի քով: Մի քանի քայլ հեռու կանգնած էր հաղթանդամ Զուպրովը, և ֆուրաժկան ձեռների մեջ պտտացնելով, թելադրում էր նամակ «տան» վրա: Ծննդավայրի հիշողությունները վառվել էին նրա մեջ, առանց հուզման չէր կարողանում թելադրել նամակը: Երբ հերթը հասավ «բարևներին», նա հիշեց բոլոր տնեցիների, բոլոր ազգականների, նույնիսկ հարևանների անունները:

Նամակն ավարտեց. Շուշանիկը գրեց հասցեն՝ Սարատովի նահանգի այսինչ գավառի, այնինչ Շրջանի, այնինչ գյուղը: Զուպրովն առավ ծրարը, փաթաթեց թաշկինակի մեջ և դուրս գնաց, խոր գլուխ տալով: Շուշանիկը վերցրեց սեղանի վրայից գիրքը, շարունակեց կարդալ: Կես ժամ անցած, հոգնեց, սկսեց անցուդարձ անել: Հետո դարձյալ նստեց սեղանի քով և անորոշ հայացքը դարձրեց դեպի կանաչ դաշտերը:

Նա աշխատում էր համոզել իրեն, թե չպիտի իր համար լինի ավելի մեծ վիշտ, քան հարազատ հոր հուսահատական վիճակը: Նա վեր կացավ, որ անցնի հիվանդի սենյակը, բայց դռների մոտ լսեց Սմբատի ձայնը: Ձեռները թուլացան, գլուխն անզոր թեքվեց կրծքին, այնքա՜ն այդ ձայնն ազդեց նրա վրա: Ո՜չ, նա իր սենյակից չի դուրս գալ, թեկուզ հայրն էլ կանչի: Նա կփակի ականջները, որ չլսի վտանգավոր ձայնը, կգոցի աչքերը, որ չտեսնի առնական կերպարանքը:

Պատերազմն անտանելի էր: Նա չէր ուզում լսել այդ ձայնը, բայց ականջ էր դնում, որ լսի: Այս վատ է, շատ վատ, պետք է տնից փախչել: Նա դուրս եկավ պատշգամբ: Չգնա՞լ արդյոք, Անտոնինա Իվանովնայի մոտ: Այնտեղ խղճի խայթը կթափեցնի նրան: Ցույց տալով սառնասրտություն, տիկնոջ սրտից կջնջի կասկածը: Թող ենթարկի իրեն դառն փորձի, բայց փորձը կմաքրի, կզտի նրա սիրտը:

Սակայն տիկինը տանը չէր, գնացել էր գրադարան-ընթերցարան: Իսկ երեխաներն աղախնի հետ դրսում, մի կանաչ տափարակի վրա սերսո էին խաղում:

— Բարև ձեզ, օրիորդ, — լսեց Շուշանիկն այն մարդու ձայնը, որից փախչում էր: — Ներեցեք, կարծես վախեցրի ձեզ: Բայց լավ բռնեցի, ձեզ հետ խոսելիք ունեմ...

Նա շտապեց ներս, բերեց երկու աթոռ, դրեց պատշգամբի մի խուլ անկյունում, որ ավելի ապահով էր օտար աչքերից: Շուշանիկը չկարողացավ հակառակել. միշտ Սմբատի ձայնը կաշկանդում էր նրա կամքը:

— Օրիորդ, — սկսեց Սմբատը ռուսերեն լեզվով, — դուք խելոք և զարգացած եք, հուսով եմ, որ թույլ կտաք ինձ եղբայրաբար մի հարց առաջարկել ձեզ: Ասացեք, խնդրեմ, ի՞նչ կարծիք ունեք իմ եղբոր, Միքայելի մասին:

Հարցը միանգամայն անսպասելի էր, Շաշանիկը նեղն ընկավ: Բայց չէ՞ որ Սմբատ Ալիմյանը նրան համարում է «խելոք ու զարգացած», պետք է ուրեմն չշփոթվել:

— Ինչո՞ւ համար եք հարցնում, — ասաց նա:

— Ձեր պատասխանից շատ բան է կախված: Ուզում եմ իմանալ արդյոք իմ եղբոր մեջ որևէ արժանավորություն գտնո՞ւմ եք:

— Արժանավորությո՞ւն, — կրկնեց Շուշանիկը, — իմ կարծիքով չկա մի մարդ առանց որևէ արժանավորության:

— Բոլորովին ճիշտ է, բայց ես կկամենայի, որ դուք Միքայելին ինչպե՛ս ասեմ, ըըը... ավելի արժանավոր մարդ համարեիք, քան ում նէ...

Արդեն այս խոսքերը բավական էին, որպեսզի Շուշանիկն իմանար, թե ինչ է Սմբատի նպատակը: Նա վճռեց լինել պարզ, աներկյուղ: Նա հարցրեց, արդյոք, ի՞նչ նշանակություն կարող է ունենալ իմ կարծիքը մի «օտար» մարդու մասին:

Սմբատը աններելի համարեց խոսել մութ ակնարկներով: Նա խնդիրը դրեց պարզ հողի վրա: Կես ժամ առաջ նա Միքայելին թողեց հուսահատ դրության մեջ, պետք է այսպես թե այնպես խնդիրը լուծել: Նա ասաց, թե գիտե, որ օրիորդը Միքայելին համարում է անարժան, նույնիսկ անբարոյական մարդ: Այո՛, թող չշփոթվի. նա ասում է այն, ինչ որ վաղուց գիտե: Եվ այդ բոլորովին չի վիրավորում նրա եղբայրական զգացումը: Մի «վերին աստիճանի համեստ ու մաքուր էակ» ուրիշ կարծիք չէր կարող ունենալ այն մարդու մասին, որ կյանքն անց է կացրել աննպատակ, շռայլ ու զեխ:

— Երբ ես Ռուսաստանից եկա, Միքայելը քաղաքի ամենաապականված երիտասարդներից մեկն էր: Հայրս ինձ կտակեց ուղիղ ճանապարհի բերել մոլորված եղբորս: Ես պարտավոր էի կատարել հանգուցյալի կամքը, թեև ինքս շատ էլ հնազանդ որդի չէի եղել... Աստծուն է հայտնի, թե որքան աշխատեցի համոզել Միքայելին, որ իր կյանքը փոխի: Բայց իմ բոլոր ջանքերն անցան զուր: Միքայելն ուղղվելու փոխարեն, ավելի ու ավելի փչացավ: Ձեզ էլ հայտնի է, որ թե ինչ վիրավորանքներ ստացավ նա, որչափ անպատվվեց ու խայտառակվեց: Ես չկարողացա ազատել նրան բարոյական անկումից, որովհետև այդ իմ ուժերից բարձր էր: Բայց այն, ինչ որ ինձ համար դժվար էր, մի ուրիշի համար դարձավ շատ դյուրին բան... Ծայրահեղ ապականված մարդը, մի մարդ, որին բոլորը կորած էին համարում, հանկարծ, կարծես, մի գերբնական ուժով սկսեց փոխվել: Նա թողեց անբարոյական շրջանները, հեռացավ բոլորից և ամփոփվեց ինքն իր մեջ: Առաջվա Միքայելին տեսնողը չի ճանաչիլ այժմյան Միքայելին: Այժմ նա բոլորովին ուրիշ մարդ է: Սկզբում, օրիորդ, այս ինձ համար մի առեղծված էր... Այդպիսի արմատական փոփոխություն կյանքումս չէի տեսել ոչ մի մարդու մեջ, շատ-շատ կարդացել էի միայն վեպերում: Այժմ գործն ինձ համար պարզվում է: Խոսելով Միքայելի հետ, դիտելով հեռվից հեռու, ես այժմ գտնում եմ նրա անսպասելի, կարող եմ ասել, գերբնական փոփոխության հեղինակին... Արդ դո՛ւք եք...

Նա կանգ առավ, որովհետև նկատեց, որ իր խոսքերը խորը ներգործություն են անում օրիորդի վրա:

— Բավակա՛ն է, — արտասանեց Շուշանիկը երերուն ձայնով:

— Ինչո՞ւ ճշմարտությունը թաքցնել, քանի որ ինքներդ էլ զգում եք: Օրիորդ, դուք ազատեցիք իմ եղբորը, և ես պարտավոր եմ հայտնել շնորհակալություն: Բայց մի բան. մի՛ թողեք նրան կես ճանապարհի վրա, շարունակեցեք ձեր բարերար ազդեցությունը... Սիրեցեք նրան...

Շուշանիկը ցնցվեց և, կիսով չափ տեղից վեր կենալով, խորին սրտմտությամբ արտասանեց.

— Պարոն, ի՞նչ իրավունքով եք ինձ վիրավորում...

— Ա՛խ, օրիորդ, ի սեր աստծու, իմ խոսքերը մի՛ ընդունեք վատ մտքով: Այդ ձեզ չի սազամ: Սիրեցեք Միքայելին, որովհետև նա ձեզ սիրում է խելագարի պես:

Ա՛խ, նրան առաջարկում են սիրել մի մարդու, որի վերաբերմամբ դեռ չի հաղթել սրտում բոլոր զզվանքը: Եվ ո՞վ է առաջարկում... Մի՞թե այս էր նրա սրտի իղձը: Ի՞նչ պատասխանել, երբ քո անհուն տենչանքների միակ առարկան, քո երազների կենտրոնը, քո գաղտնի պաշտեցյալը, այժմ, դեմուդեմ նստած, ուրիշի զգացումների թարգման և պաշտպան է հանդիսանում: Մի՞թե այդ մարդը ոչինչ չգիտե...

Չգիտե՞: Ո՛չ, Սմբատը կույր չէ: Եթե չհավատար Միքայելի նախանձին, եթե չհավատար իր նկատածներին և զգացածներին իսկ, այժմ բավական էին Շուշանիկի ակամա ցնցումները, որպեսզի զգար, թե ում համար է բաբախում օրիորդի սիրտը:

Ա՛խ, նա կարող էր արձագանք տալ այդ աղջկա զգացումներին, նա ինքը շատ անգամ էր մտածել նրա մասին: Բայց ի՞նչ իրավունքով և ի՞նչ նպատակով: Նա կաշկանդված է. հավիտյան և հենց այս պատճառով ժամանակին խեղդեց իր մեջ հղացած համակրության առաջին զգացումները, որպեսզի հետո խեղդելը դժվար չլինի: Այժմ, իբրև ազնիվ մարդ, պարտավոր է սթափեցնել մոլորված աղջկան:

Եվ նա սկսեց նրբորեն մերձենալ խնդրի այս ամենաէական կողմին: Նա վճռեց զոհել անձնականը, պաշտպանել Միքայելին: Միակ միջոցն էր համեմատությունը: Գովելով եղբորը, նա պիտի նսեմացներ իրեն: Այսպես էլ արավ: Հարկավ, թաքցրեց իրեն նսեմացնելու պատճառը, բայց գիտեր, որ իր խոսքերը կունենան ցանկալի հետևանք: Միքայելն ընդունակ է սիրել կրակոտ սիրով, չնայելով վատ անցյալին, սիրել ու տանջվել, նույնիսկ զոհվել սիրո անունով: Դա մի հազվագույտ հատկություն է, որով այժմ շատ քիչ երիտասարդներ կարող են պարծենալ: Նրա հոգու մեջ կա մի չապականված անկյուն: Այնտեղ թաքնված են ավելի խոր զգացումներ, քան մի ուրիշի ամբողջ հոգում: Հաճախ Սմբատը համեմատում էր իրեն Միքայելի հետ և միշտ նրան է գերազանցություն տալիս: Ո՛չ, թող չկարծի Շուշանիկը, թե նա կեղծ համեստությունից է ասում այս բոլորը: Մի մարդ, որ ընդունակ է ծայրահեղ զգացումների, միշտ գերադասելի է մի ուրիշից, որի զգացումները «սառել են վաղուց»: Նա, որ զգում է — ապրում է և տանջվում. նա, որ մտածում է — նիրհում է: Բարվոք է վատ անցյալ ունենալ և մաքրել այդ անցյալը ներկայի տանջանքներով, քան ապրել հարթ ու հավասար կյանքով: Հաճախ պատահում է, որ «լավ սկսողը վատ է վերջացնում, վատ սկսողը — լավ»:

Շուշանիկը լսում էր լուռ, աչքերը հառած դեպի անորոշ տարածություն: Նա գուշակում էր Սմբատի միտքը: Նա չէր հավատում այդ մարդու կողմնակի ինքնաստորացման անկեղծությանը, բայց զգում էր նրա խոսքերի նպատակը: Նա ուզում էր ասել, թե չի կարող սիրել, ուզում է սառը ջուր ածել դիմացինի կրած տանջանքների վրա: Ահա թե որքան դժբախտ է Շուշանիկը: Բայց ինչո՞ւ, մի՞թե Շուշանիկը երբևէ հանդգնել է կարծել, թե Սմբատ Ալիմյանը կարող է սիրել իրեն, «տանջվել, նույնիսկ զոհվել սիրո անունով»: Նա ինքը և միայն ինքն է սիրել և սիրել է գաղտնի, երկյուղով: Այժմ... նրան հասկացնում են, թե խաբված է:

— Ասացեք, ի՞նչ եք պահանջում ինձանից, — արտասանեց նա, ոտքի կանգնելով:

— Ազատեցեք եղբորս... Նա առանց ձեր սիրո չի կարող երկար ապրել:

— Ա՜հ, պարոն Սմբատ, առասպելներ մի՛ հնարեք, — գոչեց հանկարծ Շուշանիկն այնպիսի տոնով, որ դժվար էր իմանալ, ո՛րն է ավելի զորեղ նրա մեջ՝ ամոթի՞, թե՞ բարկության ձայնը: — Ձեր եղբոր համար աշխարհն ամայի չէ, որ իմ մասին մտածի... Նա երիտասարդ է, հարուստ, գեղեցիկ... իսկ ես ո՞վ եմ...

— Դուք նա եք, որի նման երկրորդը չկա մեր քաղաքում: Դուք, երևի, ինքներդ չգիտեք՝ ո՛վ եք...

Շուշանիկը դողում էր տերևի պես:

— Ներեցե՛ք, ես լսում եմ հորս աղաղակը... Ներեցե՛ք, չեմ կարող այստեղ մնալ... Կտեսնենք... բավական է, որքան ծաղրեցիք ինձ...

Նա հեռացավ հաստատ քայլերով, գլուխը հպարտ բարձր պահած:

Սմբատը նայեց նրա հետևից: Որքա՛ն հպարտ է այդ աղջիկը, որքա՛ն գաղտնապահ և որքա՛ն համեստ իր արժանավորությունների վերաբերմամբ: «Ինչո՞ւ մի տասը տարի առաջ չպատահեցի մի այդպիսի աղջկա». անցավ Սմբատի մտքով:

VI

— Միրելիս, այդ բոլորը դատարկ բաներ են: Մեր ժամանակի ոգին քեզ վարակել է, այսպես ասած, մինչև ոսկորներիդ ծուծը: Բայց մի՛ վախենար, բոլորը կանցնի: Ո՞վ չի քեզ նման հիվանդ եղել և ո՞վ չի առողջացել: Այսօր անհրաժեշտ է խորհրդակցել բժշկի հետ արտասահման գնալու մասին:

Սակայն ոչ մի բժիշկ և ոչ մի դեղ այլևս չի կարող Արշակ Ալիմյանին ազատել այն բարոյական ախտից, որից առաջացել և այժմ բարդանում էր նրա մարմնավոր ախտը: Դեղերը ընդունելով հանդերձ, նա շարունակում էր նույն վատ կենցաղը և արագ-արագ քայքայվում ու փտում: Նույնիսկ Ալեքսեյ Իվանովիչը այժմ հորդորում էր նրան լուրջ դարմանվել, կատարել բժիշկների բոլոր պատվերները: Բայց զուր:

Այժմ Արշակն ուզում էր առանձին բնակարան վարձել և էլմիրայի հետ հրապարակորեն կենակցել: Ալեքսեյ Իվանովիչը, որ ինքն այժմ տեղափոխվել էր հյուրանոց, թախանձում էր նրան այդ չանել: Նա ասում էր, թե ներկայումս ընդունված չէ սիրուհու հետ մի տան մեջ ապրել, մովե տոն է համարվում:

Արշակը մտավ Քյազիմ-բեգի, Մոսիկյոյի, Նիասամիձեի շրջանը, դարձավ նրանց հետ հավասար ընկեր, չնայելով հասակին: Առայժմ խույս էր տալիս միայն Գրիգոր Հաբեթյանից, վախենալով նրանից: Բարեբախտաբար, հաստամարմին զվարճամոլը չէր երևում ընկերական շրջաններում:

Այն օրից, երբ քույրը տեղափոխվեց ծնողների տունը, նա փախչում էր հասարակությունից: Անուշի արատավորված վարկը նրան պատճառում էր ամոթ և ցավ:

Պետրոս Ղուլամյանն ապահարզանի խնդիր էր բարձրացրել, աշխատում էր առաջնորդի միջոցով թույլտվություն ձեռք բերել՝ մի ինչ-որ երիտասարդ ու գեղեցիկ այրիի հետ ամուսնանալու: Հարկավ, նա պիտի հրապարակորեն ապացուցաներ կնոջ դավաճանությունը: Բայց ինչպե՞ս. Անուշը չէր ուզում մեղքն իր վրա առնել: Նա տանջվում էր ամոթից, թող այդ մարդն էլ տանջվի «իր այրիի» համար:

Իսկ Անուշը, արդարև, տանջվում էր, և ոչ միայն ամոթից: Նրա գլխավոր ցավը Միքայելի անտարբերությունն էր: Անխի՛ղճ մարդ, դու չգնահատեցիր նրա սերը, թող այդպես լինի: Նա էլ կաշխատի քեզ մոռանալ: Դու կարծում ես, նա կամավոր իրեն կենթարկի անվերջ տանջանքների՞: Օ՜օ, ո՛չ, նա այնքան էլ հիմար չէ: Երեխանե՞րը: Այո՛, նրանց կարոտն անհաղթելի է: Բայց... Բայց քի՞չ կան մայրեր, որոնք թողնում են իրենց զավակներին ու փախչում սիրեկանների հետ: Անուշն էլ կանի, և ինչո՞ւ չանի, ինչո՞ւ խավարեցնի իր երիտասարդ կյանքը: Բավական է, պետք է վերջ տալ այս անօգուտ հառաչանքներին, պառավական «ախ ու վախին», թուլամտության արցունքներին: Պետք է ապրել, թեկուզ թշնամիների ջգրու:

Եվ Անուշը վճռեց փոքր առ փոքր երևալ հասարակության մեջ: Թող չկարծեն, թե իրեն բոլորովին մեղավոր է զգում և ամոթից թաքնվում: Սկզբում նրան թվում էր, որ բոլորն իրենով են զբաղված: Եվ այսպես էլ էր: Նախկին բարեկամուհիները և ծանոթները արհամարհանքով երես դարձրին նրանից: Սակայն շուտով այս սկսեց նրան ավելի զգոել և ավելի համարձակ դարձնել: Առ՜, որ այդպես է, նա բոլորովին ուշ չի դարձնիլ ուրիշների վրա:

Անուշը ծանոթացավ մի շարք երիտասարդների հետ, որոնցից առաջ խորշում էր, ինչպես և բոլոր առաքինի կանայք: Այդպիսով ուզում էր ցույց տալ արհամարհանք դեպի հասարակական կարծիքը: Նոր ծանոթները նրան վերաբերվում էին ոչ միայն հարգանքով, այլև մի տեսակ ակնածությամբ: Ցույց էին տալիս, թե գիտեն նրա տխուր պատմությունը, համարում են նրան բռնակալության զոհ, նույնիսկ հերոսուհի, որի առջև պարտավոր է խոնարհվել «կանանց ազատության» պատշպան ամեն մի երիտասարդ:

Անուշը հավատում էր նրանց շողոքորթություններին և ավելի ու ավելի սիրտ առնում: Նա սկսեց պարսավել առաքինի կանանց: Հավատացեք, աշխարհիս երեսին չկան բարոյական և անբարոյական կանայք, այլ կան խորամանկ և պարզասիրտ կանայք: Եվ միշտ, միշտ տուժողն անկեղծն է... Իսկ խորամանկը գիտե «իր գործը խելոք տանել»:

Նա բարեկամացավ իր նախկին դիմացի հարևանուհու հետ, որի համարձակությունն այնքան զգոել էր նրա նախանձը: Տիկին Վիշնևսկայան — այսպես էր օտարուհու ազգանունը — ուրիշների պես զոռոզ ու մանրակրկիտ չէր կանանց բարոյականության վերաբերմամբ: Ընդունում էր Անուշին իր տանը բարեկամաբար, ծանոթացնում էր իր ընկերուհիների հետ: Ահա ինչ ասել է չլինել ասիացի, անկիրթ ու կոպիտ, մտածում էր Անուշը: Հայուհիները երես են դարձնում, իսկ օտարուհին բարեկամանում է, նույնիսկ պաշտպանում նրան:

— Գիտե՞ս ինչ, սիրելիս, — ասում էր մի օր տիկին Վիշնևսկայան, — տղամարդուն պետք է հենց իր զենքով պատժել: Ինչո՞ւ երես տալ մեկին այնքան, որ նա, աստված գիտե, ինչեր երևակայի իր մասին: Հավատարիմ է ինձ, ես էլ հավատարիմ կմնամ, չէ — «ակն ընդական, ատամն ընդ ատաման»: Էհ, սիրելիս, մենք երկրորդ անգամ աշխարհ չենք գալու: Ապրենք, քանի որ կարելի է ապրել: Իսկ երբ կծերանանք, սև շալը կձգենք գլխներիս, աչքներս կծռենք դեպի վեր ու կերգենք. «Ալելույա, ալելույա, տեր, դու թողություն տուր մեր մեղքերին»: Կարծում ես՝ աստված չի՞ ների: Հավատա, կների: Նա բարի է, մարդկանց պես նեղսիրտ չէ...

Անուշը մտածեց Միքայելից վրեժ առնել: Ո՞ւր է նա, թող գա, տեսնի քանի-քանի գեղեցիկ, երիտասարդ երկրպագուներ ունի այժմ Անուշը: Մի օր, ծովափում զբոսնելիս, հենց այս մասին էր մտածում, երբ հեռվից տեսավ Միքայելին: Նրան ուղեկցում էր մի ջերմ երկրպագու, հագնված վերջին տարազով: Նա ձեռը մտցրեց երիտասարդ ուղեկցի թևի տակ, սկսեց ժպտալ և ինչ-որ շշնջալ: Նա ուզում էր պարզ ցույց տալ, թե այդ մարդու հետ շատ մտերիմ է:

Միքայելը գալիս էր մի գործարանատիրոջ գրասենյակից, որի հետ նավթային հաշիվներ ուներ: Նախ չիմացավ՝ բարևի Անուշին, թե՞ չէ: Ապա վճռեց բարևել: Բայց դեռ չմոտեցած, նկատեց տիկնոջ աչք ծակող ձևերը, լսեց նրա համարձակ քրքիջը, ձեռը հեռացրեց գդակից և երեսը զզվանքով հետ դարձրեց:

Անուշը զրեթե ոչնչացավ: Վրեժ լուծելու փոխարեն՝ արժանացավ բացարձակ արհամարհանքի: Գունատվեց, կորցրեց ինքն իրեն և, երբ բոլորովին հավասարվեց Միքայելին, արտասանեց.

— Լի՛ րբ:

Տղամարդկային ձայնով արտասանած կոպիտ հիշոցը Միքայելի զզվանքը փոխեց ցավակցության դեպի մի կին, որի բարոյական այժմյան անկման սկզբնապատճառն էր եղել:

Հասնելով հանքերը՝ նա Սմբատին հանդիպեց գրասենյակում: Այստեղ իմացավ, որ Մարութխանյանն արդեն դիմել է դատարանին, և շուտով կստացվի կոչնագիր: Ի՛նչ, մի՞թե նա չաղաչեց Սմբատին, որ գործը վերջացնի առանց դատարանի: Սմբատը պնդեց, թե չէր կարող այդ անել, թե հանաք բան չէ վերցնել կես միլիոն և դեն շպրտել:

— Որ՛ այդպես է, ես դատարան չեմ գնալ, — ասաց Միքայելը գրգռված:

— Էհ, ե՛ս կգնամ քո փոխարեն:

— Լիազորություն չեմ տալ:

— Միքայել, դու բոլորովին գժվել ես:

— Իսկ դու խելոքացել ես ավելի: Թո՛ղ ինձ հանգիստ...

— Ուրեմն այդ քո վերջի՞ն խոսքն է:

— Վերջին և դրական:

Սմբատը մտածեց մի քանի, վայրկյան և վճռապես հայտնեց, թե Մարութխանյանին մի կոպեկ անգամ չի տար:

— Այն ժամանակ, թող ինձ բանտ զցեն, դրան էլ հոժար եմ, — ասաց Միքայելը և անցավ իր սենյակը:

Այսօր, իր հանցանքի առարկային հանդիպելուց հետո, զգում էր անասելի տանջանք: Եթե նա այնքան իրեն վայր է զցել, որ մի կին փողոցում շպրտում է «լի՛րբ» բառը, և նա լռում է — մի՞թե միևնույնը չէ այսուհետև: Կարծես, բարոյապես սնանկի համար նյութական սնանկությունն զգալի՞ պիտի լինի: Այո՛, թող նրան զցեն բանտ, միևնույն է:

— Կանչի՛ր այստեղ Դավիթին, — հրամայեց նա ծառային:

Ներս մտավ հաշվապահը գրիչը ձեռին:

— Եղբայրս գնա՞ց:

— Գնաց:

— Ի՞նչ գործի եք:

— Ամսահաշիվ եմ պատրաստում:

— Շտապո՞ւմ եք:

— Ուշացել է. երեկոյան անպատճառ պիտի ուղարկել քաղաք:

— Վաղը կարող եք ուղարկել: Նստեցեք, մի փոքր խոսենք: Նա ստիպեց հաշվապահին ճաշել իր հետ: Նա շարունակ խոսում էր: Այդ մարդը, որ երբեք անձնականից դուրս մի բանով չէր հետաքրքրվել, գտնվում էր ինչ-որ փիլիսոփայական տրամադրության մեջ: Դավիթը զարմացած էր և ավելի զարմացավ, երբ նա սկսեց քննադատել հասարակական կյանքի կարգ ու կանոնը: Առանձնապես հարձակվում էր տնտեսական «անարդար» կազմակերպության վրա: Ինչո՞ւ հարյուրավոր մարդիկ աշխատում են մեկին կամ երկուսին կշտացնելու համար, ինչո՞ւ բնության բերքերը հավասար բոլորին չեն պատկանում: Ինչո՞ւ, օրինակ, ինքը պիտի այստեղ հանգիստ ճաշի, իսկ այնտեղ, նավթի ու կրակի միջավայրում հարյուրավոր մարդիկ պիտի նրա համար իրենց կյանքը վտանգի տակ պահեն գիշեր-ցերեկ:

— Բայց ո՛չ, ինձ համար չեն աշխատում: Այժմ ես էլ ձեզ պես մի հասարակ աշխատավոր եմ: Ոչինչ չունիմ, գիտեք ոչինչ:

Եվ պատմեց, որ ինքն այժմ սնանկ է, զուրկ վերջին կոպեկից:

— Ահա ինչո՛ւ, ուրեմն դուք, այժմ հետաքրքրվում եք դրամից զուրկ մարդկանց կյանքով, — չկարողացավ զսպել լեզուն Զարգարյանը:

— Դուք իրավունք ունիք: Բայց այդ չէ պատճառը: Եթե կամենամ, դեռ կարող եմ հարուստ մնալ: Բայց չեմ ուզում: Ինձ ամեն ինչ ձանձրացրել է, գիտեք, ամեն ինչ...

Վերջացնելով ճաշը, նա դուրս եկավ մի փոքր զբոսնելու: Ամեն բան այժմ նրան թվում էր դատարկ, սնոտի, անմիտ: Զարմանում էր, որ Սմբատն այնպես ամուր է կպել հայրական հարստությանը: Հիշում էր նրա նամակները, նրա անցյալ գաղափարները և մտքում ծպտում: Ահա թե որքան զորեղ է դրամի հրապույրը. այն մարդը, որ հոր հարստությունը մի ժամանակ քիչ էր մնում կողոպուտ համարեր, այժմ դարձել է այդ հարստության ջերմ պաշտպանը: Էհ, երևի նա ուզում է կատարել հոր կամքը:

Վերադառնալով իր սենյակը՝ նա դարձյալ կանչեց Դավիթին: Այս անգամ նա բաց չթողեց հաշվապահին մինչև ընթրիք: Նա ընթրեց նրա հետ միասին:

Գիշեր էր: նա անկողնի մեջ պտտում էր մի կողմից մյուսի վրա և չէր կարողանում քնել: Շոգու աղմուկը նրան հիշեցնում էր մշակների դժոխային աշխատանքը: Նրա աչքերի առջև պատկերանում էին մրոտ ու նավթոտ բանվորների վտիտ դեմքերը. մթին ու մռայլ, ինչպես նավթահորերի խորքը: Նույնիսկ Չուպրովի, Ռասուլի ու Կարապետի պես առողջ աշխատավորները նրան թվում էին հիվանդոտ: Մի՞թե այդ մարդիկ սիրտ չունի՞ն, հոգի չանի՞ն, չե՞ն մտածում, չե՞ն զգում, չե՞ն սիրում, չե՞ն ատում, չե՞ն նախանձում: Մի՞թե մի կտոր հացի հոգսը սպանել է նրանց մեջ բոլոր մարդկայինը և դարձրել նրանց անշունչ մեքենա: Ինչո՞ւ չհետաքրքրվել այս բոլորով: Նրա շուրջը ապրում են հարյուրավոր մարդիկ, չարչարվում, տանջվում, իսկ ինքը զբաղված է միայն իր փոքրիկ աշխարհով: Այդ ի՞նչ է լսվում: Ա՛, Զարգարյանի համարակալի չխչխկոցը: Խե՜ղճ հաշվապահ, նա մոռացել է քունը և կես գիշերին, կոր մեջքը ծռած, գրում է, ջնջում, հաշվում, թե ինչ է՝ Ալիմյանները պիտի ապրեն ապահով ու անհոգ: Եվ դեռ Ալիմյանները կարծում են՝ մեծ բարություն են անում այդ մարդուն, տալով նրան ամսական մի քանի տասնյակ ռուբլի: Իսկ այդ աղջի՞կը, որ սովոր էր անհոգ ու ապահով կյանքին: Այժմ կրում է կամավոր աղախնի կյանք, գիշեր-ցերեկ բնեռված անդամալույծ հոր մահճակալին: Ինչո՞ւ, ինչով է մեղավոր նա, այդ հեզ ու հպարտ էակը, որի համեստությանը՝ հանդգնեց ձեռնամուխ լինել կյանքի հաճույքներից լիացած մի մարդ:

Ա՜խ, ամոթալի օր, երբեք Միքայելը չի ներիլ իրեն իր այդ անվայել վարմունքը, ամեն բան կների, բացի այդ մեկից: Այո՛, այդ աղջիկն իրավունք ուներ ասելու, թե միայն հարստությունը ներշնչեց Միքայելին հանդգնություն՝ վիրավորելու նրա ամոթխածությունը: Բայց թող այդպես լինի: Այժմ Միքայելն ինքն աղքատ է գրեթե այնչափ, որ չափ Դավիթը: Աղքա՛տ: Այո՛, իհարկե, աղքատ է: Վճռված է, ոչ մի կոպեկ հայրական հարստությունից, ոչ մի կոպեկ: Եվ այդ բոլորի փոխարեն նա միայն մի բան է ցանկանում. ազատվել այդ աղքատ աղջկա արհամարհանքից, համոզել նրան, թե այժմ ինքն էլ զզվում է իր անցյալից:

Փոքր առ փոքր գլուխը հոգնեց ծանր մտքերից, նյարդերը թուլացան և աչքերը փակվեցին: Երազը ձուլվեց իրականության հետ, Շուշանիկի կերպարանքը պատկերացավ նաև երազի մեջ: Այժմ նա գտնվում է մի մթին վայրում: Չորս կողմ մինչև երկինք բարձրանում են ինչ-որ սև ծառեր, սուր զազաթներով, հաստ բներով: Իսկ այնտեղ, հեռու, շատ հեռու խավարի մեջ պսպղում է մի պայծառ լույս: Նա ձգտում է դուրս գալ խավարից, դիմում է դեպի լույս: Բայց ոտները կաշկանդվել են: Նա ամեն քայլափոխում խրվում է ինչ-որ կեղտոտ տիղմի մեջ, հազիվ կարողանալով ոտքի վրա մնալ: Իսկ հեռավոր լույսի մեջ պարզվում է հեզ ու հպարտ կերպարանքը, այո, հեզ ու հպարտ, հեզ, իրենից ավելի աղքատների վերաբերմամբ, հպարտ — հարուստների հետ: Հպա րտ. իսկ այդ ո՞վ է: Սմբատը, մի՞թե նա հարուստ չէ, ինչո՞ւ Շուշանիկը խոնարհվում էր նրա առջև: Տեր աստված, այդ ի՞նչ է, նրանք գրկվում են, համբուրվում: Ո՛չ, այդ անկարելի է: Լույսը մեծացավ, ընդարձակվեց, գույնը փոխեց, շուրջը տարածվեց բոսորագույն, շողեր՝ արյունի հեղեղի պես: Այդ ի՞նչ տարօրինակ ձայն է: Աա՜, Շուշանիկի հոր աղաղակը: Ո՛չ, դա մարդկային ձայն չէ, այլ ինչ-որ գազանային մռնչյուն, որին արձագանք է տալիս անտառի խորքերից մի ուրիշը. հետո երրորդը, չորրորդը, և ամբողջ անտառը թնդում է այդ մռնչյուններից:

Նա զարթնեց, նստեց անկողնի մեջ, աչքերը տրորեց: Այդ ի՞նչ է. մի՞թե այդպես շուտ լուսացավ, այդ ի՞նչ բոսորագույն լույս է, որ հեղեղել է նրա սենյակը: Մռնչյունները շարունակվում են: Բա՜, այդ հանքային մեքենաների շվիկներն են: Նրանք արձակում են անսովոր, անհանգիստ սուլոցներ: Այդպես սուլում են միայն հրդեհի ժամանակ:

Կայծակի արագությամբ նա ցած թռավ անկողնից, մոտեցավ լուսամուտին: Սկզբում թվաց նրան, որ այրվում է այն տունը, ուր գտնվում էր ինքը: Նա այնքան շփոթվեց, որ չիմացավ հագնվի, թե մերկությամբ դուրս վազի: Մի՞թե, ճշմարիտ, հրդեհ է, թե երազ: Նա բաց արավ լուսամուտի փեղկերը, նայեց կրակի կողմ, ցնցվեց, արձանացած մի վայրկյան: Կրակը հեռու չէր այն բնակարանից, ուր կենում էր Անտոնինա Իվանովնան՝ երեխաների հետ և Զարգարյանները:

Սարսափն անցավ ուղեղին, խելքը մթագնեց: Սակայն զգում էր որ այդպիսի դեպքերում սառնասրտությունն է առաջին անհրաժեշտ պայմանը: Նա մի կերպ շտապով հագնվեց և վազեց դուրս: Իսկ սուլոցները շարունակվում էին ավելի ու ավելի զորանալով, որպես մարդկային աղերսանքներ, հուսահատական, ահարկու: Դա մի տեսակ դիվային համերգ էր, որքան զորավոր, նույնքան աններդաշնակ և իր աններդաշնակության մեջ զարհուրելի գիշերվա խավարում:

Գրասենյակում լամպարը դեռ վառ էր, բայց Դավիթ Զարգարյանը այնտեղ չէր: Անտարակույս կրակն Ալիխյանների հանքերի վրա է: Մշակներն արդեն զարթնել էին և շփոթված վազում էին դեպի կրակը ցիրուցան, որպես մրջյունները, որոնց բնի վրա մի չար ձեռ ջուր է թափել:

— Մեզ մո՞տ է, — հարցրեց Միքայելը բարձրաձայն՛:

— Նոմեր հինգերորդն այրվում է, — պատասխանեցին խավարի միջից մի քանի քնահարբ ձայներ:

Հինգերորդ համար բուրգը, այն, որ գտնվում է Անտոնինա Իվանովնայի բնակարանից ընդամենը քսան թալ հեռու:

Ընդարձակ բակը լցվել էր սև ուրվականներով: Նրանք նկուղներից դուրս էին բերում բահեր, թիեր, դույլեր, երկաթե ձողեր, ջրմուղեր և այլ հրդեհաշեջ գործիքներ:

Մի պահ Միքայելն իրարու հակասող կարգադրություններ էր անում, տակավին անտեղյակ կրակի ուղղությանը: Երբ հասավ հրդեհի վայրը, արդեն ահարկու վայնասուն էին տալիս բոլոր հանքերը՝ քսան քառակուսի վերստ տարածության վրա: Թվում էր, որ այդ սոսկալի «ուլվուլները» գալիս էին մթին երկնքից. թվում էր, որ դա քաղցած գիշակերների մի արշավանք էր: Այդպես էր ընդունված, երբ մի հանքից գալիս է հրդեհի ազդ, մյուս հանքերը պիտի հետևեն նրան՝ հանքային՝ բանկչության զգուշացնելու համար:

Հրդեհն արդեն բավական ընդարձակվել էր: Այրվում էր ամենաարդյունաբեր հորերից մեկի բուրգը: Կրակը վիթխարի աշտարակի վրայի մասից սրընթաց բարձրանալով՝ շտապում էր ընդգրկել ամբողջությունը: Երկնքի հորիզոնի վրա ձգվել էր մթին ծխի մի լայն ժապավեն, որ քամու ուղղությամբ տարածվում էր հեռու ու հեռու:

Մշակները շրջապատել էին հսկա խարույկը և կազմել կենդանի օղակ, զարհուրած դեմքերի, ապշած աչքերի: Աշխատում էր միայն մի խումբ, որ ճիգն էր անում այրվող բուրգի տակից դուրս քաշել մեքենան, միակ բանը, որ հնարավոր էր ազատել կրակի լափից:

Միքայելի առաջին միտքն էր գտնել եղբոր զավակներին ու կնոջը: Կար մի ուրիշ ավելի զորավոր միտք, բայց նա վայկենաբար վճռեց, որ պարտավոր է ամենից առաջ արյան մերձավորներին օգնության հասնել, իսկ հետո... Առանց տատանվելու նա վազեց այն պատշգամբը, ուր այնքան հառաչանքներ էր արձակել կրծքից, նայելով դիմացի լուսամուտներին: Կրակը դեռ չէր մերձեցել բնակարանին, բայց նրա հրեղեն լեզուներն արդեն ձգտում էին դեպի այն կողմ: Մշակներն աշխատում էին բուրգի և բնակարանի միջև գտնվող նավթային լճակն ապահովել կրակից, եթե նա վառվեր, բոլոր շինությունները կորած էին:

— Տղե՛րք, հետևեցեք ինձ, — բռռաց Միքայելը, ճեղքելով մշակների շարքը և վազելով առաջ:

Շրջանից բաժանվեցին երեք հոգի — Զուպրովը, Ռուսոյը և Կարապետը, որ տակավին չգիտեին, թե վտանգը որ կողմումն է վտանգավոր մարդկային կյանքի համար, որ նրանց համար առաջին տեղն էր բռնում: Ամենից առաջ երևաց Զուպրովը, հրելով ընկերներին աջ ու ձախ իր հուժկու բազուկներով: Ամբոխը, տեսնելով հսկային սանդուղքի վրա, ոգևորվեց: Խիզախ աշխատավորի կերպարանքի, քայլվածքի ու կեցվածքի մեջ կար մի տեսակ ասպետական գեղեցկություն, արժանի Ֆիդիասի ստեղծագործությանը: Քանի մի վայրկյան կարմիր շապիկը, որ, կարծես, բոցերից էր հյուսված, փայլփլեց բոսորագույն լուսո ներքո և չքացավ, որպես օդային երևույթ:

Ծուխն արդեն շրջապատել էր ամբողջ տունը: Քանի մի րոպե ևս, ամեն մի օգնություն կլիներ ապարդյուն: Եթե անգամ հուրը չներխուժեր շինության մեջ, այնտեղ գտնվող թշվառները պիտի խեղդվեին ծխից: Սոսկալի է նավթային հրդեհը, բնավ, ոչ նման սովորական հրդեհներին: Հանքերում ու գործարաններում կրակը տարածվում է հողմի արագությամբ, իր ճամփին լափելով ամեն ինչ, վասնզի այդտեղ չկա իր, որ չայրվի՝ ամենուրեք տարածված և ամենուրեք թափանցող նավթի ու գազի շնորհիվ: Երբեմն մարդիկ հազիվ լսում են ահարկու ազդը սուլոցների, երբ արդեն նրանց կյանքը վտանգի մեջ է: Դեռ լավ է, երբ կրակն սկսում է բուրգից կամ որևէ շինությունից, իսկ եթե սկսվել է նավթամբարից, կորուստն անխուսափելի է: Ամբարների ազատ տարածության մեջ կուտակված գազը, ընդհարվելով մի չնչին կայծի, պայթում է հարյուրավոր թնդանոթների զորությամբ և բոցերի հեղեղը վայրկենաբար տարածում է ամենուրեք, որպես արգելաններից ազատված ծով:

Զուպրովը պատշգամբի վրա հետ մղեց Միքայելին ասելով.

— Այս ձեր տեղը չէ:

Նա շտապեց ներս: Այլևս նա գիտեր, որ այնտեղ կան մարդկային արարածներ, որոնց պետք է փրկել: Ովքեր են այդ մարդիկ, միևնույն է նրա համար, պետք է ազատել: Արհամարհել ամեն վտանգ և ազատել — այս էր հեռավոր հյուսիսից եկած մուժիկի պարզ սկզբունքը:

Լճակը բռնկվեց բուրգից տարափող կայծերից: Կրակն անմիջապես կլանեց նրան, չորս կողմ տարածելով ծխի սև ու թանձր ամպերը:

Զուպրովը լսեց ամբոխի աղաղակը և բնազդմամբ զգաց, որ վտանգը գալիս է բնակարանի ներսը: Նա առաջին սենյակում էր, որ ոչ ոք չկար: Երեսը խաչակնքելով վազեց հաջորդ սենյակը...

Անտոնինա Իվանովնան առաջին անգամն էր տեսնում նավթային հրդեհ: Կես գիշերին, զարթնելով շվիկների ձայներից, միանգամից հասկացավ նրանց նշանակությունը: Չէ՞ որ ամեն գիշեր տասներկու ժամին սուլում են, երբ բանվորների հերթափոխն է: Նա այն ժամանակ սթափվեց, երբ լուսամուտներից ներս հոսեցին կրակի ծիրանագույն շողերը: Շտապով հագնվեց մի կերպ, վազեց խոհանոց, զարթեցրեց ծառային, հետո աղախնին և երբ վերադարձավ, արդեն վտանգի մեջ էր: Նա չկամեցավ երեխաներին դուրս տանել մերկ, չըմբռնելով, որ նավթային հրդեհի ժամանակ ամեն ուշացած շարժում վտանգ է սպառնում: Սկսեց հագցնել նրանց, չնայելով ծառայի և աղախնի թախանձներին՝ շտապել դուրս: Ծառան փախավ՝ իր անձն ազատելու...

Զուպրովն առաջին և երկրորդ սենյակների դռների մեջ ընդհարվեց Դավիթ Զարզարյանի հետ: Նա մի ձեռով բռնել էր Վասյային, մյուսով գրկել Ալյոշային: Ծուխն արդեն կուրացնում էր նրան, ոչինչ չէր տեսնում, քայլում էր առաջ մթության մեջ: Մի վայրկյան ևս, և պիտի շփոթվեր ու ուղին կորցներ: Զուպրովը մի ձեռով խլեց նրանից Ալյոշային, մյուսով փետուրի պես բարձրացրեց Վասյային: Մանուկներն ապշել էին, չգիտեին ինչ է կատարվում: Չէին լալիս սարսափի զորությունից կաշկանդված:

— Մամա՛, — պոռաց Վասյան, ամուր գրկելով Զուպրովի պարանոցը :

Դավիթը, շունչն ուղղելով, հետ գնաց: Մեկը բռնեց նրա թևերից և հետ մղեց: Ո՛վ էր, չգիտցավ: Քանի մի վայրկյան անցած դռների մեջ երևաց Կարապետը, որ ուսերի վրա դուրս էր բերում Անտոնինա Իվանովնային: Կարապետի հետևից երևաց Ռասուլը, տիկնոջ աղախնին շալակած:

Միքայելը պատշգամբից իջավ ցած այն ժամանակ, երբ համոզվեց, որ ներսում ոչ ոք չմնաց:

Այժմ դուրսը տիրում էր դժոխային խառնաշփոթություն: Մշակներն ավելի գոռում ու աղաղակում էին, քան գործ կատարում: Միմյանց հրամայելով, վազում էին հետ ու առաջ, վայր ընկնում, վեր կենում նավթի ու տիղմի մեջ թրջված ու ցեխոտված: Եվ նրանց նավթաթաթախ ու մրոտ դեմքերը բոցերի լուսո ներքո փայլում էին հղկած բրոնզի գույնով:

Ուրախության մի աղաղակ բարձրացավ, երբ դրսում երևացին՝ Չուպրովը երկու երեխաներին իր կրծքին սեղմած, Ռասուլն աղախնին շալակած և Կարապետն իր գլխից վեր Անտոնինա Իվանովնային բարձրացրած: Երեք հսկաներ, օրվա անձնազոհ հերոսներ , որ փրկել էին «մեծ աղայի» ընտանիքը: Այնինչ, չգիտեին , որ կա մի ուրիշ ընտանիք՝ ավելի մեծ վտանգի մեջ...

VII

Կիզանուտ հեղուկով տոգորված փայտաշեն բուրգն այժմ մի հսկայական ջահ էր, ծայրե ի ծայր վառված, կույր տարերքի զորությանը նվիրված վիթխարի մի կերոն: Կրակն արագ-արագ լափում էր բուրգի տախտակները, որոնք ճարճատելով արձակում էին դեպի երկինք բյուրավոր կայծեր: Փամփուշտների պես վեր բարձրանալով, կայծերը ծխերի մեջ գործում էին կատաղի պտույտներ և թափվում աջ ու ձախ: Գոյացել էր մի զմայլելի հրեղեն տարափ: Երկրի վրա հողմը կայծերը ժողովում էր և, ավլելով, տանում կիտում շինությունների պատերի տակ, անկյուններում ու խոռոչներում այնպես, որպես կիտում է ձյունը փոթորկի ժամանակ:

Կային միամիտ մշակներ, որ ճգնում էին բուրգը հանգցնել ջրով, մի բան, որ անհնարին էր. կրակը ծիծաղում էր ջրի մի մազաչափ հոսանքի վրա, որ կարկաչելով դուրս էր վազում ռետինե խողովակներից, ձեռնաշարժ ջրմուղի միջոցով: Բոցերի ահռելի լեզուները, ընդհարվելով բնության հակառակ տարրի հետ, արձակում էին դիվային քրքիջներ, կարծես, ծաղրելով թշնամու անզորությունը: Ջուրը մի վայրկյանում շոգի դառնալով, ավելի բորբոքում էր կրակը, քան կռվում նրա հետ:

Փորձառու բանվորներն աշխատում էին նավթամբարներն ազատել հրեղն անձրևից, առանձնապես բուրգից ոչ հեռու գտնվող զետնափոր շտեմարանը: Մոռանալով ամեն վտանգ, նրանք ժողովվել էին հողային տանիքի վրա և թրջված թաղիքներով ծածկում էին բաց տեղերը, ուսկից դուրս էր գալիս նավթային գազը: Մի թույլ շփում բոցի, և նավթամբարը պիտի պայթեր, օդը ցնդելով քառասուն մարդկային դիակներ: Մի ուրիշ խումբ զբաղված էր այն երկաթե ամբարների շուրջը, որ այնքան սարսափներ էին պատճառել Շուշանիկի հիվանդ հորը:

Ազատելով Սմբատի ընտանիքը, Դավիթն անցավ տան մյուս բաժինը: Այդ մասը բավական հեռու էր հրդեհից, այս էր պատճառը, որ Դավիթը կարևոր համարեց նախ ուրիշներին օգնություն հասցնել, ապա իր մերձավորներին:

Էր հորը բարձրացնել հատակից, հայրն ամուր կպել էր թախտի ոտներին: Դավիթն աշխատում էր նրանց անջատել միմյանցից: Այնինչ, բոցերի առաջին ալիքներն արդեն լիզում էին լուսամուտի առաստաղը, իսկ ծուխը հետզհետե թանձրանում էր ու դառնում հեղձուցիչ: Դավթի ուժերն սպառվում էին: Այժմ անդամալույծն ինքն էր գրկել աղջկան իր առողջ ձեռով և այնպես ամուր, որպես երկաթե գոտի: Այդ միակ ձեռի մեջ էր կենտրոնացել նրա քայքայված կյանքի ամբողջ ուժը, որ այնքան զորեղ է մահամերձի մեջ: Մնում էր երկուսին միասին քաշել դուրս: Սարգիսը կրծոտում էր Դավթի ձեռները, գլուխն ուժգին զարնում էր հատակին, գոռալով.

— Անաստված, ավազակ, մարդասպան, դաիիճ, և այլն, և այլն...

Վերջապես, Դավթին հաջողվեց մի կերպ դուրս քաշել երկուսին միասին մյուս սենյակ, երբ անդամալույծի ննջարանի առաստաղն արդեն վառվել էր: Առաջին վտանգն անցավ, բայց նրանք դեռ ազատված չէին: Ծուխը մթագնեց նրանց աչքերը: Ազատվելով հոր երկաթե բազկից, Շուշանիկը գոչեց.

— Դու բռնիր գլխից, ես ոտներից: Այդպե՛ս... շո՛ւտ... շո՛ւտ... ոչինչ չեմ տեսնում...

Հազիվ նրանք երկու քայլ էին արել, Սարգիսը վերջին թափով ազատվեց նրանց ձեռներից և փռվեց հատակի վրա: Օգտվելով վայրկյանից Դավիթը գրկեց Շուշանիկին և բարձրացրեց ուսերի վրա, բայց ծխի թանձրության մեջ չգիտեր, որ կողմն են դռները:

Ճիշտ այդ վայրկյանին երկու ձեռներ խլեցին նրանից Շուշանիկին...

Միքայելը չլիմացավ տիկին Աննայի հուսահատական աղաղակներին ու փոքրիկների լացին, վազեց վտանգի վայրը՝ հետ թողնելով Չուպրովին ու նրա ընկերներին: Նա, այդ եսամոլ, մինչև ոսկորների ծուծն ապականված համարված երիտասարդը դիմեց դեպի մահ՝ կրակի ճանկերից խլելու համար մի աննշան, աղքատ աղջկա է...

Ամբոխը սանդուղքի վրա տեսնելով իր տիրոջը, աղաղակեց ուրախությունից ու հիացումից: Տասնյակ ձեռներ տարածվեցին առաջ՝ նրա կենդանի բեռը խլելու: Շուշանիկն ուշաթափվել էր Միքայելի ուսերի վրա և չէր զգում ում ձեռների մեջ է գտնվում իր կյանքը: Նրա խիտ մազերը հերկալներից ազատվել էին ու թափվել Միքայելի ուսերի վրա, նրա տնային թեթև ու ճերմակ շրջազգեստը մրոտվել էր ու պատառոտվել: Հղանի բազուկներն անզոր ընկած էին Միքայելի մեջքի վրա:

Միքայելը ոչ ոքի չտվեց անշունչ մարմինը: Իջնելով սանդուղքից, մոտեցավ Աննային և Շուշանիկին դրեց նրա ոտների առջև:

Բուրգն արդեն մերկացել էր: Ընկավ նրա գագաթին տեղավորված երկաթե անիվը, ընկան կողերի այրվող տախտակները, և օդի մեջ ցցվեցին չորս հսկա — յական հրեղեն սյուներ: Այժմ ամբոխը դիտում էր արդյոք ո՞ր կողմը պիտի ընկնեն այդ սյուները: Մեկը թեքվել էր դեպի ստորերկրյա նավթամբարի կողմը: Նման դեպքերում հրեղեն սյուները վարի կողմից սղոցում են նրանց անկման անվտանգ ուղղություն տալու համար: Մի խումբ մշակներ, աղոցներով զինված փորձեցին մոտենալ բոցերի ահարկու աշտարակին և հետ ցատկեցին կիզիչ տաքությունից:

Միքայելն ուշադրություն չէր դարձնում հրդեհի վրա, իսկ ամեհի զազանը քանի գնում ուռչում էր ու մեծանում: Ա՜հ, թող այրվի, բոլորը, բոլորն ինչ որ այրվող է, նախ պետք է մարդկային կյանքերն ազատել:

Բոսորագույն լուսո հեղեղի մեջ նա ճանաչեց Անտոնինա Իվանովնային, վազեց դեպի նա և հարցրեց.

— Որտե՞ղ են երեխաները:

— Ուղարկեցի մի ապահով վայր:

— Բայց ինքներդ վտանգավոր տեղումն եք, փախե՛ք:

— Բոլո՞րն էլ ազատված են:

— Դավիթը ներսն է անդամալույծի հետ:

Քրտինքը հոսում էր Միքայելի երեսից: Հագուստը թրջվել, նավթոտվել էր ու ցեխոտվել ոտքից մինչև գլուխ: Ոչնչով չէր տարբերվում մշակներից: Հոգնածություն չէր զգում: Վազում էր մերթ աջ, մերթ ձախ՝ տեսնելու համար՝ որ կողմից պիտի դուրս գա Դավիթն անդամալույծի հետ: Շուշանիկին ազատելով, զգում էր անձնազոհության մի նոր ավելի զորավոր պահանջ, փրկելով մեկի կյանքը, փափագում էր փրկել և՛ մյուսներին:

Մեկը, ամբոխը ճեղքելով մոտեցավ նրան գունատ, շնչասպառ և դողալով:

Սմբատն էր:

— Մի՛ վախենար, — ասաց Միքայելը, — թե՛ տիկինը և թե՛ երեխաներդ ազատված են: Ահա տիկինը ամբոխի մեջ է:

Սմբատը մոտեցավ ամուսնուն: Ղավիթը ժամանակին տելեֆոնով հրդեհի մասին իմաց էր տվել քաղաք: Սմբատը կլուբից շտապել էր հանքերը:

Անտոնինա Իվանովնայի ատամներն ահից զարկվում էին իրարու. դողում էր ամբողջ մարմնով: Բայց չէր ուզում հեռանալ հրդեհի վայրից: Չէ՞ որ նրա զավակներին ազատողն այժմ ինքն էր վտանգի մեջ, չէ՞ որ տմարդություն կլինի թողնել նրան անօգնական: Կրակի ճարճատյունը, խորտակվող ու փլչող շինությունների դղրդյունը, կայծերի տարափը, ամբոխի աղաղակները, ծուխը, մուրը, արնագույն լույսերը, երկնի խավարը, երկրի ժխորը նրա աչքերի համար զարհուրելի քաոս էին գոյացրել, որի նմանը երազել անգամ չէր: Քաոս, ուր միայն մի բան պարզ էր նրա համար — մարդու ապիկարությունը կույր տարերքների զորության դեմ: Այժմ նավթային ճահիճը ներկայացնում էր մի հսկայական թոնիր, ասկից բոցերը վազում էին վեր, արձակելով մի տեսակ ստորերկրյա խուլ թնդյուններ, և կորչում անհետանում երկնի սևության մեջ:

Որքան հրդեհն ընդարձակվում էր, այնքան ամբոխի շարժուն օղակը մեծանում էր ու լայնանում, որպես ծովի ալիքները մրրկի մեջ պտտվող նավի շուրջը: Հրդեհի ու մարդկանց մեջ բացված տարածությունը ծածկվել էր տիղմի, մրի ու նավթի լպրծուն զանգվածով: Մարդիկ սլկվում էին, սայթաքում, ընկնում, երբեմն երկնչելով որպես դիվահարներ, երբեմն բարձրաձայն գոռալով երկյուղից, մի գուցե ջարդվեն հազարավոր ոտների տակ:

Աննան շարունակ աղաղակում էր. «օգնեցեք, օգնեցեք». — նրա այրի տալը կուրծքն էր ծեծում, այս ու այն կողմ վազելով: Ահ, ազատեցեք նրա եղբորը, որբերի միակ սննդարարին ու հովանավորին: Չէ՞ որ նա, բացի այդ մարդուց, ուրիշ պաշտպան չունի:

Ուշքի գալով, Շուշանիկի առաջին ձգտումը եղավ, վերադառնալ նորեն այնտեղ, ուր մաքառում էր կրակի դեմ հորեղբայրն իր հորն ազատելու համար: Բայց մայրը, բռնելով նրա թևից, հետ քաշեց: Նրա խիտ մազերը թափվել էին ուսերի վրա, երեսը մրոտվել էր, աչքերը, կարծես, սպառնում էին դուրս գալ շրջանակներից: Նա ոտները զարկում էր գետնին, կատաղած կրծոտում էր արգելողների ձեռները, որ ազատվի և վազե առաջ ու ընկնե կրակի կոկորդը: Այլևս դա այն ամոթխած, լռիկ աղջիկը չէր: Մերձավորների վտանգալի վիճակը նրան ներշնչել էր առնական անվեհերություն: Մերթ կատաղում էր, մերթ անիծում մարդկանց, մերթ աղերսում: Եվ թվում էր նրան, որ ոչ ոք սիրտ ու խիղճ չունի, ոչ ոք չի կարեկցում նրան: Ամբոխը, որ այնքան սիրել էր նրան և որին սիրել էր ինքը, նայում էր հուսահատ աղջկան և տեղից չէր շարժվում: Իսկ կրակն արագ-արագ կլանում էր կացարանը: Տաքությունն այնքան սաստիկ էր, որ պատշգամբին մերձենալու հնար չկար, ուր մնաց ներս մտնելը: Նույնիսկ Զուպրովը, Ռասուլը և Կարապետը տատանվում էին, թեև բարի և համակրելի աղջկա աղեկտուր աղաղակները մորմոքում էին նրանց անվեհեր սրտերը:

Անտոնա Իվանովնան գրկեց Շուշանիկին, բայց ի՛նչպես հանգստացներ մի զգայուն էակի, որի մերձավորներն աչքերի առջև այրվում են և գուցե արդեն այրվել են:

Նայում էր Սմբատի երեսին. մի՞թե չի կարելի որևէ խելացի կարգադրություն անել: Սմբատը չէր համ արձակվում հրամայել մշակներին վտանգն արհամարհել ու նետվել կրակի մեջ: Գիտեր, որ ոչ ոք չի լսիլ նրա հրամանը և յուրաքանչյուրի համար նախ և առաջ սեփական կյանքն է թանկ: Մի պահ Շուշանիկի աղերսողի ձայնն այնքան ներգործեց նրա վրա, որ մտածեց. «արժե՞ այսքան ամուր կառչել կյանքին»: Նա մի վճռական շարժումն արավ դեպի առաջ և նույն վայրկյանին նրա աչքերի առջև պատկերացան որբացած Վասյան ու Ալյոշան, պառավ մայրն արցունքն աչքերին, քույրը, եղբայրները, ամբողջ էգոիզմը մարդկային: Ահ, ո՛չ, նա ինքնիշխան չէ, նա իրավունք չունի սեփական կյանքի վրա:

— Տղերք, — գոռաց նա բարձրաձայն, — ազատողին հազար ռուբլի...

Դարձվածն անցավ բերնե բերան: Կիսամերկ և կիսանոթի ամբոխի համար դա մի մեծ հրապույր էր, բայց ոչ ոք չհնթարկվեց նրան:

— Տղերք, երկու հազար, երեք հազար...

Դարձյալ աղմուկ, իրարանցում և ոչ մի օգնություն:

Այժմ կարող էր աճուրդը բարձրացնել՝ որքան կամենար: Ամբոխը մի րոպեում ընտելացավ հրապույրին, մարսեց, բայց չենթարկվեց: Նա հենց այդ առատ խոստման մեջ զգում էր վտանգի մեծությունը: Նույնիսկ Չուպրովը հեգնորեն ժպտում էր, ցույց տալով կրակի ահարկու ալիքները:

Հանկարծ ամբոխի օղակից անջատվեց մեկը: Նա ոտից մինչև գլուխ ներկայացնում էր նավթից ու մրից կազմված մի զանգված: Վազեց քանի մի քայլ առաջ և, հանդիպելով բոցերի հարվածին, հետ ցատկեց: Խլեց մի մշակից մի թրջված թաղիք, փաթաթվեց նրա մեջ և, տան շուրջը մի կիսաշրջան անելով, անհայտացավ ծխերի թանձրության մեջ:

Ամենից առաջ Անտոնինա Իվանովնան ճանաչեց նրան, ճչաց և Շուշանիկին ամուր սեղմեց կրծքին: Քանի մի ակնթարթ անցած ապարիկզում փայլեց Չուպրովի կարմիր շապիկը և նույն վայրկյանին երևացին Ռասուլն ու Կարապետը:

Բայց ի՞նչ էր կատարվում ներսում:

Հանձնելով Շուշանիկին Միքայելի պաշտպանությանը, Դավիթը հետ դարձավ, գրկեց անդամալույծին և ճիգն արավ նրան բարձրացնելու: Այժմ Սարգիսը փաթաթվել էր Շուշանիկի գրասեղանի ոտքերին: Այստեղ արդեն մութը փարատվել էր բոցերի լույսից: Սեղանն ընկավ, բայց Սարգիսը չբաժանվեց նրանից: Դավիթը քաշեց եղբորը սեղանի հետ միասին մինչև դռները, բայց այդ կողմից այլևս հնար չկար դուրս գալու, իսկ հակառակ կողմն արդեն կրակի մեջ էր: Մնում էր մի ելք -քաշել Սարգսին ծայրի սենյակը, որ Դավթի ննջարանն էր: Այնտեղից դեպի հրդեհի հակառակ կողմը կար մի լուսամուտ, փրկության միակ ճանապարհը: Հարկավոր էր միայն չհուսահատվել և չշփոթվել: Դավիթը սառն — արյուն էր, բայց ուժերն արդեն դավաճանում էին նրան:

Նա Սարգսին մի կերպ պոկեց գրասեղանից և հիշոցների տարափի տակ քաշեց նրան ու տարավ իր սենյակը: Այստեղ ծուխը համեմատաբար նոսր էր: Դավիթը մի փոքր շունչ առավ, հետո գրկեց եղբորը, բարձրացրեց և դիմեց դեպի լուսամուտ, որի փեղկերը բարեբախտաբար բաց էին: Նույն պահին, երբ ուզում էր Սարգսին դնել լուսամատի հատակի վրա և ինքն էլ բարձրանալ, անդամալույծը թարթափելով, աշխատեց ազատվել նրա ձեռներից ու նրան էլ թեքեց մինչև հատակ: Գոնե ուշաթափվեր այդ մարդը: Բայց խելագարի անասնական սարսափը նրան տվել էր գերբնական ուժ: Կարծես, այժմ գործում էր նրա երկու ձեռն անգամ: Երբեք Դավիթն այդ կենդանի կմախքի մեջ չէր երևակայել այդչափ ուժ. նրա ձեռները թուլացան, բաց թողեցին անդամալույծին: Թողնել եղբորը և ազատել սեփական կյանքը, օ՜, ոչ, նա չի կարող, ի՞նչ պիտի պատասխանե Շուշանիկին: Իսկ դուրս տանել, այդ կենդանի դիակը — այլևս անհնարին էր: Այնինչ, բոցերը կից սենյակից մերթ ցույց էին տալիս իրենց բոսորագույն լեզուները, մերթ հետ սուզվում օձերի պես:

Լսվեց մի զորեղ ճայթյուն: Դավիթը նայեց վեր: Առաստաղը դեռ չէր բռնկվել. բայց միջին դռներն արդեն այրվում էին: Վայրկյանը ճակատագրային էր: Վերջին ուժերը ժողովելով, Դավիթը բռնեց եղբորը, բարձրացրեց, դրեց լուսամուտի հատակի վրա: Այս արդեն մի մեծ քայլ էր դեպի փրկություն: Դավիթը խրախուսվեց, այնինչ բոցերը, մաքառելով օդի ներհակ հոսանքի հետ, կամաց-կամաց կլանում էին հատակն ու առաստաղը:

Քրտինքը ողողել էր Դավթի ամբողջ մարմինը: Նա բարձրացավ վերև, ձեռներից բաց չթողնելով եղբորը: Այդ վայրկյանից լսվեց մի թնդյուն, որին հետևեցին ամբոխի աղաղակները: Մի պահ տիրեց խավար, ապա երկիրն ավելի պայծառ լուսավորվեց: Պարզ էր, որ կրակը բռնկել էր նավթային ամբարներից որևէ մեկն ու պայթեցրել:

Հարկավոր էր Սարգսին իջեցնել, բայց ինչպե՞ս: Ձգել նրան վար վտանգավոր էր, լուսամուտը գետնի մակերեսից այնքան բարձր էր, որ կարող էր Սարգսի գլուխը դիպչել քարերին ու ջարդվել: Կամ իջնել և հետո նրան իջեցնել — ավելի վտանգավոր էր. Սարգիսը վայրկյանից օգտվելով՝ պիտի թավալվեր հետ և այնուհետև այլևս փրկության և՛ ոչ մի հույս:

— Ո՞վ կա, օգնեցեք, — գոռաց Դավիթը:

Բայց ո՞վ պիտի լսեր նրա ձայնը խլացուցիչ գանգյունների մեջ, թանձր ծխի ու կրակի փոթորկված օվկիանոսում: Այնուամենայնիվ Դավիթը հույսը չկորցրեց, գոռաց երկրորդ, երրորդ, չորրորդ անգամ, գոռաց այնքան, որ, վերջապես, ձայնը խեղդվեց կոկորդում: Այլևս նրա ձեռները թուլացան, հուսահատ գլուխը թեքվեց կրծքին: Փրկության եզրում նա տեսավ իր և իր եղբոր գերեզմանը մոխիրների մեջ ու մոխիրներից:

Բայց մի վերջին ճիգ ու վերջին աղաղակ ևս և ահա հրաշք. ժխորի միջից, կարծես, մեկն արձագանք է տալիս նրա ձայնին: Այո, այդ իրականություն է: Ահա լուսամուտի առջև նկատեց մի մարդկային կերպարանք:

Միքայելն էր. թաղիքի մեջ փաթաթված, ցեխոտ ու մրոտ ոտքից մինչև գլուխ: Նա բռնեց անդամալույծի ոտներից, և ազատվողն իր մարմնի ամբողջ ծանրությամբ ընկավ ազատողի վրա: Դավիթն անմիջապես վար ցատկեց, ընկավ գետնի վրա, ոտքի ելավ: Մի վայրկյան նայեց Միքայելի դեմքին, ապշեց: Նրա սիրտը լցվեց երախտագիտության զգացումով. ի՛նչ, այդքան բազմության մեջ միայն նա՞ եղավ անվեհեր, միայն նա՞ վճռեց նետվել դժոխքի մեջ՝ ինչ-որ երկու կիսամահ մարդկային արարածներ փրկելու:

Դավիթը կամեցավ բարձրացնել եղբորը: Անդամալույծն արդեն .ուշաթափվել էր: Միքայելը բարձրացրեց նրա ոտները, Դավիթը՝ գլուխը, և շտապեցին դուրս բերել նրան ծխի սահմաններից: Երկուսն էլ հոգնած էին չարաչար: Երկիրը լպրծուն էր. մեծ ջանք էր հարկավոր չսայթաքելու համար: Ազատում էին մի մարդ, որի կյանքը ոչ մի բանի պետք չէր և ընդհակառակն թույն էր մերձավորների համար:

Բայց ոչ. այնտեղ, կրակից հեռու ողբում էր այդ մարդուն մի էակ, որ հավասարորեն թանկ էր Դավիթի և Միքայելի համար:

Նրանք հասան մի տեղ, ուր ծուխը հանկարծ թանձրացավ: Բա՜, մի՞թե փրկության համար նրանք պիտի խեղդամահ լինեն: Դեպի ո՞ր կողմ գնալ. — ա՞ջ, թե ձախ, առա՞ջ, թե հետ: Մթություն ամենուրեք:

Միքայելն աղաղակեց և իսկույն նրա աչքերի առջև նկատվեցին երեք հսկա պատկեր: Դարձյալ Չուպրովը, Ռասուլն ու Կարապետը:

Այլևս դժվարություն չկար: Սարգսի անշունչ մարմինը վերցրեց Կարապետը, Ռասուլն օգնեց Դավիթին: Չուպրովը կամեցավ Միքայելին բարձրացնել իր ուսերի վրա, բայց հետ նայեց ու տեսավ, որ երիտասարդն ընկել է գետին երեսն ի վար և չի կարողանում վեր կենալ:

Նա ոտքի կանգնեցրեց Միքայելին:

— Թևիս ձեռ մի տուր, — ասաց Միքայելը և ինքը հենվեց հսկայի թևին:

Մի րոպե անցած ամենքը արդեն կրակի սահմաններից դուրս էին:

VIII

Հինգերորդ բուրգի սյուներն ընկան մեկը մյուսի հետևից, ճարճատելով և չորս կողմ տարածելով կայծերի հեղեղ: Ամբոխը ցրվեց մրրկից հալածված փոշու պես: Նավթի մուգ մեխակագույն ծխին հաջորդեց փայտի կապտագույն ծուխը: Լուր տարածվեց, թե հինգ մշակներ, բոլորն էլ երիտասարդ, մնացին հրեղեն սյուների տակ ու սպանվեցին: Սարսափ տիրեց ամենքին, բայց ոչ երկար ժամանակ: Դժոխային աշխատանքը ծխելի և մրելի վհեննում վաղուց էր բթացրել ամբոխի ներվերը: Ի՞նչ է նշանակում հինգ մարդկանց մահը կենդանի դիակների աշխարհում: Այդ արդեն աշխատավորի ճակատագիրն է՝ հալածված ոչ միայն մարդկային ագահության մագիլներից, այլև կույր տարերքների ճիրաններից:

— Էժան պրծանք, — ասաց մի ծերունի մշակ, որի աչքերը վաղուց էին կուրացել անթիվ ոճիրների ու մահերի տեսքից:

Այնինչ այնտեղ, քսան-երեսուն քայլ հեռու արդեն մերկանում է մի ուրիշ բուրգ, հետո, երրորդը, չորրորդը, հինգերորդը և, ահա գոյացել է վիթխարի ջահերի մի ամբողջ անտառ: Երկաթե նավթամբարները մեկը մյուսի հետևից պայթելով աջ ու ձախ տարածել են բոցերի ծով և իրանք ընկել են կողերի վրա: Գոյացել է հրեղեն մի գետ, որի առաջն առնելու համար չկա մարդկային ոչ մի հնարավորություն: Բացի մեկից — թողնել նրան իր քմահաճույքին և անշարժ դիրքը, նրա ամենակործան ընթացքը:

Նա դիմում է մի մեծ ճահիճ, որ գոյացել է հորդառատ անձրևներից և հորերից դուրս բերված ջրերից: Այստեղ կատաղի կռիվ են մղում երկու թշնամի տարրերը: Ճահիճը կլանում է բոցերի ալիքները և ինքն էլ արագ — արագ շոգիանում, եռալով և արձակելով ճարճատյուններ, նման մարդկային հուսահատական ճչերին:

Գիշերն անցավ, աշնանային արեգակը սփռեց երկրի վրա իր առաջին շողերը, հետզհետե աղոտացնելով հրդեհի լույսը: Ամբոխը՝ ցեխոտված, մրոտված ու նավթոտված բանակը տաժանակիր աշխատանքի՝ տակավին շարունակում էր գոռգոռալ, վազվզել, քանդել, խորտակել, այս ու այնտեղ տանել ջարդոտված մեքենաները, ջրմուղները ու հազար ու մի տեսակ գործիքներ: Օդի մեջ պսպղում են հազարավոր թիեր, բահեր, լինգեր, ձողեր, և ինչ. հուրն արհամարհում է ամեն ինչ և իր ավերիչ դերոշը շարունակում ավելի ու ավելի կատաղությամբ: Ջրմուղները գործում են ծուլորեն, կարծես զգալով իրենց անզորությունը: Այլևս մշակները չեն հոգում, թե որ կողմն են մղում ջուրը, այնքան հոգնել էին: Արեգակը ջրեղեն կամարներին տալիս էր ծիածանի երանգներ և դա ավելի մի տեսակ դեկոր է հրդեհի համար, քան նրան ոչնչացնող զորություն: Թուրքերն աղաղակում են, «Ալլահ», «ալլահ» և ոչինչ չեն անում: Լեզգիներն արձակում են ինչ-որ կոկորդային հնչյուններ նման ճայերի կանչերին: Ռուսների դեմքերն արտահայտում են մռայլ լրջություն մեջտեղ դրված հինգ խանձված դիակների տպավորության ներքո: Հայերը միմյանց վրա գոռում են, միմյանց հրամայում և ոչ մեկը մյուսին չի լսում: Քաղաքից եկել են մի խումբ անգլիացիներ և շվեդացիներ, — սիգարներն ու ծխամորճները բերաններին ու ձեռները վարտիքների գրպանները դրած, անտարբեր դիտում են իրենց երկրներում չտեսնված տեսարանը: Հինգ տարի էր այդպիսի մեծ հրդեհ չէր եղել: Քաղաքից շարունակ գալիս էին հանքատերեր, գործարանատերեր, գործակատարներ: Ոմին քնից էին զարթեցրել, որոնք գալիս էին թղթախաղի սեղանից, քեֆից, արբեցողությունից, սիրուհիների գրկից կամ անառականոցներից:

Սմբատն այլայլված վազում էր դեսուդեն և կարգադրություններ անում, անօգուտ հրամաններ արձակում: Նա հոգնել էր գոռալուց, սպառնալուց, աղերսելուց: Հրամայեց, որ սպանված աշխատավորների դիակներնասպարեզից հեռացվեն: Ողբալի դեպք, բայց այդ մասին նա հետո կմտածե, իսկ առայժմ պետք է հոգալ կրակից, լափից ազատելու այն, ինչ որ հնարավոր է ազատել: Բայց այլևս ուշ էր, այլևս ոչ մի բուրգ և ոչ մի շինություն չի ազատվիլ այրվելուց, բացի նորակառույց շինությունից:

Անտոնինա Իվանովնան մի քանի մշակների օգնությամբ դուրս էր բերում գրադարանի գրքերը:

— Երեխաներին ուղարկեցի՞ք քաղաք, — հարցրեց նա Սմբատին:

— Այո:

— Ձեր եղբոր մի կուռը կոտրվել է Զարզարյաններին ազատելիս:

— Գիտեմ, — արտասանեց Սմբատը և չքացավ ամբոխի մեջ:

Միքայելը պառկած էր մի փոքրիկ կեղտոտ սենյակում, մերկ անկողնակալի վրա:

Նրան շրջապատել էին Զարզարյանները: Մի ձեռը դրած գլխատակին, մյուսն անզոր ձգած կրծքի վրա, շրթունքները կրծոտելով, աշխատում էր զսպել անտանելի ցավերը: Շուշանիկը լուսամուտի առջև օգնում էր բժշկին ինչ-որ փաթաթան պատրաստելու: Նա հոգնած էր, ուժասպառ, հազիվ կարողանում էր կանգնել ոտքի վրա: Ահ, որքա՜ն նա զգացել էր ու ապրել այս մի քանի ժամվա ընթացքում և ո՜րպիսի հեղաշրջում էր տեղի ունեցել նրա հոգու մեջ:

Ահա ի՜նչ. ուրեմն, նա, որից ոչինչ լավ բան չէր սպասում, որին գրեթե արհամարհել էր, որից փախել էր որպես ժանտախտից ցույց տվեց այդքան հերոսություն: Ուրեմն, նրան, այդ փչացած ու ապականված մարդո՞ւն է պարտական իր հոր, հորեղբոր, նույնիսկ իր կյանքը. ի՞նչ է նշանակում այդ անձնազոհությունը: Ո՞վ կամ ի՞նչը ներշնչեց այդ մարդուն այդչափ անվեհերություն և արհամարհանք դեպի սեփական կյանքը: Դա երազ չէր, այլ իրականություն ու անսպասելի, աներևակայելի, և՜ երկյուղալի, և՜ ուրախալի: Գեղեցիկ էր նա այն պահին, երբ թանձր ծխի միջից դուրս եկավ Զուպրովի թևին հենված, գեղեցիկ ասպետական գեղեցկությամբ: Օ՜, ոչ. երբեք, երբեք Շուշանիկը չի մոռանալ այն վայրկյանը, որ մոգական լապտերով խորին մթության մեջ պայծառացրեց զմայլելի մի պատկեր: Արժե՞ր նրա զգացած վիրավորանքն այդ ասպետական վարձատրության: Ոչ, ոչ և ոչ: Կարծես անցնելով կրակների ու ծխերի միջով, այդ մարդն անհետք այրեց իր բոլոր անցյալը և դուրս եկավ հնոցից՝ ապականությունից մաքրված ու զտված: Իսկ այն մյո՞ւսը, որ այնքան հոգեկան տվայտանքներ էր պատճառել նրան և որին իր մոլոր երևակայության մեջ այնպես խփկալացրել էր: Այո՜, նա նույնպես կամեցավ հերոսանալ, բայց ուրիշների ձեռքով, բայց ոսկու միջոցով: «Տերբ, երեք հազար, չորս հազար, հինգ հազար ազատողին», ի՜նչ կծու հեգնությամբ են հնչում այժմ այդ բառերը նրա ականջներին: Ի՜նչ ահռելի վիհ երկուսի մեջ և ո՞րն է բարձր — եթե ոչ նա, որ ահա այստեղ, մերկ անկողնակալի վրա ընկած, տառապում է ցավերից: Մեկը ոսկով, մյուսը կյանքով և ո՞ր ոսկին կարող է փոխարինել կյանքը: Ովքե՞ր են Զարզարյանները նրա համար, այդ անդամալույծը, այդ աննշան գործակատարը: Իսկ ի՞նքը՝ Շուշանիկը: Մեկը՝ ոչնչություն, մյուսը՝ կյանքի հեգնանքներից ծնված միայն և միայն աշխատելու ու տառապելու համար: Մինչդեռ նա, ոսկեհյուս խանձարուրի մեջ սնվածը և շուքի ու շռայլության մեջ օրորվածը, ոչնչով, ոչնչով պարտական չէր մի աննդան, մի աղքատիկ աղջկա ազատելու կրակի ճանկերից:

Մյուսը դիմեց դրամի օգնության ազատելու համար այն մարդուն, որ

ազատել էր իր զավակներին: Դառը հեգնանք՝ շպրտված չքավորության երեսին որպես թունավոր թուք: Հէ՜, կարծես, այդ մարդիկ, որոնց նա հրամայում էր կրակի մեջ նետվել, կյանք չունեն, զուրկ են ապրելու ցանկությունից: Փոքրոգություն: Սարսափել մահից այն ժամանակ, երբ ուրիշները չէին սարսափել, նետվելով կրակի մեջ, որպեսզի ազատեն նրա զավակներին:

Իդեալացրածի կերպարանքից ընկնում էր խորհրդավորության քողը, անզուգականը դառնում էր առօրյա հասարակ արարած — վաճառական: Նողկանք — ահա այդպիսի մեկի արժանավոր վարձը: Դառն է բաժանվել երևակայականից, բայց և ցանկալի: Չէ՞ որ այն, ինչ որ ստեղծել էին երազները, երբեք, երբեք չպիտի պատկաներ իրան: Էէ՜, թող ուրեմն սթափվե, տեսնելով բացված աչքերով մերկ իրականությունը: Այժմ Շուշանիկը ոչ միայն պարտավոր է մոռանալ այդ մարդուն, այլև կարող է մոռանալ: Ահա նա, վազվզում է ամբոխի մեջ մերթ հրամայելով, և մերթ աղերսելով փրկել կրակի լափից մնացորդն իր կայքերի: Այժմ նրա դեմքն այլևս չունի նախկին առնականությունն ու հուրը, և ձայնը զրկվել է իր թովչությունից արդեն այն վայրկյանին, երբ աղաղակեց. «տղերք, ազատողին հինգ հազար ռուբլի»...

Միքայելը, հեզ ու խոնարհ երեխայի պես, թույլ տվեց բանալ իր կուռը և փաթաթանը փոխել: Մի վայրկյան վարեն վեր նայելով, կարդաց Շուշանիկի աչքերի մեջ խորին կարեկցության հետք և մի ուրիշ բան: Կռան ցավերն անտանելի էին, բայց զրեթե ոչինչ չզգաց: Օ՜օ, նա իր թևն անվերջ կթողներ բժշկի ձեռների մեջ, Շուշանիկը մնար ներկա և նույն հայացքով նայեր նրան: Բայց ոչ, վերջացնելով իր գործը, օրիորդը հեռացավ և մեղմիկ քայլերով դուրս գնաց:

Այնտեղ, կից սենյակում պառկած էր կրակից ազատված անդամալույծը: Նա քնած էր անխռով քնով: Շուշանիկը նստեց նրա գլխի մոտ, փոքրիկ նստարանի վրա: Նրա սիրտը պաշարել էին անորոշ զգացումներ, մտքերը շփոթվում էին. հոգնած գլուխը չէր կարողանում տակավին պարզ հաշիվ տալ մերձավոր անցյալի մասին: Նա հեռու էր ամբոխից, բայց աղաղակները հնչում էին նրա ականջներին, հրդեհը չէր տեսնում, բայց տարերքների անթափանցելի քաոսը կանգնած էր նրա աչքերի առջև: Այնտեղ թանձր ծխերի մեջ անօգնական մերձավորները, այնտեղ մոր ու հորաքրոջ հուսահատ պատկերները: Այնտեղ բոսորագույն կրակն իր բյուրավոր ճյուղերով ու ահարկու լեզուներով, այստեղ սև ուրվականներ, ինչ-որ վայրենի ճիչեր, ինչ-որ գոռում-գոչյուններ, հինգ կիսով չափ այրված դիակներ, մուր, ցեխ, նավթ, կեղտի ու խավարի, կյանքի ու մահվան մի զանգված: Եվ այդ քաոսի մեջ երկու տարբեր պատկերներ. — մեկը բարձրահասակ, առնական կերպարանքով, քաղաքային մաքուր հագուստով, մյուսը՝ մի միջահասակ, ոտից մինչև գլուխ նավթի, մրի, տիղմի մեջ. մեկն ինչպես արտաքինով, նույնպես և բարոյականով մաքուր, մյուսի անցյալը կեղտոտ, ներկան անորոշ: Եվ հանկարծ նա, որ բարոյական է, որ մաքուր է, կամաց-կամաց աղոտանում է և չքանում ինչպես միրաժ, իսկ մյուսն արագ-արագ բարձրանում է, մաքրվում իր անցյալի ապականություններից, և ահա երևան է գալիս մի լուսապայծառ մեծության մեջ:

Հոգնած գլուխը թեքվեց կրծքին, ձեռները թուլացան, ընկան վար: Բայց դեռ հնչում էին նրա ականջներին ամբոխի աղաղակները... Իրականությունը դանդաղորեն աղոտացավ և հետո փոխվեց մղձավանջի: Վերստին նա կրակների սահմանումն է, ամեն կողմից վտանգով շրջապատված: Երկնքից թափվում են կայծեր, վայրենի մռնչյուններ արձակելով, և ոտների առջև բացված են մթին գերեզմաններ լի մարդկային կմախքներով, որոնք իրանց ատամնազուրկ բերաններով քրքջում են նրա երեսին և ձգտում են իրանց ոսկրային ձեռներով քաշել վար, վար: Նա ձեռները տարածած օգնություն է աղերսում և ոչ ոք ոչ ոք չի գալիս ազատելու, նույնիսկ հորեղբայրը, նույնիսկ մայրը: Նա դիմում է մեկին, որ կանգնած է հեռու, հեռու և ժպիտն երեսին գրկում ու համբուրում է քովը կանգնած մի կնոջ, այժմ այս սոսկալի պահին. — բայց ահա կեղտերի, մրի ու խավարի քաոսից բարձրանում է մի սև կերպարանք և առաջ շարժվում, մոտենում է նրան: Եվ որքան մոտենում է, այնքան կերպարանքը լուսավորվում է ու պայծառանում, կարծես բոցերի մեջ կեղտերից լվացվելով: Եվ երևան է գալիս մի խոշոր սպի ճակատի վրա: Նա աներկյուղ մի ոստյունով անցնում է կմախքներով լեցուն գերեզմանները, մերձենում է Շուշանիկին, բռնում է նրա թևից այն վայրկյանին, երբ արդեն զգում էր իրեն կործանված:

Նա զարթնեց սարսափից, ոտքի ելավ աչքերը տրորելով: Նայեց շուրջը, ո՞րտեղ է գտնվում, մի՞թե իրականություն է այս, մի՞թե ազատված է: Ներս մտավ մայրը, որ դեռ դողում էր սարսափից:

— Զարթնեցի՞ր, ինչո՞ւ այդպես շուտ:

— Մի՞թե ես քնած էի...

— Այո՛, շատ խորը... Քնի՛ր, քնի՛ր, զավակս...

— Մամա, մամա, մի՞թե հայրիկս կենդանի է, մի՞թե հորեղբայրս փրկված է, — գոչեց հանկարծ Շուշանիկը և, հեկեկալով, փաթաթվեց մոր պարանոցին:

— Հանգստացի՛ր, սիրելիս, փրկված ենք մենք ամենքս...

— Ոչ, ոչ այն հինգ խանձված ու սևացած դիակները...

— Այն աստծու կամքն էր...

Քաղաքից եկան՝ Արշակը, Ալեքսեյ Իվանովիչը, Քյազիմ-բեգը, Մոսիկոն, Նիասամիձեն և մի քանի ուրիշ զվարճամոլներ: Նրանք քեֆից էին գալիս: Փոքրիկ, կեղտոտ սենյակը լցվեց այցելուներով: Բոլորը լսել էին Միքայելի հերոսության լուրը, որն այժմ քաղաքում բերանե բերան էր անցնում: Քյազիմ-բեգը գրկեց ու համբուրեց նրան անկեղծաբար. տղամարդու քաջությունը միշտ ոգևորում էր այդ մարդուն: Նրա օրինակին հետևեց Նիաամիձեն,. որ նույնպես հերոսության երկրպագու էր: Մուսիկոն ասաց.

— Ես հարազատ եղբորս համար կրակի մեջ չէի ընկնիլ...

— էգոիստ, — գոչեց Քյազիմ-բեգը և նորեն համբուրեց Միքայելին:

Ներս մտավ Սմբատը բժշկի հետ: Հայտնվեց, որ Միքայելի կուռը չի կոտրվել, այլ ոսկորն է դուրս ընկել տեղից և արդեն բժիշկը ուղղել է: Դժբախտությունը պատահել էր այն րոպեին, երբ, անդամալույծին Չուպրովին հանձնելուց հետո, սայթաքեց և ընկավ գետին:

— Շա՞տ է ցավում, — հարցրեց Արշակը:

— Ո՛չ, դատարկ բան է, — պատասխանեց Միքայելը, որ իրապես տառապում էր ցավերից:

— Կեցցե՛ս, — ասաց Քյազիմ-բեգը հիացած, — մի անգամ իմ մի ոտի ոսկորը դուրս էր ընկել, երեք օր բառաչում էի տավարի պես:

Եկան Սրաֆիոն Գասպարիչն ու Սուլյանը: Ինժեները հոգու խորքում ուրախ էր հրդեհից: Նրա կառավարության ժամանակ Ալիմյանների հանքում պատահել էին հրդեհներ, բայց ոչ այդչափ խոշոր: Այժմ թող Սմբատը զգա, թե ումից խլեց կառավարչի պաշտոնը և ում հանձնեց:

Դռների մեջ երևեցան ակնավաճառ Բարսեղն ու թղթակից Մարզպետունին: Երկուսն էլ իրենց մի քիչ մեղավոր էին զգում Միքայելի առջև և ամաչեցին ուղղակի մոտենալ նրան: Թղթակիցը դուրս բերեց գրպանից հուշատետրը և սկսեց մատիտով ինչ-որ գրել: Պարզ էր, որ հրդեհի նկարագրությունն էր անում: Եթե Միքայելն ուշադրություն չդարձներ նրա վրա, երկու օրից հետո պիտի կարդար իր հերոսության նկարագիրը և հետո ընդուներ հեղինակի այցելությունը...

Սակայն Միքայելը ոչ նայում էր ներկա եղողներին ոչ լսում նրանց խոսածները: Թեև ցավերը մեղմացել էին, և նա այժմ քնելու պահանջ էր զգում: Բոլոր անցքը նրան թվում էր երազ, պարզ հիշում էր միայն Շուշանիկի աղեկտուր ճիչերը, մարմնացած հուսահատության պատկերը, գեղեցիկ աչքերի աղերսալի նայվածքը: Ահ, ինչպես էր աղաղակում, ինչպես էր ճիգն անում ազատվել իրեն բռնողների ձեռներից՝ կրակի մեջ նետվելու համար: Եվ որքան աներկյուղ էր, որքան հուսահատ, նույնքան գեղեցիկ: Նրա հրափայլ աչքերը, դուրս ցցված կուրծքը, կոկորդի լարված երակները, ուսերի վրա անկանոն սփռված մազերը — դա ինքը հրդեհն էր: Սոսկալի չէր նրա համար հսկայական խարույկը, վասնզի կար նրա մեջ ավելի զորավոր խարույկ: Եվ նա պիտի այրվե՞ր, նա, այդ զմայլելի էակը մի անդամալույծի, մի մահամերձի՞ համար: Օօ՜, ո՛չ երբեք, Միքայելը չէր կարող թույլ տալ, որքան ևս ատված ու արհամարհված լիներ նրանից: Ահ, ինչ լավ արավ, որ աչքերը փակեց և նետվեց կրակի մեջ և որքան հաճելի է հակառակորդին պատժել վեհանձնությամբ։

Նրա աչքերը փակվեցին։ Նա նիրհեց խաղաղ, անվրդով նիրհով։

Նախկին բարեկամները դուրս գնացին, և դա եղավ նրանց վերջին այցելությունը և վերջը բարեկամության։

Մի բոպե անցած հուշիկ քայլերով ներս մտավ մի գունատ պատկեր։ Կամացուկ մոտեցավ, նայեց Միքայելի փակ աչքերին և նստեց նրա գլխի կողմում։

Հրդեհը մոտենում էր վախճանին։ Մի քանի բուրգեր նս՝ ոչնչացնելով և ամբարները պայթեցնելով, նա, կարծես, հագուրդ ստացավ և այլևս ճանկերը հեռու չէր տարածում։

Իրիկնադեմին Սմբատը հրամայեց Միքայելին տեղափոխել իր բնակարանը։ Նորաշեն տունը հրդեհից ազատվել էր, և այժմ նրան վտանգ չէր սպառնում։ Միքայելը եկավ ինքն իր ոտքով, վնասված կուռը պարանոցին կապած մի թաշկինակով, որ արդեն կեղտոտվել էր նավթից։ Սմբատը օգնեց նրան լվացվել և հագուստը փոխել։ Թևը գրեթե չէր ցավում. բժիշկը լավ էր ուղղել տեղահան ոսկորը։ Նա դուրս եկավ պատշգամբ հանգստացած ու թարմացած։ Նա իր բնակարանն առաջարկեց Անտոնինա Իվանովնային, իսկ Դավթին հրամայեց իսկույն անդամալույծին տեղափոխել գրասենյակ առժամանակ, մինչև որ բոլորը կարգի կբերվի։

Ամբողջ օրը ոչ ոք ոչինչ չէր կերել, բոլորը քաղցած էին, Միքայելը խնդրեց ամենքին միասին ճաշել պատշգամբ վրա։

Արևն արդեն թեքվել էր դեպի մուտքը, իր վերջին ճառագայթներով շողշողացնելով ընդարձակ պատշգամբի ապակիները։ Հեռվում մխում էին այրված շինությունների բեկորները։

Սմբատը հրամայեց Դավիթ Զարզարյանին՝ սպանված, նաև վիրավորված մշակների ընտանեկան կեցության մասին մանրամասն տեղեկություններ ժողովել ու հաղորդել իրեն։

— Պետք է աշխատեմ սպանվածների որբերին վարձատրել, — ավելացրեց նա։

— Պիտի աշխատե՛ս, — կրկնեց Միքայելը մեղմիկ հեգնանքով, — ո՛չ, հարկավոր է բոլորին ապահովել կենսաթոշակով։

— Դյուրին է ասել։ Հրդեհի տված վնասը հասնում է երեք հարյուր հազար ռուբլու։

— Ի՞նչ շուտ հաշվեցիր, — գոչեց Միքայելը նույն մեղմիկ հեգնանքով։ — Այո՛, վնասը մեծ է, բայց ավելի մեծ է մարդկային կյանքը։

— Իհարկե, ինչ ասել կուզե։

Շուշանիկը գաղտուկ նայեց Սմբատին։ Եվ ի՜նչ փոփոխություն, թվաց նրան, որ այդ մարդուն զբաղեցնում են ոչ այնքան մարդկային թշվառությունն ու վշտերը, որքան իր նյութական կորուստը։

Խոսք բացվեց Չուպրովի, Ռասուլի և Կարապետի մասին. Սմբատն ասաց, թե որոշել է յուրաքանչյուրին նվիրել երկու-երկու հարյուր ռուբլի։

— Միայն այդքա՞նը, — զարմացավ Միքայելը — էէ, եղբայր, շատ քիչ ես զնահատում ընտանիքիդ կյանքը:

— Իմ երեխաների գլխավոր ազատիչը նրանք չեն... կա ուրիշը:

— Գիտեմ, բայց նրա մասին պետք է լինի առանձին կարգադրություն:

— Ձեր ընտանիքն ազատել են այդ երեք մշակները, — ասաց Դավիթը հասկանալով Միքայելի ակնարկը, — ուրիշ մեկը չկա:

— Դուք համեստություն չե՞ք ցույց տալիս, արդյոք, — հարցրեց Սմբատը բարեկամական հեգնանքով:

— Համարձակվում եմ ասել, որ ես միշտ դեմ եմ եղել կեղծ համեստությանը: Նա նույնն է, ինչ որ իսկական անհամեստությունը: Ճիշտ է, ամենից առաջ ես եմ օգնության վազել, բայց ձեր ընտանիքի իսկական ազատարարներն այն երեք անձնվեր մշակներն են... Գալով ինձ, ես արդեն վարձատրված եմ ավելի քան առատորեն:

— Թողնենք առայժմ աւղ խոսակցությունը, — ընդհատեց Միքայելը:

— Ո՛չ, ներեցեք, ես պարզ մարդ եմ. շատ էլ ուզենամ չեմ կարող թաքցնել: Պարոն Միքայել, դուք ցույց տվեցիք այսօր աննման հերոսություն, փրկելով երեք հոգի: Ահ, ներեցեք, զգացված եմ, չգիտեմ ինչպես ամփոփել իմ մտքերը... Շուշանիկը, նա՛ միայն կզտնի խոսքեր իր և իմ երախտագիտությունը ձեզ արտահայտելու...

Եվ խորին հուզումից նրա ձայնը խեղդվեց, նիհար ձեռքերն սկսեցին դողդողալ:

Շուշանիկը ոչինչ չասաց: Նա միայն մի խորը հայացք ձգեց Միքայելի երեսին, և, շառագունելով, գլուխը թեքեց կրծքին:

Սմբատը լուռ մտախոհության մեջ էր: Նրան բոլորովին ուրիշ մտքեր էր զբաղեցնում: Երբեմն նրա դեմքով սահում էր տարօրինակ ժպիտ: Հանկարծ նա դարձավ Անտոնինա Իվանովնային:

— Ովքե՞ր են Չուպրովը, Ռասուլը, Կարապետը և սհա այդ մարդը, ի՞նչ կապ կա նրանց մեջ:

Տիկինը հասկացավ հարցի բուն իմաստը: Նա նույնն էր մտածում ինչ որ ամուսինը:

— Այո՛, — ասաց նա, հառաչելով ու գլուխը խորհրդավոր շարժելով, — ունիք իրավունք, ես համաձայն եմ:

Եվ մի մեղմ ժպիտ լուսավորեց Անտոնինա Իվանովնայի դեմքը: Ժպիտ, որի նմանը Սմբատը յոթ տարի էր չէր տեսել այդ մշտապես խոհուն դեմքի վրա:

Արեգակը մայր մտավ՝ ծողովելով իր վերջին շողերը բուրգերի բարձր գագաթներից: Իսկ այնտեղ լայնածավալ բակում խռնվել էր բազմալեզու, բազմակրոն ամբոխը և հավասար վշտով համակված լուռ ողբում էր սյուների տակ շարդված ու այրված ընկերներին: Երեքը սպանվածներից հայեր էին, մեկը՝ ռուս, հինգերորդը՝ թուրք: Եվ ամենքի միահվան մեջ ամբոխն անխտիր տեսնում էր իր ճակատագրի դաժանությունը...

Ճաշից հետո Սմբատը հարցրեց Անտոնինա Իվանովնային.

— Այսօր կգնա՞ք ինձ հետ քաղաք:

Տիկինը ընկավ մտատանջության մեջ: Այժմ նա ինքը ցանկանում էր գնալ, բայց հիշեց սկեսրի ու տալոջ ատելությունը դեպի ինքը և տատանվեց:

— Դեռ ո՛չ, — պատասխանեց նա:

— Բայց գիտցեք, որ այլևս երեխաներին այստեղ չեմ վերադարձնելու: Այսուհետև մայրս նրանցից չի բաժանվելու:

— Լավ, — արտասանեց տիկինը, դառնորեն ժպտալով, — թող չբաժանվի:

Նա երեսը դարձրեց ամուսնուց՝ արցունքը թաքցնելու համար: Բայց Սմբատը նկատեց ու հասկացավ նրա վիշտը:

— Գիտե՞ք ինչ, — ասաց նա, ճակատը շփելով, — մենք սիրում ենք մեր երեխաներին հավասար սիրով... մոռանանք մեր ինքնասիրությունը հանուն այդ սիրո... Ուրիշ ելք չունենք, բացի հետևելուց այդ ռամիկ աշխատավորների զմայլելի օրինակին...

— Այո՛, այդ ճիշտ է, բայց ոչ այդքան շուտ, ոչ այդքան շուտ... Տվեք ինձ ժամանակ խորհելու և զգալու...

— Շատ բարի, խորհեցեք... մենք հաշտվել չենք կարող, բայց հարգել իրարու, մոռանալ մեր եսը պարտավոր ենք հանուն մեր զավակների:

Ասաց Սմբատը և շտապով հեռացավ:

«Հարգե՛լ, մտածեց Անտոնինա Իվանովնան, այո՛, կարող ենք, բայց այդքանը բավական չէ ընտանեկան կյանքի ամրության համար»:

IX

Սարգիս Զարգարյանը, կրակից ազատվելով, մահից չփրկվեց: Նրա նեխված մարմինը և քայքայված հոգին ավարտում էին վերջին հաշիվներն աշխարհի հետ: Ժամ առ ժամ սպասում էին նրա մեռնելուն: Նա արդեն զրկվել էր բոլորովին խոսելու ընդունակությունից, և ապուշ աչքերը լուռ հառում էր սրա ու նրա երեսին:

Այժմ Շուշանիկը չէր հեռանում նրա մահճակալից: Թանկ գնով ձեռք բերված կյանքի ապարդյուն մնացորդը նրա աչքում ստացել էր ավելի արժեք: Այդ մնացորդը նա համարում էր ինչ-որ երկնային տուրք, որի մեջ զգում էր իր ճակատագրի խորհրդանշանը: Նայելով մահամերձի արդեն հողի գույն ստացած դեմքին, խորասուզվում էր անսովոր մտքերի մեջ: Մի միստիկ երանգ ուներ նրա համար մահի մերձավորությունը: Նա ինքը գտնվելով կյանքի և ոչնչության միջև, զգացել էր սոսկալի շունչը չքացման և տեսել նրա պաղ աչքերի ձգողական նայվածքը: Այն րոպեներին մահն այնքան ահարկու չէր, որքան այժմ: Այժմ, մերձավորի մահճակալի քով: Եվ մերթ ընդ մերթ սարսռում էր ու դողդողում: Թռչուն էր մրրիկի բերանն ընկած: Նրան ազատեցին ուժով, հակառակ իր կամքի, ինչպես այդ անդամալույծին, վասնզի չէր ուզում փրկվել առանց փրկելու: Եթե չաներ այդ, պիտի հավիտյան տանջվեր խղճի սուր խայթերից և, ով գիտե, գուցե և՛ մահանար անփառունակ մահով որպես մի զազրելի որդ: Այժմ նա մի էակ է ինքն իր աչքում, մարդկային արարած, դուստր արժանի այդ կոչման: Այժմ նա ավելի ճիշտ էր ըմբռնում կյանքի խորհուրդը, ավելի հասկանում և ավելի մտածում ու զգում: Տեսարաններ են բացվում նրա հոգեկան աչքերի առջև, որ առաջ չկային կամ կային խորին խավարի մեջ: Այժմ անցյալի խոհերն ու զգացումները նրան թվում էին մերթ ծաղրելի, մերթ երկյուղալի, մերթ ամոթալի, բայց և միշտ խառն, անորոշ: Սիրե՞լ է, արդյոք Սմբատ Ալիմյանին, թե սիրել է իր ամպամած երևակայության ստեղծագործությունը, երազողի իդեալը: Եթե սիրել է այդ մարդուն, իբրև մարդու, հապա ո՞ւր է այժմ նախկին պատկերը: Չկա, միրաժն անցավ, իլյուզիան չքացավ, մնաց մի առօրյա, մի սովորական մահկանացու, որ ոչնչով չի տարբերվում իր նմաններից: Չկա ոչ առնականությունը նրա դեմքի վրա և ոչ թովիչ երաժշտությունը նրա ձայնի մեջ: «Երեք հազար, չորս հազար, հինգ հազար, ազատողին», մարդկային կյանքի ամոթալի աճուրդ: Օ՜հ, մանկական խաբեություն, չքացած երազ ընտիր գրքերով սնված ուղեղի: Այժմ մի այլ կերպարանք է պատկերանում նիրհերից սթափված էակի առջև: Ահա այդ է իսկականը և այդ կերպարանքն է կրում իր դեմքի վրա բուն առնականությունը: Այդ գունատ ճակատի վրա է դրոշմված հերոսությունը և այդ թախծալի աչքերի մեջ է բազմած արծիվը: Իսկ այն մյուսը խաբուսիկ տեսիլ էր, հայտնվեց վայրկենաբար և շոգիացավ, չթողնելով նրա սրտի վրա և ոչ մի ծանրություն, խղճի վրա և ոչ մի սպի...

Շուշանիկը գլուխը թեքեց, ականջ դրեց հոր շնչառությանը, շոշափեց նրա ճակատը, դեռ կյանք կար հյուծված մարմնի մեջ: Եվ նորեն նա խորասուզվեց իր մտքերի մեջ: Արդյոք, չի՞ սխալվում, արդյոք, սե՞րը ներշնչեց Միքայել Ալիմյանին այնքան անվեհերություն, այնքան անձնազոհություն: Անհույս սե՞րը դեպի մի աննշան աղջիկ: Եթե այդպես է, ուրեմն նա երջանիկ է, այդ աննշան էակը, ուրեմն ճիշտ էին այդ մարդու խոսքերը. «կարող եմ լինել և՛ շատ բարի, և՛ շատ չար, և՛ շատ լավ, և՛ շատ վատ, և՛ շատ երկչոտ, և՛ շատ քաջ»: Ճիշտ, մի՞թե այսուհետև էլ պիտի կասկածել, մի՞թե նա այդ չապացուցեց իր ասպետական քայլով: Եվ ահա ինչ. այդ տեսակ մի ապացույցից հետո Շուշանիկը չպիտի՞ զղջա, որ այնպես խիստ վարվեց այդ մարդու հետ, չթաքցնելով նրանից իր ատելությունն ու արհամարհանքը: Ի՜նչ էր արել իսկապես նա, գրեթե ոչինչ: Մերժեցավ նրան վատ զգացումներով ու սխալվեց: Էհ, չէ՞ որ մոլորությունը ոչ ոքի համար խուսափելի չէ, մանավանդ մի երիտասարդ մարդու համար, որին հոռի կանայք իրավունք էին տվել մերձենալ իրենց անմաքուր միտումներով: Նա հանդիպեց (գուցե կյանքում առաջին անգամ) ընդդիմության և սթափվեց մոլի կրքերից: Նա զղջաց, նա խոնարհվեց, ներումն խնդրեց: Նա վարվեց անկեղծ, համարձակ, իսկ ինքը՝ Շուշանիկը արտաքուստ ներողամիտ ձևանալով, չկարողացավ լինել վեհանձն ու մոռանալ նրա սխալը, ատեց հոգու խորքում, հետո արհամարհեց: Ինչո՞ւ: Մի՞թե չպիտի պարծենար, տեսնելով իր առջև խոնարհված մի զոռոզ հոգի: Կույր էր, չկարողացավ տեսնել, որ ինքն անգիտակցաբար ուղիղ ճանապարհի է բերում մի մոլորված մարդու և մաքրում ու զտում է կեղտերից մի ապականված հոգի: Այո՛, նա ինքը ոչ միայն սխալվեց, այլև գոռոզացավ իր մաքրության մեջ...

Կես գիշեր էր, և նա դեռ անքուն նստած էր հոր մահճակալի քով: Սենյակի մի անկյունում, մերկ հատակի վրա հագուստով քնած էին նրա մայրն ու հորաքույրը: Դավիթը քնած էր կից սենյակում երեխաների մոտ: Մահամերձը բաց արավ աչքերը, նայեց շուրջը, Շուշանիկին էր փնտրում:

— Ի՞նչ ես կամենում, հայր, — հարցրեց օրիորդը հանդարտիկ:

Անդամալույծը նայեց: Նրա աչքերը այս անգամ զարմանալիորեն իմաստալի էին: Կարծես, մահամերձի ամբողջ հոգին անցել էր այնտեղ, իր վերջին կացարանը: Նա գլուխը թեքեց Շուշանիկի կողմը, արյունաքամ շրթունքները երկարացնելով:

Շուշանիկը հասկացավ, որ նա ուզում է համբուրվել և ինքը թեքվեց և համբուրեց նրան: Նա շոշափեց հոր չորացած ձեռները և սարսափած ոտքի ելավ. այլևս անդամալույծի կյանքի վերջին վայրկյաններն էին. նա շտապեց զարթեցնել տնեցիներին: Մի պահ մահամերձի աչքերը նորեն բացվեցին: Նայեց քրոջը, կնոջը, եղբորը, և վերջապես, իմաստալի հայացքը սևեռեց Շուշանիկի դեմքին: Թշվառը չկարողացավ վերջին կամքն արտահայտել, ներումն խնդրել մերձավորներից՝ նրանց պատճառած տվայտանքների համար: Արդեն նա շատ էր մաքառել մահի դեմ, բայց մեռավ այնչափ հանգիստ, որչափ, անհանգիստ ապրել էր յոթ ու կես տարի: Հոգին անջատվեց քայքայված մարմնից միայն քանի մի թեթև ցնցումներ պատճառելով նրան: Եվ երբ այրի քույրը թաշկինակը սեղմեց նրա քարացող կոպերին, սենյակն աղմկվեց Շուշանիկի հեկեկանքով: Կարծես, յոթ ու կես տարվա արցունքները բավական չէին:

Մյուս օրը Սարգսի դիակը տեղափոխեցին քաղաք: Տիկին Աննան չկամեցավ, որ նա թաղվի առանց պատարագի: Միքայելը պատվիրեց Դավթին ոչինչ չխնայել թաղման հանդեսը շքով կատարելու համար: Բայց այրին մերժեց, ի՞նչ կարիք կա, Սարգիսը վաղուց է մեռել:

Հանքերից Շուշանիկը քաղաք եկավ Անտոնինա Իվանովնայի հետ:

— Բավական է, Սուսաննա, մի՞թե չեք կարող զսպել ձեր հեկեկանքը, — հորդորում էր տիկինը, — մի՞թե քիչ էր տառապել յոթ տարի... Նա պիտի մեռներ, ուրախ եղիր, որ մեռավ բնական մահով:

— Այո՛, բնական մահով, դա իմ միակ սփոփանքն է:

Թաղման հանդեսն ավարտվելուց հետո Դավիթը Սմբատի ու

Միքայելի հետ եկավ Ալիմյանների տունը, ուր այրի ոսկեհատը ազվորների համար ճաշ էր պատրաստել տվել:

Շուշանիկի լուռ ու մեղմիկ արցունքները շարժում էին այրի Ոսկեհատի գութը: Նա սիրեց այդ սիրուն աղջկան դեռ այն ժամանակ, երբ Շուշանիկը ծառայում էր հիվանդ Միքայելին այն խայտառակ ծեծից հետո: Այժմ նայում էր մայրական զգվանքով, մխիթարում և երբեմն շքեղ մազերը շոյելով համբուրում էր նրան: Կողբա՞ն, արդյոք իր մահին այդպիսի կսկիծով նրա հարազատները: Ահ, ի՜նչ սիրող դուստր, ի՜նչ զգայուն սիրտ: Ինչո՞ւ նա չէ Ոսկեհատի հարսը, Սմբատի կինը, այո, հենց այդ աղքատ աղջիկը, որ իր ավելի քան համեստ սգազգեստի մեջ որքան հեզ է, նույնքան գեղեցիկ: Ինչո՞ւ այդ օտարուհին է նրա թոռների մայրը, նա, որին ատել է և երբեք, երբեք չի կարող սիրել: Նրանք միմյանց չեն հասկանում և չպիտի հասկանան հավիտյան:

Ճաշից հետո եկավ Արշակը՝ Ալեքսեյ Իվանովիչի հետ և հայտնեց, թե այս երեկո ուղևորվում է արտասահման: Ոսկեհատն արդեն գիտեր կրտսեր որդու սոսկալի ախտի մասին, և այժմ ինքն էր շտապեցնում նրան գնալ, բժշկվել:

Ալեքսեյ Իվանովիչը կանչեց քրոջն առանձին սենյակ և ասաց.

— Դեհ, այժմ կարող ես հանգիստ լինել ես գնում եմ...

— Ո՞ւր:

— Արտասահման:

— Ինչո՞ւ:

— Արշակի հետ եմ գնում...

— Որպես ի՞նչ:

— Որպես ուղեկից և հովանավոր:

— Ալեքսեյ, ունեցիր ինքնասիրություն, աղաչում եմ, — գոչեց Անտոնինա Իվանովնան:

— Զարմանալի էակ ես դու, քույր: Կարծես, ես որևէ մեկի վզին ծանրություն եմ: Ինքը՝ քո պատվարժան ամուսինն է ինձ խնդրում՝ Արշակին ուղեկցել: Տղան լեզուներ չգիտե, երբեք չի ճամփորդել, հիվանդ է ու անփորձ, մի՞թե նրան հարկավոր չէ մի, այսպես ասած, պատվավոր զիդ: Երևակայիր, այժմ Սմբատ Մարկիչը ոչ միայն հաշտ աչքով է նայում ինձ, այլև սկսել է սիրել: Իսկ ես խղճում եմ Արշակին: Նրա հիվանդությունը թեև բուժելի է, բայց շատ ծանր: Ես պիտի ամեն կերպ աշխատեմ նրան փրկել, եթե միայն ուշ չէ...

— Իսկ պաշտո՞նդ Մոսկվայում:

— Ես արդեն ուղարկել եմ իմ հրաժարականը:

— Հետո՞, — գոչեց Անտոնինա Իվանովնան, զայրանալով:

— Հետո, ինչ հետո. մնում եմ Սմբատ Մարկիչի տրամադրության տակ...

Անտոնինա Իվանովնան վերադարձավ մյուս սենյակը, կանչեց Սմբատին մի կողմ և հարցրեց.

— Եղբայրս ձեր ցանկությա՞մբ է ուղեկցում Արշակին արտասահման:

— Այո՛:

— Եվ դուք կարծում եք, որ նա հարմա՞ր է այդ պաշտոնի համար:

— Լիովին: Ուրիշ ավելի հարմար մարդ ես չեմ ճանաչում:

— Հայտնում եմ, որ ես պատասխանատու չեմ եղբորս մասին...

— Անտոնինա Իվանավնա, հասկանում եմ ձեր միտքը և գովում ձեր հպարտությունը: Բայց մարդիկ ապրում են ոչ այնպես, ինչպես ցանկանում են, այլ այնպես, ինչպես կարող են:

Այս խոսքերի մեջ կինը զգաց մարդու հետին միտքը: Դա մի տեսակ ակնարկ էր հաշտության մասին: Հաշտություն, որ ստիպողական էր և անհրաժեշտ: Պարզ էր, որ նրանք պիտի «ապրեն, ինչպես կարող են»: Նրանք պարտավոր են կրել իրենց խաչը և չեն կարող չկրել, քանի որ երկուսն էլ սիրում են իրենց զավակներին հավասար սիրով:

Մի ժամ անցած Անտոնինա Իվանովնան Զարզարյանների հետ ուղևորվեց հանքերը, երեխաներին թողնելով սկեսրի մոտ: Ճանապարհին նա խոսում էր Շուշանիկի հետ մշակների մասին: Նա լուր էր ստացել, թե իրիկնային կուրսերը թույլատրված են և մտադիր էր անմիջապես դիմել գործի:

— Մենք այսուհետև էլ միասին կաշխատենք, — ասաց նա:

— Ինչպես կամենաք, — պատասխան եց Շուշանիկը:

— Ոչ միայն կամենում եմ, այլև խնդրում, Սուսաննա: Ահ, լավ բան է ազնիվ և անկեղծ բարեկամ ունենալը, այնպես չէ՞, Սուսաննա :

Եվ նա մի անգամ ևս գրկեց ու համբուրեց Շուշանիկին մայրական զգվանքով: Եվ Շուշանիկը զգացվեց նրա անկեղծությունից, այլևս նրա խիղճը հանգիստ էր:

Սմբատն ու Միքայելը գնացին երկաթուղու կայարան՝ Արշակին ճանապարհ դնելու: Խնդրեցին Ալեքսեյ Իվանովիչին՝ ամեն կերպ ազդել Արշակի վրա մի անգամ առ միշտ թողնելու կործանիչ կենցաղը:

— Ազնիվ խոսք եմ տալիս, որ պիտի աշխատեմ, — ասաց Ալեքսեյ Իվանովիչը և ասաց ամենայն անկեղծությամբ:

Սակայն Սմբատն ու Միքայելը իրենց հոգու խորքում չունեին հույս՝ Արշակի բժշկվելու վրա և զգում էին, որ ախտն արդեն շատ է առաջացել:

Ապագայի մթության մեջ Միքայելը տեսնում էր կիսով չափ մեռած մի մարմին վերքերով պատած, զուրկ կենսական ուժերից: Օրինակներ շատ էր տեսել նույնիսկ իր ընկերների շրջանում ու զարմանում և ուրախանում էր, որ ինքն ազատվել է այդ ախտից մինչև այդ օրը, չնայելով, որ նույնպես տասը տարով վաղ էր սկսել ճաշակել շվայտության կործանիչ հաճույքները, բայց նա տակավին ապահով չէ վտանգից, եթե նորեն սկսե ապրել այնպես, ինչպես ապրում էր ընդամենը մի քանի ամիս առաջ: Նա հիշում էր այն մոտիկ անցյալը և ցնցվում: Որպիսի ատելություն և նողկանք դեպի այդ աննպատակ, անիմաստ և սպանիչ կենցաղը:

— Ավելի քան հարյուր հազար ռուբլի պիտի ծախսել նոր բուրգերի ու ամբարների շինության վրա:

Միքայելը սթափվեց իր մտքից: Նա Սմբատի հետ կառքով վերադառնում էր տուն:

Նայեց եղբոր երեսին անորոշ հայացքով և ոչինչ չասաց.

— Դեռ չեմ հաշվում քարե շինությունները, մեքենաներն ու կաթսաները, — շարունակեց Սմբատը, — ոչ, ոչ, ավելի, ավելի քան կես միլիոն վնաս տվեց մեզ այդ անիծյալ հրդեհը:

— Քեզ շա՞տ է վշտացնում այդ վնասը, — հարցրեց Միքայելը:

— Իսկ քեզ, ո՞չ:

— Դու Դավիթ Զարզարյանին վարձատրե՞լ ես, — արտասանեց Միքայելը, կարծես, չլսելով եղբոր հարցը:

— Նա ասաց քո ներկայությամբ, որ իր վարձն ստացել է ավելորդով:

— Նա շատ բան կարող է ասել, նա շահասեր չէ: Իսկ դու մի՞թե չես զգում, որ պարտավոր ես մի բան պարգևել նրան:

— Որքա՞ն պիտի տալ քո կարծիքով:

— Գոնե այնքան, որ լիովին ապահովվին նրա եղբոր ու քրոջ ընտանիքները:

— Ահա թե ի՜նչ, — գոչեց Սմբատը զարմացած, — շատ առատաձեռն ես:

Միքայելը լռեց և ոչինչ չասաց: Հասնելով տուն, նա մտավ Սմբատի սենյակը, նստեց գրասեղանի քով, գրեց մի քանի տող մի թերթ թղթի վրա:

— Վերցրու՛, — ասաց նա, թուղթն անփույթ ձևով ձգելով Սմբատի առաջ և ոտքի ելնելով:

— Այդ ի՞նչ է:

Սմբատը կարդաց թուղթը:

— Այդ թղթով դու հրաժարվում ես քո բաժին ժառանգությունի՞ց:

— Ինչպես տեսնում ես — այո:

— Երեխա ես, կատարյալ երեխա, — ասաց Սմբատը և թուղթը հեռացրեց իրենից:

— Երեխա եմ, թե չէ, վերցրու այդ թուղթը, պահիր մոտդ, իսկ փոխարենը վճարիր պարտքերս Մարութխանյանին — ահա բոլորը, ինչ որ պահանջում եմ քեզնից:

— Հիմարություն մի՛ արա: Եթե վիրավորվելուդ պատճառը Դավիթ Զարզարյանի վարձատրությունն է, կարող ես վճարել՝ որքան կամենաս, տալիս եմ քեզ կատարյալ իրավունք: Ահա, այս էլ քեզ չեկերի տետրակը:

Եվ այս ասելով, Սմբատը դրեց Միքայելի առջև չեկերի տետրակը:

— Լավ, — ասաց Միքայելը, — այդ մասին վաղը, իսկ այդ թուղթը համենայն դեպս թող քեզ մոտ մնա:

Եվ անցնելով իր սենյակները, ուր չորս-հինգ ամիս էր ոտք չէր դրել: Այստեղ ամեն ինչ իր տեղումն էր: Նա նայեց շքեղ կահկարասիին, արդ ու զարդին և դառն հեգնությամբ ժպտաց: Այժմ նրան ծաղր էր թվում ամեն ինչ, որ կապված էր իր անցյալի հետ: Նա փակեց սենյակների դուռը և վերադարձավ եղբոր սենյակը:

— Թող այս բանալին էլ քեզ մոտ մնա, — ասաց նա:

— Դու ինձ ծաղրո՞ւմ ես:

— Ես անում եմ իմ սրտի կամեցածը: Ասել եմ, որ գործակատարդ եմ — ահա բոլորը: Այժմ ես ոչինչ պահանջ չունեմ այս տնից, բոլորը քոնն է...

Ասաց և անմիջապես դուրս գնաց, բանալին թողնելով սեղանի վրա:

Սմբատը նայեց նրա հետևից ապշած, ապա խորհեց մի քանի վայրկյան և, մի վճռական շարժում անելով, բանալին և թուղթը դրեց իր գրասեղանի մեջ: Հետևյալ օրը նա Սրաֆիոն Գասպարիչին ուղարկեց Մարութխանյանի մոտ, որ դատը հաշտությամբ վերջացնեն: Նա խոստանում էր վճարել Միքայելի պարտքերի կեսը նրա ստորագրած պարտագրերը ոչնչացնելու պայմանով:

— Համաձայն եմ, — ասաց Մարութխանյանը. եթե այդ հրդեհը չլիներ, մի կոպեկ չէի զեղչիլ:

Նույն օրը նա կանչեց Սուլյունին իր մոտ և ասաց.

— Բարեկամս, այժմ մենք կարող ենք գնել այն թուրքի հողերը: Դու ընկեր ես արդյունքի մի հինգերորդականով: Դեհ, տեսնենք, դու քո ուսումով — ես իմ փողերով ու խելքով:

Մի շաբաթ անցած Սուլյանը թողեց իր պաշտոնը Ալիմյանների մոտ և ընկերացավ Մարութխանյանին:

Անցան ազի առաջին օրերը: Շուշանիկի վիշտն սկսեց մեղմանալ: Այժմ նա ամբողջ օրն անց էր կացնում Անտոնինա Իվանովնայի բնակարանում: Միասին ծրագրում էին, վիճաբանում, որոշում և միմյանց ոգևորում: Ամառվա ամենատաք օրերը մոտենում էին, ուստի իրիկնային կուրսերի բացումը հետաձգեցին աշնան, մանավանդ որ Անտոնինա Իվանովնան երեխաներին պլտի տաներ ամառանոց:

Շուշանիկի աչքերը որոնում էին Միքայելին ամենուրեք: Շատ անգամ նա իր բարեկամուհու բնակարանը գնում էր նրան հանդիպելու գաղտնի հույսով: Այնինչ, Միքայելը դադարել էր այցելել իր եղբոր ամուսնուն, չէր երևում ոչ մի տեղ: Հայտնվեց, որ նա տեղափոխվել էր հեռավոր հանքերը: Ի՞նչ է նշանակում այդ. մի՞թե այժմ նա է փախչում, մի՞թե արհամարհելու հերթը նրան է անցել: Գուցե նա վիրավորվել է, որ Շուշանիկը մինչև այժմ շնորհակալության մի խոսք չի ասել: Բայց մի՞թե անսահման երախտագիտությունը խոսքերով է միայն արտահայտվում, մի՞թե Միքայելը չի զգում, թե ինչ է կատարվում Շուշանիկի սրտի մեջ, մի՞թե չի նկատում արմատական հեղաշրջումը նրա հոգեկան աշխարհում:

Մի օր իրիկնադեմին Շուշանիկը մենակ նստած էր ընդարձակ

պատշգամբի ծայրում, իր սենյակի առջև: Մոտեցան նրա հորաքրոջ զավակները և, մի պատկերազարդ գրքույկ դնելով նրա ծնկների վրա, խնդրեցին, որ նա բացատրե նկարների բովանդակությունը: Այդ գրքույկը, երեկ, Անտոնինա Իվանովնան էր նվիրել նրանց: Շուշանիկն սկսեց թերթել ու բացատրել, մի ձեռով գրկած երկու մանուկների գլուխները: Մի վայրկյան նա գլուխը բարձրացրեց, հայացքը ձգեց առջև տարածված ազատ նավթահողերի վրա և ցնցվեց այնպես, որ գրքույկն ընկավ ծնկներին: Այնտեղ, հեռվում, մի խումբ արհեստավորներով շրջապատված Միքայելն ինչ-որ պատվերներ էր տալիս: Նրա թևը դեռ կապած էր պարանոցին: Շուշանիկը մանուկներին հեռացրեց սենյակ և բոլոր ուշադրությունը լարեց դեպի խումբը: Մի քանի րոպե անցած խումբը ցրվեց, Միքայելը մնաց մենակ: Նա հանդարտ քայլերով մոտեցավ մի հողակույտի և նստեց մի մեծ քարի վրա: Վերջմայիսյան արեգակի վերջին ծիրանագույն ճառագայթները ողողել էին նրան և այդ կացության մեջ նա Շուշանիկին թվաց այնչափ առնական, այնչափ գեղեցիկ, որչափ այն վայրկյանին, երբ Զուպրովի թևին հենված դուրս էր գալիս ծխերի միջից, լուսավորված հուրերի բոսորագույն լուսով: Նա նայում էր դեպի արևմուտք, երկա՜ր, երկա՜ր, մինչև որ հրեղեն գունդը թաքնվեց հեռավոր բլուրների հետևում: Հետո նա վեր կացավ քարի վրայից և քայլերն ուղղեց դեպի Անտոնինա Իվանովնայի բնակարանը: Որքան նա մերձենում էր, այնքան ներքին անհաղթելի ուժը Շուշանիկին մղում էր դեպի նա:

Վերջապես, նա նկատեց Շուշանիկին և մոտեցավ: Մի անխորժելի ջերմություն զգաց օրիորդը, սեղմելով նրա ձեռը, որ ազատել էր իրեն կրակի ճիրաններից: Այժմ Միքայելի դեմքի վրա չէր նկատվում նախկին վշտի մութ ստվերը: Այժմ նրա աչքերի մեջ չերևաց նախկին մռայլությունը, որ Շուշանիկին թվում էր չարություն:

— Ներեցեք, որ մինչև այսօր չեմ արտահայտել ձեզ իմ շնորհակալությունը, — արտասանեց օրիորդը և զգաց, որ իր ձայնը դողում է:

— Ինչո՞ւ համար:

— Եվ դուք դեռ հարցնո՞ւմ եք...

Դա բառ առ բառ նույն խոսքերն էին, որ մի քանի ամիս առաջ փոխանակեցին, երբ Միքայելը շնորհակալություն էր հայտնում Շուշանիկին, որ այդպիսի հոգատարությամբ խնամել էր նրան հիվանդության ժամանակ: Այն օրը Միքայելն էր առիթ փնտրում խոսելու — այսօր Շուշանիկը:

— Դուք ազատեցիք հորս և միջոց տվեցիք նրան մեռնելու բնական մահով: Դուք փրկեցիք հորեղբորս... դուք... — չկարողացավ վերջացնել իր խոսքը Շուշանիկը:

Մի մեղմ կիսահեգնական ժպիտ անցավ Միքայելի գունատ դեմքով:

— Օրիորդ, — ասաց նա մտազբաղ, — ես ոչ ոքի չեմ ազատել, բացի գուցե — մեկից:

— Ո՞վ է այդ մեկը:

— Ես ինքս:

Շուշանիկը նայեց նրա երեսին զարմացած:

— Չգիտեմ ի՛նչ եք ուզում ասել, բայց ես... ես իմ կյանքը ձեզ եմ պարտական:

— Ո՛չ, օրիորդ, այդպես չէ, — գոչեց Միքայելը, — ձեր կյանքի փրկությունը ձեզ և միայն ձեզ եք պարտական, իսկ ես եղել եմ ճակատագրի մի կույր գործիք: Թույլ կտա՞ք, — ավելացրեց նա անվստահ շարժումով իր առողջ ձեռը սահեցնելով օրիորդի թևի տակ:

Շուշանիկն ինքն էր փափագում բռնել նրա թևը, բայց չէր համարձակվում, ուստի հաճույքով ընդունեց նրա ձեռը: Նրանք հեռացան բնակարաններից և մի քանի րոպե ընթանում էին լուռ, յուրաքանչյուրն իր մտքերով զբաղված:

— Լսեցե՛ք, օրիորդ, — խոսեց, վերջապես, Միքայելը, — ես ուզում եմ ձեզ պատմել մի բան, որ պատահեց մի քանի րոպե սրանից առաջ: Նստած էի այն մեծ քարի վրա և դիտում էի արեգակի մուտքը: Մտածում էի շատ բաների մասին, որոնք երբեք-երբեք չեն զբաղեցրել իմ գլուխը: Տեսնո՞ւմ եք այն մթին բուրգերն իրենց սուր ու եռանկյունի գագաթներով, շոգիի, ծխի ու մրի այդ խառնուրդը, բոլոր առարկաների, բոլոր մարդկանց և բոլոր կենդանիների ու թռչունների սևությունը, այդ ցեխը, տիղմը և ամեն տեսակի ապականությունները: Դա մի տարօրինակ քաոս է: Ես համեմատում էի այդ քաոսը մեր կյանքի, մեր միջավայրի և առանձնապես իմ միջավայրի հետ և նույնը տեսնում էի այստեղ:

Միայն մի տարբերության կա այդ երկու քաոսների մեջ, այն, որ մեր հանքերը, մեր գործարանները նախ տալիս են ծուխ ու մուր, ապա լույս, մինչդեռ մեր միջավայրն առայժմ տալիս է միայն և միմիայն ապականություն, որի կատարյալ մարմնացումը ես եմ ու ինձ նմանները, որոնց թիվը շա՜տ, շա՜տ է: Հիշում եմ իմ վատթար, աննպատակ ու նողկալի կյանքը: Զզում էի ինձ մինչև կոկորդս թաղված կեղտերի մեջ: Հիշո՞ւմ եք իմ կրած վիրավորանքները և ստորացումներն ու այն բոլոր բարոյական վերքերը, որ ես եմ տվել ուրիշներին... Հետո հիշեցի վերջին ամիսներում իմ բոլոր զգացումներն ու մտածմունքը: Եվ այս խառնիխուռն մտքերի մեջ իմ հայացքը չէր բաժանվում արևմուտքից: Արդյոք, այնտեղի՞ց պիտի գա մեր բարոյական փրկությունը, թե՞ մեր լույսը պիտի ծագե մեր մթությունից ու խավարից...

Նա կանգ առավ, մի քանի վայրկյան լռեց և ապա մի ծանր հառաչանք արձակելով շարունակեց.

— Մայր մտնող արեգակն ինձ հիշեցրեց այն սոսկալի հրդեհը: Եվ կենդանի վերականգնեց իմ աչքերի առջև մի տեսարան, որ երբեք-երբեք չպիտի ջնջվի իմ հիշողության մեջ: Ես լսեցի հուսահատական աղաղակներ, որոնք մրմռքում էին սիրտս: Տեսա մի ծնողասեր զավակ, որ ձգտում էր գլխիկոր վազել ու նետվել կրակի մեջ՝ իր այրվող ծնողին փրկելու համար: Մտաբերո՞ւմ եք այն վայրկյանը, երբ իմ հայացքը հանդիպեց մի զույգ աղերսալի աչքերի: Ահ, այդ աչքերը, այդ աղիողորմ նայվածքն էին, որ մի ակնթարթում փոթորկեցին իմ հոգեկան ու բարոյական աշխարհը: Ես մոռացա ամեն ինչ և միևնույն ժամանակ զգացի, որ սթափվում եմ մի ծանր, երկարատև քնից, մի մղձավանջից: Երբ վազում էի դեպի կրակը, թվաց ինձ, որ վազում եմ խավարից դեպի լույս: Երբ ինձ տեսա ամեն կողմից վտանգի մեջ, զգացի, որ վտանգն ինձ փրկում է մի այլ, ավելի անխուսափելի, ավելի զորավոր վտանգից: Դուրս գալով կրակի միջից, զգացի հոգեկան այնպիսի մի թեթևություն, որ երբեք-երբեք չէի զգացել իմ քսանութ տարվա կյանքի ընթացքում: Թվաց ինձ, որ սրտիս վրայից դեն ձգեցի մի կապարային ծանրություն, և այն, ինչ որ ձգեցի, իսկույն այրվեց իմ հետևում, կրակի մեջ, ու ոչնչացավ... Օրիորդ, կրկնում եմ. ձե՛զ չէ, որ ազատեցի, այլ ինձ: Օրիորդ, այլևս անզոր եմ թաքցնելու ձեզանից այն, ինչ որ զգում եմ ու մտածում: Գուցե մոլորվում եմ, բայց թվում է ինձ, որ այդ հրդեհը վերջ տվեց իմ կյանքի խավարին, որ նա մաքրեց ինձ իմ աչքում, որ նա փրկեց ինձ անխուսափելի կործանումից: Օրիորդ, ոչ ոք և ոչինչ չէր կարող անել այն, ինչ որ դուք արիք ինձ համար, դուք՝ ձեր մեջ թաքնված այն խորհրդավոր զորությամբ, որը ես չեմ կարող բացատրել: Դուք վերջ տվեցիք իմ կյանքի խավարին, կրակների միջով ինձ տանելով մինչև այնտեղ, ուսկից պիտի սկսվի ինձ համար մի նոր կյանք: Ես դեռ մաքրված չեմ իմ կեղտերից, բայց համոզված եմ և զգում եմ, որ պիտի մաքրվեմ, պիտի զտվեմ, եթե դրա համար հարկավոր լինի անցնել նոր կրակների ու վտանգների միջով:

Նա լռեց, առողջ ձեռով շփեց ճակատը: Արդեն նրանք հասել էին մի վայր, ուր ապահով էին անհամեստ աչքերից: Շուշանիկին երազ էր թվում և՛ այն, ինչ որ լսում էր, և՛ այն, ինչ որ զգում էր: Նա չէր վստահանում ուղիղ նայել Միքայելի աչքերին, բայց զգում էր, որ այժմ այլ է այդ աչքերի արտահայտությունը, ինչպես այլ են այդ ձայնի հնչյունները: Ո՛չ, դա նախկին Միքայել Ալիմյանը չէ. նա, որից փախչում էր: Ո՛չ, այն չկա այլևս, անհետացավ, և այժմ նրա առջև կանգնած է մի բոլորովին ջոկ մարդ: Իսկ նա, այն մյուսը, որ դեռ մի ամիս առաջ լցրել էր նրա երևակայությունը և այնպես զերել նրա հոգին: Այն էր երազ, այն էր խաբեություն, իսկ այս իրականություն է, պարզ, անհերքելի իրականություն: Նա լսում է, շոշափում է բուն տղամարդու մերձավորությունը:

Եվ նա լուռ հեզությամբ թեքեց իր գլուխը, թույլ տալով Միքայելին իրեն համբուրել:

Երկինքը գունատվեց, հորիզոնի վրա պարզվեց կիսալուսինը: Զմայլելի երեկո մի երջանիկ զույգի համար:

Մի քանի րոպե անցած Միքայելը մոտենում էր իր օթևանին ուրախ, բախտավոր, սիրտը լեցուն բուռն զգացումներով: Զգացումներ, որոնք

այլևս արձագանք էին գտել այն էակի սրտում, որի պատճառով նա այնքան տանջվում էր և որի շնորհիվ իրեն մաքրված էր զգում:

Իսկ այնտեղ, պատշգամբի ծայրում, Շուշանիկը, փաթաթվելով մոր պարանոցին, հեկեկում էր, արտասանելով.

— Մայրիկ, ես երջանիկ եմ... մայրիկ, ես առաջ անբախտ էի, այժմ երջանիկ եմ...

Հետևյալ առավոտ Միքայելը տելեֆոնով Սմբատին ասաց.

— Ես կատարում եմ մեր հոր վերջին կամքը: Վճարիր Մարութխանյանի պարտքերն իմ ժառանգությունից...

Դարձվածը հասկանալի էր՝ «մեր հոր վերջին կամքը»: Միքայելը ամուսնանում է և պարզ է՝ ում հետ:

«Նա բախտավորվեց, — ասաց Սմբատը մտքում, — իսկ ես միշտ կմնամ անբախտ»...

www.ingramcontent.com/pod-product-compliance
Lightning Source LLC
Chambersburg PA
CBHW010401310726
48979CB00017B/2816/J
* 9 7 8 1 6 4 4 3 9 8 6 8 5 *